W0470830

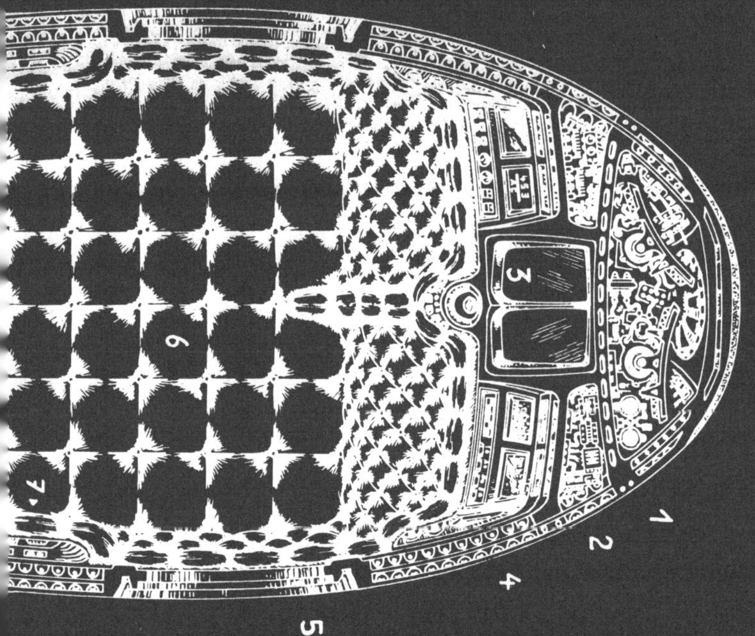

Perry Rhodan

Die letzte Bastion

Perry Rhodan

Die letzte Bastion

Verlagsunion Erich Pabel-
Arthur Moewig KG, Rastatt

Alle Rechte vorbehalten
© 1989 by Verlagsunion Erich Pabel-
Arthur Moewig KG, Rastatt
Redaktion: Horst Hoffmann
Beratung: Franz Dolenc
Druck und Bindung: Mohndruck
Graphische Betriebe GmbH, Gütersloh
Printed in Germany
ISBN 3-8118-2047-8

Vorwort

Mit diesem 32. Band der PERRY RHODAN-BIBLIOTHEK endet nun der erste wirkliche Großzyklus der Serie, der in Heftform einhundert und bei den Büchern zwölf dicke Bände gefüllt hat. Zeit für eine kleine Bilanz.

Aus vielen Zuschriften (hierfür nochmals herzlichen Dank an die Leser!) haben wir ersehen können, daß es wohl gelungen ist, auch in der Buchausgabe das besondere Flair zu wahren, das diesem Zyklus seit Mitte der sechziger Jahre bis heute anhaftet. Es war gewiß nicht immer leicht. Einzelne Romane mußten zugunsten einer straffen Handlungsführung entfallen, bei anderen war es nötig, auf mehr oder weniger größere Passagen zu verzichten. Wir haben dennoch so weit wie möglich versucht, auch ›unnötige‹ Nebenhandlungen zu berücksichtigen, denn gerade sie (Gucky!) sind das Salz in der Suppe einer durchgehend spannenden Handlung.

Es waren weit mehr Widersprüchlichkeiten zu beseitigen als jemals zuvor, seitdem die PR-Buchausgabe existiert – allein schon bedingt durch ungeheure Komplexität des Stoffes. Auch was das Ausmaß an Raumschlachten und Zerstörungen angeht, hatten wir Schwerstarbeit zu leisten, um dies auf ein ›erträgliches Maß‹ zu reduzieren. Das soll keine Kritik an den Originalromanen sein – allenfalls am ›Zeitgeist‹ der Jahre, in denen diese geschrieben wurden.

Alles in allem, war es eine Freude, diese hervorragenden Romane zu einem ›großen Ganzen‹ schmieden zu dürfen. Und mit Freude und Begeisterung sehen Franz Dolenc und ich nun dem kommenden Zyklus entgegen, der die weiteren Schritte der Menschheit ins Universum schildern und weitere Einblicke in große kosmische Zusammenhänge gewähren wird – zum Teil basierend auf der Geschichte, dessen Finale nun, nach wenigen Seiten, beginnt.

Ich bedanke mich herzlich bei allen, die zum Erfolg des MdI-Zyklus beigetragen haben – den Autoren, Johnny Bruck, G.M.Schelwokat. Und natürlich bei den Lesern, die uns immer wieder mit Kritik und Anregungen geholfen haben, der PR-BIBLIOTHEK diesen wichtigen Baustein hinzufügen zu können. Der Dank an Franz Dolenc für seine Arbeit als ›Rhodan-Computer‹ ist zwar inzwischen schon Routine, aber nichts desto weniger ehrlich und wichtig.

Die in diesem Buch enthaltenen Originalromane sind (in dieser Reihenfolge): *Die Eroberer* und *Der verlorene Planet* von *Clark Darlton; Die Herrin der Sterne* von *Kurt Mahr; Superfestung Tamanium* und *Amoklauf der Schläfer* von *H.G.Ewers*, und *Am Ende der Macht* von *William Voltz.*

Das letzte Geheimnis der Meister der Insel wird nun gelöst – das nächste Buch wird bereits mit neuen Rätseln aufwarten. Ich würde mich freuen, wenn wir in etwa zehn bis zwölf Bänden auch deren Auflösung, wie heute, zusammen erleben könnten.

Rastatt, im Frühjahr 1988 Horst Hoffmann

Zeittafel

1971 Perry Rhodan erreicht mit der STARDUST den Mond und trifft auf die Arkoniden Thora und Crest.

1972 Mit Hilfe arkonidischer Technik Aufbau der Dritten Macht und Einigung der Menschheit.

1976 Das Geisteswesen *ES* gewährt Perry Rhodan die relative Unsterblichkeit.

1984 Galaktische Großmächte versuchen, die Menschheit zu unterwerfen.

2040 Das Solare Imperium ist entstanden. Der unsterbliche Arkonide Atlan taucht auf.

2102 Entdeckung der Akonen im Blauen System.

2103 Perry Rhodan erhält von *ES* seinen Zellaktivator.

2114 Bündnis mit den Posbi-Robotern nach Kampf um die Hundertsonnenwelt.

2326 *ES* verstreut 25 Zellaktivatoren in der Galaxis.

2327 Terraner entdecken das Zweite Imperium der Blues.

2328 Sieg über die Blues und Friedensvertrag zwischen den galaktischen Imperien.

2400 Entdeckung der Transmitterstraße nach Andromeda und Kampf gegen die Maahks. Perry Rhodan hört erstmals von den geheimnisvollen Herren Andromedas, den Meistern der Insel (MdI).

2401 Die Invasion der Milchstraße durch die Maahks aus Andro-Alpha (im Auftrag der MdI) wird vereitelt.

2402 Terranischer Vorstoß in den Andromeda vorgelagerten Betanebel. Anlegung des Stützpunktes Gleam.

2404 Mit dem neuen Flaggschiff CREST III fliegen Terraner und Verbündete unter Perry Rhodan die Andromeda-Galaxis an und entdecken die völlig menschenähnlichen Tefroder, das wichtigste Hilfsvolk der MdI. Die CREST wird um rund 50.000 Jahre in die Vergangenheit verschlagen. Zusammentreffen mit den Lemurern (›Erste Menschheit‹), den gemeinsamen Vorfahren von Tefrodern, Terranern und der meisten humanoiden galaktischen Völker. Rückkehr in die Realzeit.

2405 Erfolgreiche Abwehr von Anschlägen der MdI im Solsystem und Zerstörung des Andromeda-Sechsecktransmitters durch die ›Sonneningenieure‹, in der Folge Zusammenbruch der Transmitterstrecke zwischen Milchstraße und Andromeda. Zweckbündnis mit den revoltierenden Maahks gegen die MdI und Suche nach den uralten Weltraumbahnhöfen.

Prolog

Mit der Entdeckung des galaktischen Sonnensechsecks und der Transmitterstraße nach Andromeda im Jahr 2400 gerät ein Stein ins Rollen, der bereits bald darauf Perry Rhodan und das Solare Imperium an den Rand des Untergangs bringt. Während Rhodan mit seinen Getreuen in den Fallensystemen Twin und Horror ums Überleben kämpft, kann ein Großangriff der Maahks auf die Galaxis nur im letzten Moment zurückgeschlagen werden. Es stellt sich heraus, daß sowohl die vor 10.000 Jahren aus der Milchstraße vertriebenen Wasserstoff-Methan-Atmer, als auch andere Gegner im Dienst der geheimnisvollen Beherrscher Andromedas stehen, die sich selbst ›Meister der Insel‹ nennen und mit unvorstellbarer Grausamkeit jeden Ungehorsam bestrafen.

Um die Sicherheit der galaktischen Völker zu gewährleisten und mehr über die Pläne der Meister der Insel (MdI) zu erfahren, unternimmt Perry Rhodan im Jahr 2402 einen Vorstoß nach Andro-Beta – wie Andro-Alpha eine Andromeda vorgelagerte Kleingalaxis. Die MdI vernichten zur Strafe für deren Versagen das dortige Wächtervolk (Twonoser) und zerstören den Andro-Beta-Sonnentransmitter. Dadurch ist ihnen der direkte Zugriff versagt. Perry Rhodan läßt den Planeten Gleam zum terranischen Stützpunkt ausbauen.

Im Jahr 2404 fliegt Rhodan den Andromedanebel mit dem neuen Flaggschiff CREST III direkt an, wo inzwischen heftige Kämpfe zwischen rebellierenden Maahks und Hilfstruppen der MdI toben, deren wichtigste das vollkommen menschenähnliche Volk der Tefroder stellt. Viele tefrodische Raumschiffsbesatzungen bestehen aus den sogenannten ›Duplos‹ – nach Atomschablonen ihrer Originale erschaffene Kopien, die bei Versagen durch Hypersignale der MdI getötet werden können.

Die Meister der Insel locken die CREST in die Zeitfalle Vario, die das Riesenschiff (zeitlich) um über 50.000 Jahre in die Vergangenheit und (räumlich) in die Milchstraße zurückversetzt, wo zu dieser Zeit ein galaktischer Krieg zwischen Halutern und Lemurern tobt, deren

Niederlage bereits besiegelt ist. Die Überlebenden fliehen vor den Vernichtungskommandos der Haluter durch den Sonnentransmitter nach Andromeda. Schockiert muß Perry Rhodan erkennen, daß die Zentralwelt des lemurischen Reiches die Erde ist, damals noch Lemur genannt. Die Lemurer sind demnach als ›Erste Menschheit‹ die gemeinsamen Vorfahren aller humanoiden Völker der Galaxis, wie auch die Tefroder in Andromeda, die aus den geflüchteten Lemurern hervorgingen.

Nach langer Odyssee gelingt die Rückkehr in die Realzeit. Zum erstenmal treffen die Terraner dabei auf Meister der Insel – ebenfalls völlig menschenähnliche Wesen mit ungeheuren Machtmitteln und relativer Unsterblichkeit durch Zellaktivatoren. Während in Andromeda die Auseinandersetzungen zwischen Maahks und Tefrodern immer heftiger werden, versuchen die MdI, das Solare Imperium durch gezielte Anschläge von innen heraus zu zerstören. Die Verwunderung ist groß, als bekannt wird, daß es nur sieben MdI gibt – oder vielmehr gab, denn einige von ihnen kamen schon im Laufe von Kampfhandlungen um.

Dennoch sieht Perry Rhodan nur eine Möglichkeit, die geplante Großinvasion der Milchstraße zu verhindern. Durch den Einsatz der Hyperimmestrons wird das Andromeda-Sonnensechseck zerstört, wodurch die gesamte Transmitterstrecke zusammenbricht. Es gibt jetzt nur noch einen Weg für die Invasionsflotten der MdI zur Milchstraße – die uralten Weltraumbahnhöfe der Maahks, die diese anlegten, als sie vor 50.000 Jahren vor den Lemurern aus ihrer Heimat Andromeda in die Milchstraße fliehen mußten, von wo sie Jahrzehntausende später durch die Arkoniden wiederum vertrieben wurden. Um dem gemeinsamen Gegner diesen Weg zu verbauen und die Entscheidung in Andromeda herbeizuführen, schließen Terraner und Maahks ein Zweckbündnis. Nach der Entdeckung der uralten maahkschen Weltraumbahnhöfe schickt Perry Rhodan die GARIBALDI von Gleam zur Milchstraße, um Reginald Bull wichtige Informationen und Anweisungen zu überbringen . . .

1.

Am zwölften Oktober 2405, vormittags, war Reginald Bull endlich soweit, seinen schon lange gefaßten Entschluß in die Tat umzusetzen. Heimlich hatte er seine Vorbereitungen getroffen und östlich des Sternhaufens M-13 eine Flotte gesammelt. Darunter befanden sich auch fast vierzig Flottentender vom Typ DINOSAURIER, mit deren Hilfe Bull eine provisorische Brücke zum Andromedanebel errichten wollte.

Diese Tender glichen riesigen Plattformen von zwei Kilometern Länge mit entsprechenden Aufbauten und Laderäumen. In ihnen konnte man Kalupkonverter für eine ganze Armada lagern.

Bevor Reginald Bull, Rhodans Stellvertreter auf der Erde, seine letzten Anordnungen gab, wollte er zuerst mit Solarmarschall Allan D. Mercant über seine Absichten sprechen. Der Chef der Solaren Abwehr war nach ihm der wichtigste Mann des Imperiums, und er konnte ihn nicht einfach übergehen. Außerdem bat er die zur Erde zurückgekehrten Mutanten, sich in seinem Büro einzufinden.

Mercant stellte keine Fragen, als er die Aufforderung erhielt. Er kannte seinen alten Freund Bully nur zu genau, um nicht zu wissen, daß Fragen in diesem Stadium zwecklos waren. Er nickte nur, schaltete den Telekom ab, stieg aus dem Bett und nahm eine kalte Dusche. Dann zog er sich an, programmierte sich ein Frühstück in der Automatikküche und kletterte eine halbe Stunde später in den Gleiter, der auf dem Dach seines Hauses wartete. Pünktlich erreichte er das Hauptquartier in Terrania und marschierte erwartungsvoll in Reginald Bulls Büro.

Die Mutanten trafen in kleinen Gruppen ein.

Tako Kakuta unterhielt sich mit Betty Toufry und Fellmer Lloyd. Son Okura, Kitai Ishibashi und Tama Yokida gingen vor Mercant her, ohne ihn zu beachten. Sie begrüßten einander erst in Bullys Büro. Der Doppelkopfmutant und Zünder Iwan Goratschin unterhielt sich angeregt mit sich selbst. Bevor jedoch der linke Kopf mit dem rechten zu streiten begann, betrat Reginald Bull den Raum.

Er hatte sich nicht verändert, denn der Zellaktivator hatte seinen Alterungsprozeß vor vielen hundert Jahren angehalten. Dünner war er auch nicht geworden, und seine roten Stoppelhaare waren noch immer rote Stoppeln.

»Meine Herren, nehmen Sie bitte Platz«, sagte er in die erwartungsvolle Stille hinein und setzte sich hinter seinen Schreibtisch. »Sicher sind Sie schon gespannt, warum ich Sie rufen ließ. Ich will Sie nicht länger auf die Folter spannen. Die GARIBALDI ist noch nicht zurückgekehrt, und ich bin äußerst beunruhigt. Niemand weiß, wie die Lage im Andromedanebel ist. Niemand weiß, ob unsere Schiffe dort noch existieren. Ich habe mich dazu entschlossen, selbst nachzusehen. Wir werden eine gigantische Nachschubexpedition starten und dabei gleichzeitig eine neue Verbindungsstrecke anlegen. Alle dreihunderttausend Lichtjahre werden fünf oder sechs Flottentender stationiert, deren Aufgabe es sein wird, Kalupkonverter zum Austausch bereitzuhalten. Östlich von M-13 ist die Flotte dabei, sich zu sammeln. Alle Vorbereitungen sind schon getroffen worden. Ich habe sie geheimgehalten, um keine unnötige Unruhe zu verbreiten. Darf ich nun um Ihre Meinung bitten?«

Allan D. Mercant sah aus dem Fenster. Das Häusermeer der terranischen Hauptstadt erstreckte sich bis zum fernen Horizont. In den Straßen brandete der Verkehr, Transportbänder brachten die Bevölkerung an ihre Arbeitsplätze, und in der Luft glitten die Flugtaxis zu ihren jeweiligen Bestimmungsorten.

Mercant wandte den Kopf und sah Bully an. Gerade, als er den Mund aufmachen wollte, schrillte der Telekom auf dem Tisch.

Bully machte eine entschuldigende Geste und drückte auf den Knopf.

Der Bildschirm flammte auf, und das Gesicht eines Mannes erschien darauf.

»Hyperfunkstation, Sir. Meldung von Außenstation Pluto. Die GARIBALDI hat Pluto passiert und wird in zwei Stunden auf dem Raumfeld von Terrania landen. Kommandant Taminow bittet um eine sofortige und dringende Unterredung mit Ihnen, Sir.«

Bully starrte auf den Bildschirm. Freude wich seiner ersten Enttäuschung.

»Geben Sie einen Funkspruch an Taminow durch. Ich erwarte ihn. Er soll sich beeilen. Ende.«

Mercant sagte ruhig:
»Wirft wohl einige Pläne über den Haufen.«
Die Telepathin Betty Toufry kicherte verhalten. Bully warf ihr einen warnenden Blick zu. Sein Gesicht verriet nichts, als er erwiderte:
»Mag sein, mag aber auch nicht sein. Kommt ganz darauf an, was Taminow uns für Neuigkeiten bringt. Aber wenn mich mein Gefühl auch diesmal nicht täuscht, haben wir alle durch meine Vorbereitungen eine Menge Zeit gewonnen. Sollte mich wundern, wenn es anders wäre.«
»Warten wir zwei Stunden, dann wissen wir es«, schlug Mercant vor und erhob sich. »Sie erreichen mich in meinem Büro.«
»Ich werde Sie wecken«, versprach Bully und grinste zuversichtlich.
Mercant lächelte zurück und verließ den Raum.
Bully holte tief Luft.
»Vertagen wir uns. In zwei Stunden erwarte ich Sie wieder. Tako, Sie bleiben bitte. Ich habe noch etwas mit Ihnen zu besprechen . . .«

Die GARIBALDI war gelandet.
Oberst Taminow überprüfte noch einmal den Sitz seiner Uniform, strich sich über den kahlen Schädel und verließ das Schiff durch die Hauptschleuse.
Ein Flugtaxi brachte den Kommandanten zum Hauptquartier, wo er sofort von einem Offizier in Empfang genommen und in Bullys Büro geführt wurde. Taminow stutzte ein wenig, als er die Versammlung erblickte, die ihn mit gespanntem Gesichtsausdruck erwartete. Bully erhob sich und ging ihm entgegen. Er gab ihm die Hand.
»Willkommen auf der Erde, Oberst Taminow. Ich hoffe, Sie bringen gute Nachrichten.«
»Zum Teil ja, Sir.« Er nahm den angebotenen Sessel und setzte sich. »Ich bin gekommen, um Ihnen den Lagebericht und neue Anordnungen zu überbringen. Darf ich beginnen?«
Bully nickte in Richtung Mercants und der Mutanten.
»Beginnen Sie. Wir warten darauf.«
Taminow übergab Bull sämtliche Unterlagen, die er auf Gleam erhalten hatte, und gab einen knappen Bericht dazu ab. Dann kam er

auf die Weltraumbahnhöfe der Maahks zu sprechen und sagte schließlich:

»Rhodan wird zuerst versuchen, Central-Station zu erobern. Danach wird er mit einem Teil seiner Flotte nach Midway vorstoßen, um diese ebenfalls in Besitz zu nehmen. Dies soll um den 14. November herum geschehen. Sie, Mr. Bull, sollen zur gleichen Zeit Lookout erobern.«

Bully sah alles andere als enttäuscht oder unzufrieden aus.

Er lächelte sogar in Richtung Mercant.

»Na, da hat mich mein Gefühl mal wieder nicht betrogen. Als ob ich das alles geahnt hätte! Die GENERAL DERINGHOUSE wartet bereits startbereit auf dem Raumhafen. Wir werden morgen in Richtung M-13 aufbrechen. Alle Mutanten begleiten mich. Ich werde Rhodan auch ein besonderes Geschenk mitbringen, nämlich das Foto seiner beiden Kinder, die am 16. August in seiner Abwesenheit zur Welt gekommen sind.«

Taminow erhob sich.

»Darf ich mich verabschieden, Sir? Aus den Unterlagen ersehen Sie alles, was notwendig sein sollte. Ich muß mich um meine Mannschaft kümmern.«

»Ich danke Ihnen nochmals«, sagte Bully und gab dem bewährten Offizier die Hand. »Wir sehen uns später noch.«

Oberst Taminow verließ den lichten Raum.

Bully war stehengeblieben.

»Also dann morgen . . . Sie wissen ja, was Sie zu tun haben. Ich erwarte Sie an Bord der DERINGHOUSE. Wir starten pünktlich um zwölf Uhr mittags.«

Am Rande der Milchstraße, dort wo der Kugelsternhaufen M-13 das ehemalige Zentrum arkonidischer Macht darstellte, sammelte sich ein Teil der terranischen Flotte zum Aufbruch nach Andromeda.

Bully hatte vier neue Ultraschlachtschiffe und zwölf Superschlachtschiffe der Imperiumsklasse aufgeboten, die alle eine Reichweite von mehr als einer Million Lichtjahre hatten. Die weiteren Einheiten der Stardustklasse und die normalen Schlachtkreuzer konnten bis zu neunhunderttausend Lichtjahre zurücklegen, ohne auf den Konverternachschub angewiesen zu sein. Da Lookout nur vierhunderttausend Lichtjahre entfernt war, blieb eine genügend große Aktionsreserve.

Der wichtigste Bestandteil der gewaltigen Flotte waren die Tender vom Typ DINOSAURIER mit den eingelagerten Zusatztriebwerken. Auch jetzt wollte Bully nicht auf sie verzichten.

In der Kommandozentrale der DERINGHOUSE überzeugte sich Rhodans Stellvertreter davon, daß die Flotte abmarschbereit war. Er gab dem Kommandanten letzte Anweisungen und setzte den Zeitpunkt des Starts fest. Durch Funk sollten die anderen Schiffe unterrichtet werden.

Außerdem hatte Bully vor, einen Spähtrupp vorzuschicken, um die Lage zu sondieren. Auf keinen Fall wollte er von den Tefrodern überrascht werden, die sich aller Voraussicht nach auf Lookout befanden.

Im Gegenteil. Die Tefroder sollten von ihm überrascht werden.

Am dreizehnten November erreichte Reginald Bulls Flotte einen Punkt im Leerraum, der knapp vierhunderttausend Lichtjahre vom Rand der Milchstraße entfernt war und genau auf der Verbindungslinie zwischen den beiden Galaxien lag. Alle nicht benötigten Energieaggregate wurden abgeschaltet, um die Ortungsgefahr zu minimieren.

Die Station Lookout schwebte fünf Lichtjahre entfernt im Nichts.

Es wurde Zeit für den ersten Spähtrupp. Morgen bereits sollte der Angriff erfolgen. Die Zeit wurde knapp.

Sehr knapp sogar.

Bully ließ den Teleporter Tako Kakuta und den Telekineten Tama Yokida zu sich kommen, um mit ihnen den Einsatz zu besprechen.

»Wir wissen nichts über die Station«, begann Bully, nachdem die beiden Männer Platz genommen hatten. »Oder doch nur sehr wenig. Die Unterlagen der Maahks sind ungenau und genau zugleich. Wir kennen nur die Position und vermuten, daß sie über starke Abwehrwaffen verfügt. Es wird nicht leicht sein, etwas über sie herauszufinden. Noch schwerer wird es aber sein, sie zu erobern. Vernichtet werden soll sie nur dann, wenn keine andere Möglichkeit besteht. Ich möchte, daß Sie einen Vorstoß in Richtung Lookout unternehmen und mir möglichst viele Einzelheiten mitbringen. Riskieren Sie nicht zuviel, aber seien Sie auch nicht zimperlich. Ich stelle Ihnen einen

Raumjäger mit Piloten zur Verfügung. Kennen Sie Captain Rofipro?«

Tako schüttelte den Kopf.

»Nie gehört. Und es ist ein Name, den man nicht so schnell vergessen würde.«

»Sie werden ihn kennenlernen. Ein fähiger Offizier und Pilot. Sie können sich auf ihn verlassen.«

»Wann starten wir?«

»Sofort.« Bully erhob sich. »Wir werden hier warten und ständig mit Hyperfunk auf Empfang bleiben. Senden Sie ohne Bedenken einen Notruf, wenn Sie angegriffen werden oder etwas schiefgeht.«

»Hoffentlich nicht«, murmelte Tama, als er aufstand.

Zehn Minuten später trafen die Mutanten und Captain Rofipro im Hangar ein. Der Jäger stand bereit zum Abschuß. Der kleine Flugkörper faßte zur Not drei Mann und besaß einen Linearantrieb. Der Aktionsradius war erstaunlich groß.

»Captain Rofipro?«

Der Offizier, ein drahtiger junger Mann, gab den Mutanten die Hand.

»Schon viel von Ihnen gehört. Freut mich, Sie kennenzulernen.«

Tako und Tama gaben den kräftigen Händedruck zurück.

»Kann's losgehen?«

Rofipro nickte. Die drei Männer kletterten in die enge Kabine. Der Hangar war menschenleer, obwohl noch eine Luftschleuse ihn von der Außenluke trennte. Dann glitt der Jäger durch die Schleuse in den Startraum. Die Luft wurde abgesaugt, und die Außenluke öffnete sich.

Trotz der Antigravpolster spürten Tako und Tama den Ruck, als sich das kleine Schiff aus der Verankerung löste. Es schoß hinaus in den fast schwarzen Raum und beschleunigte mit phantastischen Werten. Die DERINGHOUSE, riesig wie ein Planet, schrumpfte erstaunlich schnell zusammen, wurde zu einer winzigen Kugel – und war dann plötzlich verschwunden.

»Noch zwanzig Sekunden, und dann Linearflug«, sagte Captain Rofipro ruhig. »Für zwei Minuten und zehn Sekunden. Wenn wir in den Normalraum zurückkehren, muß die Station zwei Millionen Kilometer vor uns liegen. Dann schleichen wir uns im Schutz unseres Anti-Ortungssystems langsam näher.«

»Schleichen ist gut«, murmelte Tako und sah durch die Plastikkuppel. Von Geschwindigkeit war nichts zu bemerken, da es keine Bezugspunkte gab.
»Halbe Lichtgeschwindigkeit, was?«
»Wäre zu schnell.«
Tama beugte sich vor und tippte Rofipro auf die Schulter.
»Verzeihen Sie meine Frage, aber ich bin neugierig. Wie kommen Sie an den merkwürdigen Namen? Aus welcher Nation stammen Ihre Vorfahren?«
Der Pilot lächelte und drehte sich zu Tama um.
»Ihre Frage ist berechtigt, und ich bin Ihnen nicht böse. Eigentlich stamme ich aus Nordamerika. Meine Vorfahren auch. Aber irgend so ein Beamter auf der Behörde konnte nicht richtig schreiben. Und da kam dann der Fehler zustande. Später wurde er nicht mehr korrigiert.«
»Muß aber ein einfältiger Mann gewesen sein. Wie hießen Sie oder Ihre Vorfahren denn ursprünglich?«
Der Captain grinste breit.
»Roprofi«, sagte er sarkastisch.
Tako brach in schallendes Gelächter aus, und genau in diesem Augenblick ging der Jäger in den Linearraum. Der Unterschied war nicht groß, nur die beiden Galaxien, milchige Flecke im Schwarz des Raumes, verschwanden.
Für zwei Minuten und zehn Sekunden.
Tama sagte:
»Kein Wunder, wenn der Beamte sich vertan hat. Wir haben in Japan auch Namen, die einem Europäer oder Amerikaner merkwürdig vorkommen müssen. Sind eben so Eigenarten. Dauert noch Jahrhunderte, bis sich die Unterschiede ganz verwischen.«
Captain Rofipro starrte auf seine Kontrollen. Die automatische Robotsteuerung klickte, und dann fiel der Jäger in das Einsteinuniversum zurück.
Und diesmal war etwas zu sehen.
Etwas rechts in Flugrichtung stand ein heller Fleck, aber es war keine Sonne. Es war auch kein Planet, der von einer Sonne angestrahlt wurde.
Es war der von Maahks erbaute Weltraumbahnhof Lookout.
Auf dem Hauptschirm waren Einzelheiten zu erkennen.

Der Captain drosselte die Geschwindigkeit, bis der Jäger nur noch mit wenigen Kilometern in der Sekunde flog. So war es möglich, die Station in aller Ruhe zu studieren.

Sie bestand aus drei riesigen Scheiben, deren Durchmesser zwischen dreißig und vierzig Kilometer betrug. Sie mochten knapp zehn Kilometer dick sein und waren an den Schmalseiten verbunden. Oberflächenbauten waren nur sehr wenige zu erkennen. Der größte Teil der sicherlich vorhandenen Anlagen lag also unter der Oberfläche. Das Dreieck im Zentrum der Scheiben wurde von einer Art Brücke überspannt, die wohl Verbindungszwecken diente.

Aus den gigantischen Landeplattformen ragten Ortungsantennen und Funktürme hervor. Die Plattformen selbst waren in quadratische Landeflächen unterteilt.

Das ganze Gebilde mit mehr als hundert Kilometern Durchmesser war hell erleuchtet. Überall an den Rändern mußten riesige Scheinwerfer angebracht sein, die ungeheure Energien verschlangen.

»Das sieht ja nicht gerade verlockend aus«, stellte Tako endlich fest, nachdem er sich alle Einzelheiten eingeprägt hatte. »Ich weiß nicht, ob ich da einfach hinspringen soll.«

»Unser Auftrag lautet, Abwehrmöglichkeiten der Station festzustellen. Dazu gehören auch Parafallen und Psischirme.« Tama sah ebenfalls nicht besonders erfreut aus. »Da bleibt nichts anderes übrig, als mal nachzusehen.«

»Wie weit können Sie teleportieren?« fragte Captain Rofipro.

»Gehen Sie bis auf hunderttausend heran«, empfahl Tako. »Ich werde allein springen. Wir vereinbaren eine Frist. Bin ich bis zu ihrem Ablauf nicht zurück, fliegen Sie zur DERINGHOUSE zurück.«

»Unmöglich«, protestierte der Captain. »Ich habe den Auftrag, Sie beide wohlbehalten und mit den Informationen zurückzubringen.«

»Da können Sie unter Umständen warten, bis Sie schwarz werden«, prophezeite Tako düster, ohne den Eindruck eines Pessimisten zu erwecken. »Sagen wir: eine Stunde.«

»Einverstanden«, sagte der Captain. »Ich werde hier warten. Aber länger als eine Stunde. Kommen Sie bloß zurück, sonst haben wir Ärger.«

Tako richtete sich auf und peilte die Station mit freiem Auge an.

Dann, eine Sekunde später, war er verschwunden.

Montra Matite betrat seine Kommandozentrale und stellte mit Befriedigung fest, daß alle Kontrolltafeln normalen Betrieb anzeigten. Die Orterschirme waren leer, und die Zeiger der Taster standen auf Null.

Montra Matite war ein echter Tefroder, kein Duplo. Er vertrat auf der wichtigen Station die Stelle eines Meisters und übte alle dessen Funktionen und Befugnisse aus. Er war der Kommandant der Station Lookout.

Er legte den weiten Umhang ab und setzte sich in den Kontrollsessel. Wie immer war er froh, daß er allein war. Es war anstrengend, immer ein Gesicht zu tragen, das nicht dem innersten Wesen und Verlangen entsprach. Matite war ein Schauspieler, und er spielte seiner Umwelt und vor allen Dingen den Meistern jene Rolle vor, die man von ihm erwartete. Er galt als Held und vorbildlicher Flottenführer; man hielt ihn für einen zuverlässigen Offizier und vertraute ihm vollkommen.

Matite aber war in Wirklichkeit labil von Charakter und ein Feigling.

Matite war der einzige echte Tefroder auf Lookout. Alle anderen Stationsmitglieder waren Duplos, in deren Gehirnen die Reizempfänger darauf warteten, aktiviert zu werden. Sie konnten ihre Träger zu angriffslustigen Bestien machen – oder sie zerstören.

Zweiundsechzig Kampfschiffe – das war Matites gesamte Streitmacht außerhalb der Station. Das war nicht viel, wenn man die eigene Abwehrkraft von Lookout vergaß. Vergaß man sie nicht, waren die Kampfschiffe so gut wie überflüssig.

Gestern noch waren Frachtschiffe eingetroffen, die neue Vorräte und Ausrüstungsgegenstände brachten. Matite hatte einige Offiziere zu sich gebeten und sie ausgefragt. Sie berichteten nichts wesentlich Neues.

Die Lage in Andromeda habe sich nach der Vernichtung des zentralen Sonnentransmitters beruhigt, sagten sie aus. Die Terraner hätten sich wahrscheinlich zurückgezogen und ihre Absicht, den Andromedanebel zu erobern, aufgegeben.

So beruhigend diese Nachrichten auch waren, Matite konnte sich eines gewissen Mißtrauens nicht erwehren. Er war mißtrauisch gegen alle und gegen jeden. Und er hatte auch allen Grund dazu. Überhaupt war er eine zwiespältige Natur. Auf der einen Seite haßte er die Terraner, die sein ruhiges und gefahrloses Leben bedrohten. Auf der anderen Seite hatte er keinen sehnlicheren Wunsch, als ihnen einmal zu begegnen. Dieser Wunsch jedoch war mit Furcht verbunden, mit unbeschreiblicher, schrecklicher Furcht.

Er bewunderte die unbekannten Meister, befolgte alle ihre Befehle und war ihnen scheinbar bis in den Tod ergeben. Und gleichzeitig haßte er sie wie die Pest.

Alle diese Dinge mußte er tief in seinem Herzen verborgen halten, denn selbst ein Duplo würde ihn beim geringsten Verdacht der Untreue sofort töten.

Und Matite wollte nicht sterben. Am liebsten würde er niemals sterben.

Doch nur die Meister der Insel waren unsterblich.

Matite drückte einen Knopf ein. Das Gesicht eines anderen Tefroders erschien auf dem Bildschirm des Interkoms. Es war Hondro Duffke, Matites Ratgeber, Vertrauter und heimlicher Überwacher. Matite wußte das, und er haßte den Verräter, ohne es sich jemals anmerken lassen zu dürfen. Es war eine Schande, von einem Duplo überwacht zu werden.

»Sie wünschen, Kommandant?«

Hatte die Stimme nicht zu unterwürfig geklungen, vielleicht mit heimlicher Genugtuung vermischt?

Oder war das nur Einbildung?

»Ich warte noch immer auf die Vollzugsmeldung, Duffke. Sind alle Güter ordnungsgemäß verstaut worden? Was ist mit den Ersatztriebwerken? Einige unserer Kampfschiffe benötigen eine Überholung und Austausch der Konverter. Haben Sie das in die Wege geleitet?«

Duffkes Gesicht wurde abweisend.

»Ich kenne meine Pflichten«, erwiderte er kalt, und die Betonung schien auf dem Wörtchen ›Ich‹ zu liegen. Aber das konnte auch Einbildung sein.

Matite war eben übervorsichtig und ängstlich. »Die Vollzugsmeldung dürfte jeden Augenblick erfolgen. Haben Sie sonst noch Fragen, Kommandant?«

Matite zögerte.

»Die Routine-Überwachungsflüge sollen verstärkt werden. Veranlassen Sie, daß fünf Schiffe mehr ausgeschickt werden. Außerdem bereiten Sie einen Kurier zur Zentralstation vor. Die Nachrichten von dort sind längst überfällig.«

Das Gesicht des Duplos blieb abweisend.

»Das würde den Befehlen der Meister widersprechen. Sollte ein Kurier notwendig sein, wären entsprechende Anordnungen erfolgt. Ich gebe Ihnen also den Rat, den Kurier zu vergessen.«

Matite wollte aufbegehren, aber dann beherrschte er sich. Er sagte lediglich:

»Wir haben lange keine Verbindung mit den Meistern mehr gehabt. Vielleicht ist etwas geschehen, das wir noch nicht wissen?«

»Unsinn!« Das Wort kam wie aus der Pistole geschossen, und Matite zuckte zusammen. »Was sollte geschehen sein?«

»Auch von Midway fehlen jede Nachrichten.«

Duffke war wieder ganz ruhig geworden.

»Warten wir noch ab. Sie wissen so gut wie ich, daß die Meister keine Eigenmächtigkeiten dulden. Und ein Kurier wäre ein solche Eigenmächtigkeit.«

Matite beugte sich vor und sah den Duplo an.

»Wollen Sie mir eigentlich drohen?«

Zum erstenmal verriet Hondro Duffke Unsicherheit.

»Wovon sprechen Sie?«

Matite war in einer Stimmung, die ihn jede Überlegung vergessen ließ.

»Meinen Sie, ich wüßte nicht genau, daß Sie von den Meistern zu meiner Überwachung abgestellt wurden? Sie sind ein Spitzel der Unsterblichen, ein ganz niederträchtiger, gemeiner Spitzel. Ich warne Sie, Duffke. Sie sind aufsässig, also steht mir das Recht zu, Sie zu vernichten.«

Hondro Duffke gab den Blick kalt zurück.

»Wenn Sie mich töten, wird etwas geschehen, mit dem Sie nicht rechnen können. Automatisch wird dann ein Hyperfunkspruch ausgelöst. Das Gerät ist in meinem Körper eingebaut. Die Meister sind dann augenblicklich unterrichtet, und Sie können sich vorstellen, was dann geschieht.«

Matite blieb ganz ruhig, obwohl es in ihm tobte. Wut und Furcht kämpften um die Oberhand, aber schließlich siegte die Vernunft.

»Gut, wir wissen nun beide Bescheid. Richten wir uns danach. Ich werde Sie nicht töten, und Sie werden mir keine Vorschriften mehr machen. Ich werde bei der nächsten Verbindung mit den Meistern durchblicken lassen, daß ich nicht viel von einem Spitzel halte. Vielleicht wird man Sie versetzen oder vernichten, weil Sie so ungeschickt waren, Ihre eigentliche Funktion zu verraten.«

Duffke zuckte zusammen, und dann wurde der Schirm dunkel.

Matite hatte genau den richtigen Ton getroffen, um den Duplo zu verwirren und vorerst kaltzustellen.

Er atmete auf und lehnte sich zurück. Sein schon lange bestehender Verdacht hatte sich nun endgültig bestätigt. Die Meister trauten ihm nicht. Oder trauten sie niemandem und hatten überall ihre Spitzel?

Nach fünf Minuten angestrengten Nachdenkens beugte er sich vor und drückte einen anderen Knopf der Interkomanlage ein.

Er gab den Befehl, ein Kurierschiff startbereit zu machen.

Flugziel war der Bahnhof Midway.

Tako Kakuta rematerialisierte einige tausend Kilometer vor Lookout mitten im Raum. Er trug seinen Kampfanzug mit einem Luftvorrat für fast drei Tage. Außerdem konnte die Antigravanlage ihn jederzeit schwerelos und der Deflektor ihn unsichtbar machen. Seine Bewaffnung bestand aus einem Strahler und kleinen Wurfbomben. Ein Individual-Energieschirm schützte ihn vor Angriffen.

Die Station erschien riesengroß und schwebte als unförmiges Gebilde im Raum. Tako war viel zu klein, um geortet werden zu können. Höchstens ein in der Nähe vorbeifliegendes Schiff bekäme ihn auf die Orterschirme, aber auch das würde nur durch einen unwahrscheinlichen Zufall geschehen können.

Fast zehn Minuten schwebte Tako im Raum und ließ sich langsam auf die Station zu treiben. Er wagte keinen weiteren Teleportersprung, um nicht in einen Antipsischirm zu geraten. Eine derartige Parafalle würde ihn mit solcher Gewalt zurückschleudern, daß er mit Sicherheit die Besinnung verlor und vielleicht sogar getötet wurde.

Er erhöhte seine Treibgeschwindigkeit und steuerte einen Teil der rechten Scheibe an, die etwas im Dunkel lag. Dann schaltete er seinen Deflektor ein. Nun fühlte er sich ziemlich sicher vor einer Entdeckung.

Die Station kam näher und wurde immer größer. Die Seitenauf-

Perry Rhodan

Die letzte Bastion

Zum Inhalt dieses Buches:

Nach den letzten Erfolgen der Terraner scheint die Macht der Meister der Insel schon so gut wie gebrochen, doch noch haben sie eine Reihe von gefährlichen Trümpfen in der Hand. Perry Rhodan und seine Spezialisten stehen vor der fast unlösbaren Aufgabe, die letzten und stärksten Bastionen der Beherrscher Andromedas auszuheben, die gewaltige Aufgebote an Raumschiffen und Duplos in die Schlacht schicken. Mit Tengri Lethos, dem Hüter des Lichts, taucht unverhofft ein mächtiger Verbündeter auf. Aber es bleibt Atlan vorbehalten, die entscheidende Auseinandersetzung mit Faktor I zu führen, dem bis zuletzt geheimnisvollen Chef der MdI. Es ist der schwerste Kampf im über zehntausendjährigen Leben des Arkoniden – denn Atlan tritt an gegen einen ebenso faszinierende wie skrupellose Frau: Mirona Thetin, die Herrin der Sterne . . .

ISB N 3-8118-2047-8 DM +022.80

02280

öS 185,-

9 783811 820470

Hölein Pilgramsrot 458
Coburg

bauten wurden so deutlich, daß Tako jede Einzelheit erkennen konnte. Zwei Kugelraumer starteten von einer der Plattformen und flogen in entgegengesetzter Richtung davon – wahrscheinlich einer der routinemäßigen Überwachungsflüge.

Allmählich bremste Tako die Fallgeschwindigkeit, denn die Anziehungskraft der Station machte sich bemerkbar und beschleunigte ihn. Nach weiteren zehn Minuten landete er sanft auf der rechten Scheibe.

Im ersten Augenblick fühlte er sich auf einen Planeten versetzt, so gewaltig waren die Ausmaße des künstlichen Gebildes, das vierhunderttausend Lichtjahre vor der Milchstraße im Nichts schwebte. In der Nähe stand ein Tausend-Meter-Kugelraumer. Er wirkte wie ein riesiges Hochhaus auf einer absolut fugenlosen und glatten Metallebene – und genau das war die Ebene auch. Sie bestand aus massivem Metall.

Tako widerstand der Versuchung, einfach blind in das Innere der Station zu teleportieren. Die Gefahr einer Entdeckung war zu groß, und die Tefroder durften nicht gewarnt werden. Außerdem beschäftigte ihn ein ganz anderes Problem:

Die Station war nicht durch Parasperren abgesichert!

Warum nicht?

Fühlten sich die Meister so sicher, daß sie Parasperren für unnötig hielten? Dann würden sie aber bald eine unangenehme Überraschung erleben.

Eigentlich, dachte Tako, ist meine Mission beendet. Außerdem war die vereinbarte Zeit bald um.

Ehe ihn jemand entdeckte, teleportierte er wieder in den Raum hinaus und orientierte sich. Der wartende Jäger war hunderttausend Kilometer entfernt. Die Richtung war nur zu ahnen, niemals sicher zu bestimmen. Trotzdem wagte es Tako.

Als er wieder rematerialisierte, schwebte er im Nichts. Die Station war nur noch ein heller Stern, sonst war außer den beiden Galaxien nichts zu sehen. Ihm blieb nichts anderes übrig, als über Hyperfunk ein kurzes Peilsignal abzugeben.

Dann, Minuten später, sah er den Raumjäger heranrasen.

Als Mercant den Bericht Takos gehört hatte, warf er innerhalb von Sekunden seinen Angriffsplan über den Haufen.

»Es hat wenig Sinn, wenn wir mit den Schiffen angreifen. Entscheidend dürfte sein, daß die Station keinen Psischirm hat. Damit kann Plan II zur Ausführung gelangen. Wir werden Tako und Tama vorschicken, die mit Spezialbomben die Besatzung ausschalten. Mit den sicherlich vorhandenen Kampfrobotern werden wir dann leichter fertig. Sobald Tako uns das vereinbarte Zeichen gibt, werden wir mit der Flotte folgen.«

»Jedenfalls scheinen die Tefroder nicht mit einem Überfall zu rechnen, sonst sähe es anders aus«, bemerkte Bully.

»Das kann eine Täuschung sein«, gab Mercant zu bedenken. »Aber ich glaube es nicht. Die Tatsache, daß auf Lookout keine Parafallen aktiviert sind, kann nur bedeuten, daß die Besatzung – aus welchen Gründen auch immer – noch keine Informationen darüber besitzt, was sich inzwischen bei Central-Station ereignet haben muß. Wenn der Terminplan eingehalten wurde, müßte Rhodan inzwischen diesen Bahnhof längst erobert haben. Die Tefroder rechnen, aufgrund fehlender Information, also nicht damit, daß wir Lookout angreifen könnten. Ich denke daher, daß wir sie überraschen können.«

Natürlich konnte Mercant nicht wissen, was sich bei Central-Station tatsächlich zugetragen hatte, und daß dieser Weltraumbahnhof nicht mehr existierte.

»Ich bringe Tama und Tako in die Nähe der Station«, erbot sich Bully. »Mercant, Sie warten. Ich kehre zu Ihnen zurück, sobald die beiden Mutanten abgesetzt wurden. Wenn dann das Hypersignal eintrifft, greifen wir an. Mit allen Schiffen!«

Mercant nickte.

»Dann wäre ja wohl alles klar. Wann?«

Sofort, hätte Bully am liebsten gesagt. Aber er sagte nur:

»In zwei Stunden.«

Die Vorbereitungen liefen an. Noch immer gab es keine Anzeichen dafür, daß die Tefroder die in fünf Lichtjahren wartende terranische Flotte geortet hatten.

Dann war es soweit.

Im Hangar der DERINGHOUSE stand der Jäger bereit. Bully saß am Steuer, hinter sich die beiden Mutanten mit ihrer Spezialausrüstung.

Der Jäger wurde ausgeschleust.

Als Bully die DERINGHOUSE kleiner werden sah, spürte er zum

erstenmal seit langer Zeit wieder das Gefühl absoluter Ungebundenheit und Freiheit. Seine Pflichten ließen es nicht zu, daß er mehr als unbedingt notwendig im Weltraum und von der Erde fort war. Und wenn schon im Raum, war sein Aufenthaltsraum meistens die Zentrale eines großen Ultraschlachtschiffes. Für die Einzelunternehmungen gab es genügend fähige Offiziere.

Diesmal aber war alles ganz anders.

»Sie müssen die Belüftungsanlage finden«, sagte er, indem er sich zu den beiden Mutanten umdrehte. »Am besten den Verteiler. Hinein mit den Bomben, ehe die Tefroder Verdacht schöpfen, das ist eine Methode, die wir schon oft anwandten, und sie hat fast immer zum Erfolg geführt.«

»Ist auch die einfachste Methode«, meinte Tako und klopfte auf den Beutel mit Gasbomben, den er am Gürtel seines Kampfanzuges trug. »Wenn ich das Signal abstrahle, werden Sie dann mit der ganzen Flotte angreifen?«

Bully schüttelte den Kopf.

»Damit würden wir unsere Schiffe in Gefahr bringen. Mercant hat sich da etwas anderes ausgedacht. Er wird das Transmitterschiff herschicken.«

»Die kleine Korvette?«

Korvetten waren Kugelraumer mit einem Durchmesser von nur sechzig Metern.

»Sie ist groß genug, einen Transmitter aufzunehmen. Wenn das Schiff erst hier gelandet ist, kann der Empfänger die Spezialtruppen ausspucken. Die tefrodischen Schlachtschiffe werden sich hüten, dann noch ihre eigene Station anzugreifen. So wenigstens hoffen wir.«

»Ich auch«, sagte Tako und seufzte. Nachdem der Jäger den Linearraum verlassen hatte, kam die Station schnell näher. Als Bully noch hunderttausend Kilometer entfernt war, nickte er den Mutanten zu.

»Viel Glück. Wir warten auf das Signal.«

Tako nahm Tamas Hand, um den Körperkontakt zur Teleportation herzustellen.

»Glück muß dabei sein«, sagte er.

Und dann war Bully plötzlich allein in der Kabine.

Er wendete und raste mit höchster Beschleunigung davon, um Minuten später in den Linearraum einzutauchen.

Tako hatte den Sprung so berechnet, daß er irgendwann im Innern der Station rematerialisierte. Es war ein blinder Sprung. Aber im Schutz der Deflektoren konnten die Mutanten sich einigermaßen sicher fühlen.

Der Raum, in dem sie auftauchten, war weit und niedrig. Eine Halle mit Maschinen und Ersatzteilen. Kisten standen überall herum, und alles sah sehr unordentlich aus. Immerhin boten sich genügend Verstecke an, falls das notwendig sein sollte.

Kein Tefroder war zu sehen. Tako schaltete die Mikrophone ein, die jedes Geräusch außerhalb des abgeschlossenen Anzugs aufnahmen. Ein leises, gleichmäßiges Summen war zu hören. Es kam von der Decke. Der Boden vibrierte.

»Wie wollen wir die Verteileranlage finden?« fragte Tama über den auf geringste Reichweite gestellten Helmsender.

»Sie muß genau im Zentrum der drei Scheiben liegen. Dort suchen wir zuerst.«

Es war nicht schwer, in der richtigen Richtung vorzudringen. Tako verzichtete darauf, einfach ins Zentrum zu springen. Nach einigen vorsichtigen Teleportationen, die sie immer näher an den Mittelpunkt brachten, begegneten ihnen immer öfter Tefroder. Sie wichen ihnen aus, um nicht frühzeitig entdeckt zu werden.

Zwei Kilometer vom inneren Rand der Scheibe entfernt, legten sie eine Ruhepause ein. Es war ein dunkler, unbenutzter Raum.

»Mir ist, als würde die Luft hier frischer«, sagte Tama, der für Sekunden den Helm geöffnet hatte. »Wir nähern uns der Luftversorgung.«

»Der Verteiler kann nicht mehr weit sein«, meinte Tako und hantierte an dem Bombenbeutel. »Wenn wir das ganze Zeug hineinwerfen, muß der Außenrand der Station eine halbe Stunde später verseucht sein. Solange benötigt meiner Schätzung nach der Luftstrom. Hoffentlich wird nicht vorher Alarm gegeben. Sonst war alles umsonst.«

»Sie werden keine Zeit dazu haben. Die Aras sollen einen ganz besonderen Stoff hergestellt haben. Wirkt blitzschnell und hält lange an.«

Tako wollte antworten, aber noch ehe er Luft holen konnte, flammte das Licht in dem Raum auf. Eine Tür öffnete sich, und ein Roboter kam herein. Er ortete die beiden Eindringlinge nicht sofort. Er schien eine bestimmte Aufgabe erhalten zu haben und führte sie nun stur aus.

Tama wagte nicht zu atmen. Er konzentrierte sich auf die Maschine. Jetzt war der Augenblick gekommen, in dem er seine telekinetischen Fähigkeiten einsetzen konnte. Vorsichtig tastete er den Roboter ab, und er fand sofort die entsprechenden Schaltungen in seinem Innern. Aber noch wartete er.

Der Roboter durchquerte den Raum, wobei er Tako fast mit dem Fuß streifte. Er ging zu einem metallenen Schrank und öffnete die Tür durch ein elektronisches Signal. Dann ließ er die Hände plötzlich sinken und drehte sich um. Seine starren Augen sahen genau in die von Tako.

Da handelte Tama.

Er desaktivierte den Roboter mit einem einzigen Impuls.

Das Leuchten in den Linsenaugen erlosch sofort, und der Roboter machte keine weitere Bewegung mehr. Er blieb einfach stehen, positronisch tot und unschädlich.

Tako atmete auf.

»Ausgezeichnet«, lobte er. »Ist das immer so einfach?«

»Nicht immer, leider. Aber ich kenne ja die Schaltungen der Tefroder zur Genüge. Zu dumm, daß die Duplos keine solchen Abstellvorrichtungen haben.«

Tako grinste breit, sagte aber nichts. Er deutete hoch zur Decke, wo das Gitter der Luftversorgung war. Tama verstand und erhob sich.

»Also weiter.«

Nach vier Sprüngen standen sie in der Luftversorgungsanlage.

Sie wurde von Robotern überwacht. Einzelne Duplos wiederum überwachten die Roboter. Wenn es Kameras gab, so waren diese nicht auf den ersten Blick zu entdecken.

Tako und Tama duckten sich hinter einen Vorsprung der großen Kontrolltafel, die mitten im Raum stand. Von hier aus hatten sie eine gute Übersicht.

Tako studierte die Anlage. Sie unterschied sich ein wenig von denen der Terraner, aber das Prinzip war das gleiche. Man mußte die gezündeten Bomben nur in den Zentralschacht werfen. Von dort gelangten sie dann in den Verteiler, wo das Gas in alle Zufuhrkanäle gedrückt wurde. Der Luftstrom würde es mit sich nehmen und in der ganzen Station verteilen.

Aber die Sache hatte einen Haken: Zuerst mußten Tefroder und

Roboter in der Luftversorgungsanlage so ausgeschaltet werden, daß niemand in der Station Verdacht schöpfte.

Tako duckte sich tiefer. Er hatte den Helm geöffnet und flüsterte: »Wie stellen wir es an, Tama?«

Auch der Telekinet verzichtete auf Funkverkehr.

»Ich nehme mir die Roboter von hier aus vor. Sobald sie desaktiviert sind, werden sich die Tefroder um sie kümmern. Sie können natürlich nicht ahnen, warum die Panne eintritt. Während sie mit den Robotern beschäftigt sind, betäuben wir sie durch eine Bombe. Der Rest ist dann leicht.«

»Kinderleicht«, wisperte Tako und verbiß sich ein Grinsen.

Tama konzentrierte sich auf die Roboter und stellte bald einen nach dem anderen kalt. Sie blieben in ihrer ursprünglichen Tätigkeit wie erstarrt stehen und rührten sich nicht mehr.

Zuerst merkten die Tefroder nichts, aber dann fiel ihnen die plötzliche Bewegungslosigkeit ihrer Hilfskräfte doch auf. Sie verständigten sich durch Zurufe und versammelten sich in der Mitte der Anlage, um zu beraten. Tako nahm eine der Spezialbomben aus dem Beutel und schärfte sie. Längst hatten Tama und er die Helme wieder geschlossen, um nicht selbst von dem Gas betäubt zu werden.

Tako warf die Bombe mitten unter die Tefroder-Duplos.

Das Wurfgeschoß detonierte mit einem leisen Zischen, und Sekunden später sanken die völlig überraschten Duplos auf den Boden. Ein Tefroder, der fast dreißig Meter entfernt auf einem Podest stand, wollte noch eine Bewegung machen, aber da erreichte auch ihn das Gas. Es mußte sich mit unvorstellbarer Geschwindigkeit verbreiten und vom natürlichen Luftzug unabhängig sein.

»Das wäre es«, sagte Tako und richtete sich auf. Tama folgte ihm. Sie entsicherten ihre Bomben und warfen sie dann in den Ansaugstollen, dessen Kontrollklappe sie vorher öffneten. Die Bomben wurden von dem vorbeirasenden Luftstrom ergriffen und mitgeführt.

»Und wohin jetzt?« fragte Tama.

»Wir teleportieren nach draußen. Hier haben wir nichts mehr zu suchen.«

Tako nahm Tamas Hand. Sekunden später standen sie auf einer der gigantischen Plattformen und strahlten das Hyperfunksignal ab.

Sie versteckten sich in einem flachen Randgebäude und warteten.

2.

Montra Matite schreckte aus seinem Halbschlaf hoch. Auf dem Bildschirm erkannte er Duffkes verhaßtes Gesicht. Es drückte Erschrecken und Ratlosigkeit aus.

»Was ist denn?«

»Kommandant, die Duplos sind ausgefallen. Es muß ein Fehler in der Luftversorgung sein, die Außenbezirke sind noch nicht betroffen. Lassen Sie das sofort überprüfen! Überzeugen Sie sich selbst.«

Matite unterdrückte seine verständliche Abneigung gegen den Spion.

»Erklären Sie mehr!«

Duffke erklärte es. Er benötigte dazu fast drei Minuten.

Das waren ein paar Sekunden zuviel.

Matite sah, wie Hondro Duffke plötzlich ohne einen Laut in sich zusammenzuckte und hart mit dem Kopf auf der Tischplatte aufschlug. Er schloß dabei die Augen – und wirkte so, als sei er eingeschlafen.

Für Sekunden war Matite ratlos, dann sprang er auf und schaltete die Luftversorgung der Zentrale ab. Er wußte plötzlich, was geschehen war. Er wußte auch, daß die Giftgase zu ihm unterwegs waren, wenn er ihnen nicht den Weg blockierte.

Die Zentrale besaß einen eigenen Luftvorrat für viele Tage.

Er atmete erleichtert auf. Immerhin hatte er nun dem Verräter Duffke einiges zu verdanken. Nicht viel, aber einiges. Vielleicht würde er es ihm eines Tages anrechnen und ihn am Leben lassen.

Die Bildanlage bestätigte Matites Verdacht. Nur in den Außenbezirken an den Rändern der Station waren die Duplos noch aktionsfähig.

Matite gab Alarm und befahl das Anlegen der Schutzanzüge, die von der Luftversorgung unabhängig waren. Seiner Meinung nach mußten die Saboteure noch in der Station sein, denn sie hatten bestimmt keine Zeit gehabt, so schnell wieder zu verschwinden. Die Roboter erhielten den Kampfbefehl.

Nachdem alles geschehen war, lehnte sich Matite beruhigt zurück.

Aber er war nur für eine knappe Minute beruhigt, dann überwältigten ihn die Sorgen. Und vor allen Dingen sprang ihn die Furcht an wie ein wildes Tier. Der Gegner war unsichtbar, und er hielt sich irgendwo in der Station verborgen. Er fand vielleicht die Zentrale und drang in sie ein.

Matite sprang auf und versiegelte das positronische Schloß an der Tür. Von außen war die Tür nun nicht mehr zu öffnen, nicht einmal mit Gewalt. Niemand konnte jetzt noch zu ihm vordringen.

Niemand – außer einem Teleporter.

Als ein Kreuzer der Tefroder die Flotte Bullys entdeckte, warf Mercant erneut den Schlachtplan um. Er veränderte ihn in Sekundenschnelle und befahl den sofortigen Angriff auf die Verteidigungsflotte der Station. Alles andere blieb so, wie es vereinbart war.

Während das Transmitterschiff Kurs auf die Station nahm, wurde der Kreuzer der Tefroder vernichtet. Der Kommandant, ein Duplo, hatte aber noch genügend Zeit gefunden, die anderen Schiffe zu warnen. Der Zusammenstoß wurde unvermeidlich, und bald entbrannte eine heftige Schlacht, bei der Bully drei kleine Einheiten verlor. Die gesamte Flotte der Tefroder wurde vernichtet.

Das Transmitterschiff wurde nicht aufgehalten. Bully selbst war an Bord und leitete das Landemanöver. Er zögerte auch nicht, Funkverbindung zu den beiden Mutanten aufzunehmen.

»Die Abwehrpositronik, Tako! Sie muß von Tama lahmgelegt werden. Die Flotte ist erledigt. Von ihr haben wir nichts mehr zu befürchten. Wir können uns auf Mercant verlassen. Aber die Station selbst. Sie ist erfahrungsgemäß durchaus in der Lage, uns abzuschießen, ohne daß auch nur ein Tefroder einen Finger rührt.«

»Wie sollen wir sie finden – die Positronik, meine ich.«

»In der Kommandozentrale oder in ihrer Nähe. Wir nehmen an, sie wird von einem Robotgehirn programmiert und geleitet. Tama soll es telekinetisch außer Gefecht setzen und darauf achten, daß es nicht vernichtet wird. Wir wollen die Station übernehmen, nicht vernichten.«

»Geht in Ordnung. Wir werden alles tun, was möglich ist. Wann landet das Transmitterschiff?«

»In dreißig Minuten. Solange habt ihr Zeit.«

Die Verbindung wurde unterbrochen.

Tako sah Tama an.

»Da haben wir die Bescherung! Abwehrpositronik! Eine Ahnung, wo die sein könnte?«

»Wir werden sie finden«, erklärte Tama bestimmt. »Wer außer Robotern sollte uns an der Suche hindern? Und mit denen werden wir schon fertig.«

Tako sprang und nahm Tama mit.

Sie materialisierten in einem Raum, in dem sich ein Dutzend Kampfroboter befanden, die rasch reagierten und die Mutanten angriffen. Nur ihren Individualschutzschirmen verdankten sie es, diesem Angriff nicht zum Opfer zu fallen. Dennoch schlug ein Teil der Energiefront durch und beschädigte die Aggregate ihrer Anzüge. Im letzten Moment gelang es Tako, mit seinem Begleiter zu springen. Diesmal hatten sie Glück und kamen in einer leeren Halle heraus. Eine sofortige Überprüfung ihrer Anzüge ergab, daß nur die Geräte zur Erzeugung der Deflektorfelder unbrauchbar waren. Sie würden sich nicht mehr unsichtbar machen können.

Nach einer kurzen Pause teleportierten sie wieder.

In einem Seitenkorridor fanden sie einen Mann, der keinerlei Anstalten machte, sich zur Wehr zu setzen. Tako hielt ihn fest, als er flüchten wollte.

»Wo liegt die Steuerzentrale der Abwehr?« fragte er auf Tefrodisch. »Wenn du redest, rettest du dein Leben.«

Der Duplo war zu Tode erschrocken, als er die beiden Fremden auftauchen sah. Er zitterte vor Angst. Zögernd beschrieb er die Lage der Abwehrpositronik, aber Tako mußte ihn mehrmals ermahnen, als er sich in Widersprüche verwickelte. Trotzdem schien es so, als spräche der Tefroder die Wahrheit.

Die Mutanten ließen ihn laufen und setzten die Suche fort.

Sie fanden die Anlage.

In einer riesigen Halle stand ein gigantisches Positronengehirn mit allen notwendigen Anschlüssen. Von hier aus wurden die einzelnen Waffenzentralen mit Befehlen gesteuert. Eine direkte Leitung führte zur Oberfläche in die Beobachtungsstation, die immer noch von aktiven Tefrodern besetzt war.

Tama unterbrach als erstes diese Leitung. Dann tastete er das Positronengehirn ab, bis er die gesuchten Schaltungen fand. Er war sehr vorsichtig, um keinen Fehler zu begehen. Auf keinen Fall durfte er das Gehirn so beschädigen, daß eine schnelle Reparatur unmöglich gemacht wurde.

»Geht es?« fragte Tako gespannt.

Tama nickte.

Dann konzentrierte er sich und packte zu. Das Brummen erstarb, und schließlich rührte sich nichts mehr in der Anlage.

Der Telekinet atmete auf.

»Ich denke, das wär's. Das Transmitterschiff kann landen.«

»Gut. Dann zurück an die Oberfläche. Hier fühle ich mich ungemütlich.«

Sie teleportierten zurück, mußten aber gleich nochmals springen, denn überall rannten schwerbewaffnete Tefroder und kampfbereite Roboter herum und suchten nach den Saboteuren. Es wurde höchste Zeit, daß Bully eingriff, sonst war alles umsonst gewesen.

Aus dem dunklen Himmel herab kam das kleine Kugelschiff und setzte hart auf. Alle Luken öffneten sich, noch bevor der Antrieb ausgeschaltet wurde, und dann stürmten die Spezialeinheiten heraus. Es handelte sich um erprobte Offiziere und Männer mit Sonderausbildung.

Der Endkampf um die Station der Tefroder hatte begonnen.

Montra Matite saß in seinem Kontrollsessel und beobachtete das Vordringen der Terraner. Er war nicht in der Lage, sie daran zu hindern. Die Zentralpositronik steuerte alle internen Bereiche der Station, einschließlich aller Roboter, doch die Waffen und Fallensysteme der Station selbst entzogen sich ihrer Kontrolle. Die von der Zentralpositronik unabhängige Abwehrpositronik war desaktiviert worden, so daß die entsprechenden Mittel von der Zentrale aus nicht gegen die Eindringlinge eingesetzt werden konnten.

Matite fühlte sich hilflos.

Als er hinter sich ein Geräusch hörte, drehte er sich langsam und voller böser Ahnungen um. Ungläubig beobachtete er den Mann, der dicht hinter ihm stand, einen terranischen Strahler auf ihn gerichtet.

Es dauerte lange Sekunden, ehe er begriff.

Ein Teleporter!

Tako Kakuta sagte:

»Wenn Sie vernünftig sind, geschieht Ihnen nichts. Wir haben nicht die Absicht, den Kommandanten dieser Station zu töten. Kommen Sie freiwillig mit – oder besser noch: Öffnen Sie das Positronenschloß. Lassen Sie uns in die Zentrale. Die Station ist ohnehin fest in unserer Hand.«

Matite unterdrückte sein Panikgefühl. Die Meister sind selbst schuld, sagte er sich immer wieder. Sie haben mich verraten, im Stich gelassen. Hätten sie mich rechtzeitig gewarnt oder mir geholfen, wäre das alles nicht geschehen. Ich habe mir nichts vorzuwerfen. Und wenn mir die Terraner das Leben anbieten, so wäre ich ein Narr, würde ich es ausschlagen.

Er blieb ganz ruhig sitzen.

»Ich nehme Ihren Vorschlag an.«

Das ging Tako fast ein wenig zu leicht und schnell. Er war kein Telepath, und so konnte er auch Matites Gedanken nicht lesen. Das würde Fellmer Lloyd besorgen.

»Gut, dann öffnen Sie die Tür. Aber ich warne Sie. Machen Sie keine falsche Bewegung.«

»Sie brauchen keine Sorge zu haben«, sagte der Tefroder und stand langsam auf. »Ich weiß, wann ich verloren habe. Ich werde nicht so verrückt sein, mich für die Meister zu opfern.«

Er ging zur Tür und öffnete sie.

Bully und einige Terraner kamen herein. Sie ließen die Waffen sinken. Fellmer bestätigte, daß Matite die Wahrheit sprach und es ehrlich meinte.

Der Tefroder trug keine Waffe. Bully verzichtete darauf, ihn fesseln zu lassen. Er wußte von Fellmer, daß es keinen ernsthaften Widerstand mehr geben würde. Aber er wußte auch, daß Matite seine geheimen Kenntnisse möglichst teuer verkaufen wollte.

»Setzen Sie sich«, sagte Bully höflich, aber bestimmt. »Wir wollen uns unterhalten. Und ich möchte Sie bitten, mir alle Fragen schnell und wahrheitsgemäß zu beantworten. Das erleichtert Ihnen und mir die künftige Zusammenarbeit. Und Sie können mir glauben, daß wir noch viel zusammenarbeiten werden – wenn Sie wollen.«

Matite nahm wieder in seinem Sessel Platz. Vor ihm waren die Kontrollen der Station. Er betrachtete sie nachdenklich, aber er sah keinen Ausweg aus seiner Lage. Vielleicht wollte er auch keinen mehr.

»Was wollen Sie wissen?« fragte er ruhig, als Bully sich neben ihn auf die Kante des Kontrolltisches gesetzt hatte.

»Eine ganze Menge. Hatten Sie Gelegenheit, die Meister zu alarmieren, als wir die Station angriffen?«

Matite lächelte.

»Nein. Ist wohl mein Glück, nicht wahr?«

Bully lächelte zurück.

»Kann schon sein. Jedenfalls gewinnen wir so Zeit. Können Sie die Roboter dazu veranlassen, den letzten Widerstand einzustellen? Sie würden uns damit unnötige Verluste ersparen. Sinn hat es sowieso keinen mehr. Die Station ist so gut wie in unserer Hand. Und was die restlichen Duplos angeht, so werden wir sie noch finden und überwältigen.«

Matite nickte resignierend und machte sich an den Kontrollen zu schaffen. Vier Bildschirme flammten auf. Sie zeigten verschiedene Abteilungen der Station. Noch war der Widerstand der Roboter nicht völlig gebrochen, und auch vereinzelte Duplos mischten kräftig mit. Matite drückte auf einen Knopf, und die Roboter rührten sich nicht mehr. Sie erhielten vom Zentralgehirn keine Befehle mehr.

Die Tefroder zogen sich zurück, als sie die Unterstützung der Roboter verloren.

Matite sah Bully an.

»Haben Sie noch Fragen?«

Bully nickte.

»Später, aber nicht jetzt. Unsere Schiffe werden die Station von nun an kontrollieren. Einige werden landen. Weitere Anweisungen erfolgen nach der Vollzugsmeldung an Perry Rhodan.« Er betrachtete Matite einige Sekunden lang. »Sie haben uns sehr geholfen, Kommandant. Ihr Name?«

»Montra Matite.«

»Sie sind frei, Matite. Wohin können wir Sie bringen?«

Matite starrte Bully entgeistert an. Sein Verstand schien nicht begreifen zu wollen, was seine Ohren gehört hatten. Seine Vorstellung von den Terranern war schon arg ins Schwanken geraten, aber das jetzt übertraf seine optimistischsten Erwartungen. Zumindest hatte er mit Gefangenschaft gerechnet.

»Frei? Sie wollen mich freilassen? Aber – wohin sollte ich denn gehen? Man wird bald überall wissen, daß ich Ihnen geholfen habe. Man wird mich verfolgen und töten. Nein, ich kann hier nicht fort. Ich muß Sie bitten, mich zu behalten. Meinetwegen als Gefangenen.«

Bully begriff, in welcher Gefahr der Tefroder schwebte, und er verstand auch dessen Angst. Er lächelte.

»Sie können natürlich auch bei uns bleiben, aber nicht als unser Gefangener. Betrachten Sie sich als frei und als unseren Freund. Ich werde dafür sorgen, daß Sie auf einem unserer Schiffe eine Kabine für sich erhalten. Genügt das?«

Montra Matite bekämpfte seine aufsteigende Rührung über soviel Großmut. Er mußte irgend etwas tun, um seine Dankbarkeit zu beweisen. Es mußte doch möglich sein, Gleiches mit Gleichem zu vergelten. Außerdem . . .

»Haben Sie schon jemals den Namen Multidon gehört?« fragte er.

Bully schüttelte den Kopf.

»Nein, niemals. Was ist das?«

Matite lächelte.

»Ich werde Ihnen das größte Geheimnis der Meister zeigen«, sagte er und erhob sich. »Kommen Sie mit mir.«

Er ging zur Tür.

Fellmer sagte zu Bully:

»Sie können ihm vertrauen. Er will uns seine Dankbarkeit beweisen und meint es wirklich ehrlich.«

Matite führte die Terraner in die streng geheime Positronikzentrale der Station, die nur für den Kommandanten zugänglich war. Hier waren alle jemals errechneten Daten und Fakten in einem riesigen Erinnerungsspeicher gestapelt und konnten jederzeit abgerufen werden.

Der Tefroder stand eine Weile überlegend vor dem gigantischen Gebilde, ehe er damit begann, Tasten zu drücken und Befehle zu programmieren. Im Innern des Robotgehirns begann es zu arbeiten. Die Impulse, gesteuert von der Programmierung, fanden ihre Ziele und stellten die Kontakte her.

Matite sagte zu Bully:

»Was ich tue, ist doppelt verboten. Nicht einmal ich darf diese

Daten kennen – aber ich kenne sie. Ich kenne sie deshalb, weil ich zu einer Gruppe von Tefrodern gehöre, die mit den Maßnahmen der Meister nicht ganz einverstanden sind. Obwohl wir . . . die Macht der Herrscher auch irgendwie bewundern. Aber sie mißbrauchen sie. Wir leben in einem Konflikt und sind eine Widerstandsgruppe, wenn Sie so wollen. Oder glauben Sie, sonst wäre ich so schnell bereit gewesen, Ihnen zu helfen?«

»Es war sicherlich nicht der einzige Grund«, vermutete Bully.

»Richtig. Ich hatte auch Angst, weil ich feige bin – aber wer ist das nicht? Die geheimen Daten also sind hier in diesem Gehirn verankert, und eben kommen sie heraus. Sehen Sie dort die Lochstreifen? Der Entschlüsseler steht da drüben.« Er deutete in eine andere Richtung. »Kennen Sie ja.«

Genau in diesem Augenblick registrierte die Positronik des Speichers eine Veränderung der Gehirnwellenmuster Matites. Der Individualabtaster des Robotgehirns alarmierte die Sicherheitsschaltung und die automatische Abwehr.

Für die Maschine hatte ein völlig fremdes Wesen an die Geheimnisse der Meister gerührt.

Sie befahl die Abwehraktion.

»Wer oder was ist Multidon?« fragte Bully.

»Ein geheimer Planet, das Zentrum der Macht der Meister«, gab Matite Auskunft. »Die Position des Planeten ist streng geheim. Nur wenige kennen sie.« Er seufzte. »Sie werden bald zu diesen wenigen gehören, und ich . . .«

In dieser Sekunde geschah es.

Ein greller Blitz zuckte aus der Maschine und traf Matite.

Einen Augenblick später war von ihm nur ein davonwehendes blaues Wölkchen übrig.

Die Informationsausgabe hörte auf zu arbeiten.

Der Kommandant der Tefroderstation, Montra Matite, war tot.

Er hatte keinen Schmerz gespürt, und er war gestorben, ohne es überhaupt zu wissen.

Mercant stationierte den Großteil der Flotte im Raum, mit dem Rest landete er auf der Station.

Die Meister der Insel hatten eine Bastion verloren. Lookout war fest in der Hand der Terraner, mit allen wichtigen technischen Installationen und Ersatzteilen.

Bully hatte den Lochstreifen der Positronik durch die Entschlüsselungsmaschine gehen lassen und den Klartext studiert.

Die Information war nicht vollständig, aber sie würde genügen, den geheimnisvollen Planeten zu finden. Die Meister würden eines Tages auch Multidon verlieren.

Tama programmierte die Abwehrpositronik um. Von nun an würde sie kein Schiff in die Nähe Lookouts lassen, das nicht die Merkmale eines terranischen Schiffes trug.

Mercant traf Bully auf der Außenfläche der Station. Gemeinsam kehrten sie in die gelandete GENERAL DERINGHOUSE zurück.

»Wir müssen Rhodan unterrichten«, sagte Mercant. »Wir sollten ein Kurierschiff schicken.«

Bully schüttelte den Kopf.

»Ich habe eine bessere Idee. Wir rüsten dreißig unserer Großschiffe – einschließlich der GENERAL DERINGHOUSE – mit dreistufigen Zusatztriebwerken aus und fliegen zur 700.000 Lichtjahre entfernten Midway-Station. Die restliche Flotte bleibt vorerst hier zurück. In zehn Tagen können wir Midway erreichen.«

»Einverstanden.« Mercant grinste. »Sie können es nicht lassen. Sie müssen Ihren Willen durchsetzen. Sie haben nun einmal Ihr eigenes Unternehmen geplant, nun wollen Sie es auch durchführen. Nun, von mir aus, es macht keinen Unterschied.«

»Nein, das macht es auch nicht. Aber es ist durchaus möglich, daß es bei der Eroberung von Midway Probleme gegeben hat, und daß Rhodan Verstärkung benötigt. Ich frage mich nämlich inzwischen, ob es ihm tatsächlich gelungen ist, die beiden Maahk-Bahnhöfe programmgemäß zu erobern. Er hatte mehr Zeit für die Vorbereitungen als wir und müßte es eigentlich längst geschafft haben.«

»Das Entscheidende sind nicht immer die Vorbereitungen. Wir hatten Glück dazu. Und wir hatten gute Männer, Bully.«

»Einige verloren wir im Einsatz. Sie haben recht, Mercant. Die Art des Unternehmens selbst ist entscheidend. Es ist nur zu schade, daß dieser Matite sterben mußte. Er hätte uns noch wertvolle Dienste leisten können. Er war ein Feigling, aber er benahm sich zuletzt wie ein anständiger Kerl.«

»Vielleicht sind das viele Feiglinge, Bully. Es ist nur eine Auffassungssache. Mehr nicht.«

»Ich liebe sowieso keine Helden«, gab Bully zu. »Heldentaten entstehen meist durch Zufall. Jemand sitzt in der Klemme und handelt in Verzweiflung. Ihm bleibt einfach keine andere Wahl – und da wird er plötzlich zum Helden. Hinterher wird er niemals zugeben, warum das so war. Nur der wirkliche Held wird das tun, und deren gibt es nur wenige.«

Mercant nickte.

»So ungefähr könnte es sein.« Er sann eine Weile vor sich hin, dann sah er Bully an. »Wann starten wir?«

»Morgen.« Er lächelte.

Mercant erhob sich.

»Sie gestatten, daß ich mich nun um meine Angelegenheiten kümmere. Ich habe noch etwas zu tun.«

Bully sah ihm nach.

»In vierundzwanzig Stunden also – wenn nichts dazwischenkommt.«

Es kam nichts dazwischen.

Pünktlich zur festgesetzten Zeit setzte sich die aus dreißig Schiffen bestehende Flotte in Bewegung.

Ihr Ziel war der Weltraumbahnhof Midway, der zu dieser Stunde bereits in der Hand der Terraner sein mußte.

3.

Es waren nur vierunddreißig Schiffe, die Rhodan zurückbehalten hatte. Mit ihnen eine Station wie Midway erobern zu wollen, grenzte schon an Tollkühnheit. Aber es blieb keine andere Möglichkeit, wollte man keine frühzeitige Entdeckung riskieren.

Central-Station war explodiert und die dabei entstandene Atomsonne inzwischen erloschen. Rhodan hatte alle anderen Schiffe in den Betanebel zurückgeschickt. Sie hatten Order, sich möglichst oft im Betanebel zu zeigen, um die Meister zu täuschen. Die Meister mußten davon überzeugt werden, daß Midway vorerst noch nicht das Ziel der Terraner wäre.

Bei den vierunddreißig Schiffen handelte es sich um sechs Ultraschlachtschiffe der Galaxisklasse, Durchmesser zweieinhalb Kilometer. Die anderen achtundzwanzig Einheiten waren Schlachtschiffe der Imperiumsklasse. Durchmesser anderthalb Kilometer. Ihre Reichweite betrug eine Million und zweihunderttausend Lichtjahre. Hinzu kamen dreistufige Zusatztriebwerke mit einer Reichweite von 1,8 Millionen Lichtjahren.

Die terranische Flotte hatte den Bereich Central-Station längst verlassen und war in Richtung Midway vorgestoßen, wo sie sich nun – 50.000 Lichtjahre vom Bahnhof entfernt – in Warteposition befand. Für die Entfernung Andro-Beta – Central-Station, die 350.000 Lichtjahre betrug, sowie für den Flug bis zum gegenwärtigen Standort, etwa 650.000 Lichtjahre, war bei allen vierunddreißig Schiffen eine Zusatzstufe zur Gänze verbraucht und abgestoßen worden. Die zweiten Stufen besaßen noch eine Kapazität von 200.000 Lichtjahren. Zusammen mit den verbleibenden dritten Stufen und den schiffseigenen Triebwerken noch genug, um größtmöglichen Spielraum zu besitzen und nach Gleam zurückkehren zu können.

Die Zeit verging nur langsam, aber es blieb Rhodan keine Wahl, den vereinbarten Termin abzuwarten. Die Wartezeit wurde natürlich genutzt, und bald hatte Rhodan alle Informationen gesammelt, die für das Gelingen des Unternehmens wichtig waren. Durch Beobachtungsflüge einzelner Schiffe kontrollierte man den Raum bis hin nach Midway. Einige stießen sogar bis unmittelbar nach Midway vor.

Am zwölften November rief Rhodan führende Offiziere, die Mutanten und seine Freunde zu sich. Noch zwei Tage bis zum Angriff.

Atlan, der unsterbliche Arkonide, setzte sich ihm gegenüber. Sein Gesicht zeigte die übliche Zurückhaltung und heimliche Bewunderung, die er noch immer für die Terraner hegte. Neben ihm hatte John Marshall, der Chef des Mutantenkorps, Platz genommen. Gucky hockte mitten auf der Tischplatte, um ja nicht übersehen werden zu können. Der Hypno André Noir streichelte sein Fell und unterhielt sich leise mit den Wellensprintern Tronar und Rakal Woolver. Major Redhorse, der sich in letzter Zeit immer mehr hervortat, nahm ebenfalls an der Besprechung teil.

»Wir haben nun genau feststellen können«, begann Rhodan, als es ruhig geworden war, »an welcher Stelle die ankommenden Frachter der Tefroder, deren Ziel Midway ist, aus dem Linearraum kommen und ihre letzte Ortsbestimmung vornehmen. Wenn sie dann abermals in das Normaluniversum zurückkehren, geschieht es in unmittelbarer Nähe der Station, also zu nahe für unser Vorhaben.«

»Wo liegt diese Stelle?« fragte Atlan ruhig wie immer.

»Zehntausend Lichtjahre vor Midway, in ziemlich gerader Linie von hier aus. Wenn wir uns dort auf die Lauer legen, müssen wir Glück haben. Unsere Beobachter haben einige Nachschubfrachter registriert, die auf dem Weg nach Midway waren. Die Tefroder besitzen anscheinend genügend Spezialschiffe, die die Entfernung von 1,1 Millionen Lichtjahren zwischen Andromeda und Midway überbrücken können. Allerdings dürfte für diese Schiffe Midway vorerst Endstation sein, denn ohne den kompletten Austausch ihrer Antriebskonverter ist ihr weiterer Aktionsradius sehr gering. Es dürfte für uns kein allzu schwieriges Problem werden, ein geeignetes Tefroderschiff zu finden, um unsere Pläne realisieren zu können.

Die Besatzung Midways weiß, daß Central-Station nicht mehr existiert. Ob diese Nachricht bereits bis nach Lookout vorgedrungen ist, entzieht sich unserer Kenntnis. Aber Reginald Bull wird es – so oder so – schon schaffen. Wir werden jedenfalls unseren Angriff bereits morgen beginnen. Atlan übernimmt den ersten Teil. Major

Redhorse wird ihn begleiten. Ebenfalls André Noir und die Zwillinge.«

Jemand räusperte sich vernehmlich. Es war Gucky.

Rhodan beruhigte ihn:

»Keine Sorge, wir haben dich nicht vergessen, aber bei dieser unwichtigen Einleitungsaktion bist du überflüssig. Wir brauchen dich für die großen Aufgaben, wo du unentbehrlich bist.«

Gucky drehte sich um seine eigene Achse und sah Rhodan an.

»Jetzt hast du aber zu dick aufgetragen, Perry. Das merkt ja ein Blinder, daß du mir Honig ums Maul schmieren möchtest. Unwichtige Anfangsaktion! Dabei hängt von ihr das ganze Unternehmen ab.«

»Atlan und die Mutanten schaffen es allein.«

Guckys Nackenhaare sträubten sich vor Empörung.

»Ja, vielleicht. Und wenn sie in der Patsche sitzen, kann ich sie wieder herausholen, nicht wahr? Aber ich werde euch was pfeifen! Diesmal spiele ich nicht die Feuerwehr, wenn es zu spät ist. Aber bitte, tut, was ihr wollt. Ich habe euch jedenfalls gewarnt.«

Rhodan blieb unerbittlich.

»Es bleibt also dabei. Die genauen Koordinaten bekommst du noch, Atlan. Übergib sie dem Kommandanten der GENERAL HOPKINS. Das ist euer Schiff morgen.«

Gucky rutschte vom Tisch und warf sich wütend auf Rhodans Liege. Die weitere Verhandlung interessierte ihn nicht mehr.

Rhodan nahm keine Notiz davon. Er wußte, daß der Mausbiber schon in einer halben Stunde wieder zugänglich sein würde.

»Also – dann bis morgen«, sagte er, und die Lagebesprechung war für heute beendet.

Kaum tauchte ein geeignetes Schiff der Tefroder an der berechneten Stelle aus dem Linearraum auf, begannen die Narkosegeschütze der GENERAL HOPKINS mit ihrer Tätigkeit. Sie schleuderten ihre paralysierenden Energiebündel auf den überraschten Gegner, der keine Zeit mehr fand, den Energieschirm einzuschalten. Eins der Gegenpolgeschütze gab einen einzigen Schuß ab, dann war Ruhe.

Die ALOSITH trieb steuerlos weiter durchs All, dem fernen Ziel entgegen.

Die Besatzung war wehrlos.

»Ging ja besser, als ich hoffte«, sagte Steve Roberts, der Kommandant der HOPKINS. »Nun sind Sie an der Reihe, Sir.«

Atlan hatte längst die entsprechenden Befehle erlassen. Das Enterkommando stand bereit und wartete. Außerdem warteten in den großen Hangars fünftausend Mann der Spezialtruppe, mit modernsten Kampfanzügen und Waffen ausgerüstet. Sobald alles klar war, würden sie an Bord des tefrodischen Frachters überwechseln.

Major Redhorse leitete das Enterkommando. André Noir und die Zwillinge Tronar und Rakal Woolver begleiteten ihn.

Die Luken öffneten sich, und zweihundert Mann überwanden in ihren Spezialanzügen die kurze Strecke bis zu dem fremden Raumer, dessen Besatzung in tiefer Betäubung an Bord herumliegen mußte.

Es war nicht schwierig, die ungesicherten Luken von außen zu öffnen. Die Terraner drangen ein. Sie begegneten keinem Widerstand, aber überall trafen sie auf Tefroder. Sie schliefen tief und fest, von den Narkosestrahlen betäubt.

Nachfolgende Arbeitsroboter schafften die Betäubten in einen leeren Hangar der ALOSITH, wo sie eingeschlossen wurden. Atlan sorgte dafür, daß nur die leitenden Offiziere in der Kommandozentrale blieben. Sie wurden so placiert, daß sie beim Erwachen von André Noir leicht kontrolliert werden konnten.

Nach drei Stunden war alles erledigt.

Der Kommandant zeigte erste Anzeichen des Wiedererwachens.

Als er die Augen aufschlug, starrte er Noir und Atlan erschrocken an. Er war klug genug, die Lage sofort zu erkennen und sitzenzubleiben.

Das sind also jene Terraner, die die Central-Station vernichtet haben, dachte er. Ihretwegen sind die Invasionpläne der Meister ins Stocken geraten, denn Spezialfrachter, die größere Entfernungen überbrücken können, gibt es nicht allzu viele.

Der Tefroder wurde aus seinen Gedanken gerissen, als ihn der Terraner mit dem silberblonden Haar ansprach und seinen Namen wissen wollte. Bereitwillig kam er dem Wunsch des Fremden, der sich Atlan nannte, nach und nannte seinen Namen und seine Funktion an Bord dieses Schiffes.

Atlan sagte:

»Kommandant Iskaset, wir haben Ihr Schiff gekapert, ohne einen

Ihrer Leute zu töten oder zu verletzen. Wir brauchen Ihr Schiff für einen ganz bestimmten Zweck und wären Ihnen für Ihre Unterstützung dankbar.«

Iskaset war ein pflichtbewußter Offizier. Er sagte:

»Sie können leider nicht mit meiner Hilfe rechnen, Terraner. Sie werden mich dazu zwingen müssen.«

»Das tun wir auch«, versprach ihm Atlan mit ruhiger, überzeugend klingender Stimme. »Niemand erwartet, daß Sie bewußt Verrat begehen. Trotzdem werden Sie uns helfen. Es ist Ihnen wohl klar, daß wir Ihr Schiff und Sie alle hätten vernichten können, als Sie ahnungslos aus dem Linearraum kamen.«

»Sie hatten einen besonderen Grund, es nicht zu tun, nehme ich an.«

»Allerdings.«

»Und der wäre?«

»Es schadet nichts, wenn ich es Ihnen sage. Wir werden mit Ihrem Frachter die Station Midway erobern.«

Iskaset starrte ihn fassungslos an, dann lächelte auch er.

»Mit meinem Schiff wollen Sie eine Festung wie Midway erobern?« Sein Lächeln wurde ungläubiger. »Das soll wohl ein Witz sein? Wie wollen Sie das anstellen? Sie kennen den geheimen Landekode nicht. Sobald Sie auf entsprechende Rufzeichen nicht antworten, wird man Sie vernichten. Denken Sie nur nicht, wir wären auf diese oder ähnliche Ereignisse nicht vorbereitet! Sie werden kein Glück haben.«

»Vielleicht doch. Sie werden uns ja helfen. Schon jetzt vielen Dank dafür, Kommandant Iskaset.«

»Ich bin nicht so sicher«, murmelte der Tefroder.

André Noir rückte näher.

Er sah Iskaset forschend an, und dann packte er urplötzlich mit seiner Parafähigkeit zu und übernahm das Bewußtsein des ahnungslosen Tefroders. Er gab ihm seine Befehle und hypnotisierte ihn auf lange Sicht.

Als der Erste Offizier erwachte, fand er einen völlig veränderten Kommandanten vor, der zum Freund der Terraner geworden war. Zu seiner Verwunderung fand auch er nach kurzer Zeit die Terraner äußerst sympathisch und fast liebenswert. Tief im Unterbewußtsein schlummerte sein eigener Wille, unfähig, wieder an die Oberfläche emporzutauchen. Er tat und dachte das, was Noir ihm suggerierte.

Ebenso erging es den beiden restlichen Offizieren, die sich in der Zentrale befanden.

Noir stand auf und ging hinaus auf den Korridor, wo Atlan ihn erwartete. »Nun?«

»In Ordnung. Die vier Offiziere werden alle Ihre Befehle widerstandslos ausführen. Sie werden sich sogar dabei überschlagen, denn die Terraner sind ihre besten Freunde und Verbündeten. Wie lange allerdings die Wirkung der Behandlung andauert, vermag ich nicht zu sagen. Das hängt von dem schlummernden Widerstand des Unterbewußtseins ab.«

»Es wird genügen«, sagte Atlan und kehrte zusammen mit Noir in die Zentrale zurück. »Major Redhorse, sorgen Sie dafür, daß die Spezialeinheiten an Bord kommen. Die HOPKINS kann zur Flotte zurückkehren und Rhodan mitteilen, daß unsere Aktion in zwei Stunden beginnt. Er soll sich danach einrichten.«

Kommandant Steve Roberts meldete sich über Telekom:

»Sir, neue Order von Rhodan. Er hat ein Schiff mit den restlichen Mutanten geschickt. Redhorse soll die Aktion leiten. Sie sollen zur Flotte zurückkehren, um wichtigere Aufgaben zu übernehmen.«

Atlans Gesicht zeigte keine Bewegung.

»Gut, ich komme an Bord der HOPKINS. Ich unterrichte nur noch Major Redhorse.«

Redhorse war alles andere als begeistert.

»Das ist ja eine schöne Geschichte. Möchte wissen, warum alles wieder umgeworfen wurde.«

»Rhodan weiß, was er tut. Vielleicht will er die Flotte beim Angriff aufteilen, und ich soll die Hälfte übernehmen. Sie wissen ja, was Sie zu tun haben, Major.«

»Weiß ich, und darum geht es auch gar nicht. Ich verstehe nur nicht, warum man das nicht sofort gewußt hat.«

»Zerbrechen Sie sich darüber nicht den Kopf. Sie beginnen in zwei Stunden, wie vorgesehen, mit der Aktion. Viel Glück, Major. Sie haben ja alle verfügbaren Mutanten bei sich, auch Ihren speziellen Freund Gucky.«

»Ich melde mich, sobald das Schiff ankommt.«

Von einer Sekunde zur anderen trug Redhorse die ganze Verantwortung für das Gelingen des gewagten Unternehmens. Er war es gewohnt, und es erschütterte ihn nicht besonders, aber es kam ein wenig plötzlich.

Er instruierte die Spezialtruppen und verteilte sie im Schiff. Die sechshundert Tefroder im abgeschlossenen Hangar konnten keinen Unsinn anstellen. Sie wurden schwer bewacht.

Die vier beeinflußten Offiziere warteten in der Kommandozentrale auf ihre Anweisungen.

Redhorse gab sie ihnen:

»Sie werden jetzt einen Informationsspruch an Midway senden, Kommandant Iskaset. In diesem werden Sie mitteilen, daß Sie Probleme mit der Triebwerksteuerung haben. Sie werden eine Landung im Reparatur-Hangar Midways verlangen. Haben Sie verstanden?«

Iskaset nickte.

»Alles verstanden. Ich werde das Entsprechende veranlassen.«

»Teilen Sie dem Funker die geheimen Erkennungssignale mit, damit bei der Landung keine Panne passiert.«

»Wird gemacht.«

»Gut. Fangen wir an . . .«

Gucky war bei bester Laune.

Er hatte seinen Willen durchgesetzt und Rhodan um den Finger gewickelt. Er brauchte nicht zu warten, bis der Großteil der Flotte bei Midway anlangte und die Hauptarbeit bereits geleistet war. Denn es war ihm klar, daß Redhorse diese Hauptarbeit besorgen würde.

Zusammen mit den anderen Mutanten war er auf die HOPKINS und dann auf die ALOSITH umgestiegen, während das schnelle Schiff Atlan zur Hauptflotte zurückbrachte.

Die ALOSITH ging pünktlich zur festgesetzten Sekunde in den Linearraum und tauchte nur wenige Millionen Kilometer vor Midway in das Einsteinuniversum zurück.

Automatisch begann der Sender das Erkennungssignal abzustrahlen.

Die Antwort erfolgte ebenso automatisch.

Die ALOSITH erhielt Landeerlaubnis für Sektor II, wo sich auch die Reparaturwerkstätten befanden. Das Schiff sollte ausnahmsweise dort gleich entladen werden.

Redhorse überließ dem unter Hypnose stehenden Iskaset das

Landemanöver und kümmerte sich nur darum, daß alle seine Anweisungen genau ausgeführt wurden. Der Erste Offizier saß am Sendegerät und gab laufend die Positionsmeldungen durch. Er beantwortete auch die Kodeanfragen.

Die ALOSITH landete reibungslos auf der Plattform-Scheibe Nr. II.

Während des Landemanövers ließ Redhorse die Ortergeräte auf Hochtouren laufen. Von Sekunde zu Sekunde wuchsen seine Bedenken, und sie erreichten den absoluten Höhepunkt, als das Ergebnis seiner Beobachtungen feststand:

Die Station Midway wurde von fünfhundert modernen Kampfschiffen der Tefroder umkreist und bewacht.

Midway selbst unterschied sich äußerlich nicht von Lookout. Nur standen auf der Oberfläche der Scheiben mehr Schiffe, insbesondere Frachter. Es gab auch mehr Aufbauten und Gebäude am Rand der Scheiben. Überall herrschte reger Betrieb.

Redhorse wartete, bis der Antrieb verstummte. Noch ehe der Lift die ALOSITH in die Tiefe sinken ließ, mußte er die geglückte Landung an Rhodan melden. Wegen der Funküberwachung war das nur mit einem eng gebündelten Richtstrahl möglich. Nicht weit von Midway entfernt wartete ein vorgeschobener Beobachter auf die Meldung.

Redhorse gab dem Funker die Koordinaten, die in das Spezialgerät programmiert wurden.

Kaum war der Kodespruch abgesetzt, da sank die ALOSITH langsam in die Station hinein. Über ihr schlossen sich die Oberflächentore. Nun war es vorbei mit einem Blitzstart. Der Fluchtweg war abgeschnitten.

Gucky kam in die Kommandozentrale teleportiert.

»Pech gehabt«, sagte er und setzte sich. Er sah überhaupt nicht mehr fröhlich aus. »Die Burschen haben aber auch an alles gedacht.«

»Wovon sprichst du?« Redhorse versuchte, nicht besorgt auszusehen. »Spanne uns gefälligst nicht so auf die Folter.«

»Parafallen, Paraschirm, Paragitter«, murmelte Gucky betrübt.

Redhorse erschrak.

»Mit anderen Worten: Ihr könnt nichts tun? Wie hast du das herausgefunden?«

»Ich wagte einen kurzen Sprung. Dabei kam ich prompt an einen

Psischirm und wurde an den Ausgangspunkt zurückgeschleudert. Ich empfange auch keine Gedankenimpulse von außerhalb des Schiffes. Nicht nur, daß die Tefroder die ganze Station in solche Psifelder gehüllt haben, nein, sie haben auch jeden einzelnen Sektor extra abgesichert. Das legt uns lahm, Don. Und genau das ist es, was mich ärgert!«

»Das ärgert mich auch, wenn auch aus anderen Gründen. Aber Rhodan weiß jetzt schon Bescheid. Es wird bald losgehen. Umsonst hat er Atlan nicht zurückgeholt.«

Gucky hielt den Kopf schief.

»Was machen wir übrigens, wenn die Entlademannschaften aufkreuzen? Die merken doch sofort, daß bei uns etwas nicht stimmt.«

Redhorse sah an ihm vorbei.

»Ich hoffe, daß sie nicht mehr dazu kommen werden.«

»Guter Gott!« murmelte Gucky und richtete sich mit gesträubten Nackenhaaren auf. »Da leben wir also mal wieder von der Hoffnung. Wenn das nur gutgeht . . .«

»Du nimmst zwölf Superschlachtschiffe und stößt direkt nach Midway vor«, sagte Rhodan zu Atlan. Sie saßen einander in der CREST gegenüber. Die Funkmeldung Redhorses war vor wenigen Minuten eingetroffen. »Versuche, die fünfhundert Wachschiffe wegzulocken.«

»Wann wirst du mit dem Rest der Flotte eingreifen?«

»Sobald die Station wehrlos ist. Ich habe mit Redhorse vereinbart, daß er die erste Verwirrung entsprechend nützt. Er muß die Abwehrwaffe der Station außer Gefecht setzen, damit wir landen können. Wir haben alles mehrmals besprochen. Es darf keine Pannen geben, sonst war alles umsonst.«

Atlan erhob sich.

»Ich starte jetzt. Wir sehen uns bald wieder.«

»Hoffentlich auf Midway, Atlan.«

Atlan lächelte.

»Wo sonst, mein Freund?«

Wenige Minuten später war Atlan wieder an Bord der GENERAL HOPKINS und gab den Angriffsbefehl. Die zwölf Schiffe gingen in den Linearraum und kehrten unmittelbar vor Midway in das Normaluniversum zurück.

Sie wurden sofort von den Tefrodern geortet.

Der Kommandant der Station löste Großalarm aus. Er hatte schon immer mit einem solchen Ereignis gerechnet, besonders nach der Zerstörung der Zentralstation durch die Terraner. Nun griffen sie offen an, und das mit nur zwölf Schiffen.

Eine unerhörte Provokation.

Die fünfhundert Wacheinheiten der Tefroder stürzten sich auf Atlans kleine Streitmacht, und eine heftige Energieschlacht entbrannte in der Nähe von Midway.

Dank der Transformkanonen konnte Atlans Verband innerhalb weniger Minuten zweiunddreißig Schiffe der Tefroder manövrierunfähig schießen, aber dann wurde die Übermacht zu groß.

Atlan gab den Befehl zum Rückzug, und er hoffte, seine List würde den gewünschten Erfolg haben. Es ging dem Lordadmiral darum, die Wachflotte der Tefroder von Midway fortzulocken.

Der Trick gelang nur teilweise.

Vierhundert Schiffe nahmen die Verfolgung Atlans auf, der Rest kehrte in die Kreisbahn um die Station zurück.

Während Atlan im Linearraum untertauchte und während die vierhundert Schiffe der Tefroder vergeblich nach ihm suchten, blieb die Alarmbereitschaft auf Midway bestehen.

Die Tefroder waren gewarnt.

Sie wußten nun, daß ein Angriff unmittelbar bevorstand.

Und vielleicht wußten sie auch, daß das Erscheinen von Atlans Kampfgruppe nur ein Ablenkungsmanöver war.

Faktor III, der Meister der Insel Proht Meyhet, wenigstens wußte es.

Er war ein korpulenter, grauhaariger Mann und ein richtiger Hüne. Er wirkte wie ein Fünfzigjähriger, war ein Meter fünfundachtzig groß, sehr stark, klug und tapfer. Ihm machte so leicht niemand etwas vor, schon gar nicht die Terraner, die er nur zu gut kannte.

Proht Meyhet war der Kommandant von Midway.

Als Atlan mit zwölf Schiffen die Station angriff, wurde er sofort stutzig. Kein vernünftiges Wesen würde eine solche Festung mit nur zwölf Schiffen angreifen, wenn er keinen besseren Trumpf versteckt hielt. Der Angriff bedeutete also nur ein Ablenkungsmanöver, dessen Sinn noch herauszufinden war.

Proht versetzte die Station in Abwehrbereitschaft. Er ließ den unverschämten Angreifer verfolgen, behielt aber achtundsechzig Einheiten zurück. Die Verfolger konnte er jederzeit durch Hyperfunk zurückrufen lassen. Im Augenblick war es gut, wenn ein unsichtbarer Beobachter annahm, er – Proht – sei auf den Trick hereingefallen.

Die Abwehrpositronik schaltete sich ein. Proht befahl das Einstellen aller Nebenarbeiten. Dazu gehörte auch das Entladen der neu eingetroffenen Frachter. Lediglich wichtige Reparaturarbeiten sollten nicht unterbrochen werden.

Proht saß in der Kommandozentale. Er war Faktor III, der drittmächtigste Mann eines Milchstraßensystems.

Und da wagten es die Terraner, ihn mit zwölf Schiffen anzugreifen!

Was steckte dahinter?

Der rote Energieschirm flammte auf und hüllte die Station ein. Niemand konnte sie mehr betreten, und niemand konnte sie jetzt verlassen. Die neuen Gegenpolkanonen erschienen auf der Oberfläche und suchten nach ihrem Ziel.

Midway wurde zur stärksten Festung zwischen der Milchstraße und Andromeda.

Rhodan wartete die vereinbarte Frist ab, dann griff er mit seinen zweiundzwanzig Schiffen blitzartig an. Er traf auf die restlichen Wacheinheiten der Tefroder.

Trotz ihrer zahlenmäßigen Überlegenheit hatten die Wachschiffe so gut wie keine Chance.

Binnen acht Minuten waren die tefrodischen Einheiten außer Gefecht gesetzt. Besser gezieltes Wirkungsfeuer und die bessere Qualität der terranischen Schutzschirme hatten den Kampf zugunsten der Terraner entschieden.

Dann griff Rhodan die Station selbst an.

Die Aktion war erfolglos, denn das konzentrische Energiefeuer aus den Schiffsgeschützen prallte vom roten Energieschirm der Station ab.

Rhodan wußte nun aber, daß Redhorse und seine fünftausend Mann noch nicht soweit waren. Er mußte ihnen Zeit lassen.

Er gab den Rückzugsbefehl, als die Station das Feuer erwiderte, und so schnell wie sie gekommen waren, verschwanden die zweiundzwanzig Schiffe wieder, um sich ganz in der Nähe auf die Lauer zu legen.

Rhodan wartete.

Redhorse wartete auch, aber er fluchte dabei.

»So herrlich habe ich auch noch nie in der Patsche gesessen! Rund um uns herum Paraschirme, überall Tefroder mit tödlichen Waffen, jede Rückzugsmöglichkeit abgeschnitten – und wir mitten drin! Kannst du mir sagen, wie wir da wieder rauskommen sollen?«

Gucky hockte auf einer Liege und rekelte sich behaglich.

»Nein, kann ich nicht. Du bist ja schließlich der Führer des Unternehmens. Warum sollte ich mir da für dich den Kopf zerbrechen?«

Redhorse warf ihm einen Blick zu und sah, daß der Mausbiber es nicht so meinte. Es war lediglich eine Reaktion auf seine eigene Unbeherrschtheit.

»Schon gut, Kleiner«, sagte er schließlich wesentlich ruhiger. »Aber du mußt doch zugeben, daß wir keinen Schritt weitergekommen sind. Zwar ist es uns gelungen, in die Station zu kommen, aber das ist auch alles. Wir können nicht einmal das Schiff verlassen, ohne sofort Verdacht zu erregen. Und wir müssen die Abwehrpositronik, die Psischirme und den Stationsenergieschirm ausschalten, um Rhodan den Weg frei zu machen. Wie sollen wir das aber, wenn . . .«

» . . . wenn wir das Schiff nicht verlassen können. Ja, ich weiß es nun. Laß mich doch mal in Ruhe nachdenken!« Gucky verlagerte sein Gewicht auf die andere Seite. »Du hast doch die Spezialtruppen mit den Kampfanzügen. Wenn Mutanten versagen, muß man eben die einsetzen. Die sollen die Schirme abschalten oder die entsprechenden Anlagen vernichten. Wenn ich erst mal ungehindert in der Station herumteleportieren kann, ist sie so gut wie in unserer Hand.«

Redhorse nickte.

»Das weiß ich alles. Du meinst, wir sollten handeln, ehe man uns entdeckt?«

»Und ob ich das meine. Wir haben Glück genug gehabt, weil die Tefroder abgelenkt wurden. Sonst hätten wir längst ein Entladungskommando auf dem Hals, beziehungsweise im Schiff.«

»Die Psischirme können unsere Männer nicht aufhalten. Sie wirken nur bei Mutanten. Wenn sie die Deflektoraggregate einschalten und sich unsichtbar machen, kann überhaupt nichts passieren.«

»Eben!« sagte Gucky und grinste.

Redhorse grinste zurück, obwohl ihm gar nicht danach zumute war. Er schaltete den Interkom ein und rief das Spezialkommando. Redhorse teilte zwei Gruppen ein, die zuerst gehen sollten. Danach sollten zwei weitere Gruppen folgen, um Rückendeckung zu geben. Captain Ramowski leitete die Aktion.

Redhorse lehnte sich zurück und sah Gucky an.

»Geht also klar, und was gedenkst *du* zu tun, armer, durch Psischirme gehemmter Held?«

Gucky rutschte von der Liege und reckte sich.

»Ich bin weder gehemmt noch verklemmt, lieber Häuptling. Ich bin bloß verhindert. Warte nur, bis unsere Männer die Sperren beseitigt haben! Dann kannst du einen rasenden Wüterich erleben!«

Redhorse grinste bei dem Gedanken, Gucky als Wüterich zu erleben. Aber dann überwältigten ihn wieder die Sorgen um die Last seiner Verantwortung. Das Unternehmen hatte noch nicht einmal begonnen.

Seine Gedanken waren bei den Männern des Stoßtrupps.

Captain Ramowski war ein zuverlässiger und pflichtbewußter Offizier, dessen Ehrgeiz es war, jede an ihn herangebrachte Forderung korrekt zu erfüllen. Diesmal hieß es: Die Parasperren müssen beseitigt und der Stations-Energieschirm muß ausgeschaltet werden. Es stand somit für Ramowski fest, daß es in einer halben Stunde keine Parasperren und keinen Energieschirm mehr geben würde.

Er sammelte seine Männer und führte sie in die große Ausstiegsschleuse. Die Deflektoren wurden eingeschaltet, und sie alle wurden unsichtbar. Die Schleuse öffnete sich. Weiter schien nichts zu geschehen.

Und doch verließen in diesem Moment sechzig Mann die ALOSITH.

Proht Meyhet überwachte von seiner Zentrale aus die Geschehnisse.

Er war bestürzt, als die zweiundzwanzig angreifenden Schiffe der Terraner seine Wacheinheiten ausschalteten. Sofort versuchte er,

Verbindung zu den anderen vierhundert Schiffen aufzunehmen, aber es meldete sich niemand. Verfolgte und Verfolger mußten im Linearraum untergetaucht sein.

Der Bestürzung folgte Genugtuung, als Rhodan die Station selbst angriff. Natürlich hielt der Schirm jeder Belastung stand, und die Energiestrahlen zerflossen wirkungslos.

»So bekommst du uns nicht«, sagte Proht und lächelte grimmig. Insgeheim bewunderte und haßte er die Terraner zugleich. »Du mußt es schon klüger anfangen, Rhodan – falls du Rhodan bist . . .!«

Er schaltete neue Beobachtungsschirme ein. In der Station war alles in bester Ordnung. Zum Glück hatte er es bei seinen Untergebenen nicht mit Duplos zu tun, sondern nur mit echten Tefrodern bester Abstammung.

Die Bilder wechselten. In den Hangars standen die Frachter und warteten darauf, entladen zu werden. Es war keine Zeit dazu jetzt. Sie mußten weiterwarten. Es gab wichtigere Dinge zu tun.

Die ALOSITH war auch wieder da. Proht erinnerte sich an ihren Kommandanten sehr gut. Iskaset war äußerst pflichtbewußt. Auf ihn war Verlaß, auch wenn es einmal brannte. Vielleicht sollte man das bedenken und dafür sorgen, daß er nach Beendigung des Alarms bevorzugt abgefertigt wurde.

In der Steuerzentrale der Abwehrautomatik gingen Roboter hin und her. Alle Kontrollampen brannten vorschriftsmäßig. Die Station war auf jeden nur denkbaren Angriff vorbereitet.

Proht schaltete ab und lehnte sich zurück. Er war beruhigt.

4.

Captain Ramowski und seine Leute bewegten sich im Schutz ihrer Deflektorfelder. Durch die Antiflex-Brillen konnten sie einander jedoch sehen. Sie verständigten sich untereinander im Flüsterton, denn da es atembare Luft in der Station gab, hatten sie die Helme nicht geschlossen.

»Iskasets Angaben sind ziemlich genau«, sagte ein Sergeant leise. »Die vollautomatischen Anlagen für Energieschirme und Geschützstellungen liegen weiter links, etwa vier Kilometer entfernt.«

»Vier Kilometer sind eine ganze Menge«, flüsterte Ramowski zurück. »Wenn wir bloß nicht in eine Falle rennen!«

Mehrmals begegneten ihnen Tefroder, aber sie wurden nicht bemerkt. Vielleicht trug auch die allgemeine Aufregung dazu bei, daß niemand auf die verräterischen Anzeichen achtete, die auch Unsichtbare nicht ganz vermeiden können.

Ramowski wußte, daß er ungehindert die vorhandenen Psischirme durchschreiten konnte, aber sie bereiteten ihm ein fast körperliches Unbehagen. Dabei waren eventuell vorhandene Ortergeräte und Roboter eine viel größere Gefahr. Sie waren durchaus in der Lage, die sechzig Mann trotz ihrer Deflektoraggregate zu entdecken.

»Den linken Korridor«, flüsterte der Sergeant mit dem Plan.

Als sie einen weiteren Kilometer vorgedrungen waren, blieben sie plötzlich stehen. Eine Gruppe von zwölf Tefrodern kam ihnen im schmalen Gang entgegen. Hinter den Tefrodern marschierte eine kleine Abteilung Kampfroboter.

»Drückt euch an die Wände«, befahl Ramowski schnell. »So eng wie möglich. Jeder Berührung ausweichen. Und wenn es zur Entdekkung kommt, darf keiner von ihnen entkommen. Auf Lähmstrahlung schalten. Das hält ein paar Stunden an.«

»Und die Roboter?« fragte der Sergeant.

»Vernichten.«

Die Männer verteilten sich und empfanden ihre Unsichtbarkeit auf einmal nicht mehr als Schutz. Immerhin bot sie ihnen einen Vorteil, der sehr wohl einen Zusammenstoß zu ihren Gunsten entscheiden konnte: den Vorteil der Überraschung.

Die Tefroder unterhielten sich ungeniert. Sie fühlten sich im Innern der Station absolut sicher und achteten nicht auf ihre Umgebung. Sie hätten auch nichts gesehen.

Nicht so die Kampfroboter. Ihre Ortungssysteme konnten nicht getäuscht werden. Als die Roboter plötzlich ruckartig stehenblieben und ihre Waffen in Richtung der unsichtbaren Terraner in Anschlag brachten, reagierte Ramowski und befahl den Angriff.

Die zwölf Tefroder sanken betäubt zu Boden. Dadurch wurde jedoch die Schußbahn für die hinter ihnen gehenden Roboter frei. Sie begannen auf die Terraner zu schießen, die jedoch rechtzeitig ihre Schutzschirme aktiviert hatten.

Die Männer des Einsatzkommandos warfen sich auf den Boden. Liegend nahmen sie die Kampfmaschinen unter Feuer, schnell und wirkungsvoll. Innerhalb weniger Sekunden war alles vorüber.

»Nichts wie weiter!« befahl Ramowski heiser. »Bald ist hier die Hölle los.«

Sie liefen den Korridor entlang, fanden ein Transportband, auf dem sie noch schneller vorankamen.

»Dort muß es sein«, flüsterte der Sergeant, der sich neben dem Captain hielt. »Die Tür dort. Dahinter liegen die Energiestationen und Steuerzentralen der Psischirme – hat Iskaset wenigstens ausgesagt.«

»Dann wird es auch stimmen«, murmelte Ramowski und betrachtete die bezeichnete Tür. »Hoffentlich geht sie auf.«

Sie war verschlossen.

»Wir warten, bis jemand herauskommt oder hinein will«, schlug der Captain vor. »Wenn es zu lange dauert, wenden wir Gewalt an. Sobald wir die Schirme ausgeschaltet haben, wird auch der harmloseste Tefroder wissen, daß etwas nicht stimmt. Wir müssen uns dann einzeln zum Schiff durchschlagen.«

Sie warteten vergeblich. Niemand verließ den Raum hinter der Tür, und niemand wollte hinein. Ramowski ließ sie Sprengladungen vorbereiten. Er brachte sie so an, daß die Hauptwirkung auf die Tür gerichtet war.

Sie gingen in Deckung, und Sekunden später wurde die Tür regelrecht zerfetzt. Der Luftdruck raste durch den Korridor, und dann verebbte das Donnern der Explosion.

»Das hat auch ein Tauber gehört«, murmelte der Sergeant.

Sie verloren keine Zeit mehr. In der Steueranlage arbeiteten nur Roboter, die mit einigen wohlgezielten Schüssen bewegungsunfähig gemacht wurden. Die Kontrolltafeln zerschmolzen, und die Generatoren für die Psischirme verwandelten sich in unförmige Metallhaufen.

Irgendwo war ein schrilles Läuten. Aus einem Lautsprecher kamen sinnlose Befehle. In der Ferne waren Schritte zu hören. Sie kamen näher.

Captain Ramowski gab den Rückzugsbefehl. Es blieb keine Zeit mehr, sich vom Erfolg der Aktion an Ort und Stelle zu überzeugen.

Inzwischen mußte bekannt geworden sein, daß sich ein unsichtbarer Gegner in die Station eingeschlichen hatte. Der Vorteil des Überraschungsangriffs war nicht mehr vorhanden. In aller Eile wurden von den Tefrodern Energiesperren angelegt, in die der unsichtbare Feind hineinlaufen sollte. Da es sich jedoch nur um provisorische Einrichtungen handelte, konnten Ramowski und seine Leute die Anlagen gleich an Ort und Stelle ausschalten oder zerstören.

Es kam zu mehreren Feuergefechten, in deren Verlauf Ramowski insgesamt sieben Mann verlor. Der Rest geriet fünfhundert Meter vom Reparaturhangar entfernt in eine Falle. Der Rückzug war blokkiert durch einen Energieschirm, dessen Generator an anderer Stelle stehen mußte und daher nicht unschädlich gemacht werden konnte.

Ramowskis Gruppe richtete sich auf die Verteidigung ein.

»Immer noch keine Nachricht?« fragte Redhorse nach einiger Zeit besorgt.

Gucky schüttelte den Kopf, während er in sich hineinlauschte.

»Solange ich keine Gedankenimpulse empfange, bestehen die Psischirme noch. Ich passe schon auf.«

Auch John Marshall versuchte, eine Spur von Captain Ramowski und seinen Leuten zu entdecken. Der Späher Wuriu Sengu scheiterte ebenfalls an der Paraabwehr der Tefroder.

Die zwei weiteren Gruppen des Einsatzkommandos hatten die ALOSITH inzwischen verlassen und schlugen die gleiche Richtung ein wie Ramowskis Gruppen. Alle Männer trugen Deflektoraggregate und waren ebenfalls unsichtbar.

Plötzlich zuckten Marshall und Gucky zusammen.

»Was ist?« fragte Redhorse hoffnungsvoll, und er wurde diesmal nicht enttäuscht.

»Endlich!« rief Marshall befreit auf. »Sie haben es geschafft und sind schon auf dem Weg zurück nach hier. Haben aber Schwierigkeiten und werden angegriffen. Wir müssen ihnen helfen.«

»Die beiden Gruppen sind unterwegs.«

»Trotzdem! Gucky, ist das nicht etwas für dich?«

Der Mausbiber zögerte.

»Abwarten. Ich muß sie erst anpeilen. Sie verändern ihren Standort zu schnell.«

Und dann veränderten sie ihn nicht mehr.

Sie saßen in der Falle.

Die zweite Abteilung näherte sich von der Hangarseite aus und stieß auf erbitterten Widerstand der Tefroder.

Der entscheidende Kampf begann.

Ras Tschubai, der Teleporter, nahm Tronar und Rakal Woolver mit sich, als er in die Falle sprang, in die Ramowski geraten war. Die Wellensprinter entmaterialisierten sofort im Energiestrom der Schutzschirme und versuchten, deren Quelle zu finden. Sie mußten die Generatoren entweder zerstören oder zumindest ausschalten.

Gucky griff von der anderen Seite an und zeigte der zweiten Abteilung den Weg. Die Tefroder gerieten bald zwischen zwei Feuer und mußten sich zurückziehen. Gleichzeitig erloschen die Energieschirme, und Ramowski vereinigte die Streitkräfte. Zehn Minuten später waren alle Überlebenden des Kampfes wieder in der ALOSITH.

Die Tefroder hatten die Spur verloren. Daß die heimlich eingedrungenen Terraner in einem ihrer Handelsfrachter versteckt sein könnten, auf den Gedanken kamen sie vorerst noch nicht.

Lediglich Proht Meyhet machte sich seine Gedanken.

Als die Psischirme ausfielen, wußte er, daß sich unter den terranischen Eindringlingen auch Mutanten aufhielten, denen gerade diese Sperren lästig waren. Sonst hätte man sie nicht beseitigt.

Ehe er weitere Maßnahmen anordnen konnte, traf eine neue Hiobsbotschaft ein:

Die Feuerleitstelle der Gegenpolgeschütze war ausgefallen.

Damit brach praktisch die gesamte Abwehr auf der Oberfläche der Station zusammen. Wenn die Terraner nun angriffen, war ihnen die Station wehrlos ausgeliefert – falls nicht die roten Schutzschirme hielten.

Es wurde höchste Zeit, etwas zu unternehmen.

Proht ordnete eine genaue Durchsuchung aller Hangars, Schiffe und Vorratslager an. Irgendwo, so folgerte er, mußten sich die Terraner doch verstecken. Und da sie nur mit einem Schiff in die Station gelangt sein konnten, mußte es unter den tefrodischen Kommandanten einen Verräter geben.

Ihn zu finden war Prohts vordringlichste Aufgabe.

Er starrte auf die Bildschirme seiner Kommandozentrale und verfolgte mit aufmerksamen Blicken die anlaufenden Suchaktionen.

Wieder konnte er nichts tun als warten . . .

Es war Gucky und Ras Tschubai gelungen, die Gegenpolgeschütze auszuschalten. In der Zentralsteuerungsanlage hatten sie Thermobomben geworfen, die lediglich Hitze, aber keine Druckwellen entwickelten. Die vollautomatischen Anlagen brachen zusammen, und die Wartungsroboter wurden lahmgelegt.

Die beiden Teleporter kehrten ins Schiff zurück.

Redhorse war mit dem bisherigen Verlauf der Aktion zufrieden.

»Jetzt fehlen uns nur noch die Abwehrschirme. Wenn wir die auch noch ausschalten, kann Rhodan angreifen. Ich hoffe, daß es Atlan gelungen ist, die Wachschiffe der Tefroder abzulenken.«

»Der Nachteil ist, daß wir keinerlei Verbindung haben.« John Marshall warf Ras Tschubai und Gucky einen Blick zu. »Glaubt ihr, daß ihr die Generatoranlage der Energieschirme finden könnt? Iskaset kann uns nichts darüber sagen, denn er weiß es selbst auch nicht.«

»Sie müßte zu finden sein«, erwiderte Gucky. »Einige der Tefroder werden den Standort der Anlage kennen, und wenn sie daran denken, ist das Problem bereits erledigt.«

»Außerdem möchte ich den Kommandanten der Station haben«, fuhr Redhorse fort. »Er sitzt wahrscheinlich in seiner abgesicherten Zentrale und leitet den Gegenangriff. Wir müssen weiter annehmen, daß es sich um einen Meister der Insel handelt, wenn das auch nicht sicher ist.«

»Wird mir ein Vergnügen sein, den Kerl herbeizuschaffen«, erbot sich der Mausbiber. »Wo steckt er denn?«

»Finde es heraus«, schlug John Marshall vor. »Ich habe bisher noch keine entsprechenden Gedankenimpulse orten können.«

»Er kann sie blockieren«, erinnerte Redhorse. »Wird nicht so leicht sein, einen Meister zu fangen.«

Ras Tschubai erhob sich. Die kurze Ruhepause hatte ihm sichtlich gutgetan.

»Los, Gucky! Machen wir uns auf die Suche nach der Energieschirm-Anlage. Wäre doch gelacht, wenn wir die nicht auch noch finden.«

Gucky begann in seinen Taschen zu kramen, die so unergründlich waren wie seine Absichten. Dann nickte er:

»Also gut, essen können wir ja später.«

Sie teleportierten in Richtung des Scheibenzentrums, um dort mit ihrer Suche zu beginnen. Gucky mußte mit Hilfe der Telekinese ein paar Dutzend Roboter ausschalten, ehe sie endlich einen einzelnen Tefroder entdecken und entwaffnen konnten. Es handelte sich um einen jüngeren Offizier, der Gucky wie ein Gespenst anstarrte.

»Wir kommen direkt aus dem Jenseits«, eröffnete ihm der Mausbiber. »Und wir möchten von dir wissen, wo sich die Hauptanlage für den roten Energieschirm befindet.«

Der Tefroder dachte sofort an einen ganz bestimmten Ort, aber er sagte etwas ganz anderes:

»Ich weiß nicht, wo sie sich befinden. Wer seid ihr?«

Gucky grinste.

»Und nun noch schnell die genau Lage. Welcher Sektor, welche Scheibe? Ach, die dritte? Fein. Nicht im Zentrum, sondern am Rand. Am Außenrand? Besten Dank, mein Freund. Du hast uns sehr geholfen.«

Der Tefroder starrte Gucky noch immer an, sagte aber nichts mehr.

Ras Tschubai betäubte ihn mit einem Paralysestrahl, dann teleportierten sie in die angegebene Richtung.

Sie gerieten mitten in einen Trupp von Tefrodern, die damit beschäftigt waren, eine provisorische Parafalle einzurichten. Sie schleppten Leitungen und stellten die Aggregate auf.

Sie waren so über das plötzliche Auftauchen der beiden Teleporter erstaunt, daß sie zu keiner Bewegung fähig waren. Ras Tschubai mit seinem dunklen Gesicht mußte ihnen direkt eine abergläubische Scheu einflößen, denn sie beachteten nur ihn und ignorierten Gucky.

Ras richtete seinen Strahler auf sie, und ehe sie sich zu einer Reaktion entschließen konnten, hüllte das paralysierende Feld sie ein. Sie sanken zu Boden, ehe sie Alarm geben konnten.

»Recht geschieht ihnen!« knurrte Gucky wütend. »Und nun wollen wir noch schnell ihre Spielzeuge kaputt machen.«

Nach weiterem Suchen entdeckten sie endlich die Energieschirm-Anlage.

Mit zwei Bomben setzte Gucky die angreifenden Wachroboter außer Gefecht, während sich Ras der eigentlichen Anlage widmete. Er warf vier Thermobomben zwischen die Generatoren und zog sich mit dem Mausbiber in die äußerste Ecke des Saales zurück, um die Wirkung abzuwarten.

Die Metallblöcke begannen plötzlich zu glühen, als sie von der Hitzewelle erfaßt wurden. Sie schmolzen zu unförmigen Haufen zusammen. Zwei Tefroder, die in den Raum stürzten, machten gleich wieder kehrt und verschwanden, ehe Gucky oder Ras sie betäuben konnten.

»Besser, wir kehren ins Schiff zurück. Hier wird es bald heiß hergehen.«

»Das mag stimmen«, sagte Ras. »Ich möchte nur wissen, ob unsere Arbeit erfolgreich war. Sonst müssen wir noch einmal hierher – und dazu habe ich nicht besonders viel Lust.«

Die Türen öffneten sich, und herein strömten Kampfroboter.

Gucky packte den Arm des Afrikaners.

»Gemeinsam kämpfen – gemeinsam fliehen!« piepste er aufgeregt, konzentrierte sich und sprang.

Er rematerialisierte auf John Marshalls Schoß, während Ras auf Redhorses großen Füßen landete.

»Danke«, sagte Redhorse ruhig. »Danke auch dafür, daß ihr es geschafft habt. Es gibt keine Schutzschirme mehr. Wir haben vor zwei Minuten einen Funkspruch von Rhodan empfangen. Er wird die Station in einer halben Stunde angreifen.«

Gucky rutschte von John Marshalls Schoß.

»Na«, murmelte er erschöpft, »dann kann ich ja wohl mal endlich eine Pause einlegen. Ich habe nämlich Hunger. Bis später, Freunde . . .«

Er stolzierte aus der Zentrale und kramte dabei bereits wieder in seinen Taschen.

Redhorse blickte auf den eingeschalteten Bildschirm, der den leeren Hangar zeigte, und sagte:

»Unser Spezialkommando wird jetzt in voller Stärke das Schiff verlassen und die Station erobern.«

Die Raumschlacht zwischen den vierhundert Kampfschiffen der Tefroder und den vierunddreißig terranischen Einheiten entwickelte sich ganz anders, als selbst Experten auf diesem Gebiet hätten voraussagen können.

Rhodan und Atlan, die sich fünf Lichtjahre von Midway entfernt wieder trafen und ihre beiden Flotten vereinigten, beschlossen den Generalangriff auf die Station und die Ausschaltung der restlichen Wachschiffe.

Zuerst allerdings mußte von Redhorse die Bestätigung eintreffen, daß die Energieschirme der Station zusammengebrochen waren.

Es dauerte einige Zeit, ehe ein Hyperfunkspruch von ihm empfangen wurde. Die CREST hatte dauernd ihre Position in Kode gesendet, so daß Redhorse seinen Sender entsprechend einrichten konnte.

Es schien ein ungleicher Kampf zu sein, denn vierunddreißig Großkampfschiffe konnten theoretisch niemals gegen vierhundert fast gleichwertige gegnerische Einheiten bestehen. Trotzdem griff Rhodan den Gegner ganz offen an, als sei er von dessen Niederlage fest überzeugt.

Gerade diese Entschlossenheit war es, die den tefrodischen Flottenkommandanten stutzig und mißtrauisch machte. Das Mißtrauen wich allerdings sehr schnell einem leichtsinnigen Optimismus. Er gab den Befehl zur ›freien Jagd‹ und suchte sich das erste Opfer aus.

Inzwischen empfing Rhodan den Funkspruch, auf den er lange genug hatte warten müssen.

Es war Redhorse mit Hilfe der eingeschleusten Spezialisten

gelungen, die Abwehrpositronik von Midway fest in die Hand zu bekommen. Die Techniker beherrschten bereits die Schaltungen der Narkosefeld-Werfer, deren Reichweite die von normalen Impulsgeschützen weit übertraf.

Während die terranischen Kampfgruppen die Tefroder immer weiter in das Innere der Station zurückdrängten, leitete Redhorse von der ALOSITH aus Rhodans Aktionen.

Der Flottenkommandant der Tefroder begriff nicht ganz, warum sich der Gegner immer weiter in Richtung Midway zurückzog. Von dort mußte ihm doch die größte Gefahr drohen. Aber wahrscheinlich wußten die Terraner schon nicht mehr, was sie vor Verzweiflung taten. Erst der irrsinnige Angriff auf die überlegene Flotte, und nun der Rückzug in Richtung Station.

Die terranischen Einheiten rasten mit eingeschalteten Schutzschirmen mitten durch die Tefroder hindurch und schossen einige der Schiffe manövrierunfähig. Mit Höchstgeschwindigkeit setzten sie sich dann ab, von der Meute verfolgt. Sie näherten sich der Station und machten Anstalten, auf ihr zu landen. Dabei verringerten sie die Geschwindigkeit derart, daß die Verfolger aufrückten.

Proht Meyhet begriff nicht, was die Terraner beabsichtigten. Natürlich wußte er, daß die Abwehrpositronik ausgefallen war, aber er wußte nicht, daß sie bereits fest in der Hand der Terraner war. Hätte er es gewußt, wäre seine Reaktion sicherlich eine andere gewesen.

Er nahm Verbindung mit dem Flottenchef auf.

»Lassen Sie die Terraner ungehindert landen, und sobald das geschehen ist, greifen Sie die Schiffe mit allen Einheiten und konzentrischem Beschuß an. Es darf niemand entkommen, denn die eingeschlossenen Terraner in der Station sind ohne Verstärkung erledigt.

Proht war sich nicht sicher, ob seine Maßnahme richtig war, aber zum erstenmal in seinem langen Leben saß er richtig in der Klemme. Und das war wörtlich zu nehmen. Er hockte in seiner abgesicherten Zentrale, praktisch unangreifbar und durch einen Individualschirm von der Außenwelt abgeschlossen. Mit seinen Untergebenen stand er zwar durch den Stations-Interkom in ständiger Verbindung, aber die einlaufenden Meldungen waren verwirrend und beunruhigend.

Überall tauchten die Terraner auf und setzten die technischen Anlagen außer Betrieb. Sie gingen rücksichtslos vor, schonten aber möglichst das Leben der Tefroder. Das war eine Tatsache, die Proht aus verschiedenen Gründen ärgerte. Er wußte, daß die Terraner damit den Zweck verfolgten, die Tefroder auf lange Sicht zu ihren Gunsten zu beeinflussen.

Die Bildanlage funktionierte noch einwandfrei.

Proht erkannte auf den Orterschirmen die terranische Flotte. Sie kam schnell näher und verringerte die Geschwindigkeit. Die Tefroder rückten nach, wagten aber noch keinen Beschuß.

Aber dann geschah es.

Rhodan gab das vereinbarte Signal durch.

Mit Höchstbeschleunigung jagten die vierunddreißig Einheiten der Terraner dicht über die Station dahin, gewannen an Höhe und schossen hinaus in den Raum.

Die Verfolger aber, dicht gestaffelt, rasten hinein in die plötzlich aktivierten Lähmfelder der Narkosefeld-Werfer. Rein äußerlich war den Schiffen und dem von ihnen eingehaltenen Kurs nichts anzumerken. Sie flogen einfach in gerader Richtung weiter, ohne die Geschwindigkeit zu verändern.

Aber der Kommandant antwortete nicht mehr auf Prohts Anfragen.

Da wußte der Meister der Insel, daß etwas schiefgegangen war.

Und das war es auch. Die Offiziere und Besatzungen der vierhundert Wachschiffe hatten die Besinnung verloren. Mit ihren Schiffen flogen sie in den Raum hinaus, und wenn sie wieder zu sich kamen, würden sie weit von der Station entfernt sein.

Wenn sie zurückkehrten, würde sie eine abwehrbereite Festung Midway erwarten.

Eine Festung, die in der Hand der Terraner war.

Als Proht bei dieser Überlegung angelangt war, wußte er, daß er den Kampf verloren hatte. Ihm blieb nur noch die Flucht. Und zum Glück war er auch darauf vorbereitet.

Von seiner Zentrale aus führte ein geheimer Lift zu dem privaten Hangar, in dem sein Spezialschiff wartete. Es war ein kleines Schiff mit nur neunzig Metern Durchmesser, aber seine Triebwerke reichten aus, um ihn bis zum heimatlichen Andromedanebel zu bringen.

Es war auch so schnell, daß ihn kein Verfolger einholen konnte, selbst kein Terraner.

Aber bevor er floh, hatte er hier noch einiges zu tun.

Zugegeben, die Terraner hatten Midway erobert.

Aber sie würden sich nicht lange ihres Besitzes erfreuen können . . .

5.

Rhodans und Atlans Einheiten landeten wohlbehalten auf der Station, nachdem die Wachschiffe mit ihren paralysierten Besatzungen im Dunkel des Leerraums verschwunden waren.

Sie erhielten sofort Verbindung zu Redhorse und den Spezialeinheiten, die den Oberflächenteil der Station besetzt hatten. Ras Tschubai teleportierte in die CREST und brachte Rhodan direkt in die ALOSITH. Kurze Zeit danach fand sich auch Atlan ein.

»Die Station haben wir«, faßte Rhodan zusammen, als Redhorse seinen Lagebericht beendete. »Aber noch fehlt uns der Kommandant. Warum ist noch nicht versucht worden, Verbindung zu ihm aufzunehmen? Was ist mit den Teleportern? Wo steckt Gucky überhaupt?«

»Zur Stelle«, sagte der Mausbiber von der Tür her. Er war unbemerkt eingetreten. »Und wenn du denkst, ich hätte inzwischen geschlafen, so muß ich dir leider recht geben. Aber nur fünf Minuten.«

Rhodan unterdrückte ein Lächeln.

»Du schläfst, und wir erobern Midway. Das sieht dir mal wieder ähnlich.«

Gucky unterdrückte sein Grinsen nicht.

»Aber ich hatte einen schönen Traum«, verkündete er seelenruhig. »Ich teleportierte direkt in die Zentrale des Kommandanten. Und was meint ihr, wen ich da traf?«

Alle sahen ihn gespannt und ungläubig an. Niemand wußte, ob Gucky es ernst meinte oder nur einen seiner üblichen Scherze machte.

»Rede schon«, knurrte Atlan ungeduldig.

»Ich träumte also«, fuhr Gucky ungerührt fort, »daß der Kommandant von Midway ein Meister der Insel sei. Ein Bursche namens Proht Meyhet. Ein ziemlicher Brocken für meine Begriffe und äußerst klug und listig. Trotzdem nicht unsympathisch. Leider trug er einen individuellen Energieschirm, so daß ich nicht an ihn herankommen konnte. Trotzdem haben wir uns nett unterhalten. Über Funk. Seine Antenne war das einzige, was aus dem Individualschirm herausragte.«

Rhodan sah Gucky forschend an.

»Ein netter Traum, zugegeben.«

»Nicht wahr?« piepste Gucky schrill. »Habe ich mir auch gesagt. Und als ich mich dann ins Bein kniff, tat es auch noch weh. Da stellte ich fest, daß das alles überhaupt kein Traum war. Ich war wirklich in der Zentrale von Midway und unterhielt mich mit dem Meister. Tolle Geschichte, was?«

Rhodan machte sein geduldigstes Gesicht.

»Ja, eine schöne Geschichte. Und wir zerbrechen uns hier den Kopf, wie wir Verbindung mit dem Kommandanten aufnehmen sollen! Findest du das fair uns gegenüber? Warum hast du ihn nicht gleich mitgebracht?«

»Ging ja nicht. Ich kann froh sein, daß ich heil wieder aus seiner Privatfestung herausgekommen bin. Er scheint mich gut leiden zu können, sonst säße ich noch jetzt dort. Alles ist bestens abgesichert und von den Energieanlagen der Station unabhängig. Aber wenn ihr wollt, besuche ich ihn noch mal und überbringe ihm ein Ultimatum. Das wird zwar unsere Freundschaft ein wenig trüben, aber das macht ja nichts.«

»Eine gute Idee.« Rhodan wandte sich an Redhorse: »Formulieren Sie eine entsprechende Botschaft. Sagen Sie ihm faire Behandlung zu, wenn er sich ergibt. Wenn er weitere Zerstörungen von Midway verhindern möchte, soll er mit Gucky zu uns kommen. Unbewaffnet und ohne Schutzschirm. Ich denke, das wär's.«

Die Aufforderung wurde in bestem Tefrodisch niedergeschrieben, dann nahm Gucky den Brief, verabschiedete sich mit einer vollendeten Verbeugung – und teleportierte.

Er knallte prompt in einen Paraschirm und rematerialisierte unter heftigen Schmerzen direkt vor der Kommandozentrale Prohts.

Noch während er sich von seiner Überraschung erholte, kam die Stimme des Kommandanten aus seinem Außenlautsprecher:

»Was willst du denn schon wieder? Einmal habe ich dich laufenlassen, das zweite Mal muß ich mir das aber noch sehr überlegen. Hast du deinen Freunden nicht berichtet, daß ich dir das Leben schenkte, als du in die Falle sprangst?«

»Nicht ganz so genau, Proht. Sie hätten mich ausgelacht. Und nun haben sie mich hergeschickt, damit ich dir eine Botschaft überbringe.«

»Also gut. Ich schalte die Psischirme für zehn Sekunden ab. Teleportiere.«

Gucky sprang, und diesmal klappte es. Er stand in der Kommandozentrale des Meisters. Faktor III saß in seinem Kontrollsessel, umgeben von seinem persönlichen Schutzschirm, den auch Gucky nicht zu durchdringen vermochte.

Proht Meyhet drehte sich um und musterte den Mausbiber interessiert.

»Was für eine Botschaft sollst du mir von den Terranern überbringen?«

Gucky zog den Brief hervor und legte ihn vor Proht auf den Tisch.

»Soll ich ihn öffnen, oder kannst du das selbst?«

Proht lächelte wissend.

»Damit du telekinetisch zupacken kannst?« Er schüttelte den Kopf. »Ich bin nicht ganz so dumm, Kleiner. Ich habe schon von dir gehört. Außerdem bist du noch Telepath. Und ich bin strikt dagegen, daß man in meinen Gedanken herumspioniert. Aber meine Abschirmung verhindert das ohnehin. Öffne also den Brief und lege ihn vor mich hin.«

Der Meister der Insel saß eingehüllt in eine durchsichtig schimmernde Blase. Er war unangreifbar. Aber Gucky hatte auch nicht die Absicht gehabt, ihn zu überlisten. Er war beleidigt.

»Was du von mir denkst!« knurrte er bissig und öffnete das Schreiben. »Kannst du lesen, was darin steht?«

Proht nickte und las. Dann lehnte er sich zurück.

»Glaubt Rhodan im Ernst, daß ich mich freiwillig in Gefangenschaft begebe? So dumm kann er doch nicht sein, nachdem er mit soviel Klugheit die Station eroberte! Du kannst ihm sagen, daß ich eher sterben würde, als daß ich mich ergebe.«

»Die Terraner halten ihr Wort«, versicherte Gucky. »Wenn Rhodan dir eine faire Behandlung verspricht, so wird er sein Versprechen auch halten. Ich kenne ihn. Und er kennt mich. Er würde andernfalls meine Freundschaft und meine Achtung verlieren.«

Proht lachte noch immer.

»Ich weiß nicht, was ihm deine Freundschaft bedeutet, Kleiner, aber ich glaube dir. Trotzdem geht es nicht. Meine Pflicht ist es zu fliehen, wenn ich hier nichts mehr unternehmen kann. Die Station ist in der Hand der Terraner, die Besatzung entweder tot oder gefangen. Was mit der Wachflotte geschehen ist, weiß ich nicht. Ich habe eine Schlacht verloren, und ich muß die entsprechenden Konsequenzen ziehen. Faktor I wird über mich urteilen. Begebe ich mich aber in Gefangenschaft, wird ein solches Urteil für mich vernichtend sein.«

Gucky konnte Prohts Beweggründe in etwa verstehen, trotzdem hätte er keine Sekunde gezögert, den Meister gefangenzunehmen, wenn er das gekonnt hätte. Aber er konnte es nicht. Ganz im Gegenteil: Wenn Proht den Psischirm der Zentrale nicht ausschaltete, konnte er ihn, Gucky, hier solange festhalten, wie er das wollte.

Es blieb dem Mausbiber also keine andere Wahl, als klein beizugeben.

»Ich kann Rhodan also deine Ablehnung überbringen?« fragte er traurig. »Nichts zu machen?«

»Nichts zu machen. Ich werde fliehen.« Er sah auf die Bildschirme. »Hier habe ich nichts mehr zu tun. Nur eine Frage noch: Die Terraner haben sich doch mit dem Frachter ALOSITH in die Station geschmuggelt. Kommandant Iskaset ist ein zuverlässiger Mann. Habt ihr ihn und seine Leute hypnotisch beeinflußt?«

Gucky nickte. »Das ist richtig. Es ist ihm und der Besatzung kein Leid zugefügt worden. Er befindet sich bei bester Gesundheit und ist jetzt bei seinen Leuten. Die Terraner kaperten das Schiff, ohne auch nur ein einziges Mitglied der Besatzung zu verletzen.«

Proht nickte vor sich hin.

»Die Terraner werden mir unheimlich, kleiner Freund. Ich beginne, mich vor ihnen zu fürchten. Würden sie mordend und plündernd durch den Andromedanebel ziehen, würden sie Gefangene foltern und mich mit Erpressung bedrohen – dann wäre mir nicht so bange vor ihnen. So aber . . .«

»Dann kann ich dir einen weiteren Schreck zufügen«, sagte Gucky heiter. »Die Wachflotte wurde nicht vernichtet. Die Mannschaft wurde narkotisiert und saust mit ihren Schiffen jetzt durch den Leerraum. Wenn die Lähmwirkung nachläßt, kehren sie hierher zurück. Bis dahin sind wir bereit, mit den Tefrodern entsprechend zu verhandeln.«

Proht stützte den Kopf in die Hände.

»Wir hätten euch in der gleichen Lage erbarmungslos vernichtet.«

Gucky nickte.

»Deshalb werdet ihr letzten Endes diesen Kampf auch verlieren. Daß wir sie nicht vernichteten, als sie wehrlos waren, werden uns die Tefroder niemals vergessen. Ich glaube, daß wir klug gehandelt haben.«

»Ich fürchte, ich muß dir recht geben. Faktor I wird nicht sehr glücklich sein, wenn ich mit der Nachricht komme. Aber ich kann es nicht ändern. Und nun muß ich dich bitten, mich allein zu lassen. Ich muß meine Vorbereitungen treffen. In einer halben Stunde habe ich die Station verlassen und bin unterwegs zum Andromedanebel.«

Gucky zögerte noch.

»Womit? Hast du ein Schiff?«

»Erwarte nicht, daß ich es dir verrate. Du bist fair und ehrlich, aber die Versuchung wäre für dich zu groß. Denn es gibt eine Möglichkeit, meine Flucht zu vereiteln. Aber ich werde dir und deinen Freunden diese Möglichkeit weder zeigen noch geben. Ich danke dir. Vielleicht hast du mehr für die Terraner getan als alle anderen bisher.« Er lächelte unter seinem Energieschirm. »Und vielleicht bist du auch noch ein wenig klüger als sie.«

Gucky konnte nicht anders. Er mußte diesen Mann bewundern, der ein Meister der Insel und somit der größte Feind seiner besten Freunde war. Vielleicht war es Verrat, was er tat, aber tief in seinem Innern hoffte er, daß es eine faire und anständige Taktik war.

»Ich werde mich nicht sehr beeilen, zu Rhodan zu gelangen«, sagte er. »Aber versprich mir, daß du künftig anders über die Terraner denken wirst.«

»Wenn ich frei bin, werde ich wieder sein wie früher. Ich muß es, Kleiner. Ich werde ein erbitterter Feind der Terraner sein, bis der Kampf entschieden ist. Und einmal muß er ja wohl entschieden sein.«

»Schade. Ich bedaure das sehr, aber du wirst wohl keine andere Wahl haben. Vielleicht sehen wir uns wieder. Irgendwo, irgendwann.«

Proht nickte und drückte auf einen Knopf. »Du kannst jetzt springen.«

Und Gucky verschwand, noch ehe Proht den Knopf wieder losließ.

Als Gucky verschwunden war, wurde Proht plötzlich sehr lebendig. Er stand auf und machte sich an einigen Kontrollen zu schaffen. Kurze Zeit später schoben sich die Bodenplatten der Zentrale auseinander. Eine rechteckige Öffnung entstand.

Er überprüfte die Psi- und Energieschirme der Zentrale und überzeugte sich davon, daß niemand eindringen konnte. Früher oder später allerdings würde jemand den geheimen Zugang finden, der nicht gesichert war, und die Schirme ausschalten. Aber dann war er schon längst viele hundert Lichtjahre entfernt und nicht mehr einzuholen.

Er schaltete seinen Individualschirm ab und stieg in die Öffnung hinab. Hinter ihm schoben sich die Bodenplatten wieder fugenlos zusammen.

Ein schmaler und nur mäßig erleuchteter Gang nahm ihn auf. Proht hatte nur wenige Meter zu gehen, dann endete der Gang vor einer Metallwand. Eine Tür war nicht zu sehen, aber sie war vorhanden. Sie öffnete sich, nachdem der Meister einige verborgene Kontrollen betätigt hatte.

Ein winziger Raum nahm Proht auf.

Rein äußerlich schien nichts zu geschehen, aber in Wirklichkeit bewegte sich der kleine Raum mit ziemlicher Geschwindigkeit von der Stelle. Es war ein Lift, der durch einen Vakuumschacht glitt, seinem Ziel entgegen.

Als Proht dieses Ziel erreichte, verließ er die Kammer und betrat einen kleinen Hangar, in dem ein einziges Schiff stand. Es war eine Kugel mit neunzig Metern Durchmesser.

Proht betrachtete es mit leuchtenden Augen. Obwohl er eine schwere Niederlage erlitten hatte, konnte er nicht umhin, beim Anblick dieses herrlichen Schiffes Freude zu empfinden. Aber vor dem Start gab es noch etwas anderes zu tun.

Sollte er es überhaupt?

Die Station war verloren. Es würde kaum möglich sein, sie jemals wieder zurückzuerobern. Also mußte sie vernichtet werden. Die MdI würden andere Wege finden, um den Leerraum zu überbrücken. Eine Selbstzerstörungsanlage war vorsorglich eingebaut worden. Wenn er sie zündete, würde es eine Stunde dauern, und dann würde eine atomare Kettenreaktion losbrechen, die nicht mehr aufzuhalten war. Sie würde allerdings nicht so schnell voranschreiten, eine Rettung der Besatzung unmöglich zu machen. Wenn die Terraner früh genug bemerkten, was passiert war, konnten sie sich und die gefangenen Tefroder noch in Sicherheit bringen.

Aber die Station würde vernichtet werden, so wie die Zentralstation.

Nachdenklich blieb er vor dem Einschaltmechanismus stehen und betrachtete ihn. Ohne es zu wollen, mußte er an den kleinen, pelzigen Teleporter denken. Er mochte ihn, aber er hätte nicht zu sagen vermocht, warum das so war. Eine halbe Stunde, hatte er gesagt.

Und davon waren bereits fünfzehn Minuten vergangen.

Er sprach einige Worte in ein Mikrophon, und ein Bandgerät speicherte seine Botschaft, die unter gewissen Umständen abgespielt werden würde.

Dann schaltete Proht den Zündmechanismus ein.

Nun würde es genau eine Stunde dauern, bis die Katastrophe begann.

Langsam betrat er sein Schiff, das auf der Startrampe stand. Er stellte die Startcomputer ein und aktivierte den programmierten Vorgang.

Nun hatte er nichts mehr zu tun. Alles Weitere würde von selbst geschehen. Was er nun noch brauchte, war Glück.

Die Luke schloß sich. Proht ließ sich im Kontrollsessel nieder. Er schaltete die Bildschirme ein, überprüfte die Luftversorgung und die Antigravfelder. Alles in Ordnung.

Er lehnte sich zurück.

Terraner! Er hatte schon seit Tausenden von Jahren geahnt, daß sie eines Tages kommen würden.

Er haßte sie, und er bewunderte sie. Sie waren die einzigen Intelligenzen des bekannten Universums, die seiner Organisation wirklich gefährlich werden konnten.

Ein leichter Ruck ging durch das Schiff.

Die Rampe glitt ein wenig zur Seite, dann öffnete sich über ihr ein runder Schacht. Die Rampe samt Schiff fuhr hinein und erhöhte ihre Geschwindigkeit, um dann plötzlich abzubremsen und zurückzufallen.

Prohts Schiff aber glitt allein weiter und beschleunigte.

Mit einigen hundert Metern pro Sekunde schoß es dann aus der Station heraus, ehe jemand Gelegenheit finden konnte, es zu orten.

Es raste hinaus in den Raum, vorbei an einigen überraschten Wacheinheiten der Terraner und nahm Kurs auf den fernen Andromedanebel.

Proht sah auf die Bildschirme. Er lächelte grimmig.

Die Station schrumpfte blitzschnell zusammen, wurde zu einem winzigen Stern, der im Nichts zerflatterte. Dann war nur noch der Weltraum um ihn.

Andromeda leuchtete auf dem Frontschirm.

Und plötzlich verschwand das Lächeln von Prohts Lippen.

»Andromeda . . .!«

Der Gedanke an Andromeda hatte auf einmal alle Freude für ihn verloren.

Vor sich sah er ein kleines Wesen, mit einem pfiffigen Gesicht und braunem Fell. Er sah die klugen Augen vor sich, hörte die etwas helle, fast schrille Stimme.

Proht fluchte ganz unmotiviert, und legte einen Hebel nach vorn.

Das Schiff sprang förmlich ein Stück vor, dann verschwand es im Linearraum.

Für jedes Ortergerät im Normaluniversum hörte es damit auf zu existieren.

»Das hat aber lange gedauert«, sagte Atlan vorwurfsvoll.

Gucky bemühte sich, den Gedankenblock aufrechtzuerhalten, damit John Marshall nichts erfuhr. Ihm war gar nicht wohl in seiner Haut, aber das Gefühl, richtig gehandelt zu haben, ließ ihn das Theater weiterspielen.

»Da waren ein paar Parafallen, die ich umgehen mußte. Außerdem hat Proht mich so lange aufgehalten. Ich glaube, er will einen Fluchtversuch wagen. Wenigstens ließ er so etwas durchblicken.«

Rhodan unterrichtete die wartende Flotte auf der Station. Mehr konnte er im Augenblick auch nicht tun.

»Mit einem Schiff?« erkundigte sich Atlan.

Gucky nickte todernst.

»Mit dem Fahrrad käme er ja wohl nicht weit«, sagte er patzig.

Atlan schluckte seinen aufkeimenden Ärger herunter.

»Also mit einem Schiff«, stellte er geduldig fest. »Möchte wissen, warum du dir jedes Wort einzeln aus der Nase ziehen läßt. Da stimmt doch irgend etwas nicht, kleiner Freund. John?«

»Gedankenblock«, sagte John Marshall und zuckte die Achseln.

Rhodan ging zu Gucky und legte ihm die Hand auf die Schulter.

»Willst du uns nicht endlich sagen, was passiert ist? Das merkt doch ein Blinder, daß du uns etwas verschweigen willst. Hast du kein Vertrauen mehr zu uns?«

Gucky sah auf die Uhr.

»Herrje!« stieß er hervor. »Wenn wir noch lange so hier herumstehen und dumm reden, geht uns der Meister durch die Lappen. Wir müssen uns um ihn kümmern, denn wir verloren genug Zeit. Hat jemand was dagegen, wenn ich mich umsehe? Vielleicht erwische ich ihn jetzt mal ohne seinen Schutzschirm, und dann schleppe ich ihn euch her.«

Rhodan trat zurück und nickte.

»Versuch dein Glück, Kleiner.«

Gucky grinste schon wieder.

»Danke, Perry.« Er stemmte die kleinen Fäuste in die Hüften. »Meine Methoden mögen manchmal seltsam anmuten, aber du kannst mir glauben, daß ich sie reiflich überlege. Und noch eins: Wer wenig fragt, bekommt auch wenig Antworten.«

Er wartete nicht weiter, sondern entmaterialisierte, um sich auf die in seinen Augen nun überflüssig gewordene Suche nach Proht zu machen.

Und daß sie überflüssig war, bewies der in gleicher Sekunde ausgelöste Alarm der Flotte.

Aber wenn Gucky trotzdem weitersuchte, so lag das mehr an dem merkwürdigen Gefühl der Schuld, das ihn plötzlich beschlich. Proht würde doch nicht fliehen, ohne entsprechende Maßnahmen getroffen zu haben!

Das würde ein Meister der Insel niemals tun, auch wenn er Proht hieß und ein relativ anständiger Kerl zu sein schien.

Gucky teleportierte in Kurzsprüngen um die Kommandozentrale herum, aber er fand trotz aller Anstrengungen keine Lücke in dem Psischirm. Schließlich kam er auf den Gedanken, einfach blind *unter* die Zentrale zu springen – und da half ihm dann der Zufall.

Als er rematerialisierte, konnte er sich kaum bewegen. Er steckte in einem schmalen Gang, und seine Nase sagte ihm, daß er genau unter dem Kommandoraum saß. Und hier gab es keinen Schutzschirm, oder er hatte sich automatisch abgeschaltet.

Er fand die Luke und öffnete sie telekinetisch. Und dann stand er in der Zentrale, nur Proht war nicht mehr da. Sicher war er durch den Gang geflohen, den Gucky durch Zufall entdeckt hatte.

Es fiel Gucky nicht schwer, die Schutzschirme endgültig auszuschalten und die Interkomanlage zu bedienen. Minuten später hatte er Verbindung zu Rhodan im Hangar.

»Der Vogel ist ausgeflogen«, teilte Gucky ihm mit.

»Wissen wir schon, Kleiner. Mit einem Schiff. Und genau in dem Augenblick, in dem dir einfiel, daß du dich auf die Suche nach ihm machen könntest. So ein Pech, was?«

»Ja, Pech! Aber wir haben nun die Zentrale. Schick ein paar Techniker her, damit die Station endgültig unter Kontrolle gebracht werden kann. Ich habe noch etwas zu tun.«

»Was denn?«

Gucky holte tief Luft.

»Glaubst du im Ernst, ein Meister der Insel würde so einfach verschwinden, ohne vorher ein Ei zu legen?«

»Was soll denn der Ausdruck wieder?«

»Nicht, was du meinst. Mit einem Ei meine ich eine Bombe.«

Rhodans Gesicht auf dem Bildschirm verriet Überraschung.

»Eine Bombe? Du willst doch damit nicht sagen . . .?«

»Doch, genau das will ich sagen. Ich habe mich in die Lage Prohts versetzt, und da wußte ich, was geschehen war. Noch bevor er floh, hat er eine Bombe gezündet. Sie kann jeden Augenblick detonieren. Und daß es keine Lachgasbombe ist, kannst du dir ja denken.«

»Ich werde sofort die Suchmannschaften losschicken.«

»Und ich werde selbst suchen«, sagte Gucky und stieg in den Gang zurück, ohne den Interkom abzuschalten.

Gucky gelangte schließlich in den Hangar.

Die Startrampe war an ihren Platz zurückgekehrt, und die Anlage hatte sich automatisch abgeschaltet. Gucky konnte sich zusammenreimen, was geschehen war. Innerlich war er mit dieser Entwicklung zufrieden, wenn ihn auch der Gedanke an die eventuell vorhandene Bombe ein wenig beunruhigte.

Er durchsuchte den Hangar und fand die Selbstzerstörungsanlage.

Die Zeitanzeige lief, und als er die Daten umrechnete, fand er, daß noch genau fünfunddreißig Minuten blieben.

Er selbst verstand zu wenig von diesen komplizierten technischen

Dingen, um es wagen zu können, auch nur eine Minute zu verschwenden. Er teleportierte direkt in die ALOSITH, die zum Hauptquartier geworden war. In Sekundenschnelle hatte er Rhodan unterrichtet, der ihm zwei seiner fähigsten Spezialisten zur Verfügung stellte. Mit ihnen teleportierte Gucky in den Hangar, dann holte er noch Rhodan selbst.

Die Techniker machten sich an die Arbeit, und nach zehn Minuten war es ihnen gelungen, die Anlage außer Betrieb zu setzen.

Gleichzeitig begann der Tonspeicher zu laufen.

Prohts Stimme war laut und deutlich zu hören. Er sprach tefrodisch.

Proht Meyhet, Faktor III genannt, sagte:

»Ich ahnte fast, kleiner Pelzfreund, daß du diese Anlage rechtzeitig entdecken würdest. Die Station bleibt somit in eurer Hand. Und selbst dann, wenn du die Zeitbombe nicht gefunden hättest, hättet ihr euch mit euren Gefangenen rechtzeitig absetzen können. Ihr habt die Tefroder geschont. Ihr habt bewiesen, daß man Kriege auch anders führen kann. Es war eine Lehre für mich. Und dir, kleiner Freund, möchte ich für dein Verhalten danken. Du hast mir die Flucht ermöglicht, obwohl du wissen mußtest, daß wir Feinde bleiben müssen. Aber du hast mir damit gezeigt, daß es noch klügere Intelligenzen als die Terraner gibt. Und du hast mich gelehrt, wieder menschlich zu denken und zu handeln. Ich hoffe, Rhodan und die Terraner werden dir verzeihen können. Wenn sie klug sind, tun sie es.«

Die Stimme verstummte.

Gucky sah vorsichtig zur Seite und begegnete Rhodans Blick.

Perry Rhodan gab den Blick zurück. Er war undefinierbar, und er war nicht sehr freundlich. Aber dann sagte er:

»Vielleicht hat Proht recht.« Er wandte sich an die beiden Techniker. »Haben Sie eben etwas gehört? Wenn ja, dann vergessen Sie es.« Er wandte sich wieder an Gucky: »Du kannst uns zur ALOSITH zurückbringen.«

Gucky atmete erleichtert auf, legte uneingeschränkte Dankbarkeit in seinen Blick und brachte sie alle zurück in das Frachtschiff.

Es störte ihn später durchaus nicht, daß man ihn als den Helden des Tages feierte, der sie alle vor dem sicheren Tod bewahrt hatte.

Es dauerte noch Tage, ehe die Station endgültig in der Hand der Terraner war. Säuberungskommandos drangen bis in die entlegensten Winkeln vor und nahmen die letzten Tefroder gefangen, die sich dorthin zurückgezogen hatten.

Meist wurden sie mit Gas überwältigt.

Am vierundzwanzigsten November war Midway endgültig in terranischer Hand, und die wiederhergestellte Abwehrpositronik würde jedes Schiff der Tefroder, das sich noch in ihre Nähe wagte, aufhalten oder angreifen.

Rhodan war auf die CREST zurückgekehrt und erklärte das Unternehmen für beendet. Die Hyperfunkstation wurde angewiesen, ständig auf Empfang zu bleiben und auf eine Nachricht von Reginald Bull zu warten.

Noch wußte niemand, ob das ›Unternehmen Lookout‹ ebenfalls so erfolgreich verlaufen war.

Die Wachflotte der Tefroder war nicht zurückgekehrt. Wahrscheinlich waren die Kommandanten, als sie aus ihrer Bewußtlosigkeit erwachten, von neuen Befehlen eingeholt worden. Jedenfalls blieben die vierhundert Schiffe verschwunden.

Einen Tag später, am fünfundzwanzigsten November des Jahres zweitausendvierhundertfünf, versammelte Rhodan die leitenden Offiziere und Mutanten in der Messe der CREST, um über die weiteren Unternehmungen zu beraten. Obwohl man Gucky nicht einlud, war er anwesend. In der Beziehung kannte er nichts. Wenn es jemand gewagt hätte, ihn deswegen auch nur schief anzusehen, hätte dieser Jemand sich sehr gewundert, was passiert wäre.

Also nahm jeder seine Anwesenheit als selbstverständlich hin.

Auch Atlan, der seit jenem Tag, an dem Proht geflohen war, von einem unbestimmten Mißtrauen geplagt wurde. Rhodan hatte ihm nichts von der Botschaft des Meisters erzählt, und Gucky war ihm dankbar dafür. Er wußte, daß Rhodan seine Handlungsweise verstand und sogar billigte. Atlan aber würde das niemals verstehen.

Dennoch wußte der Mausbiber, daß seine Handlung nicht lange geheim bleiben würde. Er selbst würde früher oder später diese Episode der Allgemeinheit zugängig machen.

»Wir werden ein Kommando auf Midway zurücklassen«, begann Rhodan. »Es ist klar, daß wir keinen Rechtsanspruch auf die Bahnhöfe haben. Die rechtmäßigen Eigentümer sind die Maahks. Doch solange die Gefahr durch die MdI nicht beseitigt ist, besitzen wir ein vorübergehendes Nutzungsrecht. Inzwischen müßte Bull auch Lookout erobert haben und unterwegs hierher sein. Wir warten noch zwei Tage, ehe wir nach Gleam zurückkehren.«

Atlan hatte Bedenken.

»Wir sollten länger warten. Selbst wenn die Aktion Bullys erfolgreich war, benötigt er mindestens eine Woche, um die Lage zu stabilisieren. Eine weitere Woche müssen wir ihm für den Herflug zubilligen. Er kann also erst in drei oder vier Tagen eintreffen.«

Rhodan dachte einen Augenblick nach, dann nickte er.

»Gut. Sagen wir insgesamt fünf Tage. Einverstanden?«

Nun hatte niemand mehr Bedenken.

Rhodan fuhr fort:

»Die beiden Stützpunkte ersetzen die ausgefallene Transmitterbrücke. Wir können auf den Stationen soviel Kalup-Konverter lagern, wie wir brauchen. Niemand kann also verhindern, daß wir zum Andromedanebel zurückkehren, wenn wir das für nötig halten.«

Redhorse meldete sich zu Wort.

»Eine Frage, Sir: Was soll mit den Gefangenen geschehen? Es sind nahezu dreitausend Tefroder. Wir können sie nicht ewig hier festhalten.«

Rhodan fing einen Blick Guckys auf. Er nickte unmerklich.

»Es sind einige Frachtschiffe vorhanden, die die Entfernung nach Andromeda überbrücken können. Wir werden sie freilassen.«

Atlan fuhr zusammen, aber dann sah er Rhodans Gesicht und las darin den festen Entschluß, sich auf keinen Fall von seiner Entscheidung abbringen zu lassen. Er schwieg.

Rhodan hielt es trotzdem für nötig, dazu eine Erklärung abzugeben:

»Wenn wir die Tefroder freilassen, werden Sie zu ihren Stützpunkten zurückkehren. Es ist kein Nachteil für uns, wenn auch die anderen Tefroder erfahren, auf welche Art wir Krieg führen. Vielleicht bricht das ihren Widerstand und macht sie vernünftiger. Vielleicht sehen sie auch ein, daß sie falsch unterrichtet wurden. Mit Vernunft sind Kriege leichter zu gewinnen als mit roher und unvernünftiger Gewalt. Und wenn sich die Vernunft erst einmal endgültig durchgesetzt hat, wird es wahrscheinlich überhaupt keine Kriege mehr geben.«

Gucky seufzte. In sehr sarkastischem Tonfall meinte er:

»Du lieber Himmel, was fangen wir dann mit unseren militärischen Beratern an? Die können sich doch ein Leben ohne Krieg überhaupt nicht vorstellen.«

»Sie werden für bessere Aufgaben frei«, erwiderte Rhodan, ohne daß seine Worte überzeugt klangen. »Aber das ist Zukunftsmusik. Warten wir ab.« Er sah auf, als ein Offizier in der Uniform der Nachrichtentruppe eintraf. »Ja, was gibt es, Leutnant?«

Der Leutnant salutierte.

»Sir, wir haben eine Hyperbotschaft von der GENERAL DERINGHOUSE aufgefangen.«

Rhodans Gesicht zeigte Erleichterung und Freude.

»Sie ist also in Reichweite! Gott sei Dank!«

»Die Nachricht, Sir?«

»Ja.«

»Unternehmen erfolgreich beendet. Treffen in sieben Stunden Terrazeit ein. Ende.«

»Das war alles?«

Der Leutnant war sichtlich erstaunt.

»Sir? Genügt das denn nicht?«

»Doch, es genügt. Verzeihen Sie. Bleiben Sie weiterhin auf Empfang.« Rhodan wartete, bis der Offizier die Messe verlassen hatte, dann sagte er in die freudige Erregung der Anwesenden hinein: »Somit steht fest, daß wir die beiden Stationen erobert haben. Wir haben sieben Stunden Zeit, uns auf den Empfang unserer Freunde vorzubereiten. Wir werden auch erfahren, was es auf der Erde Neues gibt. Aber wir dürfen trotz aller Erfolge die Vorsicht nicht ganz vergessen. Atlan, willst du dafür sorgen, daß ein paar Schiffe mehr die Überwachung der Station gegen einen Angriff von außerhalb übernehmen? Die Orterstationen müssen voll besetzt werden. Es ist die Art der Meister, immer dann überraschend zuzuschlagen, wenn man es am wenigsten von ihnen erwartet.«

Atlan erhob sich.

»Ich bin ganz deiner Meinung, Perry. Aber in sieben Stunden möchte ich Bully auf die Schultern klopfen.«

Rhodan sah ihm nach. Sein Blick streifte Gucky.

»Das hast du doch sicher auch vor?«

»Und ob«, bestätigte Gucky mit deutlich sichtbarem Nagezahn.

»Und ob ich das will. Hoffentlich hält er das auch aus, unser guter Dicker.«

»Sein Fell ist genauso dick«, beruhigte ihn Rhodan und beendete damit die Besprechung.

Als die kleine Flotte Bullys über Midway erschien, wollte der Jubel der Terraner nicht enden. Nun war endgültig klar, daß beide Unternehmen gelungen waren. Für die MdI war der Weg zur heimatlichen Milchstraße wenn auch nicht gänzlich abgeschnitten, so doch erheblich erschwert worden.

Bully und Mercant wurden auf der CREST empfangen, und der kleine Gucky stand stolz in der ersten Reihe der Gastgeber von Midway.

Rhodan und Bully schüttelten einander die Hände. Dann war Mercant an der Reihe. Die Mutanten schlossen sich an, und bald bildeten sich einzelne Gruppen, die ihre Erlebnisse und Erfahrungen austauschten.

Rhodan war gerührt, als ihm Bully das Foto seiner Kinder übergab. Minutenlang betrachtete er es, das einen Jungen und ein Mädchen zeigte. Dann verstaute er das Bild in seiner Brusttasche und ging mit Bull und Mercant in die Offiziersmesse der CREST, wo ein reichhaltiges Festmahl vorbereitet worden war. Dazu gab es Wein und Sekt – und Karottensaft für Gucky.

Es war kein reiner Zufall, daß Gucky neben Bully zu sitzen kam.

»Na, alter Familienvater, wie geht's, wie steht's?« erkundigte sich Bully leutselig bei dem Mausbiber. »Und frage mich nur nicht nach deinem Halunken von Sohn. Von dem hört man ja tolle Dinge.«

Gucky wurde hellhörig. Und ein wenig böse.

»Was ist mit dem Kleinen? Wächst er Iltu vielleicht über den Kopf?«

»Rein größenmäßig gesehen vielleicht nicht«, berichtete Bully genüßlich, »aber symbolisch gesehen vielleicht doch. Die ganze Kolonie auf dem Mars zittert vor ihm. Er tyrannisiert alle dort stationierten Mausbiber bis aufs Blut.«

»Bis wohin soll er sie denn sonst tyrannisieren?«

Bully verschluckte sich, als er von dem Wein trank.

»Du mußt etwas unternehmen, sonst gibt es eine Katastrophe. Hast du noch immer keinen Namen für den Lauser?«

»Jemand hat vorgeschlagen, ihn Alt zu nennen, aber das ist mir nicht originell genug. Mir wird schon was einfallen. Ist ja noch Zeit. Vorerst hört er auf keinen Namen, wie ich ihn kenne.«

»Das kann ich dir bestätigen, mein Lieber. Der hört überhaupt auf nichts – und auf niemanden. Iltu brüllt sich oft die Lunge aus dem Leib, aber der Bursche reagiert nicht einmal drauf.«

»Ich werde ihm das Fell versohlen«, versprach Gucky, aber er grinste sehr stolz, als er das sagte. »Er ist eben mein Sohn, das kann niemand bestreiten.«

»Das tut auch niemand.«

Gucky trank seinen Karottensaft.

»Sag mal, was ist eigentlich mit *dir*? Willst du keinen Sohn haben, keine Frau? Wird Zeit, daß du ans Heiraten denkst.«

Bullys Gesicht überzog sich mit einem Schatten.

»Es ist sinnlos, denn ich altere nicht. Meine Frau aber würde altern. Und ich mag keine Frauen, die altern.«

»Das tun sie aber alle, Dicker.«

»Schon. Außerdem habe ich eine gute Freundin. Ich werde sie dir vorstellen, wenn wir mal wieder in Terrania sind. Sie schwärmt von dir wie ein Backfisch. Dummes Ding.«

Gucky stellte das Glas auf den Tisch zurück.

»Wieso ein dummes Ding? Ich halte sie für das vernünftigste Mädchen der Welt, und für sehr klug. Sie schwärmt also von mir? Wie ich mich freue, sie kennenzulernen. Wie alt ist sie denn?«

»Nächsten Monat feiert sie ihren achtzigsten Geburtstag. Eine sehr nette, alte Dame. Eine Ururürenkelin meiner jüngsten Schwester. Komisch, was?«

Gucky grinste gezwungen.

»Ja, sehr komisch.« Er wechselte das Thema. »Ist dir ja wohl klar, daß Midway ohne mein Dazutun nicht mehr existierte. Überhaupt bin ich es eigentlich gewesen, der Midway eroberte. Sicher, Redhorse und die anderen haben ein wenig mitgeholfen, aber die Hauptarbeit . . .«

» . . . machte, wie immer, unser guter Gucky. Ja, ich weiß.« Bully sah ganz ernst aus. »Und es gibt noch außer mir Leute, die das auch glauben. Schade, daß du bei der Eroberung von Lookout nicht dabei warst.«

»Warum?«

»Dann hätten wir uns die ganze Flotte sparen können«, versicherte Bully todernst und widmete sich dann dem gebratenen Dosenhühnchen.

Gucky sah ihm verächtlich zu, ehe er den Deckel des Topfes abhob, den man auf seinen Platz gestellt hatte.

Seine Augen wurden starr.

Auf den gedünsteten Mohrrüben und Spargelspitzen lag ein kleiner Lorbeerkranz.

Gucky leckte den Kranz sauber und setzte ihn sich auf, ohne eine Miene zu verziehen.

Der neben ihm sitzende Bully bekam einen Lachanfall. Dabei verschluckte er einen Hühnerknochen und wäre fast daran erstickt.

Gucky holte den Knochen telekinetisch wieder heraus, ohne dabei seine Mahlzeit auch nur für eine Sekunde zu unterbrechen.

Einige Stunden später trennten sich ihre Wege wieder. Während Bully mit seiner Flotte in Richtung Milchstraße aufbrach, machte sich Rhodan mit seinen Schiffen auf den Weg nach Gleam. Zuvor jedoch schickte er eines seiner schnellsten Schiffe nach Andro-Alpha, damit die Maahks über die Ereignisse informiert wurden. Gleichzeitig sollten die Methanatmer eine mit verschiedenen Unterlagen ausgestattete Delegation nach Gleam entsenden, wo man nach Rhodans Ankunft die Lage besprechen wollte.

6.

Obwohl der Anblick eines Methanatmers für Terraner keine Besonderheit mehr darstellte, war er doch immer wieder beklemmend und unheimlich.

Die Maahks waren kräftig gebaut und größer als zwei Meter. Ihre blaßgraue Haut war mit pfenniggroßen Schuppen bedeckt. Die kurzen und stämmigen Beine hatten vierzehige Füße mit normalen Gelenken. Die Arme hingegen waren anders. Bei ihnen handelte es sich um hochelastische Muskel- und Sehnenbündel. Die Hände hatten sechs Finger.

Auffällig war der Kopf. Er glich einem halbmondförmigen Wulst, der von Schulter zu Schulter reichte und direkt mit dem Körper verbunden war. Die Unbeweglichkeit wurde durch vier Augen ausgeglichen, die auf dem Grat des Wulstes saßen und nach allen Seiten zugleich sehen konnten. Druckhelme sorgten dafür, daß die Maahks sich auch in einer Sauerstoffatmosphäre wohlfühlten.

Das schwarze Walzenschiff der Maahk-Abordnung landete auf dem Raumhafen von Power-Center, des terranischen Stützpunkts auf dem Planeten Gleam, und sank sofort in den unterirdischen Hangar. Offiziere der terranischen Raumflotte empfingen die Gäste und brachten sie über die Transportbänder zum Verhandlungsraum.

Rhodan, Atlan und die leitenden Offiziere begrüßten sie und boten ihnen Platz an.

Die Konferenz, von der so viel abhing, konnte beginnen. Man schrieb den 10. Dezember 2405.

In kurzer Schilderung faßte Rhodan zusammen, was geschehen war:

»Es ist uns gelungen, die beiden Stützpunkte Lookout und Midway einzunehmen. Während uns im zweiten Fall, nämlich Midway, der Kommandant des Stützpunktes entkommen konnte, fiel uns Montra Matite, Kommandant von Lookout, in die Hände. Er war ein Tefroder, kein Duplo. Er besaß einige Schwächen, die wir für unsere Zwecke ausnutzen konnten.

Der Kommandant von Midway hingegen war ein Meister der Insel. Es war Faktor III, ein Mann namens Proht Meyhet. Er entkam mit einem kleinen Spezialraumschiff. Wir werden ihn eines Tages finden. Aber zurück zu Montra Matite: Er hatte Angst um sein Leben und fürchtete nichts mehr als den Schmerz der Folterung. Wir schonten ihn, und aus Dankbarkeit unterstützte er uns. Er führte uns zu der geheimen Speicherpositronik seiner Station und übergab uns wichtige Daten. Leider wurde Matite durch die Sicherheitsschaltung der Positronik dann getötet. Aber ich glaube, die Informationen dürften für uns alle von lebenswichtigem Interesse sein.« Rhodan sah die sieben Maahks an. »Ich hatte gebeten, daß Sie mit allen Vollmachten zu uns kommen, und auch die Unterlagen Ihres Geheimdienstes mitbringen. Ist das geschehen?«

Einer der Maahks erhob sich zu seiner ganzen imposanten Größe.

»Ich bin der Chef des Geheimdienstes. Nennen Sie mich Grek-1.«

Rhodan deutete eine Verbeugung an.

»Ich sehe«, sagte er, »daß man mich richtig verstanden hat. Dann wollen wir auch offen miteinander sprechen. Wir sind Verbündete, und unser gemeinsamer Gegner ist bekannt. Es sind die Meister der Insel.«

»Wir werden sie vernichten«, sagte der Maahk dumpf.

»Matite also gab uns gewisse Unterlagen. Es handelt sich um die Position eines Planeten, der Multidon heißen soll. Ich frage unsere Freunde, die Maahks, ob sie schon jemals von einem Planeten dieses Namens gehört haben.«

Grek-1 beugte sich vor.

»Multidon, Terraner, genießt bei uns einen legendären Ruf. Wir wissen, daß ein Planet dieses Namens existiert, aber bisher haben wir nie erfahren können, wo er sich befindet. Wir wissen nur, daß Multidon der Ursprung aller Macht der Meister ist. Vergeblich haben unsere fähigsten Offiziere versucht, mehr über Multidon zu erfahren. Sie starben oder kehrten nie zurück.«

»Wir wissen nun einiges über Multidon«, erklärte Rhodan ruhig und beobachtete die Reaktion der Maahks. Sie waren sichtlich beeindruckt. »Matite hat uns die Daten gegeben, bis der Tod ihn daran hinderte, noch mehr zu enthüllen. Wir kennen die ungefähre Position des Planeten. Ich werde Ihnen die Unterlagen zur Verfügung stellen, denn Sie werden uns behilflich sein, Multidon endgültig zu finden. Sie haben ja die von mir angeforderten Unterlagen mitgebracht?«

»Alle.«

»Wo?«

»Im Schiff«, sagte Grek-1. »Sobald ich weiß, welche Sie benötigen, werde ich sie holen lassen.«

Rhodan legte ein Blatt Papierfolie vor sich auf den Tisch.

»Multidon steht fünfundvierzigtausend Lichtjahre von der Südgrenze des Andromedanebels entfernt und damit fünftausend Lichtjahre innerhalb der verbotenen Zone. Die Informationen sprechen von einer ungewöhnlichen physikalischen Gegebenheit, ohne näher darauf einzugehen. Es muß sich aber den Andeutungen nach um eine physikalische Gegebenheit handeln, die gefährlich ist.«

Grek-1 sah mit drei Augen auf das Papier.

»Innerhalb der Verbotenen Zone also. Wir hätten es uns denken können. Zum Glück haben unsere Geheimschiffe diese Zone fast vollständig erforscht. Sie sind dabei allerdings auf Regionen gestoßen, die absonderliche physikalische Gegebenheiten aufweisen. Es gibt veränderliche Sterne, auf- und abschwellende Novae, Dunkelwolken mit unvorstellbarer Dichte, Hyperstürme . . .«

»In einer solchen Region mit gefährlichen Bedingungen muß Multidon zu finden sein«, unterbrach Rhodan. »Ich gebe Ihnen jetzt die Koordinaten, und Sie werden in Ihren Unterlagen nachsehen und mir dann sagen, wo sich Multidon genau befindet. Vielleicht ist es Ihrem großartigen Geheimdienst auch möglich, uns einige Anhaltspunkte darüber zur Verfügung zu stellen, was Multidon eigentlich ist. Matites Daten sind sehr unvollständig.«

Grek-1 hatte das Papier durchgelesen und schob es über den Tisch zurück. Er sagte:

»Es war immer mein Ziel, eines Tages die Meister der Insel in ihre Schranken zu verweisen. Nun ist es soweit. Ich habe alle Unterlagen über ihre Stützpunkte und Machtzentren gesammelt, und der geheimnisvolle Planet Multidon gehört auch dazu.«

Rhodan starrte ihn an. Atlan, der neben ihm saß, scharrte unruhig mit den Füßen. Die anderen Offiziere waren sichtlich verblüfft.

»Sie wissen etwas über Multidon?«

»Die Informationen stammen von meinen Agenten. Sie drangen in die Verbotene Zone vor, die inmitten des Andromedanebels liegt.

Und sie schickten mir diese Informationen, auch wenn sie meist selbst nicht zurückkehrten.« Er deutete auf die Daten, die von Matite stammten. »Das dort ist lediglich die Bestätigung, daß unsere Agenten nicht gelogen haben.«

Rhodan schüttelte den Kopf.

»Ich verstehe das alles nicht. Wir haben die Koordinaten von Multidon, aber wir zögerten, hinzufliegen. Wegen der angedeuteten Gefahr, die mit einem solchen Flug zusammenhängen soll. Deshalb wollte ich mit Ihnen sprechen und um Ihre Hilfe bitten. Nun teilen Sie mir mit, daß Sie auch einiges über Multidon wissen. Warum, zum Teufel, gibt es denn diesen Planeten Multidon überhaupt noch?«

Grek-1 warf seinen Begleitern mehrere Blicke zu.

»Ich will es Ihnen sagen, Perry Rhodan: Weil der Planet Multidon in der Dunkelwolke Uklan steht.«

»Uklan? Was ist denn das?«

»Das ist die außergewöhnliche physikalische Gegebenheit, die in Ihrem Bericht ausdrücklich erwähnt wird.«

»Eine Dunkelwolke?« Rhodan lehnte sich erleichtert zurück. »Wir sind schon vielen Dunkelwolken begegnet und haben sie durchflogen, aber wir haben niemals eine besondere Gefahr dabei bemerkt. Gut, Multidon steht in einer Dunkelwolke. Was hat das auf sich?«

Grek-1 legte seine Schlangenarme auf den Tisch.

»Die Uklan-Dunkelwolke ist bei uns schon lange bekannt, und jeder, der sie ansteuerte und in sie eindrang, blieb verschollen. Niemand kehrte jemals aus ihr zurück. Wir kennen ihre Ausmaße. Sie ist sechs Lichtjahre breit und drei Lichtjahre dick, etwa rund und an den Rändern abgeflacht. Soweit wir informiert sind, stehen in ihr zweiunddreißig Sonnen, es können aber auch mehr sein. Sie stehen so eng zusammen, daß gewaltige Gravitationsstürme die Wolke durchtoben. Hinzu kommt die Tatsache, daß im Bereich der Wolke eine gewisse Zusammenballung mikroskopisch kleiner Materieteilchen besteht, die ihrerseits wiederum eine eigene Gravitation besitzt. Ganz davon abgesehen, daß ein Raumschiff hier nicht einmal mit einem Zehntel der Lichtgeschwindigkeit fliegen kann, gefährden pulsierende Sonnen und Hyperstürme jedes Lebewesen in der Wolke. Genügt Ihnen das, Perry Rhodan?«

»Nicht ganz. Wo steht Multidon?«

»Irgendwo in der Wolke. Aber ich gebe Ihnen den guten Rat,

keine Flotte nach Uklan zu entsenden. Sie würden die Schiffe nie mehr wiedersehen.«

»Es muß doch eine Möglichkeit geben, nach Multidon zu gelangen. Die Tefroder und Meister kommen ja auch hin.«

»Aber niemand weiß, wie sie das bewerkstelligen.«

Rhodan spürte Atlans Blick.

»Was meinst du?«

»Es muß einen Weg geben, und wir sollten versuchen, ihn zu finden. Wenn sich der Einsatz lohnt.«

Rhodan nickte und wandte sich wieder an den Maahk.

»Warum nennt man diesen Planeten ein Machtzentrum der Meister?«

»Weil auf ihm alle Macht der Meister entsteht. Er muß die Produktionsstätte ihrer Raumflotte sein, und vielleicht sogar die Produktionsstätte der Duplos. Wenn es Multidon nicht mehr gibt, wird es auch keine Meister mehr geben. Und trotzdem . . . wir haben es niemals geschafft, Multidon zu finden oder zu zerstören.«

Rhodan erwiderte nichts darauf. Es war ihm klar, daß es sich bei Multidon nicht um eine herkömmliche Produktionsstätte handelte. Die MdI hatten andere Methoden, Raumschiffe und deren Besatzungen zu produzieren. Auf Multidon würden wahrscheinlich unzählige Duplikatoren aller Größenordnungen stationiert sein, die jede gewünschte Menge Duplos sowie Raumschiffsteile, die man nur mehr zusammenbauen mußte, herstellen konnten.

Rhodan äußerte den Anwesenden gegenüber seine Überlegungen und erntete dafür Zustimmung.

Major Don Redhorse, der auf Rhodans anderer Seite saß, fragte den Maahk:

»Sie behaupten, der Flug durch die Dunkelwolke sei nur mit einem Zehntel der Lichtgeschwindigkeit möglich. Was ist mit dem Linearflug?«

»Er ist möglich, aber niemand kann wissen, ob eine Zielsonne nicht inzwischen durch eine der üblichen Eruptionen zu fünffachem Volumen angeschwollen ist.«

»In der Tat, das sind außergewöhnliche physikalische Gegebenheiten«, gab Rhodan zu und dachte nach. Er sah auf die Aufzeichnungen. »Multidon soll der einzige Planet eines roten Riesensterns sein, der Donit heißt. Er ist der einzige Planet der ganzen Wolke – angeblich. Und Donit ist die einzige Sonne, die stabil ist.« Rhodan richtete sich auf und sah Grek-1 an. »Sie sehen, wir wissen schon eine ganze Menge. Ich sehe nicht ein, warum es unmöglich sein soll, Multidon zu finden und notfalls zu vernichten.«

»Vielleicht gelingt es Ihnen«, gab der Maahk zu. »Wir haben es jedenfalls bisher vergeblich versucht.« Er beugte sich vor. »Haben Sie es etwa ernsthaft vor?«

»Ja!« sagte Rhodan fest. »Und ich möchte Sie bitten, mir alles vorhandene Material zur Verfügung zu stellen. Jede Einzelheit ist wichtig. Wir rechnen mit Ihrer Unterstützung, denn wenn es Multidon eines Tages nicht mehr gibt, kann nichts mehr den Sieg Ihres Volkes über die Meister der Insel verhindern. Wir sind Verbündete, Grek-1.«

»Das sind wir. Grek-17 wird unsere Unterlagen holen. Sie werden sehen, daß es noch andere Einzelheiten gibt, die sehr interessant sind.« Einer der Maahks stand auf. Er wurde von einem der Offiziere Rhodans zur Tür und hinaus auf das Transportband gebracht. »Sie werden auch begreifen, warum wir den Angriff auf Multidon noch niemals wagten. Und vielleicht überlegen Sie sich dann auch noch, ob Sie den Befehl dazu geben sollen oder nicht.«

Rhodan schüttelte den Kopf.

»Ich habe den Befehl längst gegeben, Grek-1. Die Vorbereitungen zum Flug nach Andromeda haben bereits begonnen. Um die Meister abzulenken, benötige ich Ihre Unterstützung. Während ich nach Multidon vorstoße, müssen Sie die Flotte der Tefroder beschäftigen. An verschiedenen Stellen, deren Koordinaten wir noch gemeinsam bestimmen werden.«

Der Maahk, den Grek-1 geschickt hatte, kehrte mit den Unterlagen zurück.

Grek-1 schob sie auf den Tisch.

»Studieren Sie sie, Perry Rhodan. Und dann werde ich den Neunvätern Ihren Vorschlag unterbreiten.«

Wenige Tage später war der leichte Kreuzer TOKYO, unter dem Kommando von Don Redhorse, von Gleam gestartet und zum Rand Andromedas geflogen.

Die TOKYO sollte die Aktion ›Dunkelwolke‹ indirekt durchführen. Neben Rhodan befanden sich auch die Mutanten John Marshall, Gucky, Ras Tschubai und die Woolver-Zwillinge, sowie der Ertruser Melbar Kasom und Grek-1 an Bord.

Atlan sollte in ein paar Tagen mit einem Großteil der Gleamflotte ebenfalls nach Andromeda aufbrechen und am Rand dieser Galaxis Stellung beziehen. Ein Funkspruch von Rhodan würde ihn zur rechten Zeit dazu veranlassen, die Flotte sofort in Richtung Uklan-Dunkelwolke in Bewegung zu setzen.

Die Neunväter der Maahks hatten fünfzehntausend Schiffe zur Verfügung gestellt. Damit operierten sie am Rande des Andromedanebels und beschäftigten die Tefroder. Sie taten es weit genug von der Dunkelwolke entfernt, um keinen Verdacht zu erregen. Schon zwei Tage nach Beginn der Aktion fing die TOKYO Funksprüche auf, aus denen hervorging, daß die Maahks an zehn verschiedenen Stellen die Tefroder in harte Kämpfe verwickelten.

Sofort nahm die TOKYO Fahrt auf, drang behutsam in den Andromedanebel ein und näherte sich der Verbotenen Zone.

Am siebzehnten Dezember erreichte sie den Rand des Uklan-Dunkelnebels.

Redhorse erhielt von der Navigationsabteilung die angeforderten Daten einer geeigneten Sonne, die Rhodan als Ortungsschutz vorgeschlagen hatte. Er prüfte sie nach und schob sie dann in den Programmierungscomputer. Sekunden später erhielt er die genauen Koordinaten fur die Robotsteuerung.

Die TOKYO ging ein letztes Mal in den Linearraum, und als sie in das Einstein-Universum zurückkehrte, stand eine Doppelsonne auf dem Panoramaschirm.

Die Orter hatten herausgefunden, daß sie keine Planeten besaß und sich bestens für einen Ortungsschutz eignete. Es waren zwei grellweiße Sonnen, die eng beisammen standen. Sie kreisten um einen gemeinsamen Schwerpunkt.

Redhorse verlangsamte, als er nahe genug herangekommen war. Die Computer berechneten die Kreisbahn und spuckten die entsprechenden Daten aus, als er sie anforderte. Kurz darauf schlug die TOKYO die günstigste Bahn ein und fiel dann antriebslos um die beiden Sonnen.

Rhodan ordnete die letzte Besprechung an, die in der Offiziersmesse stattfand.

Die bevorstehende Aktion würde nicht mit der TOKYO direkt, sondern von einer mit einem neuartigen Ortungsschutz versehenen Space-Jet durchgeführt werden. Die Space-Jet würde ein kleines, nur mit Normaltriebwerken versehenes Spezialboot mitführen, ›Linse‹ genannt, an dessen Unterseite eine Arkonbombe montiert war. Die Linse sollte die Arkonbombe auf Multidon bringen und zünden. Der dadurch entstehende Atombrand würde den Planeten vernichten, aber den Tefrodern noch genügend Zeit lassen, rechtzeitig zu fliehen.

»Es ist soweit«, sagte Rhodan, als alle saßen und die bestellten Getränke auf dem Tisch standen. »Die Space-Jet wird sofort starten. In dieser Minute wird die Arkonbombe unter der Linse befestigt.« Er sah Ras Tschubai und Gucky an. »Es wird eure Aufgabe sein, die Bombe an der richtigen Stelle zu zünden – vorausgesetzt, ihr findet Multidon.«

»Werden wir finden«, versprach Ras.

»Nun gut, wollen wir es hoffen.« Rhodan nickte, und man sah seinem Gesicht nicht an, was er dachte. »Pilot der Linse ist Tronar Woolver. Melbar Kasom ist Kommandant der Space-Jet. Seine Aufgabe ist es, uns sofort zu benachrichtigen, wenn Multidon gefunden ist. Es hängt von den physikalischen Umständen ab, ob eine Verbindung gelingt.«

»An denen können wir kaum etwas ändern«, sagte Marshall lakonisch.

»Stimmt«, gab Rhodan ihm recht. »Aber sollte ich eine entsprechende Nachricht erhalten, werden wir mit der TOKYO nachstoßen und Atlan Bescheid geben. Er wird mit der ganzen Flotte und den Schiffen der Maahks hier erscheinen. Ihr habt also Rückendeckung.«

»Wie uns das beruhigt!« piepste Gucky vorlaut und blickte Rhodan unschuldig an.

»Ich rechne fest damit,« sagte Rhodan gelassen, »daß ein Meister der Insel Kommandant von Multidon ist. Und mit denen, Gucky, kannst du ja besonders gut umgehen.«

Gucky sah an Rhodan vorbei, als sei er Luft. Er wurde immer noch nicht gern öffentlich an diese Episode erinnert, wenn er sie auch vor seinem Gewissen verantworten konnte.

»Sie wissen, Ras, wie eine Arkonbombe geschärft wird«, fuhr Rhodan fort. »Sie brauchen nur die entsprechende Zeit einzustellen und dann auf den abgesicherten roten Knopf drücken. Vergessen Sie nicht, daß ein Entschärfen der einmal gezündeten Bombe unmöglich ist. Überlegen Sie also zehnmal, ehe Sie auf den roten Knopf drücken.«

»In Ordnung.«

7.

Die Space-Jet war ein Diskus in der Form einer fliegenden Untertasse. Ihr Durchmesser betrug zwar nur wenig mehr als achtzehn Meter, aber für den Dunkelnebel war sie noch immer zu groß und normalerweise zu schnell. Die Linse war auf der nach unten abfallenden Diskuswandung magnetisch verankert worden.

So klein die Linse auch war, in ihrem Bug fanden drei Personen Platz. Sie mußten liegen und das Schiff in dieser Stellung steuern. Das viereinhalb Meter lange, zwei Meter breite und einen Meter hohe Fahrzeug würde davor sicher sein, geortet zu werden.

Rhodan selbst brachte das Einsatzkommando in den Hangar.

Er ging mit Melbar Kasom voraus und gab ihm die letzten Anweisungen. John Marshall folgte mit Tronar Woolver. Gucky und Ras bildeten den Abschluß.

Die Space-Jet war startbereit.

Der Abschied war kurz und schmerzlos.

»Alles klar also?« fragte Rhodan und gab jedem einzeln die Hand.

»Wir werden Multidon finden und unseren Auftrag erledigen«, sagte Kasom und kletterte in die Space-Jet.

Die anderen folgten ihm.

Zwei Minuten später wurden sie in den Raum hinaus katapultiert.

Die Kommandozentrale der Space-Jet war im obersten Teil des Diskus. Die Decke bestand aus durchsichtigem Material, das die Sicht nach allen Seiten freigab. Man war also nicht allein auf die Bildschirme angewiesen. Drei Kontursessel standen vor den Kontrollanlagen.

Melbar Kasom saß in dem mittleren. Tronar war unterwegs, um alle Leitungen noch einmal zu überprüfen. Er tat das, indem er entmaterialisierte und dem Stromkreis folgte. John Marshall kümmerte sich um den Antrieb, obwohl er sicher sein konnte, daß alles in Ordnung war.

Gucky spazierte wahllos im Schiff umher und kehrte dann in die Zentrale zurück, um Melbar Gesellschaft zu leisten.

Die TOKYO war längst in den Tiefen des Alls verschwunden. Nur noch die vielen Sterne des Andromedanebels waren zu sehen, und ein merkwürdiges Gebilde unmittelbar in Flugrichtung.

»Ist das der Uklan-Nebel?« fragte Gucky und deutete nach vorn.

»Ja, das ist er. Sieht ungemütlich aus, was?«

Gucky nickte.

Ungemütlich war gelinde ausgedrückt. Mitten im Gewimmel der Sterne schwebte ein schwarzer Fleck, der kein Licht zu enthalten schien. Es war, als verdecke ein fester Körper die dahinterstehenden Sterne. Er hatte die Form einer Ellipse. Laut Orter betrug die Entfernung bis zum Rand des Dunkelnebels noch zwei Lichtjahre.

»Sieht auch verdammt groß aus«, sagte John Marshall, der eben in die Zentrale kam. »Viel zu groß, um besonders verlockend zu wirken.«

»Das macht die relativ geringe Entfernung«, erklärte Melbar. »Wir werden gleich in den Linearraum gehen und zwei Lichtjahre zurücklegen. Dann sind wir am Rand der Dunkelwolke.«

»Und das Experiment beginnt. Hoffentlich schaffen wir es mit kleinen Linearsprüngen, ohne daß uns eine Sonne erwischt.«

»Wird alles halb so schlimm sein«, tröstete Melbar. »Die Maahks haben sicher etwas übertrieben.«

»Aber keiner kam zurück«, sagte Marshall.

Melbar zuckte seine massigen Schultern und widmete sich der Beobachtung der Bildschirme. Probeweise hatte er versucht, die TOKYO zu orten, aber es war ihm nicht gelungen. Die Doppelsonne verhinderte jede Ortung. Und wenn er die TOKYO nicht fand, dann die Tefroder bestimmt nicht, die keine Ahnung von ihrer Existenz hatten. Gucky ging zur Tür.

»Ich kümmere mich um die Vorräte«, sagte er leichthin. »Mal sehen, was die uns so mitgegeben haben.«

Melbar grinste.

»Tu das, Kleiner. Hoffentlich haben sie die Lorbeerkränze nicht vergessen.« Er hielt die gespreizte Hand hoch. »Fünf Stück!«

Gucky verschwand, ohne den Ertruser einer Antwort zu würdigen.

John Marshall sah auf die geschlossene Tür. »Solange er solche Sorgen hat, ist es gut. Wenn er erst mal das Essen vergißt, stecken wir arg in der Tinte.«

Ras bekam die Ergebnisse des Navigationscomputers. Er legte sie Melbar auf den Kontrolltisch.

»Wenn die Koordinaten von Multidon stimmen, dann liegt der Planet genau in der Mitte des Nebels. Müssen also durch die ganze Suppe durch. Feine Aussichten.«

»Wir halten genau Kurs auf ihn, Ras. Mit den entsprechenden Zwischenpausen dürfte es nicht allzu gefährlich sein. Es kommt nur darauf an, daß wir nicht genau in eine der pulsierenden Sonnen springen. Leider fehlen uns da genauere Angaben.« Melbar kontrollierte die Meßwerte. »In zwei Minuten ist es soweit.«

Nach der angegebenen Zeit tauchte die Space-Jet im Linearraum unter, allerdings nur für wenige Minuten. Als der Weltraum wieder sichtbar wurde, hatte er sich erstaunlich verändert.

Sie standen unmittelbar vor der Uklan-Dunkelwolke.

Melbar Kasom und John Marshall hatten schon viele Dunkelwolken kennengelernt, aber so eine wie diese noch nie. In Flugrichtung war kein einziger Stern zu sehen. Das All war absolut ohne Licht. Eine schwarze Wand stand vor dem Schiff. Sie wirkte wie feste Materie und sah so aus, als wolle sie jedem Eindringling den Zutritt verwehren.

Ganz am linken Rand tauchten die ersten Sterne auf. Aber sie begannen schwächer zu leuchten und schließlich der Reihe nach zu verschwinden, als Melbar die Space-Jet weiter in den Nebel hineinfliegen ließ. Dabei drosselte er die Geschwindigkeit, und als das Raumfahrzeug nur noch hundert Kilometer in der Sekunde zurücklegte, schaltete er die Automatik ein und lehnte sich zurück.

»Ich werde einige Berechnungen vornehmen müssen. Die Karte der Maahks ist ziemlich ungenau, aber es ist doch anzunehmen, daß die Positionen der eingezeichneten Sonnen stimmen. Wir werden natürlich nicht so dumm sein, uns einen Stern als Linearflugziel auszusuchen. Wir werden im Gegenteil immer dorthin fliegen, wo keine stehen. Laut Karte.«

John Marshall studierte die Karte.

»Der rote Stern Donit ist eingezeichnet, aber mit einem Fragezeichen versehen. Er steht in der Mitte der Dunkelwolke. Grek-1 betonte, die Position sei nur eine Vermutung.«

»Wir werden es morgen wissen«, sagte Melbar ruhig. »Ich glaube, es ist jetzt an der Zeit, einen letzten Funkspruch an Rhodan zu schicken. Er soll davon unterrichtet sein, daß wir jetzt in die Wolke eindringen. John, würden Sie das übernehmen?«

Marshall nickte und machte sich an die Arbeit. Die Richtantenne des Hypersenders wurde so eingestellt, daß eine möglichst geringe Streuung der Impulse stattfand. In der Richtung, aus der die Space-Jet kam, waren noch einige Sterne sichtbar geblieben. Einer von ihnen war die Doppelsonne, in deren Ortungsschutz die TOKYO wartete.

Marshall ließ die gespeicherte Botschaft fünfmal ablaufen und schaltete dann den Sender ab.

»Wir werden jetzt ein halbes Lichtjahr im Linearflug zurücklegen«, gab Melbar bekannt. »Im Gebiet, wo wir rematerialisieren, steht laut Karte keine Sonne. Wir müssen allerdings damit rechnen, daß doch eine in der Nähe ist und wir sofort wieder in den Linearraum zurück müssen. Und zwar ohne vorherige Berechnungen. Also keine Panik, wenn das geschieht.«

Gucky war inzwischen von seinem Inspektionsgang zurückgekehrt.

»Meistens Konzentrate und Konserven«, maulte er mißvergnügt. »Wird ziemlich eintönig werden.«

»Das fürchte ich kaum«, sagte Melbar Kasom.

Gucky knurrte etwas Unverständliches und sah mit zusammengekniffenen Augen zu, wie die letzten Sterne vom Himmel weggewischt wurden. Es wurde nun endgültig dunkel, und kein einziger Lichtpunkt verriet, daß es noch so etwas wie ein Universum gab. Es war ein unheimlich bedrückender Anblick, wie ihn Terraner noch niemals erlebt hatten. Selbst im Leerraum zwischen Milchstraße und Andromeda hatte es noch immer Licht gegeben – das Licht der beiden Galaxien. Aber hier in der Uklan-Dunkelwolke gab es auch das nicht mehr. Das Licht einer Sonne drang vielleicht einige Lichtstunden weit, dann wurde es von der Wolke verschluckt.

»Noch zwanzig Sekunden«, sagte Melbar in das Schweigen hinein.

Als die Space-Jet das normale Universum verließ, veränderte sich nichts. Es blieb genauso dunkel wie vorher.

»Wie lange?« fragte Marshall.

»Zwei Minuten mit gedrosselten Kalups.«

Es waren zwei endlose Minuten, aber auch sie gingen vorüber.

Und dann wurde es hell.

Direkt in Flugrichtung stand eine weiße Sonne, laut Ortergerät zwei Lichtstunden entfernt. Sie stand inmitten der absoluten Schwärze und leuchtete grell und stark.

Melbar atmete auf und veränderte den Kurs der Space-Jet.

»Sie bedeutet keine Gefahr. Wir werden an ihr vorbeifliegen.«

Die Sonne wanderte nach links und wurde dabei größer. Aber das war eine ganz natürliche Erscheinung und hatte nichts damit zu tun, daß sie ihr Volumen veränderte.

Kasom hielt die Hand vor den Mund und gähnte. »Wir fliegen jetzt vier Stunden so weiter, ehe wir erneut ein halbes Lichtjahr zurücklegen. Kann mich jemand ablösen? John?«

Marshall nickte.

»Schlafen Sie sich aus, Kasom. Ich wecke Sie rechtzeitig.«

Der Ertruser überließ John Marshall seinen Platz und ging in seine Kabine. Auch die anderen zogen es vor, eine kleine Pause einzulegen, und Gucky kam sogar auf die verrückte Idee, im Duschraum der Space-Jet ein heißes Bad zu nehmen. Zwar brachte ihm das einige spöttische Bemerkungen von Ras ein, aber er kümmerte sich nicht darum.

Inzwischen saß Marshall allein in der Zentrale und studierte Karte und Instrumente. Die weiße Sonne stand nun genau links in Flugrichtung und wanderte langsam weiter zurück. Ein plötzlicher Ausbruch konnte noch immer gefährlich werden, denn schließlich flog die Space-Jet nur mit hundert Sekundenkilometern. Jeder Energiesturm konnte sie einholen.

Es war für Marshall immer ein unvergeßliches Erlebnis gewesen, praktisch allein mit einem kleinen Schiff durch das All zu fliegen. Besonders mit einer Space-Jet, wo die Sicht nach fast allen Seiten frei war. Er liebte den Anblick der verschiedenfarbigen Sonnen und kannte jeden einzelnen Sternnebel beim Namen.

Das hier aber war etwas ganz anderes. Das All war schwarz geworden, unheimlich und lichtlos. Es war voller Materie, die jedes Licht erbarmungslos verschluckte. Nur eine einzige Sonne schien es noch zu geben, und auch sie würde bald im Nichts untertauchen.

»Ungemütlich«, murmelte Marshall und wußte plötzlich, was Einsamkeit wirklich war.

Melbar Kasom kehrte erfrischt an das Kontrollpult zurück. Marshall hatte den nächsten Linearflug genau berechnet und von den Computern nachprüfen lassen.

»Sechs Lichtmonate, Melbar.«

Melbar Kasom nickte.

Als sie diesmal aus dem Zwischenraum auftauchten, standen gleich zwei Sonnen seitlich in Flugrichtung. Die eine war dunkelblau, die andere hellgelb. Während Ras die üblichen Analysen vornahm, sah Marshall in der Karte nach. Er verfolgte den bisherigen Kurs der Space-Jet und schüttelte dann ungläubig den Kopf.

»Das kann doch nicht wahr sein! Wieviel haben wir bis jetzt insgesamt im Nebel zurückgelegt?«

»Ein Lichtjahr. Stimmt was nicht?«

»Eine ganze Menge stimmt nicht.« Marshall tippte mit dem Finger auf die Karte. »Die blaugelbe Doppelsonne ist hier eingezeichnet. Es gibt nur eine solche Doppelsonne in der ganzen Wolke, und sie steht genau auf unserem Kurs. Allerdings nur zwei Lichtmonate vom Rand entfernt.«

»Dann haben wir mit jedem Flug, der für sechs Lichtmonate berechnet war, nur einen Lichtmonat zurückgelegt. Mit gleicher Drosselung müssen wir also nun statt zwei eben zwölf Minuten im Linearraum bleiben, um ein halbes Lichtjahr zurückzulegen. Hoffentlich stimmt das nun.«

»Wir werden ja sehen.« Marshall legte die Karte beiseite. »Was haben Sie herausgefunden, Ras?«

Der Teleporter ging die Ergebnisse noch einmal durch.

»Nichts von Bedeutung. Eine ganz normale Doppelsonne, nur daß die blaue eine Variable ist. Eines Tages wird sie die gelbe Sonne verschlucken, und dann möchte ich nicht gerade in der Nähe sein. Keine Planeten, wie erwartet und auf der Karte angegeben.«

»Jedenfalls wissen wir nun, woran wir sind«, stellte Kasom abschließend fest. »Multidon muß knapp drei Lichtjahre vor uns liegen. Grob gerechnet eine Stunde Linearflug. Aber das riskieren wir doch lieber nicht.«

»Schleichen wir weiter«, schlug Gucky vor. »Wer langsam geht, kommt auch zum Ziel. Und vor allen Dingen sicherer.«

Kasom grinste plötzlich.

»Auf einmal hast du Zeit, Kleiner. Ich glaube, du hast Angst davor, in die Linse umzusteigen. Ist es nicht so?«

Gucky bedachte ihn mit einem vernichtenden Blick, aber dann fiel ihm ein, daß John Marshall, der neben Kasom saß, Telepath war und seine Gedanken kannte. Also nickte er freimütig. »Klar habe ich Angst. Aber nicht vor einer Gefahr, sondern nur vor dem Platzmangel in dem Ding. Da kann man sich ja nicht rühren, und Ras hat ganz schöne breite Schultern. Tronar könnte uns ja den Gefallen tun und im Stromkreislauf spazierengehen, aber das wird ihm nicht im Traum einfallen, wie ich ihn kenne.«

»Er muß die Linse steuern. Aber wenn ihr Glück habt, landet ihr ja schnell auf Multidon und seid alle Sorgen los.«

»Ich fürchte«, sagte Tronar trocken, »daß sie dann erst richtig losgehen.«

Die farbenprächtige Doppelsonne blieb zurück und versank in der Dunkelheit. Kurze Zeit darauf ging die Space-Jet für zwanzig Minuten in den Linearraum, und als sie wieder auftauchte, stand sie ein Lichtjahr weit in der Uklan-Dunkelwolke.

Der Raum war schwarz und ohne Licht. Kasom nickte beifällig, als er einen Blick auf die Sternkarte warf.

»Stimmt genau«, sagte er zu Ras, der mit den Ortern beschäftigt war. »Nichts.«

»Bei mir auch nichts«, gab der Teleporter zurück. »Und ich bin ganz froh darüber.«

»Keine Ortungen?«

»Wirklich nichts! Wenn ich den Instrumenten glauben wollte, dann wären wir allein im Universum, zumindest im Umkreis von ein paar Dutzend Lichtjahren. Und daß das nicht stimmt, wissen wir ja.«

Ein Ruck ging durch das Schiff, und dann spielten die Zeiger auf den Skalen verrückt. Kasom stabilisierte den Flug durch Antischwerkraftfelder.

»Was war das?« fragte John Marshall von seinem Platz her. »War wie ein Schock.«

»Ein Gravitationssturm«, erklärte Kasom, seiner Sache nicht ganz sicher. »Was soll es sonst gewesen sein? Wir haben ein Gravitationsfeld durchquert. Ähnliches soll es ja hier geben, wie die Maahks prophezeiten. Nicht weiter gefährlich.«

»Ich hätte eine bescheidene Frage«, mischte Gucky sich ein, der auf einem freien Tisch hockte und an einem Konzentratwürfel knabberte. »Gibt es eigentlich noch etwas in diesem Schiff, das einwandfrei funktioniert? Keine Ortung, Linearantrieb unzuverlässig, draußen eine schwarze Suppe, kein Hyperfunk . . . überhaupt nichts! Ich komme mir ziemlich verlassen vor.«

»Geht uns allen so«, sagte Kasom. »Aber du kannst beruhigt sein: Diese Unregelmäßigkeiten haben ein gewisses System. Dadurch verlieren sie ihr Überraschungsmoment und ihre Gefährlichkeit. Du brauchst dir keine Sorgen zu machen. Wir werden damit fertig.«

»Wenn du's sagst«, knurrte Gucky und beschäftigte sich wieder.

Kasom wählte die nächsten Koordinaten und gab sie dem Computer weiter.

Nach drei weiteren kurzen Linearflügen tauchten sie zwei Lichtmonate von jenem Punkt entfernt auf, an dem Donit stehen sollte. Wieder war das All um sie herum schwarz, aber Ras stieß nach wenigen Sekunden einen erstaunten Ruf aus.

»Eine Ortung, Kasom. Eine schwache Strukturortung, mehr nicht. Wo soll die herkommen?«

»Eine Strukturortung?« Kasom war sichtlich verblüfft. »Die gibt es doch nur bei Transitionsflügen oder bei Materietransmittern.«

Ras nickte.

»Eben!«

Er kümmerte sich um die entsprechenden Messungen und wertete die Ergebnisse aus. Der Computer beendete die Berechnungen. Kasom stand auf und kam zu ihm.

»Nun?«

Ras sah auf. Sein Gesicht drückte Ratlosigkeit aus.

»Alle Daten deuten darauf hin, daß es sich tatsächlich um einen Transmitter handelt. Und zwar um einen Situationstransmitter der MdI. Er muß vor uns stehen, keine zehn Lichtstunden entfernt.«

Kasom kehrte auf seinen Platz zurück.

»Ich glaube«, sagte er so laut, daß alle ihn hören konnten, »damit haben wir das Rätsel gelöst, wie die Meister hier ihre Nachschubfrage regelten. Ein Transmitter mitten im Uklan-Nebel! Wer hätte das gedacht!«

John Marshall machte seinem Ärger Luft. »Ausgerechnet ein Transmitter! Den können wir natürlich nicht ausschalten. Leider nicht.«

Vor der Space-Jet war der Raum noch immer schwarz, aber ganz allmählich, wenn sich die Augen an das Dunkel gewöhnt hatten, schälte sich ein gebogener Lichtstreifen aus der Finsternis heraus.

Der frei im Raum schwebende Situationstransmitter!

Er strahlte stärker als drei oder vier Sonnen zusammen, sonst wäre er unter den gegebenen Umständen überhaupt nicht sichtbar gewesen.

Die Space-Jet flog mit hundert Sekundenkilometer auf das Phänomen zu.

»Was nun?« fragte Gucky. »Steigen wir um in die Blattlaus?«

»Du meinst die Linse, nehme ich an?« Kasom sah in Richtung des deutlicher gewordenen roten Ringes. »Nein, noch nicht.«

John Marshall fragte:

»Werden wir den Kurs ändern? Die Nähe eines solchen Transmitters ist gefährlich. Die Tefroder werden Wachflotten einsetzen. Mit denen können wir es nicht aufnehmen.«

»Wir werden den Kurs geringfügig ändern. Die nächste Etappe wird uns zu einer einzelnen Sonne bringen, die nach den Angaben der Maahks ziemlich stabil ist. Wir werden die Space-Jet dort im Orterschutz verbergen. Besser ist besser. Bis nach Donit sind es dann noch vier Lichtstunden, also auch für die Linse kein Problem. Aber keine Sorge, niemand wird euch zumuten, ein paar Tage in dem engen Ding zu liegen. Wir bringen euch bis nach Multidon, und dann erst kehren wir zu der Einzelsonne zurück.«

Kasom berechnete den Flug bis zu der Sonne, die vier Lichtstunden von Donit entfernt sein sollte. Für normale Verhältnisse war das wenig, aber in der Uklan-Dunkelwolke herrschten ja auch keine normalen Verhältnisse.

Der vorletzte Linearflug verlief planmäßig.

Die weiße Sonne stand zwei Lichtstunden vor der Space-Jet, als sie in das Einstein-Universum zurücktauchte. Die Sonne war relativ stabil und bot guten Schutz. Kasom ging in eine Kreisbahn und schaltete die Steuerautomatik ein. Dann seufzte er erleichtert auf und drehte sich um.

»Pause, Freunde. Schlafpause. Und dann machen wir die Linse startklar. Wenn wir Donit erblicken, haben wir keine Zeit mehr dazu. Wir fliegen in fünf Stunden weiter. Alles klar?«

Gucky rutschte von seinem Tisch.

»Bei der schwarzen Suppe hier muß ja alles klar sein«, meckerte er und verschwand auf dem Gang.

Marshall sah hinter ihm her.

»Schlecht gelaunt, würde ich sagen.«

Kasom lächelte.

»Wird sich ändern, wenn er Multidon sieht«, vermutete er.

Sie näherten sich der Position von Donit mit fünfzig Sekundenkilometern. Die Linse war überprüft worden und startklar. Da keine direkte Verbindung vorhanden war, mußten Ras und Gucky mit Tronar hineinteleportieren.

Aber noch war es nicht soweit.

Längst war der Situationstransmitter im Dunkel der Uklan-Wolke verschwunden. Niemand hatte die Space-Jet geortet.

Jeden Augenblick mußte nun Donit in Flugrichtung auftauchen.

Wenn die Angaben der Maahks stimmten!

»Entfernung zwei Lichtstunden«, sagte Kasom.

Immer noch war nichts von der angeblichen Riesensonne zu sehen. Die Materie der Dunkelwolke mußte hier im Zentrum noch dichter sein als in den anderen Regionen. Mehr als einmal korrigierte Kasom plötzlich auftretende Kursschwankungen, die von Gravitationsstürmen verursacht wurden. Tronar hatte schon seinen Kampfanzug angelegt. Ras machte sich über eine Konservendose her. Gucky hockte teilnahmslos neben Kasom und sah nach vorn, als wolle er der erste sein, der Donit oder gar Multidon erblickte.

Aber es war Ras, der die schärfsten Augen hatte. Zuerst erhielt er einige Orterechos auf den Schirmen, und dann geschah etwas Ähnliches wie vorher beim Materietransmitter; aus dem Dunkel heraus schälte sich ein rötlich schimmernder Lichtfleck. Nur war es diesmal kein ringförmiges Gebilde, sondern ein Feuerball.

Es war die Sonne Donit, die als einzige Sonne der Dunkelwolke einen Planeten besaß und stabil war.

Ras schüttelte den Kopf.

»Es werden immer mehr Echos. Das muß eine ganze Flotte sein. Kann ja heiter werden.«

»Uns können sie kaum orten«, beruhigte ihn Kasom. »Und die Linse noch weniger. Was ist mit Multidon? Schon ein Echo?«

»Ich denke ja. Muß hinter Donit stehen.«

Kasom schwenkte ein wenig ab und schlug eine Kreisbahn um Donit ein. Die Geschwindigkeit betrug noch immer fünfzig Sekundenkilometer. Donit war knapp zwei Lichtminuten entfernt. Die Sonne war ein riesiger roter Feuerball, dessen Protuberanzen wie zähe Glutzungen ins All hinausgriffen. Der Vorgang schien verlangsamt zu sein, wie mit Zeitlupe.

»Jetzt haben wir Multidon«, sagte Ras plötzlich und deutete auf die Reihe der Orterschirme. »Gleich wird der Planet mit freiem Auge sichtbar.«

»Dann ist es wohl besser«, sagte Tronar, »wir steigen jetzt um. Die Space-Jet darf keiner Gefahr ausgesetzt werden. Sie ist unsere einzige Fluchtmöglichkeit.«

Gucky rutschte aus dem Sessel und ging zur Tür.

»Bin auch dafür. Man soll sich niemals den Fluchtweg selbst verlegen. In zehn Minuten bei der Blattlaus.«

Ras stand auf.

»In zehn Minuten also. Kasom, es bleibt alles so, wie wir verabredet haben. Laßt uns fünf Tage Zeit, dann kümmert euch um uns. Soweit ich verstanden habe, benötigt die Arkonbombe an die acht Tage, einen Planeten wie Multidon zu vernichten. Bis dann . . .«

Kasom schaltete die Automatik ein.

»Ich komme mit in den Hangar. John, würden Sie in der Zentrale bleiben?«

Der Telepath nickte.

»Gern. Ich versäume ja nichts . . .«

8.

Der Planet Multidon war eine große und kühle Sauerstoffwelt, auf der es noch immer Reste der natürlichen Oberfläche gab. Alles andere jedoch war von unvorstellbar riesigen Industrieanlagen bedeckt, die sich bis in die Tiefen des Planeten hinabzogen.

Multidon hatte einen Durchmesser von sechzehntausendvierhundert Kilometern. Seine Schwerkraft betrug eins Komma zwölf Gravos und war somit größer als die der Erde. Er kreiste in einer mittleren Entfernung von zweihundertdreißig Millionen Kilometer um seine Sonne Donit. Die Durchschnittstemperaturen lagen bei sechs Grad Celsius Plus. Die Dauer einer Rotationsbewegung betrug sechsunddreißig Stunden.

Auf Multidon lag die Keimzelle für die Macht der Meister. Hier wurden die Duplos hergestellt. Unter der Oberfläche aber, in vielen Etagen gestaffelt, befanden sich die gigantischsten Raumschiffswerften und Nachschubfabriken des Andromedanebels. Aber es waren keine eigentlichen Werften und Fabriken. Es waren große Modelle von Multiduplikatoren, die jeden gewünschten Gegenstand am laufenden Band herstellten, wenn eine entsprechende Schablone vorhanden war.

Duplo-Tefroder und Roboter überwachten den niemals ruhenden Arbeitsvorgang. Die Einzelteile der Raumschiffe wurden automatisch hergestellt und in den Werften im Schnellverfahren zusammengebaut. Da auch die Mannschaften auf ähnliche Art ›erschaffen‹ wurden, war es kein Wunder, daß die Meister der Insel über einen unerschöpflichen Vorrat an Tefrodern und Schiffen aller Art verfügten.

Es gab auf Multidon etwa eine halbe Million solcher Multiduplikatoren verschiedener Größe und mit allen gewünschten Schablonenmustern.

Multidon war nichts anderes als ein Ozean, aus dem die Meister soviel schöpfen konnten, wie sie es für richtig hielten.

Und seit einigen Tagen war der neue Kommandant von Multidon Proht Meyhet, genannt Faktor III.

Nach zwei Stunden Flug merkten Ras und Tronar, wie eng es wirklich in der Linse war. Tronar lag in der Mitte der kleinen Kabine und bediente die Flugkontrollen. Links von ihm versuchte Ras, ab und zu seine Stellung zu verändern, um keine lahmen Knochen zu kriegen. Auf der rechten Seite rekelte sich Gucky.

Ein schmaler Panoramaschirm bildete den Abschluß der Kontrolltafel. Auf ihm war Multidon deutlich zu erkennen. Daneben war der kleinere Orterschirm, auf dem immer wieder Echos aufblinkten. Sie mußten von Schiffen der Tefroder stammen.

»Hoffentlich finden wir einen Landeplatz«, sagte Ras, der die Oberfläche von Multidon aufmerksam studierte. »Ich sehe bloß Beton und Stahl – oder eben das Äquivalent dafür.«

»Das macht die Sache schwieriger, aber nicht unmöglich.« Tronar deutete auf den Schirm. »Außerdem gibt es wirklich unbebaute Flächen. Dort ist ein Gebirge ohne Vegetation. Auch Wälder sind vorhanden, wenn auch relativ wenig. Die Hauptsache ist, der Planet ist nicht von einem Energieschirm umgeben, den unsere Freunde jeden Augenblick einschalten können.«

Als sie noch dreißigtausend Kilometer von der Oberfläche entfernt waren, konnte Ras erneute Strukturerschütterungen feststellen. Der Situationstransmitter war wieder in Funktion. Schon wenige Minuten später stießen fast tausend Frachter auf Multidon zu und setzten an verschiedenen Plätzen zur Landung an.

»Sie holen Nachschub«, murmelte Gucky wenig erfreut. »Ganz einfache Methode. Ein paar Kilometer Flug durch die schwarze Suppe, und dann der Transmitter. Schon sind sie draußen. Die Suppe werden wir ihnen aber versalzen!«

»Wenn sie uns lassen«, sagte Ras trocken und überprüfte den Sitz seines Kampfanzuges. »Ich wollte, wir hätten es schon hinter uns.«

»Möchte bloß wissen, warum sie keinen Energieschirm haben«, murmelte Tronar und schien sich Sorgen zu machen. »Ist doch komisch.«

»Wahrscheinlich erlauben die energetischen Verhältnisse der Dunkelwolke einen solchen Schutz nicht«, vermutete Ras. »Kann ja nur ein Vorteil für uns sein.«

Sie näherten sich weiter dem Planeten und verlangsamten die Geschwindigkeit. Die Einzelheiten auf der Oberfläche wurden nun deutlich sichtbar. Es waren unübersehbare Gebäudekomplexe, nur durch lange Transportbänder unterbrochen, die hier die Straßen ersetzten. Auf diesen Bändern rollten ununterbrochen die Fertigteile zu den verschiedenen Raumhäfen, wo bereits die Frachter warteten. Die Verladetätigkeit erfolgte automatisch und erstaunlich schnell. Alle paar Minuten starteten Dutzende von Frachtern, um zum Transmitter zurückzufliegen.

»Dort gibt es sogar noch Wüsten«, sagte Ras und deutete auf den Schirm. »Wenn man uns nicht ortet, ist eine unbemerkte Landung vielleicht möglich.«

Sie gingen tiefer und zogen dicht über Fabrikanlagen hin. Kein Zeichen deutete darauf hin, daß man sie entdeckt hatte. Auf dem Orterschirm waren lediglich die Frachter und viel höher die Wachschiffe zu sehen. Die Sonne Donit glühte rot am Himmel, und sie sah aus, als stünde sie hinter dichten Nebelschleiern. Als sie sich dem Horizont näherte, entdeckte Tronar in Flugrichtung ein kahles Gebirge, das von einer Sandwüste umgeben war.

»Hier könnten wir im Schutz der Dämmerung landen«, schlug er vor. »Warum sollen wir weitersuchen? Ein Platz ist so gut oder schlecht wie der andere.«

»Nichts dagegen«, meinte Ras und streckte sich unbehaglich. »Wird Zeit, daß ich mir die Füße vertrete.«

Tronar ging abermals tiefer, als sie über der Wüste waren. Es gab weder Ansiedlungen noch Fabrikanlagen. Inzwischen war die Sonne untergegangen, und es war ganz dunkel geworden. Kein Stern leuchtete an dem schwarzen Himmel. Aber im Norden war ein heller Schein, der flach über dem Horizont lag. Wahrscheinlich der Widerschein einer großen Stadt oder Werksanlage, die auch nachts ihren Betrieb nicht einstellten.

»Es bleibt fast achtzehn Stunden dunkel«, erklärte Tronar, während er nach einem geeigneten Landeplatz für die kleine Linse suchte.

»Nur günstig für unser Vorhaben.« Ras sah auf den Schirm. »Keine Ortungen, außer den üblichen Wachschiffen in großer Höhe.«

»Was sollen die komischen Krater da unten?« fragte Gucky. »Sieht ja aus wie eine Mondlandschaft.«

»Ist auch eine«, belehrte ihn Tronar. »Allerdings eine künstliche. Hier muß mal nach Rohstoffen gegraben worden sein. Das sind

Bergwerksstollen oder doch die Eingänge dazu. Vielleicht ist auch Tagabbau betrieben worden.«

Die höchsten der Berge waren vielleicht hundert Meter hoch und erhoben sich wie die Rücken von Schildkröten über der Wüste. Es mußten Halden sein, von Witterung und spärlichem Pflanzenwuchs gefestigt.

Die Linse landete mit einem leichten Ruck. Der Antrieb verstummte. Tronar seufzte und streckte sich.

»Tut das gut! Ich spüre jeden einzelnen Knochen.«

»Ich spüre überhaupt keinen mehr«, sagte Ras und warf den zehnten Blick auf die Instrumentenanzeiger der Analytik. »Sauerstoff vorhanden. Wir können ohne Geräte atmen. Da bin ich aber froh.«

»Wer soll denn bei der Finsternis da draußen etwas sehen können?« erkundigte sich Gucky. »Ich bin dafür, daß wir bis morgen warten und uns erst einmal richtig ausschlafen. Vielleicht kannst du die Linse in einem von den Kratern verstecken, Tronar. Hier in der Wüste liegen wir wie auf dem Präsentierteller.«

Tronar nickte nur und schaltete den Antrieb wieder ein. In nur wenigen Metern Höhe strich er über die Wüste dahin, wich den Halden aus und landete schließlich zum zweitenmal, diesmal auf dem Grund eines kreisförmigen Tales, das fünfzig Meter tief war und an einer Stelle überhängende Wände aufwies. Tronar schaltete zur Orientierung kurz die Bordscheinwerfer ein und überzeugte sich davon, daß sein Versteck gut gewählt war. Von oben jedenfalls waren sie nicht zu sehen.

»Hier können wir in Ruhe den Tag abwarten«, sagte er. »Und nun hätte ich nichts gegen eine gute Mahlzeit.«

»Wenn es hier in der Nähe einen Selbstbedienungsladen gäbe«, piepste Gucky kleinlaut, »wüßte ich genau, was ich zu tun hätte. Aber so werden wir mit dem zufrieden sein müssen, was uns die Chemiker zubereitet haben. Und wie das schmeckt, könnt ihr euch ja vorstellen.« Er schüttelte sich. »Scheußlich, um es ganz deutlich zu sagen.«

Ganz so schlimm war es aber nicht, wie Gucky behauptete. Trotzdem waren Konzentrate und Tabletten auch bei größtem Hunger noch immer nicht mit saftigen Steaks und frischen Mohrrüben zu vergleichen.

Als die Sonne aufging, waren Tronar, Ras und Gucky ausgeschlafen und relativ zuversichtlich gestimmt. Sie schoben die Oberluke der Linse zurück, so daß sie sich ungehindert aufrichten konnten. Die Luft war frisch und kalt. Die Temperatur lag knapp über dem Gefrierpunkt von Wasser.

Die rote Sonne Donit stand schon hoch über dem Horizont, war aber vom Versteck aus nicht zu sehen. Ihre Strahlen färbten den Westrand des Tales blutigrot.

Gucky kletterte aus der Kabine und sprang auf den Boden hinab. Er untersuchte die unter der Linse hängende Arkonbombe. Sie war fast größer als das winzige Raumschiff.

»Ist ja vielleicht ein schwerer Brocken«, kommentierte er, als sähe er sie zum erstenmal. »Wo wollen wir die hinbringen? In einen unterirdischen Bergwerksstollen?«

»Wäre vielleicht gar keine dumme Idee, Gucky.« Ras war ihm gefolgt und half Tronar. »Da liegt sie gut und kann ihr Werk beginnen. Bis man sie entdeckt, ist es zu spät.«

»Es ist in jedem Fall zu spät«, stellte Tronar fest. »Einmal gezündet, kann nichts die Kettenreaktion verhindern.«

»Zuerst sehen wir uns mal um«, schlug Gucky vor. »Ras, kommst du mit? Tronar kann ja beim Schiff bleiben und die Verankerung der Bombe lösen, damit es später schneller geht. Dort drüben der Abhang. Gute Aussicht von da oben . . .«

»Sollen wir springen?«

Guckys Gesicht war ein einziger Vorwurf.

»Ich werde doch jetzt nicht klettern«, piepste er erregt.

Sie teleportierten auf den Rand des Tals und von da auf den Gipfel der nächsten Halde. Die Linse war so gut versteckt, daß man sie von hier aus nicht mehr sehen konnte. Der Blick bis zum Horizont war frei. Von Fabriken war nichts zu bemerken. Die Gegend war garantiert unbewohnt. Sie hätten sich keinen besseren Platz aussuchen können.

»Da drüben sind die Krater«, sagte Ras und deutete in Richtung der anderen Halden. »Sehen wenigstens wie Krater aus.«

»Werden wir gleich wissen.«

Wieder teleportierten sie, und jetzt fiel den beiden etwas auf, worauf sie vorher nicht geachtet hatten. Vielleicht schoben sie den Leistungsabfall auch auf ihre Müdigkeit, die selbst der lange Schlaf nicht hatte vertreiben können.

»Verstehe ich nicht, Ras. Ich habe praktisch zweimal springen müssen, um den angepeilten Standort zu erreichen. Unsere Fähigkeiten werden um die Hälfte herabgesetzt. Das kann nur etwas mit den verrückten Verhältnissen hier im Nebel zu tun haben. Wenn wir es wissen und uns darauf einrichten, kann nichts passieren. Aber wehe, wenn wir das im Notfall mal vergessen.«

»Werden wir schon nicht, Kleiner. Sieh mal an, das ist doch der Eingang zu einem Stollen. Wäre das Richtige für uns. Sehen wir mal nach?«

»Nichts wie hin!«

Diesmal schätzten sie die Entfernung unter den gegebenen Umständen gleich richtig ab und erreichten sofort ihr Ziel. Es sah wie ein Krater aus, fast rund und mit einer abgeflachten Hangseite. Die anderen Wände waren steil, fast senkrecht. Der Krater selbst endete unter dem Steilhang in einer Art Höhle, die sich in das Innere der Erde hin fortsetzte. Dabei fiel der Boden sanft nach unten ab.

»Ein Stollen«, sagte Ras überzeugt. »Man muß hier früher nach Metallen gegraben haben. Dann hat man einfach alles liegen- und stehenlassen. Würde mich nicht wundern, wenn wir die Maschinen auch noch vorfinden.«

Gucky watschelte über herumliegende Gesteinsbrocken auf den Eingang des Stollens zu. Er stolperte über ein verrostetes Rad, das halb im Boden begraben lag.

»Du hast recht mit den Maschinen, Ras«, quietschte er wütend.

Der Stollen war dunkel, aber das war für die beiden kein Hindernis. Ras schaltete die Helmlampe ein. Erst jetzt sahen sie, daß die Wände glatt abgeschmolzen waren. Damit war klar, wie der Stollen entstanden war: Man hatte ihn einfach in den Berg geschmolzen.

Sie wagten nun keine Teleportation mehr, versuchten aber, sich über die Helmgeräte mit Tronar zu verständigen. Dabei drosselten sie die Energiezufuhr, damit die Reichweite nur gering blieb.

»Alles in Ordnung beim Schiff?« fragte Ras.

»Natürlich. Wo steckt ihr?«

»In einem Bergwerk. Ist der richtige Platz für die Bombe. In den Wänden steckt mehr Eisen und Nickel als in der ganzen Linse. Für den Beginn einer atomaren Kettenreaktion geradezu ideal.«

»Die Tefroder werden anders darüber denken«, entgegnete Tronar. »Beeilt euch. Ich habe ein ungutes Gefühl.«

»Wir auch«, gab Ras zurück und schaltete ab.

»Der Gang wird breiter«, stellte Gucky nach einiger Zeit fest. Sie waren etwa zweihundert Meter weit vorgedrungen. »Außerdem habe ich die Nase nun voll. Wir können ja nicht bis zum Mittelpunkt von Multidon vordringen, bloß um das Ei zu legen.«

»Es ist ein wichtiges Ei«, erinnerte ihn Ras. »Und dann müssen wir die Tefroder warnen, bevor wir verschwinden, damit sie rechtzeitig den Planeten räumen können.«

»Die werden es dann aber ziemlich eilig haben«, vermutete Gucky.

Der Stollen verbreiterte sich zu einer geräumigen Halle, von der aus mehrere Gänge in verschiedene Richtungen weiterführten. Ein Transportband lag verbogen und unbrauchbar in einer Ecke. Geräte standen herum, und sogar ein ausgedienter Arbeitsroboter lehnte an der Wand.

»Hier wäre ein guter Platz. Da können wir in aller Ruhe die Zündung vornehmen. Es dauert mindestens zwei Tage, ehe der Atombrand die nächste Ansiedlung erreicht. Zeit genug also für die Tefroder, sich abzusetzen.«

»Gut.« Gucky sah sich um und nickte. »Holen wir das Ding also.«

Zurück teleportierten sie, und Tronar erschrak nicht einmal, als die beiden Freunde urplötzlich aus dem Nichts heraus materialisierten. Er sah lediglich auf seine Uhr und meinte:

»Ihr habt ja lange gebraucht. Wohl spazierengegangen, was?«

»Kann man auch sagen. In einer Stunde bist du erlöst. Dann können wir Kontakt zu den Tefrodern aufnehmen und uns absetzen. Wir haben einen Platz für die Bombe gefunden.«

»In der Nähe?«

»Keine tausend Meter entfernt. Werden uns doch nicht unnötig mit dem Ding abschleppen, wo die Uklan-Wolke unsere Fähigkeiten herabsetzt. Kannst dir die Höhle ja mal ansehen.«

»Gemacht. Lösen wir die Bombe.«

Gucky überließ das den beiden Männern und verschwand in der Linse, um sich einige Konzentrate einzustecken. Er fühlte sich nicht wohl, wenn seine Taschen leer waren. Er ahnte noch nicht, wie nötig er die Konzentrate noch haben würde.

Die schwere Bombe, vier Meter lang und anderthalb Meter dick, lag auf dem sandigen Boden, als Gucky wieder an die frische Luft kam. Er betrachtete sie fachmännisch und zog ein Gesicht.

»Wie sollen wir die bloß transportieren? Auf der Erde würde ich mit dem Ding jonglieren wie ein Künstler, aber hier, wo alles verdreht ist . . .? Na, wir werden ja sehen.«

Ras nahm Tronars Hand.

»Soll ich dich hinbringen?«

Der Wellensprinter schüttelte den Kopf.

»Später sehe ich mir das an. Bringt die Bombe erst einmal hin. Ich darf die Linse nicht allein lassen.«

Ras und Gucky stellten sich so, daß die Bombe zwischen ihnen lag.

Beide konzentrierten sich auf den Abhang, berührten die Bombe mit den Händen – und entmaterialisierten.

Mit Erleichterung stellte Tronar fest, daß die Bombe mit ihnen verschwunden war. Ras und Gucky brauchten drei weitere Teleportersprünge, um die Bombe in die unterirdische Halle zu bringen. Dann waren sie so erschöpft, daß sie sich setzen mußten.

»Ist das eine Schinderei!« schimpfte Gucky. »Komme mir vor wie ein Gepäckträger.«

»Die Tefroder werden noch mehr Ärger als wir mit der Bombe haben«, tröstete ihn Ras.

»Hoffentlich.« Erst jetzt bemerkte Gucky, daß sie sich auf die Bombe gesetzt hatten. Er sprang auf. »Der Sitz behagt mir nicht!«

Ras grinste und erhob sich ebenfalls.

»Ich werde sie jetzt schärfen. Welche Zeit stellen wir ein?« Er bückte sich und studierte die Ziffern auf der Zeiteinteilung. »Wir haben die Wahl zwischen einer bis zehn Stunden. Würde sagen, wir nehmen die Mitte.«

»Mir ist das egal, Ras. Die Hauptsache ist, wir sind bald fertig und können weg von hier. Der gestorbene Roboter guckt mich schon die ganze Zeit so komisch an.«

Ras stellte den Zeitzünder auf fünf Stunden ein, entsicherte den roten Zündknopf und drückte ihn dann ein.

Die Arkonbombe war scharf, und würde in fünf Stunden zünden. Jedes Element, angefangen bei Natrium mit der Ordnungszahl elf, würde sich in Energie verwandeln. Nicht spontan, sondern langsam, wie bei einem normalen Brand. In acht Tagen würde der Planet Multidon nur noch eine Sonne sein, die um den roten Riesen Donit kreiste. Eine flammende Hölle, auf der es kein Leben mehr geben konnte.

Die beiden Mutanten teleportierten ins Freie und dann auf den Abhang, von dem aus man ins Tal hinabsehen konnte.

Und sie sahen gerade noch, wie das erste Projektil einschlug, und dann erkannten sie hoch am Himmel die blitzenden Punkte.

Angreifende Raumschiffe der Tefroder!

Die zweite Rakete detonierte und zerfetzte die Linse.

Ras zog Gucky in eine Felsspalte.

»Verdammt!« stöhnte er. Und dann noch: »Tronar . . .?«

Proht Meyhet konnte heilfroh sein, von Faktor I den neuen Posten erhalten zu haben. Nachdem er Midway an die Terraner verloren hatte, mußte er mit einer strengen Bestrafung rechnen.

Aber die Tatsache, daß es mit ihm nur noch drei Meister der Insel gab, rettete ihn.

So kam er nach Multidon und wurde der Kommandant des wichtigsten Planeten, den es im Andromedanebel gab.

Die Kontrollzentrale von Multidon lag tief unter der Oberfläche, war aber mit der Beobachtungskuppel in der Spitze eines Turms durch einen Lift verbunden. In der Zentrale selbst liefen alle Fäden der phantastischen Organisation zusammen. Mehrere Reihen aus Bildschirmen stellten Sichtverbindung zu allen Nebenleitstellen her. Von hier aus ließ sich ganz Multidon kontrollieren und überwachen.

Ein Hypersender ermöglichte es Proht, sich jederzeit mit den Kommandanten der Schlachtschiffe in Verbindung zu setzen, die Multidon gestaffelt in großen Höhen umkreisten und den Weg der Frachter bis zum Situationstransmitter sicherten.

Eine Abwehrpositronik wie bei Midway oder Lookout gab es auf Multidon allerdings nicht. Man hielt es für unmöglich, daß ein Gegner die Sonne Donit im Uklan-Dunkelnebel fand.

Und doch mußte gerade das geschehen sein.

Als Proht eine erste diesbezügliche Meldung erhielt, wollte er es nicht glauben. Er kannte die Terraner jetzt, und er hatte miterleben müssen, wie sie mit geradezu unwahrscheinlichem Mut und mit unvorstellbarer List eine Station erorberten, die als uneinnehmbar galt. Er fürchtete diese Terraner und die Mutanten.

Allerdings war es auch ein Mutant gewesen, der ihm zur Flucht von Midway verholfen hatte. Ein Mutant ja, aber kein Terraner.

Die ersten Meldungen ließen vermuten, daß es ein oder höchstens zwei Mutanten gelungen war, den Planeten zu finden und auf ihm zu landen. Die Psi-Orter wiesen darauf hin. Normale Tefroder oder Terraner hatten andere Gehirnschwingungen und entsprechende Muster.

Dann erloschen die Echos auf den Psi-Schirmen.

Immerhin war es gelungen, den ungefähren Standort zu bestimmen, an dem sich die Mutanten aufhalten mußten. Es handelte sich um eine unbewohnte Wüste mit Bergwerkshalden. Ein ideales Versteck für ungebetene Gäste.

Proht schickte ein Robot-Vernichtungskommando los mit dem Auftrag, den Flugkörper der Fremden zu zerstören oder zumindest aktionsunfähig zu machen.

Das Vernichtungskommando bestand aus sieben robotgesteuerten Raumschiffen, die von der Psi-Abwehr ferngelenkt wurden. Sobald sie das Ziel als gesichtet meldeten, würden sie automatisch und selbständig handeln.

Proht beobachtete die Aktion von seiner Zentrale aus.

Auf dem Bildschirm war der fragliche Abschnitt nur undeutlich zu erkennen. Einzelheiten waren nicht zu unterscheiden. Der Satellit mit der Kamera kreiste in zu großer Höhe um Multidon und wurde von den Gegebenheiten der Dunkelwolke zu sehr beeinflußt. Darunter litt die Qualität des Bildes.

Die Robotschiffe feuerten die ersten Raketenbomben ab, und schon die zweite vernichtete das matt schimmernde Objekt, das in einem runden Tal lag. Damit war die Fluchtmöglichkeit der Mutanten abgeschnitten, wenn es kein zweites Schiff gab, das sie abholen würde.

Proht war fest entschlossen, das zu verhindern.

Auf keinen Fall durfte er sich ein zweites Versagen erlauben.

Er gab Teilalarm für Multidon. Der Arbeitsprozeß ging unvermindert weiter, aber die Wachkommandos wurden verdoppelt und von den sechstausend Schlachtschiffen, die Multidon bewachten, gingen tausend in eine enge Kreisbahn um den Planeten und riegelten ihn hermetisch ab.

Die Eindringlinge saßen in der Falle.

Ras und Gucky wagten es nicht, sich aus ihrem Versteck zu rühren. Sie lagen in der engen Felsspalte und sahen zu, wie die Linse vernichtet wurde. Oben am Himmel sahen sie sieben schimmernde Punkte, die jedoch nicht näher kamen. Sie schickten auch keine Bomben mehr.

Im Gegenteil: Sie verschwanden.

»Ich fürchte, so gut getarnt war die Linse nun wieder nicht. Man muß sie von oben her gesehen haben.« Gucky schwieg eine Weile, dann leuchtete es in seinem Gesicht auf: »Tronar! Ich empfange seine Gedanken! Gott sei Dank, ich dachte schon, es hätte ihn erwischt.«

Auch Ras war erleichtert, wenn er auch kein Wort dazu sagte.

Gucky peilte den unbekannten Standort Tronars an und teleportierte. Sekunden später rematerialisierte er mit ihm in dem gemeinsamen Versteck. Es war sehr eng, aber im Augenblick wohl das beste für sie.

»Was ist geschehen?« fragte Gucky. »Wie bist du ihnen entwischt?«

Tronar atmete schwer. Er hatte den Schock noch nicht überwunden, und es fiel ihm schwer, ruhig zu bleiben.

»Ich war in der Linse und schaltete den Orter ein. Da fand ich die näher kommenden Schiffe. Sie flogen ziemlich niedrig und verhielten sich recht merkwürdig. Mußten robotgesteuert sein, anders war die Art ihres Formationsfluges nicht zu erklären. Zuerst hielt ich sie für harmlos. Aber dann stellte ich fest, daß ihre Kreise enger wurden, und unser Tal lag genau im Mittelpunkt dieser Kreise.«

Ras fragte:

»Wie bist du rechtzeitig rausgekommen?«

»Wir hatten keine Abwehrwaffen an Bord. Was hätte ich tun sollen? Ich verließ also die Linse und nahm noch drei Handstrahler mit. Sie liegen noch unten bei den Felsen. Kaum hatte ich Deckung genommen, da detonierte auch schon die erste Robotbombe. Die zweite vernichtete unser Schiff.«

»Und jetzt sitzen wir hier fest«, sagte Gucky trübsinnig. »Ein Glück, daß du an die Strahler dachtest. Wenigstens sind wir nicht ganz hilflos.«

Ras erhob sich ein wenig und beobachtete die Umgebung. »Niemand zu sehen. Vielleicht sollten wir nicht erst warten, bis es dunkel ist. Man wird mit Sicherheit ein Suchkommando herschicken, denn die Tefroder können sich denken, daß die Linse nicht allein hierher gekommen ist.«

»Wenn sie die Arkonbombe zu früh finden, könnten sie sie immer noch schnell mit einem Schiff in den Raum bringen und dort detonieren lassen«, befürchtete Tronar.

»Noch knapp vier Stunden«, sagte Ras beunruhigt. »Wir lenken sie ab, damit sie erst gar nicht auf die Idee kommen, es gäbe eine solche Bombe.« Er nickte Tronar und Gucky zu. »Ihr beide, würde ich vorschlagen, bleibt hier, vielleicht sogar bei der Bombe . . .«

»Niemals!« protestierte Gucky. »Ich will das Teufelsding nicht mehr sehen. Wir kommen mit.«

»Gut«, gab Ras nach. »Aber wir suchen uns ein neues Versteck, etliche hundert Kilometer von hier in einem anderen unbewohnten Abschnitt. Dann erkunde ich die Lage. Wenn wir alle drei zusammenbleiben, entdeckt man uns schneller.«

Sie trugen zum Glück ihre Kampfanzüge mit den Flugaggregaten und der Deflektoranlage. Der Individualschirm funktionierte nur mangelhaft auf Multidon, aber gegen schwache Energiewaffen bot er für kurze Zeit Schutz.

Sie schalteten den Deflektor ein, als sie aus der Felsspalte herausgekrochen waren. Danach erhoben sie sich in die Luft, die immer noch eisig kalt war. Die Strahlen der Riesensonne gaben nicht genug Wärme. Aber die Kampfanzüge hatten eine eigene Klimaanlage.

Als sie zehn Kilometer hoch gestiegen waren und sich nur noch über die gedrosselten Funkgeräte unterhielten, lag das Haldengebirge tief unter ihnen und zog langsam nach Westen. In dreieinhalb Stunden würde dort unten die Hölle ausbrechen. Ringsum am Horizont tauchten die Werksanlagen auf und bildeten eine neue Wüste – eine technische Wüste. In der Luft glitten einige Gleiter dahin, aber sie besaßen entweder keine empfindlichen Ortergeräte oder hatten sie nicht eingeschaltet. Tronar, Ras und Gucky schwebten unbemerkt auf die Industrieanlagen zu.

Sie erhöhten ihre Fluggeschwindigkeit und änderten den Kurs geringfügig auf Ostnordost. Zweitausend Kilometer von dem Haldengebirge entfernt fanden sie eine zerklüftete Urlandschaft mit Wäldern und Flüssen und Felsen. Sie landeten wohlbehalten und entdeckten nach einigem Suchen eine Höhle unter einem Berghang.

Ras sagte:

»So, hier könnt ihr bleiben. Schaltet den Empfänger ein. Im Notfall werde ich mich melden. Dann könnt ihr mich befreien oder doch wenigstens richtig beerdigen.«

Gucky warf ihm einen vernichtenden Blick zu. »Denkst du, die lassen uns vielleicht was zum Beerdigen übrig, wenn sie dich mal erwischt haben, du Optimist? Sei also lieber vorsichtig, und melde dich rechtzeitig.«

Als Ras fortgeflogen war, kramte der Mausbiber seine Konzentrate aus der Tasche. Er überlegte eine Weile, ehe er Tronar einen Würfel hinhielt.

»Du kannst froh sein, daß ich daran gedacht habe«, knurrte er.

»Ich wußte schon immer, daß du ein Genie bist«, sagte Tronar und nahm den Würfel.

Ras ließ sich Zeit.

Langsam verstrichen die Stunden, während er unsichtbar den Planeten Multidon umrundete und sich alle wichtigen Einzelheiten einprägte. Er wußte, daß solche Einzelheiten später sehr wichtig werden konnten.

Und dann, als er wieder einmal auf seine Uhr sah, wußte er, daß sie es geschafft hatten.

Die Arkonbombe war gezündet.

Multidon war verloren, und nichts mehr konnte den Planeten retten.

Am Horizont war ein helles Strahlen, das scheinbar aus der Oberfläche kam und in den Raum hinausgriff. Und zwar in Richtung der tiefstehenden Sonne. Ras hatte es vorher nicht bemerkt.

Als er näherflog, erkannte er es. Es war ein Zapfstrahl, mit dem die Tefroder ihre Energie von der roten Sonne Donit bezogen. Er war an die fünfhundert Kilometer dick. Unaufhörlich flossen durch ihn die gewaltigen Energiemengen von Donit nach Multidon. Wenn man ihn unterbrechen konnte, fielen alle robotgesteuerten Anlagen auf Multidon genauso aus wie die Wach- und Vernichtungskommandos. Ein Chaos würde entstehen, und nur noch die Flucht konnte die Tefroder retten. Das war auch so der Fall, aber in der allgemeinen Verwirrung des plötzlichen Energieausfalls gelang es vielleicht auch ihm, Tronar und Gucky, sich unbemerkt abzusetzen. Sie brauchten nur ein Schiff zu haben.

Ras flog näher an den Zapfstrahl heran, hielt aber einen gewissen Sicherheitsabstand. Er schaltete den Sender ein und gab eine kurze Nachricht durch. Dann veränderte er schnell seinen Standort, damit man ihn nicht anpeilen konnte. Er teleportierte einfach.

In seinen Taschen waren einige Miniatur-Atombomben. Wenn er in das Werk hinabteleportierte und einige der Bomben warf, würde das vielleicht genügen, den Zapfstrahl zu unterbrechen. Aber er konnte kein Risiko eingehen. Es mußte gleich beim erstenmal klappen.

Er kehrte in das Versteck zurück, wo Tronar und Gucky ihn ungeduldig erwarteten.

»Na, was ist nun?« erkundigte sich der Mausbiber. »Multidon brennt doch schon. Wollen wir die Tefroder nicht warnen?«

»Die merken das noch früh genug«, beruhigte ihn Ras. »Erst einmal müssen wir uns ein Schiff besorgen, und sei es auch noch so klein.«

»Etwas Kleineres als die Linse gibt es ja gar nicht, Ras. Also ist es egal, was wir finden. Und wo?«

»In einem Hangar. Vorher will ich die Empfangsstation für den Zapfstrahl ausschalten. Ich nehme nämlich an, daß sie auch den Situationstransmitter mit der notwendigen Energie versorgt. Und wenn der ausfällt, ist Multidon vom Nachschub abgeschnitten.«

»Guter Gedanke«, stimmte Tronar zu. »Aber dann wird es wirklich Zeit, daß wir uns um uns selbst kümmern. Sonst sitzen wir hier fest und verschmoren. Und dazu verspüre ich keine Lust, auch wenn es jetzt kalt ist. Nehmen wir die kleinen Bomben?«

Ras nickte und kaute auf dem Konzentratwürfel, den Gucky ihm großherzig überlassen hatte.

Faktor III bedauerte es, keine Direktverbindung zu Faktor I oder wenigstens Faktor II aufnehmen zu können. In der Uklan-Dunkelwolke versagte selbst der perfekte Hyperfunk der Meister. Das kleine Fahrzeug der Mutanten war vernichtet worden. Das ging einwandfrei aus dem Bericht des Vernichtungskommandos hervor. Aber mindestens zwei Mutanten lebten noch. Sie waren nicht in dem Schiff gewesen, als es von dem Angriff überrascht wurde.

Wo waren sie dann gewesen?

Handelte es sich um ein Vorkommando, dem eine Invasionsflotte folgen sollte?

Proht konnte sich bei allem Respekt vor dem Gegner nicht vorstellen, daß die Terraner es wagen würden, einen Planeten wir Multidon anzugreifen. Wie war es ihnen überhaupt möglich gewesen, die streng geheime Position herauszufinden? Wenn er das alles erfuhr, machte er vielleicht sein Versagen auf Midway wieder wett.

Die Psi-Orter waren überall eingeschaltet. Sie fingen in großen Zeitabständen Wellenimpulse auf, die nur von Lebewesen mit Psi-Fähigkeiten stammen konnten. Die Standorte wechselten schnell, so daß Proht vermutete, es könne sich nur um Teleporter handeln.

Das kleine Pelzwesen, dem er auf Midway begegnet war und das ihm geholfen hatte, war auch ein Teleporter gewesen, ein Verbündeter der Terraner.

Sollte er ihm hier wieder begegnen?

Der Gedanke war beruhigend und erschreckend zugleich.

Proht starrte auf die Bildschirme und überflog sie der Reihe nach. Die Produktion lief auf Hochtouren. Die Invasionspläne waren noch nicht aufgegeben worden, wenn auch die wichtigen Stationen Midway und Lookout verlorengegangen waren. Es mußten Duplos fabriziert werden, und Raumschiffe. Die Milchstraße sollte von ihnen überschwemmt werden.

Wichtig war der Zapfstrahl. Proht betrachtete die beiden Schirme, die ihm zeigten, was in der Hauptempfangsstation geschah. Alles war in Ordnung, und die Arbeitskommandos erfüllten programmgemäß ihre Pflichten.

Aber dann geschah etwas, das nicht in den Rahmen des Programmierten paßte.

Mitten in der Anlage detonierten drei Atombomben.

Sie zerrissen einen Teil der Strahlgeneratoren und zerstörten fast die gesamte Oberflächenanlage. Die geschmolzenen Materialien verstopften alle Eingänge in die unterirdisch angelegten Teile des riesigen Werks.

Der Verlust von einigen tausend Duplos regte Proht nicht weiter auf. Sie wurden ständig durch die Multiduplikatoren ersetzt. Auch die Arbeitsroboter litten nicht unter Nachschubmangel. Es war die Tatsache eines Angriffs selbst, die Proht erschütterte.

Die terranischen Mutanten!

Er gab Großalarm.

Aber es geschah nicht viel. Der Zapfstrahl war erloschen, und automatisch schalteten die wichtigsten Fabrikationsstätten auf eigene Energiestationen um, die überall installiert waren. Allerdings würde nicht genügend Energie vorhanden sein, den Situationstransmitter damit zu versorgen.

Die robotgesteuerten Wacheinheiten blieben in ihrer Kreisbahn. Nur die von Tefrodern oder deren Duplos gesteuerten Schiffe besaßen eigene Kraftquellen, die es ihnen ermöglichten, unabhängig vom Zapfstrahl zu operieren. Sie begannen sofort mit ihrer Jagd auf die Mutanten.

Proht saß hinter dem Kontrollpult seiner Steueranlage und beschloß, Gerechtigkeit und Dankbarkeit zu vergessen. Jetzt ging es für ihn nur noch darum, die Saboteure zu finden.

Ganz egal, wer sie waren.

9.

Ganz so einfach, wie es für Proht auf dem Bildschirm ausgesehen hatte, war es für Ras, Tronar und Gucky nicht gewesen.

In großer Höhe schwebten sie unsichtbar über der Hauptempfangsanlage der Energiestation. Die Wachschiffe bemerkten sie nicht. Ras hatte darauf bestanden, die drei Bomben selbst in die Anlage hinabzubringen, um die Gefahr einer frühzeitigen Entdekkung zu verringern. Gucky fügte sich schließlich.

Sie blieben in der alten Position, während Ras hinab in das Werk teleportierte.

Als er materialisierte, blieb er auch weiterhin unsichtbar. In seiner Hand waren die drei Bomben. Die Zündzeit betrug drei Minuten.

Er beobachtete die Duplos bei der Arbeit. Sie verrichteten sie mechanisch und ohne besonderes Interesse. Ganz offensichtlich wurden sie dabei von Robotern kontrolliert.

Ras machte die drei Bomben scharf und verteilte sie. Dann teleportierte er zu Tronar und Gucky zurück. Er gab ihnen das vereinbarte Zeichen, daß alles nach Plan verlaufen war.

In diesem Augenblick wurden sie geortet.

Ein torpedoförmiges Schiff kam ganz in ihre Nähe und änderte plötzlich den Kurs. Ihre Umrisse mußten auf den Orterschirmen genau zu sehen sein, wenn sie selbst auch unsichtbar blieben. Wenigstens für ein unbewaffnetes Auge. Als eine Impulskanone aufblitzte, teleportierten Ras und Gucky, mit Tronar in ihrer Mitte, zu dem Versteck zurück. Es mußte für den Kommandanten des Torpedoschiffs sehr peinlich gewesen sein, seine sichergeglaubte Beute so urplötzlich von den Orterschirmen verschwinden zu sehen und jede Spur von ihnen zu verlieren.

Sekunden später detonierten die Bomben und zerstörten die Empfangsanlage.

Die Mutanten erfuhren es, als sie ihre Empfänger einschalteten.

»So, das hätten wir«, knurrte Gucky befriedigt. »Nun sollten wir uns um ein Schiff kümmern. Dann erst werden wir den Kommandanten von Multidon warnen.«

»Zuerst müssen wir den Kommandanten finden«, erinnerte ihn Ras.

»Im Suchen und Finden von Kommandanten habe ich große Erfahrungen gesammelt«, versicherte der Mausbiber und wühlte vergeblich in seinen Taschen. »Hat niemand mehr etwas zum Essen?«

»Nur noch Tabletten«, sagte Tronar. »Wird Zeit, daß Kasom sich um uns Sorgen zu machen beginnt. Er wird nach Plan erst in viereinhalb Tagen hier auftauchen. Dann kann es zu spät sein.«

Ras war bis zum Eingang der Höhle vorgegangen und sah hinaus. In geringer Entfernung floß ein Bach, dahinter lag spärlicher Wald. Das Gelände fiel etwas ab. In der Ferne waren einige Türme zu erkennen. Dort begann ein neuer Stadtkomplex.

Er kehrte in die Höhle zurück. »Ich werde mit Tronar auf die Suche nach Lebensmitteln und einem Schiff gehen. Du bleibst hier, Gucky. Verlaß das Versteck nur im äußersten Notfall und hinterlasse eine Botschaft. Meinetwegen lege einen Zettel dort unter den Stein. Aber bleibe hier, wenn es geht. Tronar und ich kommen hierher zurück. Vielleicht sogar schon mit einem Schiff.«

Gucky starrte Ras wütend an.

»Ich soll Höhlenbär spielen, während ihr in einen lebenswichtigen Einsatz geht?« Er schüttelte energisch den Kopf. »Kommt gar nicht in Frage, Freunde . . .«

Tronar mischte sich ein:

»Ich wurde von Rhodan zum Leiter des Unternehmens bestimmt, und als solcher muß ich Ras zustimmen. Du bist der einzige von uns, der sich aus jeder Situation zu helfen weiß. Das ist doch ein Kompliment, oder nicht? Der Fähigste von uns muß zurückbleiben. Ist doch klar, wenn man es sich mal überlegt.«

Gucky begann unsicher zu werden.

»Aber ihr kümmert euch nur um Lebensmittel und ein Schiff? Das andere überlaßt ihr mir?« Er grinste schon wieder und war halb versöhnt. »Wißt ihr – vielleicht findet ihr auch einen Lorbeerkranz für mich . . .!«

Ras klopfte ihm auf die Schultern.

»In der TOKYO wird schon einer vorbereitet, Kleiner. Tronar und ich sind in ein paar Stunden wieder zurück. Schalte dein Funkgerät auf Empfang und lausche ein wenig. Vielleicht hörst du uns.«

Ras und Tronar faßten sich bei den Händen, schalteten die Deflektoren ein und gingen zum Höhleneingang. Dann stiegen sie in die Höhe, und als sie noch einmal nach unten sahen, erblickten sie Gucky, der gemütlich in Richtung Bach watschelte und von dem frischen, kalten Wasser trank.

Dann sackte die Waldinsel unter ihnen weg und machte einer Steppe Platz. Vor ihnen erhoben sich die Gebäude der nächsten Stadt.

Sie überflogen sie in großer Höhe und entdeckten nichts von besonderem Interesse. Aber dann, nach zweistündigem Flug, näherten sie sich einem riesigen Raumhafen, der kreisförmig angelegt mitten zwischen unübersehbaren Fabrikanlagen lag. Mehrere hundert Frachter standen umher, aber niemand ent- oder belud sie. Die Rampen waren leer, und auch die Lasttransportbänder waren nicht mehr in Betrieb. Ein Kommando von Arbeitsrobotern marschierte zu einer flachen Lagerhalle und verschwand darin.

Am Rand des Landefeldes erhoben sich einige auffallende Kuppeln. Sie waren sehr hoch und breit. Es waren drei Stück, die alle miteinander durch schmale Gebäude verbunden waren. In der Mitte ragte die typische Sende- und Empfangsantenne eines Hypersenders in den Himmel hinein.

»Das muß eine Art Kommandozentrale sein«, sagte Ras zu Tronar. »Wir können also Gucky zumindest einen Tip geben. Sehen wir da unten nach?«

»Wenn wir ein Schiff finden, dann bestimmt hier. Lebensmittel auch.«

Sie ließen sich tiefer sinken. Sie ahnten nicht, daß man sie längst entdeckt hatte . . .

Proht atmete unwillkürlich erleichtert auf, als ihm gemeldet wurde, daß die Orter der Überwachungszentrale zwei unsichtbare Humanoiden entdeckt habe, die sich dem Raumhafen näherten. Deflektoren halfen wenig, wenn man Spezialorter einsetzte. Die Umrisse der Gestalten wurden sichtbar, auch wenn normales Licht durch die Deflektoren umgeleitet wurde.

Sein kleiner Pelzfreund war nicht dabei.

Sein Gesicht wurde wieder hart. Es bestand keine Veranlassung für ihn, auf Terraner Rücksicht zu nehmen. Es war ein Nicht-Terraner gewesen, der ihn damals gerettet hatte.

Immerhin wollte er die beiden Mutanten lebendig haben, um zu erfahren, wie es ihnen gelungen war, Multidon zu finden. Eilig gab er seine Anweisungen, und die Tefroder bereiteten ihre Parafallen vor. Ihnen entkam auch ein Teleporter nicht.

Proht ahnte, was die Terraner wollten. Er hatte ihr Schiff vernichten lassen, mit dem sie gekommen waren. Sie brauchten ein neues Schiff, um Multidon wieder verlassen zu können. Vielleicht hatte ihre einzige Aufgabe darin bestanden, den Zapfstrahl zu sabotieren. Das war ihnen ja auch gelungen.

In einem der vielen Hangars standen die kleinen Schnellraumschiffe für die Kuriere, die auf Multidon unentbehrlich waren. Mit ihnen gab Proht seine Nachrichten an Faktor I durch. So ein Schiff wäre genau das richtige für die Terraner.

Proht ließ den ganzen Hangar durch Paragitter absichern, die aber noch nicht eingeschaltet wurden. Das würde erst dann geschehen, wenn die Ausstrahlungen der Deflektoren intensiv genug sein würden. Und dann war es für die Eindringlinge zu spät.

Ras und Tronar landeten sanft und schalteten das Flugaggregat aus. Aber sie blieben auch weiterhin unsichtbar. Vorsichtig näherten sie sich einem der vielen Lifts, von denen aus Transportbänder weiter zu den wartenden Schiffen führten. Ras nahm Tronar beim Arm und teleportierte mit ihm in den Hangar hinab. In ihm standen die fertiggestellten schweren Schlachtschiffe, mehr als dreitausend Meter unter der Oberfläche. Sie warteten auf ihren ersten Einsatz.

Die Kugelraumer durchmaßen fast alle einen Kilometer. Es mußten Hunderte sein. Und es gab sicher auch Hunderte solcher Hangars auf Multidon.

»Wir müssen weiter«, sagte Ras leise.

Mehrere Kurzsprünge brachten die Männer in eine gigantische Fertigungshalle, in der die Einzelteile für Raumschiffe gestapelt und zusammengesetzt wurden. Das alles geschah unter normalen Umständen automatisch, von Tefrodern oder Robotern überwacht. Nun aber stand der Betrieb still. Die Teile lagen so da, wie sie angekommen waren – und es kamen auch keine neuen dazu.

»Betrieb stillgelegt«, wisperte Ras. »Wir bringen den ganzen Plan der Meister durcheinander. Wo sind nur die Tefroder geblieben, die sonst hier gearbeitet haben?«

»Sie sind auf der Jagd«, vermutete Tronar. »Auf Jagd nach uns.«

Sie drangen weiter in das unterirdische Reich ein, ohne sich Richtungen und Entfernungen merken zu können. Die Parafalle lag schon weit hinter ihnen, aber das wußten sie nicht. Nun begegneten sie öfter vereinzelten Tefrodern, wurden aber nicht bemerkt.

»Es hat wenig Sinn, wenn wir in dieser Richtung weitersuchen. Wir müssen wieder zurück.« Ras zog Tronar in eine Nische. »Kann sein, daß ich jetzt ein paarmal die Richtung verfehle, aber das ist kein Grund zur Unruhe. Notfalls kehren wir an die Oberfläche zurück und orientieren uns.«

Der siebte Sprung brachte sie genau in die vorbereitete Parafalle.

Proht beobachtete gespannt seine Bildschirme, aber auch die Ortergeräte verrieten noch nichts von der Anwesenheit der Terraner. In dem Hangar, der als Falle vorbereitet worden war, standen in langer Reihe die kleinen Kurierschiffe. Einige Tefroder verrichteten Wartungsarbeiten. Roboter waren nicht sichtbar.

Alles wirkte mehr als harmlos.

Proht hatte keine Ahnung, welche Hilfsmittel den Terranern zur Verfügung standen. Er wußte auch nicht, ob in der Nähe ein Schiff darauf wartete, sie abzuholen oder ihnen doch zumindest entgegenzukommen. Er konnte nur hoffen, daß sie auf sich selbst angewiesen waren.

Die Überwachungszentrale meldete sich.

»In der Umgebung von Sektor Sieben wird ein Ansteigen der Temperatur gemeldet. Ursache unbekannt. Sollen Nachforschungen angestellt werden?«

Proht warf schnell einen Blick auf eine Karte.

»Sektor Sieben – was soll das bedeuten? Dort sind keine Anlagen, nur unbewohntes Gebiet. Warum sollte die Temperatur ansteigen?«

»Haben wir Anweisung, eine Untersuchung anzustellen?«

»Selbstverständlich. Ich erwarte die Ergebnisse so schnell wie möglich.« Proht sah abermals auf die Karte, und dann fügte er hinzu: »Übrigens handelt es sich um den Sektor, in dem wir das terranische Kleinstschiff vernichteten. Vielleicht hängt das damit zusammen.«

Proht kümmerte sich wieder um die Parafalle und vergaß den Zwischenfall. Wenn auch die Hauptenergiequelle von Multidon ausgefallen war, so gab es noch genügend Kraftstationen, um Nachrichtenverbindungen und lebenswichtige Einrichtungen in Betrieb zu halten. Lediglich die großen Multiduplikatoren hatten ihre Produktion jäh eingestellt. Das war in diesem Stadium der Invasionsvorbereitungen gefährlich genug.

Eine Nebenstelle der Überwachung meldete sich:

»Psi-Echos, Maghan. Es handelt sich um zwei Personen. Mit Sicherheit ist einer von ihnen Teleporter. Zuerst entfernten sich die Echos, nun nähern sie sich wieder den Hangars.«

Proht beugte sich vor und betrachtete die entsprechenden Schirme.

»Wachen verdoppeln. Die Mutanten dürfen nicht angegriffen werden. Sie dürfen keinen Verdacht schöpfen. Erst wenn sie im Klein-Hangar auftauchen, dürfen die Parafallen aktiviert werden. Ich bin dann sofort zu benachrichtigen.«

»Verstanden, Maghan!«

Hoffentlich, dachte Proht und ließ den Bildschirm nicht aus den Augen, auf dem der Hangar zu erkennen war. Darunter war der kleine Orterschirm, der von der Überwachungszentrale aus gesteuert wurde. Die Funkanlage war ebenfalls eingeschaltet, damit man sofort Verbindung mit den Überlisteten aufnehmen konnte.

Proht zuckte zusammen, als der Orterschirm das plötzliche Auftauchen der beiden Terraner anzeigte. Auf dem normalen Bildschirm waren sie nicht zu sehen. Sie hatten also ihre Deflektorschirme nicht ausgeschaltet.

In dieser Sekunde schalteten sich die Paragitter ein.

Ras merkte es viel zu spät. Er wollte teleportieren, wurde aber von den fünfdimensionalen Energiefeldern zurückgeschleudert. Dabei fielen die Deflektorschirme aus. Ras und Tronar wurden sichtbar.

Die Tefroder schienen nur darauf gewartet zu haben. Sie ließen ihre Arbeit im Stich und hielten plötzlich Strahlwaffen in den Händen. Sie formierten sich und kamen auf ihre Gefangenen zu.

Tronar griff zu seinem Strahler, aber Ras legte ihm die Hand auf den Arm.

»Es hat keinen Zweck. Jetzt wenigstens nicht. Sie wollen mit uns sprechen. Warten wir, was sie von uns wollen.«

Die Tefroder hatten sie völlig eingekreist und blieben stehen.

Aus einem Lautsprecher kam die Stimme eines Mannes. Er sprach Interkosmo.

»Betrachtet euch als meine Gefangenen und legt die Waffen ab. Es gibt keinen Ausweg für euch. Leistet keine Gegenwehr und entledigt euch ebenfalls der Kampfanzüge. Ich muß sicher sein, daß ihr nicht entfliehen könnt. Darum geht widerstandslos in den Transportkäfig. Er ist durch ein Paragitter abgesichert.«

»Wer sind Sie?« fragte Ras.

»Ich bin Proht Meyhet, Faktor III. Kommandant von Multidon.«

Ras holte tief Luft.

»Und vor kurzem noch Kommandant auf Midway.«

»Ganz richtig.«

Das war allerdings eine Überraschung. Und was für eine. Gucky würde aus dieser Tatsache einige neue Schlüsse ziehen können. Immerhin, so dachte Ras ein wenig beruhigt, mußte dieser Proht ein Meister sein, mit dem man reden konnte.

»Wir werden uns Ihren Anordnungen fügen, Faktor III«, sagte Ras schließlich und sah, wie mehrere Arbeitsroboter einen Käfig in den Hangar schleppten. Er erinnerte an einen kleinen Transmitter, war aber mit Sicherheit keiner. »Im übrigen haben wir Ihnen eine lebenswichtige Mitteilung zu machen.«

»In einer halben Stunde stehen wir einander gegenüber.«

Ras und Tronar zogen die Kampfanzüge aus, nachdem sie den Tefrodern ihre Waffen gegeben hatten. Nur mit ihren Kombinationen bekleidet, stiegen sie in den Käfig, der sofort geschlossen wurde. Vorsichtig probierte Ras einen winzigen Sprung, der ihn nur einen Meter weit gebracht hätte, wurde aber zurückgestoßen. Da wußte er, daß es keinen Ausweg gab.

Die Roboter nahmen den Käfig und trugen ihn aus dem Hangar. Tronar warf einen letzten Blick auf die kleinen Kurierschiffe und seufzte:

»Das wären die richtigen für uns . . .«

Ras flüsterte:

»Was ist mit dir, Tronar? Würde es dir notfalls möglich sein, hier zu entmaterialisieren und im Stromkreis der Parafalle zu entkommen?«

Tronar nickte unmerklich.

»Durchaus möglich. Es handelt sich hier um eine Parafalle, die etwas anders kontruiert ist als jene auf Hoel, der Heimatwelt der Sonneningenieure. Hier könnte mir eine Flucht gelingen. Aber es ist trotzdem gefährlich. Ich würde in einer anderen Dimension landen und vielleicht nicht so schnell zurückfinden. Aber entkommen würde ich schon.«

»Gut. Wollen wir uns wenigstens diese Hoffnung nicht nehmen lassen. Ruhig jetzt.«

Der Käfig war abgesetzt worden und glitt auf einem Transportband durch Korridore. Ein Lift brachte ihn dann in eine höher gelegene Etage, ehe es horizontal weiterging.

»Man könnte natürlich auch versuchen«, flüsterte Tronar nach einer Weile, »den Generator des Paragitters außer Betrieb zu setzen. Es muß dort der Block sein, in der Ecke.«

»Es würde uns nur wenig nützen. Außerdem bin ich viel zu neugierig, Proht kennenzulernen. Möchte wissen, ob Gucky damals keinen Fehler machte, als er ihn entkommen ließ.«

Sie schwiegen, denn das Transportband hielt an. Die Roboter schoben den Käfig auf ein anderes Band, das quer zur bisherigen Richtung verlief.

Es brachte sie durch Energie-Absperrungen in die Kommandozentrale von Multidon.

Proht Meyhet, der Meister der Insel, erwartete sie bereits. Er hatte seinen schwarzen Umhang angelegt, auf dem das silberne Symbol der beiden Milchstraßen schimmerte. Als der Parakäfig in der Kommandozentrale stand und die Roboter sich zurückgezogen hatten, erhob er sich und stellte sich vor den Käfig. Proht betrachtete seine Gefangenen mit einer Mischung aus Neugier und Haß. Aber die Neugier überwog. Endlich lächelte er, aber es war ein kaltes, unpersönliches Lächeln.

»Es war von der Sekunde an, da Sie auf Multidon landeten, eine feststehende Tatsache, daß Sie nicht entkommen würden. Sie haben das gewußt. Warum kamen Sie trotzdem? Bedeutet Ihnen das Leben nichts?«

Tronar sagte:

»Das Leben bedeutet uns alles, Proht Meyhet. Deshalb kamen wir. Ich meine allerdings nicht mein Leben, oder das meines Freundes Ras Tschubai. Ich meine das Leben der Erde und ihrer Bewohner.«

»Wer sind Sie?«

»Ich heiße Tronar Woolver.«

Proht nickte.

»Gut, das Leben der Erde also. Was hat Multidon damit zu tun?«

»Alles. Multidon ist die Quelle Ihrer Macht, und von hier aus wird die bevorstehende Invasion unserer Heimatgalaxis vorbereitet. Es war also unsere Pflicht, Multidon zu finden – und zu vernichten.«

Proht lächelte wieder, und diesmal war es ein mitleidiges Lächeln.

»Nicht alle Pläne gelingen«, tröstete er ohne besonderen Spott.

Ras wollte etwas sagen, aber es schien ihm noch zu früh zu sein für die Mitteilung, daß Multidon bereits so gut wie vernichtet war. Tronar begriff und schwieg ebenfalls.

Proht fragte:

»Wie haben Sie Multidon gefunden? Es kann Ihnen nun nicht mehr schaden, wenn Sie es mir verraten. Sie werden Multidon nie mehr verlassen.«

»Ein Tefroder namens Matite verschaffte uns die Position. Er starb. Sie erinnern sich . . .? Er war Kommandant von Lookout und ein Tefroder.«

»Er also war es . . . Ich hätte es mir denken können. Er war der Typ eines Verräters.«

Tronar sagte:

»Haben Sie nicht auch Verrat begangen, als sie Midway nicht sofort zerstörten?«

»Hätten Sie die Zündanlage nicht gefunden, wäre die Station vernichtet worden. Ich gab Ihnen eine kleine Chance, indem ich die Zündung auf Verzögerung einschaltete. Das war ich Ihrem kleinen Freund mit dem Pelz schuldig, der mich entfliehen ließ. Alles hat seinen Preis, auch meine Freiheit. Ich bezahlte, und nun sind wir quitt. Ich habe niemandem mehr zu danken und bin in allen meinen Handlungen wieder frei von Dankesschuld. Darum mußte ich Midway opfern. Außerdem rettete ich dem größten Teil der Besatzung dadurch das Leben. Allerdings auch einer Menge Terraner.«

»Das sei Ihnen nicht vergessen«, sagte Ras, der nun den Augenblick für gekommen hielt, Proht reinen Wein einzuschenken. »Fairneß gegen Fairneß. Wir sind hier, um Sie zu warnen, Proht.«

»Mich zu warnen? Wie soll ich das verstehen?«

»Lassen Sie sich nicht von Ihrem Zorn übermannen«, warnte Ras, »wenn ich Ihnen nun die Wahrheit berichte. Ich tue es, damit Sie Zeit genug finden, Multidon zu räumen. Viel Zeit allerdings haben Sie nicht. Noch etwa sieben Tage, dann ist Multidon verloren.«

Proht schien Ras mit seinen Blicken durchbohren zu wollen, dann trat er zurück und schüttelte den Kopf.

»Ihr Terraner seid merkwürdige Lebewesen. Selbst dann, wenn man euch die Schlinge schon um den Hals legt, droht ihr noch. Was soll der Bluff? Ist eine Invasionsflotte unterwegs? Sie wird nicht weit kommen, auch wenn der Zapfstrahl ausgefallen ist. Ich habe sechstausend schwere Schlachtschiffe . . .«

»Sie werden genügen, um die Besatzung von Multidon zu evakuieren. Außerdem stehen in den Hangars brandneue Frachter, viele tausend von ihnen. Wir wissen nicht, wieviel Tefroder und Duplos es auf Multidon gibt . . .«

Proht war näher getreten. Er begann zu ahnen, daß die Terraner nicht nur blufften.

»Was ist geschehen?« fragte er einfach. »Vielleicht finden wir einen Ausweg aus der Situation. Reden Sie schon.«

Ras sagte:

»Sie kennen die Arkonbombe, Faktor III. Wir haben eine Arkonbombe auf Multidon zur Detonation gebracht. Vor einigen Stunden muß es geschehen sein, und Sie wissen so gut wie wir, daß der Atombrand nicht mehr aufzuhalten ist.«

Proht starrte die beiden Terraner an, dann wurde er kreideweiß im Gesicht. Aber er hatte sich noch immer in der Gewalt. Er nickte.

»Jetzt weiß ich, was der plötzliche Temperaturanstieg zu bedeuten hat. Sie haben also die Wahrheit gesagt. Eine Arkonbombe! Dagegen sind auch wir machtlos.« Er trat näher an den Käfig und ballte die Fäuste. »Sie wissen, daß Sie dafür den Tod verdienen. Nicht durch meine Hand, nein. Durch Ihre eigene Bombe.«

»Damit mußten wir rechnen. Immerhin gibt der langsame Verlauf der Kettenreaktion Ihnen die Möglichkeit, Multidon zu räumen. Der Planet ist verloren, zugegeben. Aber für Ihr Leben und das Ihrer Leute besteht keine Gefahr.«

Es war erstaunlich, wie sehr der Meister sich beherrschte. Er mußte ganz kalt überlegen. Rache war die unlogischste aller Handlungen – das mußte er genau wissen.

Es waren aber auch noch andere Überlegungen, die Proht davon abhielten, seiner angestauten Wut Luft zu machen. Um sein eigenes Leben abermals zu retten, mußte er Multidon aufgeben. Wenn er dann zwei gefangene Terraner bei sich hatte und Faktor I auslieferte, besaß er einen unschätzbaren Trumpf. Mutanten gehörten zu den engsten Vertrauten Rhodans. Unter gewissen Umständen würden sie alles ausplaudern, was sie wußten. Wortlos wandte Proht sich ab und stellte eine Verbindung zu den Kommandanten der einzelnen Abteilungen her. Er unterrichtete sie in sachlicher und kühler Form von dem drohenden Untergang des Planeten Multidon und befahl die Demontage einiger wichtiger technischer Einrichtungen. Sie sollten sofort in Frachter verladen werden. Der Flotte gab er Anweisungen, sich in der Nähe aufzuhalten und in vier Tagen die Tefroder aufzunehmen. Da der Transmitter ausgefallen war, sollte die Flotte versuchen, sich durch den Uklan-Dunkelnebel durchzuschlagen. Der Kommandant der Frachterflotte erhielt den Befehl, alle verfügbaren Frachter zum Abtransport der fertiggestellten Duplos bereitzustellen. Sobald die Demontagearbeiten beendet waren, sollte die Evakuierung beginnen.

Das alles dauerte fast eine halbe Stunde. Dann schaltete Proht die Geräte ab und wandte sich wieder an seine Gefangenen. Sein Gesicht war hart und ausdruckslos.

»Die Terraner befinden sich mit uns im Krieg. Sie haben einen unserer wichtigsten Planeten sabotiert. Sie haben tausendfach den Tod verdient. Glauben Sie nur nicht, es sei von meiner Seite aus Schwäche oder gar Sentimentalität, wenn Sie jetzt noch leben. Es ist etwas anderes. Ich werde Sie mit mir nehmen und dann an Faktor I ausliefern. Ich hoffe, Sie wissen die Ehre zu schätzen.«

Gucky langweilte sich entsetzlich in seiner Höhle. Stundenlang wartete er auf ein Lebenszeichen von Ras und Tronar, aber es kam keins. Er hörte die Sendungen der Tefroder ab, aber es waren nur Routinemeldungen, die ihn nicht weiter interessierten. Er hatte den letzten Konzentratwürfel verzehrt und war im Augenblick satt.

Um sich die Zeit zu vertreiben, übertrat er Ras Tschubais Befehl und teleportierte zum Haldengebirge, um sich vom Fortschritt des Atombrandes zu überzeugen. Fast hätte er sich die Füße verbrannt, als er auf den Felsen materialisierte. Der Boden war glühend heiß, aber die Kettenreaktion hatte die Oberfläche noch nicht erreicht. Wahrscheinlich fraß sich der Brand schneller in den Planeten hinein, weil er dort die schwereren Elemente vorfand und damit den besseren Nährboden. Um so schneller würde Multidon später auseinanderbrechen und zur flammenden Lavahölle werden.

Als in geringer Höhe zwei kleine Schiffe des Vernichtungskommandos herangejagt kamen und ein mörderisches Feuer auf Gucky eröffneten, teleportierte er in die Höhle zurück. Hier fühlte er sich noch am sichersten.

Sie suchten ihn also schon.

Erneut hörte er die Sendungen ab, und dann geriet er zufällig auf die Wellenlänge, die Proht dazu benutzte, seine Flottenkommandanten zu verständigen. Er erfuhr von den Evakuierungsplänen und wußte, daß der Atombrand bereits entdeckt worden war. Aber bei den letzten Sätzen erst kam Gucky hinter die ganze Wahrheit.

Die Stimme sagte:

»Das Paragefängnis bleibt vorerst in meiner Kommandozentrale und wird erst mit mir an Bord eines schnellen Kurierschiffes verladen. Die beiden Gefangenen werden Faktor I vorgeführt.«

Diese Stimme . . .!

Gucky war sicher, sie zu kennen, aber er konnte sich nicht erinnern, wann und wo er dem Besitzer schon einmal begegnet war. Auf den Gedanken, es mit Proht zu tun zu haben, kam er noch nicht. Und telepathisch war es unmöglich, Kontakt aufzunehmen.

Aber er wußte, daß Ras und Tronar in eine Parafalle geraten waren.

Damit galten die bisherigen Anordnungen nicht mehr. Er besaß nun wieder alle Handlungsfreiheiten, die er sich wünschen konnte.

Es wäre ihm lieber gewesen, er hätte sie nicht gehabt.

Er schaltete den Deflektor ein, obwohl die Erfahrung nun bewiesen hatte, daß er hier nicht viel half. Die Tefroder besaßen Spezialorter, mit denen sie selbst einen Unsichtbaren entdeckten. Aber wenigstens war er vor den Duplos sicher, wenn nicht gerade ein Roboter oder ein Ortergerät in der Nähe war. Er teleportierte in mehreren großen Sprüngen zu jener Stelle von Multidon, wo er die höchsten Gebäude beobachtet hatte. Dort war auch der große Raumhafen, und es war mit Sicherheit anzunehmen, daß ganz in seiner Nähe die Befehlszentrale des Planeten lag.

Ras und Tronar waren in der Befehlszentrale gefangen.

Er mußte sie finden!

Es gab immer gewisse untrügliche Kennzeichen, die letzten Endes zu einer Kommandozentrale führten – besondere Sicherheitsvorkehrungen, günstige Verteidigungslagen, Nachrichtenverbindungen und was solcher Hinweise mehr waren.

Von Spezialkommandos gejagt, die ihn auf ihren Orterschirmen entdeckt hatten, teleportierte Gucky von Hangar zu Hangar, von Sektor zu Sektor, die Tefroder immer dicht hinter sich. Er hörte ihre Sendungen ab und wußte, was sie planten und wo sie ihre Parafallen errichteten. Er umging sie geschickt und näherte sich mehr und mehr der Zentrale des Kommandanten von Multidon.

Keine zweihundert Meter von seinem Ziel entfernt legte er eine Pause ein und versteckte sich in einem Schaltraum. Den Roboter, der ihn schnell entdeckte, erledigte er telekinetisch, indem er ihn einfach abschaltete. Dann versuchte er sich zu konzentrieren, nachdem er keine weiteren Tefrodersendungen mehr empfangen hatte.

Er mußte die Gedankenimpulse von Ras oder Tronar auffangen.

Nach zehn Minuten waren seine Bemühungen endlich von Erfolg gekrönt. Ganz schwach erkannte er die Gedankenmuster von Ras, die durch die Parafalle stark entstellt wurden. Aber die Muster waren unverkennbar. Bei Tronar war es nicht ganz so einfach, aber er fand auch sie.

Die beiden unterhielten sich, aber es war Gucky trotz der geringen Entfernung nicht möglich, ihre Gedanken klar zu empfangen. Schließlich verhinderte das nicht nur die Parafalle, sondern auch der Uklan-Dunkelnebel.

Dann empfing er noch weitere Gedankenimpulse. Und plötzlich

wußte er, wer der Kommandant Multidons war. Faktor III mußte für einen Augenblick seine Gedankenblockade vernachlässigt haben, so daß Gucky ihn ›empfangen‹ konnte.

Proht Meyhet also! Es war ihm also gelungen, sich damals in Sicherheit zu bringen und sogar Kommandant von Multidon zu werden. Und nun waren es zum zweitenmal die Terraner, die ihm eine empfindliche Niederlage beibrachten.

Man konnte selbst vom fairsten Gegner nicht verlangen, daß er in dieser Situation noch einmal beide Augen zudrückte. Prohts Haß mußte unversöhnlich geworden sein. Er würde selbst ihm, Gucky, gegenüber keine Rücksicht mehr nehmen.

Gucky wagte einen kleinen Sprung näher an die Zentrale heran. Er hatte die hauptsächlichen Sicherungen bereits hinter sich gebracht und rechnete nicht mit weiteren Hinternissen. Unsichtbar marschierte er weiter, bis er die innere Ringsicherung erreichte. Sie besaß keine Parasperre, so daß er teleportieren konnte.

Zwei Sekunden später stand er in einem Raum, dessen Schaltkontrollen und lange Reihen von Bildschirmen ihm sofort verrieten, daß er am Ziel angelangt war.

Und vor allen Dingen verriet ihm das der Käfig, der in der Mitte des Raumes stand, und der grauhaarige Mann in schwarzem Umhang, der vor den Bildschirmen saß und sie betrachtete. Dabei stützte er den Kopf in beide Hände, als sei er ihm zu schwer geworden.

Gucky schaltete den Deflektor aus und wurde sichtbar.

Ras schnappte nach Luft, als er Gucky plötzlich neben dem Parakäfig stehen sah. Er stieß Tronar an, der gerade damit beschäftigt war, das letzte Päckchen mit Fleischkonzentrat auseinanderzubrechen.

In diesem Augenblick drehte sich Proht Meyhet um und erblickte Gucky.

Er bot einen denkwürdigen Anblick, denn noch nie hatte ein intelligentes Lebewesen einen Meister der Insel völlig verblüfft und fassungslos gesehen. Proht hatte fest damit gerechnet, mit den beiden Gefangenen die gesamte Besatzung des winzigen Schiffes erwischt zu haben, das auf Multidon gelandet war.

»Habe ich es doch geahnt!« sagte Gucky und wich ein wenig

zurück. Er stand mit dem Rücken zu der Parafalle. Seine Hände lagen in der Nähe der Waffe an dem Gürtel des Kampfanzuges. »Proht Meyhet, mein alter Freund, dessentwegen ich soviel Ärger hatte.«

Proht hatte sich mühsam von seiner Überraschung erholt.

»Du komplizierst die Dinge, kleiner Freund. Dein Erscheinen stellt mich vor neue Probleme, und ich habe deren wahrhaftig genug. Du hattest meinetwegen Ärger?«

»Weil ich dir die Flucht ermöglichte.«

»Habe ich dafür nicht bezahlt?«

Gucky nickte. »Du hast recht. Die alte Rechnung ist beglichen.«

»Wir haben gerade damit begonnen, eine neue aufzumachen«, sagte der MdI. »Du warst es, der die Arkonbombe herbrachte. Ich fürchte, das wird eine hohe Rechnung. Höher als die von Midway, nehme ich an.«

»Ich wußte nicht, daß du Kommandant von Multidon bist«, sagte Gucky.

»Hätte das etwas geändert?« fragte Proht kühl.

Gucky schüttelte den Kopf.

»Ich fürchte – nein. Aber ich hätte dich noch früher gewarnt.«

Proht stand auf, ohne seine Waffe zu beachten, die rechts von ihm auf dem Kontrolltisch lag. Er ging auf Gucky zu und blieb dicht vor ihm stehen. Er betrachtete ihn und schüttelte den Kopf.

»Ich beneide die Terraner um dich. Es ginge uns besser, wenn wir solche Verbündete hätten wie dich. Verbündete, die uns helfen, weil sie uns mögen.« Er seufzte. »Denke nicht daran, mich mit deinem Strahler zwingen zu wollen, deine beiden Freunde freizugeben. Ich würde es niemals tun, auch wenn du bereit wärest, mich zu töten. Die Parafalle läßt sich nicht so einfach abschalten. Auch nicht telekinetisch. Es ist eine komplizierte Geheimschaltung, die ich dir nicht verraten werde. Dir, kleiner Freund, gebe ich die gleiche Chance, die du mir einmal gabst: Ich gebe dir ein Schiff. Du kannst Multidon verlassen, wann immer du willst. Niemand wird dich daran hindern.«

Gucky bewunderte die Einstellung des Meisters, aber er mußte unter allen Umständen verhindern, daß Ras und Tronar als Gefangene in unbekannte Richtung davongeführt wurden. Einmal in den Händen der restlichen zwei Meister waren sie verloren.

»Ich kann dein Angebot nicht annehmen, Proht, so leid mir das tut. Niemals würde ich zwei Freunde im Stich lassen.«

»Was willst du dagegen machen?«

»Ich werde die Evakuierung Multidons erschweren«, sagte Gucky.

»Das ist nicht so einfach, aber selbst wenn es dir gelänge, so werde ich die Gefangenen nicht freigeben, um es zu verhindern. Sie sind wichtiger als ein verlorener Planet.« Proht ging zu seinem Platz zurück und setzte sich. Noch immer ignorierte er seine Waffe, die griffbereit ganz in der Nähe seiner Hände lag. »Es wird ein paar Tage dauern, bis Multidon zur Hölle wird. Vielleicht gelingen deine Pläne. Aber wie wirst du dich retten?«

»Kannst du dir vorstellen, daß mir das ziemlich egal ist?«

Proht sah ihn forschend an. Dann nickte er.

»Ja, ich kann es mir vorstellen.« Er drehte sich um. »Ich würde es dir hoch anrechnen, wenn du mich nun allein ließest. Ich habe zu arbeiten. Oder willst du noch mit deinen Freunden sprechen? Das Paragitter läßt Licht und Schallwellen durch. Es läßt einfach alles durch, nur keine Teleporter.«

»Danke«, sagte Gucky und wandte sich Tronar und Ras zu. »Seht ihr nun, daß sich alles bezahlt macht? Selbst Handlungen, die Terranern manchmal unlogisch erscheinen mögen?«

Ras lächelte.

»Ich habe niemals deine Handlungen kritisiert, Gucky. Auch als du Proht damals entfliehen halfst, habe ich nicht protestiert. Ich habe dich verstanden. Ich sehe heute, daß du recht hattest, wenn *uns* damit auch nicht geholfen ist.«

»Wir haben noch ein paar Tage Zeit«, sagte Gucky. »Ich kann euch jederzeit hier besuchen. Proht wird nichts dagegen einzuwenden haben, weil ich euch nicht befreien kann. Und er wird verstehen, wenn ich bei den Duplos etwas gegen ihn und seine Pläne unternehme. Wir bleiben in Verbindung. Sobald ich das Lebensmittellager gefunden habe, melde ich mich wieder.«

Proht räusperte sich.

»Die Lebensmittellager sind bewacht. Sie liegen zweihundert Kilometer von hier. Ich frage mich nur, wie man feste Materie in das Paragefängnis bringen soll, ohne den Generator abzuschalten . . .«

Gucky ging zu ihm. »Wir werden einen Weg finden«, versprach er – und dann war er verschwunden.

Proht drehte sich um und betrachtete seine beiden Gefangenen.

»Ich sitze in der Klemme«, bekannte er. »Ich sitze wirklich in der

Klemme. Sie werden verstehen, daß ich nicht zu einem Verräter werden kann. Weder an Faktor I noch II, noch an einem Lebewesen, das mir einmal half. Ich kenne die Terraner wahrscheinlich besser als Sie beide. Sie sind zielstrebig und in der Wahl Ihrer Mittel nicht gerade wählerisch. Wir auch nicht, zugegeben. Das gleicht die Partie aus. Und nun begegnete ich Ihrem kleinen Freund. Er ist ein Ilt, glaube ich, und er heißt Gucky. Ein mir unbekanntes Volk, aber es ist schade, daß es nicht das Universum beherrscht. Vielleicht wird es wenigstens geschehen, daß sein *Geist* das Universum beherrscht.«

Ras fragte:

»Und das sagen *Sie*, ein Meister der Insel? Ist das nicht ein wenig merkwürdig?«

Proht lächelte.

»Merkwürdig? Vielleicht, Ras Tschubai. Aber nicht ungewöhnlich. Sie vergessen das Motiv unserer Handlungen. Wir sind mit den Terranern verwandt. Wir sind wie sie – rücksichtslos und von einem einmal gefaßten Ziel besessen. Wir sind älter als sie und weiter fortgeschritten. Technisch wenigstens. Ich wiederum bin anders als meine Kollegen. Ich ähnele in meiner Mentalität einem Meister der Insel, der nicht mehr zu uns gehört. Vielleicht hätte er es verdient, Faktor I genannt zu werden. Wie gesagt: ich bin anders. Kein intelligentes Lebewesen ist wie das andere, auch wenn es demselben Volk angehört. Vielleicht hilft diese Erkenntnis, Ihnen meine Handlungsweise zu erklären. Aber schöpfen Sie keinc falsche Hoffnung. Sie kommen mit mir, als meine Gefangenen. Daran wird mich nichts hindern können, auch der totale Verlust von Multidon nicht.«

Ras lächelte.

»Wir machen uns keine *falschen* Hoffnungen, Proht. Aber wir kennen Gucky. Er hat ein Ziel, und er wird es erreichen, ob Sie wollen oder nicht. Wir haben nun keine Angst mehr vor der Zukunft.«

Gucky war dabei, sich zu orientieren. Als erstes suchte er die Lebensmittellager – und fand sie auch. Prohts Hinweis genügte in diesem Fall. Trotz umfangreicher Wachen drang er in das Lager ein und holte einen gehörigen Vorrat heraus, den er in der Berghöhle unterbrachte. Ein wenig später teleportierte er in Prohts Zentrale und übergab ihm einige Konserven. Der Meister versprach, sie Ras und Tronar in das Paragefängnis zu praktizieren.

Dann kehrte Gucky in seine Höhle zurück und schlief sich aus. Die Nacht auf Multidon dauerte lange . . . Am anderen Tag durchstreifte er die unterirdischen Anlagen des Planeten, immer die Ortungsgruppen hinter sich her. Er zapfte Lautsprecheranlagen an und hetzte die Duplos gegen die Tefroder auf, aber der erwartete Erfolg blieb aus. Zwar verließen einige Gruppen der Duplos ihre Quartiere und drangen zu den Hangars der fertiggestellten Frachter vor, aber sie waren nicht in der Lage, die Schiffe zu steuern. Die wachhabenden Tefroder setzten ihnen keinen Widerstand entgegen, sondern ließen sie in die Schiffe eindringen, in denen sich die Duplos häuslich niederließen. Sie plünderten die Vorräte, um später glücklich und zufrieden in den riesigen Lagerräumen einzuschlafen.

Inzwischen erreichte der Atombrand der Arkonbombe die Oberfläche.

Wo früher die Haldenberge gewesen waren, glühten nun Krater, mit feuerflüssiger Lava gefüllt. Sie wurden zusehends größer und flossen in die tiefer gelegene Wüste ab. Dort entstanden Spalten, aus denen das feuerflüssige Magma hervorquoll. Bald verwandelte sich die ganze Wüste in einen rotglühenden See, der gegen die bewohnten Gebiete vordrang.

Proht Meyhet begann mit der Räumung. Als die ersten Schiffe der Tefroder starteten, begann die Revolte der Duplos, geschürt von Guckys Bemühungen. Überall auf Multidon entbrannten heftige Kämpfe, die von beiden Seiten nur mit halber Leidenschaft geführt wurden. Niemand war von seiner Sache so richtig überzeugt – die Duplos aus Veranlagung, und die Tefroder deshalb nicht, weil sie innerlich das Verlangen der Duplos nach Sicherheit anerkannten.

Lediglich die Roboter kämpften hart und unerbittlich, weil sie dazu programmiert worden waren. In vielen Fällen wurden sie von beiden Seiten angegriffen und erbarmungsvoll vernichtet.

Auf Multidon herrschte das Chaos.

10.

Als Melbar Kasom und John Marshall in der Space-Jet die ersten Funksprüche der tefrodischen Wachflotte auffingen, wußten sie, daß es den drei Mutanten gelungen war, auf Multidon zu landen und die Arkonbombe zu zünden. Von den Mutanten selbst allerdings blieb jede Nachricht aus.

John Marshall sagte am vierten Tag:

»Wir müssen nach Multidon. Wäre alles glatt verlaufen, wäre Tronar mit der Linse zurückgekehrt. Vielleicht wird unsere Hilfe benötigt.«

Kasom hatte Bedenken.

»Es wurden fünf Tage vereinbart, John. Daran müssen wir uns halten, ob es uns nun gefällt oder nicht.«

»Ich werde mich weiter um die Funknachrichten kümmern. Zum Glück ist der Transmitter ausgefallen. Die Tefroder sind es nicht gewohnt, in der Dunkelwolke zu manövrieren. Sie bleiben in ständiger Funkverbindung, um sich zu orientieren. Vielleicht verrät sich einer der Kommandanten, und wir erfahren mehr, als ihnen lieb ist.«

Und so kam es, daß John Marshall einige Meldungen empfing, die den wahren Sachverhalt auf Multidon wiedergaben. Er wußte, daß Ras und Tronar in Gefangenschaft geraten waren, der Kommandant von Multidon Proht Meyhet hieß und Gucky sich noch seiner zweifelhaften Freiheit erfreute.

Damit war die Entscheidung gefallen.

»Also gut«, entschied Kasom nach längerem Überlegen. »Wir werden zum Rand der Dunkelwolke zurückfliegen und Verbindung zu Rhodan aufnehmen. Vielleicht ist der Augenblick gekommen, Multidon offen anzugreifen. Mit einer echten Gegenwehr ist kaum zu rechnen. Aber allein mit einer Space-Jet möchte ich es nicht riskieren. Wir haben noch zwei Tage Zeit, die Gefangenen zu befreien. Je eher wir Rhodan unterrichten, um so besser für sie. Wir starten.«

Mit drei gewagten Linearflugmanövern erreichten sie den Rand des Uklan-Dunkelnebels und nahmen Funkverbindung zu Rhodan auf. Rhodan unterrichtete seinerseits sofort Atlan, der inzwischen mit der Gleam- Flotte am Rand Andromedas Stellung bezogen hatte. Zusammen mit den Maahks stieß Atlan daraufhin gegen die Uklan-Wolke vor.

Die TOKYO verließ den Orterschutz der Doppelsonne und traf sich mit der Space-Jet. Rhodan hatte eine längere Unterredung mit Melbar Kasom und John Marshall. Das Ergebnis war, daß Kasom den Auftrag erhielt, sofort nach Multidon vorzustoßen und den Versuch zu unternehmen, den Gefangenen zu helfen.

»Wir werden genau dreißig Stunden hier warten«, sagte Rhodan zum Schluß der Aussprache. »Sollten wir bis dahin keine Nachricht von Ihnen erhalten, müssen wir annehmen, daß Ihnen etwas zugestoßen ist. Wir werden in dem Fall mit der TOKYO und tausend Schiffen in die Dunkelwolke vordringen und Multidon direkt angreifen. Wir haben das des großen Risikos wegen bisher vermieden, aber nun besitzen wir Ihre Flugkoordinaten für den Linearraum. Ihnen werden wir folgen.«

»Wir werden es allein schaffen«, versprach Kasom. »Es besteht Hoffnung, solange Gucky noch in Freiheit ist. Er wird die Zeit nutzen und handeln. Vielleicht konnte er Ras und Tronar schon befreien und wartet nun darauf, abgeholt zu werden.«

»Beeilen Sie sich«, bat Rhodan einfach, aber in den drei Worten lag seine ganze Sorge, die er sich um das Leben seiner drei Mutanten machte. »Ich würde mit Ihnen kommen, aber ich trage die Verantwortung für Atlans Flotte und die Schiffe der Maahks. Außerdem weiß ich, daß ich mich auf Sie beide verlassen kann.«

»Wir werden Sie nicht enttäuschen.«

Fünf Minuten später raste die Space-Jet wieder auf den Dunkelnebel zu, während die TOKYO sich in die Nähe der Doppelsonne zurückzog.

Am fünften Tag des Atombrandes hatte sich Multidon derart verändert, daß man den Planeten für eine halbe Sonne halten konnte. Die Hälfte der Welt war zu einem glühenden Feuerball geworden, und es gab weder auf der Oberfläche noch im Innern eine Stelle, wo Leben existieren konnte.

Proht Meyhet hatte die Tefroder angewiesen, die Duplos in die zur Verfügung stehenden Frachter zu führen. Zu Dutzenden waren die Schlachtschiffe der Verteidigungsflotte gelandet und hatten die Besatzung des verlorenen Planeten an Bord genommen. Dabei war es öfters zu harten Gefechten gekommen, denn die Duplos fühlten sich benachteiligt. Aber die Roboter hatten hart durchgegriffen und die Ordnung wiederhergestellt.

Immer wieder tauchte Gucky unter den revoltierenden Massen auf und hielt Propagandareden. Er zapfte Lautsprecher an und verriet den lauschenden Duplos, daß sie nichts als Kanonenfutter für die Tefroder und Meister seien. Selbst die laufende Rettungsaktion sei nicht dazu bestimmt, ihr Leben für längere Zeit zu retten. Sie würden bald in die Schlacht geworfen und geopfert werden.

Die Spezialkommandos jagten Gucky, aber immer wieder konnte er ihnen in der allgemeinen Verwirrung entkommen. Daß sie den unmißverständlichen Befehl erhalten hatten, ihn ohne Warnung zu töten, hatte er schon mehrmals erfahren müssen. Proht war also nicht mehr gewillt, Rücksicht auf ihn zu nehmen.

Noch bestand Multidon zur Hälfte. Es wurde fieberhaft gearbeitet, einige spezielle Multiduplikatoren zu verladen und in Sicherheit zu bringen. Während auf der Höllenseite alles in flüssiger Lava versank, bot die ›kühle‹ Seite das Bild emsiger Geschäftigkeit. Prohts Zentrale war noch nicht unmittelbar von der Vernichtung bedroht. Zwei Tage noch, dann würde auch hier die Hölle sein.

Die Temperaturunterschiede in der Atmosphäre verursachten schreckliche Sturmwinde an der Oberfläche. Das unnatürliche Hoch auf der Lavaseite schuf eine Art Vakuum, in das Luft von der kühleren Seite nachströmte. Der Sturm war so gewaltig, daß selbst die riesigen Wachkreuzer der Tefroder bei ihren Landungen Schwierigkeiten hatten.

Gucky hatte seine Höhle im Gebirge längst aufgeben müssen. Er besaß keine richtige Zuflucht mehr und versteckte sich oft mitten zwischen den Duplos in irgendeiner Halle. Einmal hielt er sich sogar in einem Kreuzer auf und wäre fast unfreiwillig mit ihm gestartet. Erst im letzten Augenblick gelang es ihm, in den Hangar zurückzuspringen.

Er nahm ein Paket mit Lebensmittelkonzentraten und Wassertabletten, das er in einem Lager gefunden hatte, und teleportierte in Prohts Zentrale.

Faktor III hatte alle Vorbereitungen zur endgültigen Flucht abgeschlossen. Der Atombrand war bereits am Horizont als glühender Schein in der Atmosphäre zu erkennen.

Gucky materialisierte neben dem Gitterkäfig. Ras und Tronar lagen auf Decken am Boden.

Ras sah auf. Er erblickte Gucky und lächelte mutlos.

»Sieht schlecht aus, was?«

Proht drehte sich um. Sein Gesicht verriet wenig Wohlwollen.

»Hat man dich noch nicht erwischt? Du weißt, daß die Kommandos den Befehl erhalten haben, dich zu töten. Selbst wenn ich wollte, hätte ich nicht anders handeln können.«

»Du brauchst dich nicht zu entschuldigen.« Gucky sah in Richtung des schweren Strahlers, der jetzt an der Wand neben den Bildschirmen hing. »Warum versuchst du es nicht selbst?«

Proht schüttelte den Kopf.

»Warum? Du hast höchstens noch zwei oder drei Tage zu leben, wenn du mein Angebot nicht annimmst. Ein Schiff für dich allein, Gucky.«

»Ich könnte mir eins nehmen, wenn ich das wollte.«

Nur noch knapp die Hälfte aller Bildschirme war in Betrieb. Die Satelliten zeigten die Atomhölle auf der anderen Seite des Planeten und den noch bestehenden Rest von Multidon.

»Ich werde Multidon noch heute verlassen«, sagte Proht. »Die Tefroder haben den Befehl erhalten, die Demontage und das Verladen der Duplikatoren einzustellen. Sie werden ebenfalls heute in die Frachter gehen und sich in Sicherheit bringen. Für die Duplos ist ebenfalls genügend Platz vorhanden. Niemand von ihnen braucht zu sterben, wenn keine neue Panik ausbricht. Du solltest zufrieden sein mit deinem Werk, warum sabotierst du jetzt auch noch die notwendigen Rettungsarbeiten?«

Gucky zuckte die Schultern.

»Es war reine Notwehr, Proht. Ich hatte immer noch gehofft, du könntest dich dazu entschließen, meine Freunde freizulassen.«

»Niemals, das sagte ich dir bereits. Ich brauche sie. Sie sind meine Lebensversicherung.«

»Wie wirst du sie wegbringen?«

Jetzt lächelte Proht flüchtig.

»Warum sollte ich dir das verraten? Du würdest alles tun, mich an meinem Vorhaben zu hindern, nicht wahr? Oh, ich habe mir schon etwas ausgedacht.« Er wechselte das Thema. »Sehen wir uns noch, bevor ich Multidon verlasse? Wenn du willst, kannst du mit mir kommen. Das ist immer noch besser, als hier nutzlos und qualvoll zu sterben.«

»Ich werde nicht sterben«, sagte Gucky, der die Gelegenheit, Prohts Gedanken zu erforschen, nicht nutzlos hatte verstreichen lassen. Diesmal funktionierte es wider Erwarten. »Es kann aber trotzdem sein, daß wir uns noch einmal sehen. Eine Frage: warum trägst du nicht deinen Individual-Schutzschirm?«

»Du solltest wissen, daß es auf Multidon keine solchen Schirme geben kann. Sonst wäre es euch niemals gelungen, hier zu landen. So wie die großen Schirme nicht zu errichten sind, so versagen auch die kleinen. Ich habe andere Möglichkeiten, mich zu schützen.«

Gucky wußte eigentlich genug. Proht war in Gedanken zu sehr damit beschäftigt, die kurz bevorstehende Flucht noch einmal in allen Einzelheiten zu überlegen. Und diesmal vernachlässigte er seine Gedankenabschirmung.

»Ich wünsche dir alles Gute, Proht. Wir haben keine andere Wahl, als Gegner zu sein. Aber ich glaube, wir haben beide aus unserer Gegnerschaft gelernt. Vielleicht bringst du das Faktor I bei, so wie ich versuche, es meinen Leuten beizubringen. Darf ich noch mit Ras und Tronar sprechen?«

»Ich erlaube es dir.«

Gucky ging zum Käfig und hockte sich daneben nieder. Er ließ Proht niemals aus den Augen, denn in der letzten Verzweiflung verloren alle Gesetze von Fairneß und Rücksichtnahme ihre Gültigkeit. Aber der Meister beschäftigte sich mit seinen Kontrollanlagen, um Befehle zu geben und sein Kurierschiff klarmachen zu lassen. Er sagte es nicht so deutlich, aber Gucky wußte Bescheid.

»Keine Sorge, Ras«, flüsterte er schnell. »Ich kenne seine Pläne und werde bei euch sein, wenn ihr startet. Verhaltet euch ruhig. Wir werden ihn überlisten – hoffe ich.«

Ras nickte, gab aber keine Antwort.

Tronar wisperte:

»Ich kann notfalls in den Stromkreis des Generators eindringen, aber das fünfdimensionale Energiefeld . . .«

»Ich weiß«, sagte Gucky. »Später.«

Er erhob sich.
»Danke, Proht.«
Proht drehte sich um. Er nickte.
»Du hast deine Chance bis zur letzten Sekunde. Komm mit mir. Ich verspreche dir, daß dir nichts geschieht und . . .«
»Ich werde es mir noch überlegen«, versprach Gucky.
Dann teleportierte er zurück in die unterirdischen Hangars.
Diesmal wußte er genau, wohin er mußte. Proht hatte zu deutlich daran gedacht. Es war eine Minute der Unüberlegtheit gewesen, oder er hatte vergessen, daß Gucky Telepath war.
Auf Anhieb fand Gucky den Hangar mit den Kurierschiffen. Es war derselbe Hangar, der Ras und Tronar zur Falle geworden war. Inzwischen waren die Paragitter entfernt worden. Er war hier jetzt sicher.
Gucky verbarg sich in einem Schiff, dessen Antrieb ausgebaut worden war. Hier war er bestimmt sicher vor jeder Entdeckung. Niemand würde ich jetzt noch um ein unbrauchbares Schiff kümmern.
Jetzt konnte er nichts anderes tun als warten.
Warten – bis Proht endlich handelte.

Die Frachter hatten die Überlebenden an Bord genommen und waren gestartet. Sie wurden sofort von den wartenden Schlachtschiffen der Wachflotte in Empfang genommen und schützend eingeschlossen. Weit über Multidon und schon tief im Raum sammelte sich das Gros der Multidon- Flotte.
Es waren insgesamt mehr als fünfzehntausend Schiffe.
Die Kommandanten hatten entsprechende Befehle von Faktor III erhalten. Es war zuerst geplant gewesen, daß jedes Schiff auf eigene Faust versuchen sollte, den Uklan-Dunkelnebel zu durchqueren und sich in Sicherheit zu bringen. Aber dann wurde dieser Plan wieder umgestoßen, denn Proht Meyhet war so klug gewesen, sich in die Lage der Terraner zu versetzen. Er überlegte sich, was er an ihrer Stelle tun würde.
Und da wußte er, daß die Terraner außerhalb des Dunkelnebels auf ihn warten würden.
Jedes Schiff, das einzeln aus der Wolke herauskam, würde von

ihnen abgefangen und vernichtet werden können. Aber die Terraner konnten nicht wissen, wann und wo ein Schiff der Tefroder auftauchte. Sie mußten also ihre eigene Flotte aufteilen, rund um den ganzen Nebel herum. Das würde sie schwächen.

Daher besagte der neue Befehl Prohts, daß die gesamte Flotte zusammenblieb, gemeinsam durch den Nebel stieß und konzentriert aus ihm herausbrechen sollte. Der Flug sollte in kleinen Linearetappen vor sich gehen, so gefährlich das auch war. Man mußte mit Verlusten rechnen, aber die würden längst nicht so groß sein, als ginge man in die Falle der Terraner.

Als Proht das Kommando gab, setzte sich der gewaltige Pulk in Bewegung. Man stieß bis zum erloschenen Situationstransmitter vor. Dann wurden die ersten Flugkoordinaten bekanntgegeben.

Die Flotte bewältigte die Strecke bis zum Rand des Nebels in sieben Etappen, und insgesamt gingen mehr als zweihundert Schiffe verloren. Sie kehrten in der Nähe pulsierender Sonnen in das Normaluniversum zurück und verglühten, oder schwere Gravitationsstürme warfen sie in flammende Sterne. Andere wiederum rasten infolge ausfallender Instrumente mitten in den Pulk hinein und beschädigten oder zerstörten andere Einheiten.

Aber dann wurde der Rand des Nebels erreicht.

Der Kommandant der Riesenflotte tat nun genau das, was ihm von Faktor III eingeschärft worden war. Er gab die nächsten Sprungdaten durch und schickte ein kleines Kurierschiff vor. Es blieb einige Stunden aus, dann kehrte es wohlbehalten zurück.

An dieser Stelle warteten vor dem Nebel ganze sieben Maahkschiffe und ein Schlachtschiff der Terraner. Bei der Ausdehnung der Dunkelwolke war das kein Wunder, wenn es keine Überwachungslücke geben sollte.

Die Tefroder verließen die Dunkelwolke und rasten auf den Koordinatenpunkt zu, an dem sie in den Linearraum gehen wollten. Die Maahks und Terraner waren viel zu überrascht, um viel unternehmen zu können. Es blieb ihnen nichts anderes übrig, als den Massenausbruch über Hyperfunk an Rhodan zu melden, der schon etwas Ähnliches erwartet hatte und wußte, wie sinnlos eine Verfolgung sein würde.

Multidon war von den Meistern aufgegeben worden.

Und genau das war die Hauptsache!

Gleichzeitig aber erhob sich eine neue Frage, und Rhodan würde nicht eher ruhen, bis er eine Antwort darauf gefunden hatte:

»Was ist aus Ras, Tronar und Gucky geworden?«

Major Don Redhorse starrte auf den riesigen dunklen Fleck, der die Sterne verdeckte.

»Sehen wir nach?« fragte er.

Proht Meyhet, Faktor III und Kommandant von Multidon, verließ seine Zentrale zusammen mit dem Parakäfig, seinem letzten und wertvollsten Besitz. Auf dem Transportband glitt er dem kleinen Hangar zu, in dem die Kurierschiffe standen. Einige Arbeitsroboter erwarteten ihn.

Sie schafften den Käfig in eins der Schiffe und verließen den Hangar. Irgendwo würden sie dann ihren Untergang abwarten, wie es ihnen befohlen worden war.

Der Parakäfig stand im Laderaum des Kurierschiffes. Viel Platz war nicht vorhanden. Nur ein schmaler Gang und eine Tür trennte den Raum von der Kommandozentrale, in der Proht sich hinter die Kontrollen gesetzt hatte.

Die Flotte war unterwegs und würde versuchen, das befohlene Ziel zu erreichen. Er würde nachkommen. Vielleicht war es gut, wenn man ihn zuerst für tot hielt. Um so größer würde die Überraschung sein, wenn er dann mit seinen Gefangenen auftauchte.

Multidon! Es würde Jahrhunderte dauern, bis es wieder eine Welt wie Multidon gab. Die Macht der Meister war entscheidend geschwächt worden. Eine Bastion nach der anderen war an die Terraner verlorengegangen. Und ein Meister nach dem anderen war ihnen zum Opfer gefallen.

Proht schauderte zusammen. Er war unsterblich durch seinen Zellaktivator, aber schon ein Strahlschuß konnte ihn töten – wenn er seinen Schutzschirm nicht trug. Solange er sich in der Dunkelwolke aufhielt, war er nicht außer Gefahr.

Er seufzte und drückte auf den Knopf, der den Startmechanismus auslöste. Das kleine Schiff glitt auf der Rampe seitwärts, bis es den Vertikallift erreichte. Mit steigender Geschwindigkeit schoß es dann senkrecht nach oben – und hinaus in die überhitzte Lufthülle des verlorenen Planeten.

Proht lenkte das Schiff nicht sofort in den Raum hinaus, sondern flog parallel zur Oberfläche noch einmal über den Raumhafen und die Fabrikationsanlagen dahin. Ringsum brannte der Himmel, und die glühende Atmosphäre verriet, wie weit der Atombrand bereits fortgeschritten war.

Noch ein Tag, und Multidon würde auseinanderbrechen. Nichts würde bleiben außer einem glühenden Trümmerhagel, der weithin die rote Sonne umkreiste oder in sie hineinstürzte.

Hinter sich hörte er ein Geräusch. Er fuhr erschrocken herum. Außer ihm und den Gefangenen war niemand an Bord des Schiffes . . .

Es war Gucky, der mit schußbereitem Strahler in der Tür stand.

»Du?« fragte Proht überrascht und ignorierte die Waffe. »Hast du es dir überlegt? Du kommst mit?«

Gucky schüttelte den Kopf.

»Ich werde nicht mitkommen, und meine beiden Freunde werden auch nicht mitkommen, Proht. Du wirst den Käfig öffnen.«

Proht nickte in Richtung des Strahlers. »Was soll das?«

»Nur damit du nicht auf dumme Gedanken kommst. In diesem Augenblick ist Tronar dabei, den Käfig zu öffnen. Er wird sich in den Stromkreis des Generators einfädeln und ihn abschalten. Tronar ist ein Wellensprinter, Proht. Er kann entmaterialisieren, wenn ein Energiestrom vorhanden ist. Allerdings handelt es sich bei dem Paragitter um fünfdimensionale Kraftfelder, daher weiß niemand von uns, was passieren wird . . .«

Der MdI blieb ganz ruhig sitzen. Gucky trat zu ihm, und zusammen sahen sie auf Multidon hinab. Das Schiff flog niedrig, nur ein paar hundert Meter hoch. Die Temperatur war hier erträglich, denn die heißen Sturmwinde fegten über die Senke hinweg.

»Tiefer fliegen und landen«, befahl Gucky. »Dort unten bei dem See . . .«

Weiter kam er nicht.

Ohne jede Ankündigung prallte das Schiff gegen ein unsichtbares Hindernis und platzte dann auseinander. Proht wurde aus seinem Sitz geschleudert und stürzte haltlos in die Tiefe. Gucky konnte sich nicht um ihn kümmern, denn er hörte Ras schreien. Mit einem Satz teleportierte er die wenigen Meter und erwischte Ras noch gerade, bevor er von dem zerberstenden Parakäfig erschlagen wurde.

»Wo ist Tronar?«

Ras gestikulierte wild mit den Händen. Gucky verstand nicht, was er sagte, aber er begriff, daß sie beide fielen. Um sie herum waren die Trümmer des Schiffes. Auch die stürzten der Oberfläche entgegen.

»Runter!« kreischte Gucky, von Panik ergriffen. »Teleportieren!«

Er nahm Ras einfach mit, der von dem Schock so gelähmt war, daß er nicht selbst teleportieren konnte. Von Tronar war nichts zu sehen. Unten klatschte etwas in den See. Das mußte Proht gewesen sein.

Gucky teleportierte auf die kleine Felseninsel, die mitten im See lag. Er ließ Ras los und starrte nach oben in den fast weißen Himmel. Die Trümmer des Schiffes wurden sichtbar. Weit verstreut fielen sie in den See, auf das Ufergebiet und zum Teil auch auf die Insel.

Mit ziemlichem Krach landete ein Metallblock im seichten Wasser und versank. Als sich die Wellen am Ufer ausliefen, entstand eine neue Bewegung und neue Wellen.

Ras machte den Mund auf und wollte etwas sagen, aber dann spürte er die Hitze. Die Temperatur betrug mindestens fünfzig Grad.

Tronar Woolver kam ans Ufer geschwommen und richtete sich auf.

»Wie in der Badewanne«, sagte er und schüttelte sich. »Aber erträglich.«

Er sah hinauf in den Himmel. »Ein Glück, daß ich den Absturz entmaterialisiert überstehen konnte. Habe mich in einem Stromkreis herumgetrieben. Wo ist Proht?«

Gucky deutete auf den See hinaus.

»Er ist tot. Den Sturz überlebt niemand, der kein Mutant ist.«

Tronar kam zu ihnen. Sie standen etwas erhöht und hatten einen guten Rundblick. Weit allerdings reichte er nicht, denn die Hänge der großen Senke versperrten die Sicht. Dafür war es fast windstill.

»Was ist überhaupt passiert?« fragte Ras.

»Ich kann es nur erraten.« Tronar setzte sich auf einen Stein und schüttelte abermals den Kopf. »Als ich entmaterialisierte und in den Stromkreis des Paragitter-Generators eindrang, muß eine Störung des fünfdimensionalen Energiefeldes eingetreten sein. Ich verlor die Kontrolle über mich selbst und weiß nicht mehr, was geschah. Ich weiß nur, daß ich mich in den Generator für die Stromanlage des Schiffes flüchten konnte. Mit ihm zusammen stürzte ich in den See – ja, und da bin ich nun.«

Gucky setzte sich ebenfalls.

»Alles schön und gut. Du wirst mir unheimlich, Tronar. Nun, egal. Aber jetzt sitzen wir hier auf der Insel fest. Der Brand wird einen Tag brauchen, um die Senke zu erreichen. Aber bis dahin ist bereits Feierabend. Vielleicht können wir noch woandershin teleportieren, aber ob es dort besser sein wird, wissen die Götter.«

Ras griff in die Tasche und holte seinen kleinen Sender hervor, den er gewöhnlich am Armgelenk trug. Er betrachtete ihn zweifelnd.

»Damit kommen wir auch nicht weiter.«

»Wenn Kasom uns sucht, vielleicht doch«, sagte Gucky und schaltete sein eigenes Gerät ein. »Er hat keine große Wahl mehr, wenn er uns auf Multidon finden will. Ein paar tausend Quadratkilometer. Los, fangen wir an . . .!«

Vier Stunden später erhielten sie Verbindung mit John Marshall. Die Space-Jet landete kurz darauf und nahm die drei Mutanten an Bord. Schon aus geringer Höhe war zu erkennen, daß von Multidon nur noch eine runde Insel übriggeblieben war, die noch nicht vom Atombrand ergriffen worden war. Glühende Trümmer lösten sich bereits vom Planeten und schossen explosionsartig in den Raum hinaus.

»Nur noch ein paar Stunden«, murmelte Ras erschöpft und schloß die Augen. »Ich darf nicht daran denken, daß ich mitgeholfen habe, eine Welt zu vernichten . . .«

»Wir hatten keine andere Wahl«, sagte Kasom und beschleunigte. »Wir können froh sein, euch rechtzeitig gefunden zu haben. Rhodan hat sich schon Sorgen genug gemacht. Er ist mit der TOKYO unterwegs, auf unseren nun gefahrlosen Koordinaten.

Gucky sah noch immer auf Multidon hinab.

»Es gibt keinen Faktor III mehr – hoffentlich sind nun jene beruhigt, die sich so aufregten, als ich ihn damals fliehen ließ. Wäre ein anderer Kommandant auf Multidon gewesen, vielleicht hätte nicht alles so geklappt. Vielleicht wäre es ein Mann gewesen, der Ras und Tronar sofort getötet hätte. Ich glaube, daß sich alles bezahlt macht, auch Rücksicht einem Feind gegenüber. Wir haben Proht Meyhet getötet, aber wir taten es nicht absichtlich. Und er starb schnell und unerwartet.«

Am vereinbarten Treffpunkt wartete die TOKYO. Die Space-Jet wurde eingeschleust, und der Kreuzer machte sich auf den Rückweg. Am Rand des Nebels warteten die Gleam-Flotte und die verbündeten Maahks. Atlan selbst war mit der IMPERATOR in die Dunkelwolke eingedrungen, als die Nachricht von der Rettung der Mutanten kam.

Rhodan hörte sich schweigend den Bericht der drei Mutanten an.

Als Tronar endete, nickte er ihnen zu.

»Sie haben etwas geschafft, das selbst eine große Flotte niemals geschafft hätte. Die Meister haben wieder einen ihrer wichtigsten Stützpunkte verloren, und sie sind jetzt nur noch zwei – Faktor I und Faktor II. Es werden die klügsten und härtesten Meister sein. Vielleicht auch die rücksichtslosesten. Aber wir werden auch sie finden.«

11.

Korporal Sid Goldsteins kleine, vornübergebeugte Gestalt warf einen merkwürdigen Schatten gegen die Seitenwand der schmalen Funkkammer. Das dämmrige Halbdunkel des kleinen Raums wurde erzeugt von Hunderten bunter Lämpchen, die von den Konsolen der Funkaggregate glühten.

Die IMPERATOR stand tief im Innern des Dunkelnebels Uklan. Das riesige Raumschiff befand sich relativ zu den kosmischen Staubmassen der Wolke in Ruhe und etwa fünf Astronomische Einheiten von der Stelle entfernt, an der der Planet Multidon in mörderischem Atombrand sein Leben aushauchte.

Während die Flotte sich darauf beschränkte, die Uklan-Wolke in mehr oder weniger lockerem Kreis zu umringen, hatte Atlan sein Schiff mit einem gewagten Linearflugmanöver tief in den Nebel vordringen lassen, weil er der Ansicht war, daß man bei der Gerissenheit der Meister der Insel nicht vorsichtig genug sein könne. Es bestand die Möglichkeit, daß Multidon selbst im Tode noch etwas hervorbrachte, was von Belang war – und Atlan wollte an Ort und Stelle sein, um nichts zu versäumen. Die IMPERATOR befand sich in ständigem Alarmzustand. Sid Goldstein wurde aus seiner Gedankenversunkenheit gerissen, als plötzlich die Kontrollen zum Leben erwachten.

Das Aufflackern der Lampen und das Summen der Aggregate hatte zunächst eine paralysierende Wirkung. Der Vorgang war so unglaublich, daß Sid ein paar Sekunden lang starr saß und nicht fähig war, sich zu rühren. Dann begann er, zögernd zunächst und immer noch ungläubig, die nötigen Schaltungen vorzunehmen.

Erst als er den Verstärker bis auf höchste Leistung gedreht hatte und das dünne Fiepen des einlaufenden Signals hörte, erwachte er zu seinem üblichen Eifer. Er überzeugte sich, daß das Bandgerät sich automatisch eingeschaltet hatte und die Sendung aufzeichnete. Er prüfte die Anzeige des Antennenrotors und stellte mit Erleichterung fest, daß die Antenne auf die schwachen Signale angesprochen hatte und dabei war, sich so auszurichten, daß der bestmögliche Empfang erzielt wurde. Die Antennenstellung lieferte einen Hinweis darauf, aus welcher Richtung der Hyperspruch kam.

Die Pfeiftöne wurden plötzlich lauter. Der Rotor war zum Stillstand gekommen. Sids letzte Hoffnung, der Empfänger hätte auf eine Serie von Störgeräuschen angesprochen, schwand innerhalb weniger Sekunden, als er sich auf die Signale konzentrierte und feststellte, daß sie in Gruppen angeordnet waren und eine abnehmende arithmetische Folge bildeten. Die erste Gruppe, die Sid bewußt mithörte, bestand aus fünf Pfeiftönen, jeder etwa eine halbe Sekunde lang, mit Zwischenräumen von ebenfalls einer halben Sekunde. Daran an schloß sich eine Pause von rund drei Sekunden, dann folgte eine Serie von drei Signalen. Nach einer zweiten Pause wurde ein einzelner Pfeifton hörbar.

Nach einer Pause von zehn Sekunden begann die Sendung von neuem mit einer Gruppe von sieben Signalen. Darauf folgten die Fünfer-, Dreier- und Einer-Gruppe, die Sid schon gehört hatte.

Die Bedeutung des Funkspruchs wurde ihm klar. Er gehörte zu einer Gruppe von Kodesignalen, die jeder Funker in seinem ersten Trainingskurs lernte. Es war der tefrodische Notruf – das SOS der Hilfstruppen der Meister der Insel. Der Sender, der den Ruf ausstrahlte, mußte sich in unmittelbarer Nähe der IMPERATOR befinden; denn innerhalb der Dunkelwolke konnte selbst das mächtigste Hyperaggregat sich nur über eine Distanz von wenigen Astronomischen Einheiten bemerkbar machen.

Einen Augenblick lang zögerte Sid angesichts der Entscheidung, die er zu treffen hatte.

Dann streckte er den Arm aus und hieb mit der geballten Faust auf den Alarmknopf.

Captain Hagarthy war ausgesprochen schlechter Laune. Seine kleine, untersetzte Gestalt schoß wie ein geplagter Geist durch die grell erleuchtete Hangarschleuse und bellte Befehle in ununterbrochener Reihenfolge. Eine Gruppe von zwanzig Männern nahm vor dem Einstiegsluk einer diskusförmigen Space-Jet Aufstellung. Hagarthy befahl ihnen, an Bord zu gehen. Die letzten in der Gruppe waren Dowen Konnery und Sid Goldstein.

Seine Meldung hatte einige Leute in Aufregung versetzt.

Eine sorgfältige Analyse des Notrufs ermittelte, daß er von einem Sender geringer Leistung ausgestoßen wurde. Nach allem, was man über die energieschluckenden Charakteristiken der Dunkelmaterie wußte, bedeutete das, daß er nicht weiter als einhunderttausend Kilometer entfernt sein konnte. Die Materietaster lieferten aber keinerlei Anzeige. Das Fahrzeug, auf dem der Sender montiert war, konnte nicht besonders groß sein.

Der Notruf war in der üblichen Weise beantwortet worden – durch Gruppen von Signalen in der Reihenfolge eins – drei – fünf – sieben. Man hatte versucht, mit dem Tefroder Verbindung aufzunehmen; aber entweder funktionierte sein Empfänger nicht, oder er war nicht mehr in der Lage zu antworten. Captain Hagarthy war daraufhin beauftragt worden, mit einer Gruppe von zwanzig Mann den Standort des Senders anzufliegen und das Rätsel zu lösen. Hagarthy hatte sich die Leute selbst aussuchen dürfen und Wert darauf gelegt, den Anstifter aller Unruhe, Sid Goldstein, mit dabei zu haben.

Der Flug der Space-Jet verlief ohne Zwischenfälle. Das kleine Fahrzeug bewegte sich mit einer Geschwindigkeit von fünfzig Kilometern pro Sekunde von der IMPERATOR fort. In Bruchteilen von Sekunden verschwand das riesige Schiff in der Dunkelwolke. Sid Goldstein und Dowen Konnery kauerten hinter dem kleinen Peilaggregat und gaben Hagarthy, der selbst als Pilot fungierte, Kursanweisungen.

Nach einer halben Stunde kamen sie in unmittelbare Nähe des tefrodischen Fahrzeugs. Hagarthy bremste bis auf wenige hundert Meter pro Sekunde, als der Mann am Orter einen schwachen Reflex unmittelbar voraus meldete. Innerhalb weniger Minuten entpuppte sich der Reflex als ein kugelförmiger Körper von etwa fünfundzwanzig Metern Durchmesser. Es handelte sich offenbar um ein Beiboot, wie es die tefrodischen Raumschiffe der größeren Klassen an Bord führten.

Hagarthy brachte die Space-Jet bis auf vierzig Meter an das Boot heran. Er schaltete die Außenbordscheinwerfer ein, und im Glanz ihrer Lichtkegel wurde die Hülle eines Fahrzeugs sichtbar, dem offenbar in jüngerer Vergangenheit einige Widerwärtigkeiten zugestoßen waren, denn das mattschimmernde Metall wies an mehreren Stellen zackige Einschüsse auf.

Hagarthy brummte vor sich hin:

»Ist sicher alles umsonst. Wahrscheinlich kein Mann mehr am Leben, und der Sender arbeitet automatisch.« Er sah sich um. »Goldstein, Konnery. Sie gehen rüber und sehen sich um. Bleiben Sie in Funkverbindung. Ich will jede Sekunde wissen, was los ist.«

Sid und Dowen schleusten sich aus.

Sie erreichten das tefrodische Boot. Dowen drehte seinen Helmsender auf höchste Leistung und rief auf Tefroda:

»Ist da jemand drinnen? Können Sie uns hören?«

Er bekam keine Antwort. Dafür meldete sich Hagarthys Stimme:

»Trödeln Sie nicht so lange herum, Mann. Gehen Sie rein!«

»Jawohl, Sir«, knirschte Dowen.

Sie fanden den Einstieg zur Schleuse. Das Schott rührte sich nicht. Sie glitten ein Stück weit von der Wandung zurück und feuerten ihre Blaster ab. Das Schott verdampfte. Der Schleusenraum dahinter war finster. Sie schalteten ihre Helmscheinwerfer ein und manövrierten vorsichtig durch die noch glühende Öffnung. Das innere Schott stand offen; einer der Treffer mußte den Schließmechanismus zerstört haben. Jenseits des Schotts gab es einen schmalen Gang, der an der Backbordseite des Boots bugwärts lief und in einen kleinen Fahrgastraum mündete, der gleichzeitig das Schaltpult des Piloten enthielt. Sid und Dowen bewegten sich mit äußerster Vorsicht, denn in der schwerelosen Finsternis wimmelte es von scharfkantigen Trümmerstücken, die eine ernstzunehmende Gefahr für ihre Schutzanzüge darstellten. Am Eingang des Bugraums hielten sie an, um sich einen Überblick zu verschaffen. Das Pilotenpult war ein wirrer Trümmerhaufen aus verbogenen, zerrissenen Metallplatten und zerfetzten Plastikkarten mit aufgedruckten Leitungen. Drei Passagiersitze schwebten reglos im Vakuum, zwei andere hingen noch in den Halterungen, das Metallgestänge grotesk verdreht und die Polsterung verbrannt. Das Orteraggregat war nur noch ein zerschmolzener Metallklumpen, und durch eine Reihe von Einschüssen schaukelte die kalte Finsternis der Dunkelwolke herein. Der Raum bot in solchem Maße den Anblick unwiderruflicher, alles erfassender Vernichtung, daß, wer auch immer sich an Bord befunden haben mochte, unmöglich mit dem Leben davongekommen sein konnte.

Das war wenigstens Sid Goldsteins Ansicht. Er brachte sie zum Ausdruck.

»Immer mit der Ruhe«, hielt Dowen ihm entgegen. »Ich glaube, ich sehe da was!«

Er stieß sich vom Rand des offenen Schotts ab und glitt durch den Wirrwarr der Trümmerstücke. Sid sah, wie er sich kurz orientierte und dann nach links wandte. Hinter einem der verbogenen Sitze stand, in der Wand verankert, ein kleines Aggregat, das Sids Aufmerksamkeit bisher entgangen war. Es schien unbeschädigt, und in seiner Deckplatte brannte trübe eine blaue Kontrollampe.

Das mußte der automatische Sender sein, der den Notruf ausstrahlte. Er besaß, seiner Funktion entsprechend, eine eigene Energieversorgung und hatte es fertiggebracht, die allgemeine Vernichtung zu überdauern.

Dowen glitt an dem Aggregat vorbei und verschwand hinter ihm. Sid sah den Widerschein seiner Lampe über die Decke geistern.

Plötzlich hörte Sid Dowens überraschte Stimme:

»Zum Donnerwetter – wer hätte das gedacht!«

Und dann:

»Sid – komm her! Hilf mir!«

Sid stieß sich ab, landete auf dem Sender und zog sich um die Kante des Aggregatkastens herum. Er sah Dowen dicht über dem Boden schweben und sich um eine Gestalt im Raumanzug bemühen, die sich mitten in einem Haufen von scharfkantigen Trümmerstücken befand. Dowen war dabei, die Trümmerstücke eines nach den anderen vorsichtig beiseite zu schieben. Sid ging ihm zur Hand. Als alle Hindernisse aus dem Weg geräumt waren, zogen sie die reglose Gestalt in die Höhe und bugsierten sie vorsichtig zum Ausgang. Sid hatte dabei Gelegenheit, einen Blick auf die Meßinstrumente am linken Arm des Unbekannten zu werfen. Die Innentemperatur des Raumanzugs hatte den üblichen Wert. Die Klimageräte des Anzugs funktionierten noch, und er hatte offensichtlich kein Leck abbekommen. Sein Träger mußte noch am Leben sein.

Am Ausgang hielt Dowen an. Er packte den Bewußtlosen an den Schultern und drehte ihn herum, so daß die Sichtscheibe des Helms nach oben kam.

»Sieh dir das an!« sagte er atemlos.

Sid beugte sich vornüber, und der Lichtkegel seiner Helmlampe fiel durch die dicke Glassitscheibe.

Er sah in das Gesicht einer Frau.

Sie brachten die Bewußtlose an Bord der Space-Jet. Hagarthy empfing sie in der Schleuse. Er war aus dem hastigen Bericht, den Dowen verwirrt hervorgesprudelt hatte, nicht schlau geworden.

Sie legten die Tefroderin auf den Boden. Der grelle Schein der Deckenbeleuchtung fiel ihr voll aufs Gesicht. Selbst durch die Helmscheibe hindurch war ihre Schönheit beeindruckend. Sie hatte die samten braune Hautfarbe ihres Volkes. Die Augen, jetzt geschlossen, waren von erstaunlicher Größe. Die Nase war fein geformt. Volle Lippen, die ein gewisses Maß an Sinnlichkeit zusammen mit einem leisen Hang zur Herrschsucht auszudrücken schienen, umrahmten einen Mund, den der reine Ästhetiker um eine Spur zu groß gefunden hätte.

Hagarthy stürmte davon, ohne ein Wort zu sagen. Dowen und Sid nahmen die Bewußtlose auf und schafften sie nach drinnen. Unterwegs spürten sie am leisen Zittern des Bodens, daß die Space-Jet sich wieder in Bewegung gesetzt hatte. Hagarthy war durcheinander. Er wollte seinen Fund so rasch wie möglich jemand in die Arme legen, der wußte, was er damit anfangen sollte.

Sie betteten die Frau vorsichtig in zwei leere Sitze und blieben davor stehen, um sie vor dem Herunterfallen zu bewahren. Wenige Minuten später glitt die Space-Jet in die Hangarschleuse der IMPERATOR. Hagarthy hatte den Rückweg wesentlich schneller bewältigt als den Anflug.

Eine Gruppe von Sanitätern kam an Bord und nahm sich der Bewußtlosen mit einer Antigravbahre an. Hagarthy entließ seine Männer und befahl ihnen, auf die Posten zurückzukehren, die sie vor dem Einsatz innegehabt hatten.

Major Hallmann war von erstaunlich langer, hagerer Statur und hatte ein faltiges Gesicht, das so aussah, als hätte es noch nie im Leben ein Lächeln zustande gebracht. Der Major saß hinter seinem Arbeitstisch, als Sid Goldstein und Dowen Konnery einige Stunden später zu ihm gerufen wurden.

»Ich weiß nicht, wie ausgerechnet Sie beide zu diesem Auftrag kommen«, sagte Hallmann und korrigierte sich sofort: »Nicht, daß ich kein Zutrauen hätte. Daran liegt es nicht. Ich hätte nur gern gewußt, was man sich weiter oben dabei dachte, als man . . .«

Er unterbrach sich mitten im Satz und starrte nachdenklich vor sich hin. Es war seine Art, eine Unterhaltung forsch zu eröffnen, sich im Eifer zu verhaspeln und dabei den Faden zu verlieren. Wer ihn nur so kennenlernte, fragte sich, wie er es bis zum Major gebracht hatte.

Seine grauen Augen fokussierten schließlich auf Dowen Konnery.

»Was wollte ich doch sagen?« fragte er halblaut im Selbstgespräch. »Ach ja – Sie beide haben den Auftrag, unsere Gefangene zu bewachen. Nicht mit Waffen und geheimen Abhörgeräten natürlich, sondern als ihre persönlichen Ordonnanzen. Man hat sie in einer Doppelkabine im Kommandodeck untergebracht. Augenblicklich schläft sie. Die Ärzte haben ihr ein Beruhigungsmittel verabreicht. Angeblich fehlt ihr weiter nichts als Ruhe. Als ihr Boot beschossen wurde, hat sie einen Schock gekriegt.«

Dowens Gedanken wirbelten bunt durcheinander. Es wurde ihm plötzlich bewußt, daß die Frau einen starken Eindruck auf ihn gemacht hatte. Er bedachte Sid mit einem raschen Seitenblick, und seine Augen, die ohnehin einen kleinen Basedow-Fehler hatten, schienen ihm aus den Höhlen zu quellen.

»Verzeihung, Sir«, stieß er hervor, »ist das wahr?«

Hallmann machte ein verblüfftes Gesicht.

»Du meine Güte, denken Sie, ich bestelle Sie hierher, um Ihnen Firlefanz aufzutischen?«

»Nein, Sir«, antwortete Sid.

Hallmann wandte sich an Dowen.

»Sie quartieren sich im Vorraum der Doppelkabine ein. Sanitätspersonal steht zur Verfügung, sobald es gebraucht wird. Die Ärzte rechnen nicht mit Komplikationen, aber so genau weiß man das nie. Wie Sie mit der Gefangenen Kontakt aufnehmen, überläßt man Ihrem Einfühlungsvermögen. Die Frau kann ihre Kabine nur in Ihrer Begleitung verlassen. Machen Sie ihr ruhig klar, daß sie als Tefroderin von uns als Gefangene betrachtet wird. Setzen Sie sich mit mir oder Oberst Kucsár in Verbindung, sobald sich etwas Bemerkenswertes ereignet. Und wenn die Gefangene sich mit Ihnen unterhält – versuchen Sie, auf unverfängliche Weise herauszufinden, was sie ausgerechnet um diese Zeit in der Nähe von Multidon zu suchen hat. Klar?«

»Klar Sir«, versicherte Dowen.

Ihr Umzug bedurfte einiger Vorbereitungen. Seitdem Major Hallmann sie entlassen hatte, waren fast zwei Stunden vergangen, als sie auf der Höhe des Kommandodecks aus dem Liftschacht stiegen und sich zur Kabine der Gefangenen begaben.

Dowen fühlte sich ein wenig unbehaglich und überlegte sich, ob ihm sein neuer Auftrag wirklich so willkommen war, wie er geglaubt hatte.

Sid hatte keinerlei Bedenken. Er war Feuer und Flamme und redete fast ununterbrochen. Er hatte sich alles schon zurechtgelegt und wußte genau, wie er die Sache mit der tefrodischen Gefangenen zu seinem besten Nutzen ausschlachten konnte.

»Stell dir vor«, eiferte er. »Wie die Sache auf der Erde einschlagen wird. Zwei Terraner retten schöne, geheimnisvolle Fremde aus Raumnot. Sie werden uns jedes Interview mit Gold bezahlen müssen, wenn sie etwas hören wollen.«

Die Kabine der Gefangenen lag in unmittelbarer Nähe von Atlans Quartier. Zwei Soldaten standen Wache vor dem Eingang. Dowen und Sid wiesen sich aus. Die Wachen zogen ab. Dowen öffnete das Schott und blieb eine Sekunde lang zögernd stehen. Sid nahm die Gelegenheit wahr und zwängte sich an ihm vorbei. Der Vorraum war groß und komfortabel ausgestattet. An einer der Wände stand sogar eine Couch.

Sid ging zu dem niedrigen Tisch, der in der Mitte einer Sesselgruppe an der linken Seitenwand stand, und drückte die Tasten des Servoautomaten.

In der Tischplatte öffnete sich eine Klappe, und ein Tablett mit zwei gefüllten Gläsern wurde ausgefahren. Sid nahm sie auf und reichte eines davon Dowen.

»Auf unser Glück«, sagte er. »Lachaijim!«

Er mußte die Knöpfe wahllos gedrückt haben, denn Dowen kannte das Getränk nicht. Es schmeckte scharf und trotzdem angenehm, und vor allen Dingen erfüllte es ihn mit Wärme und gab ihm einen Teil seines Selbstbewußtseins zurück. Er ließ sich in einen der Sessel fallen, und war plötzlich mit seinem Los wieder zufrieden.

Er schlug die Beine übereinander und warf dem Schott, das weiter ins Innere der Doppelkabine führte, einen fragenden Blick zu. Wie würde es sein, wenn *sie* sich zum erstenmal sehen ließ? Er hatte eine genaue Vorstellung von ihr. Eine andere Frau würde vor lauter Verwirrung über die ungewohnte Umgebung weder ein noch aus wissen. Nicht *sie*! Sie war anders. Es war unmöglich, sie sich anders vorzustellen als unumschränkte Herrin der Lage.

Es kam ihm zu Bewußtsein, daß bislang noch niemand wußte, wie sie hieß. Dowen versuchte sich vorzustellen, welches ihr Name sein könnte.

»Wir sollen vielleicht zusammen auf der Couch schlafen?« fragte Sid mißtrauisch. »Besonders scharf nachgedacht, haben sie anscheinend nicht, als sie uns hier einquartierten.«

Samantha, kam ihm in den Sinn. Irgend etwas Bombastisches. Endora. Semiramis, Kleopatra.

Das war dumm. Eine moderne Tefroderin borgte ihre Namen nicht aus der irdischen Geschichte.

»Und wie ist das mit den Waschgelegenheiten?« beschwerte sich Sid. »Wie haben sie sich das eigentlich vorgestellt? Irgendwann muß der Mensch doch mal . . .«

Er sah sich um, fand jedoch nicht, wonach er suchte.

Dowen gab die Suche nach dem Namen auf und malte sich stattdessen aus, wie sie aussehen würde, wenn sie zum erstenmal unter dem offenen Schott erschien. Sie hatte einen Raumanzug getragen. Den würden ihr die Ärzte natürlich abgenommen haben. Besaß sie eigene Kleider? Oder mußte sie sich auf das verlassen, was das Lazarett ihr mitgegeben hatte?

»Weißt du was?« sagte Sid. »Ich rufe Hagarthy an und frage ihn, wie er sich das so denkt.«

»Wenn dir mal was Romantisches einfällt, laß mich's hören«, bemerkte Dowen unfreundlich. »Ansonsten halte die Klappe!«

Sid hatte die passende Antwort schon auf der Zunge. Er wußte immer, was er zu sagen hatte. Aber er kam nicht dazu, es auszusprechen. Das Schott an der Rückwand glitt mit leisem Summen zur Seite. In der Helligkeit der blauweißen Deckenlampen wirkte der Raum dahinter mit seiner gedämpften Beleuchtung halbdunkel.

In der Öffnung stand *sie*.

Dowen bemerkte erst später, daß er unwillkürlich aufgestanden war. In einer Art Trance sah er die Frau zuerst Sid, dann sich ansehen. Sie bedachte ihn mit einem freundlichen Lächeln, das zwei Reihen unwahrscheinlich weißer Zähne entblößte, und sagte in wohlklingendem Tefroda:

»Ich bin Mirona Thetin und weiß die Fürsorge, die man mir angedeihen läßt, wohl zu schätzen.«

Sie trug eine Montur, die aus einem einzigen Stück metallen schimmernden Stoffs zu bestehen schien – wahrscheinlich dieselbe, die sie unter dem Raumanzug getragen hatte. Eng genug, um nichts der Phantasie des Beobachters zu überlassen, spannte sich das silberne Material um die Beine, fiel locker über die Hüften und straffte sich über dem wohlgeformten Busen. Das Gewand schloß in einer Art Schalkragen um den Hals herum ab. Die locker fallenden Ärmel waren von voller Länge und endeten in einer schimmernden Borte über dem Handgelenk. Wer auch immer das auf den ersten Blick so einfach wirkende Kleidungsstück entworfen hatte, hatte es für diese Frau persönlich getan und war ein Künstler in seinem Fach.

Was Dowen Konnery in noch stärkerem Maße als der vollendete Körperbau der Tefroderin faszinierte, war ihr Gesicht. Es trug eurasische Züge und war von jener atemberaubenden Harmonie und Schönheit, wie sie die Natur in Millionen von Versuchen nur einmal zustandebringt.

Der Mund war groß und von vollen, roten Lippen umrahmt, wie Dowen es in Erinnerung hatte. Die dunklen Augen waren von beeindruckender Größe und Form, und es schoß Dowen durch den Sinn, daß er ähnliche Augen auf altägyptischen Wandgemälden gesehen hatte.

Das Haar der Tefroderin war pechschwarz. Sie trug es straff über den Kopf zurückgekämmt und im Nacken zu einem kunstvollen Gehänge geflochten, das ihr bis auf die Schultern fiel.

Dowen versuchte, ihr Alter zu schätzen, und gelangte zu der Erkenntnis, daß das unmöglich war. Hatte er auf den ersten Blick geglaubt, eine Zwanzigjährige vor sich zu haben, so wurde ihm innerhalb weniger Sekunden klar, daß ein Wesen, das eine fast körperlich spürbare Aura von Klugheit und Überlegenheit umgab, weitaus älter sein mußte. Er einigte sich mit sich selbst, indem er festlegte, die Gefangene könne nicht jünger als 25 und nicht älter als 40 Jahre sein.

Es kam ihm zu Bewußtsein, daß er, ebenso wie Sid Goldstein, schon eine ganze Zeitlang dastand und die Tefroderin in wortlosem Staunen anstarrte. Verwirrt besann er sich seiner Manieren und machte eine leise Verbeugung.

»Korporal Goldstein und Sergeant Konnery«, haspelte er hervor. »Ich meine – das dort ist Goldstein, und ich bin Konnery.« Er konnte mit eigenen Ohren hören, wie lächerlich er klang, und grinste verlegen.

»Man hat uns abgestellt, Ihnen zu Diensten zu sein.« Er spürte, daß Sid ihn von der Seite her ansah.

»Ihr Wunsch ist uns Befehl«, flüsterte Sid.

»Ihr Wunsch ist uns Befehl«, sagte Dowen laut und verfluchte im stillen seinen Gedankenapparat, der in diesem entscheidenden Augenblick weiter nichts als Plattheiten hervorbrachte.

Die Gefangene schien jedoch angetan.

Wahrscheinlich klangen die abgedroschenen Sprüche in Tefroda nicht so schlimm. Ihre Augen leuchteten freundlich zuerst auf Dowen, dann auf Sid.

»Wo befinde ich mich?« fragte sie keineswegs überaus interessiert, sondern so, als hielte sie dies für einen guten Punkt, um eine Unterhaltung zu beginnen.

»An Bord eines terranischen Schiffes in unmittelbarer Nähe des Multidon-Systems«, antwortete Dowen und war sicher, daß er damit keine Geheimnisse verraten hatte.

»Und was wird man mit mir tun?«

Dowen wurde ein wenig verlegen.

»Ich bin sicher, Madam, daß man jede Ihrer Fragen beantworten wird, wenn Sie sich deswegen an den Kommandanten des Schiffes wenden wollten.«

Mirona schien über den Vorschlag eine Zeitlang nachzudenken. Ein spöttisches Lächeln spielte um ihre Lippen, als sie schließlich zu einer Entscheidung gelangte.

»Ich glaube nicht, daß meine Räte mir die Erniedrigung verzeihen könnten«, sagte sie halblaut, und bevor Dowen noch begriff, was sie meinte, fuhr sie fort: »Man betrachtet mich als Gefangene, wie Ihre Anwesenheit beweist. Ich sehe, Sie haben sich in diesem Raum schon halbwegs eingerichtet. Ihre Aufgabe ist, mich zu bewachen, nicht mir zu Diensten zu sein. Ich betrachte die Vorgehensweise Ihres Kommandanten als illegal nach den Richtlinien der Gesetze für interstellaren Verkehr. Es ist nicht meine Sache, ihn um Auskunft zu bitten, sondern vielmehr die seine, mir seine Absichten zu erklären und sich zu entschuldigen.«

Viel schneller, als Dowen eine passende Antwort einfiel, wandte sie sich ab und schritt durch das immer noch offene Schott hinaus. Unter der Öffnung wandte sie sich noch einmal um und sagte:

»Eines Tages wird er mir dankbar sein, daß ich gewillt bin, ihn zu empfangen.«

Es dauerte ziemlich lange, bis Dowen und Sid sich von ihrer Sprachlosigkeit erholten – und bei Sid Goldstein, der noch nie in seinem Leben um ein rasches Wort verlegen gewesen war, bedeutete das eine Menge.

Dowen erwachte schließlich aus seiner Starre und schritt zum Interkom. Er fühlte sich gedemütigt und enttäuscht zugleich. Der Anblick der Tefroderin hatte ihn trotz seiner guten Vorsätze in einen emotionellen Wirrwarr gestürzt – nur um ihn zu guter Letzt erkennen zu lassen, daß diese Frau so unerreichbar hoch über ihm stand und er sich ins eigene Fleisch schnitt, wenn er es nicht fertigbrachte, seine Aufmerksamkeit anderen Dingen zuzuwenden.

Er wählte die Nummer, die Major Hallmann angegeben hatte. Oberst Kucsárs rotwangiges Gesicht mit dem sorgfältig gezwirbelten Schnurrbart erschien auf der Bildfläche.

»Sergeant Konnery, Sir, von Major Hallmann zur Bewachung . . .«

»Verstehe«, bellte Kucsár. »Ich verbinde Sie weiter.«

Das Bild erlosch und wurde durch ein anderes ersetzt: Dowen stockte der Atem, als er die markanten Gesichtszüge Atlans, des Arkoniden, erkannte.

»Was gibt's Neues, Sergeant?« erkundigte sich Atlan, ohne Dowens Gruß abzuwarten.

Dowen riß sich zusammen.

»Die Gefangene ist zu sich gekommen. Sir.«

»Gut, haben Sie mir ihr gesprochen?«

»Jawohl, Sir. Sie kam in den Vorraum, und wir unterhielten uns ein paar Minuten lang.«

»Ausgezeichnet. Sie hat sich vermutlich gewundert, wie sie hierhergekommen ist und was wir mit ihr vorhaben.«

Dowen war seiner Sache nicht sicher. Die Tefroderin hatte gefragt, was man mit ihr vorhatte; aber wie sie an Bord des Schiffes gekommen war, schien ihr völlig gleichgültig zu sein.

»Ja und nein, Sir«, antwortete er zögernd.

Atlan verlangte eine Erklärung. Als er sie erhalten hatte, meinte er:

»Das ist verständlich. Sie erwartet vermutlich, alle Erklärungen vom Kommandanten des Schiffes zu erhalten. Sie hat darauf bestanden, sofort mit einem verantwortlichen Offizier zu sprechen, nicht wahr?«

Das war die Frage, vor der Dowen sich gefürchtet hatte. Er setzte sich mit Anstrengung über seine Angst hinweg und antwortete laut und klar:

»Nein, Sir.«

Das schien selbst Atlan, den Arkoniden, für eine Zeitlang aus dem Gleichgewicht zu werfen. Ungläubig starrte er Dowen Konnery an.

»Sie hat nicht . . .?«

Vom Mut der Verzweiflung gepackt, entschloß sich Dowen, die Sache so zu berichten, wie er sie sah.

»Nein, sie hat nicht, Sir. Sie wirkte in keiner Weise daran interessiert, von sich aus eine Unterredung mit dem Kommandanten zu suchen. Sie bestand darauf, daß ihr Unrecht widerfahren sei, als man sie an Bord brachte und wie eine Gefangene behandelte. Es ist ihre Ansicht, der Kommandant müsse sie aufsuchen und für sein Verhalten um Entschuldigung bitten.«

Der Arkonide sah ihn eine Zeitlang wortlos an und wirkte fasziniert von dem, was er gehört hatte.

»Das ist ihre Ansicht, wie?« fragte er schließlich.

»Jawohl, Sir.«

Und dann bekam Dowen zu hören, was er nie für möglich gehalten hätte. Atlan trug ihm auf, und dazu lächelte er:

»Sehr gut, Sergeant. Richten Sie der Dame aus, daß ich darum bitte, von ihr empfangen zu werden. Den Zeitpunkt der Unterredung zu wählen, überlasse ich selbstverständlich ihr.«

Das Bild erlosch, und Dowen kam sich vor, als hätte ihm jemand mit dem Hammer über den Schädel geschlagen.

12.

Atlan gestand sich ein, daß der erste Teil seines Plans fehlgeschlagen war. Er hatte Dowen Konnery und Sid Goldstein zur Bewachung der Gefangenen abgestellt, weil es diese beiden gewesen waren, die sie aus dem Wrack des Raumboots geborgen hatten. Atlan hatte gehofft, daß die Tefroderin aus Dankbarkeit den beiden Männern gegenüber aufgeschlossener sein und über Dinge sprechen werde, über die sie in Gegenwart anderer schwieg. Mirona Thetin hatte den Arkoniden enttäuscht. Sie interessierte sich nicht dafür, wie sie an Bord des terranischen Schiffes gekommen war, und hatte bislang noch keine Ahnung, wem sie ihre Rettung zu verdanken hatte.

Atlan war überzeugt, daß es sich nur um einen vorgetäuschten Mangel an Interesse handelte. Mirona Thetin war eine Frau, und noch dazu eine sehenswerte, wie man munkelte. Ihre Denkweise war anders als die eines Mannes.

Auf die nicht gerade bescheidenen Forderungen der Gefangenen einzugehen, war Atlan um so eher bereit, als er hoffte, von Mirona Informationen bezüglich des Planeten Multidon zu erhalten, die ihm erlaubten, das Bild der Geschehnisse auf der mechanisierten Welt zu vervollständigen und abzurunden. Der Arkonide vermutete, daß Mirona in enger Verbindung mit den Meistern der Insel, insbesondere mit Proht Meyhet gestanden hatte. Hier ergab sich die Möglichkeit, Wissenswertes und Wichtiges über die verbleibenden zwei Meister zu erfahren. Instinktiv war Atlan davon überzeugt, daß Mirona als Gegnerin zu betrachten sei. Wenn es schon schwierig war, einen Allerwelts-Tefroder davon zu überzeugen, daß er auf der falschen Seite stand und besser daran täte, sich den Terranern anzuvertrauen – bei einer Tefroderin, die auf Multidon gelebt und vermutlich mit einem der Meister unmittelbar im Einvernehmen gestanden hatte, mußte es unmöglich sein.

Atlan war bereit, jedes ihm zur Verfügung stehende Mittel anzuwenden, um die Gefangene trotzdem zum Sprechen zu bringen.

Zuviel stand auf dem Spiel, als daß er um das Wohlergehen einer einzigen Person willen humanitären Überlegungen zuviel Spielraum lassen durfte.

Sergeant Konnery teilte ihm mit, daß die Gefangene jederzeit bereit sei, ihn zu empfangen. Atlan, der sich zur Zeit im Kommandostand befand, machte sich sofort auf den Weg.

Mirona war aus ihrer Unterkunft nur ein einziges Mal kurz zum Vorschein gekommen, um ihre Wächter wissen zu lassen, daß sie den Kommandanten des Schiffes, wenn er um eine Unterredung ersuche, jederzeit empfangen werde. Dowen richtete ihr aus, daß eine solche Bitte schon vorgetragen worden war. Mirona schien nicht im geringsten beeindruckt. Sie trug Dowen auf, den Kommandanten ihren Entscheid wissen zu lassen. Daraufhin zog sie sich wieder zurück. Dowen unterrichtete den Arkoniden. Fünf Minuten später war Atlan zur Stelle, begleitet von zwei Ordonnanzen mit umfangreichen Paketen.

Dowen meldete den Arkoniden an. Das Schott schwang auf. Es gelang Dowen, einen Blick in den dahinterliegenden Raum zu werfen. Mirona saß an einem großen, runden Tisch, der die Mitte der Kabine einnahm, und sah den Eintretenden gelangweilt entgegen.

»Vergessen Sie nicht, meine beiden Betreuer ebenfalls zu unserer Unterhaltung einzuladen«, hörte Dowen sie rufen.

Ihre Forderung verblüffte und erschreckte ihn zu gleicher Zeit. Es war unverständlich, warum sie auf Sids und seine Gegenwart Wert legte, und es war leicht vorauszusagen, daß Atlan die Bitte rundweg ablehnen werde.

Zumindest war dies Dowen Konnerys Überzeugung. Er war zur Seite getreten, als das Schott sich öffnete, und stand so, daß er den Arkoniden, der unter der Öffnung haltmachte, seitlich vor sich hatte. Er sah, wie es in Atlans Gesicht zuckte. Er beobachtete, wie der Arkonide einen stillen Kampf mit sich selbst ausfocht und wie seine Miene schließlich einen neuen Ausdruck annahm, frei von Härte, voll von heimlicher Bewunderung.

Mirona Thetin hatte einen neuen Sieg errungen. Dowen Konnery wußte, daß Menschenkenntnis nicht zu seinen hervorragendsten Fähigkeiten zählte; aber zu erkennen, daß der erste Anblick der

Tefroderin einen überraschend tiefen Eindruck auf den Arkoniden gemacht hatte, war kaum schwerer, als ein lachendes Gesicht von einem weinenden zu unterscheiden.

»Ich beuge mich Ihrem Wunsch«, antwortete Atlan.

Mirona dankte ihm mit einem formellen Lächeln und winkte ihm näherzutreten. Die beiden Ordonnanzen deponierten ihre Pakete, und der Arkonide winkte Dowen und Sid hereinzukommen. Sie bauten sich neben Atlan auf, linkisch und unsicher, während die Ordonnanzen den Raum verließen. Mirona forderte sie auf, Platz zu nehmen. Dowen war fest davon überzeugt, er würde von Hauptmann Hagarthy ein paar unfreundliche Worte zu hören bekommen, sobald die Geschichte bis zu ihm durchgedrungen war; aber er gehorchte der Gefangenen.

Er hatte nicht den Eindruck, daß der Arkonide sich etwas aus der ungewöhnlichen Behandlung machte. Seitdem er den Raum betreten hatte, schien er nur noch für die Tefroderin Augen zu haben.

Mirona erwies sich als vorzügliche Gastgeberin. Aus der Servoanlage, die mit zu den Zubehören des Tisches zählte, versorgte sie ihre Gäste mit Erfrischungen, bevor sie sich daran machte, die Geschenke zu begutachten.

Atlan hatte sich bei der Auswahl der Geschenke an die im interstellaren Verkehr üblichen Regeln gehalten. Mirona erhielt eine goldene Platte, zum Servieren von Früchten gedacht, aus deren Boden eine Landkarte der Erde im Hochrelief ausgetrieben war, eine aus Silber gefertigte, einen halben Meter hohe Statuette einer bekannten irdischen Persönlichkeit (Dowen glaubte, Karl den Großen zu erkennen), und schließlich einen ungeschnittenen Smaragd von erstaunlicher Größe, noch in das ursprüngliche Felsgestein eingebettet, mit einer kleinen Metalltafel, deren Aufschrift das Darum des Geschenks, die Namen des Beschenkten und des Gebers enthielt. Für Dowen blieb ein Rätsel, wie Atlan es fertiggebracht hatte, die Plakette so schnell herstellen zu lassen.

Mirona sortierte die Geschenke auf einem kleinen Tisch an der Seitenwand und kehrte zu ihren Gästen zurück. Sie bedankte sich für die Gaben und fügte mit leisem Spott hinzu:

»Es passiert nicht oft, daß ein Gefangener beschenkt wird – nicht einmal im Kulturkreis des Solaren Imperiums, nicht wahr?«

»Betrachten Sie die Geste als einen Ausdruck meiner Unsicherheit«, bat Atlan lächelnd. »Ich bin gezwungen, Sie als Gegnerin zu betrachten, räumte jedoch die Möglichkeit ein, daß Sie keine solche sind.«

»Und schelten sich dafür, daß Sie den Wunsch zum Vater Ihrer Gedanken machen?« nahm die Tefroderin den Faden auf.

Atlan gestand, daß sie den Nagel auf den Kopf getroffen hatte.

»Ich nehme Ihre Vorsicht keineswegs übel«, fuhr Mirona fort. »Ich komme von Multidon, und Multidon ist im Machtgetriebe der Meister der Insel eines der wichtigsten Rädchen. War, sollte ich sagen. Wer sich auf Multidon aufhielt, muß mit den Meistern in Verbindung stehen, und die Meister sind Ihre erbittersten Feinde. Die Sache ist so klar wie das Einmaleins. Nein, Sie haben völlig recht, mich zumindest als verdächtig, wenn nicht gar als eine geschworene Gegnerin zu betrachten.«

Dowen glaubte zu bemerken, daß der Verlauf der Unterhaltung den Arkoniden überraschte.

»Sie finden ein geneigtes Ohr, falls Sie die Absicht haben, über Ihre Verbindung mit den Meistern zu berichten«, antwortete er hastiger, als es sonst seine Art war.

Mirona musterte ihn eine Zeitlang. Voller Ernst sagte sie:

»Ich habe tatsächlich die Absicht, Ihnen über Multidon und meine Beziehung zu den Meistern der Insel zu berichten. Ich nehme an, Sie haben auch ein parapsychologisches Verhör schon in Erwägung gezogen, wenn nicht sogar fest geplant.« Atlan erwiderte ihren Blick starr und ohne die geringste Reaktion. »Aber ich muß Sie enttäuschen. Ein Psychoverhör ist nutzlos. Auf die Empfehlung meiner Ratgeber hin habe ich vor geraumer Zeit eine Gehirnoperation an mir vornehmen und mein Bewußtsein mit einem Antipsi-Block versehen lassen. Ich glaube nicht, daß Sie die Mittel besitzen, den Block zu durchdringen. Der Block steht außerhalb meiner Kontrolle. Ich kann ihn nicht entfernen.«

Sie schwieg und erwartete Atlans Reaktion. Dowen war sicher, daß er eine sarkastische Bemerkung zu hören bekommen würde; aber zu seiner Überraschung antwortete der Arkonide nur:

»Wir werden uns über eine Lösung des Problems den Kopf zerbrechen müssen. In der Zwischenzeit berichten Sie bitte.«

Mirona dankte ihm mit einem Blick, der nach Dowens Ansicht wenig dazu geeignet war, des Arkoniden seelisches Gleichgewicht wiederherzustellen. Dann begann sie zu erzählen. Sie berichtete, ohne zu stocken, in gewählten Worten, als diktierte sie einen Teil ihrer Autobiographie.

Sie war Mirona Thetin, Hoher Tamrat vom Sulvy-System, absolute Herrscherin über ein Reich von sieben Planeten. Ihr Reich lag rund zweiundzwanzigtausend Lichtjahre vom Südrand der Andromeda-Galaxis entfernt, achtzehntausend Lichtjahre vom Rand der Verbotenen Zone, die den gesamten Kern der Andromeda umspannte und der eigentliche Herrschaftsbereich der Meister der Insel war. Mironas Untertanen, auf fünf der sieben Planeten lebend, waren ohne Ausnahme echte Tefroder. Soweit sie wußte, gab es unter ihnen keine jener Androiden, die die Terraner Duplos nannten. Der wichtigste Planet ihres Reiches war Thetus, eine überaus erdähnliche Welt mit paradiesischem Klima. Die Gesamtbevölkerung des Sulvy-Systems betrug neun Milliarden.

Schon vor Jahren hatte Mirona begonnen, die Meister der Insel wegen ihrer Willkürherrschaft zu hassen. Sie hatte Fäden gesponnen und sich mit anderen Tefroderführern in Verbindung gesetzt, die ihre Ansicht teilten. In aller Heimlichkeit entstand der Kern einer sternenweiten Revolution, die die Meister von ihrem Thron fegen und den Tefrodern ihre Selbständigkeit zurückgeben sollte.

Aber Mirona und ihre Freunde hatten die Wachsamkeit des Gegners unterschätzt. Ihr Plan wurde den Meistern bekannt, und die Meister reagierten sofort. Mirona wurde von ihren neun Milliarden Untertanen verehrt und vergöttert. Ihre Entfernung hätte Aufruhr hervorgerufen. Also mußte sie ersetzt werden. Söldlinge der Meister ergriffen sie bei Nacht und Nebel und verschleppten sie nach Multidon, wo aus ihrer Atomschablone ein Duplo erzeugt werden sollte, der ihre Stellung als Tamrat einnahm.

Die Zerstörung von Multidon war gerade zur rechten Zeit erfolgt. Mirona hatte sich in der Umgebung ihres Quartiers relativ frei bewegen können, da Proht Meyhet eine Flucht durch die Dunkelwolke für unmöglich hielt und seiner Gefangenen daher sicher war. Als die Vernichtung von Multidon fortschritt, war es Mirona im Zuge der allgemeinen Panik ohne Schwierigkeiten gelungen, zu einem der Raumhäfen zu gelangen. Da alle größeren Schiffe längst gestartet waren, hatte Mirona mit einem Beiboot vorliebnehmen müssen, das, aus der Reparaturwerft kommend, an Bord eines der größeren

Kriegsschiffe hatte verladen werden sollen. Niemand kümmerte sich darum, als sie sich in den Besitz des Fahrzeugs setzte und startete. Auf Grund ihrer Ausbildung, die so ziemlich alle Gebiete umfaßte, die ein geschulter Verstand sich ausdenken konnte, war sie eine geübte Raumpilotin. Es gelang ihr leicht, das Boot in den Raum und auf einen Kurs zu bringen, der sie auf dem kürzesten Weg zum Rand der Dunkelwolke brachte. Aber einer der tefrodischen Kreuzerkommandanten hatte nicht sorgfältig genug darauf geachtet, was für ein Flugkörper ihm da vor die Zielautomatik kam, und ihm eine Salve entgegengejagt. Neunzig Prozent der Gesamtenergie verpufften wirkungslos im Raum, aber der Rest erwies sich als ausreichend, um aus dem Boot ein Wrack zu machen.

Mirona hatte das Bewußtsein verloren, als ihr Fahrzeug die ersten Treffer erhielt. Sie war erst an Bord der IMPERATOR wieder aufgewacht.

An dieser Stelle hielt Atlan es für angebracht, darauf hinzuweisen, daß es Sid Goldstein gewesen war, der infolge eines äußerst glücklichen Zufalls die Signale ihres automatischen Notsenders als erster aufgefangen hatte, und daß sie von Goldstein und Dowen Konnery gemeinsam aus dem Wrack ihres Fahrzeugs gerettet worden war.

Mirona sprach den beiden Männern ihren Dank aus und tat dies mit so unverhüllter Herzlichkeit, daß Dowen von neuem an der Nützlichkeit seiner guten Vorsätze zu zweifeln begann.

Der Arkonide verabschiedete sich kurze Zeit später. Er bat höflich um Verständnis dafür, daß er Mironas Aussagen überprüfen lassen müsse, und die Tefroderin brachte ihre Einsicht in die Notwendigkeiten des Daseins mit Worten und Blicken überzeugend zum Ausdruck.

Als Atlan, von Dowen und Sid begleitet, ihre Unterkunft verließ, wirkte er wie ein Mann, der einen phantastischen Traum erlebt hat und das Erwachen hinauszuzögern versucht, weil er sich davor fürchtet, daß das Bild der Wirklichkeit nicht der Schönheit seines Traums entsprechen könnte.

Mirona Thetins Bericht, von einem von Atlan in der Tasche mitgeführten Minirekorder aufgenommen, wurde ohne Zögern der Zentralen Positronik zur Untersuchung und Auswertung zugeleitet.

Experten nahmen an, daß die Maschine an dem Problem etwa eine halbe Stunde lang werde zu arbeiten haben, und durch geheime Kanäle, durch die selbst die untersten Ränge der Besatzung eines großen Schiffes stets über die wissenswertesten Ereignisse auf dem laufenden gehalten werden, erfuhren schließlich auch Dowen und Sid, daß noch nie jemand den Arkoniden so nervös erlebt hatte wie in diesen dreißig Minuten.

Dowen und Sid hatten es sich nach Atlans Vorsprache wieder im Vorraum der Kabine bequem gemacht. Ihre Information erhielten sie von dem Korporal, der ihnen gegen fünf Uhr Bordzeit einen Imbiß brachte, da die Servoleitung inzwischen abgeschaltet worden war – vermutlich, weil einer der Logistikoffiziere in seinen ›Richtlinien für die Versorgung von niederen Chargen‹ nachgesehen und entschieden hatte, ein solcher Luxus stehe einem Sergeant und einem Korporal nicht zu.

Sid schob sich einen Happen Omelette in den Mund und bemerkte:

»Ich wette, er hat sich Knall und Fall in sie verliebt.«

Der Gedanke bereitete Dowen Unbehagen, und Sid, der ihn aufmerksam beobachtete, bemerkte es.

»Du hattest dir wohl selber schon ein paar Hoffnungen gemacht, wie?« erkundigte er sich unumwunden.

»Ach, halt den Mund«, knurrte Dowen und stocherte lustlos auf seinem Tablett herum.

»Stellt euch die Schlagzeilen vor!« rief Sid, immer noch kauend. »Ein Mann aus dem Volk, ein einfacher Sergeant, heiratet Königin eines tefrodischen Planetenreiches!« Er beugte sich in Dowens Richtung: »Wo gedenkst du, die Flitterwochen zu verbringen?«

Dowen fuhr fort zu stochern. Ohne Sid anzusehen, antwortete er:

»Ich lasse dir zehn Sekunden, um das Thema zu wechseln. Danach hast du einen heißen Pfannkuchen im Gesicht.«

Sid warf lachend die Arme in die Höhe. »Schon gut, schon gut – ich kapituliere!«

Aber ein paar Sekunden danach fing er von neuem an.

»Im Ernst, ich glaube, du hast Chancen.«

»Ach, Quatsch!«

»Doch, wirklich. Wie alt bist du?«

»Achtundzwanzig«, antwortete Dowen mit erwachendem Interesse.

»Siehst du! Mirona ist höchstens fünfundzwanzig. Was für ein Interesse könnte sie an einem Mann wie Atlan haben? Schön, er hält sich gut. Aber er ist nun mal mehr als zehntausend Jahre alt, und selbst wenn sein Zellaktivator ihn körperlich jung erhält . . . er ist einfach viel zu abgeklärt für eine Frau wie Mirona. Sie braucht etwas Junges, Unternehmungslustiges, so wie dich zum Beispiel.«

Es erging Dowen nicht anders als anderen. Er wußte, daß Sid dick auftrug, nur um eine Unterhaltung in Gang zu bringen; aber zur gleichen Zeit gefiel ihm, was er hörte. Schließlich war er nicht sicher, welchen Bruchteil seines Geschwätzes Sid ernst meinte.

»Hör auf mit dem Blödsinn«, wehrte er ab, aber es klang nicht sonderlich überzeugend.

Sid vergaß seine Omelette und war auf einmal ganz Eifer.

»Ich sage dir, du hast Aussichten. Mann, reiß dich zusammen und hör auf jemand mit Erfahrungen. Hast du gesehen . . .«

Das äußere Schott rollte auf, und Dowens plötzlich erwachten Träume stürzten wie ein Kartenhaus in sich zusammen. Unter der Öffnung stand Atlan, der Arkonide, mit einem Paket im Arm, und seine Augen leuchteten.

Automatisch fuhr Dowen aus seinem Stuhl in die Höhe und salutierte. Atlan erwiderte den Gruß exakter, als man von einem Lordadmiral verlangen konnte, und befahl:

»Melden Sie mich an, Sergeant! Ich habe eine Mitteilung zu machen.«

Da das Vorzimmer zur Kabine gehörte, gab es am Durchgangsschott keinen Melder. Dowen ballte die Faust und schlug sie, wie er es zuvor getan hatte, gegen die Schottfüllung. Es gab einen dumpfen Klang, und Sekunden später glitt das Schott zur Seite.

Mirona stand unter der Öffnung. Sie hatte ihre Kleidung gewechselt und trug ein langes, fließendes Gewand aus schimmerndem Kunststoff. Gegen den matt erleuchteten Hintergrund ihres Wohnraums wirkte sie wie die Verführung persönlich.

»Willkommen, Lordadmiral«, sagte sie einladend. »Treten Sie ein und lassen Sie meine beiden Retter ebenfalls an der Unterredung teilnehmen.«

Atlan schritt durch das offene Schott, das Paket unter den Arm geklemmt wie ein Offizier des achtzehnten Jahrhunderts seinen Dreispitz. Sid und Dowen folgten auf dem Fuß.

»Gestatten Sie, daß ich einen kleinen Irrtum meinerseits schleunigst korrigiere«, bat der Arkonide, indem er das Paket der Gefangenen mit beiden Händen entgegenstreckte.

Mirona nahm es ihm ab, offenbar ein wenig verwirrt. Atlan schritt zu dem kleinen Tisch, auf dem die Tefroderin seine drei Geschenke arrangiert hatte, und nahm den Smaragd an sich. Mirona, die sein Benehmen verständnislos verfolgte, entschied sich, das Paket zu öffnen. Zum Vorschein kam ein in Naturstein eingebetteter, ungeschnittener Smaragd von der gleichen Art wie der, den der Arkonide in den Händen hielt.

»Ihre Aussage wurde sorgfältig geprüft«, verkündete Atlan leuchtenden Blicks, »und für fundiert befunden. Die Positronik war nicht in der Lage, auch nur den leisesten logischen Widerspruch zu entdecken.«

»Wunderbar«, murmelte Mirona verwirrt. »Aber was soll das . . .«

Ohne den Satz zu vollenden, machte sie eine hilflose Geste in Richtung des Steins, den sie in der Hand hielt.

»Eine kleine Sicherheitsmaßnahme, die Sie mir bitte vergeben wollen«, erklärte der Arkonide. »Unsere Erfahrung lehrt, daß die Meister der Insel und ihre engsten Mitarbeiter Zellaktivatoren tragen, deren Aufgabe es ist, das Zellgewebe ständig zu regenerieren und ihrem Träger eine gewisse Art von Unsterblichkeit zu verschaffen. Die Aktivatoren können an Hand ihrer energetischen Streustrahlung geortet werden. Dieser Stein«, er deutete auf den Smaragden, den er mittlerweile auf dem runden Tisch abgesetzt hatte, »enthält einen winzigen Detektor, der auf solche Streustrahlung anspricht. Er zeigte keinerlei Reaktion, obwohl Sie sich mehrere Male in unmittelbarer Nähe aufhielten. Sie tragen keinen Aktivator, folglich sind Sie kein Meister. Addieren Sie das zu der Tatsache, daß die Positronik Ihren Bericht über den Aufenthalt auf Multidon ohne Bedenken akzeptierte – und betrachten Sie sich als völlig rehabilitiert. Empfangen Sie obendrein meine Bitte um Entschuldigung wegen des gezeigten Mißtrauens. Ich kann nur hoffen, daß Sie für meine Lage Verständis haben.«

Dowen Konnery kam sich vor wie in einer Szene aus einem

schlechten Film. Die Worte des Arkoniden klangen bombastisch und übertrieben; aber vielleicht lag das nur daran, daß er selbst niemals gelernt hatte, vornehmes Tefroda zu sprechen.

Mirona setzte ihr Geschenk ebenfalls auf dem Tisch ab. Sie war plötzlich so ernst, daß Atlans freundliches, fast überschwengliches Lächeln erstarb.

»Ich bin Tefroderin«, sagte sie mit ruhiger und fester Stimme. »Sie verstehen, daß ich auf Grund vieler der jüngsten Ereignisse das Solare Imperium als feindliche Macht betrachten mußte, auch ohne ein Parteigänger der Meister der Insel zu sein.« Sie wollte dies als Feststellung verstanden wissen, denn als der Arkonide sich anschickte zu antworten, unterbrach sie ihn mit einer knappen Geste. »Ich habe noch keinen Anlaß, den Terranern gegenüber Wohlwollen zu empfinden, aber ich machte mir zum Vorsatz, ich würde meine Vorurteile vergessen, falls Sie die Fähigkeit besäßen, über kleinliche Verdachtsmomente hinwegzusehen und mich entgegen allen belastenden Indizien als das zu betrachten, was ich wirklich bin – eine Feindin der Meister und eine Regentin, die auf das Wohl ihres Volkes bedacht ist.

Sie haben diese Fähigkeit unter Beweis gestellt. Noch bevor Sie zum erstenmal hier vorsprachen, teilte ich Ihren beiden Leuten mit, daß Sie eines Tages dankbar sein würden, wenn ich mich entschlösse, Sie zu empfangen.«

Dowens Benommenheit war wie weggeblasen. Er spürte, daß die Lage einem Höhepunkt zustrebte.

»Ich besitze Informationen«, verkündete Mirona, »die für die Bevölkerung des Planeten Erde von unerhörter Wichtigkeit sind. Ich verlange, daß ich auf dem schnellsten Wege zum Großadministrator des Imperiums gebracht werde.«

Mirona Thetin war offenbar nicht geneigt, Atlan die Informationen anzuvertrauen, die sie besaß und von denen sie behauptete, sie seien für die Erde lebenswichtig. Atlan war darüber verstimmt; aber allein die Tatsache, daß er auf Mironas Forderung einging, bewies, daß sein Stolz vor der überwältigenden Schönheit der Tefroderin den kürzeren gezogen hatte.

Die Zerstörung des Planeten Multidon durch Kernbrand war

inzwischen so weit fortgeschritten, daß von dem einstigen Stützpunkt der MdI nur noch glühende Gasschwaden übrig waren. Atlan rechtfertigte seinen Aufbruch damit, daß er an dieser Stelle ohnehin nichts mehr verloren hätte. Die IMPERATOR startete und nahm mit einer gewagten Lineartransition Kurs auf den Südrand der Uklan-Dunkelwolke.

Am 28. Dezember ging die IMPERATOR anderthalb Lichtjahre jenseits des Südrands der Uklan-Wolke längsseits der CREST III, des Flaggschiffs des Großadministrators. Auf dem Funkweg war Perry Rhodan über die Ereignisse im Innern des Dunkelnebels informiert worden. Er hatte Atlan und seinen Gast um eine sofortige Unterredung gebeten.

Atlan begab sich gemeinsam mit Mirona Thetin per Transmitter an Bord der CREST. Dort angekommen, eilten sie auf das Kommandodeck, wo sie in einem kleinen Kasino von Perry Rhodan und seinen engsten Mitarbeitern empfangen wurden.

Perry Rhodan kam nach der Begrüßung ohne Umschweife zur Sache. Er ließ es nicht an der angemessenen Höflichkeit fehlen, blieb aber der schönen Tefroderin gegenüber distanzierter als der Arkonide.

»Lordadmiral Atlan läßt mich wissen, daß Sie im Besitz von wichtigen Informationen sind. Sie geben zu verstehen, daß Ihre Informationen die Erde betreffen. Darf ich fragen, worum es sich handelt?«

Mirona war todernst.

»Ich hoffe, ich komme nicht zu spät. Verstehen Sie bitte trotzdem, daß ich darauf bestehen mußte, selbst hierherzukommen und dadurch wertvolle Zeit zu verlieren. Ich konnte es jedoch nicht riskieren, daß meine Informationen über Hyperfunk an Sie abgestrahlt würden – was sicherlich geschehen wäre, wenn ich mich dem Lordadmiral, mitgeteilt hätte. Unser gemeinsamer Feind, die Meister der Insel, besitzen unvorstellbare technische Mittel. Es hätte ihnen unter Umständen gelingen können, den Spruch abzufangen und zu entziffern. Sie hätten gewußt, von wem die Information kam – und glauben Sie mir, selbst unter der stärksten Bewachung wäre ich meines Lebens nicht mehr sicher gewesen.«

Sie schien eine Spur von Ungeduld in Rhodans Blick zu bemerken und beeilte sich. »Ich selbst erhielt die Information von Proht Meyhet. Es dreht sich um einen teuflischen Anschlag gegen die Bevölkerung der Erde. Der Plan sieht vor, eine enorme Anzahl eines bestimmten Typs psychologischer Reizsender auf die Erde einzuschmuggeln. Die Geräte sind klein – etwa von diesem Ausmaß.« Sie bildete mit beiden Händen eine Höhlung, in die ein Tennisball eben noch hineingepaßt hätte. »Die Sender sollen an strategischen Punkten auf der Oberfläche der Erde verteilt werden. Ihre Ausstrahlung wirkt unmittelbar auf die Gehirnsubstanz tierischer Lebewesen und erzeugt einen Geisteszustand, der mit dem eines Amokläufers verglichen werden kann. Die Reaktionszeit des befallenen Gehirns hängt von dem Intelligenzgrad ab. Die Wirkung tritt um so schneller ein, je geringer die Intelligenz ist. Aus Proht Meyhets Schilderung entnehme ich, daß ein Insekt innerhalb weniger Stunden auf die empfangene Strahlung reagieren wird, während beim Menschen die volle Wirkung erst nach zehn Tagen bis zwei Wochen eintritt.

Die Umschichtung des Gehirns ist unwiderruflich, sobald die Einwirkung länger als etwa dreißig Tage bestanden hat. Die Lebensdauer der Sender beträgt etwa ein irdisches Jahr. Sie sind kräftig genug und existieren in ausreichend großer Zahl, so daß über kurz oder lang jedes Lebewesen der Erde mit ausreichendem Gehirnvolumen von der Umschichtung befallen wird.

Innerhalb kurzer Zeit wird es auf der Erde nur noch Tollwütige geben!«

Sie hatte mit stetig wachsender Erregung gesprochen, als versuchte sie, kraft ihrer Überzeugung vor ihren Zuhörern das Bild einer Welt heraufzubeschwören, auf der, von der Stubenfliege bis zum Menschen, alles von der Tollwut erfaßt war und keinen anderen Gedanken mehr zu denken, keinen anderen Trieb mehr zu empfinden vermochte als den, alles Lebendige zu vernichten.

Als Mirona geendet hatte, herrschte fast eine Minute lang tödliche Stille. Es war Perry Rhodan, der als erster auf die Schilderung der Tefroderin antwortete. Seine Stimme klang sachlich und beherrscht, als er sich erkundigte:

»Hat Faktor III darüber gesprochen, wann und auf welche Weise die Sender auf die Erde geschmuggelt werden sollen?«

Mirona nickte.

»Auf einem mir nicht bekannten Stützpunktplaneten stand ein Spezialraumschiff. Es handelt sich dabei um eine neuartige Konstruktion mit Seperattriebwerken, die eine Reichweite von nahezu

2,5 Millionen Lichtjahren besitzen. Dieses Schiff ist ein Prototyp, denn noch sind die MdI nicht soweit, ihre Duploflotten derart auszurüsten.

Proht Meyhet sprach davon, daß der Start dieses Spezialraumschiffes unmittelbar bevorstände. Dieses Gespräch fand kurz vor Ihrem Angriff auf Multidon statt. Inzwischen dürfte der Start also bereits erfolgt sein. An Bord des Schiffes befinden sich die Amoksender. Sobald das Schiff das Solsystem erreicht, wird es seinen Inhalt freisetzen, und hunderttausende ortungstechnisch kaum wahrnehmbare Sender, die mit autarken Stromquellen ausgestattet sind, werden auf der Erde landen und ihre Tätigkeit aufnehmen.«

Die Anwesenden wurden blaß. Es war wieder Perry Rhodan, der zuerst seine Fassung wiederfand.

»Sie sagten, dieses Schiff sei bereits gestartet. Dann haben wir kaum noch Möglichkeiten, es aufzuhalten?«

Die Tefroderin lächelte kaum merklich.

»Doch«, sagte sie. »Faktor III war sich meiner zu sicher, so daß er es verabsäumte, mir die erforderliche Aufmerksamkeit zu widmen. Es gelang mir in einem unbeobachteten Augenblick, Zugriff zu seiner Positronik zu bekommen. Dabei fielen mir nähere Daten in die Hände, darunter auch der Kurs des Spezialschiffes.«

13.

Der Schock über das Gehörte saß tief, zumal Perry Rhodan geglaubt hatte – bei aller Zurückhaltung, was die Möglichkeiten der beiden verbleibenden Meister der Insel und ihrer Hilfskräfte betraf – nach der Vernichtung von Multidon seinem Ziel ein mächtiges Stück nähergekommen zu sein. Dem Ziel, die Bedrohung der Milchstraße durch die Beherrscher Andromedas ein für allemal zu eliminieren und den Völkern beider Galaxien endlich den langersehnten Frieden zu bringen.

Mit allem hatte er in diesen Stunden gerechnet, nur nicht mit einem neuen Anschlag gegen die Erde, der zeitlich fast parallel zum Ende der Machtzentrale Multidon lief. Bei der Einschätzung der gegnerischen Aktionen war man fast nur noch von einer Invasion über die Weltraumbahnhöfe ausgegangen.

Rhodan dankte der Tefroderin und bat Atlan, sie auf die IMPERATOR zurückzubegleiten. Natürlich entgingen ihm die Blicke nicht, die der alte Freund Mirona Thetin mehr offen als verstohlen zuwarf. Auch er spürte die Faszination, die von Mirona ausstrahlte, aber noch mehr die Last der Verantwortung, die ihn plötzlich wie ein Genickschlag traf.

Perry wartete, bis der Arkonide mit Mirona gegangen war. Dann versetzte er seine Umgebung in fieberhafte Aktivität. Ihm ging es nicht nur darum, jede mögliche Gefahr für die Erde auszuschalten. Vielmehr stellte er auch Mirona Thetin auf die Probe. Die Mutanten konnten nicht feststellen, ob sie die Wahrheit sagte, und ob sie wirklich diejenige war, als die sie sich ausgab. Es bestand immer noch die Möglichkeit, daß sie falsches Spiel trieb und in Wirklichkeit eine Agentin der MdI war, die die Terraner in eine raffiniert ausgeklügelte Falle zu locken hatte.

Mit Atlan war in dieser Hinsicht momentan kaum noch zu reden, und alle Überprüfungen sprachen für die Tefroderin. Jeder Terraner, der sie sah, wurde in ihren Bann geschlagen. Trotzdem, und vielleicht gerade deswegen – ein gewisses Unbehagen blieb bei Rhodan bestehen. Verbündete dieser Art fand man nicht oft mehr oder weniger per Zufall.

Perry ließ Mironas Daten auswerten. Dabei stellte sich heraus, daß der Kurs des Spezialschiffes dicht an Andro-Beta vorbeiführen mußte – Richtung Milchstraße. Die Auswertungen ergaben eine hohe Wahrscheinlichkeit dafür, daß sich ein Prototyp, wie dieses Schiff ihn darstellte, mit einer gewissen Vorsicht bewegen mußte. Dafür sprach selbstverständlich auch die Bedeutung seiner Mission. Selbst die Meister der Insel würden nicht so leichtsinnig sein, ein noch nicht getestetes Schiff mit so brisantem Auftrag in einem Gewaltflug von Galaxis zu Galaxis zu verheizen.

Davon abgesehen, konnten sie nicht ahnen, daß ihre Gegner von dem Anschlag gegen Terra wußten – falls Mirona wirklich die Wahrheit sprach und nicht in ihrem Auftrag handelte.

Perry Rhodan setzte alles auf eine Karte.

Er gab Befehl, die gesamte terranische Flotte von der Dunkelwolke abzuziehen und nach Andro-Beta zurückzukehren. Wenn den Wahrscheinlichkeitsrechnungen zu trauen war, mußte sie dort sein, bevor das Spezialschiff der MdI den Zwergnebel in einer Entfernung von maximal 100.000 Lichtjahren passierte.

Drei Tage später lagen alle verfügbaren Schiffe der terranischen Flotte in dem errechneten Raumsektor auf der Lauer. Sie waren so über ein Rasternetz verteilt, daß ihnen nicht das kleinste Beiboot durch die Ortung schlüpfen konnte, sobald es in dem weitgefächerten Netz aus dem Linearraum auftauchte.

Die Stunden vergingen. Das Warten auf etwas, das vielleicht nie eintreten würde, war qualvoll. Perry Rhodan hatte sich darüber hinaus mit Atlan zu beschäftigen, der Rhodans Mißtrauen der Tefroderin gegenüber spürte und kaum eine Gelegenheit ausließ, um seine Hand für Mirona ins Feuer zu legen.

Perry wiegelte ab, so gut es ging. Aber auch an Bord der CREST fühlte er sich plötzlich wie ein Außenseiter. Es schien, als habe Mirona Thetin die gesamte terranische Flotte im Sturm erobert. Und wer konnte es den Männern auch verdenken? Mußte Perry nicht selbst Vergleiche zu Thora oder Mory ziehen, seiner Frau, die ihm gerade erst zwei Kinder geschenkt hatte? Konnte er es Atlan verdenken, der Faszination der Tefroderin zu erliegen und sich zu einer Art Beschützer aufzuschwingen?

Unter anderen Umständen hätte er über den stahlharten Arkoniden gelächelt, der die Terraner so oft wegen ihrer Emotionen verspottet hatte.

Aber jetzt war nicht der Zeitpunkt dafür.

Auf den terranischen Schiffen herrschte gespannte Erwartung und Schweigen. Es gab kaum einen Mann, der nicht an seine Familie auf der Erde dachte – soweit er eine solche besaß und von dem Mutterplaneten der Menschheit stammte. Eine Invasion der Milchstraße über die Weltraumbahnhöfe, das war ein abstrakter Gedanke gewesen gegenüber dem, was nun auf die Heimatwelt zukommen sollte.

War man zu spät gekommen? War das Spezialschiff bereits in der Milchstraße? Gab es dieses Schiff überhaupt, oder war alles nur blinder Alarm gewesen? Flog es gerade in diesem Augenblick in einer Linearetappe an den wartenden Einheiten vorbei?

Unaufhörlich lauschten die Instrumente der terranischen Schiffe ins All. Und dann, am 7. Januar 2406, 15.46 Uhr terranische Standardzeit, schlugen die Orter Alarm.

Ein Objekt, auf das Mironas Daten zutrafen, materialisierte im Raum.

Wenn es Insassen gab, so hatten sie keine Möglichkeit, sich blitzschnell wieder in den Linearraum zu retten. Die Kommandanten der am nächsten stehenden Schiffe ließen ohne Vorwarnung Zielfeuer eröffnen, um das Schiff manövrierunfähig zu schießen. Selbst eine Positronik konnte nicht schnell genug einen Abwehrschirm errichten. Quasi in dem Augenblick, in dem das Objekt aus dem Linearraum kam, war es ein Wrack.

Die Enterkommandos fanden nur noch tote Duplos an Bord des Spezialschiffs. Sie waren nicht an den Folgen des Angriffs gestorben, sondern durch die Reizwellenempfänger in ihren Gehirnen.

Buchstäblich im letzten Moment, bevor eine Selbstvernichtungsanlage das Raumschiff sprengte und in eine Gaswolke verwandelte, gelang es den eingedrungenen Terranern, sich mit Aufzeichnungen in Sicherheit zu bringen, die einwandfrei den Auftrag des Schiffes belegten. In ihnen war das Programm enthalten, das die genauen

Angaben darüber enthielt, wo auf der Erde die Reizsender deponiert werden sollten.

Perry Rhodan ließ sich ausführlich Bericht erstatten. Nachdem er alle Auswertungen und die Kommentare der Wissenschaftler gelesen hatte, mußte er Mirona Thetin insgeheim danken und um Verzeihung für sein Mißtrauen bitten.

Am 8. Januar 2406 befand sich die terranische Flotte wieder auf Gleam oder im Orbit um den Extremplaneten. Eine Reihe von Schiffen, die als Funkrelaisbrücke zur Andromeda-Galaxis fungierten, meldeten keine neuen Aktivitäten der Meister der Insel. Ob die Machthaber ihre Rückschläge noch nicht verarbeitet hatten oder sich neue Schachzüge ausdachten – momentan herrschte Schweigen, oder die Ruhe vor dem Sturm.

Perry Rhodan empfing Atlan und Mirona Thetin in einem Konferenzsaal. Auch Sid Goldstein und Dowen Konnery waren mit von der Partie, wieder auf ausdrücklichen Wunsch der Tefroderin. Diese Geste, ihre Retter auch in Anwesenheit höchster Stellen dabeihaben zu wollen, hatte etwas sehr Menschliches an sich.

»Ich habe Ihnen zu danken«, sagte Rhodan zur Tefroderin. »Einer Frau mit Ihrer Intelligenz wird es nicht entgangen sein, daß ich Ihnen zu Anfang mit einem gewissen Mißtrauen begegnet bin. Ich bitte Sie, dies nachträglich zu entschuldigen. Ohne Ihre Hilfe wäre . . .«

Sie unterbrach ihn mit einem Lächeln.

»Sie brauchen sich nicht zu entschuldigen, Großadministrator. Im Gegenteil wäre ich enttäuscht von Ihnen gewesen, wenn Sie keine Falle vermutet hätten. Auch ich muß meine Meinung revidieren, soweit sie die Terraner betrifft. Ich glaube jetzt, daß mein und Ihr Volk nicht nur die gleichen Gegner haben, sondern vielleicht auch einmal Freunde werden können. Sie haben den Tefrodern nicht viel Grund gegeben, Sie zu lieben, aber wie konnten Sie auch, wenn Ihnen mein Volk gezwungenermaßen feindlich gegenübertrat? Inzwischen weiß ich, was mit den Weltraumbahnhöfen geschehen ist, und habe selbst miterlebt, wie Ihre Mutanten den Bewohnern von Multidon die Gelegenheit gaben, ihr Leben zu retten.« Sie lachte rauh. »Das hätten die Meister der Insel niemals getan!«

Rhodan fing einen spöttischen Blick Atlans auf. Er bemühte sich, ihn zu ignorieren.

»Noch haben wir nicht gewonnen«, sagte er. »Nach der Hierarchie der MdI zu urteilen, warten unsere gefährlichsten Gegner noch auf uns. Sie würden es uns sagen, wenn Sie wüßten, wer Faktor II und Faktor I sind, oder?«

Mironas schöne Züge wurden hart.

»Glauben Sie mir, Rhodan«, sagte sie. »Ich würde es! Aber ich kenne sie nicht. Ich gäbe mein Sternenreich dafür.«

Perry nickte.

»Würden Sie mir eine Bitte erfüllen?« fragte Mirona.

Bevor Rhodan antworten konnte, sagte Atlan:

»Natürlich! Für das, was Sie für uns getan haben, holen wir Ihnen jeden Fixstern vom Himmel!«

Die Tefroderin lächelte ihn an.

»Soviel muß es nicht sein. Ich bitte Sie nur, mich zu meiner Heimat zurückzubringen, und lade Sie ins Sulvy-System ein. Lernen Sie mein Volk kennen, damit Sie wissen, daß es keine Feindschaft zwischen Tefrodern und Terranern geben muß. Mein Volk liebt mich, und es wird die lieben, die mich gerettet haben.«

Atlan sah Rhodan verschmitzt an. Tatsächlich wirkte der Arkonide wie um zehn Jahre jünger – oder zehntausend?

»Na, terranischer Barbar? Würde es die Lage erlauben?«

Perry konnte nicht anders, er ließ sich erweichen.

»Wir danken für Ihre Einladung«, sagte er zu Mirona, »und nehmen sie sehr gerne an.«

Als die CREST und die IMPERATOR nach Andromeda starteten, war dafür gesorgt, daß die terranische Flotte während ihrer Abwesenheit in erhöhter Alarmbereitschaft stand und auf alles und jedes vorbereitet war.

Am Morgen des 17. Januar 2406 allgemeiner Zeitrechnung erschienen die beiden Schiffsgiganten IMPERATOR und CREST III im blauen Himmel über Thethus, dem Hauptplaneten des Sulvy-Systems, und um den Rand des riesigen Landefelds des zentralen Raumhafens drängten sich Millionen jubelnder Thetunen, die von der Rückkunft ihrer Herrscherin erfahren hatten.

Wer unter den Terranern noch nicht ganz sicher gewesen war, daß sich Mirona Thetin bei ihren Untertanen wirklich der Beliebtheit erfreute, die sie geschildert hatte, der wurde jetzt eines Besseren belehrt. Das Sulvy-System hatte, auf fünf Planeten verteilt, eine Gesamtbevölkerung von neun Milliarden. Ein Prozent davon, rund neunzig Millionen Tefroder, hatten sich von allen Teilen des Reiches in der Hauptstadt zusammengefunden, um ihrer Herrscherin einen begeisterten Empfang zu bereiten.

Es gab keine Propagandamaschine, die aus lauter Unwillen in solcher Eile so viele Willige hätte machen können. Die Begeisterung der Leute war echt. Mirona Thetin feierte ihre Rückkehr mit einem Triumphzug.

Sie bewirtete ihre Gäste fürstlich. Sie behandelte Perry Rhodan mit der natürlichen Freundlichkeit der Gleichrangigen und Atlan, den Arkoniden, mit so unverhohlener Zuneigung, daß die Gerüchtemacher an Bord der beiden Superschlachtschiffe Tag und Nacht auf Höchsttouren arbeiteten.

Dowen Konnery und Sid Goldstein erhielten von der Hand der Herrscherin selbst die höchste Auszeichnung, die das Sulvy-System zu vergeben hatte – die Ritterklasse des Blauen Stern, für die Befreiung der Regentin aus unmittelbarer Lebensgefahr.

Dowen Konnery hatte sich angesichts der Pracht, in der Mirona residierte, inzwischen endgültig damit abgefunden, daß er keine Chancen bei ihr hatte. Bei dem geringen Tiefgang, den sein Sergeantengefühlsleben notgedrungenermaßen hatte, fand er sich mit dem Verlust schnell ab.

14.

Trinar Molat wußte sofort, daß sich entscheidende Dinge anbahnten, als ihn das Signal aus der Memohalle erreichte.

Dennoch beeilte er sich nicht.

Die Innenwandung der Kaltplasmakuppel bestand aus einem einzigen riesigen Bildschirm, der die nähere Umgebung optisch und akustisch so naturgetreu ›hereinholte‹, daß der Betrachter sich an die Oberfläche des Methanriesen versetzt fühlte.

Trinar Molat hörte das ohrenbetäubende Röhren des Orkans, sah die von Verunreinigung getrübte Wasserstoffatmosphäre über die abgeschliffene, nahezu konturlose Oberfläche des dritten Planeten der Sonne Luum wirbeln, vernahm das explosionsartige Zerplatzen der mannsgroßen Tropfen flüssigen Ammoniaks, die aus mehreren hundert Kilometern Höhe mit der Wucht von Geschossen herabstürzten – und er hörte aus dem Inferno heraus das Knirschen und Schleifen der flunderförmigen Wartungsroboter, die unbeirrt über den Boden des Planeten krochen und dafür sorgten, daß die Feuerstellungen selbst im stärksten Unwetter gefechtsklar blieben.

Ein zufriedenes Lächeln überflog das hagere, scharfkantige Gesicht des Meisters der Insel.

Luum-3 war völlig intakt – eine gigantische, uneinnehmbare kosmische Festung.

Und doch war sie nicht mehr als ein Opfer für den Notfall, gedacht für die unwahrscheinliche Möglichkeit, daß die Bedeutung des Luum-Systems jemals von Feinden erkannt werden sollte. Ganze Flotten würden sich an diesem kosmischen Fort die Zähne ausbeißen – während die eigentliche Zentralwelt unberührt davon bliebe, obwohl sie nur wenige Millionen Kilometer entfernt dieselbe Sonne umkreiste!

Nein! Die anderen Meister der Insel – bis auf Faktor I – mochten den Terranern zum Opfer gefallen sein! Er, Trinar Molat, würde ihr Schicksal aber niemals teilen!

Er verzog ungehalten die Lippen, als sich das Schrillen des Rufsignals verstärkte und überall an den Kontrollpulten rote Lichter aufzuckten.

Faktor I sollte ruhig noch ein wenig warten!

Trinar Molat führte ein nur fingergroßes, zylindrisches Gerät an den Mund und blies hinein.

Das Ultraschallsignal gellte durch die Kuppel, unhörbar für menschliche Ohren – aber nicht für die Sinne des Krath.

Ein handförmiges Gebilde tauchte für den Bruchteil einer Sekunde in der Luft auf – und verschwand wieder. Im nächsten Augenblick saß der Krath auf Molats linker Schulter.

Das harte, wie aus graubraunem Gestein gemeißelt wirkende Gesicht des Mannes strahlte plötzlich Zuneigung und Zärtlichkeit aus; die normalerweise in Gefühlskälte verengten Pupillen weiteten sich und zeigten einen samtweichen Schimmer.

»Hallo, Mezzo! Man ruft uns zurück. Kommst du mit durch den Transmitter oder nimmst du deinen eigenen Weg?«

Der Krath – er glich tatsächlich verblüffend einer menschlichen Hand, mit Ausnahme des halbkugeligen, pflaumengroßen Auswuchses im ›Handteller‹ – streckte den ›kleinen Finger‹ aus und berührte damit Trinar Molats Schläfe.

Im gleichen Augenblick vernahm der MdI eine schwache Stimme. Sie erklang in seinem Gehirn, ohne den normalen Weg über das Ohr zu nehmen.

»Mezzo geht den kurzen Weg«, wisperte es. »Er wird vor der Memohalle auf Trinar warten.«

»Einverstanden!« sagte Molat.

Er drehte den Kopf, um das kleine Geschöpf auf seiner Schulter beobachten zu können. Als sich die Umrisse der ›Hand‹ auflösten und das geringe Gewicht von der Schulter wich, holte Trinar Molat tief Luft. Es war selbst für ihn, der sich rühmte, die meisten Geheimnisse des Universums zu kennen, immer wieder faszinierend, den Krath über den ›kurzen Weg‹ verschwinden zu sehen, einen Weg, der über den Ort einer fremden Existenzebene führte, von der ein Mensch wohl kaum jemals Näheres erfahren würde. Mezzo benötigte für jede Strecke nur den Bruchteil einer Sekunde, ganz gleich, ob es sich dabei nur um einen Meter oder um Millionen von Kilometern handelte. In diesem Augenblick würde er bereits vor der Memohalle des zweiten Planeten angekommen sein.

Trinar Molat seufzte und wandte sich um. Er dachte intensiv einen exakt formulierten Befehl und wartete, bis sich der rote Energiering des Mikro-Situationstransmitters um ihn gebildet hatte.

Fast im gleichen Augenblick erlosch der Transmitterring wieder – aber das war bereits nicht mehr der Ring in der Kuppel auf Planet drei, sondern der in der Memohalle auf dem zweiten Planeten des Luum-Systems, dem man zur Erinnerung an die lemurische Frühepoche den Namen Tamanium gegeben hatte.

»Sie kommen spät!« erscholl es aus einem verborgenen Lautsprecher.

Trinar Molat verzichtete auf eine Entschuldigung. Sie wäre nicht nur nutzlos gewesen, sondern hätte im Gegenteil einen zweiten Tadel provoziert.

Er blickte unverwandt auf den gigantischen Bildschirm, der sich scheinbar aus dem Nichts heraus über dem Projektionsgitter aufgebaut hatte. Auf der hellen Fläche schimmerte das vertraute Symbol des Faktors I: zwei Galaxien in goldener Farbe auf schwarzem Untergrund, umrahmt von einem fluoreszierenden Kreis.

»Höre meine Befehle!« fuhr der unsichtbare Sprecher fort.

Molats Gesicht blieb maskenhaft undurchdringlich. Zu gern hätte er gewußt, wer sich hinter dem persönlichen Symbol und hinter der gefühllosen Robotstimme verbarg, die nicht einmal erkennen ließ, ob am Gegengerät ein Mann oder eine Frau saß – oder ob der Mächtigste der Meister gar nur eine Maschine war . . .!

Doch Trinar Molat fragte nicht danach. Er wußte genau, daß Faktor I über die Möglichkeit verfügte, ihn mit einer einzigen Schaltung zu töten – und für einen biologisch Unsterblichen gibt es nichts Schlimmeres als einen gewaltsamen Tod.

»Ich höre!« erwiderte er ruhig.

Ihm war, als leuchtete das Symbol auf dem energetischen Bildschirm heller als zuvor. Bevor die Verwunderung darüber sich in seinem Gesicht ausdrücken konnte, durchschaute er den Zweck des Manövers. Faktor I versuchte, ihn mit psychologischen Tricks aus seiner Ruhe zu bringen, ihm eine menschliche Regung abzulisten. Aber da sollte sich der Mächtige täuschen; Faktor II war zu intelligent und dachte zu logisch, um auf solche Manöver hereinzufallen.

»Die ›Operation Amok‹ ist fehlgeschlagen«, fuhr die unpersönliche Stimme fort. »Nunmehr gibt es nur noch eine Möglichkeit, die

Terraner aus Andromeda zu vertreiben. Sie dürften überhaupt niemals aus ihrem Sonnensystem herausgekommen sein!«

Trinar Molat hatte das Gefühl, sein Herz wäre zu einem Eisblock erstarrt. Er erkannte die Absicht, noch bevor Faktor I den letzten Satz ganz ausgesprochen hatte.

»Bisher erschien uns das Risiko eines Zeitparadoxons zu groß«, fuhr Faktor I fort, »obwohl wir dadurch in der Lage wären, mit Hilfe des kleinen Zeittransmitters die Ereignisse der letzten Jahre ungeschehen zu machen. Nunmehr hat sich die Situation jedoch drastisch zu unseren Ungunsten verschlechtert, so daß ich keine andere Möglichkeit mehr sehe. Wir müssen nun das Risiko eingehen – gleichgültig was passiert.

Begeben Sie sich in Ihren Zeittransmitter. Stellen Sie ihn auf vierhundertfünfunddreißig Jahre ein und lassen Sie sich in die Vergangenheit schleudern.«

Faktor I legte eine Pause ein, um Faktor II Gelegenheit zu geben, seine Überraschung zu zeigen. Doch Molat zeigte keine Regung, obwohl er innerlich aufgewühlt war.

»Beschaffen Sie ein tefrodisches Schlachtschiff mit der besten Besatzung, die Sie auftreiben können. Selbstverständlich darf kein einziger Duplo darunter sein. Dem Kommandanten des Schiffes erteilen Sie den Befehl, über die Transmitterverbindung in die Erste Galaxis einzudringen und das Solsystem anzufliegen. Pünktlich am 10. Juni 1971 terranischer Zeitrechnung hat das Schlachtschiff den Mond des dritten Solarplaneten anzusteuern und den notgelandeten arkonidischen Forschungskreuzer zu vernichten, den er dort vorfinden wird!«

Trinar Molat beherrschte sich noch immer, obwohl er innerlich von namenlosem Grauen geschüttelt wurde, als ihm die Tragweite dieses Befehls völlig aufging.

Er kannte die Entstehungsgeschichte des Solaren Imperiums genau. Wenn der Befehl von Faktor I exakt ausgeführt wurde, dann hätte Perry Rhodan nach seiner Landung auf dem irdischen Mond niemals einen Forschungskreuzer der Arkoniden vorgefunden. Keine überlegenen technischen Mittel hätten ihm jemals die Möglichkeit gegeben, eine ›Dritte Macht‹ auf der Erde zu gründen und die Menschheit zum Zusammenschluß zu zwingen. Weder Thora noch Crest wären die Lehrmeister der Menschheit gewesen.

Würde ein derart schwerwiegendes Zeitparadoxon überhaupt möglich sein?

War es vorstellbar, daß im Augenblick, in dem der arkonidische Forschungskreuzer auf Luna explodierte, schlagartig kein terranisches Raumschiff mehr in Andromeda weilte – nie geweilt hatte?

Wie weit wäre denn die irdische Raumfahrt im Jahre 2406 ohne die Hilfe der Arkoniden?

Bestenfalls hätten einige Expeditionen zu den äußeren Planeten des Sonnensystems stattgefunden. Vielleicht wären unbemannte Sonden mit Ionenantrieb zu den nächsten Sonnensystemen aufgebrochen.

Es konnte aber auch ganz anders sein, wenn die Menschheit sich in einem Atomkrieg selbst vernichtet hätte, vernichtet bis auf wenige Überlebende, die ins Stadium der Primitivität zurückgefallen waren . . .!

Doch was immer auch mit der irdischen Menschheit geschehen mochte, es berührte Trinar Molat kaum. Er empfand nur Furcht bei dem Gedanken an die krassen Veränderungen der Gegenwart, die das Zeitparadoxon hervorrufen mußte.

Schließlich war dem Meister der Insel alles über die Geschichte der beiden Nachbargalaxien bekannt.

Falls die Menschheit nicht als verändernder Faktor in den Verlauf der kosmischen Geschichte eingriff, würde der Robotregent von Arkon niemals gestürzt werden, es würde keinen Konflikt mit den Arkonen geben, kein Vereintes Imperium unter Terras und Arkons Führung – und niemand würde den Druuf, jenem mächtigen Volk aus dem anderen Universum, entscheidenden Widerstand leisten.

Vielleicht gelang es den Druuf, die Öffnung zwischen beiden Universen zu stabilisieren. Vielleicht überschwemmten und unterwarfen sie die Milchstraße – und vielleicht würden sich die Meister der Insel in dem Augenblick, in dem es niemals eine terranische Bedrohung gegeben hatte, als Sklaven jener Ungeheuer wiederfinden . . .!

Molat schloß für eine Sekunde die Augen und versuchte, die grauenhafte Vision abzuschütteln. Dann blickte er wieder kalt und entschlossen wir zuvor auf den 3-D-Schirm.

»Das Risiko wäre dennoch zu groß, Faktor I!«

Ein schepperndes Geräusch drang aus dem Lautsprecher, das mechanische Äquivalent eines menschlichen Lachens.

»Selbstverständlich gehen wir ein Risiko ein, wenn wir Terra aus der kosmischen Geschichte ausschalten, Faktor II. Wir müssen nur genau abwägen, welches Risiko größer ist: das, die Terraner in ihrer gegenwärtigen Machtposition zu belassen oder das, das Zeitparadoxon heraufzubeschwören. Meiner Meinung nach wäre das erste Risiko unendlich größer. Aber falls Sie eine andere Möglichkeit sehen, die terranische Gefahr abzuwenden, will ich mir Ihre Vorschläge gern anhören.«

Trinar Molat senkte den Kopf.

Er hatte keine Vorschläge.

Nach einer Pause fuhr die mechanische Stimme fort.

»Führen Sie also meinen Befehl aus, Faktor II! Und glauben Sie nicht, mich hintergehen zu können. Sie würden auf jeden Fall früher sterben als ich . . .!«

Trinar Molat fühlte, wie der Zorn gleich einer siedend heißen Woge in ihm aufwallen wollte. Er unterdrückte diese Regung jedoch sofort wieder. Es gab tatsächlich keine Auflehnung gegen die Befehle von Faktor I. Er hatte die versteckte Drohung gut genug verstanden, und die Wahl zwischen dem allgemeinen Risiko und dem gewaltsamen Tod durch die Vernichtungsschaltung von Faktor I fiel nicht schwer.

Dennoch konnte sich Molat ein letztes Aufbegehren nicht versagen.

»Ich wollte, ich wüßte, wer Sie sind, dann würde unser Gespräch anders ausgehen!«

Wieder ertönte das unwirklich anmutende Lachen.

»Sie würden längst nicht mehr leben, Faktor II, wenn Sie mich identifiziert hätten!«

Molat runzelte die Stirn. Ein Verdacht kam ihm, ein Verdacht von solch erschreckendem Inhalt, daß er ein Beben seiner Lippen nicht verhindern konnte.

»Vor zwanzigtausend Jahren Erdzeit schlossen dreizehn der besten Wissenschaftler und Admirale einen Pakt, um die Regierung auf Tamanium zu stürzen, eine Regierung, die innerhalb von acht Jahrtausenden eine gewaltige Macht im Andromedanebel aufgebaut hatte.

Wir, die dreizehn Meister der Insel, unterwarfen die gesamte Galaxis, da wir nicht nur die relative Unsterblichkeit besaßen, sondern auch über das Erbe einer überlegenen Technik verfügten. Wir kannten einander – bis auf Sie, den Faktor I, der stets im Hintergrund blieb. Und dann verschwanden sechs von uns plötzlich unter mysteriösen Umständen. Vielleicht hatten sie herausgefunden, wer der Faktor I war . . .?«

»Vielleicht . . .!« erwiderte die Robotstimme ein wenig gelangweilt. »Wenn Sie das glauben, Faktor II, dann sollten Sie auch einsehen, daß es keine Auflehnung gegen meine Befehle gibt.«

Trinar Molat spürte, wie etwas in ihm zerbrach. Er fühlte sich plötzlich alt und müde – und er begann zu ahnen, daß er einen verhängnisvollen Weg gegangen war. Doch dann setzte sich sein unbändiger Wille zum Herrschen erneut durch.

Gewiß, er hätte manches besser machen können, aber besaß er nicht die unumschränkte Gewalt über die Zentralwelt der Meister, die Welt, von der aus die Geschicke zweier Galaxien gelenkt werden konnten, wenn man die ungeheuren Machtmittel richtig anwandte . . .?

Er reckte sich stolz auf.

»Ich werde das Rad der Geschichte zurückdrehen!«

Aus dem Lautsprecher kam keine Antwort. Statt dessen erlosch der energetische Bildschirm.

Trinar Molat war wieder allein.

Der Krath wartete noch immer vor dem Eingang der Memohalle, als Molat in den Sonnenschein hinaustrat.

Ohne daß eine körperliche Bewegung zu erkennen gewesen wäre, veränderte er plötzlich seinen Standort und saß auf der Schulter des Meisters der Insel.

»Ich würde es nicht tun, Trinar!«

Die wispernde Stimme erklang in Molats Gehirn, wie immer. Doch diesmal schwang in ihr eine deutliche Warnung mit.

»Was würdest du nicht tun, Mezzo?« fragte Trinar Molat ärgerlich.

»Die Vergangenheit verändern wollen. Niemand greift ungestraft in den Plan des großen Lenkers ein.«

Der MdI zuckte heftig zusammen.

»Woher weißt du, was ich vorhabe?«

»Mezzo weiß sehr viel«, kam es zurück. »Mezzo sieht, was hinter den Dingen ist. Und Mezzo weiß, daß eine große Gefahr auf Trinar zukommt.«

Zu einem anderen Zeitpunkt hätte Trinar Molat wahrscheinlich über die Äußerungen des Krath nachgedacht. Aber jetzt war er nicht in der Stimmung dazu. Die Unterhaltung mit Faktor I hatte ihn innerlich aufgewühlt, seinen Geist unempfänglich für fremde Gedankengänge gemacht.

Unwirsch entgegnete er: »Ich selbst lenkte die Geschicke des Universums. Niemand ist in der Lage, mich von meinem Vorhaben abzubringen, und was die Gefahr angeht, von der du sprachst: Gerade durch die Veränderung der Geschichte werde ich sie abwenden!«

Mezzo äußerte sich nicht dazu. Er blieb stumm auf Trinars Schulter hocken und krümmte die ›Finger‹, so daß es nun wie eine geballte Faust aussah.

Der Meister der Insel blickte hinauf an die Decke des gigantischen Gewölbes. Er sah nicht das Metallplastik, mit dem der Druck von vier Kilometern gewachsenen Gesteins aufgefangen wurde; er sah in die Projektion eines blauen, wolkenlosen Himmels und einer blaßgelben Sonne.

Nur einen Herzschlag lang verspürte er den unwiderstehlichen Drang, hinaufzugehen an die Oberfläche seiner Welt, unter den wärmenden Strahlen der Sonne im Gras zu liegen und sich vom Wind umfächeln zu lassen.

Doch er verdrängte diese Regung rasch wieder.

Ein präzise formulierter Gedanke löste einen Mentokontakt aus. Erneut baute sich der rote Ring des Transmitters um den Meister der Insel herum auf – und im nächsten Augenblick stand Trinar Molat in der kleinen Kuppel des Zeittransmitters.

Auch hier arbeitete die Servoautomatik nach dem Prinzip der Mentoschaltung. Sie empfing seinen unausgesprochenen Befehl und ließ die Intensitätseinstellung von Null auf den Wert ansteigen, der einer Transmission von 435 Jahren in die Vergangenheit entsprach.

Die Wölbung der Kuppel strahlte in dunklem Rot, aus rot wurde gelb, dann weiß . . .

. . . und dann war alles wie zuvor – und doch wußte Molat, daß er innerhalb weniger Sekunden um genau 435 Jahre in die Vergangenheit gereist war.

Schade! dachte er. *Man müßte ebenso leicht in die Zukunft reisen können, dann könnte ich Faktor I eine Falle stellen und alle Macht an mich reißen*!

Doch das war unmöglich. Der Zeittransmitter wirkte nur entgegen dem Strom der Zeit, in einer Ebene, die bereits geprägt war von materieller Existenz. Was in der Zukunft lag, bot der Zeitmaschine keine Anhaltspunkte, denn es war noch nichts geschehen in der Leere, die erst ausgefüllt werden mußte.

Sphären-Hangar! formulierte er einen Gedankenbefehl.

Der Mikro-Situationstransmitter beförderte ihn in das Kammernsystem der Hangarbauten. Hier ruhten die unterschiedlichsten Schiffstypen, konstruiert nach geheimen Unterlagen und gebaut von drei vollrobotisierten Werften, deren Anlagen kein Gegenstück in den beiden Galaxien besaßen. Und das alles existierte nur für einen einzigen Mann, denn außer Trinar Molat gab es keine aktiven intelligenten Wesen auf Tamanium.

Er wählte ein linsenförmiges Sphärenschiff aus, das wenige Millimeter über dem Hangarboden schwebte und aus transparentem Material bestand. Der Antrieb basierte weder auf dem Prinzip des Rückstoßes noch auf dem des Linear- oder Hyperraumfluges; die Beherrschung des Schiffes und die Steuerung erfolgte durch geistiges Verschmelzen des Menschen mit dem Gehirn der Mechanik.

Trinar Molat ließ sich durch die Transmitterwandung in die breite Konturliege befördern. Anschnallgurte schnappten aus verborgenen Schlitzen und schlossen sich sanft und fest zugleich über dem Körper des Unsterblichen. Sie waren unnötig und dienten nur als zusätzliche Sicherung für Extremfälle, die es bisher noch niemals gegeben hatte. Aber der MdI ging niemals ein vermeidbares Risiko für sein Leben ein.

Er wurde sich der Anwesenheit des Krath erst wieder bewußt, als eines der fingerförmigen Glieder sich gegen seine Schläfen preßte und eine Stimme in seinem Gehirn flüsterte:

»Noch kannst du das Unheil abwenden, Trinar. Wenn du nur wenige Sekunden weiter in die Vergangenheit oder in Richtung Gegenwart gingst, würde Faktor I dich nie mehr finden, und du entgingst vielleicht dem Schicksal, das dir droht.«

Molat lachte nur über die Mahnung.

»Wenn ich fliehe, begebe ich mich der Macht, die ich besitze, Kleiner. Nein, dein Rat ist schlecht, auch wenn du es gut meinst.«

Der Krath schwieg.

Und Trinar Molat konzentrierte sich auf die Steuerung seines Raumschiffes.

Mitten im interplanetarischen Raum schoß die Sphäre durch den flammenden Ring eines Situationstransmitters – und wurde in vielen tausend Lichtjahren Entfernung im System des Planeten Tefrod rematerialisiert.

Fast im gleichen Augenblick vernahm Trinar Molat das warnende Zirpen der auftreffenden Ortungsimpulse.

Er ließ den Identifikationskode ausstrahlen, der ihn als Meister der Insel auswies. Sekunden darauf meldete sich der Kommandierende Admiral der Schutzflotte, Lam Treter.

Molat übermittelte ihm seine Befehle. Er bediente sich dabei des gleichen Gerätes, das Faktor I ihm gegenüber anwandte. Lam Treter sah nur das Symbol von Faktor II und hörte eine Robotstimme.

Das genügte jedoch für den tefrodischen Admiral. Er versicherte eifrig, ein nagelneues Kugelraumschiff von tausend Metern Durchmesser bereitzustellen und mit einer Elitebesatzung zu bemannen.

Trinar Molat bedankte sich nicht. Für ihn war es selbstverständlich, daß ein Tefroder seine Befehle widerspruchslos ausführte. Er befahl, das Raumschiff mitsamt seiner Besatzung schnellstens in einen Orbit um Tefrod zu bringen. Alles Weitere würde er mit dem Kommandanten des Schiffes selbst besprechen.

Lam Treter bestätigte hastig. Er fragte nicht, wozu der Meister der Insel das Schiff benötigte, wann es zurückkehren würde und wohin der Einsatz es führen sollte. Die Befehle eines MdI hatten lediglich ausgeführt zu werden, weiter nichts.

Kommandant Hakolin wurde im Simulator des Trainingszentrums von Lam Treters Befehl erreicht. Die beiden Adjutanten drängten auf sofortigen Aufbruch, und da sie einfach nicht von seiner Seite wichen, mußte Hakolin das Übungsprogramm desaktivieren.

Die Kommandozentrale des Schlachtschiffes löste sich in Nichts auf – genauso wie der Weltraum auf den Panoramaschirmen und die Schiffe des eigenen und des feindlichen Flottenverbandes, die sich eben noch erbittert bekämpft hatten.

Das Summen der Simulatorprojektoren erstarb.

Hakolin erhob sich aus seinem Kontursessel, setzte die Dienstmütze auf und nickte den Adjutanten zu.

»Ich bin bereit!«

Zehn Minuten später stand er vor dem Admiral und empfing seine Befehle.

»Sie werden ab sofort von Ihrem bisherigen Kommando freigestellt«, erklärte Lam Treter. »Dafür übernehmen Sie das Kommando über die RAWTHOR, ein Schlachtschiff der 1000-Meter-Klasse. Die RAWTHOR steht noch auf dem Startplatz der Werft T-22, ist aber startklar und getestet. Die Besatzung wurde mit Hilfe der Personalpositronik aus bewährten Offizieren und Mannschaften unserer Flotte zusammengestellt. Es wird an Bord der RAWTHOR keinen einzigen Duplo geben.

Sie begeben sich schnellstens zum Startplatz des Schiffes, überwachen das Einschiffen der Besatzung und lassen danach sofort die letzte Startkontrolle anlaufen. Dann gehen Sie in einen Orbit um Tefrod und melden sich bei dem Meister der Insel, der dort mit seinem Schiff den Planeten umkreist.

Von dem Augenblick der Kontaktaufnahme mit Faktor II unterstehen Sie nur noch seinem Kommando!«

Hakolins bräunliche Gesichtshaut verfärbte sich.

»Faktor II? Einer der ganz Mächtigen?«

»Es ist gut, daß Sie sich über die Macht der MdI im klaren sind«, entgegnete der Admiral scharf. »Kommen Sie niemals auf den Gedanken, einem Befehl des Meisters widersprechen zu wollen. Reden Sie nur, wenn er Sie ausdrücklich dazu auffordert!«

Hakolin nahm Haltung an.

»Ich habe verstanden, Admiral!«

Lam Treter lächelte flüchtig.

»Ich weiß, Sie begreifen schnell. Darum habe ich Sie auch für diesen Einsatz ausgesucht. Kommen Sie gesund zurück, Kommandant Hakolin!«

Hakolin machte eine Ehrenbezeigung und ging zur Tür, wo die

beiden Adjutanten ihn bereits erwarteten. Sie hatten alles organisiert, so daß Hakolin sich lediglich ihrer Führung anzuvertrauen brauchte.

Im Hangarschacht des Startfeldes lieferten ihn die beiden Offiziere ab.

Hakolin sah die funkelnde Wandung des Schlachtschiffes über sich aufragen, er sah die zwölf Torbogentransmitter, die unablässig Tefroder in Kombinationen, Ausgehuniformen und in Zivil ausspien. Der Meister der Insel mußte es sehr eilig haben, wenn man die Leute ohne Rücksicht auf vorschriftsmäßige Kleidung heranholte.

Der Kommandant musterte eine Weile die Gesichter der Männer. Er war ein erfahrener Flottenoffizier und ein guter Psychologe. Darum erkannte er sehr bald, daß man wirklich die Elite der Besatzung für die RAWTHOR ausgewählt hatte. Ein zufriedenes Lächeln umspielte seine harten Lippen, als er in den Schlund der senkrecht nach oben strebenden Antigravsäule trat.

Mit diesen Leuten würde er jeden Auftrag erfüllen können!

Eine halbe Stunde, nachdem er seinen Platz in der Kommandozentrale eingenommen hatte, lief die letzte Klarmeldung ein. Alle dreitausend Mann der Besatzung waren an Bord und an dem Platz, an den sie gehörten.

Kommandant Hakolin befahl den Start.

Er hatte keine genauen Positionsdaten über das MdI-Schiff erhalten, sich aber nichts daraus gemacht, weil er annahm, die entsprechenden Anweisungen nach dem Start von der Raumkontrolle zu bekommen.

Doch das erwies sich als Irrtum.

Kaum verließ die RAWTHOR die obersten Schichten der Planetenatmosphäre, als die Manuellkontrollen sich selbst desaktivierten. Dafür leuchtete über dem Robotpiloten ein weißes Schild mit der roten Inschrift auf:

SCHIFF BEFINDET SICH IN FREMDSTEUERUNG!

Hakolin zuckte die Achseln und lehnte sich zurück. Er wußte, daß die sagenhaften Meister der Insel, denen noch kein Tefroder von Angesicht zu Angesicht gegenübergestanden hatte, über geheime technische Mittel verfügten, die sie jedem anderen Wesen überlegen machten.

Dennoch fand er es phantastisch, wie das Schiff auf die fremden, nicht zu ortenden Impulse reagierte. Anzeigen veränderten sich, Kontrollampen zuckten in raschem Wechsel, und die Triebwerke schalteten sich ein und aus, wie der unbekannte Kurs es erforderte. Es war, als dirigierten Geister das Schlachtschiff.

Nach einigen Minuten Fahrt bremsten die Bugtriebwerke ab, dann trieb die RAWTHOR im freien Fall auf einer weiten Kreisbahn dahin. Im Steuerbordsektor der Panoramagalerie tauchte ein milchiger, elliptischer Schemen auf.

Hakolins Hände umklammerten die Lehnen seines Konturensessels.

Sollte jener Schemen das Raumschiff des MdI sein . . .?

Plötzlich schrien einige seiner Offiziere auf.

Hakolin fuhr herum. Was er sah, ließ sein Herz bis zum Hals schlagen. Er mußte die Lippen zusammenpressen, um nicht selbst aufzuschreien.

Mitten in der Zentrale schwebte reglos eine blauweiß strahlende Kugel von etwa einem Meter Durchmesser.

Und aus diesem Ball kalter Glut drang eine mechanische Stimme:

»Ich sehe, Sie sind bereit, Kommandant Hakolin. Hören Sie zu, was ich Ihnen zu sagen habe!«

Erst jetzt merkte der Tefroder, daß er den Atem angehalten hatte. Vorsichtig atmete er aus. Dann wartete er. Lam Treter hatte ihm gesagt, er solle niemals ohne besondere Aufforderung reden, und er war gewillt, sich an diesen Rat zu halten.

Ein wenig enttäuscht war er jedoch. Er hatte gehofft, den Meister der Insel sehen zu können. Statt dessen ließ er diese sprechende Kugel materialisieren.

Oder waren diese Wesen, die sich Meister der Insel nannten, etwa identisch mit strahlenden Glutbällen? Stellten sie eine rein energetische Lebensform dar?

Er zuckte zusammen, als aus der Kugel klirrendes Gelächter erscholl.

Konnte der MdI seine Gedanken lesen?

»Hier die genauen Befehle!« unterbrach die mechanische Stimme seine Überlegungen. »Schalten Sie den Speichersektor Ihrer Bordpositronik ein!«

Hakolin gab die Anordnung weiter.

Dann lauschte er der Stimme, die ihm die Positionskoordinaten eines kleinen Sonnensystems gab, das sich in einem Seitenarm der Ersten Galaxis befand. Er erfuhr, daß nur der dritte Planet dieses Systems, eine Sauerstoffwelt mit dem Namen Terra, von vernunftbegabten Wesen bewohnt war. Diese Wesen besaßen eine relativ primitive Technik und noch keine interplanetare Raumfahrt, von intergalaktischer Raumfahrt ganz zu schweigen. Die Kugel übermittelte ihm auch das Wissen um einen Forschungskreuzer der Arkoniden, der auf dem einzigen Mond Terras notgelandet war. Diesen Forschungskreuzer galt es zu vernichten, damit die Terraner, wie jene Unbekannten genannt wurden, nicht in den Besitz der arkonidischen Raumfahrttechnik gelangten.

Hakolin wunderte sich darüber, daß ein Meister der Insel persönlich eingriff, um einen derartig unkomplizierten Einsatz zu organisieren. Er wunderte sich auch darüber, daß ein MdI überhaupt daran interessiert war, den Terranern das Wissen um die Arkonidentechnik vorzuenthalten – denn Hakolin hatte keine Ahnung, daß ausgerechnet diese Terraner genau 435 Jahre später die Macht der Meister der Insel brechen würden . . .

Und wenn er seinen Einsatz durchführte, würden die Terraner auch niemals Andromeda bedrohen.

Alles das wußte er nicht. Er wußte auch nicht, daß man auf Terra jetzt das Jahr 1971 schrieb und daß die Rakete noch nicht gestartet war, die einen Major der US-Space-Force mit Namen Perry Rhodan zum Erdmond bringen sollte.

Nachdem er alle Informationen erhalten hatte, die der MdI für nötig befand, bestätigte er auf Aufforderung die Befehle und startete anschließend zum Sechsecktransmitter Andromedas, um über die Transmitterstraße zur Ersten Galaxis zu fliegen.

Die Menschen auf der Erde ahnten ebenfalls nichts davon – sie wußten ja nicht einmal, daß es außer ihnen überhaupt noch andere vernunftbegabte Lebewesen gab . . .

15.

Die CREST und die IMPERATOR waren am 21. Januar nach Gleam zurückgekehrt. Kurz darauf war eine Abordnung der Maahks mit sensationellen Informationen eingetroffen.

Ein Schiff der Maahks, die noch immer in riesiger Zahl in Andromeda gegen die Tefroder kämpften, hatte vor wenigen Tagen durch Zufall einen kodierten Funkspruch empfangen. Nachdem es gelungen war, ihn zu entschlüsseln, stellte sich heraus, daß in diesem Spruch von der Zentralwelt der MdI, Tamanium genannt, die Rede war. Das Luum-System besaß drei Planeten, von denen der erste eine Glutwelt und der dritte ein Wasserstoff-Methan-Riese war. Der zweite Planet, Tamanium, besaß hingegen eine Sauerstoffatmosphäre. Die genaue Position dieses Systems konnte nicht ermittelt werden, es stand aber fest, daß es sich in jenem Seitenarm Andromedas befinden mußte, in dem das Maahkschiff die Funknachricht empfangen hatte.

Der Maahk-Kommandant hatte seine Entdeckung sofort an die Neunväter gemeldet, und diese hatten einen Kurier nach Gleam entsandt, der die Terraner informieren sollte.

Rhodan und Atlan waren einigermaßen überrascht, war man doch bisher davon überzeugt gewesen, daß das Zentrum der Macht der MdI sich innerhalb der Verbotenen Zone befand. Nunmehr stellte sich jedoch heraus, daß der vermutlich wichtigste Stützpunkt der MdI in einem relativ unbedeutenden Seitenarm Andromedas liegen sollte.

Perry Rhodan bat Atlan, die Suchaktion nach der Zentralwelt zu leiten. Wenige Stunden später startete die IMPERATOR und flog mit einigen Dutzend anderer Schiffe nach Andromeda. Dort angekommen, sollten auch die Korvetten der Großschiffe ausgeschleust werden, um den Wirkungsgrad der Suchaktion zu erhöhen.

Es war Anfang Februar 2406. Die CREST war auf Gleam zurückgeblieben und wartete auf die entscheidende Nachricht.

Omar Hawk blinzelte in die Kontrollampen des Schaltpultes, ließ die Magnetverschlüsse seine Konturensessels aufschnappen und erhob sich mit der Geschmeidigkeit einer satten Raubkatze.

Bedächtig ging er auf das Kabinenschott des kleinen Raumes zu, in dem er soeben einen Simultan-Kampf mit einem simulierten tefrodischen Gegner ausgefochten hatte. Dieser Gegner war von Melbar Kasom verkörpert worden, der im Nebenraum ebenfalls in einer Simultanmaschine gesteckt hatte. Auf dem Flur des Konditionierungszentrums der CREST III traf Hawk den riesenhaften Ertruser aus dem Kreit-System.

Zur gleichen Zeit streckten die beiden Umweltangepaßten ihre Hände aus; gleichzeitig beglückwünschten sie sich zu ihren Leistungen.

Dann lachten sie lauthals los.

Nachdem sie sich wieder beruhigt hatten, schlenderten sie zum Liftschacht und ließen sich zum Freizeit-Deck tragen. Die Halle des Solariums wirkte gigantisch, aber vier Fünftel der exotisch terranischen Landschaft waren nur Illusion, gestaltet von einfallsreichen Video-Technikern.

Im Bar-Pavillon ließen sie sich in weiche Sessel fallen, amüsierten sich über die Gesichter der anderen Anwesenden, die sich darüber entsetzten, daß die Sesselböden bis auf den Boden sanken, und bestellten jeder einen doppelten Gemüsesaft-Cocktail.

»Sie waren ein verteufelt gerissener Tefroder, Melbar!« sagte Omar Hawk freimütig. »Sozusagen der gefährlichste Feindagent, dem ich bisher begegnete.«

Kasom lachte so laut, daß sich einige andere Offiziere die Ohren zuhielten. Er trank sein großes Glas aus und bestellte sofort neu.

»Ich muß das Kompliment zurückgeben, Omar.« Er schüttelte den Kopf. »Ehrlich gesagt, ich hätte niemals gedacht, daß Sie bei mir ein Unentschieden erzielen würden. Schließlich habe ich nicht nur die größere Einsatzerfahrung, sondern bin außerdem Spezialist der USO, und als solcher hielt ich mich bisher stets für unschlagbar.«

Hawk lächelte.

»Ich habe Sie ja auch nicht geschlagen, Melbar. Dennoch: Die Spezialisten der Solaren Abwehr erhalten bestimmt keine schlechtere Ausbildung als die USO-Spezialisten; sie machen nur für gewöhnlich nicht so viel Aufhebens davon.«

»Das hat gesessen!« bemerkte der Ertruser grinsend. »Aber Sie mögen recht haben. In unserer Organisation gibt es fast nur Kolonialterraner, und die unterscheiden sich schon äußerlich stark von Erdgeborenen. Kein Wunder, daß die Normalmenschen der Abwehr nicht so stark auffallen. Sogar Sie ragen äußerlich nicht aus der Masse heraus, dabei sind Ihre Körperkräfte stärker als meine, von der Widerstandskraft Ihres Metabolismus gar nicht zu reden.«

Der Oxtorner winkte ab und errötete leicht. Er mochte es nicht, wenn man seine besonderen Fähigkeiten hervorhob, wenn er es auch ebenso wenig leiden konnte, daß jemand sein Licht unter den Scheffel zu stellen versuchte.

»Nicht die rohe Gewalt, sondern der Geist ist der entscheidende Faktor. Sie haben es ja bei unserer Auseinandersetzung gesehen: Keiner hat versucht, seine Körperkräfte auszuspielen.«

Melbar Kasom strich behutsam über seine sandfarbene Sichellocke, die sich von der Stirn bis ins Genick zog und der einzige Körperteil des Ertrusers war, den er mit Hingabe und Eitelkeit pflegte.

Anschließend legte er die Hand auf die Magengegend und verzog das Gesicht zu einer Grimasse des Schmerzes.

»Ich schlage vor, wir gehen erst einmal einen Bissen essen, Omar. Wie denken Sie darüber?«

»Einverstanden. Mein Magen knurrt ebenfalls schon seit dem Frühstück. Sehen wir zu, daß wir etwas Nahrhaftes bekommen.«

Auf allen größeren Raumschiffen der Solaren Flotte gab es besondere Speiseräume für Umweltangepaßte mit überdurchschnittlichem Nahrungsbedarf und für Kolonialterraner mit fremdartigem Metabolismus. Es wäre unzumutbar für beide Seiten gewesen, ständig gemeinsam zu speisen. So vertrugen es beispielsweise die wenigsten Erdgeborenen, neben einem Umweltangepaßten von Sapiskaja oder ähnlich gearteten Welten zu sitzen und zuzusehen, wie diese Leute ihren halbverwesten, violett schillernden Brei aus quallenartigen Meerestieren zu sich nahmen. Allein der Geruch hätte bereits unwiderstehlichen Brechreiz hervorgerufen . . .

Andererseits bedurfte der Metabolismus von Extremweltlern gewisser besonderer organischer Verbindungen, ohne die sie nur kurze Zeit existieren konnten – und noch vermochte man nicht alles synthetisch herzustellen.

Melbar Kasom allerdings aß alles, was ihm vorgesetzt wurde – von arguontisischen Schleimigeln über gebackenen Gigaschneckenspeichel bis zu handfestem terranischen Rinderbraten. Seltsamerweise vertrug er auch alles – oder jedenfalls fast alles.

Er bestellte sich bescheidenerweise diesmal nur einen gegrillten Truthahn und als Vorspeise etwa sechs Pfund gemischten Salat.

Omar Hawk bedurfte gewisser Spezialitäten. Er aß eine Speise, die aus etwa vier Kilogramm stark gesalzenem durchgedrehtem Fisch bestand und außer ungeräuchertem Speck und oxtornischer Mamuleber ungefähr zwei Liter gegorener Pilzmaische aus der oxtornischen Produktion enthielt. Er benötigte von Zeit zu Zeit diese Spezialitäten, denn sein Metabolismus mußte schließlich Muskeln von der Festigkeit normalen Metallplastiks und Knochen mit der Härte von Terkonitstahl erhalten.

Die vier Epsaler am Nebentisch nahmen sich gegen die beiden Agenten direkt armselig aus. Sie verzehrten lange Streifen halbverkohlten Fleisches und tranken dazu ein Getränk, das ein Chemiestudent nach sehr vorsichtigem Kosten wahrscheinlich als Mischung aus hochprozentigem Essig mit Salzlake definiert hätte . . .

Als die Sechzig-Meter-Korvette KI-USO-42 in einem Seitenarm des Andromedanebels aus dem Linearraum fiel, wußte Captain Mines Horan sofort, daß er mitten in einem Wespennest gelandet war.

Horans Schiff gehörte zu den ausgeschleusten Beibooten der IMPERATOR, die auf der Suche nach dem Luum-System waren. Die Faust des Captains schlug auf die Schaltplatte der Alarmanlage. Überall in den Räumen und Gängen des Beibootes begannen die Alarmpfeifen zu schrillen. Die Geschützluken öffneten sich, und die Zielerfassungstaster suchten nach einem Gegner.

Aber von einem Gegner war nichts zu sehen.

Nur die münzengroße Scheibe einer blaßgelben Sonne strahlte im Backbordschirm, und die Hypertaster registrierten drei Planeten. Nummer eins war sehr klein und besaß eine nahezu glutflüssige Oberfläche. Nummer zwei schien erdähnliche Bedingungen aufzuweisen, Nummer drei wurde als Wasserstoff-Methan-Riese erkannt.

Das waren genau die Daten der Zentralwelt der MdI!

Captain Horan saß fast eine Minute lang unbeweglich in seinem

Konturensessel, die Hand immer noch auf der Schaltplatte der Alarmanlage. Es sah aus, als hätte ihn der Schock gelähmt.

In Wirklichkeit jedoch arbeitete sein Gehirn so präzise wie immer. Mines Horan machte sich nicht die geringsten Illusionen. Er wußte, daß die MdI ihr Zentralsystem so gesichert haben würden wie keine andere ihrer Bastionen. Und da der Captain über die anderen Festungen der Meister der Insel und ihrer Hilfstruppen recht gut informiert war, zweifelte er nicht daran, daß man sein Schiff in dem Augenblick geortet hatte, als es aus dem Linearraum austrat.

Es gab kein Entkommen für die KI-USO-42.

Horan dachte aber nicht daran, seine Leute zu opfern, indem er resignierte. Er nahm die Hand von der Alarmschaltung und zog das Mikrophon des Interkoms dicht an seine Lippen.

»Achtung! Kommandant an Besatzung! Alle Mann sofort in die Mini-Space-Jets. Ich wiederhole: Alle Mann sofort in die Mini-Space-Jets. Das Schiff muß aufgegeben werden. Start erfolgt in etwa zehn Minuten. Funkstille! Ich wiederhole: Funkstille!«

Er erhob sich bedächtig und wandte sich an seinen Navigator.

»Berechnen Sie den Kurs zum zweiten Planeten des Systems. Geben Sie die Daten in den Autopiloten, aber sorgen Sie unbedingt dafür, daß der weitere Flug nicht geradlinig verläuft, sondern einem typischen Such- und Orientierungskurs ähnelt!«

Der Navigator war, genau wie sein Vorgesetzter, aus der USO-Schulung hervorgegangen und stellte keine überflüssigen Fragen. Er begriff, daß der Captain ein Täuschungsmanöver beabsichtigte und gab sich Mühe, die Kursdaten entsprechend zu manipulieren.

Unterdessen drehte Captain Horan die Korvette so, daß ihr Jet-Hangar eine Position entgegengesetzt dem zweiten Planeten einnahm.

Nur zwei Minuten später meldete der Navigator, der Autopilot sei programmiert.

Mines Horan erteilte nun auch der Zentrale-Besatzung den Befehl, in die Mini-Jets zu gehen.

Die Mini-Space-Jets der United Stars Organisation entsprachen keineswegs den normalen Space-Jets der Solaren Flotte. Sie waren bedeutend kleiner und faßten eigentlich nur jeweils drei Mann. Diesmal mußten in zwei Jets je sieben und in eine sechs Mann verfrachtet werden. Es wurde mehr als eng, zumal ja die Piloten auf jeden Fall ihre volle Bewegungsfreiheit behalten mußten. Sie trugen keine Raumanzüge; dafür war kein Platz mehr gewesen. Jeder Durchschuß mußte unweigerlich zur Katastrophe führen.

Während die leere Korvette vom Autopiloten vorläufig noch direkt auf den zweiten Planeten zugesteuert wurde, schossen die drei Mini-Jets aus ihrem Hangar, abgeschnellt von einem gravimechanischen Abstoßfeld, nachdem sie durch Aktivierung ihrer eigenen Antigrav-Aggregate zuvor gewichtslos geworden waren.

Captain Horan hatte strikt untersagt, die Impulstriebwerke der Jets einzuschalten. Sie besaßen nur eine geringe Möglichkeit des Entkommens, nämlich die, sich im freien Fall, nur angetrieben von dem einmaligen Abstoßimpuls und dem Gesetz der Massenträgheit, vom Zentralsystem der Meister der Insel zu entfernen.

Trinar Molat erhielt die Ortungsmeldung in dem Augenblick, in dem er von seiner Mission in der Vergangenheit zurückkehrte.

Der MdI wurde von Panik ergriffen, als er auf den Ortungsschirmen die Umrisse eines kleinen Kugelraumschiffes terranischer Bauart erkannte, das sich dem System in gradlinigem Kurs näherte.

Doch in der nächsten Sekunde kehrte seine kühle Überlegung zurück. Er verzichtete vorläufig darauf, den Eindringling zu vernichten, obwohl er dazu in der Lage gewesen wäre.

Faktor I war seltsamerweise sehr genau über die Pläne der Terraner informiert gewesen. Wenn er ihm trotzdem keine Suchaktion nach dem Zentralsystem angekündigt hatte, so gab es nur eine Erklärung dafür: Dieses Kugelschiff war rein zufällig in das System gekommen.

Als es nach einigen Minuten Kurs auf den dritten Planeten nahm, atmete Molat auf. Der Kommandant des terranischen Schiffes war zwar aufmerksam geworden, er schien aber selbst noch nicht zu wissen, was ihm an diesem System auffiel.

Nach einigen Minuten wechselte das Kugelschiff erneut den Kurs. Diesmal flog es wieder auf Nummer zwei zu.

Trinar Molat zögerte noch immer.

Er mochte nichts unternehmen, bevor er nicht ganz sicher war, daß der Terraner Verdacht schöpfte. Zwar hatte der Raumer die Fünfzehn-Millionen-Kilometer-Grenze längst überschritten, bis zu der die Gegenpolkanonen reichten, aber bislang würde er selbst mit den besten Ortungsgeräten auf Tamanium nur Berge, Ozeane und Ebenen erkennen können. Alle wichtigen Anlagen befanden sich unter der Oberfläche, und das, was notwendigerweise oben liegen mußte, war vorzüglich gegen Identifizierung getarnt.

Doch der Terraner behielt nun seinen Kurs bei. Der Meister der Insel lächelte kalt. Er wußte, die Gegner verfügten über ein Mutantenkorps. Vielleicht wollten sie ihn damit überrumpeln.

Aber diese Befürchtung schwand, als das Schiff den ersten Planeten ansteuerte.

Damit wurde es für Trinar Molat zu einem Fremdkörper, der lediglich lästig fiel und den man beseitigen mußte, um nicht stundenlang vor den Ortungsschirmen sitzen zu müssen.

Ein präzise formulierter Gedankenbefehl löste die Aktivierungsschaltung eines vollautomatischen Gegenpolgeschützes aus, eines von hunderttausend.

Diese Waffe unterschied sich wesentlich von derjenigen, die die Tefroder verwendeten; sie arbeitete im Bruchteil einer Sekunde.

Fast zugleich mit dem gedachten Befehl verwandelte sich das terranische Raumschiff in eine expandierende Wolke glühenden Gases.

Molat lachte spöttisch.

Die Terraner hatten nicht einmal mehr einen Notfunkspruch senden können. Niemand würde je erfahren, daß sie ihr Leben dicht vor der Zentralwelt der Meister der Insel abrupt beendeten.

Trinar Molat formulierte einen anderen Befehl.

Im nächsten Augenblick fand er sich auf der Oberfläche seiner Welt wieder.

Die Äste ragten fast bis zur Mitte der Urwaldlichtung. Zweige und Blätter bewegten sich sanft im warmen Wind, der von der großen Steppe durch das natürliche Tor gepreßt wurde, das Tor zwischen zwei Mittelgebirgszügen.

Ein Schwarm bunt gefiederter Vögel erhob sich mit brausendem Schwingenschlag über die Wipfel, kreischte und warnte . . .

»Eine Projektilwaffe!« befahl Trinar Molat halblaut.

Dicht vor ihm bildete sich eine flimmernde Energieblase. Der Meister der Insel streckte die Hand aus – und umklammerte in der nächsten Sekunde ein Gegenpolgewehr. Dessen Konstruktion hatte nichts mit der der Gegenpolkanone zu tun; es verschoß lediglich

Explosivgeschosse mit der Kraft eines gegengepolten energetischen Abstoßfeldes.

Er entsicherte die Waffe und glitt beinahe geräuschlos hinter den starken Stamm eines Baumriesen. Ein Lächeln huschte über sein Gesicht, als er den Krath sah, der an einem herabhängenden Zweig hing und ihn beobachtete.

Das Lächeln erlosch wieder. Ein dumpfes Grollen kam von der anderen Seite der Lichtung. Kleine, affenähnliche Pelztiere schwangen sich in rasender Flucht von Ast zu Ast, dackelgroße Samenfresser rannten quiekend und grunzend durch das Gras.

Und dann ertönte der mächtige Ruf des Grünen Tigers!

Trinar Molat fühlte seine Handflächen feucht werden. Seine Augen glitzerten kalt. Unterdrückte Instinkte übernahmen die Steuerung seines Körpers.

»Keinen Schutzschild!« befahl der MdI mit rauher, halblauter Stimme.

Er wollte endlich wieder einen wirklichen Kampf bestehen und nicht gegen Wehrlose antreten müssen, wie es die Männer des terranischen Schiffes gewesen waren.

Ein Bündel aus smaragdgrünem Fell, harten Knochen, nahezu unzerreißbaren Sehnen und stahlharten Muskeln, aus Krallen und Zähnen, aus unbezähmbarer Wildheit fiel zwischen die fingerstarken Grashalme.

Molat kniete nieder und hob die Waffe.

Dann stieß er einen grellen Pfiff aus.

Der Grüne Tiger fuhr herum. Sonnengelbe Augen funkelten kampfeslustig. Ein dumpfes Röhren drang aus dem zahnbewehrten Maul.

Trinar Molat preßte den Feuerknopf ein, als das Raubtier bereits durch die Luft flog.

Das Geschoß streifte die Bestie und explodierte an seiner rechten Flanke. Dadurch wurde die Sprungbahn geringfügig verändert. Einen Meter neben dem MdI prallte der schwere Körper auf – ruckte herum und fiel über Molat her.

Doch der brachte sich mit einem Sprung aus dem Bereich der messerscharfen Klauen und Reißzähne. Er schleuderte sein Gegenpolgewehr davon und riß das Vibratormesser aus der Scheide. Die beiden Gegner prallten in der Luft aufeinander.

Als sich Trinar Molat erhob, schlug sein Herz schneller vor Triumph.

Er betrachtete das metallisch schimmernde Fell der Dschungelbestie, die reglos zu seinen Füßen lag. Das Vibratormesser war ihr genau durch den vierkantigen Schädel gedrungen.

»Sanitätsrobot!« befahl Molat.

Eine kugelförmige Maschine materialisierte, nahm den MdI in sich auf und entließ ihn nach wenigen Minuten wieder.

Trinar Molats klaffende Schulterwunde war mit einer achtfachen Heil- und Schutzschicht überzogen worden; innerhalb der nächsten zwei Stunden würde sich die Wunde schließen.

Mit elastischen Schritten ging er zu seinem auf dem Boden liegenden Gewehr, hob es auf und begab sich schließlich zu dem Wildpfad, über den der Grüne Tiger gekommen war.

Vielleicht führte die Spur zu seiner Höhle – und eventuell sogar mit Jungen darin. Er würde sie zähmen und als seine persönlichen Wächter einsetzen!

Als die drei Mini-Jets fünfzig Millionen Kilometer von den Grenzen des Zentralsystems entfernt waren, ließ Captain Horan die Impulstriebwerke anlaufen.

Die drei winzigen Fahrzeuge beschleunigten schnell, verschwanden im Dunkel des interstellaren Raums und tauchten eine halbe Stunde später im Linearraum unter.

Am vereinbarten Treffpunkt wurden sie von der IMPERATOR eingeschleust, und Captain Horan erstattete Atlan Bericht. Dieser ließ die Suchaktion abbrechen und die restlichen Schiffe, die durch ein ausgeklügeltes und unverfängliches System von Hyperkurzimpulsen verständigt wurden, sammeln.

Fünf Stunden später war Atlan mit seinen Suchschiffen bereits unterwegs nach Gleam, um Rhodan und die wartende Flotte zu verständigen.

Perry Rhodan hörte sich den Bericht an, ließ sich die Positionsdaten des Dreiersystems geben und lobte den Captain wegen seiner umsichtigen und klugen Handlungsweise.

Danach erteilte er Befehl, die tausend eigenen Schiffe zum Start nach Tamanium vorzubereiten. Die Maahks stellten zwanzigtausend eigene Einheiten für den bevorstehenden Kampf ab, nachdem sie informiert worden waren.

Mit dieser Streitmacht wollte Rhodan die Entscheidung erzwingen. Es würde ein furchtbarer Kampf werden, dessen war er gewiß. Aber er hoffte, daß danach endlich das Blutvergießen aufhören würde. Er wollte nichts mehr, als die Gefahr für die Menschheit endgültig beseitigen und danach in die Heimatgalaxis zurückkehren, um sich dort dem friedlichen Aufbau seines Imperiums widmen zu können.

Er ahnte nicht, daß 435 Jahre zurück ein tefrodisches Kampfschiff in das Sonnensystem einflog, um das Imperium der Menschheit und ihn selbst aus der Realität zu fegen . . .

16.

Das tefrodische Schlachtschiff unter Kommandant Hakolin kehrte am äußeren Rand der Sonnenkorona von Sol in das vierdimensionale Raum- Zeit-Kontinuum zurück.

Hakolin ließ das Schiff stoppen.

Die Ortungsgeräte arbeiteten ununterbrochen und lieferten Daten über Daten. Hakolins Gesicht wurde von Stunde zu Stunde zufriedener. Nicht ein einziges Raumschiff wurde von den Hypertastern innerhalb des Solsystems erfaßt. Die mitgebrachten Unterlagen schienen zu stimmen. Dieses System wurde von einem primitiven Volk bewohnt, das seinen Heimatplaneten bisher noch nicht verlassen hatte.

Es würde keinerlei Schwierigkeiten bereiten, es für lange Jahrhunderte in der Primitivität zu belassen. Niemals würden diese Terraner das arkonidische Erbe auf dem Mond ihres Planeten entdecken. Niemals würden sie eine Rolle in der galaktischen und schon gar nicht in der interkosmischen Politik spielen. Und sie würden nicht einmal wissen, was ihnen damit entging!

»Wir haben noch drei Tage Zeit«, sagte er zu seinem Ersten Offizier, dem Tefroder Melnarik. »Auf dieser primitiven Welt schreibt man erst den 7. Juni 1971; der Arkonidenkreuzer aber soll erst am 10. Juni zerstört werden. In der Zwischenzeit könnten wir uns die anderen Planeten des Systems vielleicht ein bißchen ansehen. Was meinen Sie dazu?«

Melnarik zuckte die Schultern.

»Der Meister der Insel hat uns nichts darüber gesagt. Ich weiß nicht, ob es richtig wäre, ohne ausdrücklichen Befehl etwas zu unternehmen . . .«

»Ach was!« erwiderte Hakolin. »Er hat es uns auch nicht ausdrücklich verboten. Außerdem werden wir sehr vorsichtig zu Werke gehen. Ich werde nichts riskieren, obwohl man angesichts der Primitivität dieser Terraner beim besten Willen kein Risiko eingehen könnte.«

Er warf einen Blick auf die Unterlagen.

»Steuern Sie den ersten Planeten an, Melnarik. Die Terraner nennen ihn Merkur. Wir werden ihn uns genau ansehen; obwohl ich nicht an eine Bedrohung glaube, möchte ich sicher sein, daß uns niemand in den Rücken fällt, wenn wir in Richtung Erde weiterfliegen.«

Die RAWTHOR setzte sich wieder in Bewegung. Sie näherte sich dem ersten Planeten des Solsystems von der Sonne her, und Hakolin achtete darauf, daß es die Sonnenscheibe auch weiterhin im Rücken behielt. Er wollte das geringste Risiko ausschalten, zumal sein Einsatzauftrag von einem Meister der Insel stammte und deshalb jeder Fehlschlag gleichbedeutend mit dem Todesurteil über Kommandant und Mannschaft sein würde.

Doch alle noch so geringen Befürchtungen erwiesen sich als unbegründet. Kein Ortungsstrahl traf die RAWTHOR, und kein anderes Raumschiff ließ sich blicken, soweit die Hypertaster reichten.

Es stellte sich heraus, daß der erste Planet, den die Terraner Merkur nannten, eine lebensfeindliche Extremwelt war. Er drehte sich in der gleichen Zeitspanne einmal um seine Achse, in der er die Sonne umkreiste. Dadurch herrschte auf der einen Halbkugel ständig Nacht und auf der anderen ständig Tag. Die Tagseite war eine Gluthölle. Keine Pflanze würde jemals dort existieren können. Ein unablässiges Bombardement von harter Strahlung hatte den Wüstenboden stark radioaktiv werden lassen, und keine Atmosphäre bot Schutz davor.

Die Nachtseite zeigte das gleiche Bild; trotz der sehr tiefen Temperaturen war die Oberfläche eine Fels- und Sandwüste ohne eine Spur von gefrorener Flüssigkeit. Falls es jemals Wasser auf diesem Höllenplaneten gegeben hatte, war es sicherlich gleich nach seiner Entstehung verdunstet.

Von Hakolins Standpunkt aus bot Merkur allerdings eine Menge unschätzbarer Vorteile. Die tefrodische Technik wäre ohne weiteres in der Lage gewesen, die in großen Mengen vorkommenden Schwermetalle abzubauen. Hermetikkuppeln und Roboter zusammen würden die negativen Verhältnisse aufwiegen und einen ungeheuren Reichtum fördern.

Doch dieses Sonnensystem war zu weit von Andromeda entfernt. Es lohnte sich nicht, Bodenschätze von einer Galaxis in die andere zu befördern, wenn man selbst genügend gleichwertige Planeten in unmittelbarer Nähe zur Verfügung hatte.

Nachdem die RAWTHOR den Planeten zum zehntenmal umkreist hatte, stand das Ergebnis fest. Es gab keinerlei Hinweis auf die Tätigkeit intelligenter Wesen.

Kommandant Harkolin befahl, den Orbit um Merkur zu verlassen und den zweiten Planeten des Solsystems anzufliegen – einen wolkenverhüllten Planeten, den die Terraner Venus nannten . . .

Die ›Augen‹ des Kommandanten waren überall.

Sie schwebten in der von gelblichweißen Wolken bedeckten Atmosphäre, strichen über die fruchtbaren Urmeere, über die dampfenden Wipfeldächer fast undurchdringlicher Dschungelgebiete und über die immerfeuchten, kahlen Felsen der höheren Regionen.

Sie beobachteten.

Sie beobachteten seit vielen tausend Jahren, und alle Beobachtungsergebnisse wurden dem Kommandanten zugeleitet, der über den Grad ihrer Wichtigkeit entschied und bemüht war, Hinweise auf das Auftauchen von Wesen zu erhalten, die nicht auf dieser Welt geboren waren.

Bisher hatte der Kommandant stets vergebens gewartet, hatte vergeblich nach den erwarteten Hinweisen geforscht – und ansonsten lediglich dafür gesorgt, daß er selbst und das, was man ihm anvertraut hatte, betriebsbereit blieb und jederzeit von den Herren benutzt werden konnte.

Aber der Kommandant besaß viel Zeit, beinahe unendlich viel Zeit. Er kannte weder Langeweile, noch Hoffnung, noch Enttäuschung. Er vermochte auch keine Besorgnis zu empfinden, weil die Herren gar so lange ausblieben. Sie hatten ihn geschaffen, damit er sich bereithielte – und eines Tages würden sie kommen, weil sie ihn brauchten.

Aus allen diesen Gründen hielt er den Zeitpunkt für gekommen, als mehrere Ortungssonden von einem großen, metallischen Objekt berichteten, das mit geringer Fahrt in die obersten Schichten der Atmosphäre eintauchte.

Es konnte sich praktisch nur um ein Raumschiff handeln, und die Informationen, die der Kommandant über die Raumschiffe der Herren besaß, besagten, daß die Bauweise und das Antriebsprinzip den Erwartungen entsprachen.

Der Kommandant aktivierte sämtliche Neben- und Ergänzungsschaltungen. Viele Hunderte positronischer Feldaggregate begannen über Funkkanäle miteinander zu kommunizieren.

Das große Raumschiff war unterdessen durch die dichte Wolkendecke gestoßen, die lückenlos und seit undenklichen Zeiten den Planeten umspannte. Es ging auf einen Kurs, der es an dem Kommandanten vorbei zur anderen Seite des Planeten bringen mußte.

Damit war der Kommandant durchaus nicht einverstanden. Zum erstenmal kam ihm der Verdacht, es könnten nicht die Erwarteten sein, die dort aufgetaucht waren.

Falls es sich so verhielt, waren die anderen Feinde!

Der Kommandant gab einen Befehl.

Die Funkstation strahlte auf Hyperwellenbasis einen Spruch an die Besatzung des Kugelschiffes aus und forderte Identifizierung durch das vereinbarte Kodesignal.

Wenige Sekunden später kam die Reaktion.

Das fremde Raumschiff stieg mit starker Beschleunigung in die höheren Schichten der Atmosphäre.

Das sah nach Flucht aus.

Die Schlußfolgerungen des Kommandanten stellten Ergebnisse streng logisch ausgerichteter Gedankengänge dar. Seine Anwesenheit auf dieser Welt war ein Geheimnis und mußte es bleiben, bis die Herren anders lautende Anweisungen erteilten. Kein Unbefugter durfte davon erfahren – und wenn er davon erfuhr, durfte er nicht die Gelegenheit erhalten, sein Wissen weiterzugeben.

Der Kommandant befahl, das Raumschiff mit einem Zugstrahl festzuhalten und zum Zwecke der Untersuchung zur Basis zu bringen . . .

Kommandant Hakolin besaß keinerlei Unterlagen über den zweiten Solplaneten. Es war lange her, über fünfzigtausend Jahre, seit die Erste Menschheit vor dem Ansturm der Haluter nach Andromeda geflüchtet war, und die Meister der Insel hatten seit ihrer Machtübernahme streng darauf geachtet, daß die Tefroder von Generation zu Generation mehr von ihrer ersten Heimat vergaßen.

Hätte Hakolin geahnt, daß seine frühen Vorfahren einst den dritten Planeten des Solsystems bewohnten und daß der MdI aus der

Zukunft gekommen war, um ein Zeitparadoxon einzuleiten, er wäre weitaus vorsichtiger gewesen. Zeitparadoxa ließen sich nur unter ganz bestimmten Umständen erfolgreich verursachen; ein noch unerforschter Beharrungsfaktor trug die Schuld daran. Was bereits geschehen war, was im Fluß der Zeit materialisierte, das besaß stets die größere Stabilität . . .

Die Bildschirme der Panoramagalerie zeigten nur die weißgelbe, lückenlose Wolkenschicht über der Venusoberfläche. Auf den Ortungsschirmen dagegen wurden die Konturen von Ozean, bewaldeten Ebenen und hohen Gebirgszügen plastisch abgebildet.

Venus war eine Urwelt.

»Gehen Sie tiefer!« befahl Hakolin seinem Ersten Offizier. »Ich möchte mir den Planeten genauer ansehen.«

Melnarik bestätigte. Er zögerte keinen Augenblick, dem Befehl seines Kommandanten Folge zu leisten. Sie hatten gemeinsam schon viele Unternehmen erfolgreich durchgeführt, und Hakolin galt nicht nur bei der Besatzung seines früheren Raumschiffes als bester Kommandant der tefrodischen Flotte.

Die Außenmikrophone übertrugen das Heulen und Kreischen des Orkans, der in der Atmosphäre tobte. Melnarik mußte die Triebwerke auf automatische Schiffsstabilisierung schalten, sonst wäre die RAWTHOR umhergeschleudert worden wie ein Ball auf den Wogen eines Meeres.

Hakolin stand hinter dem Pult des Orters und verfolgte die einlaufenden Ergebnisse. Nichts deutete darauf hin, daß sich auf Venus Erzeugnisse einer Zivilisation befanden. Doch das hatte niemand erwartet. Die Terraner konnten den zweiten Planeten ihres Sonnensystems noch nicht erreicht haben, wenn sie sich erst in drei Tagen anschicken würden, mit einer primitiven Flüssigkeitsrakete erstmalig ihren eigenen Trabanten aufzusuchen.

Nach einigen Minuten wandte sich der Kommandant wieder der Panoramagalerie zu.

Das, was auf den Schirmen zu sehen war, enttäuschte ihn allerdings.

Die Atmosphäre der Venus war ganz einfach zu dicht, um die Sonnenstrahlen ungehindert zur Oberfläche durchdringen zu lassen. Diese Tatsache sorgte zwar für eine relativ niedrige Temperatur – dicht über dem Boden wurden 55 Grad Celsius gemessen – umgerechnet nach terranischen Maßstäben –, aber die dichte Wolkendecke sorgte gleichzeitig für ein düsteres, graugrünes Dämmerlicht und ein Treibhausklima, in dem die von der Nachtseite kommenden kühlen Luftströmungen starke Nebelbildung hervorriefen.

Hakolin befahl, die Bilderfassung auf Tasterautomatik umzuschalten.

Kurz darauf wurde das Abbild der Oberfläche klarer. Die farbige Übertragung ließ eine eigentümlich geformte Halbinsel als grauweiße Masse erscheinen, die in leuchtendes Grün eingebettet war: das von Leben wimmelnde Wasser eines Ozeans. Der Landzipfel hatte die Form eines Tierkopfes. Sein Abbild wanderte über die Schirme, während die RAWTHOR tiefer und tiefer sank.

Ein Kontinent wurde erkennbar. Flüsse zeichneten sich als silbrig schimmernde Bänder mit zahllosen Windungen und Schleifen ab.

Hakolin war so in den Anblick der urweltlichen Landschaft versunken, daß das mißtönende Heulen der Alarmpfeifen ihm einen Schock versetzte.

»Achtung! Funkzentrale an Kommandanten!« krachte es aus dem Lautsprecher des Interkom. »Fremder Funkspruch aufgefangen! Ausgangspunkt etwa bei 31 Grad 16 Minuten Nord, 13 Grad 52 Minuten Ost!«

Hakolin erholte sich rasch.

»Wortlaut!« befahl er.

Eine Sekunde darauf kam die Antwort.

»Fremde Funkstation sendet Klartext, aber in einer unbekannten Sprache.«

»Unbekannt?« fragte Hakolin gedehnt. »Seit wann ist terranisches Englisch unbekannt? Kennen Sie die Informationen des MdI nicht mehr?«

»Es handelt sich nicht um terranisches Englisch!« gab der Funker aufgeregt zurück. »Wenn ich nicht wüßte, daß der arkonidische Forschungskreuzer sich auf dem Erdmond befindet, würde ich sagen, der Spruch sei in Arkonidisch abgefaßt. Aber auch da sind einige fremde Merkmale erkennbar.«

Hakolin spürte, wie die Angst nach seinem Herzen griff.

»Erster Offizier!« schrie er. »Rückzug aus der Atmosphäre! Vollschub!«

Melnarik schaltete.

Mit aufbrüllenden Triebwerken stieg die RAWTHOR in den wolkenverhangenen Himmel der Venus.

Sie stieg, bis ein fürchterlicher Ruck sie zum Stillstand brachte.

Kommandant Hakolin handelte so, wie jeder andere erfahrene Raumschiffskommandant auch gehandelt hätte.

Er übernahm die Steuerung der RAWTHOR selbst und drückte das Schiff so schnell wie möglich wieder nach unten. Gleichzeitig befahl er der Feuerleitzentrale einen Gegenschlag mit sämtlichen Waffen – außer solchen, die das Schiff selbst gefährdet hätten.

Am Horizont blitzte es auf.

Eine riesige strahlende Kuppel wölbte sich plötzlich über einem Berggipfel, nahe der Sechstausend-Meter-Grenze. Die Strahlbahnen der Impulsgeschütze glitten wirkungslos an ihr ab, und die Fernlenkgeschosse wurden einige Kilometer vor dem Ziel abgelenkt, stiegen steil nach oben und verschwanden hinter dem Horizont.

Hakolin begriff, daß der unbekannte Gegner ihm zumindest ebenbürtig war. Er machte keinen Versuch, mit den Triebwerken gegen den Traktorstrahl anzukämpfen, sondern beschleunigte im Gegenteil in der gleichen Richtung.

Die ganze Zeit über aber feuerte die RAWTHOR Breitseite auf Breitseite ab. Seltsamerweise erwiderte der Gegner das Feuer nicht. Das verleitete den Tefroder, der an kompromißlose Handlungen gewöhnt war, zu der Vermutung, hinter dem Schutzschirm des Fremden könnten sich keine Vernichtungswaffen befinden.

Mit der gleichen Kompromißlosigkeit nutzte Hakolin diese Folgerung aus.

Er gab den Befehl, Robottruppen auszuschleusen.

Innerhalb von zwei Minuten regneten etwa zweitausend Kampfroboter aus den Bodenschleusen der RAWTHOR. Sie waren mit Impulsstrahlern, Desintegratoren und schweren Energiegeschützen auf Selbstfahrlafetten ausgerüstet und formierten sich sofort nach der Landung zum Angriff auf die Bergfestung.

Bis auf zehn Kilometer kamen sie an die Bastion der Unbekannten heran. Dann wurden sie von so mörderischem Abwehrfeuer empfangen, daß Kommandant Hakolin ihnen den Rückzug befehlen mußte.

Die RAWTHOR dagegen blieb vorläufig noch unbehelligt. Hakolin hatte den Angriff seiner Roboter dazu benutzt, das Schiff mit einem Überraschungsmanöver aus dem Wirkungsbereich der Traktorstrahlen zu manövrieren. Mit einem heftigen Triebwerksschub drückte er es in ein tiefes Gebirgstal und landete dicht vor einer etwa zweitausend Meter hohen, senkrechten Felswand. Hier reichten die Traktorstrahlen des Gegners nicht hin. Allerdings war sich Hakolin im klaren darüber, daß ihm ebensowenig eine Flucht gelingen würde, solange der Feind noch existierte.

Die Bergfestung mußte vernichtet werden!

Fünf Minuten nach der Landung verließ Hakolin sein Schiff in einem winzigen Beiboot. Mit ihm saßen noch drei andere Tefroder in der Kabine, Offiziere des Landungskorps der RAWTHOR, Männer, die viele Jahre lang auf einsame Kommandounternehmen gedrillt worden waren und sich vor keinem Gegner fürchteten.

Das Kommando an Bord des Schlachtschiffes war für die Zeit der Abwesenheit des Kommandanten an den Ersten Offizier übergegangen. Melnarik hatte den strikten Befehl, um jeden Preis für die Durchführung des eigentlichen Auftrages zu sorgen: die Zerstörung des auf dem Erdmond notgelandeten arkonidischen Forschungskreuzers.

Zusammen mit dem Kommandanten verließen die restlichen fünfhundert Kampfroboter die RAWTHOR. Sie wurden von zweitausend Mann der dreitausendköpfigen Besatzung begleitet. Die Tefroder fuhren in gepanzerten Gleiskettenfahrzeugen. Zweihundert Mann von ihnen gehörten zum Pionierkommando des Landungskorps. Sie führten genügend Ausrüstung mit, um einen Berg von der Größe des Ararat aushöhlen zu können wie einen Maulwurfsbau.

Kurze Zeit später fraßen sich an zwanzig Stellen der Felswand schwere Desintegratoraggregate in das feste Gestein. Zwanzig Tunnels von halbkugelförmigen Querschnitt entstanden, und an ihren Eingängen standen Robotkommandos mit nuklearen Sprengsätzen bereit.

Zu dieser Zeit befand sich Kommandant Hakolin bereits im Anflug auf die Festung des Gegners. Das elliptische Beiboot schoß mit singenden Triebwerken durch ein enges Tal. Links und rechts stiegen die Wände bis zu fünftausend Metern empor. Ein Fluß donnerte talabwärts; die Dschungelgiganten neigten ihre breiten Kronen fast bis zur Mitte.

Hakolin starrte durch die transparenten Panzerglasscheiben der Kanzel. Trotz seiner mehr als bedrohlichen Lage sog er die Eindrücke der Urwelt gierig in sich auf. Seine Blicke liebkosten die Lianenvorhänge, die bis ins Wasser des reißenden Flusses hingen; sie strichen über die Vogelschwärme, die sich über die undurchdringlich erscheinende Decke des Dschungels erhoben. Von Zeit zu Zeit streckten sich Saurierköpfe auf langen Hälsen aus dem Blätterdach. Die stumpfen Augen glotzten stupide dem winzigen, blitzenden Ding nach, das mit seltsamem Geräusch vorüberjagte.

Einen Herzschlag lang verspürte Hakolin das brennende Verlangen, seinen Auftrag zu vergessen und sich irgendwo auf dieser Welt zu verkriechen, den Kampf mit der ungebändigten Natur aufzunehmen und . . .

Er verwarf diese Gedanken wieder.

Sein ganzes Leben lang hatte er treu und zuverlässig seine Pflicht erfüllt, war seinen Untergebenen ein Vorbild gewesen. Er durfte sie in der Stunde der Gefahr nicht wegen einer sentimentalen Anwandlung im Stich lassen!

»Paralleldistanz Null!« meldete der Navigator neben ihm.

Hakolin biß die Zähne zusammen. Sie befanden sich auf gleicher Höhe mit der Bergfestung. Wenn alles gutging, würden sie in etwa einer Viertelstunde wenden und sich von der entgegengesetzten Seite an die Festung herantasten.

Dennoch blieb die wichtigste Voraussetzung für den Erfolg, daß der Feind den Schutzschirm abschaltete, um Bodentruppen in den Kampf werfen zu können.

»Paralleldistanz zehn!« meldete der Navigator.

Geschafft! dachte Hakolin. Sie haben unser Boot nicht geortet, sonst hätten sie es kaum unbehelligt gelassen!

Fünf Minuten später leuchteten seine Augen in unverhohlenem Triumph.

Die Negativtaster für Fremdenergie registrierten starke Emissionen, die nur von einem Gefecht zwischen gegnerischen und eigenen Bodentruppen herrühren konnten.

Hakolin verzichtete darauf, einen noch größeren Umweg zu machen. Er riß das Beiboot hoch und richtete den Bug auf die schweren Wolkenbänke über dem Rand der Schlucht.

Das Kommandounternehmen hatte begonnen.

Der Kommandant der Bergfestung wurde laufend über die Bewegungen der gegnerischen Landetruppen informiert. Er nahm inzwischen als sicher an, daß es sich nicht um die Herren handelte. Winzige Unterschiede in der Schiffskonstruktion und vor allem in der Konstruktion der Kampfroboter waren für diesen Schluß entscheidender gewesen als das offenkundig feindselige Verhalten der Schiffsführung.

Hätte der Kommandant auch nur die geringste Spur von Humor besessen, er hätte sicherlich nicht umhin gekonnt, die Maßnahmen der Gegenseite zu belächeln. Aber ihm fehlte nicht nur jeglicher Humor, er verfügte auch nicht über jenen ›Gefühlsfilter‹, durch den Umweltbedingungen die organische Intelligenz anzusprechen pflegen und durch den sie ihr spezifisches Wertprofil erhalten.

Er kannte nur seine Aufgabe und die Möglichkeiten, die Erfüllung dieser Aufgabe sicherzustellen.

Von diesem Gesichtspunkt aus traf er seine weiteren Gegenmaßnahmen.

Der dunstige Himmel wurde erleuchtet vom zuckenden Widerschein energetischer Entladungen. Der Kampf zwischen den Bodentruppen beider Seiten tobte mit kompromißloser Härte.

Hakolin schrieb im Geiste seine Bodentruppen ab. Sie würden geopfert werden müssen, damit die RAWTHOR ihren Auftrag erfüllen konnte.

Er blickte auf seinen Zeitschreiber.

Noch drei Sekunden . . .!

Im nächsten Augenblick drückte er das Beiboot in eine Felsspalte.

Der Himmel färbte sich zuerst blutrot, dann blauweiß. Dem Lichtausbruch folgte wenig später ein dumpfes Grollen. Von den Wänden der Spalte lösten sich Felsbrocken und prallten mit dröhnenden Geräuschen gegen die Wandung des Bootes.

Das Pionierkommando hatte die erste Atomladung gezündet.

Hakolin war sicher, daß der Gegner darauf mit einem verstärkten Einsatz von Bodentruppen reagieren würde. Gegen unterirdische Sprengungen würden selbst seine Schutzschirme nichts nützen, falls die Sprengungen unmittelbar unter der Festung erfolgten.

Er klappte seinen Druckhelm nach vorn. Die anderen Männer im Beiboot folgten seinem Beispiel. Danach erhob sich ihr elliptisches Fahrzeug und glitt dicht über dem nackten Fels auf die Bergfestung zu. Das Gebirge war in weißliche Schwaden gehüllt; hochwirksames Nervengas, von der RAWTHOR mittels Raktorpedos abgeschossen. Es sollte zweierlei Zwecke erfüllen: einmal die feindlichen Truppen in unmittelbarer Nähe der Festung ausschalten – und zum anderen eine rein optische Erfassung des Beibootes unmöglich machen.

Etwa fünfhundert Meter vor dem feindlichen Stützpunkt setzte Hakolin das Boot in einem flachen Bodentrichter ab. Er öffnete die kleine Schleuse und kroch als erster hinaus.

Hinter ihm ertönten die knirschenden Schritte seiner kleinen Mannschaft.

Es bedurfte keiner besonderen Aufforderung mehr. Sie folgten ihm mit weiten Sätzen über das unwegsame Gelände. Mehrmals mußten breite Spalten übersprungen werden, normalerweise kein Hindernis für Männer in Kampfanzügen; aber die geringste Aktivität von Antigravenergie hätte sie augenblicklich verraten.

Nach zehn Minuten erreichten sie eine Art Kamin. Hakolin wartete dort auf seine Leute, aber nur zwei kamen. Als der dritte auch nach einer Minute noch nicht erschien, gab Hakolin den Befehl zum Aufstieg.

Mit keinem Wort erwähnte er das Schicksal des dritten Mannes; doch er war sich klar darüber, daß er wie ein Held gestorben war: ohne die Gefährten durch einen Schrei zu verraten, ohne einen Versuch zu machen, sich durch Einschalten von Antigrav- und Rückstoßaggregat zu retten. Er hatte sich für den Erfolg des Unternehmens geopfert.

Nach einigen Minuten anstrengender Kletterei kamen sie an die Mündung eines etwa anderthalb Meter breiten, nach außen zu offenen Kanals. Erst da merkten sie, daß sie die ganze Zeit über durch einen Abluftschacht geklettert waren.

Als der erste Schreck vorüber war, atmete Hakolin auf. Der Gegner hätte leichtes Spiel mit ihnen gehabt, während sie durch den Abluftkanal nach oben stiegen. Ein einziger Schalterdruck, und ein Orkan kochender Luft hätte sie fortgerissen und irgendwo in der Tiefe an die Felsen geschmettert.

Daß sie noch lebten, betrachtete der Tefroder als Beweis dafür, daß man sie noch nicht entdeckt hatte.

Nach einiger Zeit mündete der Kanal in eine Stirnwand, die von einer unregelmäßig geformten, dunklen Öffnung durchbrochen wurde. Doch da die Wand nicht höher als anderthalb Meter war, stellte sie kein unüberwindliches Hindernis dar.

Hakolin zögerte nicht.

Er umklammerte den Rand der Stirnwand mit beiden Händen und wollte sich nach oben ziehen, als ein gewaltiges Tosen ihn herumfahren ließ. Er fiel auf den Mann, der unter ihm stand. Sekundenlang schwankten sie über dem Abgrund, dann erlangten sie das Gleichgewicht zurück.

Mit weit aufgerissenen Augen starrten die drei Tefroder nach Süden. Nur im Unterbewußtsein nahmen sie wahr, daß die Bergfestung wieder von einem Schutzschirm umgeben wurde, von einem Schutzschirm, in dessen Innerem sie sich befanden.

Ihre Blicke galten einzig und allein der gigantischen Kugel, die sich wenige Kilometer südlich in den Himmel erhob und mit rasend arbeitenden Triebwerken in den freien Raum zu entkommen versuchte.

Es sah so aus, als würde es die RAWTHOR schaffen.

Kommandant Hakolin dachte in diesen Sekunden nicht daran, daß er und seine beiden Gefährten in diesem Fall allein zurückblieben. Er hoffte inbrünstig, seinem Ersten Offizier möge der Start gelingen.

Doch derjenige, der die Bergfestung kommandierte, kannte seine Möglichkeiten zu gut.

Die RAWTHOR verschwand durch die Wolkendecke – und eine halbe Minute später drang der grelle Schein einer künstlichen Sonne durch den Dunst.

Als Hakolin aus seiner Erstarrung erwachte, wußte er, daß sein Unternehmen fehlgeschlagen war. Die RAWTHOR hatte sich in eine glühende Gaswolke verwandelt, und mit einem winzigen Beiboot konnte der Anziehungsbereich des zweiten Solplaneten nicht verlassen werden.

Es gab für ihn nur noch eines zu tun . . .

Er wandte sich um und klappte den Druckhelm zurück. Die Schwaden des Nervengases hatten sich verflüchtigt.

»Geht!« sagte er. »Versucht, euch zum Beiboot durchzuschlagen und wartet dort ab, bis der Schutzschirm der Festung abgeschaltet wird. Dann verbergt euch auf diesem Planeten. Faktor II wird eine neue Expedition senden, wenn er erfährt, daß unser Unternehmen scheiterte. Vielleicht könnt ihr euch bemerkbar machen.«

Die Männer schüttelten die Köpfe.

Schweigend wandte sich Hakolin wieder der Stirnwand zu. Er zog sich mit einem Ruck hinauf.

Oben befand sich ein Plateau, eine Plattform von etwa zehntausend Quadratmetern Fläche, die im Hintergrund an einer hufeisenförmig gewölbten Felswand endete.

Hakolin entdeckte die Reihe dunkler Öffnungen dicht über dem Boden auf den ersten Blick. Er wußte im gleichen Augenblick, was er vor sich hatte.

Hochaufgerichtet schritt er darauf zu.

Das letzte, was seine Sinne wahrnahmen, waren die Schritte seiner Begleiter, die ihm folgten.

Dann trieben drei grünlich flimmernde Gasschwaden über das Plateau und zerflatterten im Wind, bevor sie den Rand der Plattform erreichten.

Der Kommandant hatte seine Aufgabe erfüllt. Der Gegner existierte nicht mehr. Die Spuren, die dieser kurze Kampf hinterlassen hatte, würden schon sehr bald durch die unbändige Vegetation des Planeten restlos beseitigt werden. In absehbarer Zeit würde nichts mehr davon zeugen, daß Fremde hier gewesen waren.

Der Kommandant wartete und beobachtete weiter. Er würde dies solange tun, bis seine Erbauer zurückkamen – eines Tages . . .

17.

Der große, hagere Mann lag mit geschlossenen Augen in dem Antigravtank seines Schlafraumes. Die weißen Haare fielen weich über die Ohren und standen infolge der herrschenden Schwerelosigkeit gleich einem Strahlenkranz vom Kopf des Arkoniden ab.

Atlan atmete ruhig und gleichmäßig tief. Doch er schlief nicht, auch wenn es für einen hypothetischen Zuschauer so aussehen würde.

Er dachte Dinge, von denen er bisher angenommen hatte, daß er gegen sei gefeit sei. Und seltsamerweise erhöhte sich sein Puls dabei.

Seufzend öffnete er die Augen. Die Erregung ließ sie feucht schimmern.

Mechanische Psycho-Sensoren leiteten die seelische Spannung des uralten Mannes weiter an die Zimmer-Automatik. Eine Schaltung erwachte zum Leben. Auf der normalerweise farblosen Decke des Raumes erschienen dreidimensionale Projektionen von Farbmustern. Zugleich ertönte wie aus weiter Ferne eine Melodie.

Allmählich klang Atlans Erregung ab.

Er schaltete den Antigravtank um und stieg aus. Bedächtig stieg er in seine Bordkombination.

Das Summen des Türmelders bewog ihn, sich ein wenig schneller anzukleiden. Während er mit der Linken noch den Magnetsaum schloß, drückte die Rechte bereits auf die Schaltplatte der Öffnungsautomatik.

Dann ging der Arkonide mit federnden Schritten ins Wohnzimmer hinüber.

Er kam gleichzeitig mit seinem Besucher dort an, einem Mann, dessen Figur ihm fast völlig glich, und der sich eigentlich nur durch sein relativ kurzgeschnittenes dunkles Haar, seine grauen Augen und das etwas energischere Kinn von ihm unterschied. Atlan hob die Rechte zum Gruß.

»Hallo, Perry! Nett, daß du mich besuchst!«

Perry Rhodan verzog das schmale Gesicht zu einem flüchtigen Lächeln. Aber seine Augen blieben unberührt davon. Er winkte ebenfalls mit der Hand.

»Hallo, Freund!«

Sekundenlang standen sie schweigend einander gegenüber. Dann wandte der Lordadmiral sich ab und machte sich am Getränkeautomaten zu schaffen.

»Was darf ich dir anbieten?« fragte er über die Schulter zurück.

»Soda – ohne alles«, erwiderte Rhodan knapp und ließ sich in einen der bequemen Sessel sinken. Der Ausdruck ›Sessel‹ wurde dem komplizierten Möbelstück eigentlich nicht gerecht; es enthielt einige Servomechanismen, die ganz auf das Wohlbefinden des jeweiligen Benutzers abgestimmt waren. Die Lehnen schmiegten sich weich um Rhodans Oberkörper; seine Füße wurden hochgestellt und selbstmodulierende Vibratoren sorgten für eine entspannende Zellbeeinflussung.

Mit ärgerlichem Verziehen des Gesichts schaltete Perry die Sesselautomatik ab.

Atlan sah es und lachte leise.

»Du bist und bleibst der selbstgenügsame Barbar, der vor nichts so große Angst hat wie vor dekadenten Angewohnheiten – oder vielmehr vor Angewohnheiten, die er für dekadent hält.«

Perry Rhodan winkte schweigend ab. Er nahm das Glas entgegen, das Atlan ihm reichte, und trank sein Sodawasser in sparsamen Schlucken.

Der Arkonide hob sein hohes Glas gegen das diffuse Deckenlicht und beobachtete gedankenverloren die Eisstücke, die silbrig leuchtend in der gelblichen Flüssigkeit schwammen. »Wenn du sie so gern magst, warum machst du ihr dann kein Heiratsangebot, Freund?« fragte Rhodan nach einer Weile.

Atlan schrak aus seinen Gedanken auf.

»Wie bitte?«

Er lachte gepreßt.

»Du hast recht, Perry. Man merkt es mir an, nicht wahr?«

Rhodan nickte bestätigend.

»Du warst vom ersten Augenblick an in Mirona Thetin verliebt, Arkonide.« Er zuckte die Schultern. »Nun, wenn man diese Frau gesehen hat, kann man das verstehen. Sie ist äußerlich jung und dabei gleichzeitig innerlich so gereift, wie man es selten bei einer Sterblichen findet. Sie ist noch dazu von einer überragenden Schönheit, sehr geistreich und sehr interessant und verfügt über einen hohen Intelligenzquotienten. Außerdem ist sie die gütige Herrscherin über den Planeten Thetus und neun Milliarden Tefroder. Ich könnte es verstehen, wenn du sie zur Frau nehmen würdest.«

Der Arkonide verzog schmerzlich das Gesicht.

»Ich liebe sie, Perry. Ich liebe sie, wie ich keine Frau jemals zuvor geliebt habe. Und doch . . . Sie ist sterblich. Soll sie zusehen, wie ich ewig jung bleibe, während sie altert und schließlich stirbt?«

Ein Zug der Bitterkeit erschien um Rhodans Mundwinkel.

»Du hast recht. Es würde einige Jahrzehnte gutgehen, aber dann begänne die Tragödie. So war es zwischen Thora und mir; dennoch bleibt mir Thora in angenehmer Erinnerung. Wir beide waren sehr glücklich miteinander, und ich möchte diese Episode in meinem Leben nicht missen.«

»Aber es war eben nur eine Episode«, seufzte Atlan. »Ich weiß nicht . . .«

Er brach ab und starrte geradeaus. Nach einer Weile drehte er sich müde um und füllte sein Glas zum drittenmal.

»Wenigstens sollte ich Mirona vor dem allgemeinen Untergang retten«, murmelte er vor sich hin.

Perry Rhodan wußte, was Atlan meinte. Zwar hatten es die Maahks nie ausdrücklich bestätigt, aber es war anzunehmen, daß sie bei der Rückeroberung Andromedas keine besonderen Rücksichten auf die Tefroder nehmen würden. Zuviel Leid hatten ihnen humanoide Sauerstoffatmer in ihrer jahrzehntausendelangen Existenz zugefügt. Rhodan hoffte jedoch, daß sich die Maahks von ihrer Vernunft leiten lassen würden und daß es früher oder später zu einer tragfähigen Koexistenz zwischen ihnen und den Tefrodern kommen zurück.

Im Geiste sah er das braunhäutige Gesicht Mironas vor sich, die leicht hervorstehenden Backenknochen, die mandelförmigen, schwach schräggestellten Augen und die vollen Lippen, ihr tiefschwarzes Haar, das glatt zurückgekämmt und im Nacken zu einem schweren Geflecht vereint war. Augen, aus denen Intelligenz und Energie leuchteten . . .

Abrupt erhob er sich.

»Wir werden sie retten, Atlan. Diese Frau hat es allein schon deswegen verdient, weil sie die Menschheit vor den Amoksendern gerettet hat!«

Omar Hawk schlief fest und traumlos. Neben seinem spartanisch harten Lager hockte etwas, das im schwachen Lichtschein der fluoreszierenden Schalter und Türen nur als schwarzer, unförmiger Koloß zu erkennen war.

Plötzlich richtete sich eine kleine Gestalt auf, die bisher auf der Konsole des Interkoms gesessen hatte. Ein äffisches Gesicht geriet in den Schimmer der Interkomkontrollampen, lederhäutige Schwingen falteten sich auseinander.

Mit einem Ruck stieß sich das Flatteräffchen aus dem Wegasystem ab und segelte lautlos durchs Zimmer. Auf Hawks Brust landete es. Die zierlichen Greifhände fuhren in das Gesicht des Oxtorners; die Fingerspitzen glitten sanft über Stirn und Schläfen.

Das gleichmäßige Atemgeräusch Omars verstummte. Dann richtete sich der Mann auf, starrte verschlafen auf die kleine Gestalt des Tieres und schüttelte den kahlen Schädel, als wollte er damit die Benommenheit vertreiben.

Seine Stimme klang rauh und kratzig, als er fragte:

»Was willst du mitten in der Nacht, du Satansbraten?«

Der Flatteraffe sagte etwas mit seiner hellen, zwitschernden Stimme, doch die Laute gingen in dem Prusten, Schnauben und Ächzen unter, mit dem sich der Koloß aus dem Bett erhob.

Die kugelförmigen Augen des Okrill verstrahlten ein gelbliches Leuchten.

»Sei still, Sherlock!« befahl Omar Hawk. Er wandte sich wieder dem kleinen Tier zu. »Wiederhole noch einmal, was du gesagt hast, Cicero!«

Ein Zittern lief über das Nackenfell Ciceros.

»Cicero Angst«, drang es aus der winzigen Kehle. »Omar nicht weitergehen. Omar zurück. Gefahr!«

Oberleutnant Hawk schaltete das Licht an. Plötzlich lag sein Schlafraum in rötlichem Leuchten.

Der Tierpsychologe und Spezialagent der Solaren Abwehr blickte aus zusammengekniffenen Augen auf das kleine Tier aus dem

Sumpfdschungel von Pigell. Er wußte mittlerweile, daß Cicero die menschliche Sprache nicht nur imitierte, sondern daß er sinnvolle Sätze von sich zu geben vermochte. Das Flatteräffchen verfügte zweifellos über ein gewisses Maß an Intelligenz, besonders aber über eine phänomenale Sprachbegabung, die sich nicht allein durch das Vorhandensein von Intelligenz erklären ließ. Instinkte mußten dabei eine Rolle spielen, vielleicht besaß Cicero auch ein mutiertes Gehirn, denn bei den anderen Vertretern seiner Art hatte sich nichts Vergleichbares gezeigt.

Omar Hawk war weit davon entfernt, die Warnung seines ›Freundes‹ in den Wind zu schlagen.

Andererseits überschätzte er sie auch nicht.

Woher sollte Cicero wissen oder ahnen, was sie am Ziel ihrer langen Reise erwartete: im Luum-System, dem Zentralsystem der Meister der Insel!

»Was redest du da?« fragte er mißmutig. »Drücke dich gefälligst ein wenig präziser aus!«

Cicero legte die gespreizten Finger seiner Greifhände zusammen und blickte dem Umweltangepaßten in die Augen.

»Cicero sagen, Gefahr. Große Gefahr für Omar, für Sherlock, für Cicero. Nicht hingehen!«

Hawk seufzte.

»Wenn du mir nicht mehr zu sagen hast, hättest du mich nicht zu wecken brauchen, Kleiner. Und nun laß mich weiterschlafen. Morgen steht mir ein anstrengender Tag bevor!«

Er schaltete die Beleuchtung aus und schloß demonstrativ die Augen. Der Flatteraffe blieb noch einige Sekunden lang unbeweglich auf der Brust seines Herrn sitzen, dann flog er zu seinem – selbstgewählten Schlafplatz zurück. Kurz darauf ließ sich auch der Okrill wieder auf den Boden fallen. Es dröhnte dumpf, als der schwere Körper aufschlug. Sherlock nieste behaglich und legte den Kopf auf die mächtigen Tatzen des ersten Vorderbeinpaares.

Aber obwohl sich Omar Hawk alle Mühe gab, vermochte er keinen Schlaf mehr zu finden. Deshalb erhob er sich nach etwa einer Stunde leise, schlüpfte in seine schwarze Bordkombination, zog die Plastikstiefel an und schlich ins Wohnzimmer seines Spezialappartements. Die Tür zum Schlafraum sicherte er durch einen MV-Generator, der dem Plastikmetall eine molekularverdichtete Struktur verlieh und sie dadurch selbst für Sherlocks gewaltige Kräfte unzerstörbar machte.

Diese Sicherheitsmaßnahme hatte der Kommandant der CREST III, Oberst Cart Rudo, vorgeschrieben, da der Okrill einmal auf der Suche nach seinem Herrn ausgebrochen war und eine Einsatzübung durcheinandergebracht hatte, bei der die Besatzung einen ins Schiff eingedrungenen hypothetischen Gegner bekämpfen sollte.

Pfeifend schnallte der Oxtorner seinen Waffengürtel um, setzte die schwarze Baskenmütze mit dem Emblem seiner Spezialeinheit auf und verließ sein Appartement durch das Panzerschott der Außentür.

Der Flur lag in hellem, weißgelbem Licht. Aber er war leer. Nur das Flüstern und Raunen der gegenläufigen Transportbänder hallte durch den Gang, der scheinbar bis in die Unendlichkeit führte.

Omar Hawk verzichtete darauf, ein Gleitband zu benutzen. Er schlenderte langsam auf dem inneren der beiden Seitenstreifen entlang. Vor dem nächsten Lifteinstieg zögerte er eine Sekunde lang, dann zog er sich am Haltegriff in den Schacht für aufwärts gepolte Schwerefelder. Er lächelte ironisch, als das Summen der Wandungsfelder sich verstärkte; die Automatik hatte erst auf das hohe Gewicht eines Umweltangepaßten der 4,8-Gravo-Welt Oxtorne umschalten müssen.

Dieses schwache Summen war nicht das einzige Geräusch. Die starken Kalupkonverter des Linearantriebes lagen in unmittelbarer Nachbarschaft des Achslifts, und das Ultraschlachtschiff befand sich zur Zeit im Flug durch den Linearraum. Ein beständiges, konstantes Dröhnen und Beben erfüllte den axialen Schacht. Im Schein der indirekten Beleuchtung bemerkte Omar, daß die Wandungen vibrierten.

Im S-Deck verließ der Oberleutnant den Liftschacht. Er wandte sich nach rechts und erreichte nach einem Fußmarsch von zehn Minuten die Sichthalle.

Durch eine Lärmschleuse betrat er den saalartigen Raum, in dem ein eigenartig farbiges Zwielicht herrschte. Hawk erkannte die dunkelrot glühenden Platten der Minimalbeleuchtung. Er schritt zwischen den Sesselgruppen hindurch und suchte sich einen Platz in der Mitte der Halle.

Der Anblick der gewölbten Wandung vermittelte die Illusion, in einer transparenten Kuppel auf dem oberen Pol der CREST III zu sitzen. In Wirklichkeit holten weit entfernte Aufnahmegeräte das Abbild der Umgebung herein und projizierten es von hinten auf den Bildschirm, der die Wandung lückenlos ausfüllte.

Omar Hawk ließ das Bild auf sich einwirken.

Kein menschliches Auge hatte jemals eine sinnvolle Ordnung in dem Zwischenkontinuum des Linearraums erkennen können. Dieses Medium, das nur mathematisch definiert werden konnte, schien nur aus bunten Lichtflecken, verwaschenen, schnell vorüberhuschenden Farbstreifen und eigentümlich wesenlosem Grau zu bestehen.

Der Oxtorner war sich allerdings klar darüber, daß menschliche Sinne die Umwelt ohnehin nur zweckbedingt erfaßten. Eine fremdartige Umwelt, nicht für menschliche Wesen geschaffen, mußte auch menschlichen Sinnen unbegreiflich erscheinen. Dennoch benutzte der Mensch diesen Raum zwischen den Dimensionen als Transportmedium für seine Raumschiffe; er scherte sich den Teufel darum, was der Linearraum eigentlich darstellte. Eines Tages würde er es erfahren. Schließlich hatten seine früheren Vorfahren über Jahrzehntausende lang das Feuer benutzt, ohne hinter der Erscheinung und Wirkung das Wesen zu sehen.

Omars dünne Lippen verzogen sich zu einem Lächeln.

Wahrscheinlich war es das, was das Wesen der Menschheit ausmachte. Sie nahm sich stets, was sie brauchte. Sie hatte die galaktische Erforschung eingeleitet, ohne daß mehr als einige tausend Männer und Frauen überhaupt wußten, was ein Impulstriebwerk war, wie es funktionierte und wie es bedient werden mußte. Schließlich war die Menschheit völlig unvorbereitet auf die unbekannte Straße gestolpert, die ihre eigene Galaxis und den Andromedanebel miteinander verband, sie hatte nicht gewußt, wohin dieser Weg führen würde – aber er war vorhanden gewesen, also benutzte sie ihn.

Und nun befanden sie sich im Anflug auf das Zentrum einer Macht, die an technischen Errungenschaften, Erfahrungen und geistiger Entwicklung den Terranern etwa so weit voraus war wie der Ritter des Mittelalters dem Neandertaler.

Mit einem Unterschied:

Die terranische ›Neandertaler‹ würde nicht sinnlos zerstören. Er würde lediglich eine Bedrohung beseitigen und sich danach an die schwere Aufgabe machen, den gleichen Stand zu erreichen wie die MdI, ohne in die gleiche Überheblichkeit zu verfallen.

Der Oxtorner reckte sich. Er freute sich darauf, endlich wieder nach Hause zurückkehren zu dürfen, seine Frau wiederzusehen und seine Kinder und seine Heimat.

Bald – bald würde es soweit sein!

Ein lautes Schrillen zerstörte Omars Träume, ließ sie zu einem wesenlosen Nichts zerflattern. Aus den Lautsprechern der Rundrufanlage dröhnte die überlaute Stimme des epsalischen Schiffskommandanten.

»Achtung! Kommandant an Besatzung! Das Schiff verläßt den Linearraum in vierzig Minuten. Wir werden in unmittelbarer Nähe des Zielgebietes herauskommen. Mit sofortiger Feindberührung muß daher gerechnet werden. Alle Besatzungsmitglieder, auch die der Freiwache, begeben sich auf ihre Gefechtsstationen. Das Landekommando hält sich in den Bereitschaftsräumen zur Verfügung. Vollzugsmeldungen haben bis in dreißig Minuten zu erfolgen. Ende! Ich wiederhole . . .«

Omar Hawk hörte nicht mehr hin.

Ein Gefühl der Beklemmung bannte ihn einige Herzschläge lang auf seinen Sessel. Dann hatte er die Angst überwunden, die Angst, die jeden psychisch normalen Menschen vor dem Kampf befällt.

Er stand auf und verließ die Sichthalle mit ruhigen Schritten.

»Gleich ist es soweit!« flüsterte Lordadmiral Atlan.

Der Arkonide saß, vorschriftsmäßig angeschnallt und mit seinem Raumanzug bekleidet, in einem Kontursessel vor dem Kartentisch der Kommandozentrale. Der Druckhelm war noch geöffnet, konnte allerdings im Bruchteil einer Sekunde hermetisch verschlossen werden.

Perry Rhodan saß neben dem Freund. Sein Gesicht wirkte angespannt. Die eisgrauen Augen strahlten eine unpersönliche Kälte und Drohung aus. Die Bewegungen seiner Hände wirkten ein wenig zu beherrscht.

Außer den beiden führenden Männern befanden sich die Mutanten Tschubai, Marshall, Sengu, Noir sowie die Woolver-Zwillinge am Kartentisch, dem Platz des Flaggschiffes, an dem die wichtigsten Entscheidungen getroffen wurden.

Der Mausbiber Gucky, der nur bedingt zu den Mutanten gerechnet werden konnte, saß diesmal auf seinem Spezialsessel; anders hätte er nicht über die Tischkante blicken können.

Neben ihm saßen Baar Lun und Omar Hawk. Zur Rechten Hawks saß der Ertruser Melbar Kasom.

Aus der Tischplatte war vor Perry Rhodan ein flaches Rechteck ausgefahren worden; der Kommunikator zur großen Bordpositronik, in der sich in diesem Augenblick neben dem Chefmathematiker der CREST III der gesamte Kybernetisch-logistische Planungsstab befand.

»Noch eine Minute bis zum L-Austritt!« erscholl die Stimme des Kommandanten durch die relative Stille.

Perry Rhodan hob den Kopf. Auf seiner Stirn bildete sich ein dichtes Netz feiner Schweißperlen, das hervorstechendste Anzeichen für die Erregung, die auch ihn in ihren Bann gezogen hatte.

Er fühlte, wie sein Hals trocken wurde. Am Gaumen machte sich ein Geschmack wie nach Blut und Metall bemerkbar. Das Hämmern seiner Pulse schien durch die ganze Zentrale zu dröhnen.

Der Mann, der die Menschheit zu den Sternen geführt hatte, leckte sich nervös über die spröden Lippen. Er nahm die fragmentarischen Erscheinungen des Zwischenraums nur im Unterbewußtsein wahr. Irgendwo in diesem Wirbel zerfetzter Farbklekse flogen tausend schwere Kampfeinheiten der Solaren Flotte auf dem gleichen Kurs. An Steuerbord und Backbord staffelten sich die zwanzigtausend schwarzen Walzenraumer der Maahks – unsichtbar und doch vorhanden.

Die Gedanken Rhodans vollführten einen ungezügelten Wirbel.

Weit war der Weg gewesen – der Weg zum Nervenzentrum jener Macht, die sich in paranoider Anmaßung ›Meister der Insel‹ nannte, Furcht, Grauen, Entbehrungen, Leid, Tod, Zweifel und Verwüstung waren die Begleiter gewesen.

Es fiel schwer, nach all den vorausgegangenen Enttäuschungen daran zu glauben, daß nun endlich das Ziel erreicht worden war, daß man im Begriff stand, die letzte Schlacht zu schlagen – und daß danach Frieden sein würde.

»Noch zehn Sekunden!« meldete Cart Rudo.

Rhodan schüttelte die trüben Gedanken und die hochgespannten Erwartungen ab. Sein Blick klärte sich, während ein Automat die letzten Sekunden abzählte.

Auf den Bildschirmen der Panoramagalerie standen übergangslos die Sterne Andromedas, und im Frontschirm strahlte die Scheibe einer weißgelben Sonne: Luum!

»System frei von fremden Objekten!« plärrte der Lautsprecher.

Kaum war er verstummt, da leuchtete auf dem Kommunikator vor Perry Rhodan ein Schriftbild auf. Die Bordpositronik hatte die Ortungsmeldung ausgewertet und übermittelte ihren Vorschlag.

Der Großadministrator las – und nickte.

»Zangenangriff nach Plan Null-zwei!« befahl er.

Der Befehl wurde im selben Augenblick in den tausend terranischen Multischiffen und auch in den zwanzigtausend Maahkraumern gehört und verstanden. Die Maahks hatten sich für die Dauer dieser Aktion freiwillig Perry Rhodans Oberkommando unterstellt.

Die Flotten formierten sich und stießen mit maximaler Unterlichtfahrt ins System der Sonne Luum vor.

Rhodan lächelte grimmig, als nach zehn Minuten immer noch keine Feindberührung erfolgte. Die Besatzung der Zentralwelt glaubte anscheinend, der Vorstoß der vereinigten Flotten erfolge aufs Geratewohl. Sie rührte sich nicht, in der Hoffnung, der Gegner würde nach flüchtiger Untersuchung des Systems wieder abziehen. Demnach hatte sie keine Ahnung davon, daß die Terraner informiert über das Luum-System waren und keine Untersuchung mehr benötigten.

Die Flotten näherten sich, aus der Perspektive der Planetenbahnebene gesehen, dem zweiten Planeten von oben. Sie fielen mit mehr als neunzig Prozent LG herab, und ihre Geschützbedienungen hatten die Anweisung, die Oberfläche des zweiten Planeten mit Zerstörungsfeuer zu belegen, sobald sie auf Schußweite herangerückt waren.

Aber so weit kamen sie überhaupt nicht.

Die CREST III, die an dem Schwerpunkt der Zange flog, befand sich noch fünfzehn Millionen Kilometer von Tamanium entfernt, als das Universum zu explodieren schien.

Wie man später feststellte, hatten etwa hunderttausend schwerste Gegenpolkanonen gleichzeitig ein rasendes Vernichtungsfeuer auf die Flotten der Maahks und Terraner eröffnet.

Perry Rhodan starrte erschrocken auf das Bild, das sich in der Panoramagalerie seinen Augen darbot.

Um den zweiten Planeten des Luum-Systems spannte sich plötzlich ein roter Energievorhang, ein Halbraumfeld. Und von der Sonne her schoß ein gewaltiger Zapfstrahl – die genaue Messung ergab einen Durchmesser von fünfhundert Kilometern – auf den Planeten zu und verschwand hinter dem Schutzschirm.

Und unablässig blähten sich in der Formation der vereinigten Flotten blauweiße Gasbälle auf, die expandierenden Überreste maahkscher und terranischer Raumschiffe.

Eine Katastrophe bahnte sich an.

Perry Rhodan senkte den Blick. Auf dem Kommunikator erschien der neue Vorschlag des Positronengehirns:

»Rückzug auf Warteposition außerhalb der Fünfzehn-Millionen-Kilometer-Zone. Danach geballte Einzelaktionen mit Moskito-Jets.«

Rhodan handelte bereits.

Wenige Minuten später zogen sich die terranischen Einheiten geordnet hinter eine gedachte Linie zurück, die zwanzig Millionen Kilometer von Luum-II entfernt war. Die Maahks folgten ein wenig langsamer; ihre Schiffskommandanten hatten sich zu sehr in den Feind verbissen, und sie empfanden anscheinend trotz der hohen Verluste keine Furcht.

Von den Schiffen der Imperiumsflotte waren nur zwei verlorengegangen; die Hochenergie-Überladungsschirme hatten das Schlimmste verhindert. Doch selbst mit schwersten Transformkanonen war das rote Halbraumfeld um Tamanium nicht aufzubrechen gewesen. Die Gravitationsbomben, die sich in der Vergangenheit einige Male bewährt hatten, zeigten bei diesem Halbraumfeld noch weniger Wirkung als die Transformbomben.

Die Meister der Insel hatten die erste Schlacht gewonnen!

Omar Hawk riß die Moskito-Jet scharf nach Steuerbord, als wenige tausend Kilometer vor ihm der glühende Gasball einer nuklearen Explosion anschwoll und das Universum zu verschlingen drohte.

Das Impulstriebwerk des relativ kleinen Zweimann-Jägers heulte in schrillem Diskant, als der Oxtorner Gegenbeschleunigung gab. Dennoch schaffte er es nicht ganz. Die Ausläufer der Explosion schossen gleich Sonneneruptionen in den Raum. Einer streifte die Jet.

Es gab einen furchtbaren Knall. In der Kanzel roch es plötzlich nach Ozon. Flammenzungen leckten aus der Verkleidung des Energietasters.

Oberleutnant Hawk lachte grimmig.

Er versuchte nicht, die rasende Drehbewegung seines Fahrzeugs zum Stillstand zu bringen, sondern beschleunigte lediglich mit Maximalwerten. Nach wenigen Sekunden durchstieß die Jet den letzten Ausläufer der glühenden Gase und schoß weiter auf die silbrig schimmernde Sichel zu, die seltsam schräg im Dunkel des Alls hing.

Vom Sitz des Navigators kam ein dumpfes Stöhnen.

Omar drehte den Kopf und blickte prüfend in das schmerzverzerrte Gesicht Ras Tschubais.

Der Afro-Terraner hing bewußtlos in den Haltegurten. Die Adern traten dick auf seiner schwarzen Stirn hervor, und aus den Nasenlöchern rannen zwei dünne Blutfäden.

Hawk fluchte unbeherrscht, weil er keine Zeit hatte, dem Mutanten zu helfen. Er ging für wenige Sekunden in den Linearflug über und tauchte auf der gegenüberliegenden Seite des Planeten Tamanium wieder ins Normalkontinuum ein.

Hier herrschte Ruhe, denn die vereinigten Maahks- und Imperiumsflotten hatten sich aus taktischen Gründen nur auf der einen Seite Tamaniums konzentriert.

Der Umweltangepaßte klappte seinen Helm zurück und schnallte sich los. Dann beugte er sich zu Tschubai und öffnete dessen Helm ebenfalls. Mit fliegenden Fingern riß er das I-Päckchen der Medo-Ausrüstung aus dem Gürtelfach, entnahm ihm eine halbkugelförmige Injektionsspritze und preßte sie gegen den Hals des Teleporters.

Kurz darauf schlug Tschubai die Augen auf.

Das Weiße in den Augäpfeln war von einem dichten Netz roter Äderchen überzogen. Dennoch grinste der Afro-Terraner schwach.

»Das ging noch einmal gut, wie? Hat unser HÜ-Schirm gehalten?«

Das, so dachte Omar Hawk, war eine dumme Frage. Sie kennzeichnete die Verfassung, in der sich der Mutant befand.

»Fühlen Sie sich in der Lage, noch einen Versuch zu wagen?« fragte er.

Tschubai wischte sich achtlos das Blut aus dem Gesicht. Sein Grinsen erlosch. Er hustete ein paarmal, dann sog er an dem elastischen Trinkröhrchen, das aus dem vorderen Halswulst ragte.

»Fliegen Sie im Zwischenraum bis auf etwa hunderttausend Kilometer heran, Hawk!« befahl er mit rauher Stimme. »Danach wenden Sie sofort wieder. Ich will sehen, daß ich in der Zeitspanne dazwischen teleportieren kann.« Er schwieg einen Augenblick, dann setzte er hinzu: »Hoffentlich ist den anderen nichts zugestoßen.«

Omar nickte nur, obwohl Tschubais Befehl sie beide mit neunzigprozentiger Wahrscheinlichkeit das Leben kosten würde. Aber der Mutant verfügte nicht nur über die größere Kampferfahrung; er besaß auch die absolute Befehlsgewalt.

Obwohl die bisherigen Erfahrungen mit Halbraumfeldern gezeigt hatten, daß diese für Teleporter undurchdringbar waren, hatten die Mutanten darauf bestanden, es dennoch zu versuchen. Rhodan hatte schließlich zögernd zugestimmt. Es war zwar anzunehmen, daß der Versuch fehlschlagen würde, aber man befand sich in der Situation des Ertrinkenden, der in seiner Not nach jedem Strohhalm greift.

Hawk wendete die Moskito-Jet und steuerte den Planeten zum zweitenmal an. Sekunden später mußte er den Kurs ändern. Zwischen zwei Glutbällen hindurch stieß die Jet weiter vor.

»Verdammt!« fluchte der Mutant hinter ihm. »Die Kerle schießen mit 1000-Gigatonnen-Bomben auf uns. Das ist genauso, als würde man mit Atombomben gegen eine Mückenplage antreten.«

»Unsere Mücke kann ein wenig heftiger stechen als diese terranischen Insekten«, gab Omar Hawk bissig zurück.

Er schaltete den Kalup-Konverter in dem Augenblick ein, in dem die Jet einen wahnwitzigen Satz nach vorn machte. Eine furchtbare Explosion hatte ihr noch einen Stoß versetzt, bevor sie im schützenden Linearraum verschwand.

Als die verwirrenden Farbschleier des Zwischenraums wieder dem vertrauten Universum wichen, hing die Kugel des Planeten Tamanium groß wie ein Medizinball im Frontschirm.

»Jetzt!« stieß Omar hervor.

Gleichzeitig verzögerte er und versuchte, sein Fahrzeug vor dem roten Halbraumschirm zu wenden, der die Zentralwelt der MdI schützte.

Er zuckte heftig zusammen, als hinter ihm ein gräßlicher Schrei erscholl.

Als er sich umwandte, sah er den Afro-Terraner verkrümmt auf dem Boden der Kanzel liegen. Die Haltegurte waren noch geschlossen, demnach hatte der Mutant tatsächlich teleportiert.

Weitere Überlegungen vermochte der Oxtorner nicht mehr anzustellen. Wieder einmal schien das Universum explodieren zu wollen. Überall tauchten die Glutbälle grauenhafter Explosionen auf.

Und plötzlich erschienen auf dem Ortungsschirm zahllose grüne Punkte.

Im ersten Augenblick dachte Hawk an tefrodische Einsatzverbände. Er schloß mit dem Leben ab. Gegen Hunderte schwerer Kampfschiffe nützte auch die Wendigkeit des Raumjägers nichts. Erst als zwischen den grünen Punkten viele ultrahelle Flecke auftauchten, erkannte der Umweltangepaßte die Lage richtig. Die eigenen Schiffe waren gekommen, um ihn herauszuhauen!

Ein 1500 Meter durchmessendes Superschlachtschiff der Imperiumsflotte tauchte in wenigen Kilometern Entfernung auf. Es mußte aus dem Linearraum gekommen sein.

Omar fragte sich, warum das Superschlachtschiff die Transformkanonen nicht einsetzte – bis er die charakteristischen Abstrahlfeldmündungen in der Außenhülle entdeckte.

An dem unablässigen Pulsieren der Abstrahlfelder war zu sehen, daß das Schiff Salven von Transformgeschossen gegen den Halbraumschirm des Planeten schickte. Aber es gab keine Explosionen, obwohl Hawk sicher war, daß auch die anderen Raumschiffe unaufhörlich feuerten. Irgend etwas degradierte die mächtigste Waffe Terras zu einem Nichts.

Er atmete auf, als er die konzentrischen Energiekreise des Peilschirmes wahrnahm. Man rief ihn zurück. Er schaltete den Autopiloten auf die Peilzeichenempfänger und ließ die Hände sinken.

Fünf Minuten später glitt die Moskito-Jet sanft in den Röhrenhangar des Superschlachtschiffes.

Omar Hawk half dem Teleporter auf. Er stieg zuerst aus und ließ Tschubai in seine starken Arme gleiten.

Der Afro-Terraner seufzte schwach.

»Kommen Sie!« bat Omar. »Sie brauchen einen Arzt. Vielleicht haben die anderen Mutanten mehr Glück gehabt als wir.«

Ras Tschubai winkte mit kraftloser Handbewegung ab.

»Niemand . . . kann Erfolg . . . haben«, röchelte er. »Tamanium ist . . . zusätzlich von . . . einem . . . Antipsifeld umgeben!«

Er verlor das Bewußtsein, und der Oxtorner mußte ihn zu den beiden Medorobots tragen, die mit einer Antigravbahre bereitstanden.

Die flackernden Warnplatten redeten eine eindeutige Sprache. Das Superschlachtschiff stand kurz vor der Vernichtung.

Unter diesen Umständen verwehrte Omar Hawk den Ärzten der Bordklinik, Ras Tschubai zu entkleiden. Die Chance, die Zerstörung des Raumschiffs zu überleben, war nur verschwindend gering, aber ganz ausschließen durfte man sie nicht. Sie würden jedoch für alle diejenigen auf Null sinken, die sich im Augenblick der Katastrophe nicht in einem geschlossenen Raumanzug befanden.

Der Oxtorner musterte Tschubais schwarzes Gesicht. Es war schweißbedeckt, und die wulstigen Lippen zitterten. Der Teleporter benötigte dringend ein Regenerierungsbad, aber das war unmöglich, solange das Schiff, in dem sie sich befanden, in Gefahr schwebte, vernichtet zu werden.

Doch zu Omars Erstaunen schlug Ras bereits nach wenigen Minuten die Augen auf. Er lächelte matt, schien sich von nun an aber schnell zu erholen.

Der Zellaktivator fiel dem Oxtorner ein.

Natürlich, jeder Träger eines Zellaktivators erholte sich etwa fünfmal rascher von Strapazen oder Verletzungen als ein normaler Sterblicher!

»Ich habe es zweimal versucht«, sagte Ras Tschubai klar und deutlich in sein Helmmikrophon. »Beim erstenmal gelang mir überhaupt keine Entstofflichung, und beim zweitenmal schaffte ich es mit aller Energie nur wenige Zentimeter weit. Das Halbraumfeld ist nicht zu bezwingen. Außerdem muß das Antipsifeld um Tamanium außerordentlich stark sein. Liegen schon Berichte der anderen Einsatzkommandos vor?«

Hawk verschwieg ihm, daß es seiner Meinung nach an ein Wunder grenzte, wenn die anderen Kommandos das Abwehrfeuer vollzählig überstanden hatten. Es erschien ihm als glücklicher Zufall, daß sie lebend aus dieser Hölle herausgekommen waren.

»Noch nicht«, sagte er.

In diesem Augenblick erloschen die Warnplatten. Aus einem verborgenen Interkomlautsprecher erscholl die rauhe Stimme eines Terraners.

»Die MAXIMILIAN befindet sich außerhalb der unmittelbaren Gefahrenzone. Ich bitte Oberleutnant Hawk, in der Kommandozentrale zu erscheinen und sich bei Oberst Fritzsch zu melden!«

Ras Tschubai erhob sich und nickte Omar zu.

»Wir gehen beide, Hawk!«

Die Ärzte wollten protestieren, aber Tschubais drohende Miene bewog sie dazu, sich zurückzuziehen.

Zehn Minuten später standen sie dem Kommandanten der MAXIMILIAN gegenüber.

Oberst Fritzsch war ein hochgewachsener, breitschultriger Mann mit einem rotblonden Vollbart. Unwillkürlich wurde Omar Hawk an die Springer erinnert, jene Galaktischen Händler, die dem Solaren Imperium in der ersten Zeit der menschlichen Expansion schwer zu schaffen gemacht hatten.

Der Oberst lud den Oxtorner und Tschubai mit einer knappen Handbewegung zum Sitzen ein. Dann verzog sich sein martialisch wirkendes Gesicht zu einem breiten Lächeln.

»Ich freue mich, daß Sie gerettet werden konnten, meine Herren. Außerdem darf ich Ihnen eine angenehme Nachricht übermitteln. Von der CREST wurde vor wenigen Minuten eine Hyperkommeldung entschlüsselt, die besagt, daß alle Leute des Kommandounternehmens außer Gefahr sind. Mehrere wurden von Schiffen meines Verbandes geborgen, die anderen befinden sich auf dem Rückweg zum Flaggschiff.«

Der Mutant atmete hörbar auf.

»Vielen Dank, Oberst. Das ist tatsächlich eine erfreuliche Mitteilung. Ich hätte nicht gedacht, daß die Aktion völlig ohne Verluste abgegangen wäre.«

Fritzschs Gesicht wurde ernst.

»So ganz ohne Verluste ging es nicht ab, Sir. Mein Verband hat vier Schiffe eingebüßt – mit achttausend Mann Besatzung . . .!«

Omar preßte die Lippen zusammen.

Fritzschs letzte Bemerkung erinnerte ihn wieder einmal daran, daß in einer Raumschlacht nicht nur Raumschiffe vernichtet wurden.

»Weshalb erzielten Ihre Transformgeschütze keinen einzigen Treffer?« fragte er, um den Oberst abzulenken.

»Die Kernbomben materialisieren nicht«, murmelte er. »Messungen ergaben, daß um Tamanium zusätzlich ein Anti-Rematerialisierungs-Feld liegt. Unsere als hyperschnelle Impulse abgestrahlten Gigatonnengeschosse materialisieren nicht, sondern verschwinden irgendwo in der Unendlichkeit des Hyperraums. Mit normalen Energiewaffen aber ist gegen das rote Halbraumfeld überhaupt nichts auszurichten. Außerdem kommen wir nur vereinzelt nahe genug heran, um diese konventionellen Waffen einsetzen zu können. Die feindlichen Waffen dagegen besitzen eine Reichweite von fünfzehn Millionen Kilometern.«

»Dennoch muß es einen Weg geben!« überlegte Hawk laut. »Irgendwie müssen wir durch das rote Halbraumfeld hindurchkommen. Wenn erst einmal einige Einsatzkommandos von uns auf Tamanium gelandet sind, haben wir so gut wie gewonnen.«

Oberst Fritzsch lachte humorlos.

»Vielleicht versuchen Sie es einmal zu Fuß, lieber Mann!«

Ärgerlich winkte der Oxtorner ab.

»Sie wissen genau, daß Tamanium entweder genommen oder vernichtet werden muß, Oberst. Wir können es uns nicht leisten, unverrichteter Dinge umzukehren. Das wäre der Anfang vom Ende. Aber ich weiß, daß ein Weg gefunden wird; darauf können Sie sich verlassen!«

Vor Erregung hatte er die Sessellehnen versehentlich zu stark umklammert. Erstaunt starrte Fritzsch die Bruchstücke an, die zwischen den Fingern des Umweltangepaßten zerkrümelten.

»Mann!« ächzte er. »Das ist hochwertiges Metallplastik! Soll es jedenfalls sein. Ich werde reklamieren müssen, wenn die . . .«

»Schon gut«, erwiderte Hawk verlegen. »Das Material war schon in Ordnung. Ich hatte nur die Beherrschung verloren. Falls Sie uns nun zur CREST III bringen würden, wären wir Ihnen sehr dankbar.«

Oberst Fritzsch hörte auf, seinen Kopf zu schütteln.

»Wir befinden uns auf dem Weg zur CREST«, sagte er. »Ein Glück, daß man wenigstens außerhalb der 15-Millionen-Kilometer-Zone sicher ist.«

Er hatte es kaum ausgesprochen, als das Licht in der Zentrale erlosch.

Schreie gellten durch die Halle und wurden im nächsten Augenblick vom Heulen der Alarmsirenen übertönt.

Eine Entladung krachte.

Dann war es Hawk, als hätten sich sämtliche Schlünde der Hölle gleichzeitig aufgetan und Millionen von Teufeln entlassen.

18.

Trinar Molat beobachtete, wie die Salven der Gegenpolkanonen große Lücken in den Pulk angreifender Walzenschiffe rissen. Er schaltete völlig ruhig, ohne jede Hast oder Erregung. Innerhalb weniger Minuten drehten die Maahks ab und zogen sich zurück. Zwölf expandierende Glutwolken zeigten die Positionen ehemaliger Walzenraumer an.

»Sie sind machtlos«, sagte der MdI zu Mezzo.

Der Krath hockte gleich einer geballten Faust auf dem Schaltpult. Er reagierte nicht auf Molats Bemerkung.

Der Meister der Insel beobachtete einen anderen Ortungsschirm. Unablässig zerrissen die Explosionen schwerster Kernbomben die Schwärze des Raumes. Bomben, von denen zehn Stück die Oberfläche eines Planeten in ein einziges Glutmeer verwandeln konnten – wenn sie den Himmelskörper nicht gar auseinanderbrechen ließen.

Den Kugelschiffen der Terraner vermochten sie jedoch nur zu schaden, wenn mehrere Explosionen unmittelbar vor dem Schutzschirm eines Schiffes stattfanden. Die grünleuchtenden Schutzschirme der Terraner waren besser als das rote Halbraumfeld, das um Tamanium aufgebaut worden war.

Molat lachte.

Die terranischen Schirme mochten qualitativ besser sein – das Halbraumfeld aber bezog seine Energie direkt von der Sonne Luum, was ihm im Vergleich zu den terranischen Angriffswaffen eine hohe quantitative Überlegenheit gab.

Außerdem hatten sich die AR-Felder bestens bewährt. Kein einziges terranisches Transform-Geschoß war bisher rematerialisiert. Und es schien so, als würde das auch niemals der Fall sein. Vor einigen Minuten war die Kapazitätsanzeige des Antipsifeldes hochgeschnellt – und wieder abgesunken. Demnach hatten die Erdmenschen ihre Mutanten eingesetzt – erfolglos, wie es nicht anders zu erwarten gewesen war.

Nein, es gab keinen Grund zur Beunruhigung.

Er konnte ebenso gut seine unterbrochene Raubtierjagd fortsetzen und die Verteidigung der Zentralwelt den Automaten überlassen!

Doch Trinar Molat blieb in dem Sessel vor den Kontrollen sitzen.

Er würde sich nicht damit zufrieden gegen, die Angreifer auf Distanz zu halten und auf die Entsatzflotte zu warten. Jede Stunde konnte der Tefroder Hakolin seinen Auftrag beenden – und dann würden sowohl Terraner als auch Maahks aus dem Luum-System verschwinden. Sie würden überhaupt niemals dagewesen sein, denn Terra hätte in diesem Fall den Schritt in die Weiten des Kosmos noch nicht getan.

War es erst soweit, dann konnte er, Trinar Molat, nichts mehr tun. Dabei gab es noch einiges, was die Terraner nicht ahnten. Es wäre schade darum, ihnen den größten Schrecken fernzuhalten.

Der MdI kicherte verstohlen.

Seine Rechte schwebte über einem unscheinbaren Schaltknopf, dann sank sie herab. Es knackte vernehmlich. Eine grüne Kontrolllampe flammte auf.

Im nächsten Augenblick materialisierte ein winziges Ding auf der beleuchteten Glassitplatte neben dem Schaltknopf. Es hatte etwa die Größe eines halben Daumennagels. Dennoch besaß es einen menschenähnlichen Rumpf, zwei Beine, zwei Arme und einen Kopf.

»Sieh ihn dir an, Mezzo!« flüsterte Trinar Molat. »Das ist eine furchtbare Waffe!«

Der Krath spreizte die fünf ›Finger‹. Im nächsten Moment stand er unmittelbar vor der winzigen Gestalt.

»Nicht wahr?« fragte der Meister. »Das ist ein vollendetes technisches Werkzeug? Ein Mikroroboter, flugfähig, selbständig denkend und mit einem Miniaturstrahler ausgestattet, der einen erwachsenen Terraner töten kann!«

Mezzo wechselte seinen Standort über den kurzen Weg und saß danach auf Molats Schulter. Er streckten den ›kleinen Finger‹ aus, berührte die Schläfe des Mannes und flüsterte direkt in Trinars Gehirn:

»Nicht gut. Maschinenwesen schlecht, wenn zum Töten geschaffen. Mezzo böse auf Trinar.«

Auf Molats Stirn scholl die Zornesader blaurot an. Er vertrug keinen Widerspruch. Mit einer heftigen Bewegung riß er Mezzo von seiner Schulter und schleuderte ihn kraftvoll gegen die Wand über dem Kontrollpult.

Doch der Krath kam niemals dort an.

Er verschwand mitten in der Luft.

Der MdI atmete keuchend. Plötzlich tat es ihm leid, daß er sich nicht besser beherrscht hatte. Das kleine handförmige Wesen war ihm im Laufe der letzten Jahrtausende so sehr ans Herz gewachsen, daß er nun Angst davor empfand, es könnte nicht zu ihm zurückkehren.

Nach einiger Zeit beruhigte er sich wieder. Sein Zorn wandte sich nun gegen die Terraner, die an allem schuld waren.

Er starrte den Mikroroboter an, und ein satanisches Grinsen überzog sein ausgemergeltes Gesicht.

»Du wirst ihnen zeigen, was es bedeutet, sich mit Trinar Molat einzulassen. Du und deine Milliarden Brüder! Kein schmutziger Barbar vergreift sich ungestraft an den Sternen, die den Meistern gehören!«

Der Roboter nahm Haltung an. Die winzigen Hacken knallten zusammen.

»Jawohl, Faktor II!« grollte eine dumpfe Stimme, die in keinem Verhältnis zur Kleinheit dieser Maschine stand.

Trinar Molat lächelte boshaft.

»Verschwinde, Zwerg!« sagte er und drückte den Schaltknopf ein zweites Mal. Der Roboter verschwand.

Auf den Ortungsschirmen zeigte sich, daß sowohl die Maahks als auch die Terraner sich hinter die Grenze zurückgezogen hatten, hinter der sie sich sicher fühlten, weil die Reichweite der Gegenpolkanonen Tamaniums nicht darüber hinausging.

»Das wird euch nichts nützen«, murmelte der MdI.

Mit Hilfe eines neuentwickelten Transmitters würden die Roboter an Bord der gegnerischen Schiffe gebracht werden. Das Neue an diesem Transmitter war, daß er eine sechsdimensionale Komponente besaß und dadurch in der Lage war, alle bekannten fünfdimensionalen Schutzschirme zu durchdringen. Der Transmitter würde die Miniroboter sowohl durch das Halbraumfeld Tamaniums als auch durch die grünen Schirme der Terraner ins Ziel transportieren.

Er richtete das Zielkreuz eines Transmitterprojektors auf das letzte der fliehenden Kugelschiffe, stellte an der Mengenangabe die Zahl ›zehntausend‹ ein und betätigte den Aktivator.

Scheinbar geschah überhaupt nichts.

Aber Molat wußte, daß der Transmitterprojektor die zehntausend Mikroroboter in diesem Augenblick in das gegnerische Raumschiff transportiert und zur Rematerialisierung gebracht hatte.

Leider streikte das TMP-Feld, sobald man irgendwelche Sprengstoffe in die Projektorkammer tat, sonst wäre es noch leichter gewesen, die Terraner und Maahks zu vernichten.

Doch die Mikroroboter würden das gleiche Ergebnis erzielen – nur in einer etwas größeren Zeitspanne.

Ein metallisch blitzendes Etwas, nicht größer als eine terranische Stubenfliege, schwirrte an Hawks Gesicht vorbei. Ein hauchdünner, grelleuchtender Strahl zuckte zu Oberst Fritzsch und hinterließ ein häßliches Loch in der Stirn des Kommandanten.

Oberst Fritzsch brach langsam zusammen.

Omar Hawk holte tief Luft. Dann sprang er hinter dem schwirrenden Etwas her und fing es mit der Hand ein.

Ein zorniges Brummen ertönte.

Hawk schmetterte das winzige Ding mit Wucht auf den Boden, als ihm ein Energiestrahl Zeige- und Mittelfinger der rechten Hand versengte.

Klirrend barst der Mikroroboter auseinander.

Der Oxtorner bückte sich und starrte fassungslos auf die metallischen Trümmer. Eine Maschine von Insektengröße hatte den Kommandanten der MAXIMILIAN ermordet!

Ein heftiges Brennen in der linken Schulter ließ ihn herumfahren.

Diesmal versuchte er nicht wieder, den Angreifer zu fangen. Er hieb mit der Rechten durch die Luft und zertrümmerte das Ding im Flug.

Neben ihm feuerte Ras Tschubai seinen Desintegrator ab. Ein Pulk von etwa zehn Flugrobotern löste sich auf. Aber auch ein Stück der Achsschachtwandung verwandelte sich in eine Wolke molekularen Gases.

Omar erkannte voller Entsetzen, daß die Winzigkeit den Mikrorobotern eine nicht zu unterschätzende Überlegenheit verlieh. Falls es nicht nur in der Kommandozentrale, sondern im ganzen Schiff von ihnen wimmelte, würde man bei ihrer Vernichtung die gesamte MAXIMILIAN in ein Wrack verwandeln.

Das Chaos in der Zentrale war perfekt. Noch ehe die Männer richtig reagieren konnten, indem sie die Schutzschirme ihrer Anzüge aktivierten, lebten die meisten Offiziere nicht mehr. Die Überlebenden hingegen, die ihre Individualschirme rechtzeitig eingeschaltet hatten, kämpften mit verbissener Wut gegen die winzigen Invasoren.

Und so, dachte Hawk bitter, würde es auch in den anderen Sektoren des Schiffes aussehen. Der Oxtorner verzichtete vorerst darauf, seinen Schutzschirm zu aktivieren, da er ihn bei seinem Vorhaben nur hindern würde. Er wandte sich Ras Tschubai zu.

Hawk warf sich den Teleporter über die Schulter und zog sich mit ihm zur Bordpositronik zurück. Das Schott wich zur Seite, als er die Handfläche auf das Wärmeschloß legte.

Er sicherte es von innen, nachdem er eingetreten war. Nun konnten weder Menschen noch Mikro-Roboter in den sterilen, staubfreien Saal der P-Kontrolle kommen. Ras Tschubai war in Sicherheit, und vielleicht fand das Gehirn eine Lösung der Fragc, wie den Robotern beizukommen war, ohne daß der Sieg gleichzeitig eine Niederlage bedeutete.

Baar Lun befand sich mit Gucky zusammen auf dem Rückflug zur CREST III, als die Nachricht von der Katastrophe auf der MAXIMILIAN ihn erreichte.

Perry Rhodan selbst blickte vom Bildschirm des Hyperkoms.

»Ich habe eine große Bitte an Sie, Lun«, sagte er. »Wenn Sie zur MAXIMILIAN fliegen und dort Ordnung schaffen könnten . . .? Die Mikro-Roboter dürften keine Energien entwickeln, mit denen Sie nicht fertig werden könnten.«

Der Modul nickte.

Im Frontschirm sah er bereits einen winzigen Ball auftauchen, der das Licht der Sonne Luum reflektierte; die CREST III. Eben war er noch froh gewesen, aus dem Inferno vor Tamanium entkommen zu sein und in wenigen Minuten an Bord des Flaggschiffes gehen zu können, das seine neue Heimat geworden war – jetzt aber dachte er nicht mehr daran.

Während er sich erneut abmeldete, schob seine Hand bereits den Hebel für Verzögerung bis zum Anschlag.

Die Moskito-Jet schien plötzlich im Raum stillzustehen. Eine kilometerlange Flammenlanze fuhr aus den Bugdüsen, wurde kürzer und kürzer, je mehr das Fahrzeug an Geschwindigkeit verlor, dann feuerten die Backbord-Korrekturdüsen. Die Jet wurde nach Steuerbord herumgerissen und stellte sich schräg auf, als Baar Lun den Hauptantrieb dazuschaltete.

Der Modul wandte sich um und blickte in die Augen Guckys, die ihn treuherzig ansahen.

»Tut mir leid, Kleiner. Wir müssen noch einen Ausflug machen. Du hast es ja selbst gehört.«

Der Mausbiber pfiff die Melodie eines frechen Schlagers.

Dann brach er plötzlich ab, faltete die Hände vor dem Bauch und wisperte kläglich:

»Perry hätte mich wenigstens fragen können, ob ich mitmachen will!«

Der Modul lächelte beruhigend.

»Es wird für dich sicher nur ein kleiner Spaß, Einzahniger. Außerdem unterstehst du Rhodans Befehlsgewalt – im Unterschied zu mir. Mich muß er fragen; dich braucht er nicht zu fragen.«

»Das ist es ja eben«, murrte Gucky. »Mich fragt niemand, was ich möchte und was nicht. Diese komische Mücken-Jet hat noch nicht einmal Mohrrüben an Bord!«

Verdutzt zwinkerte Lun mit den Augen. Dann lachte er rauh.

»Dafür kannst du dich in den Vorratskammern der MAXIMILIAN eindecken.«

Der Mausbiber zog scharf die Luft ein. Dann öffnete er den Mund und zeigte seinen Nagezahn in voller Größe, ein Zeichen für seine gute Laune.

»Tempo, Kahlkopf!« befahl er. »Volle Pulle! Sonst fressen die dämlichen Mikro-Roboter noch die ganzen Mohrrüben!«

»Volle Pulle . . .?«

Gucky quietschte vergnügt über die Unwissenheit des Moduls.

»Ja! Vollgas! Affenzahn! Gib ihm Saures, dem Triebwerk!«

Baar Lun verzog die Unterlippe, als er begriff, was der Mausbiber meinte.

»Nur gut, daß niemand auf der Erde weiß, was für alberne Dialoge an Bord terranischer Raumschiffe geführt werden«, murmelte er vor sich hin. »Die Leute denken immer, wir deklamieren Verse, anstatt wie normale Individuen zu sprechen, dabei . . .!«

Gucky kicherte.

»Meine Ohren sind ganz gut auf Zack, alter Schwede! Warum, o Dunkelweltler, flüsterst du? Fürchtest du meinen Widerspruch? Ah! laß dir sagen: Die Welt ist voller Schmutz und . . . ähem!«

Er kratzte sich ausgiebig hinter dem linken Ohr.

»Ach, rutsch mir doch den Buckel runter! Ich rede, wie mir der Schnabel gewachsen ist. Mein großes Vorbild Bully sagt immer: Was Goethe in den Mund nahm, haben wir schon lange in der Hose!«

Lun zuckte die Schultern.

Er nahm sich vor, bei Gelegenheit einmal nachzuschlagen, wer dieser Goethe war und was er in den Mund genommen haben sollte. Außerdem mußte er die Sprache der Terraner ein wenig genauer studieren. Vieles, was Gucky gesagt hatte – und was andere Leute an Bord der CREST III oft sagten – blieb ihm unverständlich. Manchmal glaubte er, die Terraner verständigten sich in einer Art Kode, den nur Erdgeborene verstehen konnten.

Er tippte die Koordinaten für den kurzen Linearraumflug in den Autopiloten, betätigte die Kontrollschaltung für den Kalupkonverter und wollte gerade den Zwischenraumeintritt ankündigen, als seine Parasinne den Aufbau eines Rematerialisierungsfeldes wahrnahmen.

Ein Gegenpolfeld! durchzuckte es ihn.

Ohne nachzudenken, hieb er auf die Schaltplatte für Linearflug.

Die Moskito-Jet verschwand in dem Augenblick aus dem vierdimensionalen Kontinuum, als eine 1000 Gigatonnen-Kernbombe an ihrem letzten Positionsort explodierte.

Baar Lun sah einen blauweißen Blitz aus dem Kasten der Linearflugprogrammierung schießen und wußte, daß etwas schiefgegangen war.

Perry Rhodan und Atlan blickten mit verkniffenen Gesichtern auf die Registrierscheibe über dem Kartentisch. Insgesamt fünfhundert Raumschiffe des terranischen Flottenverbandes hatten bisher das Auftauchen von Mikro-Robots gemeldet.

Auch dort war der Angriff völlig überraschend gekommen und hatte viele Opfer gefordert, ehe die Leute ihre Schutzschirme aktivieren konnten. Es war ein Rätsel, wie es die MdI geschafft hatten, ihre tödliche Fracht trotz HÜ-Schirmen an Bord der terranischen

Schiffe zu bringen. Anscheinend, so wurde spekuliert, handelte es sich um einen neuartigen Fiktivtransmitter, der in der Lage war, 5-d-Felder zu durchdringen.

Elf dieser Schiffe meldeten sich seit einer halben Minute nicht mehr!

Der Großadministrator stellte den Kontakt zur MAXIMILIAN her. Ein junger Leutnant blickte mit vor Grauen geweiteten Augen von der Bildscheibe. Er meldete sich als stellvertretender Kommandant des Superschlachtschiffes: stellvertretend für Oberst Fritzsch und weitere vierunddreißig ranghöhere Offiziere, die beim Kampf gegen die winzigen Eindringlinge gefallen waren.

»Nichts, Sir! Baar Lun hat sich noch nicht gemeldet.«

Rhodan blickte nervös auf seinen Chronographen.

»Er ist seit einer halben Stunde zu Ihnen unterwegs, Leutnant. Eigentlich müßte er schon vor einer Viertelstunde in einen Hangar der MAXIMILIAN eingeschleust worden sein. Sind Sie sicher, daß alle Schleusen besetzt sind, Leutnant?«

Der Offizier wurde noch um eine Schattierung blasser. Aber er nickte tapfer.

»Ganz sicher, Sir. Das Schiff wurde fast völlig von den Robots gesäubert. Etwa dreihundert Mann fielen dabei; soviel wurde wenigstens bisher festgestellt. Seit zehn Minuten haben die Mannschaften an den Schleusen keine Feindberührung mehr gehabt.«

Rhodans Schultern sanken ein wenig nach vorn.

»Vielen Dank, Leutnant«, sagte er tonlos.

Er schaltete den Hyperkom ab und wandte sich dem Arkoniden zu.

»Es sieht nicht gut aus für den Modul – und für Gucky.«

Atlan starrte ihn an, ohne ihn zu sehen.

»Ich fürchte, wir werden weder Lun noch Gucky jemals wiedersehen, Freund. Die Energieortung verzeichnete eine Gigabombenexplosion auf der Kurslinie von Luns Raumjäger . . .«

Der Terraner wischte sich den Schweiß von der Stirn. Seine Augen funkelten so vor Zorn, wie es Atlan bei ihm niemals zuvor gesehen hatte.

Als die Moskito-Jet in den Normalraum zurückfiel, wußte Baar Lun, daß seine Ahnung ihn nicht getrogen hatte.

Das Luum-System war verschwunden.

»Wo sind wir?« fragte Gucky mit piepsiger Stimme.

»Das möchte ich auch gern wissen«, murmelte Lun. Er schaltete den Flugregistrator ein und betrachtete die Diagramme.

Nach etwa zehn Minuten hob er den Kopf. Sein Lächeln wirkte gekünstelt.

»Wir haben in rund achtzehn Minuten zwischen dreizehntausend und siebzehntausend Lichtjahre zurückgelegt. Leider kenne ich die Flugrichtung nicht. Innerhalb des Luum-Systems bin ich nach Sicht und Schätzung geflogen. Aber der Sternkonzentration in dieser Gegend Andromedas nach befinden wir uns weder am Rand noch in unmittelbarer Nähe des Zentrums.«

»Heißt das, daß wir niemals zurückfinden werden?«

Baar Lun schüttelte den Kopf.

»Vorläufig ist es zu früh für derartige Diagnosen. Zuerst muß ich ein astrographisches Besteck aufnehmen. Vielleicht erkenne ich anhand der Karten eine charakteristische Konstellation, so daß wir im Notspruch wenigstens unsere ungefähre Position angeben können.«

»Notspruch?« fragte der Mausbiber verständnislos. »Wozu Notspruch, wenn wir unsere Position kennen? Dann können wir ja auch die Position des Luum-Systems errechnen und selbst hinfliegen!«

»Vielleicht – vielleicht auch nicht. Du vergißt anscheinend, daß ich keine Möglichkeit besaß, den Kalup auszuschalten. Ich mußte untätig warten, bis die verfälschte Linearflugprogrammierung abgelaufen war. Und was man nicht ausschalten kann, kann man auch nicht einschalten. Die letzte Explosion hat die Automatik völlig verstellt. Es kann Monate dauern, bis ich den Fehler gefunden habe. Danach . . .«

Er brach ab und blickte irritiert auf die grüne Scheibe des Frequenzsuchers. Eine weiße Linie zitterte über die Anzeige.

»Jemand sendet mit einem normal lichtschnell arbeitenden Gerät«, sagte er atemlos.

Der Mausbiber pfiff mißtönend.

»Warum auch nicht. Hier muß es eine Menge bewohnter Sonnensysteme in der Nähe geben. Und auf zivilisierten Planeten gibt es nun einmal Funkverkehr.«

Der Modul lächelte ironisch.

»Wer wird sich schon die Energieverschwendung leisten können, für planetaren Verkehr eine Leistung von viertausendfünfhundert Gigawatt aufzubringen . . .?«

Gucky entgegnete nichts darauf. Er versuchte erst gar nicht, sich vorzustellen, daß da jemand einen interstellaren Funkverkehr auf einfach lichtschneller Basis abwickelte. So etwas wäre sinnlos gewesen. Es sei denn, eine noch recht primitive Kultur versuchte per Richtstrahler Kontakt mit anderen Völkern zu erhalten.

»Ich schlage vor, wir wechseln unsere Position, Lun!« sagte er.

Baar Lun nickte.

»Daran hatte ich ebenfalls gedacht. Na schön, versuchen wir es!«

Die Steuerung des Impulstriebwerks funktionierte noch einwandfrei. Der Modul schwenkte die Moskito-Jet scharf nach Backbord und beschleunigte wieder mit Höchstwerten.

Im Laufe einer Stunde legten sie mehr an Entfernung zurück, als für das Experiment normalerweise nötig gewesen wäre.

Doch die Sache mit dem fremden Sender schien außerhalb aller Normen zu liegen. Der Empfänger nahm ihn zu gleicher Stärke auf wie eine Stunde zuvor.

Lun überlegte.

Eine derartig breite Streuung wäre unsinning gewesen, wenn damit nur ein scharf abgegrenzter Raumsektor erreicht werden sollte. Folglich mußte die Sendung nach allen Richtungen zugleich ausgestrahlt werden!

Zweifellos befanden sich mindestens sechzehn Sender auf der Oberfläche des Planeten, sonst hätte es Intensitätsschwankungen geben müssen.

Halt! sagte sich Baar Lun. Intensitätsschwankungen mußte es auf jeden Fall geben. Sonnen- und Planetenschatten, Strahlenströme und interstellare Gase beeinflußten sämtliche nur lichtschnellen Funkwellen.

Der Schluß, der sich daraus ziehen ließ, machte aus dem rein rechnerischen Problem eines von allgemeiner Natur.

Funkwellen ohne Intensitätsschwankungen mußten aus unmittelbarer Nähe kommen, zumindest aber aus einer Entfernung, die 0,8 Lichtjahre – die Entfernung bis zur nächsten Sonne – nicht überstieg.

Ein Planet ohne Sonne . . .?

Baar Lun teilte seine Vermutungen dem Mausbiber mit. Gucky nickte nur.

»Das hatte ich mir ebenfalls gedacht. Ich halte die Sache für wichtig genug, daß wir umdisponieren. Suche bitte vier Peilorte auf; ich werde versuchen, die Position des Planeten zu bestimmen.«

Der Modul beschleunigte erneut. Viermal brachte er die Moskito-Jet zum Stehen, viermal nahm Gucky eine Peilung vor.

Als das Ergebnis vorlag, sahen sich die beiden äußerlich so verschiedenen Wesen einige Sekunden lang stumm an.

Gucky brach das Schweigen.

»Nur rund sechzig Millionen Kilometer. Das bedeutet, der fremde Planet steht mitten im interstellaren Raum, ohne Sonne, ohne Begleiter und wahrscheinlich auch ohne Atmosphäre. Leben dürfte dort nicht gedeihen können, selbst wenn es einmal welches gegeben haben sollte.«

»Warum nicht?« fragte Lun, der sich an die Dunkelwelt Modul erinnerte, auf der er jahrhundertelang gelebt hatte, obwohl Modul weder eine Atmosphäre noch eine wärmende Sonne besaß.

»Vielleicht ist die Situation der Wesen dort ähnlich jener auf Modul. Vielleicht stellen die Funksignale einen Notruf dar. Wir sollten hinfliegen und nachsehen!«

Gucky überlegte nicht lange.

»Das werden wir auf jeden Fall tun!«

Baar Lun richtete den Kurs ein und stieß den Schubhebel des Impulstriebwerkes bis zum Anschlag.

Der Raumjäger richtete seine stumpfe Bugnase auf ein Ziel, das vorläufig noch unsichtbar blieb. Nur die unablässig eintreffenden Funkwellen bewiesen, daß sich dort jemand befand, ein intelligentes Wesen oder auch mehrere, die mit großer Wahrscheinlichkeit in Not waren.

Der Leutnant, der nach dem Ausfall der ranghöheren Offiziere den Befehl über die MAXIMILIAN übernommen hatte, wußte nichts von Hawks und Tschubais Anwesenheit.

Es war reiner Zufall, der ihn in die Positronik gehen ließ, um nach den Mathematikern zu sehen.

Er wunderte sich über das von innen verriegelte Schott der Positronik. Aber er hielt sich nicht damit auf, nutzlose Öffnungsversuche zu machen, sondern eilte durch den Notausgang, der sich nicht verschließen ließ.

Was er in der großen Innenhalle sah, erschreckte ihn.

Lang ausgestreckt lagen dort die vier diensthabenden Kybernetiker, und neben ihnen lagen die Körper zweier Fremder. Einen von ihnen erkannte er an dem Gehirnsymbol auf dem Brustteil des Raumanzugs. Es war Ras Tschubai, ein Teleporter des Mutantenkorps. Der andere kam ihm fremd vor, ebenso die Ärmelsymbole mit dem stilisierten Tierkopf.

Und auf dem rechten Knie des kahlköpfigen Mannes lag eine menschliche Hand – eine einzelne Hand!

Mit wankenden Schritten ging der Leutnant darauf zu und streckte den Arm aus, um die Hand aufzuheben.

Im nächsten Moment starrte er verblüfft auf den leeren Fleck.

Die Hand war verschwunden!

Er griff sich an die Stirn, schüttelte den Kopf und öffnete und schloß die Augen, als wollte er sich davon überzeugen, daß er nicht träumte.

Eine Hand konnte doch nicht einfach verschwinden!

Gräßlich genug, daß jemandem der Besatzung offenbar die Hand von dem Energiestrahl eines Mikro-Roboters abgetrennt worden war. Und nun löste sie sich auch noch in nichts auf.

Der Leutnant hatte sich von dem Schock noch nicht wieder erholt, da wurde er von einer Wolke durchsichtigen Gases eingehüllt. Polternd stürzte er zu Boden.

Nach einiger Zeit schlug Omar Hawk die Augen auf. Er wußte sofort, was geschehen war, nachdem er mit Tschubai in die Zentrale der Positronik eindrang.

Mikro-Roboter mußten die Eigenschutz-Sektoren des Bordgehirns umprogrammiert haben, so daß sie von da an die Besatzungsmitglieder, ja jeden Menschen, als Feind ansahen und entsprechend reagierten.

Nervengas! dachte er. Die ES-Sektoren haben uns mit Nervengas betäubt! Unsere Helme waren ja geöffnet!

Aber ich lebe noch. Folglich befindet sich kein einziger Mikro-Roboter mehr in der Zentrale des Bordgehirns! Andernfalls hätte man mich getötet!

Er überlegte, wie er Tschubai und sich in Sicherheit bringen konnte, ohne bei der geringsten Bewegung eine neue Dosis Nervengas abzubekommen. Er konnte es nicht einmal wagen, den Helm wieder zu schließen.

Tschubai! dachte er. Tuschbai ist Teleporter. Wenn er erwacht, kann er sich hinausteleportieren und von der Kommandozentrale aus die Eigenschutz-Sektoren der Positronik desaktivieren!

Aber der Mutant würde viel länger brauchen als er, um sich von der Wirkung des Gases zu erholen.

Stimmt nicht! fuhr es durch sein Gehirn. Tschubai trägt einen Zellaktivator. Er wird früher erwachen als jeder andere Erdgeborene!

»Tschubai!« flüsterte Hawk. »Ras Tschubai! Falls Sie bei Bewußtsein sind, melden Sie sich bitte! Nicht bewegen! Die Schutzautomatik der Positronik ist gegen uns programmiert worden.«

»Gott sei Dank!« vernahm er, kaum hörbar, die Stimme des Mutanten. »Ich fürchtete schon, der einzige Mensch zu sein, der die Wirkung des Nervengiftes überwunden hat. Aber natürlich, Sie als Extremweltler müssen ja schneller damit fertig werden als die anderen.«

Der Oxtorner atmete auf.

»Teleportieren Sie, Tschubai«, flüsterte er. »Schalten Sie die Energiezufuhr für die ES-Anlage ab!«

»Hm!« Der Teleporter schien zu überlegen. »Hoffentlich gerate ich nicht vom Regen in die Traufe.«

»Kaum«, sagte Omar lächelnd. »Wenn die Mikro-Roboter das Schiff übernommen hätten, würden wir nicht mehr leben! Diese Mordmaschinen würden sich nicht damit begnügen, uns vorübergehend ausgeschaltet zu haben.«

»Einverstanden«, flüsterte Tschubais Stimme. »Ich teleportiere!«

Hawk vernahm das typische Geräusch, das immer dann entstand, wenn die Luft in das Vakuum drängte, das ein teleportierter Mutant hinterlassen hatte.

Kurz darauf erlosch ein Teil der Kontrollampen, der sich in seinem Blickfeld befand.

Er stand ruckartig auf, die Muskeln zum Sprung gespannt. Doch nichts geschah. Die Sicherheitsschaltung arbeitete tatsächlich nicht mehr.

Erst jetzt sah er, daß zu den vier Kybernetikern, die er kurz vor seiner Bewußtlosigkeit noch wahrgenommen hatte, ein fünfter Mann hinzugekommen war, ein junger Leutnant mit zerfetztem und versengtem linken Ärmel.

Er kümmerte sich jedoch nicht um den Offizier, sondern löste die Verriegelung des Hauptschotts. Draußen wartete bereits Ras Tschubai.

Der Mutant machte ein ernstes Gesicht.

»Was ist los?« fragte Hawk.

Tschubai antwortete nicht. Statt dessen zog er den Oberleutnant mit sich in die Kommandozentrale.

Omars Gesicht wurde aschgrau.

Aufgelöste, zerschossene und zerschmolzene Geräte, Bildschirme und Kontursessel, in verkrampfter Haltung erstarrte Tote, die Waffen in den Fäusten – das war das, was die Invasion der Mikro-Roboter in der Zentrale zurückgelassen hatte!

Der zweite Schock traf ihn, als er den Blick zu den Schirmen der Panoramagalerie erhob.

Weder vom zweiten Luum-Planeten noch von der Sonne und den Sternen Andromedas war eine Spur zu sehen. Nur wirbelnde, farbige Schleier und tanzende Irrlichter bedeckten die Bildschirme.

Die MAXIMILIAN befand sich im Linearraum – und niemand war da, der sagen konnte, seit wann sie das Normalkontinuum verlassen hatte.

»Vierzehn Raumschiffe sind im Linearraum verschwunden!« meldete Cart Rudo, der Kommandant der CREST III.

Perry Rhodan beugte sich mit versteinert wirkendem Gesicht über den P-Kommunikator.

»Wie groß ist die Wahrscheinlichkeit, daß das Verschwinden der vierzehn Schiffe etwas mit den Mikro-Robotern zu tun hat?«

Die Antwort kam Sekunden später.

»Zweiundachtzig Prozent Wahrscheinlichkeit dafür. Vermutlich dringen die Roboter in die Schaltsysteme des Antriebs ein, oder sie verfügen über eine Art Ausleger, die sie in die Kontrollsysteme schicken und mit einer Fernsteuerung lenken.«

»Welche Gegenmaßnahmen . . .?« Rhodan verstummte, als Cart Rudo einen gellenden Schrei ausstieß.

Im selben Augenblick begannen die Sirenen der Warnanlage zu

wimmern. Robotstimmen plärrten aus den Lautsprechern und verkündeten das Eindringen Hunderttausender von Mikro-Robotern!

Rhodan sah eine flimmernde Wolke metallischer Gegenstände auf sich zukommen. Er riß seinen Kombistrahler aus dem Gürtelhalfter und feuerte.

Dann beugte er sich zum Mikrophon der Rundrufanlage.

»Rhodan an Besatzung! Individualschirme aktivieren! Schiffsmaschinen werden desaktiviert! Die Feldsicherungen der Kalup-Konverter sind auszuschalten. Jeder freie Mann bekämpft die eingedrungenen Mikro- Roboter. Im Notfall darf keine Rücksicht auf die Schiffseinrichtung genommen werden. Vorrang hat die schnelle Vernichtung der Eindringlinge!«

Er warf sich neben seinen Kontursessel, als etwa ein Dutzend haarfeiner, aber tödlicher Energiestrahlen dicht vor seinem Gesicht in der Luft standen und vom bereits aktivierten Schutzschirm absorbiert wurden.

Der Großadministrator sprang auf den Kartentisch, lehnte sich gegen die wuchtige Säule des zentralen Antigravschachtes und feuerte wie ein Besessener in die Schwärme fliegender Kleinstroboter, die überall zugleich zu sein schienen.

Hinter einem Sessel sah er Atlan knien und ebenfalls feuern. Durch das Hauptschott stampfte die gigantische Gestalt des Haluters, der als einziger auf einen Schutzschirm verzichten konnte. Icho Tolots Körper war absolut unempfindlich gegen die dünnen Strahlbündel der Mikromaschinen. Er fühlte die Treffer wahrscheinlich noch nicht einmal. Aber er wirbelte mit seinen vier Armen umher, während er durch die Zentrale stampfte. Hunderte von Robots, die sich auf ihn stürzten, wurden zerschmettert.

Allmählich legte sich die allgemeine Aufregung. Die Besatzung der CREST III erkannte, daß ihre Überlebenschancen stiegen.

Trotzdem rollte die Invasion der Miniaturroboter immer noch. Aus den verschiedensten Abteilungen des Flaggschiffes kamen Meldungen über den Ausfall von Aggregaten.

Endlich, nach einer halben Stunde, war die Zentrale freigekämpft. Die Schotts wurden hermetisch abgeriegelt, dann begab sich Perry Rhodan an seinen Platz am Kartentisch zurück und forderte über Hyperkom Lagemeldungen aus den anderen Schiffen seines Flottenverbandes an.

Die Meldungen kamen.

Auch die Maahks berichteten von Roboterinvasionen. Sie hatten dabei fast zweihundert Schiffe verloren. Mit jenen, die von den Gegenpolkanonen Tamaniums vernichtet worden waren, betrug die Verlustziffer bislang insgesamt eintausendeinhundert Einheiten.

Von den terranischen Einheiten waren insgesamt vierundvierzig verloren gegangen, elf durch die Mikroroboter, die restlichen dreiunddreißig beim Angriff auf Tamanium.

Und es sah so aus, als sollte dies alles immer noch erst der Anfang der Katastrophe sein.

Es gab nur noch eine Möglichkeit der Rettung. Und einige Kommandanten hatten sie bereits genutzt, ohne erst um Erlaubnis zu bitten. Rhodan konnte sie verstehen. Wenn ein Raumschiff wegen des Angriffs der Mikro-Roboter völlig außer Kontrolle zu geraten schien, blieb nur noch die schnelle Flucht aus dem Luum-System. Nur so konnte der Nachschub der Invasoren unterbunden werden.

Mehr und mehr Schiffe lösten sich aus dem Verband und zogen sich in panischer Flucht zurück.

Perry Rhodan sah ein, daß er nicht länger zögern durfte, alle Einheiten zurückzubeordern. Er gab den Rückzugsbefehl an alle Schiffskommandanten und legte als Sammelpunkt einen Ort fest, der 0,5 Lichtjahre von der Sonne Luum entfernt war.

Mit flammendem Blick musterte er den Zentralplaneten der MdI, bevor die CREST III im Linearraum untertauchte.

Sie würden zurückkehren!

19.

Was im Frontschirm der Moskito-Jet auftauchte, war kein Planet.

Eine Kugel von dreißig Kilometern Durchmesser stand unbeweglich im leeren Raum zwischen den Sternen Andromedas. Die Massetaster des Raumjägers registrierten eine unbekannte Plastikmetall-Legierung. Die Energieortung dagegen sprach kaum an, abgesehen von derjenigen Energiemenge, die den Sender betrieb.

In fünftausend Kilometern Entfernung glich Baar Lun die Moskito-Jet der relativen Unbeweglichkeit der Kugel an.

»Ich schlage vor, du teleportierst einmal hinüber, Gucky, und nimmst mich mit.«

»Das wird am sichersten sein«, erwiderte der Mausbiber.

Er zeigte keine Spur von Angst. Seine Erregung entsprang ganz einfach der Wißbegier. Dort drüben gab es anscheinend keine Ortungsstationen, sonst hätten die eigenen Registriergeräte Tastimpulse wahrnehmen müssen. Auch die Intensität der Funksendung war gleichgeblieben. Möglicherweise befand sich in der stählernen Kugel nichts als ein automatischer Sender.

Lun klappte die Lehne seine Kontursitzes nach vorn und reichte dem Mausbiber die Hand.

Gucky stieß einen grellen Pfiff aus – und teleportierte!

Sie materialisierten scheinbar im Nichts – bis sie merkten, daß sie sich lediglich in einem vollkommen finsteren Raum befanden. Gleichzeitig schalteten sie ihre Helmlampen ein.

Die scharf begrenzten Lichtkegel glitten über unverkleidete Metallplastikwände, glitzernde runde Flächen und rot aufglimmende Wülste, die in die Wände eingelassen waren.

»Hm!« machte der Mausbiber nachdenklich. »Ich wette, die Kugel läßt sich bewegen, wenn man das Antriebssystem einmal durchschaut hat.«

»Du meinst, wir befinden uns in einem Raumschiff?« fragte Lun atemlos.

»Nun, es muß nicht unbedingt ein Raumschiff sein. Ich denke eher an eine kosmische Station, die ihren Standort wechseln kann. Aber immerhin: Mir scheint, das steht in krassem Gegensatz zu der Tatsache, daß man von hier aus nur mit einfach lichtschnellen Funkwellen sendet. Meiner Meinung nach entspricht das in keiner Weise dem Stand der hiesigen Technik.«

Er runzelte die Stirn.

»Einen Augenblick mal!«

In der nächsten Sekunde war er verschwunden. Lun vernahm das Geräusch einer Teleportation und fragte sich, wohin der Mausbiber wohl gesprungen sein mochte.

Aber da kehrte Gucky bereits zurück. »Wir hatten uns doch getäuscht«, murmelte er.

»Inwiefern?« fragte der Modul verständnislos.

»Insofern, als wir annahmen, die Kugel sei unbewohnt und niemand hätte unsere Ankunft registriert. Die Funksendung wurde nämlich eingestellt – wahrscheinlich, als wir in diesem Raum materialisierten . . .!«

Unwillkürlich griff Baar Lun nach seinem Strahler. Doch der Mausbiber schüttelte den Kopf.

»Ich glaube nicht, daß wir etwas zu befürchten haben, Lun. Es gibt nämlich keinerlei Gedankenimpulse hier.«

»Aber das steht doch im Widerspruch zu dem, was du eben . . .«

»Ich weiß«, wehrte Gucky ab. »Es müssen ja keine organischen Wesen sein, die in der Kugel wohnen. Vielleicht sind es stationäre Roboter, die eine Verbindung mit intelligenten Wesen suchen.«

»Dann hätten sie mit Hyperfunkgeräten gearbeitet!« widersprach der Modul. »Es sei denn . . .?«

Er schüttelte den Kopf, weil der Gedanke, der ihm gekommen war, doch zu verwegen schien.

»Es sei denn, sie haben kein Interesse daran, die Meister der Insel oder die Tefroder auf sich aufmerksam zu machen, was letzten Endes auf das gleiche herauskommt. Wenn mich nicht alles täuscht, finden wir hier Verbündete.«

Baar Lun zuckte plötzlich zusammen.

»Irgendwo ist eine Maschine angelaufen. Kein ungewöhnlich hoher Stromverbrauch, etwa drei Megawatt, würde ich schätzen.«

Der Mausbiber zeigte seinen Nagezahn.

»Das bestätigt unsere Theorie.«

Im nächsten Augenblick zuckte auch er zusammen.

»Gehirnimpulse!« stieß er hervor und krallte seine Finger in Luns Raumanzug. »Unklare Gedanken. Es scheint, als träume jemand. Geordnete Gedankengänge sind nicht zu erkennen.«

»Kannst du den Ort anpeilen?« fragte der Modul flüsternd.

»Schon geschehen. Gib mir deine Hand, Kahlkopf!«

Als sie rematerialisierten, fanden sie sich in einem matt erleuchteten, zylindrischen Raum wieder.

Sie vermochten kein Glied zu rühren. Etwas Unsichtbares fesselte sie an den Platz, an dem sie aufgetaucht waren. Aber es gab keinen Hinweis auf eine aktive feindliche Handlung, darum richteten die beiden Eindringlinge ihr Augenmerk auf den transparenten, bläulich schimmernden Zylinder, der im Mittelpunkt des Raumes schwebte und dabei schwach pulsierte, als lebte er.

Doch nicht der Zylinder versetzte Gucky und Lun in maßloses Erstaunen, sondern der humanoide Körper, der darin schwebte. Ein Mensch – und doch kein Mensch, denn es gab einige Merkmale, die auf die Fremdartigkeit des Wesens hinwiesen.

Und vor allem waren seine Gedanken fremdartig!

Obwohl nicht bewußt formuliert, wiesen sie doch darauf hin, daß dieses äußerlich humanoide Wesen in einer absolut fremdartigen Kultur und Zivilisation aufgewachsen war.

Baar Lun und der Mausbiber begriffen, daß sie hier einen Fund gemacht hatten, der in seiner Konsequenz zu einer völligen Änderung des Verlaufs der kosmischen Geschichte führen konnte!

Sie warteten.

Baar Lun und Gucky spürten, wie etwas nach ihrem Geist griff. Unwillkürlich reagierten ihre paranormalen Gehirne mit Abblocken und Gegenstoß.

Sie stießen auf eine geistige Mauer.

Der Mausbiber sank in sich zusammen, ein wimmerndes Bündel Pelz in einem Raumanzug. Baar Lun dagegen stand einige Sekunden lang steif wie ein Stock, dann kippte er vornüber und schlug dumpf auf den Boden der Halle.

Die fremden Gedanken tasteten erneut vorwärts, dann zogen sie sich wie in Panik zurück.

Der transparente, bläulich schimmernde Zylinder, der bisher pulsierend im Mittelpunkt der Halle geschwebt hatte, glitt langsam zu Boden. Das Pulsieren nahm zu, so daß die von fremdartiger Energie eingehüllte Gestalt unsichtbar wurde.

Zugleich mit dem Rhythmus schwerer Schritte hallte ein Gong. Das Geräusch verstärkte sich und erweckte den Anschein, als näherte sich die Geräuschquelle unaufhaltsam dem Ort der rätselhaften Geschehnisse.

Plötzlich brachen die Gongschläge ab.

Die Wände der Halle leuchteten von innen heraus in smaragdgrünem Glanz.

Der schwebende Zylinder drehte sich, stand aufrecht. Das Pulsieren erlosch. Ein singender Laut ertönte; es hörte sich an, als wäre eine Harfensaite gerissen. Danach setzte verhaltene, elektronische Musik ein, erfüllte den Raum mit schwingendem Rauschen, zirpenden Akkorden und tremolierendem Pfeifen . . .

Als der Modul zu sich kam, starrte er in ein menschenähnlich geformtes und dennoch andersartiges Gesicht.

Smaragdgrüne Haut, von goldfarbenen, abstrakten Mustern durchsetzt, spannte sich über einem ovalen, langem Gesicht. Eine schmalrückige, leicht gebogene Nase teilte das Gesicht in deckungsgleiche Hälften. Schmale, dichte und silbrig schimmernde Brauen wölbten sich über bernsteingelben Augen, deren Iris grüne Punkte und Streifen aufwies. Unter dem vollen und doch beherrscht wirkenden Mund ragte das wuchtige Kinn wie ein Felsblock hervor.

Das silberne Haupthaar schloß das Gesicht mähnengleich ein. Über der hohen Stirn wurde es von einem grünen Stirnband gehalten.

Baar Lun spürte, wie ihn die Panik übermannen wollte. Doch plötzlich waren wieder die fremden Gedanken in seinem Gehirn, strahlten Beruhigung und Güte aus. Die Spannung wich.

Und damit wich die geistige Verkrampfung, die das Bewußtsein bis dahin gegen die Gedankenimpulse des anderen Geistes gesperrt hatte.

Wer bist du?

Die Frage stand klar und überdeutlich in Luns Geist.

»Mein Name ist Baar Lun«, sagte der Modul laut. »Und das andere Wesen heißt Gucky. Wir kamen in friedlicher Absicht. Warum hast du uns angegriffen?«

Das Gesicht des Fremden verzog sich zu einem schmerzlichen Lächeln.

Er streckte plötzlich zwei lange, grünhäutige Hände aus, und der Modul ergriff sie ohne Zögern. Er wurde emporgezogen und auf die Füße gestellt.

Man nennt mich Tengri Lethos.

Wieder erfolgte die Information auf geistigem Wege.

Es tut mir leid, daß ich euch Gewalt antat. Aber zu dieser Zeit war mein Geist noch nicht vollkommen erwacht. Ich reagierte auf etwas, das ich für einen paranormalen Überfall hielt.

Lun senkte den Kopf.

»Es war ein Überfall gewesen«, murmelte er. »Wir glaubten an einen psychischen Angriff und reagierten, ohne zu erkennen, daß es sich nur um telepathische Tastversuche handelte.«

Er blickte sich um und sah den Mausbiber auf dem Boden sitzen. Die runden Augen Guckys funkelten völlig klar; er mußte sein Bewußtsein schon vor einiger Zeit wiedererlangt haben.

Der Grünhäutige, der sich Tengri Lethos genannt hatte, folgte Baar Luns Blickrichtung mit den Augen. Der Modul bemerkte, wie er aufatmete, als er Gucky unversehrt sah.

Er tat zwei rasche Schritte.

Lun bewunderte die Geschmeidigkeit der Bewegungen. Lethos trug eine eng anliegende, bernsteingelbe Plastikkombination, über der gleich einer transparenten Haut ein hauchdünner, nebulöser Film flimmerte. Fuß- und Wadenteile waren unlösbare Bestandteile der Kombination; sie hoben sich lediglich durch ihre smaragdgrüne Färbung ab.

Ein furchtbarer Verdacht durchzuckte des Moduls Hirn.

Gucky mußte ihn im selben Augenblick gehabt haben, denn er wich vor den behutsam zugreifenden grünen Händen zurück und zog seinen Strahler aus dem Gürtelhalfter.

»Keinen Schritt weiter, Meister der Insel!« schrillte die etwas piepsige Stimme. »Auf deine Tricks fällt Gucky nicht herein.«

Tengri Lethos blieb ruckartig stehen. Er unternahm nicht den geringsten Versuch, sich zu verteidigen oder aus der Schußlinie zu gelangen. Doch das verstärkte den Verdacht Luns nur noch. Auch er griff nach seiner Waffe, mit dem festen Vorsatz, sie zu benutzen, falls der Fremde wieder einmal seine paranormalen Kräfte einsetzen sollte.

Ich weiß nicht, wer oder was ein Meister der Insel ist, drangen die Gedankenimpulse erneut in Baar Luns Gehirn. *Aber ich glaube, ihr verwechselt mich mit einem anderen Wesen. Und ich glaube außerdem, der Wächter hat sich in euch getäuscht, als er die Sperre aufhob und das Signal ausstrahlte. Diese Vorgänge sollten durch die Nähe paranormaler Gehirne mit positiver Denkrichtung ausgelöst werden. Eure Energiewaffen aber sprechen für das Überwiegen des Negativen.*

Gucky ließ plötzlich seinen einzigen Nagezahn in voller Größe erscheinen.

»Wenn es sich tatsächlich so verhält, warum läßt du mich dann nicht Einblick nehmen in deinen Geist? Dein Gedankeninhalt könnte meinen Verdacht beseitigen . . .!«

Lethos machte eine Gebärde des Abscheus.

Gedankenkontrolle! Niemals! Ein psychischer Angriff ist nicht besser als ein physischer. Ich lese schließlich auch nicht in euren Gedanken. Ihr müßt mir entweder vertrauen oder meine Station verlassen!

Der Mausbiber wiegte zweifelnd den Kopf.

»Wenn du deine wirklichen Gedanken ausgesprochen hast, so bist du ganz schön weltfremd, Lethos. In Andromeda herrscht Krieg, und er wird mit allen physischen und psychischen Mitteln geführt, die den Kontrahenten zur Verfügung stehen.«

Und das soll ich dir glauben? fragte der Fremde.

»Etwas Vertrauen mußt du schon aufbringen . . .«, begann Gucky. Dann stockte er. Der Nagezahn verschwand. »Du hast gesiegt, Tengri Lethos. Jeder von uns muß seinen guten Willen zeigen, sonst gibt es keine Lösung. Außerdem siehst du tatsächlich ganz anders aus als alle bisherigen MdI, die wir kennenlernten.«

»Faktor I«, warf Baar Lun ein. »Niemand weiß etwas über den Meister der Insel, der an der Spitze der Renegaten steht. Selbst die MdI, die wir bisher ausschalteten, kannten ihn nicht. Vielleicht . . .«

Der Mausbiber winkte ab.

»Natürlich werden wir wachsam bleiben, Lun, zumindest solange, bis wir unseren Gastgeber genau kennen. Aber andererseits glaube ich nicht daran, daß der Chef aller Meister ausgerechnet in dem Augenblick geschlafen hat, in dem seine Zentralwelt erobert wurde . . .«

Er musterte Lethos sehr aufmerksam. Irgendeine Regung sollte sich in diesem grünhäutigen Gesicht mit den goldfarbenen Mustern zeigen: entweder Erschrecken oder Verachtung. Denn handelte es sich tatsächlich um einen MdI, dann wußte er entweder, daß Guckys Mitteilung ein Bluff war – oder er glaubte an den Verlust von Tamanium.

Aber Tengri Lethos' Miene blieb unbewegt. Nur über der Nasenwurzel bildeten sich zwei tiefe Falten; der Mann versuchte anscheinend, die Bedeutung von Guckys Worten zu ergründen.

Das gab den Ausschlag.

Wenige Minuten später saßen der Mausbiber, Baar Lun und Lethos in einem kuppelförmigen Raum, von dem aus der Blick weit über die Sternenballungen Andromedas reichte.

Und Tengri Lethos erzählte . . .

Vor langer, langer Zeit – umgerechnet waren es 2,5 Millionen Erdjahre gewesen – hatte das Volk der Hathor die Sauerstoffwelten der Andromeda-Galaxis besiedelt.

Von der Hauptstadt Hathora waren gigantische, silberne Kugeln aufgestiegen, waren in alle Richtungen davongeeilt, um Siedler auf jene Planeten zu bringen, die von den Forschungsschiffen erkundet worden waren.

Im Verlauf vieler Jahre blühten Hunderttausende neuer Zivilisationen auf ebenso vielen Planeten auf, supermoderne Städte schossen aus den Böden der Siedlungswelten, Netze von Robotanlagen spannten sich spinnwebengleich über Planeten, ihre metallischen Fühler krochen über die feste Oberfläche, spürten Metalle und andere lebensnotwendige Elemente und Verbindungen auf, förderten sie und schafften sie zu den Verarbeitungsanlagen. Unter der Oberfläche der Meere entstanden andere Netze, gigantische Filteranlagen und katalytisch arbeitende Scheidekessel entzogen den Ozeanen das, was die Zivilisationen benötigen.

Bis der absolute Überfluß an allen denkbaren Dingen eine Mutation der Entwicklung hervorrief.

Einflüsse der jeweiligen Siedlungswelten, geistiger Austausch mit fremden vernunftbegabten Völkern und gleichzeitige Isolierung gegeneinander summierten sich mit anderen Veränderungen der Mentalität.

Das Erste Reich der Hathor brach auseinander. Es gab keine umfassende kriegerische Auseinandersetzung, dazu war der Reifeprozeß der Hathor schon zu weit fortgeschritten. Der Zusammenbruch der galaktischen Gesellschaftsordnung vollzog sich auf friedliche Weise. Die Bewohner der meisten Welten wollten ganz einfach mit den Bewohnern anderer Welten keinen Kontakt mehr haben. Sie kapselten sich ab und wandten sich der unermeßlich schweren Aufgabe zu, sich selbst zu erkennen.

Diejenigen, die es nicht schafften, degenerierten geistig und körperlich. Innerhalb weniger Generationen starben sie aus. Rund achtzig Prozent der Hathor verschwanden auf diese Art und Weise aus dem Lauf der Zeit. Sie starben friedlich aus, umgeben von einer vollendeten Robot-Automatik, die alle ihre geistigen und körperlichen Bedürfnisse erfüllte, ihre Triebe erstickte und dadurch die Fortpflanzung verhinderte.

Die überlebenden zwanzig Prozent schwebten eine Generation lang in der gleichen Gefahr. Aber sie hatten es geschafft, sich selbst zu erkennen, die Bestimmung jedes vernunftbegabten Wesens zu erahnen – und die grenzenlose Enttäuschung zu überwinden, die jeden packt, der die Nichtigkeit seiner selbst erkennt und mit der Tatsache konfrontiert wird, daß sein Schicksal keinerlei Bedeutung für die Entwicklung des Universums besitzt.

Aus den zwanzig Prozent wurden während dieser Krise fünf Prozent der ursprünglichen Bevölkerungszahl. Ein erbarmungsloser und zugleich gnädiger Ausleseprozeß hatte nur denen Nachkommen geschenkt, die den höchsten Grad der Reife erreichten: denjenigen, die erkannten, daß alle Prognosen über die Bestimmung vernünftiger Wesen bisher stets die Passivität dieser Wesen als unveränderliche Größe einkalkuliert hatten, die Passivität dem großen Ablauf des Universums gegenüber!

Von nun an arbeiteten sie auf das ferne Ziel hin, das Schicksal des Universums aktiv mit ihrem eigenen Schicksal zu verketten.

700 000 Jahre verstrichen.

Am Ende dieser Zeit waren die Neuen Hathor in der Lage, aktiv an der Verwirklichung des universellen Plans zu arbeiten. Sie teilten sich in kleine Gruppen, die sich allein mit den Mitteln des Geistes in fremde

Galaxien begaben. Das ›Sanskari‹ stärkte ihre geistigen Kräfte mehr und mehr, setzte jeden einzelnen Hathor in die Lage, über das Schicksal Tausender von vernunftbegabten Völkern zu wachen, Beschützer der Schwachen zu sein, Wächter über die Starken und Mentoren des Guten.

Sie waren unsterblich geworden und nannten sich ›Hüter des Lichts‹.

Das Licht stand symbolisch für das Ziel: Alle intelligenten Wesen auf den Stand der höchsten geistigen Reife zu bringen und durch die Beherrschung von Materie und Energie das Schicksal des Universums nach dem eigenen Willen zu lenken.

Bis vor 800 000 Jahren Erdzeit gab es in Andromeda zwölf Hüter des Lichts. Alle anderen hatten sich auf die große Reise begeben; die Verbindungen waren bis auf die mit den Nachbargalaxien abgerissen, denn selbst die Kraft des Sanskari vermochte die Entwicklung des Geistes nicht zu überspringen, sondern nur zu beschleunigen.

Die Invasion von Wesen aus einem anderen Kontinuum begann etwa in diesem Stadium der Entwicklung. Die Gefahr für die vernunftbegabten Wesen Andromedas nahm so große Ausmaße an, daß die zwölf Hüter des Lichts alle physische und psychische Macht einsetzten, um die Bedrohung abzuwenden.

Sie schafften es – aber nur zwei von ihnen überlebten die grausame Auseinandersetzung:

Yuga und Marduk!

Yuga und Marduk waren Frau und Mann. Sie vereinigten sich und nach einigen Jahrhunderten wurde ein Kind geboren, dem sie den Namen Tengri gaben, und den Namen ihres Klans: Lethos.

Tengri Lethos wuchs auf. Sein Geist wurde geschult, sein Charakter gefestigt. Er lernte die Anwendung des Sanskari und steigerte seine geistigen Fähigkeiten, während er mit Yuga und Marduk von Stern zu Stern reiste, um die Wunden heilen zu helfen, die der Angriff der Fremden geschlagen hatte.

Es gab nur ein Problem.

Wie sollte die Erhaltung des Klans gesichert werden, da doch nur ein einziges männliches Wesen vorhanden war – und niemals ein anderes gezeugt werden würde, das nicht blutsverwandt mit ihm war . . .?

Yuga und Marduk bereiteten den Austausch ihres Sohnes vor. Ein Klan aus der Nachbargalaxis würde seinen Sohn schicken und dafür

Tengri aufnehmen. Dieser Klan besaß eine Tochter, und Yuga und Marduk würden ebenfalls eine Tochter haben.

Doch es kam niemals zur Lösung dieses Problems.

Erneut drang ein fremdes Volk in diese Galaxis. Es bedrohte ein Volk wasserstoffatmender Wesen, das sich in Andromeda sein eigenes Reich aufgebaut hatte. Ein kriegerischer Zusammenprall beider Völker stand bevor.

Yuga und Marduk waren verpflichtet, den Frieden zu erhalten.

Aber sie erinnerten sich noch zu gut des Todes ihrer zehn Artgenossen, um ihren eigenen Tod auszuschließen. Sie wußten allerdings auch, daß wenigstens einer überleben mußte, der ihr Werk weiterführen konnte.

Sie schufen eine kugelförmige Kapsel und brachten Tengri in ihr Zentrum, wo eine Automatik ihn in den Zellerstarrungsschlaf versetzte.

Das war vor mehr als 50 000 Jahren.

Sie rechneten mit ihrer Niederlage und ihrem Tod. Darum machten sie Tengris Wiedererweckung davon abhängig, daß in unmittelbarer Nähe der Kapsel vernunftbegabte Wesen mit paranormalen geistigen Fähigkeiten erschienen, Wesen, deren Denkrichtung auf einer positiven Ebene lag.

Es dauerte über 50 000 Jahre, bis dieser Fall eintrat . . .

Luns Blick kehrte aus der Ferne des Alls zurück und wandte sich dem Hathor zu.

Lange musterte er das fremdartige und dennoch sehr menschliche Gesicht. Das Feuer in den bernsteingelben Augen zog ihn ganz in seinen Bann, drohte ihn in den bodenlosen Abgrund der Aufgabe des eigenen Ichs versinken zu lassen.

Er empfand plötzlich, wie sehr sich die Mentalität dieses Wesens von derjenigen der Terraner unterschied. Gewiß, auch Tengri Lethos war voller Vitalität und Energie, aber er hatte nichts von der Härte und Kompromißlosigkeit an sich, die den Menschen im allgemeinen auszeichnete. Lethos strahlte Vertrauen aus – und das Verlangen nach ebensolchem Vertrauen.

Und sein Vertrauen anderen gegenüber beruhte auf dem Vertrauen in seine eigenen Fähigkeiten, seine eigene Weisheit – und auf dem Glauben an das Gute in jedem vernunftbegabten Wesen, das Gute, das nur allzuoft verborgen war unter der verhärteten Kruste schlechter Erfahrungen, und das trotz allem nur darauf wartete, zutage treten zu können . . .

Ein Gedanke glomm im Gehirn des Moduls auf, gewann feste Umrisse und ließ das Blut rascher als gewöhnlich durch seine Adern pulsen.

Vielleicht war Tengri Lethos derjenige . . .

Er konnte den Gedankengang nicht bis zum Ende verfolgen, da der Mausbiber in diesem Augenblick seine dünne Stimme erhob.

»Ich glaube dir, Lethos«, sagte er, und sein Nagezahn wurde in seiner ganzen Größe sichtbar. »Aber ich weiß nicht, ob irgend jemand im Universum irgendeinen Nutzen aus unserer Begegnung zu ziehen vermag. Du unterscheidest dich zu sehr von allen bekannten Individuen intelligenter Völker, so sehr, daß ich sagen möchte, du seiest eine Million Erdenjahre zu früh erwacht. In Andromeda – ich erwähnte es bereits – tobt eine gewaltige militärische Auseinandersetzung. Terraner kämpfen gegen ihre Verwandten, die Tefroder. Gleichzeitig kämpfen sie gegen die Meister der Insel, Renegaten, die sich ganz Andromeda unterworfen haben und über unheimliche Machtmittel verfügen. Außerdem besteht zwischen den Terranern und den wasserstoffatmenden Maahks ein Bündnis. Beide Völker bekämpfen sowohl die MdI als auch die Tefroder, und die Terraner werden nach dem Sieg Andromeda verlassen und keinen Einfluß darauf haben, wie sich das Verhältnis zwischen Tefrodern und Maahks entwickeln wird.«

Er holte tief Luft.

»So ist die Lage, und weder du noch ich können etwas daran ändern – es sei denn, wir wollten einen unerbittlichen Kampf zwischen zwei Galaxien provozieren!«

Baar Lun starrte Gucky mit brennenden Augen an. Die letzte Bemerkung des Mausbibers hatte ihn enttäuscht, nachdem ihm die ersten Worte Hoffnung gemacht hatten. Er spürte, daß er in Gucky keinen Verbündeten für seinen Plan finden würde.

Aber noch hatte sich ja der Hathor nicht geäußert!

Tengri Lethos verschränkte die Arme vor der Brust. So blieb er einige Minuten lang sitzen, während seine Augen ins Leere gerichtet waren.

Dann erhob er sich so abrupt, daß Gucky zusammenzuckte.

Plötzlich sprach er Interkosmo und noch dazu so fehlerfrei, daß es beinahe an ein Wunder grenzte. Wahrscheinlich hatte er aus dem wenigen, das Gucky und der Modul bisher gesprochen hatten, sämtliche Elemente der kosmischen Verkehrssprache analysiert und gleichzeitig synthetisiert.

»Das Bild, das du mir gezeichnet hast, ist nicht gut, Gucky. Es verrät mir nur, daß meine Eltern damals ihre Aufgabe nicht erfüllen konnten, es sagt mir auch, daß die Terraner, die offensichtlich deine Freunde zu sein scheinen, vor den bestehenden Verhältnissen resignieren.«

»Sie resignieren nicht«, fuhr der Mausbiber auf. »Sie wägen nur genau zwischen Nutzen und Risiko ab.«

Lethos lächelte bitter.

»Ethische Probleme lassen sich niemals auf diese Art und Weise lösen.«

Baar Lun beugte sich vor.

»Soll das heißen, du weißt bereits eine Lösung, Lethos?«

Der Hathor musterte ihn interessiert.

»Nein, Lun. Dazu kenne ich die Verhältnisse nicht gut genug. Aber ich werde nicht resignieren. Als Hüter des Lichts habe ich die Pflicht, alle meine Kräfte einzusetzen, um Unrecht zu verhüten, die Schwachen zu beschützen und die Starken auf den Weg des Guten zu lenken.«

»Ich glaube, daß wir zusammen es schaffen könnten!« stieß der Modul heftig hervor. Seine Augen blitzten, und die Brust hob und senkte sich in tiefen Atemzügen.

Gucky dagegen schüttelte nur betrübt mit dem Kopf.

»Diese Aufgabe ist zu groß für einen einzelnen. Sie ist auch zu groß für eine Gruppe von Männern.«

Lethos hob die Hand zum Zeichen, daß er etwas sagen wollte.

Gucky und Baar Lun blickten den Hüter des Lichts fragend an.

»Wie viele Individuen zählt das Volk der Maahks?« fragte der Hathor. Gucky runzelte die Stirn.

»Hunderte von Milliarden vermutlich. Du siehst also . . .«

»Hunderte von Milliarden . . .«, unterbrach ihn Tengri Lethos. In seiner Stimme schwang etwas mit, das die beiden anderen Wesen aufhorchen ließ. »Und an der Spitze stehen vermutlich nur einige wenige Individuen . . .?«

»Neun«, antwortete Lun bereitwillig. »Sie nennen sich Neunväter.«

Der Hathor lächelte erleichtert.

»Neun Individuen regieren Hunderte von Milliarden – vermutlich sogar in diktatorischer Form. Das erleichtert die Aufgabe wesentlich. Nun brauchen wir nur noch neun Maahks auf den Weg des Guten zu lenken; die anderen werden ihnen willig folgen!«

Der Mausbiber stieß einen schrillen Pfiff aus.

»So habe ich die Sache noch nicht betrachtet.« Doch dann schüttelte er mutlos den Kopf. »Trotzdem . . .! Die Neunväter handeln – wie alle Maahks – logisch und nur zum Vorteil ihres Volkes.«

Tengri Lethos lächelte noch immer. »Sind denn die Maahks soviel schlechter als die Terraner . . .?«

Baar Lun, der bei Guckys letzten Worten in Resignation verfallen war, hob den Kopf und sah den Hathor plötzlich mit anderen Augen an.

Dieses Wesen aus der Vergangenheit entwickelte eine bestechende Logik und Überzeugungskraft. Die Maahks, soviel wußte Baar Lun aus eigener Erfahrung, waren tatsächlich weder besser noch schlechter als die Terraner. Man durfte den Grad der Zivilisation und Kultur nicht an den militanten Vertretern eines Volkes messen, wie die Menschen es leider meistens taten. Die Maahks waren ebenso zivilisiert wie die Terraner, und selbst ihre Mentalität unterschied sich nicht absolut von der menschlichen. Die Umstände waren es gewesen, die sie zu einem Volk gemacht hatten, das in erster Linie dem Krieg lebte und seine Gefühle tief ins Unterbewußtsein versenkte, um nicht zugrunde zu gehen.

»Nein! Sie sind nicht schlechter!« sagte er voller Überzeugung.

Gucky nickte stumm.

Lethos' Gesicht wurde von einem hellen Schimmer überzogen. Er wandte sich um, blickte minutenlang hinaus in das Sternenmeer, das sich in der Unendlichkeit verlor, und wandte sich dann um.

»Dann steht unsere Sache nicht schlecht. Führt mich zu den Terranern. Ich will mit ihnen reden und danach Kontakt zu den Maahks aufnehmen!«

20.

Als das Superschlachtschiff MAXIMILIAN aus dem Linearraum fiel, wurde die Kommandozentrale vom gellenden Pfeifen des Ortungsalarms erfüllt.

Omar Hawk fühlte, wie eine Welle der Panik ihn zu überschwemmen drohte. Er kämpfte sie gewaltsam nieder, obwohl die Aussichten niederschmetternd waren. Er und Ras Tschubai befanden sich allein in der gigantischen Zentrale des 1500-Meter-Schiffes, die Hälfte aller Bildschirme, Kommunikationsgeräte und Schaltanlagen war ausgefallen – und irgendwo in der Nähe rasten vielleicht tefrodische Kampfraumer heran, um dem schwer angeschlagenen terranischen Raumschiff den Todesstoß zu versetzen.

Aber dann meldete sich plötzlich die rauhe Stimme eines Mannes aus der Ortungszentrale. Die Strapazen der letzten Stunden waren ihr deutlich anzuhören, aber auch die grimmige Entschlossenheit, nicht aufzugeben, solange er atmete.

»Kugelraumschiff von dreißig Kilometern Durchmesser soeben aus dem Linearraum aufgetaucht. Hält Kurs auf die MAXIMILIAN. Schußentfernung wird in ungefähr zweihundertvierzig Sekunden erreicht.«

Hawk brauchte einige Sekunden, um das zu verdauen. Dreißig Kilometer! Er suchte nach dem Lautsprecher, aus dem die Stimme gekommen war und beugte sich über das Rillenmikrophon des entsprechenden Interkomgeräts.

»Hier Oberleutnant Hawk als provisorischer Kommandant. Danke für die Meldung. Beobachten Sie weiter. Ende!«

Er schaltete das Gerät auf die Rundrufanlage des Raumschiffes um.

»Hier Kommandant an Besatzung. Sofort Gefechtsstationen einnehmen. Ich bitte um Klarmeldungen. Ende!«

Zusätzlich ließ er die Alarmsirenen kurz aufheulen, danach schaltete er sie wieder ab und blickte zu dem Teleporter hinüber, der sich an dem Aggregat der O-Übertragung zu schaffen machte.

Nach einigen bangen Sekunden drehte sich Tschubai mit schweißnassem, aber dennoch strahlendem Gesicht um.

»Alles klar!« meldete er.

Der Oxtorner war weit davon entfernt, diese Meldung wörtlich zu nehmen. Doch er atmete auf, als er das Bild sah, das von der Ortungszentrale auf den O-Übertragungsschirm gegeben wurde.

Die gestochen scharfen Konturen eines kugelförmigen Objekts bildeten sich grünlich flimmernd auf grauen Hintergrund ab. Daneben erschienen die Maßangaben in roten Zahlen.

Omar Hawk merkte, wie sich ein eiskaltes Gefühl in seinem Nakken breitmachte. Es war nicht die Angst um sein eigenes Leben, die hatte er nach dem ersten Ortungsalarm überwunden, es war die Erkenntnis, daß es ihm nicht möglich sein würde, die Flotte über diese neue Gefahr in Andromeda zu unterrichten, falls die Besatzung dieses Gigantraumers feindliche Absichten hegte . . .

»Es nützt nichts, Ras!« stieß er mit trockenem Mund hervor. »Sie müssen zur Funkzentrale und einen Hyperkomspruch an Rhodan absetzen. Es scheint, als wäre die FZ-Besatzung dem Angriff der Roboter zum Opfer gefallen.«

Der Teleporter verschwand ohne jeden Kommentar, obwohl eigentlich er als Sonderoffizier des Imperiums berechtigt gewesen wäre, die Befehlsgewalt an Bord zu übernehmen. Aber nur ein Teleporter konnte schnell genug in die Funkzentrale gelangen, denn in der nächsten Minute existierte die MAXIMILIAN vielleicht schon nicht mehr!

Der Oxtorner atmete ein wenig auf, als die ersten Klarmeldungen von den Geschützständen einliefen. Er hörte aus dem zweiten Empfänger die Befehle des Feuerleitoffiziers, der die Geschützbesatzungen vordringlich in die Transformstellungen einwies.

Wenigstens stand man nun dem Gegner nicht mehr wehrlos gegenüber.

Das riesige Kugelschiff näherte sich indessen weiter. Hawk bemühte sich, aus der Energieortung etwas über die Antriebsart des Fremden herauszubekommen. Doch die Instrumente schienen nicht mehr einwandfrei zu funktionieren. Wie sonst sollte man sich die Tatsache erklären, daß ein Raumschiff während des Unterlichtfluges anscheinend keine Impulstriebwerke benutzte?

In fieberhafter Eile bemühte sich der Oxtorner, aus den unversehrten Schalthebeln der beiden voneinander unabhängigen Steuerpulte wenigstens ein Schaltpult wieder halbwegs funktionstüchtig zu machen. Vorher konnte er das Schiff weder im Normalraum noch im Linearraum manövrieren.

Als Ras Tschubai hinter ihm materialisierte, wandte er sich erleichtert um.

»Hat Rhodan geantwortet?«

Im nächsten Augenblick wußte er, daß Tschubais Aktion ein Fehlschlag gewesen war. Das Gesicht des Teleporters war grau vor Verzweiflung.

»Der Hyperkom ist beschädigt«, murmelte er. »Die FZ-Besatzung, soweit sie nicht zu schwer verwundet ist, arbeitet bereits daran. Aber vor drei oder vier Stunden ist nichts zu machen.«

Drei oder vier Stunden!

Omar unterdrückte eine Verwünschung.

Bis dahin würden sie längst nur noch eine expandierende Gaswolke sein!

»Ich teleportiere in das andere Schiff!« gab Ras bekannt. »Vielleicht kann ich dort so viel Verwirrung stiften, daß wir eine Chance bekommen.

»Nicht nötig, Ras!« erscholl eine Stimme hinter ihnen.

Die beiden Männer fuhren herum. Die Waffen schienen wie von selbst in ihre Hände zu fliegen.

Erschrocken teleportierte der Eindringling einige Meter zur Seite und schrie voller Empörung:

»Der Teufel soll euch holen! Eines Tages werdet ihr Terraner mich noch umbringen mit euren psychopathischen Reaktionen!«

Ras Tschubai ließ seine Waffe sinken.

»Gucky . . .?«

Der Mausbiber war bereits wieder versöhnt. Ironisch fragte er, ob man ihn etwa für Perry Rhodan gehalten hätte.

Omar Hawk steckte seinen Strahler kopfschüttelnd in die Halfter zurück. Er wischte imaginären Schweiß von der Stirn und warf einen Blick auf den O-Übertragungsschirm, auf dem die Kugel des anderen Raumschiffs zum Stillstand gekommen war.

Zweitausend Kilometer Entfernung! besagten die roten Zahlen.

»Vielleicht willst du uns weismachen, das dort wäre die CREST III, und sie wäre lediglich ein wenig gewachsen, eh?«

Gucky kicherte. Er hoppelte näher, stellte sich vor den beiden Männern in Positur und stemmte die kleinen Fäuste in die Seiten.

»Da staunt ihr, was? Ich, Gucky, der Erbe des Erben des Universums, ich habe den sensationellsten Fund der galaktischen Geschichte gemacht. Dort drüben . . .«, er machte einige lässige Handbewegungen zum OÜ-Schirm, » . . . steht das unüberwindliche Raumschiff eines ebenso unüberwindlichen Wesens. Und wir beide, Tengri Lethos und ich, wir sind Freunde!«

»So!« sagte Hawk trocken. »Und den Modul habt ihr wohl als Freundschaftsmahl verspeist? Oder irre ich mich in der Annahme, daß du zusammen mit Baar Lun unterwegs warst? Wie kommt ihr überhaupt hierher?«

»Pfui!« Der Mausbiber spie das Wort förmlich aus. »So unästhetisch kann auch nur ein Mensch denken, dessen Vorfahren zum Teil noch vor fünfhundert Jahren ihre eigenen Artgenossen verzehrten! Selbstverständlich ist Baar Lun bei mir, beziehungsweise auf dem Schiff dort. Und was die letzte Frage angeht, so wollte ich sie eben euch stellen!«

»Zufall!« erwiderte Tschubai. »Aber es gibt wohl andere Probleme zu lösen, als solche Nebensächlichkeiten. Vielleicht weißt du, in welchem Raumsektor Andromedas wir uns befinden und wie wir mit einem angeschlagenen Schiff zum Luum-System zurückkommen . . .?«

»So . . .?« fragte Gucky scheinheilig. »Ins Luum-System wollt ihr? Da haben wir ja den gleichen Weg. Ich werde Lethos fragen, ob er eure Nußschale in einen seiner kleineren Lagerräume verfrachten und euch mitnehmen will!«

Ras Tschubai schnappte nach Luft. Doch er kam nicht mehr dazu, sich darüber zu empören, daß der Mausbiber ein Superschlachtschiff Terras eine Nußschale genannt hatte.

Gucky war teleportiert.

Und Sekunden später wurde die MAXIMILIAN unwiderstehlich auf die Riesenkugel zugezogen . . .

Als der Alarm durch das inzwischen von allen Mikrorobotern gesäuberte Schiff gellte, glaube Perry Rhodan, die seit langem erwarteten Duplo-Flotten wären eingetroffen.

Mit grimmigem Gesicht ließ er seinen Kontursessel nach vorn einrasten, so daß aus der behelfsmäßigen Schlafstätte wieder ein vollwertiger Sitz wurde.

Atlan, der während seiner Ruhepause das Kommando über die Flotte übernommen hatte, eilte zum Kartentisch und schaltete die Interkomverbindung zur Ortungszentrale ein.

Die Ortungszentrale meldete sich sofort.

Rhodan und Atlan lauschten gespannt dem Bericht des Cheforters.

». . . aus dem Linearraum aufgetaucht. Ich wiederhole: Eintausend Fragmentraumschiffe der Posbis sind vor fünf Sekunden in zwei Millionen Kilometern Entfernung aus dem Linearraum aufgetaucht!«

Der Arkonide warf einen kurzen Blick auf den Großadministrator.

Rhodans Gesicht hatte sich gerötet.

Dann stellte Atlan den Interkom zur Funkzentrale durch.

»Ich benötige eine Verbindung zum Kommandanten der Posbisflotte«, befahl er knapp.

Aufatmend ließ er sich ebenfalls in einen Sessel fallen.

»Das ist Hilfe in höchster Not!« stieß er hervor.

Der Terraner lächelte hintergründig.

»Das ist die Frucht terranischer Politik, mein Lieber. Deine Arkoniden hätten damals die Posbis vernichtet, wenn sie dazu in der Lage gewesen wären. Wir haben sie uns zu Freunden gemacht – und wie sich eben wieder bestätigt, zu den treuesten Freunden der Menschheit.«

Atlan machte eine wegwerfende Bewegung.

»Warum versuchst du dann nicht, die Meister der Insel ebenfalls zu Freunden der Menschheit zu machen?«

Rhodans Gesicht wirkte abweisend, als er entgegnete:

»Es sind Verbrecher, die ihrer gerechten Strafe nicht entgehen dürfen. Sie haben unermeßliches Leid über viele Völker gebracht. Mit solchen Leuten kann man niemals Freundschaft schließen. Wahrscheinlich glauben sie noch immer daran, uns vernichten zu können.«

»Nicht ganz ohne Grund«, murmelte Atlan. »Wir sitzen fest. Selbst mit zusätzlichen tausend Raumschiffen werden wir Tamanium nicht erobern können, und irgendwo im Linearraum befinden sich wahrscheinlich bereits Tausende von Duploschiffen im Anmarsch.«

»Vielleicht auch nicht«, gab Perry Rhodan zurück. »Die Maahks haben das Gros ihrer Flotten zum Angriff auf alle von echten Tefrodern besiedelten Systeme angesetzt. Logischerweise werden die Tefroder ihre eigenen Flottenaufgebote in die Heimatsysteme zurückrufen, ohne Rücksicht darauf, ob die Meister der Insel ihnen mit Bestrafung drohen. Jeder sieht erst einmal zu, daß er selber überlebt.

Dennoch hast du natürlich recht: Die Duploflotten unterstehen nur den MdI. Sie werden früher oder später in den Kampf um Tamanium eingreifen. Aber wir kennen schließlich die psychische Labilität dieser synthetischen Doppelgänger. Nach dem Ausfall des Planeten Multidon können die Meister der Insel zudem nur noch sehr spärlichen Nachschub an Menschen und Material erwarten. Sie sind am Ende.«

»Hoffentlich hast du recht, Freund«, sagte Atlan leise. »So machthungrigen und wahrscheinlich paranoid veranlagten Menschen wie den MdI wäre es zuzutrauen, daß sie die Tür hinter sich mit einem Donnerschlag zuwerfen, wenn sie von der Bühne der kosmischen Geschichte abtreten . . .«

In diesem Augenblick meldete die Funkzentrale, die Verbindung mit dem Posbikommandeur sei zustande gekommen.

Die Männer vergaßen ihre Diskussion.

Rhodan ließ sich die Hyperkomverbindung auf seinen eigenen Interkomanschluß legen.

Auf dem Bildschirm erschien ein abstraktes Symbol. Der Transformer übersetzte die Mitteilung des Maschinenwesens in Interkosmo.

Mit unbewegtem Gesicht hörte sich der Großadministrator die Meldung des Posbis an.

Es stellte sich heraus, daß Reginald Bull, besorgt um die Zukunft der Andro-Beta-Flotte, bei seiner Rückkehr in die Galaxis Kontakt mit den Posbis aufgenommen und diese um Unterstützung gebeten hatte. Das Zentralplasma auf der Hundertsonnenwelt war der Bitte ohne Zögern nachgekommen und hatte eintausend modernster Schiffe bereitgestellt.

Mit Hilfe einiger modernster terranischer Flottentender, die mit posbischen Ersatztriebwerken beladen wurden, war die Posbiflotte Ende Dezember 2405 von der Hundertsonnenwelt gestartet, um im Direktflug nach Andro-Beta vorzustoßen.

Während des langen Fluges wurden die verbrauchten Triebwerke ausgetauscht, indem man auf die Depots der Flottentender zurückgriff. Dies war zwei Mal notwendig. Danach kehrten die Flottentender um und flogen zur Milchstraße zurück.

Die Fragmentraumer erreichten ohne Zwischenfälle Gleam, wo sie erfuhren, wo sich Rhodan mit seinen Schiffen befand.

Zusätzlich zu der umfangreichen Ausrüstung waren an Bord jedes Fragmentraumers eintausend Spezialroboter für Landeunternehmen. Das war, relativ zum Rauminhalt der etwa würfelförmigen, 2500 Meter durchmessenden Schiffsungetüme, wenig. Aber Rhodan wußte, daß dafür jeder Posbikämpfer eine wandelnde Festung darstellen würde, eine Festung mit biopositronischem Gehirn, das ihn zu eigenem Denken und zu eigener Entscheidungsfreiheit befähigte und das dennoch keine Furcht vor dem Tode kannte.

Der Posbi erklärte, diese insgesamt eine Million Roboter umfassende Landungsstreitmacht sei entschlossen, sich notfalls für den Sieg der terranischen Freunde zu opfern.

Rhodans Optimismus schwand jedoch sehr rasch wieder.

Er erklärte, daß vorläufig noch nicht an einen erfolgversprechenden Angriff auf Tamanium zu denken sei. Die Fragmentraumer würden nicht näher herankommen als die vereinigte terranisch-maahksche Flotte, und ihre Transformgeschosse würden ebenso wenig vor dem feindlichen Schutzschirm rematerialisieren wie die terranischen.

Der Posbi-Kommandeur zeigte sich weder überrascht noch bestürzt. Er bat Rhodan lediglich um die bisher ermittelten Daten des Verteidigungssystems von Tamanium.

Atlan lächelte spöttisch, als Perry die Verbindung endlich unterbrach.

»Die biopositronischen Gehirne der Posbis werden kaum eine bessere Lösung finden als unser biopositronisches Bordgehirn.«

Als Rhodan nicht darauf einging, blickte ihn der Arkonide vorwurfsvoll an.

Doch der Terraner schien seine letzten Worte überhaupt nicht gehört zu haben.

Er starrte mit weit aufgerissenen Augen auf den Bildschirm des Interkoms und lauschte gebannt der Meldung des Cheforters.

Eine Sekunde später schaltete Rhodan ab.

Seine Hand schwebte kurz über dem Simultan-Alarmgeber für alle Flottenverbände.

»Unbekanntes Gigantschiff im Anflug!« erklärte er.

Dann drückte seine Hand die Alarmtaste ein.

Immer wieder mußte Omar Hawk auf die scharfgeschnittenen Züge des Hathor blicken, der ein Raumschiff von dreißig Kilometern Durchmesser steuerte, ohne einen Finger zu rühren.

Nur am Aufglühen von Lethos' bernsteinfarbenen Augen waren seine Empfindungen zu erahnen. Ansonsten lag er reglos auf dem energetischen Polster, das seinen Kontursessel bedeckte.

Das Raumschiff ohne Namen hatte vor zwanzig Sekunden den Linearraum zum zweitenmal während der langen Fahrt verlassen. Diesmal tauchte es in unmittelbarer Nähe des Luum-Systems ins vierdimensionale Kontinuum ein, wenig mehr als ein halbes Lichtjahr vom Zentralplaneten der MdI entfernt.

Der Oxtorner konnte sich in etwa vorstellen, was jetzt auf den Kampfraumern der Maahks und der Imperiumsflotte vorging. Die Raumsoldaten würden wahrscheinlich schon ihre Gefechtsstände aufgesucht haben, würden hinter den Energiegeschützen und Transformkanonen sitzen und den gigantischen Ortungsreflex beobachten, der in die Elektronenkreuze der Zentralautomatiken wanderte.

Er wandte sich an Tschubai, der unmittelbar neben ihm saß.

»Wir sollten ihnen ein Zeichen geben, damit sie uns nicht länger für einen Feind halten müssen.«

Die Bemerkung war dem Hathor nicht entgangen. Ohne den Kopf zu wenden, sagte er:

»Eines Tages werdet ihr auch noch lernen, nicht alles Fremde als feindlich einzustufen.«

Obwohl sich Hawk sagte, daß Lethos in diesem speziellen Fall unrecht hatte, fühlte er sich dennoch getroffen von der allgemeingültigen Aussage, die dieses Wesen soeben gemacht hatte.

Wer war dieser Tengri Lethos, der ganz allein mit einem Riesenraumschiff aufgetaucht war? Was verlieh ihm seine unerschütterliche Sicherheit, was ließ ihn daran glauben, daß die Entwicklung der Menschheit mit einem geistigen Reifeprozeß gleichzusetzen sein würde?

Fragen, auf die er im Augenblick keine Antwort fand. Gucky und Baar Lun hatten ihn und Ras nur oberflächlich aufgeklärt, und das war schlechter als überhaupt keine Aufklärung. Der Hathor sollte fünfzigtausend Jahre im Tiefschlaf gelegen haben!

Hawk wußte, was fünfzigtausend Jahre waren. Für ihn, der mitsamt der CREST III und ihrer Besatzung um fünfzigtausend Jahre in die Vergangenheit verschlagen gewesen war, bedeutete diese Zeitspanne nicht einfach eine Zahl wie für die meisten Menschen. Für ihn war sie ein bodenloser Abgrund, der ungeheuer verschiedene politische, militärische und entwicklungsmäßige Konstellationen trennte, ein Kluft zwischen unterschiedlichen Welten. Konnte ein Wesen, das diese Kluft im Tiefschlaf überquert hatte, sich so rasch in der Gegenwart zurechtfinden und die Lage so präzise beurteilen, wie es Tengri Lethos zu tun schien . . .?

Seine Überlegungen fanden ein jähes Ende, als wenige hundert Kilometer vor dem Schiff eine künstliche Sonne geboren wurde: die Explosion eines überschweren Transformgeschosses.

Omar wunderte sich, daß ihn die gigantische Lichtentwicklung nicht blendete. Er musterte das Gesicht des Hathor und entdeckte keine Spur von Unruhe oder Besorgnis darin.

Das Raumschiff glitt unverändert auf die terranische Flotte zu.

Der Oxtorner schluckte.

Er wußte, wie Perry Rhodan reagieren würde, nachdem das für ihn fremde und bedrohliche Objekt die unmißverständliche Aufforderung zum Stoppen nicht beachtet hatte.

Tengri Lethos schien es ebenfalls zu wissen: Ein ironisches Lächeln glitt über seine Züge.

Dann glommen in weniger als fünfzig Kilometern Entfernung mindestens tausend Lichtpunkte auf, sauber geordnet, wie Perlen auf einer Schnur.

Lethos verschränkte die Arme vor der Brust. Die Lichtpunkte strebten blitzschnell auseinander, so schnell, daß menschliche Augen ihren Weg nicht mehr verfolgen konnten.

Als sie wieder sichtbar wurden, waren es tausend helle Sonnen, die sich zu einem Ring formiert hatten – einem Ring, der von einer flammenden ›Perlenschnur‹ schräg durchzogen wurde: das interkosmische Blinkzeichen aller Raumschiffer, das soviel bedeutete wie ›Gut Freund‹.

Nur, daß dieses Zeichen nicht von einem Impulsblinker, sondern von tausend explodierenden Transformgeschossen terranischer Schiffe gebildet worden war!

Vergeblich fragte sich der Abwehroffizier, wie es der Hathor fertiggebracht hatte, tausend Kernexplosionen so zu verzögern, daß sie ihre Energie erst entfalteten, nachdem sie die vorgesehene Position erreicht hatten. Vielleicht waren Zeiteffekte dabei im Spiel, vielleicht auch nur einfache energetische Kräfte. Auf jeden Fall hatte sich Tengri Lethos nicht nur als Freund zu erkennen gegeben, sondern gleichzeitig eine friedliche Probe seiner Macht abgelegt, ein außerordentlich geschickter psychologischer Schachzug.

Doch zum endgültigen Erfolg fehlte noch etwas.

Der Hathor bewies im nächsten Augenblick, daß er nichts vergessen hatte. Ohne etwas anzurühren, schaltete er das Aggregat ein, dessen Konstruktionsweise Ähnlichkeit mit terranischen Hyperkomsendern hatte.

»Tengri Lethos an Perry Rhodan«, sagte er ruhig und ohne Erregung. »An Bord meines Schiffes befinden sich drei Menschen und ein sogenannter Mausbiber, alle aus Ihrer Flotte. Außerdem enthält einer der Lagerräume die beschädigte MAXIMILIAN. Ich komme in friedlicher Absicht und möchte Sie sprechen. Sagen Sie mir bitte, wie und wo wir zusammentreffen können.«

Eine Pause von vielleicht drei Sekunden verstrich – für einen so schnell reagierenden Mann wie Rhodan eigentlich viel zuviel. Dann klang die den Menschen vertraute Stimme aus einem verborgenen Empfänger.

»Hier Perry Rhodan an Tengri Lethos. Stoppen Sie Ihr Schiff und lassen Sie mich mit dem Mausbiber sprechen. Hier ist Kampfgebiet. Über unsere eventuelle Zusammenkunft reden wir nachher noch.«

Omar sah, wie Baar Lun sein Gesicht zu einem schmerzlichen Lächeln verzog. Offensichtlich war der Modul von Rhodans Reaktion enttäuscht. Der Oxtorner jedoch verstand Perry Rhodan. Er durfte ein Raumschiff, das mit tausend explodierenden Transformgeschossen wie mit Kinderspielzeug umgehen konnte, nicht zu nahe an seine Flotte kommen lassen. Nach all den schlechten Erfahrungen, die Rhodan auf dem langen Weg nach Tamanium gemacht hatte, eine nur zu begreifliche Vorsichtsmaßnahme.

Gucky stand bereits neben dem Hathor, der ein eiförmiges Mikrophon in der Hand hielt und es dem Mausbiber überreichte.

Etwa fünf Minuten lang dauerte das Gespräch zwischen Perry Rhodan und Gucky. Danach gab der Terraner bekannt, daß er persönlich mit einer Space-Jet an Bord kommen wolle, um mit Tengri Lethos zu verhandeln.

Die Begegnung verlief absolut undramatisch.

Hawk und Tschubai hatten Perry Rhodan zuerst in der Schleuse empfangen und zur Zentrale führen wollen, aber Tengri Lethos hatte auf seine geheimnisvolle Weise einen Übersichtschirm aktiviert und den beiden Männern gezeigt, daß sowohl Leuchtpfeile als auch Automatstimmen eingesetzt waren, um diese Aufgabe zu übernehmen.

Als dann Perry Rhodan etwa eine Viertelstunde später die Zentrale betrat, ging der Hathor ihm genau die Hälfte des Weges entgegen.

Zwei Unsterbliche reichten sich die Hände, zwei Wesen, die beide absolut humanoid waren – und die dennoch mehr trennte als der Altersunterschied von nicht ganz neunzigtausend Jahren.

Der eine: Perry Rhodan, Großadministrator eines Sternenimperiums mit Hunderten von Milliarden Menschen.

Der andere: Tengri Lethos, der letzte Hüter des Lichts im Andromedanebel und ganz auf sich allein gestellt.

Dennoch hatte Omar Hawk den Eindruck, als stünde hinter dem Hathor die Macht des gesamten Universums. Aber er wußte, daß er sich täuschte, daß diese Täuschung auf der Ausstrahlung von Lethos' Persönlichkeit beruhte, seiner Weisheit, Abgeklärtheit und seinem Vertrauen auf die nicht greifbare Macht geistiger Reife und Vernunft.

»Ich danke Ihnen, daß Sie meine Leute gerettet haben, Lethos«, sagte Rhodan mit spürbarer Wärme in der Stimme. Der unsterbliche Terraner erkannte mit der Menschenkenntnis, die ihn auszeichnete, daß der Hathor kein Feind war.

Lethos lächelte.

»Eigentlich haben sich Ihre Leute selbst gerettet, Rhodan. Wenn Baar Lun und Gucky nicht sowohl über paranormale Fähigkeiten als über eine positive Denkrichtung verfügten, hätte der Wächter nicht reagiert, sie wären niemals auf meine Station aufmerksam geworden, und ich wäre noch nicht erwacht.«

Perry Rhodan blickte auf seine Uhr.

»Es tut mir leid, daß ich mich nicht lange genug mit Ihnen unterhalten kann, um ein wirkliches gegenseitiges Kennenlernen zu ermöglichen. Aber in einem halben Lichtjahr Entfernung befindet sich der Zentralplanet unseres Todfeindes – und wir kennen bisher noch immer keine Möglichkeit, die Abwehr zu durchbrechen. Verzeihen Sie mir also bitte, wenn ich das Gespräch sofort in praktische Bahnen lenke.«

Er lächelte den Hathor gewinnend an. Vielleicht vertraute er jener Eigenschaft seiner Sprache und seines Blickes, die man früher oft fälschlich als Suggestion ausgelegt hatte.

Doch Tengri Lethos verzog keine Miene.

Rhodan räusperte sich.

»Haben Ihnen Gucky oder Baar Lun von unseren Schwierigkeiten berichtet?«

»Ich bin informiert«, gab Lethos zurück. »Aber ich werde Ihnen nicht helfen. Auf dem Planeten Tamanium befindet sich wahrscheinlich nur ein einziges intelligentes Lebewesen. Warum wollen Sie deshalb den ganzen Planeten verwüsten lassen?«

»Ich will nicht, aber ich muß«, erklärte Rhodan ruhig. »Es sei denn, der Meister der Insel würde sich ohne Widerstand ergeben.«

»Und weshalb fragen Sie ihn nicht?«

Perry Rhodan war nahe daran, sich eine Einmischung in seine Angelegenheiten zu verbitten. Er sah rechtzeitig genug ein, daß er ja um gerade diese Einmischung gebeten hatte, da er annehmen konnte, ein Wesen, das tausend Transformbomben beiseite fegte, würde jeden nur denkbaren Schutzschirm genauso mühelos beseite fegen können.

»Ich glaube nicht, daß ein Meister der Insel sich ergibt«, antwortete er. »Und schon gar nicht, solange er noch unbesiegt ist. Sobald die Abwehranlagen von Tamanium vernichtet oder neutralisiert sind, könnte man es versuchen.«

Er zuckte die Schultern.

»Aber gerade dann werde ich den Angriff selbstverständlich keine Sekunde lang unterbrechen. Der MdI – oder vielleicht die beiden letzten MdI auf dem Planeten – dürfen uns nicht entgehen.«

Tengri Lethos blickte den Terraner ernst an, dann schüttelte er den Kopf.

»Das Trachten nach Vergeltung ist eine Regung, die jedes vernünftige Wesen unterdrücken sollte. Ich könnte Ihnen natürlich helfen, aber nur unter der Bedingung, daß Sie zuvor mit dem Meister der Insel auf Tamanium zusammentreffen und mit ihm verhandeln.«

Rhodan richtete sich steif auf.

»Niemals! Mit diesen Verbrechern verhandle ich nicht! Es hätte auch keinen Sinn. Sie kennen die Meister der Insel nicht!«

Der Hathor lächelte undurchsichtig.

»Jeder von uns muß so handeln, wie es ihm sein Gewissen vorschreibt, Rhodan. Dennoch hoffe ich, daß ich in der Nähe Ihrer Flotte bleiben darf. Möglicherweise haben wir später Gelegenheit, uns eingehend über so manches Problem zu unterhalten.«

Perry Rhodan vermochte seine Enttäuschung nicht ganz zu verbergen. Doch er verabschiedete sich ohne Groll.

Baar Lun und Gucky folgten ihm.

Hawk und Tschubai dagegen kehrten in die MAXIMILIAN zurück und organisierten die Ausschleusung.

Als die gigantische Kugel des Hathorschiffes hinter ihnen in der Schwärze des Raumes versank, hatte der Oxtorner das Gefühl, es bliebe dort ein Stück seines eigenen Ichs zurück.

Er würde Tengri Lethos noch einmal wiedersehen, das schwor er sich in diesen Minuten.

Melbar Kasom wartete in der Schleuse des Flaggschiffes, als Hawk und Tschubai sich vom Beiboot der MAXIMILIAN abstießen und schwerelos auf die CREST III zutrieben.

Mit seinen starken Armen zog er die beiden Männer mühelos in die Ausgleichskammer. Dann schloß sich das Außenschott mit dumpfem Schlag. Polternd und unter Begleitung asthmatischer Nebengeräusche liefen die Pumpaggregate an.

Kurz darauf konnten die drei Männer durch das Innenschott treten. An Reparaturrobots vorbei gingen sie zu einem der röhrenförmigen Liftschächte, ließen sich vom Sog des gepolten Gravitationsfeldes erfassen und emporziehen.

»Wohin bringen Sie uns, Melbar?« fragte Ras Tschubai, nachdem er seinen Helm zurückgeklappt hatte. »Ich nehme an, Sie haben uns nicht aus purer Höflichkeit empfangen.«

Der Ertruser grinste breit.

»Keineswegs. Rhodan selbst erteilte mir den Auftrag, Sie in eines unserer kleinen ›Tonstudios‹ zu begleiten. Baar Lun und Gucky warten bereits dort. Es wäre nett, wenn Sie einen zusammenfassenden Bericht über Ihre Erlebnisse mit dem Hathor auf Tonkristalle sprechen würden.«

Der Teleporter erwiderte das Grinsen.

»Rhodan hofft also, von uns einiges über die technischen Geheimnisse des Hathorschiffes zu erfahren, wie?« fragte er.

»Da wird er nicht viel Glück haben«, fiel Omar Hawk ein. »Aus der Einrichtung des Kontrollraumes waren fast keine Hinweise auf den Stand der Technik zu entnehmen. Wir wissen lediglich, daß Tengri Lethos sein Raumschiff durch Gedankenimpulse steuert.«

Melbar Kasom erwiderte nichts darauf; aber es war seinem Gesicht deutlich anzusehen, daß ihn Hawks Bemerkung enttäuscht hatte.

Der Raum, in den Tschubai und Hawk geführt wurden, lag unter dem Zentrale-Deck. Er gehörte zu einer der vielen Nebensektionen der großen Bordpositronik und diente dem Zweck, wichtige Aussagen auf Speicherkristalle zu nehmen und gleichzeitig einen wechselseitigen Kontakt mit dem Auswertungsstab der Positroniker herzustellen.

Nachdem sowohl Baar Lun und Gucky als auch Omar Hawk und Ras Tschubai ihre Berichte gegeben hatten, mußten sie einige Minuten warten. Danach meldete sich der Chefmathematiker der CREST III, Dr. Hong Kao. Er stellte einige Zusatzfragen, gab die Antworten an das Gehirn weiter und ließ sich von ihm Ergänzungsfragen stellen.

Nach einer halben Stunde etwa lag die Analyse des Positronengehirns vor. Die Maschine zog aus den Berichten und Ergänzungen den Schluß, daß das Hathorschiff mit großer Wahrscheinlichkeit keine Impulstriebwerke, sondern *den* idealen Feldantrieb besaß, einen Feldantrieb, der sich wesentlich von allen bekannten Antigravtriebwerken unterschied, aber möglicherweise eine Weiterentwicklung der betreffenden Technik darstellte.

Über den hyperlichtschnellen Antrieb vermochte das Bordgehirn allerdings keine fundierte Aussage zu machen. Es stellte lediglich die Hypothese auf, das in gewisser Hinsicht dem terranischen Kalup-Konverter entsprechende Aggregat arbeite nicht nur auf zwischendimensionaler, linearer Basis, sondern zugleich mit Zeitveränderungsfaktoren, so daß eine bestimmte Strecke je nach Einstellung mit oder ohne Zeitverlust zurückgelegt werden konnte.

Kontrolle und Steuerung aller Anlagen erfolgten mit hoher Wahrscheinlichkeit durch sogenannte Mentorezeptoren, die ihrerseits die entsprechenden Schaltkreise ansprechen ließen – eine Art der Steuerung, wie sie in relativ primitiver Form bereits die Meister der Insel besaßen.

Die Manipulationen, die Tengri Lethos mit den tausend explodierenden Transformgeschossen vorgenommen hatte, ließen sich aus der Hypothese über den hyperlichtschnellen Antrieb des Schiffes erklären, da sie eine Beherrschung der Zeitabläufe voraussetzten. Die Bewegung im vierdimensionalen Kontinuum wiederum konnte mit der beobachteten Beschleunigung nur dann erfolgen, wenn die Theorie über eine Beherrschung des idealen Feldantriebes zutraf.

Im großen und ganzen stellte das Hathorschiff das Erzeugnis einer Technik dar, die der terranischen und selbst derjenigen der MdI um viele Jahrtausende voraus sein mußte.

Die letzte Folgerung des Gehirns, mit den Mitteln des Schiffes würde eine Eroberung Tamaniums nur eine Frage weniger Minuten sein, überraschte niemanden mehr.

Sie nützte allerdings auch keinem etwas, denn Lethos hatte deutlich genug erklärt, er würde den Terranern nicht helfen.

Melbar Kasom, der durch die harte Schule der USO gegangen war und einiges von der Kompromißlosigkeit und dem machiavellistischen Denken Atlans übernommen hatte, zog ein grimmiges Gesicht.

Er ließ seinen Blick auf dem Mausbiber ruhen.

»Wir brauchen die Technik dieses Übermenschen!« sagte er. »Unterhalten wir uns also darüber, wie du – und eventuell einige Mutanten – dem Hathor das Schiff entreißen können. Ein einzelner dürfte dem koordinierten Einsatz der Mutanten nicht viel entgegenzusetzen haben.«

Den Worten des Ertrusers folgte lastendes Schweigen. Baar Lun war ganz offensichtlich entsetzt, Tschubai zeigte Empörung, und Omar Hawk lächelte still in sich hinein – in Erwartung dessen, was der Mausbiber zu dem Ansinnen sagen würde.

Gucky reagierte mit ungewohnter Gelassenheit.

»Ich schätze«, sagte er ruhig, »daß selbst das gesamte Mutantenkorps gegen den Hüter des Lichts nichts ausrichten könnte. Doch auch dann, wenn es sich so verhielte, würde wohl keiner von uns mitmachen. Sie, Kasom . . .«, das ›Sie‹ war das einzige Anzeichen seiner Empörung, » . . . dürfen an ein Wesen wie Tengri Lethos nicht die gewohnten Maßstäbe anlegen.«

Der Ertruser sank etwas in sich zusammen.

»Aber wahrscheinlich tragen wir alle Schuld an dieser Philosophie der Gewalt, wir und die Verhältnisse, die in unserem Univerum herrschen, Verhältnisse, wo stets derjenige das Recht auf seiner Seite hat, der die Macht besitzt. Aber wir sollten uns wenigstens bemühen, demjenigen gegenüber wie vernünftige Wesen zu handeln, der uns gegenüber ebenso handelt.«

Der Oxtorner konnte nicht umhin, insgeheim den Hathor zu bewundern. Der Mausbiber war bislang keinesfalls ein Apostel der Gewaltlosigkeit gewesen, doch Lethos' Einfluß schien ihn reifer gemacht zu haben.

Kasom zog ein ratloses Gesicht. Er breitete in einer hilflosen Geste die Arme aus und sagte:

»Du magst recht haben, Gucky. Aber bedenke, was alles davon abhängt, daß wir so schnell wie möglich die Zentralwelt der MdI erobern. Oder kennst du einen anderen Weg als den über die Technik der Hathor?«

Der Mausbiber zuckte resigniert die Schultern.

Hawk wollte es ihm schon nachtun, als ihm plötzlich ein Gedanke durch den Kopf schoß. Er sprang auf.

»Vielleicht gibt es doch noch eine Möglichkeit . . .!«

Alle blickten gespannt zu ihm hin, und er lächelte verlegen.

Der Ertruser musterte aufmerksam sein Gesicht.

»Sie wissen einen Weg . . .?«

Omar Hawk nickte.

Dann entwickelte er in groben Zügen seinen Plan . . .

21.

Allmählich wurde der Ring um das Luum-System wieder enger gezogen. Rund zwanzigtausend maahksche Walzenschiffe, rund eintausend terranische Einheiten und tausend Fragmentraumer der Posbis glitten im freien Fall und mit geringer Geschwindigkeit auf die Grenze des Systems zu, nachdem sie 95 Prozent der Strecke von 0,5 Lichtjahren im Linearraum überwunden hatten.

Aber noch außerhalb der Umlaufbahn des dritten Planeten stoppten sie mit kurzen Bremsschüben ab.

Die Erinnerung an die inzwischen überstandene Invasion der Mikroroboter war allen Beteiligten nur allzu gut im Gedächtnis. Es gab wenige Raumschiffe, die keine Ausfälle unter der Besatzung zu verzeichnen hatten – und 44 terranische und mehr als 1100 maahksche Einheiten mußten völlig abgeschrieben werden. Sie waren entweder im Abwehrfeuer der planetaren Gegenpolstellungen des zweiten Planeten explodiert oder mitsamt ihren Besatzungen im Linearraum verschollen, nachdem die Mikroroboter die Schaltanlagen durcheinandergebracht hatten.

Perry Rhodan saß in seinem Kontursessel vor dem Kartentisch. Er las wieder und wieder die Analysen und Kalkulationen, die die Bordpositronik ihm übermittelt hatte. Seine Stirn war gefurcht; er hatte Sorgen.

Dennoch . . .

Er räusperte sich und wartete, bis Atlan ihm sein Gesicht zugewandt hatte.

»Ja, bitte . . .?« fragte der USO-Chef.

Rhodan lächelte. Es war ein zynisches Lächeln.

»Weißt du auch, daß wir unser Leben nur einem ungelösten technischen Problem der MdI verdanken?«

Atlan blickte den Freund fragend an.

»Es dürfte kein Zweifel darüber bestehen«, fuhr Rhodan fort, »daß der vorletzte MdI, der sich auf Tamanium aufhält – vielleicht haben wir es auch mit den beiden letzten zu tun –, uns vernichtet hätte, wenn er könnte.

Andererseits besitzen sie eine Art von Fiktivtransmittern, mit denen sie winzige Objekte durch HÜ-Schirme hindurch in unsere Raumschiffe befördern können. Ich fragte die Positronik, warum sie statt der Roboter keine Kernbomben nahmen. Die Antwort lautete: Nukleare Sprengkörper würden bereits im Sender explodieren. Nur aus diesem Grunde leben wir noch!«

»Das klingt logisch«, bestätigte der Lordadmiral. »Ich zweifle ebenfalls nicht daran, daß die Meister uns bereits ausgelöscht hätten, wenn sie dazu in der Lage gewesen wären.«

Er zuckte mit den Schultern.

»Das ändert aber nichts an der Tatsache, daß sie uns recht umfangreichen Schaden zufügten, während wir nicht einmal ein einziges Luftmolekül der Planetenatmosphäre zerstören konnten.«

»Ich frage mich . . .«, begann Perry Rhodan, wurde jedoch durch den Summer des Interkoms unterbrochen.

Er drückte die Aktivierungsleiste nieder und sah zu, wie die Bildscheibe sich erhellte und das Bild des Ertrusers Kasom übermittelte.

Im selben Augenblick erinnerte er sich an den Auftrag, den er dem USO-Spezialisten gegeben hatte.

»Sir!« meldete Kasom. »Auswertung beendet. Negativ – in jeder Beziehung.«

Perry Rhodan nickte.

»Es war kaum anders zu erwarten, nicht wahr?«

Kasom grinste.

»Natürlich nicht, Sir! Aber Oberleutnant Hawk unterbreitete mir einen Vorschlag, der mir durchführbar erscheint.«

»Schicken Sie den Mann sofort zu mir, Kasom!« befahl Rhodan.

Der Ertruser grinste noch breiter.

»Wahrscheinlich betritt er soeben die Kommandozentrale. Ich habe mir erlaubt, Ihren Befehl vorauszuahnen.«

»Sie sollten unter die Wahrsager gehen«, murmelte Rhodan. Doch er lächelte zustimmend. »Vielen Dank, Kasom. Sobald Sie frei sind, melden Sie sich ebenfalls bei mir. Ende!«

Als er abschaltete, stand Omar Hawk bereits neben ihm.

Rhodan bot ihm einen Platz an, einen verstärkten Spezialsessel.

»Sie haben einen brauchbaren Vorschlag, wie man die Abwehreinrichtungen des Planeten Tamanium überwinden kann?« fragte er.

»Jawohl, Sir. Ich bin sicher, daß diese Festung nur mit außergewöhnlichen Mitteln zu nehmen ist. Die . . .«

Atlan unterbrach ihn mit einer Handbewegung.

»Halt! Lassen Sie mich raten, Hawk! Ich vermute, Sie haben trotz Ihrer gegenteiligen Aussage etwas über die technischen Geheimnisse des Hathor herausbekommen. Stimmt das?«

Omars Haltung versteifte sich etwas. Er fühlte sich unangenehm berührt durch die ständigen Bemühungen der Verantwortlichen, die Festung Tamanium mit gestohlenen technischen Mitteln einnehmen zu wollen.

»Mein Bericht war lückenlos«, betonte er. »Wenn ich etwas über die Technik des Hathor wüßte, hätte ich gesprochen, obwohl mir das nicht leichtgefallen wäre. Aber schließlich habe ich einen Eid auf das Solare Imperium geleistet!«

Perry Rhodan lächelte flüchtig über die Abfuhr, die der arkonidische Freund erhalten hatte.

»Bleiben wir beim Thema. Ich schätze Ihre Tüchtigkeit sehr, Hawk, und ich muß gestehen, daß ich sehr gespannt auf Ihren Vorschlag bin.«

»Danke!« erwiderte der Oberleutnant knapp. »Darf ich zuvor noch einmal kurz die Lage umreißen?«

Rhodan nickte.

Hawk räusperte sich.

»Unsere bisherigen Angriffe wurden abgeschlagen, weil verschiedene Faktoren zusammenwirkten. Die Gegenpolkanonen des Planeten besitzen eine weit größere Reichweite als die Geschütze unserer Schiffe, was erklärlich wird, wenn man zu den überlegenen Energiereserven eines gut ausgebauten Festungsplaneten den Zapfstrahl hinzurechnet, mit dessen Hilfe die Verteidigungsanlagen ihren Energiebedarf unmittelbar aus der Sonne decken können.

Dazu kommt das Anti-Rematerialisierungsfeld um Tamanium, das die Wiederverstofflichung von Transformimpulsen ausschließt. Zudem wird der Planet völlig ausreichend durch das rote Halbraumfeld geschützt.

Unsere Mutanten können ebenfalls nicht eingreifen, da der

Antipsischirm jede Entfaltung ihrer paranormalen Fähigkeiten in Planetennähe verhindert.«

Er machte eine Pause und wartete, bis Rhodan ungeduldig wurde. Erst dann deckte er seine Karten auf.

»Unsere einzige wirksame Waffe, die Transformkanone, bleibt also nur wegen des AR-Feldes unwirksam. Dennoch wären etwa fünfzig Transformgeschosse vom 1000 Gigatonnen-Kaliber in der Lage, das Halbraumfeld wenigstens in einem Sektor zusammenbrechen zu lassen.

Wenn wir sie aber auch nicht abstrahlen können, so vermögen wir sie doch auf normalem Wege an das rote Halbraumfeld heranzubringen, beispielsweise in einer Korvette.

Der letzte Vorschlag stammt übrigens von Melbar Kasom; ich hatte anfangs die Konstruktion eines Weltraumfloßes vorgeschlagen.«

Atlan schlug mit der Faust auf den Tisch. Seine rötlichen Augen schimmerten feucht, was bei jedem Arkoniden das Anzeichen starker Erregung war.

»Das ist *die* Lösung unseres Problems!« rief er begeistert aus. Anscheinend hatte er die Abfuhr, die Hawk ihm zuvor erteilt hatte, vergessen. Perry Rhodan wiegte zweifelnd den Kopf.

»Wie wollen Sie ein Beiboot von immerhin sechzig Metern Durchmesser bis an den roten Schutzschirm bringen, ohne daß es von feindlichen Ortungsimpulsen erfaßt und noch weit vor dem Ziel vernichtet wird?«

»Das geht!« warf Atlan ein.

Der Oxtorner nickte.

»Das geht, wenn die Korvette so dicht wie möglich vor dem Halbraumfeld aus dem Linearraum austritt und gleichzeitig mit ihr einige Fragmentschiffe der Posbis. Die Besatzung Tamaniums wird zweifellos die Riesenschiffe der Roboter für gefährlicher halten und das Beiboot weniger beachten. Außerdem können die Posbis Feuerschutz geben und dadurch den Anschein eines normalen Durchbruchsversuches noch erhöhen.«

Er wandte sich halb um und lächelte dem Ertruser zu, der in diesem Augenblick an den Kartentisch trat.

Melbar Kasom hatte Hawks letzten Satz gehört und ergänzte ungefragt:

»Wir können weiterhin die Tatsache für uns ausnutzen, daß die MdI unsere Mentalität recht gut kennen. Sie wissen, daß wir nach Möglichkeit Verluste von Menschenleben vermeiden, und sie wissen, daß wir keine ausgesprochenen Robotschiffe einsetzen. Woher sollen sie ahnen, daß es diesmal anders sein wird? Die Posbis sind Roboter und opfern sich völlig selbstlos, weil sie keine Todesfurcht kennen. Selbstverständlich sollten wir die Plasmakommandanten der betreffenden Schiffe dazu bringen, ihre Einheiten vorher zu verlassen. Und unser Beiboot wird diesmal allein von dem Autopiloten und eventuell von einer zusätzlich installierten Positronik gesteuert. Bevor die MdI begreifen, was vorgeht, ist es schon geschehen.«

»Und sobald der Schutzschirm aufgerissen ist, würden Kasom und ich mit einem Moskito-Jäger vorstoßen und die Energiestationen auf Tamanium aufspüren. Danach könnten wir selbst darangehen, einige Stationen zu zerstören und außerdem das Feuer der Schiffe zu lenken, die nach uns das Loch im Schutzschirm durchstoßen.«

Omar Hawk blickte Perry Rhodan fragend an.

Rhodan sah von einem zum anderen, nahm Atlans beschwörendes Nicken wahr und lächelte verhalten.

»Also gut. Der Einsatz beginnt in drei Stunden!«

Die Korvette füllte den Beiboothangar des Superschlachtschiffes WILHELMINA fast völlig aus. Kommandant Pieter Groot leitete die Umrüstung persönlich. Er stand breitbeinig wie ein Seeschiffskapitän auf dem Oval einer Antigravplattform, das Mikrophon seines am Gürtel hängenden Telekoms in der fleischigen Faust, und dirigierte die Ingenieure, Techniker und Arbeitsroboter mit grollender Stimme.

»He, Wijker!« brüllte er einem Ingenieuer zu. »Versenken Sie gefälligst die Katapultbahn der Antigravschleuder so tief, daß die Moskito-Jet nicht gegen die Wandung geschossen wird. Oder dachten Sie, Hawk und Kasom wollten sich als Marmeladenrohprodukt betätigen?«

Die Stimme hallte so laut durch den Hangar, daß der Telekom eigentlich unnötig gewesen wäre.

Melbar Kasom grinste, als er sah, wie hastig der kritisierte Ingenieuer dem Befehl nachkam. Techniker und Roboter eilten hin und her, ein starker Elektromotor brummte, kreischend senkte sich die Katapultbahn herab, bis sie fast waagerecht auf das offene Schleusenschott zielte.

Eine Sirene heulte.

Der Moskito-Jäger, der bisher unbeweglich auf einer Transportschiene gestanden hatte, schwebte plötzlich wie von Geisterhänden bewegt nach oben. Der unsichtbare Zugstrahl hob ihn bis auf die Ebene der Antigravschleuder, bugsierte ihn in die Abstoßkammer und setzte ihn sanft auf dem Startgerüst ab.

»So ist es schon besser!« murmelte Kasom.

Kommandant Groot warf ihm einen verweisenden Blick zu. Seine feisten Wangen schwabbelten wie Pudding, und die wasserblauen Augen funkelten erzürnt. Aber er sagte nichts, sondern fuhr nach der kurzen Unterbrechung fort, die Techniker und Ingenieure hin und her zu scheuchen.

»Ich schlage vor, wir kümmern uns um die Installation der Zusatzpositronik«, meinte der Oxtorner.

Kasom nickte.

Die beiden Umweltangepaßten schritten durch das Gewimmel der Menschen und Arbeitsroboter hindurch. Mehr als einmal mußten sie den Schwebetraktoren ausweichen, die die stählernen Kolosse der 1000- Gigatonnen-Transformgeschosse in den Verladeraum fuhren, von wo aus sie in die freigemachten Laderäume des zweiten Decks transportiert werden sollten.

Einer der einfacheren Arbeitsroboter registrierte den Oberleutnant um eine Sekunde zu spät. Hawk konnte gerade noch so ausweichen, daß er nur gestreift wurde.

Groots Schrei nach einem Medo-Robot kam zu früh. Der Oxtorner verzog lediglich ein wenig das Gesicht, als die wuchtige Maschine mit seiner Hüfte kollidierte. Der auf Gleisketten rollende Roboter dagegen wurde so heftig zur Seite geschleudert, daß er gegen eine Teleskopstütze der Korvette stieß und mit eingedrücktem Bug liegen blieb.

Pieter Groot blieb nichts weiter übrig, als den herbeigeeilten Medo-Roboter zurückzuschicken und dafür zwei Reparaturroboter mit dem Abschleppen ihres ›Kollegen‹ zu beauftragen.

Erst als die Mannschleuse hinter Kasom und Hawk zufiel, verebbte draußen das Fluchen des Kommandanten.

Im Kommandoraum stießen sie auf das Team der Positronik-Spezialisten, die den würfelförmigen Funktionsblock der Zusatzpositronik an das normale Bordgehirn anschlossen.

Jedes Raumfahrzeug des Solaren Imperiums enthielt zwar ohnehin einen Autopiloten, doch nicht alle waren mit einer Schalteinheit für automatischen Linearflug ausgerüstet. Dieser Mangel sollte durch den Anschluß der Zusatzpositronik behoben werden, denn die Korvette würde immerhin selbständig in den Linearraum eintauchen und zu einer bestimmten Zeit an einem bestimmten Koordinatenpunkt wieder auftauchen müssen. Außerdem mußte das Auftauchmanöver mit der Auslösung des Zündimpulses so koordiniert werden, daß die fünfzig Transformbomben kurz nach der Rückkehr ins vierdimensionale Kontinuum zur Explosion gebracht wurden – und dennoch nicht so früh, daß Hawk und Kasom in ihrem Raumjäger mit vernichtet wurden.

Aber obwohl von der einwandfreien Arbeit der Spezialisten ihr Leben abhing, mischten sich die beiden Umweltangepaßten nicht ein. Sie wußten, daß sie in den Augen der Positroniker nur Laien waren und hätten eine unverblümte Abfuhr erhalten.

Dafür ließen sie sich in den Kontursesseln des Kommandanten und Navigators nieder. Omar Hawk schaltete den Checkautomaten ein. Ununterbrochen flammten und verloschen gelbe und grüne Kontrolllampen, mit schwachem Rascheln und Scharren schob sich der Checkstreifen aus dem Auswertungsschlitz.

Die KW-5 war startklar, es gab weder am Kalup-Konverter noch an den Kraftwerken die geringsten Fehlerquellen.

Die Impulstriebwerke waren frei von Rückständen, die Feldleiter zeigten keine Spannungsschwankungen. Sobald die Zusatzpositronik angeschlossen und programmiert war, würde das Schiff starten können.

Der Oxtorner bat Kasom, auf ihn zu warten. Er selbst wollte seinen Okrill nachholen, den er in einem Lagerraum der WILHELMINA untergebracht hatte.

Als er mit Sherlock zurückkehrte, wurde die Zusatzpositronik bereits für den Einsatz – den letzten Einsatz der KW-5 – programmiert. Die fünfzig überschweren Transformgeschosse waren im Laderaum verstaut und an die Zündanlage angeschlossen.

Hawk schauderte ein wenig bei dem Gedanken an die Energie, die fünfzig 1000-Gigatonnen-Fusionsbomben entwickeln konnten. Sie würde zweifellos ausreichen, um einen so relativ kleinen Planeten wie die Erde zu zertrümmern. Hoffentlich reichte sie auch aus, den Halbraumschirm Tamaniums an einer Stelle aufzureißen.

Wieder einmal leuchtete das Symbol des Faktors I von dem fiktiven Bildschirm der Memohalle auf Tamanium. Wieder einmal scholl die kalte, leblose Stimme einer Maschine aus dem unsichtbaren Lautsprecher.

Sie forderte Rechenschaft von Trinar Molat.

Der vorletzte MdI hörte sich die Vorwürfe mit unbewegtem Gesicht an. Er ließ sich nichts von seiner Unruhe anmerken, sondern versuchte, Gelassenheit zu heucheln.

»Die Terraner scheinen einen neuen Angriff vorzuhaben«, berichtete er. »Sie ziehen ihre Verbände um das Luum-System zusammen. Inzwischen wurde ihre Flotte durch tausend Fragmentschiffe der Posbis verstärkt.«

»Ich kenne die Verteidigungsanlagen von Tamanium«, erwiderte Faktor I kühl. »Damit können Sie sowohl Terraner als auch Posbis oder Maahks mühelos zurückschlagen. Sie sollten lieber . . .«

Trinar Molat tat etwas, das er bisher noch niemals gewagt hatte: Er unterbrach Faktor I.

»Ich weiß, daß Sie die Verteidigungsanlagen von Tamanium kennen«, sagte er mit ätzendem Spott. »Aber wahrscheinlich kennen Sie die Terraner weniger gut. Diese Menschen haben uns während der letzten Jahre eine Niederlage nach der anderen zugefügt. Sie haben Dinge getan, die wir für unmöglich hielten; und ich bin überzeugt davon, daß sie auch einen Weg finden werden, die Festung zu nehmen, die Sie für uneinnehmbar halten und die ich selbst vor wenigen Tagen auch noch für uneinnehmbar hielt.«

Einige Sekunden lang schwieg die mechanische Stimme. Dann krachte die Entgegnung aus dem Lautsprecher.

»Sie haben den Verstand verloren, Faktor II! Die Terraner sind nicht allmächtig, und nur Allmächtige vermögen Tamanium zu erobern. Faktor II: Sie sorgen dafür, daß Tamanium gehalten wird. Fällt die Festung, so ist nur Ihre Unfähigkeit schuld daran.

Außerdem haben Sie Ihre Unfähigkeit bereits bewiesen. Oder

sollte Ihnen nicht klargeworden sein, daß das Zeitunternehmen gegen Terra fehlgeschlagen ist?«

»Sie wissen, wie schwer sich Zeitparadoxa durchführen lassen!« verteidigte sich Faktor II. »Wenn es darum geht, die Geschichte zweier Galaxien grundlegend zu ändern, so dürfte jede Maßnahme zum Scheitern verurteilt sein. Das Beharrungsvermögen des mit Realität gefüllten Zeitstromes ist größer, als Sie denken.«

»Hören Sie auf mit Ihrem Gewäsch!« scholl es zurück.

Trinar Molat blickte verwundert drein. Zum erstenmal hatte Faktor I die eiskalte Ruhe verloren, die ihn bisher ausgezeichnet hatte.

»Sie haben«, fuhr Faktor I fort, »unverzüglich das Zeitexperiment zu wiederholen. Gehen Sie 435 Jahre zurück, und setzen Sie eine ganze Flotte in Marsch. Geben Sie den Tefrodern aber bessere Anweisungen als beim ersten Versuch. Die Vernichtung des arkonidischen Forschungskreuzers muß erfolgen, bevor dieser Perry Rhodan ihn im Jahre 1971 irdischer Zeitrechnung gefunden hat. Das ist unsere einzige Möglichkeit, die Terraner aus Andromeda verschwinden zu lassen, und nicht nur aus Andromeda. Falls sich herausstellen sollte, daß irgend etwas von unseren Informationen nicht zutrifft und Rhodan im Erdjahr 1971 bereits im Besitz des arkonidischen Vermächtnisses ist, so muß die Flotte eben das gesamte Sol-System vernichten.«

Molat blickte einige Sekunden lang nachdenklich auf den Fiktivschirm, der das Symbol des MdI zeigte, der sich zum Mächtigsten aller Renegaten aufgeschwungen hatte. Brennend gern hätte er gewußt, wer sich hinter dem Symbol und der Automatenstimme verbarg. Ein Roboter war es sicherlich nicht, denn ein Roboter wäre in jeder Situation beherrscht geblieben; er hätte sich nicht so hysterisch gebärdet wie Faktor I vorhin.

»Bestätigen Sie meinen Befehl!« scholl es aus dem Empfänger.

Trinar Molat schürzte verächtlich die Lippen.

»Ich kann Ihren Befehl nicht bestätigen.«

»Warum nicht?«

»Weil ich mich weigere, ihn auszuführen!« erwiderte Molat kalt.

Aus dem unsichtbaren Lautsprecher drangen unverständliche Wortfetzen. Offenbar gelang es dem Transformautomaten nicht, menschliches Gebrüll in rein mechanische Lautäußerungen zu verwandeln.

Allmählich jedoch wurden die Worte verständlicher, vermutlich deshalb, weil sich Faktor I wieder etwas besser beherrschte.

»Sie werden meinen Befehl ausführen, sonst werde ich Sie töten!«

Trinar Molat war für einen kurzen Augenblick verblüfft, dann brach er in schallendes Gelächter aus. Erst nach einigen Minuten beruhigte er sich wieder etwas.

»Soviel Naivität hätte ich Ihnen wirklich nicht zugetraut, Faktor I«, rief er. »Immerhin, töten Sie mich ruhig, ermorden Sie das einzige intelligente Wesen auf Tamanium, und sehen Sie danach zu, wie die Terraner auch unser letztes Bollwerk mühelos überrennen! Oder glauben Sie tatsächlich, ohne mein Dazutun könnte sich die Festung länger als wenige Stunden halten? Die Abwehranlagen werden durch mein Gehirn gesteuert, Faktor I!«

Etwas gelassener fügte er hinzu:

»Aber auch meine Anwesenheit allein reicht nicht aus. Sorgen Sie dafür, daß mindestens fünfzigtausend Kampfschiffe mit Original-Tefrodern im Luum-System erscheinen, und zwar schnellstens!«

Faktor I bewies mit seiner Antwort, daß er sich relativ schnell auf die Realitäten einstellen konnte. Er machte Molat keine neuen Vorwürfe wegen seiner offenen Befehlsverweigerung, sondern tat diesen Zwischenfall schweigend ab.

»Ich würde die angeforderte Flotte längst in Marsch gesetzt haben, Faktor II, wenn ich sie zur Verfügung hätte. Die Maahks haben uns jedoch diese Möglichkeit genommen, indem sie seit Tagen konzentrierte Angriffe auf sämtliche Heimatsysteme der Original-Tefroder führen. Dadurch sind die betreffenden tefrodischen Verbände gebunden, desgleichen der größte Teil der Duploflotte, da unsere Industriewelten und Stützpunkte ebenfalls von Maahk-Verbänden berannt werden. Alles, was ich Ihnen schicken kann, sind siebzehntausend bunt zusammengewürfelte Einheiten der Duploflotte.«

Trinar Molat erschrak.

»Siebzehntausend, und nicht einmal ein aufeinander eingespielter Verband, sondern ein Aufgebot aller derer, die nicht gut genug waren, die anderen Welten zu verteidigen. Das kann Tamanium nicht retten. Wann schicken Sie die Schiffe überhaupt los?«

»Sie sind bereits unterwegs, Faktor II!«

Der Fiktivschirm erlosch, die Stimme verebbte.

Trinar Molat stand wieder ganz allein in der Memohalle.

»Triebwerke auf Leerlauf!« quäkte die unmodulierte Stimme der Automatik. »Ausschleusmanöver in zehn Sekunden! Neun . . . acht . . . sieben . . .«

Omar Hawk und Melbar Kasom standen hinter der Reihe leerer Kontursessel. Es war ein gespenstischer Anblick, die Aggregate und Maschinen der KW-5 ohne das Zutun von Menschen arbeiten zu sehen.

Unter ihren Füßen vibrierte der stählerne Boden. Die Maschinen der Korvette sandten ihr monotones Dröhnen in jeden Raum. Auf der Panoramagalerie wich die rötliche Helligkeit des Hangars dem Meer der Sterne Andromedas, die sich im schwarzen Ausschnitt der geöffneten Schleuse zeigten.

Und noch etwas anderes zeigte sich plötzlich.

»Zwei . . . eins . . . null!« plärrte die Automatenstimme.

Ohne daß ein Ruck zu bemerken gewesen wäre, befand sich das Beiboot jählings im freien Raum. Das Dröhnen der Triebwerke schwoll zu einem dumpfen Donnern und Tosen an. Die Bordwand der WILHELMINA versank in der Schwärze des Alls.

»Es wird Zeit!« sagte Kasom.

Doch keiner der beiden Umweltangepaßten rührte sich von der Stelle, obwohl es tatsächlich höchste Zeit wurde, die bereitstehende Moskito- Jet aufzusuchen.

Hawks Blick hatte sich förmlich an dem wabernden Glutring festgesaugt, der mitten im Luum-System entstanden war, ein viele Kilometer durchmessender Flammenkreis, aus dem silbrig schimmernde Kugeln schossen – und in der Dunkelheit verschwanden, sobald sie aus dem Bereich des roten Lichtscheins gerieten.

»Ausgerechnet jetzt greifen sie an!« murmelte der Ertruser mit Erbitterung.

Der Oxtorner lächelte. Dann kniff er die Augen zu schmalen Schlitzen zusammen, geblendet durch die überall auftauchenden, ultrahellen Glutbälle, die mit wahnwitziger Geschwindigkeit expandierten.

Die Entsatzflotte der MdI und die Verbände des Imperiums, der Posbis und der Maahks hatten die Raumschlacht eröffnet. Und das in dem Augenblick, in dem eine solche Störung das ganze Unternehmen Hawks gefährden konnte. Er wunderte sich nur, daß anscheinend niemand damit gerechnet hatte, daß die Duploflotte durch einen Situationstransmitter plötzlich mitten im Luum-System erscheinen würde.

Doch es war zu spät, das angelaufene Unternehmen zu stoppen oder die einzelnen Schritte zu variieren. Die Positronik hatte ihre feste Programmierung und würde nicht davon abweichen.

»Gehen wir!« sagte Hawk tonlos.

Die beiden Männer wandten sich von dem Bild der Vernichtung ab und stürmten durch das offene Schott der Zentrale. Der Antigravlift brachte sie innerhalb einer halben Minute in den Hangar, in dem der Raumjäger auf der Abschußrampe ruhte. Der Okrill wartete in der Speicherkammer, in der sonst die Transformgeschosse lagen.

Als sie sich in ihre Kontursitze warfen, schrillte das Alarmsignal durch den Hangar, das Signal, das den Beginn des Linearfluges anzeigte.

»Noch sechzehn Sekunden bis zum Wiederaustritt!« verkündete eine Lautsprecherstimme.

Sechzehn Sekunden! dachte Omar. Hoffentlich schaffen es die Posbis, in dieser kurzen Zeit eine Gasse durch die Phalanx der Duploschiffe zu schlagen. Gelang es ihnen nicht, würde der Erfolg des ganzen Unternehmens gleich Null bleiben. Zwei Mann vermochten sich gegen einen überlegenen Gegner nicht lange zu halten.

Trotz seiner Bedenken tat er ganz mechanisch die Handgriffe, die vor dem Start einer Moskito-Jet nötig waren. Sobald die Korvette den Linearraum verließ, ging es um Sekundenbruchteile. Eine Verzögerung von nur einer halben Sekunde konnte bei der knappen Zeitkalkulation bereits das Ende der Besatzung bedeuten.

Und dann waren die sechzehn Sekunden um.

Gleichzeitig mit dem schrillen Alarmzeichen öffnete sich das Hangartor, gleichzeitig wurde die Jet von gewaltigen Kräften nach vorn gerissen und mit unerhörter Wucht in den Weltraum geschleudert. Im Heckschirm schrumpfte der schwarze Schatten der Korvette zu einem wesenlosen Nichts zusammen, während immer mehr von der roten Glut des Halbraumschirmes um Tamanium sichtbar wurde.

Dieser Eindruck währte jedoch nur Sekunden. Dann wurde der Heckschirm von der strahlenden Helligkeit einer gigantischen Kunstsonne ausgefüllt.

Die fünfzig Transformbomben der KW-5 waren explodiert.

Wegen der Blendwirkung vermochten Hawk und Kasom die weiteren Vorgänge nur auf einem speziellen Ortungsschirm zu verfolgen. Sie sahen, wie die bisher unsichtbaren Strukturfeldlinien des Halbraumfeldes scharf und deutlich hervortraten. Sie schienen sich mit der Energie der Bombenexplosion vollzusaugen – und zerflatterten schließlich zu einem staubartigen Geflimmer, das innerhalb der nächsten Sekunden verblaßte.

Hawk hatte unterdessen den Raumjäger gewendet.

Das Fahrzeug schoß mit wahnwitziger Beschleunigung auf den strudelnden Trichter zu, der das rote Halbraumfeld Tamaniums unterbrach und sich rasch nach allen Seiten ausdehnte.

»Viertausend Kilometer Durchmesser!« meldete Kasom. Und noch immer kam die Bewegung des Strudels nicht zur Ruhe, eines Strudels, der eigentlich aus nichts bestand. Der Eindruck beruhte auf einer optischen Täuschung.

Omar biß die Zähne zusammen, als er die Jet durch das von zuckenden Feuerrändern umrahmte Loch steuerte. Fast die gesamte nördliche Halbkugel des Planeten war jetzt ohne Schutzschirm. Die erste Phase des Planes war geglückt.

Aber noch immer tobte im Weltraum die Schlacht.

Von ihrem Ausgang würde es abhängen, ob die zweite Phase ebenfalls glückte.

Die graugrün gescheckte Oberfläche Tamaniums schien auf die Moskito- Jet zuzufallen. Ein weniger abgebrühter Mann als Omar Hawk wäre durch diesen Eindruck vielleicht zur Panik getrieben worden. Doch der Oxtorner handelte vollkommen kühl. Es war nicht möglich, den Raumjäger zu früh abzubremsen. Dadurch hätten die automatisch arbeitenden Abwehrstellungen auf der Planetenoberfläche Zeit gefunden, das winzige Ziel zu erfassen und abzuschießen.

In zehn Kilometern Höhe schaltete Hawk die Bugdüsen des Triebwerks ein. Etwa dreißig Gravos kamen mit grausamer Härte durch. Das war selbst für die Umweltangepaßten zuviel. Ihre Gesichter zogen sich zu breitflächigen Grimassen auseinander. Rote Schleier huschten über die Augen, und ein schmerzhaftes Stechen in der Herzgegend erzeugte kreatürliche Todesangst.

Als Omar wieder einigermaßen klar sehen konnte, blickte er in das grelle Leuchten der Impulsglut, die gegen die Oberfläche Tamaniums tobte. Die Schiffszelle ächzte und bebte nach von der gewaltigen Belastung; das schrille Singen des Andruckneutralisators zeigte an, daß das Aggregat noch immer überlastet wurde. Aber wenigstens ließ es jetzt nur knapp fünf Gravos durch, und bis zu 4,8 Gravos waren für einen Oxtorner völlig normal.

In fünfhundert Metern Höhe zwang er die Moskito-Jet in den Horizontalflug. Der Raumjäger huschte über schemenhaft erkennbare Wälder und Hügel und setzte am Eingang zu einem von Bergwänden umrahmten Tal zur Landung an.

Ungefähr zwei Kilometer weit glitt das Fahrzeug über hartes Steppengras, dann verharrte es kurz in der Luft und sank allmählich zu Boden. Nur das Kanzeldach und das Seitenleitwerk ragten über das hohe Gras hinaus.

»Phase zwei«, stieß Kasom erregt hervor.

Omar Hawks Blick folgte dem ausgestreckten Arm des Ertrusers.

Von irgendwoher aus dem Blau des Himmels zuckten blendend helle Strahlenbündel hernieder. Das Donnern verdrängter Luftmassen erschütterte die Atmosphäre.

»Die Posbis!« schrie Melbar Kasom.

Hawk nickte.

Es mußte den Schiffen der biopositronischen Roboter trotz der Duploflotte gelungen sein, bis zur Zentralwelt der MdI vorzustoßen. Sie schossen allerdings nur mit normalen Energiewaffen – ein Zeichen dafür, daß zwar das rote Halbraumfeld um Tamanium, nicht aber das Anti-Rematerialisierungsfeld aufgerissen worden war.

»Sie haben keine Chance!« murmelte er.

Diese düstere Ahnung wurde gleich darauf bestätigt. In kurzen Abständen flammten über der Atmosphäre expandierende Glutbälle auf. Das Feuer der Posbiraumer wurde spärlicher und erlosch schließlich ganz. Insgesamt hundertmal war eine künstliche Sonne über dem Planeten entstanden, und da danach keine weiteren Explosionen erfolgten, schienen alle Posbiraumer vernichtet worden zu sein.

Der Oxtorner wandte sich Kasom zu.

»Ich schlage vor, wir benutzen den Jäger vorläufig nicht wieder, Melbar. Die Feuerkraft der planetaren Geschützkomplexe hat unter dem teilweisen Schutzschirmausfall nicht gelitten. Man würde unsere Jet innerhalb kurzer Zeit ausmachen und vernichten, wenn wir uns damit in die Hochatmosphäre wagten.«

Der Ertruser grinste unmotiviert.

»Und Sie meinen, zwei einzelne Gestalten in Fluganzügen würden nicht für voll angesehen werden?«

»Genau das. Wir könnten von oben Energiemessungen durchführen und die Kraftwerke und Geschützstellungen lokalisieren. Sobald der nächste Angriff erfolgt, werden wir das Feuer auf die wichtigsten Objekte lenken.«

»Nicht schlecht«, sagte Kasom. »Fangen wir an!«

Hawk gab dem Okrill Verhaltensmaßregeln. Danach stiegen sie aus ihrem Raumjäger und überprüften ihre flugfähigen Einsatzkombinationen. Die Anzüge waren mit einem Anti-Ortungsmittel beschichtet. Wenn sie ihre Energiesphären nicht einschalteten, bestand berechtigte Hoffnung, daß die feindlichen Ortungsgeräte sie überhaupt nicht entdeckten. Lediglich die Streustrahlung der Antigravgeräte konnte sie verraten, aber dazu müßten sie schon von einem scharf gebündelten Energieortungsstrahl erfaßt werden, und die Wahrscheinlichkeit dafür war äußerst gering. Viel größer war die Gefahr, bei einem massierten Angriff der eigenen Flotte von einem Waffenstrahl vernichtet zu werden oder in das Abwehrfeuer der Planetenforts zu geraten.

Bis in eine Höhe von achthundert Metern beschleunigten sie mit den zusätzlichen Impulsaggregaten ihrer Anzüge. Da die Berghänge der Umgebung alle etwas über dieser Höhe lagen, bestand kaum Ortungsgefahr. Danach stiegen die Männer mit der erreichten Endgeschwindigkeit weiter; nur die Antigravtriebwerke arbeiteten noch und kompensierten die Anziehungskraft des Planeten. Praktisch wurde der Flug nur durch den Luftwiderstand allmählich abgebremst. Aber ihren Berechnungen zufolge würden sie ohne neuerliche Betätigung der Impulstriebwerke bis auf sechzig Kilometer Höhe steigen können. Danach mußten sie die Aggregate für kurze Zeit erneut einschalten.

Doch bevor sie die berechnete Höhe erreichten, fuhren Zehntausende von Energieblitzen aus dem Dunkel des Weltraums auf Tamanium herab.

Gigantische Explosionen schickten ihre Gas- und Staubpilze bis in die Stratosphäre. Erhitzte und verdrängte Luftmassen tobten über den Planeten, und die beiden Umweltangepaßten wurden zu hilflosen Spielbällen entfesselter Elemente.

22.

Der Hüter des Lichts musterte mit prüfendem Blick die hauchdünne pulsierende Wand, die ihn von der Existenzebene der normalen Stofflichkeit trennte.

Hinter der Wand bewegte sich eine schemenhaft erkennbare Gestalt: Trinar Molat.

Der Meister der Insel hatte keine Ahnung, daß er beobachtet wurde, daß unmittelbar neben ihm ein humanoides, vernunftbegabtes Lebewesen stand, nur durch eine halbtransparente Wand von ihm getrennt, eine Wand, die nicht materiell war, sondern lediglich zwei verschiedene Energieniveaus voneinander schied.

Tengri Lethos verstärkte die geistige Konzentration. Die ›Wand‹ wurde völlig transparent – aber nur für seine Sinne. Trinar Molat hatte noch immer keine Ahnung von der Anwesenheit eines Fremden.

Der Hüter des Lichts mußte die ganze Kraft aufwenden, die das Sanskari ihm verliehen hatte. Er befand sich auf keiner stabilen Zustandsebene, sondern auf einem Energieniveau, für dessen Existenz nur eine geringe objektive Wahrscheinlichkeit bestand. Es handelte sich dabei keineswegs um eine parallele Zeitebene: Seine Zeit war absolut identisch mit der Zeit derjenigen Ebene, die man gemeinhin ›Normaluniversum‹ nannte, obwohl auch dieser Begriff nur eine Fixierung subjektiver Eindrücke darstellte – wie alles, was von intelligenten Wesen auf der Stufe der Menschheit benannt wurde.

Auf der Stufe einer erst seit kurzem wiedergeborenen Menschheit . . .

Lethos lächelte bei diesem Gedanken. Es gab vieles, was die Menschen noch nicht wußten, obwohl sie es hätten wissen können, wenn ihre Geschichte nicht ein beständiges Auf und Ab der Entwicklungslinie gewesen wäre.

Diesem Auf und Ab verdankten die Hüter des Lichts ihre Existenz

– und diesem Auf und Ab verdankte er, Tengri Lethos, sein einsames Leben in Andromeda.

»Der Brunnen ist der gleiche geblieben«, murmelte er. »Aber die Wasser haben sich verlaufen, sind versickert bis auf einige Tropfen, die darauf warten, mit der ewig jungen Quelle vereinigt zu werden.«

Sekundenlang verschwamm die Umgebung vor seinen Augen: das gigantische Kugelschiff wurde sichtbar. Es stand auf einer farblosen Ebene, die sich hob und senkte. Dafür verschwand der Meister der Insel.

Nur Energieausbrüche größten Ausmaßes konnten eine derartige Instabilität der Ebenen hervorrufen, die durch das größte Beharrungsmoment gekennzeichnet war. Trinar Molat würde vermutlich niemals erfahren, daß er sich für wenige Augenblicke auf einem anderen Energieniveau befunden hatte – ebensowenig wie die Terraner, Maahks und Posbis in unmittelbarer Nähe des Planeten Tamanium.

Allmählich beruhigte sich das schwankende Potential. Die seltsam verzerrten Konturen des MdI schälten sich aus dem wirbelnden Chaos, das eigene Raumschiff versank in der tieferliegenden Ebene, versank für Tengri Lethos' Sinne, weil der Hüter des Lichts seine Wahrnehmungen aus der höherliegenden Ebene bezog, obwohl er sich selbst auf gleichem Niveau mit seinem Schiff befand.

Klarheit!

Jede Regung in Molats Gesicht war für Tengri Lethos erkennbar, jede Einzelheit seines Gesichts, seines Körpers und seiner Umgebung.

Panik!

Der Meister der Insel wurde von einem Gefühlschaos überschwemmt. Er sah seine Niederlage voraus, ahnte, daß sein ewiges Leben in Bälde beendet sein würde, und er sah keine Rettung.

Die Atmosphäre außerhalb der Lenkzentrale kochte. Ein Zufallstreffer hatte einen der Eingänge an der Oberfläche in einen gluterfüllten Krater von einem Kilometer Durchmesser verwandelt.

Der Hüter des Lichts zögerte noch einen Moment, dann konzentrierte er sich auf die Kraft des Sanskari, wandte die freigewordenen Energien des geschulten Geistes gezielt an – und stand im nächsten Augenblick auf dem Energieniveau des größten Beharrungsmoments.

Er hob die Hand – und Trinar Molat fuhr herum. Das Gesicht des MdI verzerrte sich zu einer furchterfüllten Fratze, aber das flimmernde Etwas um seinen Körper und die Waffe in seiner Hand zeigten an, daß er noch immer mit der gewohnten Schnelligkeit und Kaltblütigkeit reagierte.

»Ich komme nicht als Feind!« sprach Tengri Lethos ruhig. Er benutzte dabei die Sprache, die von den Meistern der Insel benutzt wurde, eine Sprache, deren Elemente in allen anderen Sprachen humanoider Intelligenzen vorhanden waren, wenn auch mehr oder weniger abgewandelt.

Molat schien seine Beherrschung wiederzugewinnen.

»Wer sind Sie?« fragte er. »Wie kommen Sie hierher?«

Lethos blickte lächelnd in die flimmernde Feldmündung der tödlichen Energiewaffe.

»Namen sind nur Partikel im Strom des Alls, Trinar Molat. Dennoch will ich Ihren Wunsch gern erfüllen. Nennen Sie mich Tengri Lethos, den Hüter des Lichts. Und stecken Sie Ihre Waffe ruhig weg. Wenn ich feindliche Absichten hätte, so könnte mich ohnehin nichts daran hindern, sie auszuführen!«

Der Meister der Insel zögerte. Dann schob er den Strahler in die Halfter zurück.

Der Hüter des Lichts nickte anerkennend.

Trinar Molat verfügte über große Intelligenz und einen gut ausgebildeten Sinn für Realitäten.

»Zufrieden?« fragte der MdI. Die leichte Ironie in seiner Stimme war nicht zu überhören.

Lethos ging nicht auf die Bemerkung ein.

»Ihre Welt steht vor dem Untergang, Meister der Insel. Ich bin gekommen, um Ihnen meine Dienste anzubieten.«

Molat starrte seinen Besucher verblüfft an.

»Ihre Dienste? Wollen Sie mir gegen die Terraner helfen?«

»Ich helfe Ihnen nicht *gegen* irgend jemanden. Aber ich wäre bereit, zwischen Ihnen und den Terranern und Maahks zu vermitteln. Sie haben große Schuld auf sich geladen, aber das haben die meisten intelligenten Wesen auf Ihrer Entwicklungsstufe. Ihr Verhalten entspringt den geistigen Strömungen dieser Zeitepoche. Darum fühle ich mich nicht zum Richter berufen. Ich würde es nur für vorteilhaft halten, wenn Ihre hohe geistige Potenz, Ihre Erfahrungen und Fähigkeiten in positive Bahnen gelenkt werden könnten. Dazu aber müssen Sie leben.«

»Und wenn ich der Meinung bin, daß meine Handlungen richtig sind und richtig waren? Wenn ich darauf verzichte, mich in Bahnen lenken zu lassen, die Sie positiv nennen?«

»Ich würde es bedauern«, entgegnete Tengri Lethos, und er meinte es ehrlich.

»Aha!« entfuhr es dem MdI. »Dann würden Sie mich töten, nicht wahr?«

Der Hüter des Lichts hob beide Hände.

»Ich töte niemals, Trinar Molat. Sowohl physische als auch psychische Gewaltanwendung sind mir zuwider. Sie entsprechen nicht meinem geistigen Entwicklungsstand. Falls Sie verzichten, Molat, muß ich mich zurückziehen. Doch dann werden Sie von den Terranern oder von den Maahks getötet, denn ich darf niemanden retten, der gewillt ist, weiterhin Leid und Tod über andere intelligente Lebewesen zu bringen.«

Der Meister der Insel preßte die Lippen zusammen. Dann lachte er höhnisch auf.

»Aus Ihren Worten spricht die Verschlagenheit des Heuchlers, Hüter des Lichts. Wem Gewalt zuwider ist, der würde niemals ruhig zusehen, wie ich von den Terranern vernichtet werde. Sie, die Terraner, sind es, die Leid und Tod über Tamanium bringen.«

Tengri Lethos nahm dem MdI die Anschuldigung nicht übel. Er zuckte nur bedauernd die Schultern, und seine Augen verdunkelten sich einen Herzschlag lang, so, als wäre er traurig über das Ausmaß der Verblendung, deren menschlicher Geist fähig war.

»Ich verteidige weder Terraner noch Maahks«, sagte er leise. »Auch sie denken und handeln noch nach dem Grundsatz ›Macht geht vor Recht‹. Aber sie bemühen sich wenigstens, eine humanere Welt zu errichten. Sie ringen mit sich selbst, und wenn sie Gewalt anwenden, um eine Bedrohung abzuwenden, so nur deshalb, weil sie in eine Umwelt hineingeboren wurden, in der Gewalt und List herrschen.«

Er ließ die erhobenen Hände wieder sinken.

»Leben Sie wohl, Trinar Molat – und versuchen Sie wenigstens zu verstehen, warum dort oben über Tamanium der Tod wartet!«

Der Meister der Insel lachte kalt.

»*Sterben* Sie wohl!« sagte er geringschätzig – und konzentrierte sich auf die Mentoschaltungen der Lenkzentrale.

Ein Inferno aus den verschiedensten tödlichen Energieimpulsen tobte plötzlich in der kuppelförmigen Halle. Es wurde so heiß, daß die Warnautomatik von Molats Schirmfeldgenerator ein unüberhörbares Summen ausstieß.

Der MdI wartete, während ringsum Verschalungen schmolzen, Bildschirme vergast wurden und der Boden nur noch aus einem einzigen Meer kochender Glut bestand – und bis das Summen der Warnautomatik zu einem schrillen, hohen Pfeifen wurde . . .

Dann schaltete er die Vernichtungsanlagen ab – kurz bevor sein eigener Individualschutzschirm zusammenbrach.

Der Hüter des Lichts stand unversehrt an derselben Stelle wie zuvor. Er hob noch einmal die Hand, dann verschwand er.

Trinar Molat starrte fassungslos auf die Abdrücke zweier Stiefel, die in der erkaltenden Glut des Bodens deutlich zu sehen waren. Dann wandte er sich schaudernd ab, ließ sich von einem Transmitter zur Ausweichzentrale versetzen und setzte den Kampf gegen seine Todfeinde fort.

Der Bildschirm der Fernbeobachtung zeigte die blauviolett schillernde Energieblase, die sich mitten aus einer grasbedeckten Ebene des Planeten erhob.

Perry Rhodan und Atlan beobachteten, wie die Energieblase anschwoll und dann jählings zerplatzte. Rauchsäulen von mehreren Kilometern Durchmesser breiteten sich nach allen Seiten aus, vergaste Materie wurde bis in den Weltraum geschleudert.

»Energieortung!« krachte es aus dem Interkom. »O-Zentrale an Großadministrator. Energieortung! Ausfall des . . .«

Der Rest der Meldung ging in dem ohrenbetäubenden Dröhnen einer neuen Breitseite der Schiffsgeschütze unter. Die CREST III erbebte in allen Fugen und ächzte unter der grauenhaften Belastung wie ein waidwundes Tier.

Aber weder Rhodan noch Atlan benötigten die Meldung der Ortungszentrale noch. Sie sahen mit eigenen Augen, was sich ereignet hatte.

Der Zapfstrahl war in sich zusammengebrochen – jener Transmissionsstrahl, der bislang die Energie der Sonne Luum angezapft und in die Hauptenergiestation auf Tamanium gezogen hatte.

Der Terraner und der Arkonide sahen sich in die Augen. Beide lasen im Blick des Freundes den Triumph. Die zweite große Bresche war in das Verteidigungssystem der MdI-Zentralwelt geschlagen worden.

Im nächsten Augenblick erbebte das Flaggschiff erneut unter einer Breitseite. Neue Explosionen auf Tamanium wurden beobachtet, und neue Breschen konnten geschlagen werden.

»Näher herangehen!« befahl Rhodan über die Hyperkomverbindung.

Omar Hawks Vorschlag war genial gewesen. Eigentlich hätte ich selbst auf diese Möglichkeit kommen müssen, sagte sich Perry Rhodan. Aber so ist das: Geniale Vorschläge erwiesen sich meist als so einfach, daß man sich hinterher immer wunderte, warum man nicht selbst daran gedacht hatte.

Der Anti-Rematerialisierungsschirm um Tamanium hatte die Wiederverstofflichung von Transformgeschossen erfolgreich verhindert und verhinderte sie vorläufig noch immer. Aber gegen Transformbomben, die auf normalem Wege – nämlich in einem den Linearraum benutzenden Raumschiff – in die unmittelbare Nähe Tamaniums transportiert wurden, war der beste AR-Schirm machtlos.

An eine solche Möglichkeit hatten die MdI gar nicht denken können, weil ihre technischen Möglichkeiten zu groß dafür waren. Diese Schlußfolgerung erschien auf den ersten Blick unlogisch, dabei war sie die einfachste Sache der Welt.

Angreifer, die zwar über starke Bomben, aber nicht über Transformkanonen und Linearflugaggregate verfügten, wären niemals in die Nähe des Planeten gelangt. Von Angreifern aber, die sowohl Transformkanonen als auch Linearraumschiffe besaßen, erwartete man nicht die primitive Lösung derer, die beides nicht besaßen.

Erst mußte jemand kommen, der nicht nur in beiden Bahnen denken, sondern die beiden Denkweisen auch miteinander kombinieren konnte.

Das war geschehen, und nun trommelte das Energiefeuer von eintausend Ultraschlachtschiffen, einigen hundert Fragmentraumern und fast zehntausend Walzenschiffen seit etwa einer Viertelstunde unablässig auf die vom Halbraumfeld entblößte Nordhälfte des

Planeten. Die restlichen Posbis und Maahks waren mit der Duploflotte beschäftigt.

Die beiden Männer aber, die das erst ermöglicht hatten, ließen nichts von sich hören.

Erneut meldete sich die Ortungszentrale. Rhodan hörte zu, wie der Cheforter ihm berichtete, daß das dreißig Kilometer durchmessende Raumschiff des Hüters des Lichts, das vor einer halben Stunde verschwunden war, vor einigen Minuten wieder an der gleichen Stelle aufgetaucht sei.

Der Terraner wölbte die Brauen.

»Was besagt die Energieortung?«

»Nichts, Sir!« kam es zurück. »Keine Energieentwicklung, die auf laufende Aggregate hinweist. Lediglich die normale Streustrahlung der Maschinen des Hathorschiffes war anzumessen gewesen. Sie erlosch, als das Schiff verschwand, und wurde wieder geortet, als es zurückkehrte.«

Rhodan dachte einige Sekunden lang nach, dann zuckte er die Schultern.

»Mit diesem Problem können wir uns später befassen. Ich glaube nicht, daß wir von Tengri Lethos etwas zu befürchten haben.«

Nachdem er abgeschaltet hatte, wandte er sein Gesicht Atlan zu, in der Erwartung, Protest zu vernehmen. Aber ganz gegen seine sonstigen Gewohnheiten verzichtete der Arkonide diesmal darauf, pessimistische Voraussagen zu machen. Er lächelte lediglich.

»Nun?« fragte der Terraner. »Der Große Warner schweigt . . .?«

Atlan nickte.

»Tengri Lethos denkt, wie er spricht. An diesem Mann ist kein Falsch. Falls er tatsächlich auf Tamanium war – mittels einer für uns schleierhaften Methode – hat er wahrscheinlich versucht, den MdI zu Verhandlungen zu bewegen.«

»Und wenn es sich so verhält, dann ist seine Mission fehlgeschlagen«, fügte Perry Rhodan hinzu.

Atlan nahm die Hände vom Kartentisch, als eine metergroße Gestalt darauf materialisierte.

Der Mausbiber sagte:

»Hawk und Kasom befinden sich in der Atmosphäre des Planeten und haben nicht mehr lange zu leben, wenn wir das Feuer nicht wenigstens in dem betreffenden Sektor einstellen.«

Die beiden Umweltangepaßten waren dem Tode geweiht. Sie hatten sich in ungefähr siebzig Kilometern Höhe befunden, als die Strahlbahn eines überschweren Impulsgeschützes nur etwa fünfzig Meter an ihnen vorbeigezuckt war. Die unvermeidbare Energiestreuung rief Kurzschlüsse sowohl in ihren Antigravaggregaten als auch in den Mikro- Impulstriebwerken hervor und führte zu einem unaufhaltsamen Absturz, der nur mit dem Tode enden konnte.

Omar Hawks Helmmikrophone übertrugen das Heulen der Luftmassen, die an der Individualsphäre vorbeirasten. Bisher hatte die Sphäre die Reibungshitze von ihm ferngehalten, und wahrscheinlich würde sie es auch bis zur Oberfläche des Planeten tun. Nur änderte das nichts daran, daß die Aufschlagswucht infolge des ausgefallenen Antigravaggregates ihn töten würde.

Obwohl der Oxtorner den Tod vor Augen sah, bereute er seinen Entschluß nicht, sich zu dem Kommandounternehmen gemeldet zu haben. Es war ein gewisser Trost, daß sich ihr Opfer nicht als vergeblich erwiesen hatte.

Wahrscheinlich, so dachte er in einem Anflug von Zynismus, *wird man uns beiden ein Denkmal errichten oder mindestens eine Gedenktafel an Bord der CREST installieren. ›In heldenhaftem Einsatz und treuer Pflichterfüllung fielen bei der Einnahme des Zentralplaneten der MdI . . .!‹*

Hawk grinste schwach.

Zum Teufel mit allen Gedenktafeln oder Denkmälern! Als ob sie etwa größere Helden wären als jene einfachen Soldaten, die in unzähligen Einsätzen ihr Leben verloren hatten.

Sie waren alle für die Menschheit gestorben, für die Freiheit des Universums und für die Eroberung des Weltraums!

Durch das Heulen und Pfeifen der verdrängten Atmosphäre hindurch vernahm Hawk plötzlich Kasoms Stimme im Helmempfänger.

»Tod und Teufel!« fluchte der Ertruser. »Man hätte uns wenigstens ein Rinderviertelchen als Henkersmahlzeit zubilligen sollen. Es ist gräßlich, mit leerem Magen in die Hölle zu fahren!«

Der Oxtorner gab keine Antwort. Melbars Galgenhumor erschien ihm zu vulgär und zu unpassend, wenige Minuten vor dem Ende. Doch dann sagte er sich, daß jeder Mensch anders auf den bevorstehenden Tod reagierte und daß jeder die Zeit der Todesangst auf andere Art und Weise überbrückte.

»Jeder Mensch muß einmal sterben, Melbar«, sagte er. »Und wir können uns wenigstens sagen, daß unser Tod nicht umsonst war.«

»Das ist ein schlechter Trost!« schrie Kasom unbeherrscht zurück. »Warum schickt man nicht ein Schiff, das uns mit einem Traktorstrahl abfängt?«

Omar Hawk schaltete seinen Helmkom ab. Er verspürte ebenfalls Angst, aber er war der Meinung, daß er sterben wollte, wie er gelebt hatte: wie ein Mann.

Er schloß die Augen und ließ seine Gedanken zurückeilen, zu dem Planeten Oxtorne, zu seiner Frau Yezo und zu seinen Kindern . . .

Als er die Augen wieder öffnete, erblickte er unter sich einen glutgefüllten Krater.

Noch eine halbe Minute, schätzte er, dann würden sie dort unten ankommen.

Er seufzte. Obwohl er wußte, daß der Tod so oder so sofort eintreten würde, empfand er Grauen bei dem Gedanken, mitten in brodelndes Gestein zu fallen.

Die blinkende Ruflampe des Helmkoms lenkte ihn ab. Widerstrebend aktivierte er das Helmfunkgerät erneut.

»Melbar . . .?«

Im gleichen Atemzug sah er, daß der Ertruser nicht angerufen haben konnte. Melbar Kasom war spurlos verschwunden!

»Schutzschirm abschalten!« scholl eine hohe piepsige Stimme aus dem Empfänger. »Abschalten, Omar!«

Gucky! dachte Hawk.

Er schaltete den Sphärenprojektor ab, ohne an die Folgen zu denken, die normalerweise daraus entstehen würden. Gucky war da – und Gucky bedeutete die Rettung.

Er nahm einen Schemen wahr, der aus dem Nichts neben ihm auftauchte – dann stand er plötzlich neben seinem Raumjäger – Hunderte von Kilometern von dem Ort entfernt, an dem er sich soeben befunden hatte.

Der Okrill sprang aus der offenen Kanzel, als er seinen Herrn sah. Die Tatzen seiner acht Beine zerrissen den Boden, wo sie aufprallten. Mit dumpfem Grollen hob das Tier den Schädel und starrte Omar Hawk aus funkelnden Augen an.

Der Oxtorner klappte seufzend seinen Helm zurück. Dann hieb er ihm zärtlich die flache Hand auf das breite Maul.

»Hih, Sherlock!« murmelte er beruhigend.

Sherlock nieste schallend, bei ihm das sichere Zeichen für gute Laune, Wohlbehagen und tiefste Befriedigung.

Noch einmal schlug Omar seinem Okrill auf das halbmondförmig geschwungene Maul. Danach wandte er sich um und nickte dem Ertruser zu, der mit kreidebleichem Gesicht an der silbrig schimmernden Wandung der Moskito-Jet lehnte und offenbar um Fassung rang.

Neben Kasom stand Ras Tschubai. Er hatte den Arm auf Kasoms breiten Rücken gelegt und redete beruhigend auf den USO-Spezialisten ein.

Ein kleines Stück entfernt hockte Gucky auf seinem breiten Hinterteil im Gras. Der Mausbiber produzierte ein schüchternes Grinsen.

Omar trat rasch auf ihn zu und hob ihn impulsiv auf seine Arme.

»Danke, Gucky!« sagte er. »Danke! Wenn du nicht gekommen wärst . . .!«

»Reden wir nicht mehr darüber«, erwiderte der Mausbiber. Er pfiff schrill. »Die Sache mit eurem Herumfliegen während der Schlacht war kein guter Einfall. Ihr hättet hübsch brav hier unten bleiben und nach der nächsten Energiestation suchen müssen.«

Der Oxtorner zuckte die Schultern.

»Der Einfall stammt von Rhodan, Kleiner. Dennoch hätten wir gezögert, ihn auszuführen, wenn wir gewußt hätten, daß ihr auch ohne unsere Mithilfe die Hauptenergiestation Tamaniums trefft.«

»Das war reiner Zufall«, entgegnete Gucky wegwerfend. »Und meiner Meinung nach rechtfertigt der Erfolg noch lange nicht den Fehler, den man in der CREST begangen hat, indem man das Feuer eröffnete, bevor ihr die Zielangabe in die Hand genommen hattet. Wäre die Hauptstation nicht getroffen worden, dann bestünde das Antipsifeld noch immer und wir hätten euch niemals retten können.«

Omar wischte mit der Hand müde über seine Stirn.

»Daran hatte ich überhaupt nicht mehr gedacht.«

»Woran?«

»An das Antipsifeld, Gucky. Weißt du, was der Ausfall bedeutet?«

Der Mausbiber zeigte fröhlich seinen Nagezahn.

»Natürlich! Die anderen Mutanten werden ebenfalls eingreifen. Wartet hier auf Ras und mich. Wir springen zurück zu dem Beiboot, das uns gebracht hat, und holen Wuriu, Baar und André. Zusammen werden wir versuchen, die Lenkzentrale des Planeten zu finden. Die Woolvers sind ebenfalls unterwegs, und soviel ich weiß, warten die Landekommandos der Posbis nur darauf, daß das Abwehrfeuer nachläßt.«

Der Oxtorner lächelte. Plötzlich verspürte er ebenfalls die physische und psychische Erschöpfung, die Kasom schon längst gepackt hatte. Er ließ sich zu Boden fallen, wo er gerade stand, und nickte Gucky zu.

»Verschwindet, ihr zwei! Und kommt bald zurück!«

Der Mausbiber winkte. Ras Tschubai verzog seine wulstigen Lippen zu einem breiten Grinsen. Dann verschwanden die beiden Teleporter; nur die in das entstandene Vakuum prallende Luft zeugte davon, daß sie eben noch dagewesen waren.

Omar Hawk erwachte, als der Boden unter ihm zu schwanken begann. Im Nu richtete er sich auf.

Nacht herrschte über der Nordhälfte Tamaniums.

Aber die Finsternis wurde zerrissen von Hunderttausenden gleißender Strahlen, die aus dem Weltraum herabfuhren und ein Inferno entfesselten, wo sie auftrafen.

Der Horizont bildete eine scharf abgegrenzte Linie gegen das unablässige Aufblitzen der Explosionen. Ohrenbetäubender Donner rollte über das Land. Druckwellen preßten das Steppengras auf den Boden, und die Erschütterungen der Bombeneinschläge rüttelten an den Grundfesten des Planeten.

Mit grauenhaftem Röhren zogen plötzlich einige Hundert blitzespeiende Phantome in geringer Höhe über ihr Versteck. Omar erkannte schemenhaft die kubisch geformten, von unzähligen Vorsprüngen und Einbuchtungen bedeckten Fragmentraumer der Posbis.

Als die Raumschiffe vorübergezogen waren, sanken schwarze Gebilde überall in der Umgebung zu Boden, richteten sich auf und begannen, sich zu Gruppen zu formieren, die in die Steppenlandschaft ausschwärmten.

Der Oxtorner atmete auf.

Das waren die Spezialroboter der Posbis: hunderttausend Kampfmaschinen, von denen es jede mit einer Brigade vorzüglich bewaffneter terranischer Raumsoldaten hätte aufnehmen können. Einstmals hatten die Menschen im Kampf gegen diese Maschinen böse Niederlagen erlitten; jetzt kämpften sie an der Seite der Terraner gegen den gemeinsamen Feind.

Ein Dutzend Posbiroboter näherte sich der aus dem Gras ragenden Moskito-Jet im Gleitflug. Sie kreisten das Fahrzeug ein und schienen auf etwas Bestimmtes zu warten.

Sekunden danach materialisierten plötzlich Gucky und Baar Lun neben dem Raumjäger. Der Modul trug einen Symboltransformer auf der Brust, das einzige Gerät, mit dem eine Verständigung zwischen Menschen und Posbis möglich war. Er sprach einige Sätze, und die Roboter rückten näher.

»Wir nehmen auf vier der Maschinen Platz«, erklärte Lun. »Kasom, Hawk und Sherlock auf je einer, und Gucky und ich auf der vierten. Sie werden uns transportieren, während wir nach einem Meister der Insel suchen. Die restlichen acht Maschinen bilden unseren Begleitschutz.«

Omar nahm wie selbstverständlich auf der stark abgeplatteten Halbkugel Platz, die einen Spezialroboter der Posbis darstellte. Er suchte sich einen Sitzplatz zwischen drei höckerartigen Ausbuchtungen, unmittelbar hinter einem Vorsprung, der dem Verschluß eines Teleskops annähernd glich; es handelte sich dabei um die Abstrahlmündung der Transformkanone. Jene sagenhaften Fiktivtransmitter, die Perry Rhodan einst von dem Unsterblichen auf Wanderer erhalten und später wieder verloren hatte, sollten ähnlich ausgesehen haben.

Melbar Kasom sagte keinen Ton. Das war gegen seine sonstige Gewohnheit, und niemand außer Hawk kannte den Grund dafür. Hawk wußte, daß der Ertruser sich seines unbeherrschten Verhaltens während des Absturzes schämte, daß er unter einem Minderwertigkeitskomplex litt, weil er im Gegensatz zu dem Oxtorner seine Todesfurcht hinausgeschrien hatte.

Omar fühlte sich versucht, Kasom beruhigend zuzureden. Doch er unterließ es, denn dann hätten die anderen möglicherweise etwas bemerkt, und er wollte den Kameraden nicht zusätzlich noch blamieren.

Die kleine Gruppe brach sofort auf, nachdem alle ihre Plätze eingenommen hatten. Mit hoher Geschwindigkeit schwebten die Posbiroboter über das Steppengras. Nach etwa einer Viertelstunde erreichten sie die Zone, in der noch vor kurzem die Fusionsbomben gefallen waren.

Hawk sah glutgefüllte, gigantische Krater, glasierten Boden und zu Schlacke erstarrte Felstürme.

Hier gab es kein Leben mehr. Nicht einmal ein einziges Virus konnte den apokalyptischen Sturm der Vernichtung überlebt haben, der über Tausende von Quadratkilometern hinweggefegt war.

Von Zeit zu Zeit kamen sie an Schächten vorüber, deren Tiefe sie nicht einmal zu ahnen vermochten. Hier hatten Energiestrahlen auf der Suche nach unterirdischen Kraftwerken und Verteidigungseinrichtungen Kanäle von mehreren Kilometern Tiefe gebrannt. Aus den schwarzen Schlünden stiegen Rauch und Dampf, und dort, wo die sonnenheißen Strahlen ein Ziel gefunden hatten, wurden noch immer vergaste Materie und blauweiße Glut in den Himmel geschleudert.

Omar Hawk zweifelte nicht daran, daß der Meister der Insel, der die Planetenfestung lenkte, schon jetzt ausgespielt hatte. Er würde sein eigenes Ende vielleicht noch um Stunden oder Tage hinauszögern können, abwenden konnte er es nicht mehr.

Wie würde es danach weitergehen?

Nun, falls die beiden letzten MdI sich auf Tamanium befanden, gab es dieses Problem nicht mehr.

Aber der Oxtorner war sicher, daß es sich nicht so verhielt. Es wäre taktisch unklug gewesen, und die Meister der Insel besaßen ohne Zweifel nicht nur ein ungewöhnlich hohes Maß an Intelligenz, sondern sie vermochten es auch anzuwenden.

Nach dem Fall von Tamanium würde der Endkampf beginnen.

»Warum lassen sich unsere eigenen Landekommandos nicht sehen?« fragte er den Mausbiber erstaunt, nachdem etwa zum zehntenmal innerhalb dreißig Minuten ein größerer Flottenverband des Imperiums über sie hinweggeflogen war.

Gucky seufzte und sagte in seiner typischen Art:

»Wir wollen den Meister der Insel fangen, nicht wahr? Aber wie soll ich seine Gehirnfrequenzen orten, wenn es auf Tamanium von einer halben Million Raumsoldaten wimmelt, von denen einige immerhin auch denkende Gehirne besitzen . . .?«

Der Oxtorner erwiderte nichts darauf. Er wußte, daß Gucky seine letzte Bemerkung nicht ernst gemeint hatte. Die Raumsoldaten Terras waren keine stumpfsinnigen Befehlsempfänger, sondern wissenschaftlich ausgebildete Spezialisten mit scharfem Verstand und der Fähigkeit, selbst als Einzelkämpfer ihr Ziel nicht aus den Augen zu verlieren.

Der rasende Flug über die Stätten der Verwüstung ging weiter. Im Osten stieg plötzlich gelbrote Helligkeit empor. Zuerst glaubte Oberleutnant Hawk, die Sonne wäre aufgegangen. Doch dann zeigte es sich, daß die Helligkeit von der Oberfläche des Planeten kam. Dort mußte der Boden auf einer riesigen Fläche förmlich kochen.

Ab und zu schossen links und rechts von der kleinen Gruppe Glutsäulen aus dem verbrannten Boden. Die anderen Posbiroboter waren am Werk. Sie spürten mit ihren biopositronischen Sinnen jede Energiequelle auf uns sprengten mit vollkommener Gründlichkeit jede noch so kleine Umformerstation und jedes noch so unbedeutende Verteidigungsfort in die Luft. Dort, wo sie gewesen waren, würde es nie mehr Widerstand geben.

Plötzlich stieß der Mausbiber einen schrillen Pfiff aus.

»Anhalten!« schrie Baar Lun in seinen Symboltransformer. Der Befehl wurde in die Symbolsprache der Posbis übersetzt, und die Kampfmaschinen stoppten ihren Flug.

»Ich habe ihn!« verkündete Gucky triumphierend.

Omar benötigte einige Sekunden, bis er begriff, was der Mausbiber meinte. Aber dann stieß er einen Freudenschrei aus.

Gucky hatte die Gehirnimpulse eines MdI geortet!

23.

Als Trinar Molat erkannte, daß nun auch noch das Anti- Rematerialisierungsfeld ausgefallen war, wußte er, daß ihn nur die Flucht retten konnte.

Er mußte zu dem Großtransmitter des Planeten und sich von ihm auf die Welt am Rande eines Dunkelnebels versetzen lassen, auf der er schon vor Jahrtausenden eine Zufluchtstätte errichtet hatte.

Der Planet Ariakh war der dritte der gelben Sonne Rhabos, eine Welt mit erdähnlich-gemäßigtem Klima, ein Paradies ohne vernunftbegabte Lebewesen. Dort konnte er die weitere Entwicklung abwarten, und von dort würde er eines Tages wieder aufbrechen.

Faktor I wußte nichts davon, und vielleicht würde er glauben, Molat wäre mit Tamanium untergegangen. Dennoch hoffte Trinar, daß Faktor I recht bald von den Terranern unschädlich gemacht wurde, denn noch immer verfügte der Erste der Renegaten über ein Gerät, mit dem er Faktor II über sehr große Entfernungen hinweg töten konnte.

Molat wollte nicht sterben. Es berührte ihn nicht im mindesten, daß die Besatzung der siebzehntausend Duploschiffe auch nicht hatten sterben wollen. Er hatte, wenn auch auf Befehl von Faktor I, eine Reizsendung ausgestrahlt und dadurch die Gehirne der Duplos aufgepeitscht, als sie aufgeben wollten. Dadurch waren diese künstlichen Wesen zu rasenden Ungeheuern geworden, die ihre Schiffe in völliger Verkennung der Kampfsituation gegen die gegnerischen Verbände steuerten. Die innere Angst der Duplos war jedoch geblieben. Sie wurde so stark, daß eine bestimmte Programmierung ihrer Reizempfänger ausgelöst wurde und die Träger tötete. Trinar Molat hatte die dreitausend Schiffe, die bis dahin noch nicht vernichtet worden waren, mitsamt ihren leblosen Besatzungen durch einen Fernimpuls gesprengt.

Und nun griff der Tod nach ihm selbst.

Es würde nicht mehr lange dauern, und er würde auf seiner eigenen Welt nur noch ein Gehetzter sein.

Der MdI lachte schrill, bis sich seine Stimme überschlug.

Die Terraner hatten seine unüberwindliche Festung durch einen Trick erobert. Wenige Stunden später kopierten die Maahks den Trick und durchbrachen auf diesem Wege die Abwehr des dritten Planeten. Auf dem Wasserstoff-Ammoniak-Giganten fühlten sich die Sichelköpfe in ihrem ureigensten Element. Sie benötigten keine Raumanzüge mehr, und wegen der daraus resultierenden größeren Beweglichkeit vollzog sich die endgültige Besetzung des dritten Planeten wesentlich schneller, als es unter der Regie von Terranern möglich gewesen wäre.

Wozu also sollte er sich an verlorene Bastionen klammern!

Er konzentrierte sich auf den Gedankenbefehl, der den Mikro-Situationstransmitter auslösen und ihn zum Großtransmitter befördern sollte.

Doch bevor sich der Transmitterring aufbauen konnte, erschütterte eine furchtbare Detonation die Lenkzentrale. Blauweiße Entladungsblitze zuckten durch die Halle; es roch plötzlich nach Ozon und verbranntem Plastik.

Wie gelähmt lag Trinar Molat auf dem Boden, auf den ihn die Wucht der Erschütterung geschleudert hatte. Immer und immer wieder dachte er den Gedankenbefehl zur Auslösung des Transmitterprojektors – aber kein Energiering umspannte seinen Körper. Es gab nichts, das ihn zum Großtransmitter befördern konnte, nichts außer seinen eigenen Füßen!

Als er den Schock, den diese Erkenntnis ausgelöst hatte, überwunden hatte, stand er auf. Er war nun wieder in der Lage, klar und logisch zu denken.

Nach wenigen Schritten befand er sich an der stählernen Tür des Wandschrankes und hatte sie aufgerissen. Zwei rötlich glimmende Augen blickten ihm starr entgegen. Molat riß einen roten Hebel an der Seitenwand des eingebauten Schrankes herab und trat zurück.

Schwerfällig bewegte sich der Roboter. Er verließ seine Kammer und blieb drei Schritte vor dem MdI stehen.

»Roboter Nusis meldet volle Aktivität. Zu Diensten, Maghan!«

Trinar Molat schluckte.

Der Roboter war trotz seiner technischen Vollendung für ihn ein Anachronismus, ein antiquiertes Werkzeug in einer Zeit, in der es vollautomatische, logisch denkende Maschinen an allen Stellen des

Planeten gab, Maschinen, die jeden seiner Wünsche erfüllten, sobald er den gedanklichen Befehl gab.

Aber nun, da er sich nicht mehr auf seine unzähligen stummen Diener verlassen konnte, mußte er sein Leben diesem plumpen Etwas anvertrauen, aus dessen humanoider Form allein schon seine Unvollkommenheit hervorging.

»Führe mich zum Großtransmitter!« befahl er. »Und beseitige alle Gefahren, die sich mir in den Weg stellen wollen!«

»Ich habe gehört und werde gehorchen!« antwortete der Roboter mit der Formel aus alten Tagen.

Er wandte sich um und ging auf ein verborgenes Schott zu. Trinar Molat folgte ihm.

Der Meister der Insel empfand eine tiefe Niedergeschlagenheit bei der Erkenntnis, daß er ohne den Roboter nicht einmal gewußt hätte, in welche Richtung er sich wenden sollte. Seit mehr als neunzehn Jahrtausenden war er nicht mehr auf das Wissen um die Lage der verschiedenen planetaren Einrichtungen angewiesen gewesen; sein bloßer Wunsch hatte ihn stets dorthin versetzt, wo er zu sein beliebte.

Durch tunnelartige Gänge, über ausgefallene Gleitbänder und solche, die noch funktionierten, führte ihn Nusis, während hoch über seinem Kopf, von ihm durch viele Kilometer festes Gestein getrennt, unablässig schwere Explosionen dröhnten.

Der MdI machte sich keine Illusionen mehr. Der Kampflärm bewies ihm, daß der Gegner den Planeten praktisch schon im Besitz hatte. Es wurde lediglich noch um die einzelnen Abwehrstellungen, automatischen Schaltzentralen und Energiekraftwerke gekämpft.

Nach einer Stunde schmerzten seine Fußsohlen. Er war diese langen Märsche nicht mehr gewohnt, aber der Roboter setzte seinen Weg rücksichtslos und mit unvermindertem Tempo fort.

Endlich blieb Nusis stehen. Er streckte einen seiner metallisch glänzenden Arme aus und sagte:

»Durch dieses Schott kann man den Großtransmitter betreten, Maghan!«

Vor Erleichterung knickten dem MdI die Knie ein. Der Roboter eilte herbei und stützte ihn.

»Trage mich hinein!« befahl Molat. »Bring mich in das Entmaterialisierungsfeld und justiere den Transmitter nach diesen Koordinaten!«

Er zog eine Stanzfolie aus seiner Brusttasche.

Nusis nahm sie entgegen, machte aber keine Anstalten, seinen Herrn aufzuheben und in den Transmittersaal zu tragen.

»Ich bitte um Vergebung, Maghan«, sagte er. »Aber die Verteidigungsautomatik hat den Transmitter gesperrt. Fremde Roboter greifen seit einigen Minuten an und haben bereits den Halleneingang auf der gegenüberliegenden Seite aufgesprengt.«

Die Schwäche verflog schlagartig. Trinar Molat sprang auf, stieß den Roboter von sich und zog seinen Impulsstrahler.

»Öffne das Schott!« befahl er. »Ich will zum Transmitter, und die Roboter werden mich nicht daran hindern!«

Nusis stand völlig starr auf einem Fleck. Dennoch arbeitete er. In seinem positronischen Gehirn bildete sich ein bestimmtes Feldmuster, wurde von einem Verstärker aufgenommen, in einen Sender geleitet und abgestrahlt.

Der Empfänger der Verteidigungsautomatik hatte keine Möglichkeit, den Notbefehl zu ignorieren.

Plötzlich klafften die beiden Schotthälften auseinander.

Molat sprang mit weiten Sätzen zur Mitte der Transmitterhalle. Die Energieschüsse aus dem anderen Teil des riesigen Raumes konnten ihm nichts anhaben – aber sie zerstörten die Justierungsschaltung.

Der Meister der Insel mußte einsehen, daß er zu spät gekommen war.

Nusis gab ihm Feuerschutz, während er die Strecke zurücklief. Aus den Augenwinkeln sah er noch, wie sich seltsam abgeplattete, halbkugelförmige Gebilde in die Halle schoben und gezieltes Feuer auf die zahlreichen in den Wänden installierten Abwehrwaffen eröffneten. Ein vielfarbiges Feuerwerk von kleineren Explosionen huschte geisterhaft über die Wandungen.

»Wohin?« schrie Molat seinen Roboter an.

»Es gibt in der Nähe einen Röhrenbahnhof mit Antigravkapseln. Dort müssen wir hingehen, Maghan!«

Trinar Molat wurde von der Druckwelle eines einschlagenden Strahlschusses gegen die Wand des Tunnels gewirbelt. Ächzend richtete er sich wieder auf.

»Los, Nusis!«

Wenige Minuten später kletterte er in eine der Antigravkapseln. Unterdessen stellte Nusis in der Bahnhofszentrale die Zielautomatik ein. Die Fahrt sollte zum nächsten, nur achtzig Kilometer entfernten Transmitter gehen. Dieser würde zwar nicht in der Lage sein, den MdI zum Planeten Ariakh abzustrahlen, aber es gab auch im Umkreis von wenigen hundert Lichtjahren noch einige geheime Stützpunkte.

Molat wandte sich um und sah seinen Roboter in großen Sprüngen angerannt kommen. Er atmete auf und legte die Hand auf den Aktivierungshebel. Wenn er ihn zurückzog . . .

Plötzlich machte Nusis einen unmotivierten Satz – und nicht nur Nusis. Die Pfeiler, Bodenbeläge und Deckenornamente schwankten. Risse zeigten sich in den Wänden, und grauer Rauch schoß daraus hervor.

Instinktiv zog der Meister der Insel den Aktivierungshebel bis an seinen Körper zurück. Im nächsten Augenblick preßte ihn der Andruck gegen die Lehne des Kontursessels. Der Bahnhof verschwand, und mit ihm der Roboter.

Aber Trinar Molat hatte noch gesehen, wie sich die Decke herabsenkte und die Pfeiler gleich winzigen Holzstäbchen einknickten.

Die Ursache dafür war dem MdI klar: Die fremden Roboter hatten den Großtransmitter gesprengt.

Panische Angst ergriff ihn.

Er versuchte, nicht an die Möglichkeit zu denken, daß auch der nächste Transmitter zerstört war – und der übernächste.

Aber es gab ja Hunderte davon auf Tamanium.

Einer würde noch funktionieren.

»Er befindet sich genau unter uns!« meldete Gucky aufgeregt. »Anscheinend bewegt er sich mit einem unterirdischen Gleitfahrzeug vorwärts. Die Geschwindigkeit beträgt schätzungsweise zweihundert Stundenkilometer.«

Omar Hawk beobachtete den Modul. Baar Lun sprach einige Worte in seinen Symboltransformer, dann wandte er sich dem Mausbiber zu.

»Die Posbiroboter haben den einzigen Großtransmitter Tamaniums gesprengt, Gucky. Offenbar kommt der MdI von dort und versucht, einen kleineren Transmitter zu erreichen.«

»Wir müssen ihm zuvorkommen!« rief der Mausbiber.

Lun nickte und sprach wieder einige Worte in das Übersetzungsgerät. Die Kampfmaschinen, auf denen sie saßen, beschleunigten.

»Ich werde Perry Rhodan über Helmkom zu erreichen versuchen«, sagte Hawk. »Er sollte die Posbis bitten, alle Landungstruppen auf Tamanium abzusetzen.«

»Einverstanden!« erwiderte Gucky nur.

Der Oxtorner stellte seinen Helmkom auf maximale Reichweite und drückte den Rufknopf ein. Nun würde auf der CREST III die Ruflampe aufleuchten und dem betreffenden Funker zeigen, daß ein wichtiges Gespräch für Rhodan abzunehmen war.

Dennoch dauerte es fast zwei Minuten, bis sich dieser meldete.

Omar schilderte ihm in knappen Worten die Lage und trug seinen Vorschlag vor.

Die Antwort ließ ihn aufatmen. Er schaltete den Helmkom ab und wandte sich den Gefährten zu.

»Rhodan hat bereits gehandelt. In diesem Augenblick werden fünfhunderttausend Posbis ausgeschifft.«

Ein dumpfes Grollen am Himmel bestätigte seine Meldung. Die dunkle Silhouette eines Fragmentraumers glitt mit tosenden Triebwerken über die verwüstete Landschaft. Ab und zu zuckten Energieblitze aus den Schlünden seiner Impulswaffen, und hier und da tasteten sich dünne Strahlen nach oben, zerflossen wirkungslos an dem starken Schutzschirm des Schiffes oder rissen Lücken in die herabschwebenden Posbis. Doch dieser Widerstand war nur spärlich und wurde sehr schnell niedergekämpft.

Überall sanken nun metallisch blinkende Lebewesen herab, sammelten sich und bestiegen die gepanzerten Kampfgleiter, die auf Antigravstrahlen vom Himmel glitten.

Baar Lun sprach schon wieder in seinen Symboltransformer.

Er bat die Posbis, so weit wie möglich auszuschwärmen und mit ihren Ortungsorganen nach unterirdischen Transmittern zu suchen.

Währenddessen lauschte Gucky weiterhin in sich hinein. Er konnte die ganz charakteristischen Ausstrahlungen, die das uralte Gehirn des Meisters der Insel abgab, fast mühelos von den eigentümlichen Impulsen der biopositronischen Posbigehirne unterscheiden.

Der MdI bewegte sich noch immer mit der gleichen Geschwindigkeit wie zuvor. Doch die Chancen, ihn rechtzeitig zu fassen, wurden von Minute zu Minute größer. Noch sechs weitere Posbiraumer luden ihre Landekommandos in unmittelbarer Nähe ab. Soweit das Auge reichte, wimmelte es nun von Boden- und Luftfahrzeugen und von marschierenden Kolonnen, die jedes verdächtige Loch im Boden untersuchten.

Omar richtete sich ein wenig auf und blickte zu seinem Okrill hinüber, der es sich auf der Oberfläche eines Posbiroboters bequem gemacht hatte. Sherlock schien der Lärm ringsum nicht das geringste auszumachen. Er schnarchte so laut, daß es noch in einigen hundert Metern Entfernung gehört werden mußte.

Plötzlich schrie Baar Lun auf.

»Die Posbis haben den Transmitter entdeckt!« rief er mit überschnappender Stimme. »Aber es ist nirgends ein Eingang zu finden!«

Gucky erhob sich. Gestützt auf den breiten kellenartig geformten Schwanz, schwenkte er auf seinem Spezialroboter hin und her. Im nächsten Augenblick zerflatterte seine Gestalt wie Rauch im Wind, und er tauchte neben dem Oxtorner auf.

»Hast du einige MKF-Ladungen mit?« fragte er.

Omar nickte.

Sein breiter Gürtel enthielt insgesamt zwölf Plastikkästen mit Mikro-Kernfusions-Ladungen, eigroße Bomben, deren Energieentfaltung je zehn Kilotonnen TNT betrug, genug, um einen Transmitter mittlerer Größe zu Staub zu zerblasen.

Der Mausbiber stellte keine weitere Frage. Statt dessen umklammerte seine Linke plötzlich den Unterarm Hawks.

Dann standen sie in einem schnurgerade verlaufenden Tunnel.

Diffuses Licht erfüllte den Gang; eine blitzende Führungsschiene verlief auf seinem Grund. Von ihr ging ein schwaches Summen aus, das sich rasch zu einem tiefen Brummen steigerte.

»Eine Antigravbahn!« rief Gucky. »Schnell, Omar!«

Mehr brauchte er nicht zu sagen. Der Oxtorner hielt eine der Bomben bereits in der Hand. Er stellte den Zündmechanismus auf zehn Sekunden ein, danach ließ er die Bombe einfach neben die Führungsschiene fallen. Sie rollte noch ein Stück, dann lag sie still: eine geballte Ladung Tod und Vernichtung!

Der MdI würde diesmal nicht entkommen. Entweder flog er beim Überfahren der Bombe in die Luft oder er wurde verschüttet, sobald er die Transmitterhalle betrat, deren Schott in weniger als zwanzig Metern Entfernung dicht neben der Gleitbahn verlief.

Gucky teleportierte mit Hawk wieder nach oben. Die Posbiroboter hatten angehalten. Sherlock war erwacht und begrüßte seinen Herrn mit freudigem Niesen.

Dann schaukelte der Boden ein wenig – und lag wieder still.

Die Bombe war explodiert.

Und der Meister der Insel . . .

»Er ist entkommen!« meldete Gucky mit tonloser Stimme. »Seine Ausstrahlung entfernt sich mit gleichbleibender Geschwindigkeit nach Nordosten!«

»Aber das kann nicht stimmen!« protestierte Omar Hawk.

Der Mausbiber seufzte.

»Entweder hat ihn sein Verstand gerettet, oder der Zufall. Wir alle haben fest damit gerechnet, daß er bei diesem Transmitter anhalten und aussteigen würde. Das erschien uns logisch, da sich der MdI zweifellos auf der Flucht befindet und ein Transmitter seine einzige Rettung darstellt. Offensichtlich aber hat er nicht angehalten, ob aus Intuition oder weil er die schwache Ausstrahlung des Zündmechanismus der Bombe ortete, werden wir wohl niemals erfahren.«

»Wir müssen hinterher!« schrie Kasom mit zornrotem Gesicht. »Wir müssen ihn abfangen, bevor er den nächsten Transmitter erreicht!«

Baar Lun wandte sich mit spöttisch verzogenem Gesicht dem massigen Ertruser zu.

»Das wird der MdI sicherlich vermuten, Kasom. Er wird aus diesem Grund den nächsten Transmitter ebenfalls nicht benutzen – und den übernächsten auch nicht. Seine einzige Chance liegt darin, ein schnelleres Transportmittel als den Antigravzug aufzutreiben und einen Transmitter auf dem Antipoden des Planeten aufzusuchen, so daß wir ihn aus den Augen verlieren.«

»Das ist logisch«, warf Gucky ein. »Aber weißt du eine bessere Lösung als hinter dem MdI herzufahren?«

Lun nickte.

»Während du mit Hawk teleportiertest, habe ich Verbindung mit dem Oberkommando der Posbis aufgenommen und darum gebeten, Trupps mit Spezialspürgeräten auf sämtliche planetaren Transmitter anzusetzen. Die Posbis reagierten prompt. Inzwischen wurden elf Transmitter aufgespürt und vernichtet.«

Der Mausbiber pfiff schrill – bei ihm stets das Zeichen von Erregung positiver und auch negativer Art.

»Alle Achtung, Lun! Anscheinend habe sogar ich dich bisher unterschätzt.«

»Wieso ›sogar ich‹?« warf Omar Hawk ein.

Der Mausbiber kratzte sich intensiv hinter dem Ohr.

»Weil Perry Rhodan und Atlan Luns Umsicht bisher ebenfalls nicht richtig einschätzten. Vor allem der Arkonide vermied es stets, ihn für Sonderaufträge vorzusehen – bis auf die erste Friedensmission bei den Maahks, wo er seine verschrobenen und undisziplinierten Haudegen nicht verwenden konnte, ohne eine Katastrophe zu riskieren.«

»Nun . . .«, bemerkte der Oxtorner trocken, ». . . dann liegt es, zumindest bei Atlan, nicht an einer Fehleinschätzung, sondern daran, daß er wider besseres Wissen seine Lieblinge in den Vordergrund spielt.«

Baar Lun winkte ärgerlich ab.

»Ich würde das nicht dramatisieren, Omar! Natürlich zeugt dieses Verhalten ganz allgemein von einer Charakterschwäche, aber solange sie sich nicht zum Schaden des Imperiums auswirkt, braucht niemand einzugreifen.«

Er lächelte wieder.

»Im übrigen sind auch wir alle nicht frei von derartigen Schwächen. Wenn man jeden Menschen mit dem Idealbild vergleichen würde, das die Psychologen aufgestellt haben, so würde, schätze ich, kaum mehr als einer von zehn Millionen diesem Vergleich standhalten. Wozu sich also aufregen!«

Omar Hawk lächelte ebenfalls, aber es war ein kaltes Lächeln.

»Ganz meine Meinung«, sagte er in schleppendem Tonfall, »nicht aufregen – aber wachsam bleiben!«

Damit wurde das Thema vorläufig abgeschlossen. Die Fahrt ging weiter, während der Modul alle paar Sekunden einen neuen Transmitter als vernichtet meldete.

Wenn dem Meister der Insel kein glücklicher Zufall half, so würde er bald keinen einzigen funktionsfähigen Transmitter mehr auf Tamanium besitzen.

Trinar Molat befand sich in einer Sackgasse.

Die vier Transmitter hinter ihm waren zerstört, und der fünfte vor ihm explodierte gerade in dem Augenblick, in dem er in die Bremsschnecke des Verteilerbahnhofs einfuhr.

Die Explosion verschüttete einen großen Teil aller Tunnelabzweigungen. Ein Deckenstück von mehreren Tonnen Gewicht krachte auf das Heck der Antigravkapsel und verformte es zu einem nutzlosen Klumpen Metallplastik.

Der MdI wartete in der unbeschädigten Kabine, bis der Staub zu Boden gesunken war und sich der Qualm durch Luftschächte und Felsspalten verzogen hatte.

Danach stieg er aus seinem nutzlos gewordenen Fahrzeug.

Der Bahnhof bot ein Bild der Verwüstung. Überall lagen Träger umher, zu seltsamen Figuren verbogen, als beständen sie nur aus dünnem Stahlblech. Trümmer bedeckten die Führungsschienen, ein gezackter Riß in der fünf Meter starken Metallplastikwand zur Linken bot Einblick in das, was einmal eine Transmitterhalle gewesen war. Jetzt sah Molat nichts als brodelnde Glut, die in regelmäßigen Intervallen ihre Ausläufer in die Bahnhofshalle schickte.

Von überallher kam ein unheilverkündendes Knistern, Knacken und Prasseln. Möglicherweise brach das Gewölbe bald völlig ein.

Der Meister der Insel lachte hysterisch.

Die Schallwellen genügten, um einige lose Bruchstücke an der Decke zu lösen und Staubfahnen aus Löchern und Ritzen rieseln zu lassen.

Trinar Molat beruhigte sich sehr schnell wieder. Er hielt seine Lage für ungünstig, aber noch lange nicht für hoffnungslos. Die Terraner konnten längst nicht alle Transmitter auf Tamanium gefunden und zerstört haben. Und ihm würde schon ein einziger genügen . . .

Er schritt bedächtig über die Trümmer. Unter seinen Stiefeln knirschte es. Ein dampfendes Rinnsal flüssigen Metalls fauchte aus dem Riß in der Wand zur Transmitterhalle. Irgendwo gluckerte Wasser.

Aber Molat ging unbeirrt weiter.

Er mußte herausfinden, in welchem der unzähligen Bahnhöfe er sich befand. Erst sobald er das wußte, konnte er seine nächsten Maßnahmen planen. Einst hatten die Wände Kodebezeichnungen getragen, jetzt waren sie verrußt, von Rissen durchzogen oder gänzlich zusammengebrochen.

Langsam schritt der MdI den gewundenen Stollen der Bremsschnecke empor. Je weiter er kam, desto geringer wurde das Ausmaß der Verwüstung.

Und endlich fand er – bereits dicht vor der Einfahrt – die Kodebezeichnung.

Erschöpft und dennoch zufrieden mit sich selbst setzte er sich nieder und verzehrte eine Ration Konzentratnahrung. Ein Schluck Wasser ergänzte das bescheidene Mahl.

Danach kehrte Trinar Molat um.

Mit lächelndem Gesicht durchquerte er die verwüstete Bahnhofshalle, drang in eine der wenigen offenen Abzweigungen ein und tastete sich in der Finsternis vorwärts. Nach einer halben Stunde erreichte er eine weitere Abzweigung.

Er überlegte eine Weile, dann wählte er den Tunnel zur Rechten. Bald sah er in der Ferne einen winzigen Lichtschimmer.

Er atmete auf.

Dort hinten brannte Licht – folglich war das ›Museum der Schläfer‹ unversehrt geblieben!

Trinar Molat hatte es nicht anders erwartet. Mit größter Hoffnung ging er auf das Licht zu. Dabei lachte er leise vor sich hin.

Er entsann sich der Geschichte des Museums der Schläfer.

Damals, als es noch keine Meister der Insel gab, waren überall in Andromeda geheime Widerstandsgruppen gebildet worden, Zusammenschlüsse von Alt-Lemurern, die durch den Gedanken vereint wurden, daß ein Sternenreich nur von einer Diktatur regiert werden konnte.

Die entsprechende Ideologie hatte jene dreizehn Lemurer verbreitet, die später die Meister der Insel werden sollten.

Fünftausend dieser Widerstandskämpfer wurden damals zum Planeten Tamanium gebracht. Es handelte sich um die Elite der lemurischen Wissenschaft und Technik, um diejenigen Männer und Frauen, die entweder selbst umwälzende Erfindungen gemacht oder sich die Errungenschaften von Hunderten fremder Zivilisationen angeeignet hatten.

Diese fünftausend Lemurer waren skrupellos gewesen – aber ihre Auftraggeber hatten sich als noch viel skrupelloser erwiesen.

Nachdem die rechtmäßige Regierung gestürzt und die Macht der Renegaten gesichert war, hatte Faktor I die Ausschaltung der Fünftausend befohlen. Sie waren zu intelligent, zu individualistisch und zu ehrgeizig, als daß man sie als harmlos hätte ansehen dürfen.

Andererseits mochte Faktor I aber nicht auf derartig hervorragende Geistesgrößen verzichten.

Eine Zwischenlösung wurde gefunden.

Heimtückisch lockte man die Wissenschaftler einzeln in eine Unterkühlungsanlage, betäubte sie und versetzte sie in einen zellkonservierenden Tiefschlaf.

Dort sollten sie liegen, bis sie einmal dringend benötigt wurden.

Bis zum heutigen Tag.

Omar Hawk handhabte die überschwere Handwaffe wie ein Kinderspielzeug. Aus der klobigen Mündung fuhren helle Blitze über die Trümmer des Pfortenbunkers, zerpulverten Stahlplastikblöcke und rissen breite Breschen in die Deckung des Gegners.

Ab und zu gab es eine blendende Explosion zwischen den Trümmern. Die zylindrischen, armlangen Schweberoboter wurden langsam, aber sicher dezimiert.

Dennoch blieben sie äußerst ernstzunehmende Gegner.

Die Trümmer dreier Posbiroboter bewiesen es.

Omar warf sich mit einem Hechtsprung hinter den nächsten Trümmerblock, als seine bisherige Deckung sich unter dem Beschuß zweier Desintegratoren auflöste.

Noch im Fallen drückte er den Feuerknopf seines Kombistrahlers ein. Der nach oben steigende Schweberoboter wurde voll getroffen. Aus dem blauweißen Feuerball der Explosion lösten sich winzige Trümmerteile, die zischend in den Boden fuhren.

Der Oxtorner, dessen Schutzschirmprojektor und Antigravaggregat vor wenigen Minuten infolge Überlastung ausgefallen waren – ebenso war es Melbar Kasom ergangen –, versuchte die Stellung der Gefährten auszumachen.

Gucky war nicht zu sehen. Doch das würde niemanden verwundern; der Mausbiber war sicher schon ins Innere der Untergrundanlage teleportiert. Desto dringlicher wurde die Eroberung des normalen Eingangs.

Melbar Kasom tauchte für den Bruchteil einer Sekunde auf. Sein behelmter Kopf ruckte über den Rand eines dampfenden Trichters, dann blendete die Entladung seiner Impulswaffe Omars Augen.

Es scheint typisch für den Ertruser zu sein, dachte Hawk, daß er im Nahkampf keinerlei Furcht zeigte, während er vor Todesangst fast hysterisch geworden war, als er abstürzte – den Tod vor Augen, ohne um sein Leben kämpfen zu können.

Zwei Posbiroboter schossen plötzlich von beiden Seiten auf den zerstörten Pfortenbunker zu. Ihre Strahlwaffen feuerten ununterbrochen und säten Verwüstung. Aber sie kamen gegen die relativ kleinen Metallzylinder nicht an. Fünfzig Meter vor dem Bunker flogen sie in die Luft.

Omar Hawk duckte sich, preßte sich gegen den verbrannten Boden, während die glühenden Trümmer rings um ihn herniederprasselten. Noch bevor sich die beiden Rauchwolken verzogen hatten, streckte er den Kopf aus der Deckung und gab einige kurze Energieschüsse auf die Trümmer des Bunkers ab.

Mit häßlichem Krachen explodierte einer der gegnerischen Roboter.

Zwei andere stiegen plötzlich auf und eröffneten das Feuer aus einer Höhe von ungefähr fünfzig Metern.

Omar mußte seine Deckung verlassen. Er sprang in den nächsten Trichter, entging mit knapper Not einem Desintegratorschuß, der die Wandung des Trichters zur Hälfte vergaste, und rannte geduckt und im Zickzack auf einen halb ausgebrannten Stahlplastikklotz zu, dabei im Laufen nach oben feuernd.

Ein sonnenheller Energiestrahl fauchte genau auf ihn zu, traf seine Brust und wirbelte ihn einige Meter weit fort.

Er fand sich in einer tief eingebrannten Bodenfurche wieder, betastete seinen Körper und stellte verblüfft fest, daß er vollkommen unverletzt war. Lediglich das Brustteil der Kampfkombination wies einen schwarzen Fleck von der Größe dreier Handflächen auf.

Baar Lun! dachte er dankbar. Der Modul muß die Energie des Schusses zu Wasserstoff transformiert haben! Bis auf einen unbedeutenden Rest, der gerade ausreichte, mich durch seine Aufschlagwucht fortzuschleudern!

Er wälzte sich auf den Rücken und zielte auf einen der beiden in der Luft schwebenden Roboter, die inzwischen mit ihrem Feuer Melbar Kasom aus seiner Deckung getrieben hatten.

Einer der Zylinder explodierte.

Der zweite begann plötzlich zu trudeln und schlug unmittelbar neben dem Oxtorner auf.

Mißtrauisch beäugte Omar das tödlich gefährliche Gebilde. Doch es rührte sich nicht mehr; kein Energiestrahl verließ die geschwärzten Waffenmündungen.

»Er ist unschädlich!« ertönte Luns Stimme in seinem Helmempfänger. »Ich habe die Feldsteuerung unterbrechen können!«

Erleichtert ließ sich Hawk zurücksinken.

»Wir stürmen in einer Minute!« gab er bekannt. »Lun und Melbar geben mir Feuerschutz. Lun, teilen Sie bitte den Posbirobotern mit, sie möchten den Trümmerhaufen umgehen und zangenförmig angreifen, sobald ich das Zeichen dazu gebe!«

Der Modul bestätigte.

Dreißig Sekunden später hatten die Posbis ihre Ausgangsstellungen eingenommen. Omar Hawk gab das Zeichen zum Angriff.

Blitzartig schossen die restlichen Spezialroboter vor. Sie wurden von einem vernichtenden Feuerhagel empfangen und erlitten starke Verluste. Aber der Angriff erreichte seinen Zweck; die MdI-Roboter wurden von den Terranern abgelenkt.

»Los!« befahl Omar.

Er sprang auf und raste in weiten Sprüngen auf den Trümmerberg zu. Seine für 4,8 Gravos ausgebildeten Muskeln verschafften ihm einen unschätzbaren Vorteil.

Während das Feuer Luns und Kasoms mit Wucht zwischen die Trümmerblöcke schlug, erreichte Omar die erste Stellung der zylindrischen Roboter. Er schoß kaltblütig und sparsam, wechselte nach jedem Feuerstoß die Stellung und konnte die Zylinder aus ihren Deckungen vertreiben.

Die feindlichen Kampfmaschinen stiegen empor und versuchten einen Angriff von oben.

Das war ein taktischer Fehler.

Sie wurden von den Posbirobotern und den Menschen abgeschossen, bevor sie ihnen selbst gefährlich werden konnten.

Unterdessen erreichte Oberleutnant Hawk den halb verschütteten

Eingang. Es handelte sich dabei um einen ovalen Doppel-Antigravlift – und er funktionierte noch einwandfrei.

Hawk pfiff dem Okrill und ließ sich einfach in das abwärtsziehende Feld gleiten, obwohl er sich der Gefahr voll bewußt war. Wenn jemand unten an den Antigravschaltungen Wache hielt, brauchte er nur den Lift zu desaktivieren, und sie alle würden sich zu Tode stürzen – außer Baar Lun, denn die Flugaggregate seines Kampfanzuges waren nicht ausgefallen wie die von Hawk und Kasom.

Aber nichts ereignete sich, und zehn Minuten später berührten die Füße der Männer den Grund des Liftschachtes.

Noch während sie sich suchend umsahen, materialisierte Ras Tschubai neben ihnen.

Der Afro-Terraner schien sehr erregt zu sein.

»Trinar Molat befindet sich in der Nähe!« stieß er hervor.

Melbar Kasom lachte dröhnend.

»Und deshalb machen Sie ein so belämmertes Gesicht, Ras?«

»Deshalb nicht!« erwiderte der Teleporter trocken. »Sondern wegen der Tausende von Verrückten, die in den Anlagen toben!«

Trinar Molat sah sich hundertfach und zu seltsamen, skurrilen Spiegelbildern verzerrt in den gläsernen Wandungen der riesigen Halle.

Seine Spiegelbilder irritierten ihn, weil seine eigene Angst in ihren verzerrten Gesichtern vervielfältigt wurde.

Die Impulswaffe in seiner Hand ging ohne sein bewußtes Dazutun los und riß ein klaffendes Loch in eine der acht Spiegelwände. Geschmolzenes Glassit vermischte sich mit einer gelbgrünen, gallertartigen Flüssigkeit. Dampf quoll auf; es roch nach verbrannten organischen Stoffen.

Mit hervorquellenden Augen starrte der Meister der Insel auf die geschwärzte Gestalt, die aus der zerschossenen Gruftwabe glitt und auf dem Boden zusammenbrach.

Er mußte sich übergeben.

Danach rannte er weiter. Die Waffe hatte er fallen gelassen, ohne es überhaupt zu bemerken. Er merkte auch nicht, daß er schrie. Grauen und Furcht hatten ihn gepackt und hielten ihn in ihrem Würgegriff, zerstörten seinen Verstand und trieben ihn zu einer Wahnsinnstat.

Molat erreichte irgendwie die kleine Kammer, in der sich die Wiedererweckungsschaltung befand.

Ohne sich über die Folgen seiner Handlung im klaren zu sein, riß er die plombierten Hebel bis zum Anschlag nach vorn. Eine uralte Maschinerie lief mit tiefem Summen an. Kontrollampen blinkten und flackerten, und eine Lautsprecherstimme schrie mit blechernem Klang eine Warnung nach der anderen hinaus.

Trinar Molat hörte nicht zu.

Er wußte nicht, was er soeben angerichtet hatte. Er begriff nicht, daß die mechanische Stimme ihn ununterbrochen aufforderte, die Hebel der Wiedererweckungsmaschinerie auf die erste Stufe zurückzuschieben, da die Wiedererweckung der Schläfer sonst zu abrupt erfolgte und keinen Dauererfolg versprach.

Erst als die brüllenden, nackten Gestalten vor dem offenen Schott der Kammer vorüberwankten, erkannte er, was er angerichtet hatte.

Doch da war der Fehler bereits irreversibel geworden, und aus dem gleichen Grund hatte die Lautsprecherstimme ihre Bemühungen aufgegeben.

Dennoch stieß der MdI die Hebel zurück. Die Maschinengeräusche verstummten; dafür drang das grauenhafte Brüllen nun deutlicher herein.

Mit zitternden Knien taumelte Trinar Molat durch die Tür. Eine Horde Nackter umringte ihn johlend, schrille Schreie brachen sich an den Spiegelwänden.

Plötzlich zerstreuten sich die Wiedererweckten. Schreiend rannten sie durch das Tor, das zu den Schaltanlagen der geheimen Nebenzentrale führte.

Der Meister der Insel tappte durch Pfützen somatischer Flüssigkeit und durch Kot. Sein Gesicht hatte die grüngelbe Färbung der Schlaftankflüssigkeit angenommen. Immer neue Scharen von Wiedererweckten tauchten aus den einzelnen Gruften auf, stürmten brüllend vorüber und ergossen sich gleich einer Sturmflut in die unterirdischen Anlagen.

Molat taumelte auf den Ausgang zu. Sein Magen drehte sich wieder und wieder um, obwohl er längst leer war. Speichelfäden rannten ihm aus den Mundwinkeln, und seine Augen flackerten in irrem Glanz.

Nur fort von hier!

Nur heraus aus diesem Hexenkessel des Wahnsinns!

Nach wenigen Minuten stand er vor den Schaltungen eines Doppellifts, der an die Oberfläche Tamaniums führte.

Er überlegte.

Sollte er es wagen, an die Oberfläche zu gehen?

Oder sollte er in den weniger verwüsteten Nebenanlagen des Bahnhofs nach einem intakten Fahrzeug suchen?

Er entschied sich für die Oberfläche.

Doch bevor er den eigentlichen Lift noch betreten hatte, leuchteten die Warntafeln grellrot auf. Schriftbilder meldeten Gefahr, und eine mechanische Stimme verkündete, daß Terraner und seltsame Roboter den Pfortenbunker des Lifts angriffen.

Der MdI drehte sich um und rannte, wie von Furien gehetzt, den Weg zurück, den er eben erst gekommen war.

Er bemerkte nicht, daß hinter ihm eine kleine Gestalt im Kampfanzug materialisierte – aber auch der Eindringling sah ihn nicht, weil er von einer Horde Wiedererweckter angegriffen wurde, die aus einem Seitengang gerannt kamen.

Er sah ihn nicht – aber er empfing die Gehirnimpulse des Meisters der Insel, die mehr und mehr von den Impulsen Wahnsinniger überlagert wurden.

Trinar Molat erreichte unterdessen eine der zahlreichen Schalthallen. Er hatte das warnende Flüstern seiner Helmautomatik nicht überhört und wußte, daß jenes kleine Wesen über die Gabe der Teleportation und Telepathie verfügte.

Die Schlußfolgerung daraus lag auf der Hand.

Der Fremde hatte ihn offenbar an den charakteristischen Ausstrahlungen seines Gehirns erkannt und war aufs Geratewohl teleportiert. Und nun suchte er in dem Gewimmel der vielen Impulse wahnsinniger Hirne wiederum nach seinem Gedankenmuster.

Gewiß, der Kleine würde ihn nicht töten können. Aber er brauchte nur seine Truppen heranzuholen, und gegen diese gab es keinen dauernden Widerstand.

Trotz dieser Erkenntnis rechnete sich der Meister der Insel noch eine reelle Chance aus. Die Wiedererweckten würden mit den überstarken Ausstrahlungen ihrer geschädigten Gehirne seine eigenen Impulse überlagern. Er selbst brauchte sich nur unter sie zu mischen, um dem Telepathen zu entkommen.

Er blieb stehen und riß sich den Schutzanzug vom Leib. Völlig nackt setzte er seinen Weg fort. Nun war er weder bewaffnet noch gegen das Feuer aus Strahlwaffen gefeit, aber wenigstens würde ihn nun niemand mehr von den Tobenden unterscheiden können, zumal er in der Lage war, seine bewußten Gedanken gegen den Telepathen abzuschirmen.

Brüllend und tobend bewegte er sich in der Menge, die den Experimentiersaal bevölkerte. Bald war Molat ebenso beschmutzt wie die Wahnsinnigen und unterschied sich äußerlich nicht mehr von ihnen.

Dennoch empfand er maßloses Grauen bei den Experimenten, die von den Wiedererweckten durchgeführt wurden. Diese bedauernswerten Kreaturen verfügten noch immer über ihr großes Fachwissen und über die Fähigkeit, komplizierte Schaltvorgänge in logischer Folge durchzuführen.

Die Kontrollen zeigten an, daß mit Hunderten von Sonnen Andromedas experimentiert wurde, daß Novä entstanden, Planeten verbrannten und Monde aus ihren Bahnen gelenkt wurden. Das Experimentierzentrum auf Tamanium stellte lediglich die Schaltstelle dar, von der aus Versuche im galaktischen Bereich gesteuert werden konnten.

Molat riß ebenfalls an Hebeln, preßte Schaltplatten ein und tippte Programmierungen in Eingabesektoren. Aus den Augenwinkeln beobachtete er das kleine Wesen, das ihm einen solchen Schrecken eingejagt hatte. Neben ihm war noch ein anderes Wesen aufgetaucht, ein Terraner mit schwarzhäutigem Gesicht.

Der MdI kicherte in sich hinein, als er sah, wie ratlos die beiden Eindringlinge sich umblickten.

Sie würden ihn niemals entdecken.

Grölend schloß er sich einer Gruppe Wiedererweckter an und wankte mit ihnen unmittelbar an den beiden Fremden vorüber. Er sah die Blicke, mit denen er gemustert wurde, aber sie ruhten auf ihm nicht länger als auf den anderen. Und die Mentalität der Terraner und ihrer Hilfstruppen war ihm bekannt. Sie würden niemals auf Wehrlose schießen.

Triumphierend hieb er auf eine Schaltleiste.

Doch dann entdeckten seine Augen etwas, das alle alten Ängste erneut durchbrechen ließ.

24.

Omar Hawk fühlte Übelkeit in sich aufsteigen, als er die nackten, beschmutzten Gestalten brüllend durch die riesige Schalthalle taumeln sah.

Was waren das für Wesen, die aus den Grüften gestiegen waren, um ihren Wahnsinn auszutoben?

Was versprach sich dieser Trinar Molat davon, eine Armee von Irren zu mobilisieren?

Sie konnten mit den Ausstrahlungen ihrer kranken Hirne doch niemals die Gedankenimpulse eines Meisters der Insel überlagern!

»Doch, sie können es!« sagte Gucky, der neben ihm materialisierte. »Der MdI vermag seine bewußten Gedanken abzuschirmen. Nur ein einziges Mal vergaß er es, und dabei erfuhr ich wenig mehr als seinen Namen. Jetzt ist er verschwunden. Wahrscheinlich steht er selbst auch dicht am Rande des Wahnsinns, sonst würde ich sein Hirnwellenmuster trotz allem erkennen.«

»Du meinst, er hielte sich zwischen den Wiedererweckten auf?«

Der Mausbiber nickte.

»Das ist seine einzige Chance, einem Telepathen zu entgehen, Omar.«

Er legte den Kopf schief, als horche er in sich hinein.

»Soeben landen Rhodan und Atlan mit dem Stab. Ich werde hinaufspringen und ihnen den Weg zeigen!«

Im nächsten Augenblick war er verschwunden.

Kurz darauf strömten Hunderte von terranischen Kampfrobotern aus dem Liftschacht. Sie marschierten mit ruhigem Schritt an den Hallenwänden entlang und ergossen sich gleich einem Strom in die verschiedenen Nebengänge. Ihre Schritte dröhnten dumpf.

Die Wiedererweckten kümmerten sich kaum um die Kampfmaschinen. Sie führten ihre unverständlich scheinende Tätigkeiten mit wahrem Fanatismus aus, und die Roboter hatten Befehl, keine Gewalt anzuwenden.

Perry Rhodan erschien nach der zehnten Robot-Hundertschaft. Er wurde von einem Sicherheitskommando der extornischen Blauen Tiger abgeschirmt.

Kommandos schallten durch die Halle, Stiefel trampelten über den Boden, einige versprengte Wiedererweckte wurden mit sanfter Gewalt aus dem Raum gedrängt. Die breitschultrigen Männer mit den silbrig schimmernden Kampfkombinationen und dem stilisierten, metallisch blauen Tigerkopf auf den Brustteilen bewegten sich ohne überflüssige Worte und so geschmeidig wie das Wappentier ihrer Eliteeinheit.

Hawk spürte, wie bei ihrem Anblick das Heimweh in seiner Brust zu stechen begann. Am liebsten hätte er in diesem Augenblick alles im Stich gelassen und wäre in ein Raumschiff gestiegen, das ihn in die heimatliche Milchstraße und nach Oxtorne brachte. Aber diese Anwandlung hielt nicht lange an. Er wußte, daß eine Heimkehr noch lange nicht möglich sein würde. Zu viele Aufgaben waren noch in Andromeda zu erledigen, und es wäre zur Zeit nicht einmal ein einziges Beiboot freigewesen für den Heimflug.

Er wandte sich dem Großadministrator zu.

Rhodan war blaß. Grauengeschüttelt beobachtete er die Wiedererweckten.

»Furchtbar!« stieß er mit rauher Stimme hervor.

Zwei Frauen in den Kombinationen von Militärwissenschaftlern traten auf Perry Rhodan zu.

Hawk hörte, wie die eine meldete, daß nach den bisherigen flüchtigen Untersuchungen die Wiedererweckten höchstwahrscheinlich Alt-Lemurer seien, die man vor Jahrzehntausenden eingefroren habe.

Die nächsten Worte der Wissenschaftlerin gingen in Entsetzensschreien unter.

Der Oxtorner konnte nicht erkennen, wer geschrien hatte, aber er entdeckte plötzlich zwei Lemurer, die zu Boden gesunken waren und deren Körper zerbröckelten, als bestünden sie aus porösem Kalk. Sie lösten sich förmlich auf, ihre Augen brachen, und die Glieder wurden zu Staub.

»Sie wurden zu plötzlich aufgeweckt!« stellte eine der Wissenschaftlerinnen fest. »Außerdem hat man sie nach der Erweckung nicht mit den notwendigen kreislaufstabilisierenden Medikamenten,

Zellaktivierungsbestrahlungen und Ultraschallmassagen versorgt. Sie werden sterben wie diese beiden – alle!«

Omar Hawk fühlte, wie ihm die Knie weich wurden. Er lehnte sich an die Wand und sah mit weit aufgerissenen Augen zu, wie sich drei weitere Alt-Lemurer aufzulösen begannen.

Perry Rhodan erteilte mit lauter Stimme den Befehl, ein Ärzteteam und einige hundert Medo-Roboter auf Tamanium zu landen und zu retten, was von den Wiedererweckten noch zu retten sei. Danach setzte er sich an die Spitze seines Stabes und ging hinter den ›Blauen Tigern‹ her, die mit schußbereiten Strahlgewehren in Halbkreisformation vorausmarschierten. Die Offiziere seines Stabes folgten ihm schweigend und mit blutleeren Gesichtern. Keiner von ihnen blieb unberührt angesichts des grausigen Geschehens, das sich vor ihren Augen abspielte und das sie nicht aufhalten konnten.

Omar und Baar Lun schlossen sich dem Stab an. Sie wollten in der Nähe Rhodans bleiben, um im Notfall eingreifen zu können – denn noch immer verbarg sich Trinar Molat unter den Tobenden, unerkannt und auf eine Möglichkeit sinnend, das Schicksal doch noch zu seinen Gunsten zu wenden.

Man mußte mit allem rechnen.

Aber in den nächsten Minuten ereignete sich nichts von dem, was er insgeheim befürchtete – und als dann etwas geschah, war niemand darauf vorbereitet.

Überall in Andromeda kämpften Verbände der Duplo-Flotte gegen die schwarzen, walzenförmigen Maahkraumschiffe, die mit unerhörter Wucht jedes Stützpunktsystem angriffen, das sie gefunden hatten.

Die Duplobesatzungen waren zum Teil psychisch instabil. Dennoch führten sie ihre Befehle mit der Routine geschulter Kämpfer aus. Ihre Raumschiffe hatten eine ausgezeichnete Bewaffnung aufzuweisen.

Die Maahks erlitten hohe Verluste.

Nach insgesamt drei Tagen stand der Kampf fast überall noch unentschieden. Stützpunktplaneten der MdI wurden bombardiert und von maahkschen Landekommandos besetzt. Aber meist vermochten sie diese Welten nicht lange zu halten. Verborgene Roboteinheiten brachen aus dem Innern der Planeten hervor und griffen die Maahks an, während aus dem Raum gleichzeitig die Gegenangriffe der Duplos einsetzten. So kam es, daß manche Welten ihren Besitzer im Laufe eines Tages dreimal wechselten.

Die Ereignisse im Taro-System unterschieden sich nicht wesentlich von den Ereignissen in anderen Stützpunktsystemen der MdI.

Rund fünfhundert Maahkraumschiffe befanden sich in erbittertem Kampf gegen etwa dreihundert 1000-Meter-Kugelraumer der Duploflotte. Ihre zahlenmäßige Unterlegenheit glichen die Duplos durch ihre besseren Waffen aus, denn noch längst nicht alle Maahk-Verbände waren mit den verbesserten Konverterkanonen ausgerüstet worden.

Allmählich drängte der Duplo-Verband die Maahks aus dem System.

Schon glaubte der Kommandant der Maahkflotte, seine Einheiten wären zum Untergang verurteilt, als alle Hyperfunkempfänger ausschlugen. Ein irrwitziges Getöse war zu hören, und kurz darauf gab es plötzlich unzählige gigantische Explosionen zwischen den pulkförmig gruppierten eigenen Schiffen.

Bevor der Maahk-Kommandeur wußte, was überhaupt vorging, existierte kein einziges Duploschiff mehr.

Nur expandierende Wolken glühender Gase trieben zwischen den eigenen Pulks dahin . . .

Omar Hawk sah den Kommunikationsroboter heraneilen. Die annähernd würfelförmige Maschine mit den breiten Gleisketten stieg mit Hilfe ihres Feldtriebwerkes in die Höhe und schwebte dann auf Perry Rhodan zu.

»Wichtige Meldung vom Maahk-Kommando!« schnarrte die Automatenstimme. »Hyperkomspruch vom Kommandanten der Maahkflotte im Luum-System, Sir!«

Perry Rhodan blieb stehen. Der Kommunikator senkte sich vor ihm auf den mit somatischer Flüssigkeit bedeckten Boden.

»Verbindung herstellen!« befahl Rhodan knapp.

Gleich darauf ertönte die Stimme des Maahks:

»Grek-1 an Perry Rhodan! Grek-1 an Perry Rhodan! Bitte kommen!«

»Hier Rhodan!« sagte der Terraner. »Ich höre!«

Auf seiner Stirn bildete sich ein Netz feiner Schweißperlen, das untrügliche Zeichen für seine hochgradige Erregung.

Auch Omar Hawk war erregt.

Der Regierungschef der vereinigten Maahkvölker, der gleichzeitig die Flotte im Luum-System befehligte, würde niemals ohne schwerwiegenden Grund während der Kampfhandlungen anrufen.

War etwa eine neue Einsatzflotte der MdI aufgetaucht?«

»Vor wenigen Minuten haben unsere Hyperfunkempfänger unidentifizierbare Signale empfangen. Kurz danach erhielten wir Meldung von unseren Verbandskommandeuren, die überall in Andromeda im Einsatz sind. Es handelt sich dem Wortlaut nach tatsächlich bei allen Berichten um ein und dieselbe Meldung.

Die Schiffe der Duplos im Raum Andromedas explodierten zur gleichen Zeit und ohne Ausnahme. Etwa fünfhunderttausend dieser schweren Schlachtschiffe existieren nicht mehr.

Es besteht der Verdacht, daß dieser Vorgang durch eine Vernichtungsschaltung ausgelöst wurde und alle Duplos in Andromeda getötet hat. Verfügen Sie über Anhaltspunkte, ob die entsprechende Schaltzentrale sich auf Tamanium befindet?«

Hawk sah, wie Rhodans Blick von der Bildscheibe des Kommunikators über die umherhastenden, taumelnden Gestalten der Alt-Lemurer wanderte.

»Ja!« stieß Rhodan schließlich zwischen zusammengebissenen Zähnen hervor. »Wir sind soeben in ein unterirdisches System eingedrungen, das möglicherweise diese Schaltanlage beherbergt. Ende!«

»Ich rate Ihnen, sämtliche Schaltanlagen in dem genannten System außer Betrieb zu setzen«, erscholl wieder die Stimme von Grek-1. »Meine Flotten beobachteten noch andere Phänomene. Vierzehn Sonnen entwickelten sich im Verlauf dieses Tages zu Novä, und eine unserer Stützpunktwelten am Rande Andromedas wurde vernichtet, als ihre beiden Monde plötzlich aus ihren Bahnen scherten und auf die Planetenoberfläche stürzten.«

Das Gesicht des Terraners wurde zur undurchdringlichen Maske.

»Ich danke Ihnen, Grek-1«, erwiderte er mit tonloser Stimme. »Wir sorgen dafür, daß die Schaltanlagen schnellstens desaktiviert werden. Ende.«

»Danke, Ende!«

Omar bemerkte, wie Perry Rhodan die Hand zum Helmfunkgerät hob.

Gleich danach vernahm er die vertraute Stimme in seinem Empfänger.

»Rhodan an alle auf Tamanium befindlichen menschlichen und robotischen Einheiten! Ab sofort sind sämtliche entdeckten Schaltanlagen außer Betrieb zu setzen. Alt-Lemurer, die sich an solchen Anlagen zu schaffen machen, müssen schnellstens davon entfernt werden. Notfalls sind sie zu paralysieren! Einzelne Menschen und Roboter, die von ihren Vorgesetzten vorübergehend abgeschnitten sind, handeln nach eigenem Ermessen. Ende!«

In der Halle brach ein Tumult aus.

Die ›Blauen Tiger‹ griffen energisch ein. Ihren Körperkräften vermochte kein Lemurer zu widerstehen. Sie zerrten die Wahnsinnigen von den Kontrollen und Schaltanlagen weg und übergaben sie den Medo-Robotern, die soeben eingetroffen waren.

Auch die terranischen Kampfroboter handelten schnell und präzise. Einige von ihnen faßten sich an und bildeten Kreise, in die ihre Artgenossen jene Lemurer schoben, die nicht sofort von den Medo-Robotern abtransportiert werden konnten.

Das furchterregende Gebrüll, das in allen Hallen und Gängen anhub, stammte nur von den protestierenden und Amok laufenden Wiedererweckten.

Als das angeforderte Ärzteteam erschien, befahl Perry Rhodan, die Alt-Lemurer einer Sofortbehandlung zu unterziehen und danach in die Raumschiffe zu verfrachten, die unterdessen gelandet waren.

Eine großangelegte Rettungsaktion lief an.

Doch schon nach einer Stunde zeigte es sich, daß alle Bemühungen erfolglos bleiben würden. Die Wiedererweckten starben entweder beim Transport oder unter den kybernetischen Rettungsgeräten an Bord der Raumschiffe, sofern sie nicht bereits vor der Gefangennahme zu Staub zerfallen waren.

Rhodan stand in dem ganzen hektischen Betrieb, dem Lärm und dem Hasten wie ein Fels in der Brandung. Doch die undurchdringliche Maske, die sonst seine Gefühle verbarg, wenn er stark erregt war, zerbrach unter der gewaltigen seelischen Erschütterung, die der grausige Anblick hervorrief.

Die dort und in den Schiffen zu Tausenden starben – waren Menschen – Menschen des Ersten Imperiums, Männer und Frauen aus dem gleichen lemurischen Volk, dem sowohl die Terraner als auch die Arkoniden, die Moduls und die Akonen entsprossen waren.

Ein furchtbares Verbrechen hatte sie zum vieltausendjährigen Tiefkühlschlaf verurteilt – und ein wahnwitziger Verbrecher hatte sie aufgeweckt, damit sie endgültig starben.

Aber dieser Verbrecher würde seinem Schicksal nicht entgehen, denn je mehr der Wiedererweckten starben, desto leichter mußte es dem Mausbiber fallen, Trinar Molats Gehirnfrequenzen zu orten.

Trinar Molat erkannte mit Entsetzen, daß seine Tarnung von Sekunde zu Sekunde unwirksamer wurde.

Er rannte mit fliegenden Pulsen und keuchendem Atem durch Korridore, über Spiralrampen und durch geisterhaft leere Hohlräume. Nur ab und zu noch traf er auf einzelne lebende Alt-Lemurer, die schreiend und tobend umherirrten.

Der Meister der Insel befand sich selbst in den imaginären Klauen des Wahnsinns. Dennoch hatte er die Zielstrebigkeit seines Denkens und Handelns nicht eingebüßt.

Er wußte genau, was er suchte.

Außer dem Museum der Schläfer gab es ein zweites Museum unter der Oberfläche Tamaniums, das Fremdrassenmuseum. In ihm waren im Verlauf der letzten Jahrtausende etwa achttausend verschiedenartige Lebewesen untergebracht worden, meist halbintelligente Geschöpfe und wilde Tiere, die man auf allen möglichen Planeten des Andromedanebels eingefangen hatte.

Das Fremdrassenmuseum bildete ein Prunkstück unter den Ausstellungen der MdI – ein Prunkstück freilich, das nur dem eigenen Vergnügen diente, denn Tamanium durfte von Außenstehenden nicht betreten werden.

Dort erhoffte sich Trinar Molat Rettung. Dort wollte er den Terranern endgültig entkommen.

Er holte die letzten Reserven aus seinem Körper heraus. Weit hinter sich hörte er das rhythmische Stampfen terranischer Kampfroboter. Dieses Geräusch nahm an Lautstärke zu, schwoll in Molats Unterbewußtsein zu dem dumpfen Tönen eines Zeitmessers an, der die letzten Minuten bis zu seiner Hinrichtung zählte: unerbittlich und unabwendbar.

Er stolperte über den zerfallenden Körper eines Wiedererweckten und schlug lang hin. Einen Herzschlag lang glaubte er, niemals mehr aufstehen zu können. Er fühlte sich ausgepumpt und kraftlos. Schweiß rann an seinem nackten Körper herab, die Haare hingen in Strähnen über die Augen, und der Mund füllte sich mit ekelerregendem Staub.

Aber dann stemmte er sich hoch, taumelte einige Schritte und verfiel wieder in einen leichten Trab.

Er starb im Geiste tausend Tode, bevor er das Fremdrassenmuseum erreichte.

Das Schott glitt auf seinen Gedankenbefehl vor ihm auf und schloß sich sofort wieder, nachdem er hindurchgetreten war. Eisige Kälte umfing ihn, vermittelte seinem Wahrnehmungszentrum den Eindruck, als tauche man ihn in flüssiges Metall. Der Atem wurde zu weißen Nebelschwaden, kaum daß er den Mund verlassen hatte. Rauhreif überzog die Bartstoppeln an Kinn und Wangen.

Schreiend vor Schmerz rannte Trinar Molat durch den ersten Saal. Er beobachtete die Kreaturen nicht, die in gläsernen Särgen lagen, starr und steif, von der ölig schillernden somatischen Flüssigkeit umgeben, die ihnen während des biologischen Tiefschlafs Schutz vor der Umwelt und Nahrung gab, soweit der Körper der Nahrung überhaupt bedurfte.

Der zweite Saal war durch eine Art Rutsche zu erreichen. Die Mündung befand sich im Boden des ersten Saales.

Der MdI vertraute sich ohne Zögern dem ungewohnten Beförderungsmittel an. Sein halberfrorener Körper glitt ungefähr fünfzig Meter hinab und wurde von einem Verzögerungsfeld aufgefangen. Ehemals hatte man auf diese Weise die gefangenen und betäubten Exemplare fremder Rassen transportiert.

Im zweiten Saal musterte Molat die Wesen in den transparenten Särgen genau.

Er erblickte behaarte, vier Meter große Ungeheuer mit mächtigen Gliedmaßen und hervorstechenden Reißzähnen, aalglatte Wasserwesen mit gelblicher, speckiger Haut und großen Glotzaugen, runzlige Zwerge mit sechs Beinen und drei Armen, Laariwürmer mit den tödlich wirkenden organischen Bolzenschleudern im verdickten

Kopfteil und viele andere, noch grauenhafter aussehende Lebewesen. Neben einigen lagen die primitiven Waffen, deren sie sich einst auf ihrer Heimatwelt bedient hatten.

Zweifellos besaßen viele der Schlafenden Ansätze zur Entwicklung einer vernunftgesteuerten Intelligenz. Vielleicht waren sie auch ausgestorben.

Doch dem Meister der Insel wurde nicht bewußt, welches Verbrechen er und die anderen Renegaten begangen hatten, indem sie achttausend Wesen lebendig begruben. Er hielt es für selbstverständlich, daß ein MdI tun und lassen durfte, was er wollte, daß alle anderen Kreaturen nur zu dem Zweck geschaffen worden waren, ihnen zu dienen oder von ihnen für Experimente benutzt zu werden.

Mit klammen Gliedern zog er sich über den Rand eines Sarges, der mitten in einer Gruppe humanoider Primitiver auf einem Podest stand. Nackt, beschmutzt und erschöpft, wie er war, hoffte er nicht zu Unrecht, daß die Terraner ihn für einen Angehörigen jener Primitivrasse halten würden, falls sie die Särge genauer untersuchten.

Sein Fuß drückte gegen den Hebel der Einfrierungsschaltung. Er rutschte ab dabei, aber Trinar Molat achtete nicht darauf. Er vermochte seine Umgebung kaum noch wahrzunehmen. Wenn er sich nicht beeilte, würde er nicht mehr in den Sarg hineinkommen.

Als er die Automatik anlaufen hörte, ließ er sich einfach fallen. Er schlug auf den Boden und streckte die zitternden Glieder. Von allen Seiten strömte die eisige, somatische Flüssigkeit in sein Versteck.

Trinar Molat lächelte müde und schloß die Augen.

Er bemerkte nicht das rote Flackern der Warnlampe, das anzeigte, daß der Einfrierungsprozeß langsamer als erforderlich ablief.

Wenn er eines Tages wieder erwachte, würde er nicht mehr der gleiche Trinar Molat sein, sondern ein unheilbar Geisteskranker mit einem teilweise abgestorbenen Gehirn.

Der Wiedererweckte hatte sich in dem Gewirr der Gänge verlaufen. Als er eine andere Gestalt sah, folgte er ihr.

Er folgte Trinar Molat bis in die erste Halle des Fremdrassenmuseums.

Dort angekommen, überfiel ihn die Kälte der Tiefschlafkammer mit der Wucht eines anspringenden Raubtieres.

Er wich zitternd zurück.

Sein umnachteter Geist suchte zu ergründen, wo er sich befand und was die Kälte in dem Saal mit den steifen, reglosen Lebewesen zu bedeuten hatte.

Und in einem Winkel seines Gehirns, dort, wo noch ein winziger Funke Verstand glomm, stieg der Wunsch auf, dem bedauernswerten Fremden zu helfen.

Dunkel entsann er sich einer Sammelschaltung. Noch dunkler erinnerte er sich an ihre Bedeutung.

Ihm genügte es.

Mit seinen letzten Kräften schleppte er sich zu dem Liftschacht, der in die Schaltzentrale des Fremdrassenmuseums führte. Er sah verschwommen die Konturen eines Schaltpults auftauchen. Taumelnd und zähneklappernd ging er darauf zu – und fiel mit dem Oberkörper auf eine grün leuchtende Schaltplatte.

Ein Pfeifsignal gellte in seinen Ohren.

Er wollte sich aufrichten, aber die Knie knickten ihm ein.

Hilflos hing der Wiedererweckte auf dem Pult, das ganze Gewicht seines Oberkörpers preßte die Schaltplatte nieder.

Er wußte nicht, was er auslöste, und er wußte auch nicht, daß er zuerst die gelbe Schaltplatte hätte drücken müssen.

Dann wäre das Warnsignal nicht ausgelöst worden – und achttausend Wesen wären nicht zu irrsinnigen Bestien geworden . . .!

Als Omar Hawk an der Spitze der ›Blauen Tiger‹ das Fremdrassenmuseum erreichte, fuhr er erschrocken zurück.

Tausende von tobenden Bestien schoben sich durch das offene Schott. Die Kreaturen schwangen primitive Holzkeulen, Faustkeile und Astgabeln. Mit grausigem Geheul drängten sie vorwärts, durch den viel zu kleinen Ausgang. Wer fiel, wurde zertreten.

Omar sah sich nicht um, ob Perry Rhodan in der Nähe war.

Der Oberleutnant der Galaktischen Abwehr war selbständiges Handeln von Jugend an gewöhnt.

Er hob die Rechte; mit der Linken hielt er seinen Okrill zurück, der sich wütend auf die heranwogenden Angreifer stürzen wollte.

»Gang in Schützenkette absperren!« überschrie er den Lärm. »Kombiwaffen auf Paralysemodus! Feuer!«

Er selbst schoß ebenfalls mit seiner schweren Waffe.

Innerhalb weniger Minuten verstummte der Kampflärm. Die Angreifer lagen neben- und übereinander auf dem Boden. Nur vereinzelte Ungeheuer hüpften mit grotesken Sprüngen davon; sie waren offensichtlich gegen die lähmenden Paralysestrahlen gefeit.

Kampfroboter räumten die gelähmten Kreaturen zur Seite. Durch die entstandene Gasse marschierten die ›Blauen Tiger‹, hinter ihnen kamen Perry Rhodan und Atlan.

Während Omar Hawk zusammen mit dem Modul die oxtornischen Soldaten anführten, tauchte der Mausbiber ab und zu auf und verschwand wieder. Er befand sich auf der Suche nach dem entflohenen Meister der Insel.

Omar glaubte, daß es noch ein hartes Stück Arbeit werden würde, Trinar Molat zu finden.

Er irrte sich.

Als sie über eine Rutsche in die zweite Halle des Fremdrassenmuseums gelangt waren, entdeckten sie einen Tiefschlafbehälter, der als einziger noch ein Lebewesen enthielt. Anscheinend war er separat aktiviert worden und hatte daher durch keine Sammelschaltung zum Erweckungsprozeß gebracht werden können.

Das Lebewesen darin war humanoid. Seine Nacktheit wirkte abstoßend, weil ihm die natürliche Sonnenbräune fehlte.

Eine ganze Weile starrten Hawk und Lun auf den erstarrten Körper, bevor ihnen aufging, wen sie vor sich hatten.

Trinar Molat!

Pfeifend entwich der Atem Omars Lungen. Er schaltete seinen Helmsender auf maximale Intensität und wollte gerade über den Fund berichten, als ein behaartes, affenartiges Lebewesen aus einer Nische hervorschoß und mit zornigem Grunzen angriff.

Sofort prellte der Okrill vor.

Das affenartige Wesen stieß einen Angstschrei aus und sprang zurück auf den Sockel. Dabei stieß es mit dem Rücken gegen den transparenten Sarg, der den schlafenden MdI barg.

Der Sarg schwankte.

Omar Hawk und Baar Lun nahmen wie bei einer Zeitlupenvorführung wahr, wie der Sarg umkippte und dabei seinen Inhalt verlor.

Trinar Molats tiefgefrorener Körper fiel aus wenigen Metern Höhe – und zerschellte auf dem harten Boden.

Hawk und Lun standen noch immer wie erstarrt, als Perry Rhodan mit Gucky materialisierte.

Niemand sprach.

Erschüttert schauten sie auf die glasharten Überreste des Meisters der Insel. Zwischen den Bruchstücken glühte der eiförmige Zellaktivator dieses Mannes auf, der den Namen ›Ungeheuer‹ milliardenfach mehr verdient hatte als jene behaarten Wesen, die sich draußen auf dem Gang selbst zerfleischt hatten.

Im Gegensatz zu den bisher gestorbenen MdI, hatte Trinar Molat seinen Aktivator *im* Körper getragen.

Der Aktivator glühte stärker, blähte sich zu einer ultrahell erleuchtenden Kugel auf – und verging . . .

Drei Besucher saßen in der Kabine Perry Rhodans: Baar Lun, Omar Hawk und Tengri Lethos.

Hawk und Lun wirkten etwas bedrückt, während der Hüter des Lichts die heitere Gelassenheit des Weisen zeigte.

Rhodan hörte sich stillschweigend an, was Omar Hawk ihm zu sagen hatte. Danach nahm er einen Schluck Mineralwasser und blickte seine Besucher ernst an.

»Ich weiß selbst«, sagte er mit müder, schleppend wirkender Stimme, »daß in Andromeda jetzt eine furchtbare Situation für die Tefroder entstanden ist. Es ist durchaus denkbar, daß sich die Maahks mit der Zerschlagung der MdI nicht zufrieden geben, sondern auch das tefrodische Reich zerschlagen wollen. Aber wir sollten uns hüten, Richter zu spielen. Die Tefroder und die Maahks sind moralisch weder besser noch schlechter als wir. Wir haben mit den Maahks einen Friedensvertrag abgeschlossen und uns verpflichtet, nicht in die Belange Andromedas einzugreifen.«

Tengri Lethos neigte leicht den Kopf. Seine bernsteingelben Augen glitzerten.

»Wollen Sie damit sagen, daß in diesem Vertrag keine Klausel über das Schicksal der Tefroder enthalten ist? Wic mir Omar Hawk berichtete, gibt es in Andromeda etwa 35.000 Welten, die von Tefrodern besiedelt sind oder auf denen sie Stützpunkte haben. Soll unermeßliches Leid über diese Welten hereinbrechen?«

Rhodan schüttelte den Kopf. »Wir haben versucht, auch über

diese Frage zu verhandeln, doch die Maahks haben uns erklärt, daß sie dieses Problem ohne unsere Einmischung lösen werden. Nochmals: die Maahks sind vernunftbegabte Wesen und keine Bestien, die einen erbarmungslosen Vernichtungsfeldzug gegen die Tefroder führen würden. Aber man sollte auch bedenken, welches Leid die Maahks durch humanoide Wesen erleiden mußten. Ist es ihnen zu verübeln, wenn sie angesichts dieses Leides nunmehr bestrebt sein werden, das Imperium der Tefroder zu zerschlagen, so daß sie sichergehen können, von diesen niemals wieder in Existenzgefahr gebracht zu werden?

Ich gebe zu, daß aus dieser Sachlage heraus abermals Unheil entstehen kann. Unheil, das über die Tefroder hereinbricht. Aber ich sehe auch keine Möglichkeit, dieses Unheil abzuwenden, da uns jede Einmischung untersagt ist.«

Omar Hawk erhob sich abrupt.

»Wir sehen einen Weg, Sir. Tengri Lethos, Baar Lun und ich wollen in Andromeda bleiben, auch wenn der letzte Meister der Insel zur Strecke gebracht ist.

Wir drei wollen versuchen, zwischen Tefrodern und Maahks zu vermitteln – mit allen Mitteln, die uns zur Verfügung stehen. Wir . . .«

Perry Rhodan unterbrach ihn schroff.

»Von mir bekommen Sie keine Flotte, falls Sie sich da irgendwelche Illusionen gemacht haben sollten!«

Tengri Lethos lächelte.

»Wir brauchen keine militärischen Machtmittel, Rhodan von Terra. Die Hüter des Lichts haben ihre Ziele niemals mit Gewalt angestrebt.

Aber es gibt Waffen, die wirksamer sind: die Überzeugung durch das eigene Beispiel, Klugheit – und List, das alles gepaart mit der universellen und besten Waffe: dem Geist des vernunftbegabten Wesens.

Doch ich bin allein. Ich brauche Helfer. Darum bitte ich Sie, Rhodan von Terra, Oberleutnant Hawk von Oxtorne und Baar Lun von Modul freizustellen!«

Perry Rhodan antwortete nicht gleich. Fast eine halbe Stunde lang saß er in sich versunken da.

Als er den Kopf hob, sah Omar Hawk die Trauer in seinem Blick.

»Baar Lun untersteht mir ohnehin nicht«, murmelte Rhodan. »Und Oberleutnant Hawk . . .?«

Er stand auf. Ernst sagte er:

»Oberleutnant Hawk, ich entlasse Sie hiermit aus dem Dienst der Solaren Abwehr. Sie sind von nun an eine Zivilperson. Was Sie von nun an tun und lassen, tun und lassen Sie privat und in eigener und alleiniger Verantwortung.«

»Jawohl, Sir!« bestätigte Hawk mit tonloser Stimme.

Rhodan streckte die Hand aus.

»Leben Sie wohl, Omar! Tun Sie, was Sie für Ihre Pflicht halten. Alle meine guten Wünsche werden Sie begleiten. Und ich hoffe, daß wir uns einmal wiedersehen – ich *glaube es*, Omar!«

Er wandte sich Lun und Lethos zu.

»Baar, Sie waren ein guter Freund. Ich wünsche Ihnen das gleiche wie Omar.

Und Tengri Lethos! Ich müßte Ihnen gram sein, weil Sie mir einen der besten Männer und einen guten Freund entführen. Aber ich bin es nicht. Ich bitte Sie jedoch darum, Baar und Omar zu beschützen und dafür zu sorgen, daß sie in nicht allzu ferner Zeit in ihre Heimat zurückkehren können.«

»Das will ich tun!« antwortete der Hüter des Lichts.

Sie schüttelten einander die Hände.

Dann trennten sich ihre Wege.

25.

Was zunächst nur ein unstetes Flimmern auf den Kontrollschirmen der Hyperortung gewesen war, zeichnete sich jetzt als runder Schiffskörper auf den Reliefbildschirmen ab. Das kleine Schiff näherte sich ohne jede Vorsicht dem Sperrgürtel der Solaren Flotte um Tamanium. Da es tefrodischer Bauart war, konnte seine Besatzung nur verrückt oder übertrieben heldenmutig sein.

Dann jedoch, wie aus einer plötzlichen Laune heraus, verlangsamte das Kleinstraumschiff seinen Flug und begann zu funken. Auf den Hyperkomschirmen der terranischen Schiffe erschien ein weibliches Gesicht, das die beobachtenden Männer mit einem Schlag sämtliche Sorgen und Probleme vergessen ließ.

»Ich bin Mirona Thetin«, sagte die Frau, die offenbar das einzige Besatzungsmitglied des tefrodischen Schiffes war. »Ich bin gekommen, um mit Lordadmiral Atlan zu sprechen.«

An Bord der IMPERATOR wußte man, wer diese Frau war. Allein der Klang ihrer Stimme hätte genügt, um bei einigen hundert Männern den Pulsschlag zu beschleunigen. Mirona Thetin, Hoher Tamrat vom Sulvy-System, war nicht nur eine außergewöhnlich schöne Frau, sie hatte die Bewunderung auch durch ihre Einstellung gegenüber den MdI hervorgerufen.

Atlan stand vor dem Bildschirm der Funkanlage und blickte auf dieses Gesicht, das er in den vergangenen Wochen vergeblich aus seinen Gedanken zu verbannen versucht hatte.

Sie war gekommen, um mit ihm zu sprechen. Kam sie aus politischen Gründen? Kam sie als Wissenschaftlerin? Oder kam sie, um den *Mann* Atlan zu sehen?

»Was sollen wir tun, Sir?« fragte der Funker, der neben Atlan saß.

»Wir müssen sie zurückschicken«, sagte Oberst Alurin, der Kommandant der IMPERATOR. »Sie würde nur Verwirrung stiften.«

»Schalten Sie ein«, sagte Atlan zu dem Funker. »Ich möchte mit ihr sprechen.«

Er gab sich Mühe, seiner Stimme einen ruhigen Klang zu verleihen. Er hatte das Gefühl, daß die Männer in der Zentrale ihn beobachteten. Ich entwickle Komplexe, dachte er ärgerlich.

Der Funker lächelte. Wahrscheinlich tat er es unbewußt und ohne besonderen Grund, aber Atlan fühlte, wie der Zorn auf diesen Mann in ihm aufstieg.

Die Verbindung kam zustande. Atlan wußte, daß Mirona Thetin ihn jetzt auf dem Bildschirm in ihrem Schiff sehen konnte.

»Lordadmiral Atlan!« stieß sie erleichtert hervor. »Ich bin glücklich, daß Sie mich anhören wollen.«

»Bevor Sie weitersprechen, muß ich Sie darüber informieren, daß das Luum-System Kriegsgebiet ist«, sagte Atlan streng. »Wir haben den Widerstand der MdI gebrochen, aber es ist durchaus möglich, daß in den unterirdischen Festungen von Tamanium noch verborgene Waffensysteme existieren. Ein Feuerstoß genügt, um Sie und ihr Schiff zu vernichten.«

»Ich bin mir . . .«, setzte sie an, aber Atlan schnitt ihr mit einer heftigen Handbewegung das Wort ab.

»Überschätzen Sie außerdem nicht unseren Einfluß auf die Maahks«, sagte er. »Die Maahks haben diesen Sektor zum Sperrgebiet erklärt und wachen darüber, daß niemand auf Tamanium landet. Anscheinend befürchten sie, wir könnten die technischen Geheimnisse des Zentralplaneten für uns auswerten.«

Sie hob den Kopf und lächelte schwach. »Ich fürchte mich nicht vor den Maahks«, sagte sie.

»Sie sind mit einem tefrodischen Schiff gekommen«, sagte Atlan. »Ich wundere mich, daß die Maahks noch kein Empfangskomitee gebildet haben.«

»Bevor es dazu kommt, sollten Sie mich an Bord Ihres Schiffes holen«, schlug sie vor.

Atlan zögerte. Der Gedanke, mit dieser Frau zusammenzusein, hatte nach wie vor etwas ungemein Verlockendes. Er liebte sie. Die Vernunft gebot dem Arkoniden jedoch, sie sofort zurückzuschicken.

»Wie sind Sie überhaupt auf den Gedanken gekommen, hier aufzutauchen?« fragte er grimmig.

Sie schien zu spüren, daß seine schroffe Haltung ihm nur über seine Verlegenheit hinweghelfen sollte.

»Ich wußte seit langem, daß Tamanium die Zentralwelt der Meister der Insel ist«, sagte sie. »Aber was sollte ich mit den mir zur Verfügung stehenden Mitteln gegen das Luum-System unternehmen?«

»Warum haben Sie uns die kosmischen Daten des Luum-Systems nicht genannt?« wollte Atlan wissen.

Sie lächelte rätselhaft.

»Sie haben mich nie danach gefragt«, sagte sie. »Als ich einige Funksendungen anpeilte, die in großer Anzahl aus dem Luum-System kamen, wußte ich, daß Sie den entscheidenden Kampf gegen die MdI begonnen hatten.«

»Der zunehmende Funkverkehr hätte auch auf mehrere Duplo-Flotten zurückgehen können«, sagte Atlan. Obwohl er sich über seine Gefühle gegenüber dieser Frau im klaren war, blieb er mißtrauisch.

Wollte sie nur mit ihm kokettieren? Er wünschte, er hätte gewußt, was sich hinter ihrer schönen Stirn abspielte. Vielleicht war sie tatsächlich nur gekommen, um ihn wiederzusehen, dachte er voller Hoffnung.

»Wollen Sie mich verhöhnen?« fragte sie. »Oder fürchten Sie, eine Frau könnte der Solaren Flotte gefährlich werden?«

»Das könnte sie schon«, bemerkte Alurin halblaut. »In mancher Beziehung ist sie explosiver als eine Bombe.«

Einige Männer lachten. Atlan fühlte, wie ihm die Röte ins Gesicht stieg.

»Ich muß Sie zurückschicken!« sagte er scharf.

Er sah, wie sie die Lippen zusammenpreßte. Sie schien zornig zu sein. Erstaunlich, dachte er bewundernd. So sieht sie noch viel schöner aus.

»Ich dachte, einige Geheiminformationen über Tamanium würden Sie interessieren.«

»Was sind das für Informationen?«

Sie wölbte die Augenbrauen. »Sind Sie wirklich so naiv, daß Sie glauben, ich würde Sie über meine Kenntnisse unterrichten, wenn uns die halbe terranische Flotte hören kann?«

»Hm«, machte Atlan. »Ich setze mich Protesten der Maahks aus, wenn ich eine tefrodische Regierungschefin an Bord meines Schiffes nehme.«

Sie fragte ironisch: »Fürchten Sie den Protest der Maahks?«

»Nicht mehr als den Ärger einer schönen Frau«, sagte Atlan. »Bleiben Sie mit Ihrem Schiff außerhalb des Sperrgürtels. Wir holen Sie mit der IMPERATOR ab. Das ist sicherer für Sie.«

»Einverstanden«, sagte sie. Ihr Bild verblaßte. Offenbar befürchtete sie, Atlan könnte es sich wieder anders überlegen und hatte aus diesem Grund sofort abgeschaltet.

Der Arkonide gab Alurin einen Wink. »Sie haben gehört, wie wir vorgehen, Oberst. Beginnen Sie mit dem Manöver.«

Die IMPERATOR scherte aus dem Verband der Wachtschiffe aus. Das gesamte Luum-System wurde von Schiffen des Solaren Imperiums, der Posbis und der Maahks abgesichert. Die Befürchtungen Perry Rhodans, daß der Planet Tamanium zu einer zweiten Sonne werden könnte, hatten sich bisher nicht bestätigt. Es gab offensichtlich keine Selbstvernichtungseinrichtung, dennoch zeichnete sich das Ende Tamaniums ab.

Vor wenigen Stunden, am 24. Februar 2406, war es zu einem Treffen zwischen Perry Rhodan, Atlan und Grek-1 gekommen, bei dem dieser auf den Friedensvertrag hingewiesen hatte, der jede Einmischung der Terraner in Belange der Maahks verbot. Grek-1 hatte darauf bestanden, daß die Terraner keine Separatverhandlungen mit kapitulierenden Tefrodern führen durften. Er hatte bekundet, daß dies die Angelegenheit der Maahks sei und daß diese die Verhandlungen auf ihre Art und Weise führen würden.

Schließlich hatte Grek-1 auch verkündet, daß die Maahks das Luum- System als Sperrzone betrachteten, daß Tamanium geräumt würde und von niemandem mehr betreten werden dürfte.

Rhodan war nichts anderes übriggeblieben, als sich Grek-1 zu beugen, zumal dieser erklärt hatte, daß das Landeverbot auf Tamanium auch für die Maahks Gültigkeit habe. Tamanium war daraufhin von sämtlichen terranischen und posbischen Truppen und Schiffen geräumt, und ein striktes Landeverbot verhängt worden. Lediglich auf dem dritten Planeten waren die Maahks damit beschäftigt, die letzten automatischen Geschützstellungen zu zerstören.

Im Grunde genommen, waren die Schiffe nur deshalb noch in diesem Raumsektor, um die weitere Entwicklung abzuwarten, denn immerhin gab es noch einen Faktor I. Und dieser würde handeln müssen.

Trotz seines diplomatischen Geschicks war es Rhodan nicht gelungen, die Wasserstoff-Methanatmer zu wissenschaftlichen Untersuchungen des Zentralplaneten zu bewegen. Auch die Maahks warteten offenbar nur darauf, daß diese Welt explodierte.

Fast stündlich trafen Friedensangebote kleinerer Tefroderreiche ein. Die Maahks hatten bisher jedoch alle Verhandlungen abgelehnt.

Atlan wunderte sich nicht, daß ihm all diese Probleme mit einem Schlag zweitrangig erschienen. Seine Gedanken kreisten fast ausschließlich um die schöne Tefroderin. Insgeheim hoffte er, daß ihre Angaben nur ein Vorwand waren, um wieder mit ihm zusammenzutreffen.

»Ich gehe in den Hangar, um den Hohen Tamrat zu begrüßen«, sagte Atlan zu Alurin, als sich die IMPERATOR dem kleineren Schiff näherte.

Das Gesicht des Obersten blieb ausdruckslos. Nur seine Lippen zuckten verräterisch.

»Natürlich, Sir«, brummte er.

Atlan ertappte sich dabei, wie er glättend über seine Haare strich. Hastig ließ er den Arm sinken. Er kam sich wie ein kleiner Junge vor, der irgendeinen Streich ausgeheckt hatte, von dem niemand etwas wissen durfte.

Als Atlan seinen Platz verließ, fühlte er Alurins Blicke auf sich ruhen. Er hatte den Eindruck, daß nicht nur Alurin, sondern alle Männer innerhalb der Zentrale ihn anstarrten, wie sie vielleicht ein achtbeiniges Monstrum betrachtet hätten. Hm, dachte er verwundert, vielleicht hielt man mich bisher für ein gefühlloses Wesen, in dessen Adern Eiswasser fließt.

Er würde diesen Burschen das Gegenteil beweisen. Um diese Frau würden ihn die Männer beneiden. Sein Herzschlag beschleunigte sich, als er den Antigravschacht betrat und in den Hangar schwebte. Er fühlte sich auf angenehme Weise beschwingt, er hatte Lust, irgendeine Dummheit zu begehen.

Er wußte genau, was das bedeutete, aber er wehrte sich nicht länger dagegen. Sie war gekommen, um mit ihm zu sprechen. Sie hatte nicht nach Perry Rhodan verlangt, sondern nach *ihm*.

Immerhin, überlegte er, war er ein gut aussehender Mann. Nicht nur das, er besaß auch Intelligenz und bekleidete eine führende Stellung in einem gewaltigen Imperium. Außerdem trug er einen Zellaktivator. Atlans Gesicht verzog sich unwillig. Jetzt wollte er nicht daran denken, daß diese Frau allmählich altern und ihre Schönheit verlieren würde, während er . . .

»Zum Teufel damit!« stieß er hervor. Unwillkürlich hatte er die uralte terranische Verwünschung ausgesprochen, so daß der Hangartechniker, der ihn am Ausgang des Antigravschachts erwartete, verwundert zusammenzuckte.

»Ist irgend etwas, Sir?« fragte der Mann besorgt.

Atlan schlug dem überraschten Mann fest auf die Schulter. »Was soll sein?« erkundigte er sich. »Ich erwarte Besuch, das wissen Sie doch.«

»Ja, ja«, stammelte der Techniker verwirrt. Atlan beobachtete, wie der Mann mit einem anderen Techniker einen schnellen Blick wechselte.

»Wir werden das tefrodische Schiff in wenigen Minuten einschleusen, Sir«, teilte man ihm mit.

Atlan begab sich in den Kontrollstand. Er war so aufgeregt, daß es ihn nicht an einem Platz hielt. Er ging in dem kleinen Raum, der zum Hangar gehörte, unruhig auf und ab.

Das Einschleusmanöver schien ihm unerträglich lange zu dauern. Längst hatte er vergessen, was er Mirona bei der Begrüßung sagen wollte. Als das kleine Raumschiff endlich fest im Hangar verankert war, verließ Atlan den Kontrollraum. Die Schleuse des tefrodischen Schiffes öffnete sich.

Mirona Thetin trug einen enganliegenden Schutzanzug, dessen Material in verschiedenen Farben schillerte. Sie hatte ihr langes Haar hochgesteckt, damit sie einen Helm aufsetzen konnte. Mit einem Sprung verließ sie die Schleuse. Ihre Bewegungen wirkten geschmeidig und kraftvoll. Als sie Atlan auf sich zukommen sah, warf sie den Kopf leicht zurück. Ihr Mund öffnete sich, aber sie lächelte nicht. Ihre Augen waren wachsam.

Atlan fühlte, wie ihn die persönliche Ausstrahlung dieser Frau sofort wieder in ihren Bann zog. Er sträubte sich nicht dagegen. Einen Schritt vor ihr blieb er stehen.

»Willkommen an Bord der IMPERATOR«, sagte er.

Gegen seinen Willen hatte seine Stimme unfreundlich geklungen, unbewußt hatte er eine Verteidigungsstellung eingenommen. Mirona Thetin kam auf ihn zu und berührte ihn leicht am Arm.

»Hallo, Admiral«, sagte sie.

»Ich bringe Sie in die Zentrale«, erbot er sich. »Dort können wir uns unterhalten.«

Sie benutzte ein eigenartiges, fast herbes Parfum. Der Schutzanzug raschelte, als sie sich Atlan mit einem Ruck zuwandte.

»Ich glaube nicht, daß die Zentrale der richtige Platz ist«, sagte sie. »Ich bin gekommen, um Sie zu überreden, daß Sie sich mit mir auf Tamanium absetzen lassen. Auf dieser Welt existieren Daten über Waffen und Maschinen, die alles in den Schatten stellen, was uns bekannt ist.«

»Woher besitzen Sie diese Informationen?« fragte Atlan.

»Ich bin Archäologin und Ethnologin«, erinnerte sie ihn. »Sie wissen, daß ich gute Kenntnisse von der lemurischen Frühgeschichte habe. Ich habe in den Archiven meiner Vorfahren Hinweise gefunden, die mich vermuten lassen, daß auf Tamanium eine Positronik mit großen Wissensspeichern existiert.«

Atlan wich ihren Blicken aus.

»Nun gut«, sagte er widerstrebend. »Ich bringe Sie in den Mannschaftsraum. In der Kantine können wir uns ungestört unterhalten.«

Plötzlich kam ihr Gesicht dem seinen ganz nahe. Er spürte ihren Atem.

»Glauben Sie nicht, daß ich nur wegen meiner Forschungsarbeiten gekommen bin«, murmelte sie.

Atlan stand wie erstarrt. Er brachte ein verunglücktes Lächeln zustande. Mit einem Ruck wandte sie sich von ihm ab.

»Oh!« sagte sie erbittert. »Sie sind auch nur ein Soldat. Manchmal dachte ich an Sie, dann schienen Sie mir ein ungewöhnlicher Mann zu sein. Jetzt aber, da ich vor Ihnen stehe, verdrängt die Wirklichkeit meine Phantasiegestalt.«

»Ich werde mich bemühen, in Zukunft dieser Phantasiegestalt näherzukommen«, versprach Atlan lächelnd. »Trotzdem sollten wir jetzt gehen. Die Techniker beobachten uns.«

»Ich tue, was mir gefällt«, sagte sie. »Daran werden Sie sich gewöhnen müssen.«

»Jetzt waren *Sie* ein gewaltiges Stück von der Phantasiegestalt entfernt, die ich mir von Ihnen erdacht habe«, sagte Atlan.

Sie senkte den Kopf und lachte. »Diese Lektion habe ich verdient, Admiral. Oder legen Sie Wert darauf, Lordadmiral genannt zu werden?«

»Ich bin auch nur ein Soldat«, zitierte Atlan. »Nennen Sie mich, wie es Ihnen beliebt.«

Sie warf ihm einen schnellen Blick zu. »Ich fürchte, wir reden eine Menge Unsinn, Admiral.«

Sie verließen den Hangar. Obwohl Mirona Thetin flache Stiefel trug, war sie fast so groß wie der Arkonide. Atlan fühlte, wie die Spannung, unter der er seit der Ankunft dieser Frau gestanden hatte, allmählich nachließ.

In der Kantine trafen sie auf den rotbärtigen Koch der IMPERATOR. Er war damit beschäftigt, aus einer synthetischen Masse Fleischklößchen herzustellen.

Als Atlan und die Tefroderin eintraten, blickte der Mann nur kurz auf und vertiefte sich dann wieder in seine Arbeit. Atlan fragte sich ärgerlich, warum dieser rotbärtige Riese nicht in der kleinen Kombüse arbeiten konnte. M'giih war ein Umweltangepaßter von Darschong. Er besaß die einzigartige Fähigkeit, aus Nahrungskonzentraten und Syntho-Masse wohlschmeckende Mahlzeiten zu bereiten.

M'giih wühlte mit seinen gewaltigen Händen in der farblosen Masse herum und gab ab und zu einen Grunzlaut von sich.

»M'giih«, sagte Atlan behutsam.

Der Koch blickte auf. Seine dichten Augenbrauen zogen sich zusammen. Seine Arme steckten im Topf, als wären sie einbetoniert.

»Sir?« grollte der Mann von Darschong. Wenn er Mirona Thetin überhaupt wahrnahm, dann ließen ihn ihre Reize völlig kalt. Links und rechts von M'giih lagen auf Brettchen die Fleischklößchen.

»Würden Sie uns bitte allein lassen, M'giih?« fragte Atlan.

M'giih blinzelte verwirrt, als könnte er nicht begreifen, daß es irgend etwas in diesem Universum gab, was wichtiger als die Herstellung von Fleischklößchen war.

»Ich höre überhaupt nicht zu, Sir«, versicherte der Koch. »Ich bin sozusagen überhaupt nicht vorhanden.«

Atlan warf seiner Begleiterin einen verzweifelten Blick zu. Köche waren besondere Menschen. Sie hatten ihre eigene Auffassung von Disziplin.

»Vielleicht können Sie die Produktion der Klößchen in die Kombüse verlegen«, schlug Atlan vor.

»In der Kombüse ist es zu warm«, erklärte M'giih widerwillig. »Die Klößchen fallen mir dort zusammen.«

»Dann«, sagte Atlan verzweifelt, »unterbrechen Sie eben die Produktion für eine Weile und kommen wieder, wenn wir fertig sind.«

M'giih dachte über den Vorschlag nach und schüttelte schließlich entschieden den Kopf.

»Das geht nicht, Sir«, sagte er bedauernd. »Der Teig muß ständig geknetet werden, sonst wird er zu fest.«

Atlan holte tief Luft. »M'giih«, begann er erneut. »Ich möchte mich mit dieser Dame hier ungestört unterhalten. Ich *befehle* Ihnen, die Kantine sofort zu räumen.«

M'giih räusperte sich unbeeindruckt und fuhr fort, den Teig zu kneten.

»Die Versorgung der Besatzung ist des Kochs höchste Pflicht«, zitierte er. »Handbuch für Köche der Flotte. Seite achtzehn, Spalte drei, Sir.«

»Dann wird ein Teil der Besatzung eben auf Fleischklößchen verzichten«, sagte Atlan wütend.

»Aus psychologischen Gründen hat der Koch auf eine gerechte Verteilung der zur Verfügung stehenden Nahrungsmittel zu achten«, erwiderte M'giih. »Auch zwischen Offizieren und einfachen Mannschaftsgraden darf kein Unterschied gemacht werden. Handbuch für Köche der Flotte. Seite dreiundzwanzig, Spalte zwölf.«

»Ich weiß nicht, wer dieses widerliche Buch geschrieben hat«, seufzte der Arkonide. »Aber Sie können diese Klößchen auch in der Kombüse machen. Es ist schließlich gleichgültig, ob sie zusammenfallen oder nicht. Ich bin überzeugt, daß kein Besatzungsmitglied etwas davon merkt, wenn sein Klößchen weniger schön ist als das des Nebenmannes.«

M'giih schüttelte den Kopf. »Es erhöht die Moral der Besatzung, wenn die Nahrungsmittel in einer den Augen ansprechenden Aufmachung gereicht werden«, belehrte er Atlan. »Handbuch für Kö . . .«

Atlan ergriff ein Fleischklößchen und warf es nach M'giih. Der Koch ergriff seine Utensilien und flüchtete in die Kombüse.

Mirona Thetin lachte. »Ich freue mich, daß Sie Sinn für Humor haben, Admiral«, sagte sie.

M'giih klappte die Durchreiche zur Kombüse auf und wedelte mit einem Handbuch.

»Ich bitte um Genehmigung, die zurückgelassenen Klößchen abholen zu dürfen!« rief er.

Mirona Thetin brachte sie ihm. Als sie zurückkam, war ihr Gesicht hochrot. Einer ihrer Arme war mit Syntho-Masse verschmiert.

»Der unverschämte Kerl hat versucht, mich zu umarmen«, sagte sie empört.

»Er ist von Darschong«, erklärte Atlan. »Dort gilt eine Umarmung als Zeichen der Dankbarkeit. Er hat sich wahrscheinlich überhaupt nichts dabei gedacht.«

Sie blitzte ihn an. »Dem Ausdruck seiner Augen nach zu schließen, hat er sich eine ganze Menge gedacht«, fauchte sie.

»Wenn Sie zornig sind, gefallen Sie mir noch besser«, sagte Atlan.

»Ich weiß, daß ich schön bin«, entgegnete sie selbstbewußt. »Ich habe es bereits von einigen hundert Männern gehört, die alle dachten, sie könnten die Macht im Sulvy-System mit mir teilen.«

»Ich habe keinerlei Ambitionen, was Ihre politische Macht betrifft«, versicherte Atlan. »Mein Interesse gilt lediglich der Frau Mirona.«

Ihr Zorn verflog. Sie lächelte sanft.

»Fürchten Sie nicht, daß es umgekehrt sein könnte?« wollte sie wissen. »Nehmen Sie nicht an, daß ich daran interessiert bin, von Ihrer Macht zu profitieren?«

»Es wäre mir gleichgültig«, sagte Atlan leise.

Sie kam mit raschen Bewegungen auf ihn zu.

»Sir!« brüllte M'giih in diesem Augenblick von der Kombüsentür aus. »Kommen Sie her und sehen Sie sich die Katastrophe an.«

Es fiel Atlan schwer, seine Blicke von der Tefroderin zu lösen.

»Ich werde einmal nachsehen, was er will«, sagte er unsicher. »Dann unterhalten wir uns über Ihre Pläne.«

Ihr Lächeln, das eben noch ein Versprechen auszudrücken schien, wurde unergründlich. Sie zog einen Stuhl heran und ließ sich darauf nieder. Vielleicht war es gerade das sphinxhafte Wesen dieser Frau, was ihn anzog, überlegte Atlan, als er zu M'giih ging.

Der Koch malträtierte seinen kupferroten Bart mit beiden Händen. Atlan warf einen Blick in die Kombüse.

»Ein altes Sprichwort sagt, daß eine Frau in einer Schiffskombüse nur Unglück bringt«, bemerkte M'giih traurig.

»Das ist aber ein seltsames Sprichwort«, sagte Atlan. »Ich habe es noch nie gehört.«

»Kein Wunder«, sagte der Koch grimmig. »Es ist ja auch von mir.«

Atlan schaltete den Interkom ein. Er warf Mirona Thetin einen zögernden Blick zu. Sie tat nichts, um ihn zu einem Gespräch mit Alurin zu ermuntern. Sie hatte ihm berichtet, was sie von der Geheimpositronik auf Tamanium wußte. Wenn ihre Informationen stimmten, was der Arkonide nicht bezweifelte, dann gab es auf dem Zentralplaneten der MdI eine unerschöpfliche Quelle wichtiger technischer Daten.

Atlan wußte, daß Rhodan niemals das Landeverbot aufheben würde. Er wollte das Bündnis mit den Maahks nicht gefährden. Auch die Aussicht auf das einzigartige Wissensgut der alten Lemurer würde ihn in seiner Ansicht nicht schwankend machen.

Atlan hatte sich entschlossen, mit der Tefroderin heimlich auf Tamanium zu landen. Dazu brauchte er jedoch die Unterstützung der USO- Leute.

Mirona Thetin hatte zwar vorgeschlagen, niemand in ihre Pläne einzuweihen, doch als Atlan ihr klargemacht hatte, daß sie ohne Hilfe kein Beiboot landen konnten, hatte sie nachgegeben. Der Sperrgürtel um Tamanium war zu dicht, als daß man ihn auf normalem Weg hätte überwinden können.

Atlan gab sich einen Ruck. Warum sollte das Wissen der Altlemurer in einem Atombrand vergehen? Später würde Rhodan dem Arkoniden dankbar sein, daß er sich im entscheidenden Augenblick über die bestehenden Verbote hinweggesetzt hatte.

»Hier spricht Atlan!« sagte er. »Oberst Alurin bitte in die Kantine.«

Alurins Antwort erfolgte sofort. »Ich komme, Sir.«

Atlan schaltete aus und ließ sich auf einem Stuhl neben der Tefroderin nieder. In der Kombüse hörten sie M'giih rumoren.

»Alurin wird nicht begeistert sein, wenn er hört, was wir vorhaben«, sagte Atlan nachdenklich.

»Sie sind Lordadmiral«, sagte sie verständnislos. »Ihre Männer müssen tun, was Sie von Ihnen verlangen.«

»Ich bin kein Diktator«, erwiderte er heftig. »Meine Männer sind es gewohnt, ihre Meinung zu sagen. Das wird Alurin zweifellos tun. Natürlich wird er meinen Wünschen entsprechen.«

Als Oberst Alurin die Kantine betrat, verbeugte er sich vor Mirona Thetin. Sein Gesicht blieb jedoch ernst. Er schien zu ahnen, daß man ihn wegen wichtiger Dinge gerufen hatte.

»Nehmen Sie Platz, Oberst«, forderte Atlan den Kommandanten auf.

Alurin kam der Aufforderung umständlich nach. Er warf Mirona Thetin scheue Blicke zu. Seine Hände zupften nervös an den Verschlüssen der Uniform.

»Sie kennen die augenblickliche Situation«, begann Atlan. »Die Maahks haben verlangt, daß wir kein Schiff auf Tamanium landen. Perry Rhodan hat sich nach den Wünschen unserer Verbündeten gerichtet und ein Landeverbot verhängt.«

Alurin starrte auf seine breiten Fingernägel. »Das ist mir hinreichend bekannt, Sir«, sagte er.

»Was halten Sie davon, wenn wir trotzdem eine Landung riskieren?« fragte Atlan ruhig.

»Die IMPERATOR wird . . .«, begann Alurin heftig.

Atlan hob abwehrend beide Arme. »Niemand spricht von der IMPERATOR«, unterbrach er Alurin. »Ich weiß, daß wir ein so großes Schiff niemals durchbringen. Aber Sie können mir helfen, einen Moskito-Jäger auf Tamanium zu landen.«

»Mit welcher Besatzung, Lordadmiral?«

»An Bord des Jägers werden der Hohe Tamrat vom Sulvy-System und ich sein, Oberst«, erwiderte Atlan.

»Sie wollen, daß wir mit der IMPERATOR ein Ablenkungsmanöver beginnen, sobald der Moskito-Jäger ausgeschleust ist?« fragte Alurin.

»Ich sehe, Sie haben verstanden, Oberst. Wir werden uns über die Einzelheiten noch unterhalten.«

»Sie riskieren viel, Sir«, meinte Alurin gedehnt und warf Atlan einen fragenden Blick zu.

»Die Unterlagen, die wir auf Tamanium bekommen, sind das Risiko wert«, antwortete der Arkonide. Und diese Frau ist es wert, fügte er in Gedanken hinzu. Er sah, wie Alurin der Tefroderin einen kurzen Blick zuwarf.

»Warum sind Sie daran interessiert, daß uns diese Unterlagen in die Hände fallen, Madam?« fragte er.

»Sie sind sehr mißtrauisch, Oberst«, stellte Mirona Thetin fest. »Würden Sie es glauben, daß persönliche Gründe mich zu diesem Schritt bewogen haben?«

Alurin erhob sich und verbeugte sich förmlich. »Sie sind eine überaus kluge und schöne Frau«, sagte er ruhig. »Ich wünsche Lordadmiral Atlan und Ihnen viel Erfolg bei dem geplanten Unternehmen.«

Er wandte sich abrupt ab und ging davon. Mirona Thetin atmete heftig.

Atlan musterte sie aufmerksam.

»Er ist ein unverschämter Bursche«, sagte sie zornig. »Da jedoch der Koch an Bord dieses Schiffes bereits unglaubliche Rechte besitzt, wundert mich die Haltung des Kommandanten nicht.«

»Allmählich habe ich mich daran gewöhnt«, sagte Atlan. »Wenn auch an Bord der USO-Schiffe fast nur Umweltangepaßte und Kolonialterraner leben, so sind sie ihrer Mentalität nach doch Terraner geblieben.«

»Das klingt beinahe wie eine Lobeshymne. Haben Sie nie versucht, diesen Barbaren Gehorsam beizubringen?«

»Sie würden sich dagegen wehren.«

»Was sind Sie nur für ein Mann, daß Sie unter solchen Menschen leben können?« fragte sie verwundert. Er hörte den gutmütigen Spott aus ihrer Stimme heraus. Sie lächelten sich an, und da war ein unausgesprochenes Verständnis füreinander. Atlan hatte das Gefühl, daß ihm diese Frau in manchen Dingen sehr ähnlich war. Er fragte sich, wie das möglich war. Sie war eine Sterbliche und er der ›Einsame der Zeit‹.

»Ich glaube, ich habe immer auf eine Frau wie Sie gewartet, Mirona«, sagte Atlan. »Aber im Grunde genommen habe ich nie geglaubt, daß sie auftauchen würde.«

Es war, als fiele ein Schatten auf ihr Gesicht. »Sie irren sich«, sagte sie schnell. »Ich bin nicht diese Frau.«

»Wovor haben Sie Angst?« erkundigte er sich. »Sie haben doch vor irgend etwas Angst?«

Sie nickte, aber sie antwortete nicht. Er trat auf sie zu und strich leicht über ihr Haar.

»Manchmal sind es die schönen Dinge, die man fürchtet«, sagte er leise. »Man glaubt, daß es gefährlich sein könnte, zuviel Glück zu haben. Je höher man oben steht, desto grausamer erscheint der Sturz in die Tiefe.«

Sie umklammerte seine Hände. »Vielleicht habe ich wirklich Angst vor dem Glück, Admiral«, sagte sie.

Atlan wandte den Kopf und beobachtete, wie Mirona Thetin auf dem hinteren Sitz des Moskito-Jägers Platz nahm. Wedabyrd Amon, der rumalische Techniker, stand auf den obersten Stufen der kleinen Leichtmetalleiter und blickte ins Innere des Jägers. Mit offensichtlichem Wohlgefallen musterte der hagere Kolonialterraner die Tefroderin.

»Wenn Sie Ihre Blicke losreißen können, lösen Sie bitte die Halterungen, Amon«, sagte Atlan.

Wedabyrd Amons faltiges Gesicht, das eine Farbe wie Wüstensand hatte, verzog sich zu einem Grinsen. Er kletterte die Leiter hinab und gab Handzeichen zum Kontrollstand des Hangars.

»Ich bin aufgeregt wie ein kleines Kind«, sagte Mirona. »Glauben Sie, daß unser Plan funktionieren wird?«

»Natürlich«, versicherte Atlan. »Alurin wird mit der IMPERATOR zu einem verrückten Manöver starten. Sämtliche Beobachtungsgeräte der anderen Schiffe werden auf die IMPERATOR gerichtet sein.«

»Kanzel schließen, Sir!« schrie Wedabyrd Amon. »Halterungen sind gelöst.«

»Was für ein schrecklicher Mann«, sagte Mirona und schüttelte sich. »Er sieht aus wie eine gelbe Spinne, aber seine Stimme könnte wahrscheinlich ein Hochleistungstriebwerk übertönen.«

»Amon ist unser bester Hangartechniker«, sagte Atlan. »Er hat schon die unwahrscheinlichsten Einschleusmanöver geleitet.«

Atlan sah, wie Amon sich in den Kontrollstand zurückzog. Er gab ihnen ein Zeichen, daß alles in Ordnung war. Gleich darauf hörten sie seine laute Stimme im Empfänger des Normalfunks.

»Schleuse wird geöffnet, Sir!« rief er.

»Danke, Amon. Wir starten jetzt.«

»Viel Glück, Lordadmiral. Übrigens, wir beneiden Sie alle um Ihre Begleiterin, Sir.«

»Ihr verdammten Halunken!« sagte Atlan. »Richtet eure Augen in Zukunft auf die Kontrollen.«

Ein allgemeines Gelächter war die Antwort. Amons brüllendes Lachen übertönte die Stimmen der anderen. Dann brach die Verbindung ab, und der Jäger glitt aus der Schleuse in den Weltraum hinaus.

»Wir werden einen Augenblick im Ortungsbereich der IMPERA-

TOR bleiben«, erklärte Atlan seiner Begleiterin. »Sobald Alurin mit höchster Beschleunigung losfliegt, können wir sicher sein, daß wir unbeobachtet sind.«

Mit wenigen Griffen schaltete Atlan die Ortungskontrollen ein. Bildschirme und Oszillographen zeigten eine Vielzahl von Raumschiffen in unmittelbarer Nähe des Moskito-Jägers. Die Intensität der Ausstrahlungen wurden jedoch fast vollständig von den Impulsen der IMPERATOR überlagert. Atlan korrigierte den Kurs des kleinen Schiffes.

»So«, sagte er und lehnte sich zufrieden zurück. »Jetzt brauchen wir nur noch darauf zu warten, daß das USO-Schlachtschiff losfliegt.«

Er spürte Mironas Blick in seinem Nacken.

»Wo stehen die Schiffe der Maahks?« erkundigte sie sich.

Er ließ die entsprechenden Sektoren auf dem Bildschirm der Hyperortung aufflammen. »Hier«, sagte er. »Hier und hier. Zum Glück haben unsere Verbündeten nicht darauf bestanden, ihre Schiffe über den gesamten Sperrgürtel zu verteilen. Die Verbände der Maahks haben sich in drei große Gruppen aufgeteilt, die innerhalb des Luum-Systems ein gleichschenkliges Dreieck bilden. Es entspricht der Mentalität der Maahks, immer in möglichst großer Anzahl zusammenzubleiben. Das ist ein Glück für uns.« Atlan ließ einen Ausschnitt des Bildschirms aufleuchten. Die Wiedergabe zeigte den freien Raum zwischen zwei Maahk-Verbänden.

»Hier werden wir durchstoßen«, erläuterte er. »Alurin wird sein Schiff an dieser Stelle«, wieder flammte der betreffende Ausschnitt auf, »durch den Sperrgürtel steuern. Die Maahks werden an eine Landung glauben, aber Alurin wird ihren Protesten zuvorkommen und dorthin wieder zurückkehren, wo die Maahks ihn sofort erreichen können. Das wird unsere Freunde beruhigen.«

»Was geschieht, wenn die Methans unseren Trick durchschauen?« erkundigte sich Mirona Thetin.

»Dann wird Alurin erklären, daß er ein unbemanntes Forschungsschiff ausgesetzt hat, das einige Gesteinsproben auf Tamanium abholen soll«, sagte Atlan. »Das würde das Manöver der IMPERATOR hinreichend erklären. Die Maahks würden zwar mißtrauisch bleiben, aber sie können nichts beweisen. Sie würden auch nicht riskieren, ihrerseits Landungsboote auszuschleusen, weil sie dann damit rechnen müßten, daß auch Perry Rhodan das Landungsverbot sofort aufhebt.«

»Sie denken wohl an alles?«

»Ich gebe mir Mühe. Außerdem war die Landung auf Tamanium Ihr Vorschlag, Mirona.«

Sie antwortete nicht, weil sie sah, wie er sich nach vorn beugte und die Steuerung umklammerte. Der große helle Fleck auf dem Bildschirm, der die IMPERATOR war, wanderte mit großer Geschwindigkeit nach links.

»Ich beschleunige jetzt«, sagte Atlan. »Es wird am besten sein, wenn wir uns um die anderen Schiff nicht mehr kümmern. Jetzt interessiert uns nur noch Tamanium.«

Er nahm einige Schaltungen vor. Ein Teil des Bildschirms wurde jetzt vom Zentralplaneten der MdI ausgefüllt.

»Sobald wir gelandet sind, schalten wir unsere Schutzschirme ein«, sagte Atlan. »Vergessen Sie nicht, daß viele der erwachten Ungeheuer aus dem Museum der Meister der Insel noch am Leben sind.«

Er hörte, wie sie gegen die Waffentasche an ihrem Gürtel klopfte.

»Ich bin auf alles vorbereitet«, erwiderte sie.

Mirona Thetin hatte dem Arkoniden die Stelle beschrieben, an der er landen mußte. Sie lag nur wenige Kilometer von dem unterirdischen Museum entfernt. Hier befand sich auch ein großer Teil der wichtigen Anlagen. Es erschien Atlan logisch, daß die Geheimpositronik in diesem Gebiet errichtet worden war.

Die Funkanlage des kleinen Raumschiffs war eingeschaltet. Mirona Thetin und ihr arkonidischer Begleiter konnten hören, wie der Funkverkehr nach Alurins Manöver augenblicklich zunahm. Mehrere Sendungen waren in einem unbekannten Kode abgefaßt. Das war ein sicheres Zeichen, daß die Maahks sich untereinander verständigten.

Dann jedoch, als die IMPERATOR in den Sperrgürtel zurückkehrte, flauten die Funkimpulse ab. Der Moskito-Jäger flog bereits in den äußeren Schichten der Atmosphäre. Eine Entdeckung war jetzt so gut wie ausgeschlossen. Trotzdem beeilte sich Atlan mit dem Landemanöver. Das Kleinstraumschiff raste über einen riesigen Krater hinweg.

Atlan landete den Moskito-Jäger am Rande eines ausgedehnten Waldes. Im Freien herrschte nur schwache Radioaktivität. Es war später Nachmittag. Atlan nahm noch einige Messungen vor, dann öffnete er die Kanzel.

»Wir können aussteigen«, sagte er.

Er erhielt keine Antwort. Er blickte zurück. Die Tefroderin kauerte auf ihrem Sitz und blickte zum Waldrand hinüber.

»Warum so nachdenklich?« erkundigte sich Atlan. »Niemand hat unsere Landung bemerkt. Wir können uns ungestört auf die Suche machen.«

Sie streifte ihn mit ihren Armen, als sie den Moskito-Jäger verließ. Ihre unmittelbare Nähe verwirrte ihn. Er mußte sich gewaltsam dazu zwingen, sie nicht an sich zu reißen. Er beobachtete, wie sie mit graziösen Bewegungen ins Freie kletterte. Er folgte ihr. Ihr schwarzes Haar schimmerte metallisch im Licht der tiefstehenden Sonne. Sie beschattete ihr Gesicht mit einer Hand, um besser sehen zu können.

»Diese Stille macht mich nervös«, sagte sie. »Außerdem ist es ein komisches Gefühl, allein mit Ihnen auf diesem Planeten zu sein, Admiral.«

Auf Tamanium war es tatsächlich ungewöhnlich still. Atlan konnte das Flirren der Blätter im leichten Wind hören. Irgendwo knackte es im Unterholz. Ein Schwarm goldgelber Insekten schwirrte vorüber. Der Boden war von einem moosartigen Pflanzenteppich bedeckt.

Atlan hörte, wie die Tefroderin tief die warme Luft einatmete.

»Das ist eine Welt, nach der man sich sehnen könnte, wenn man jahrelang auf einem industrialisierten Planeten gelebt hat, zwischen Fabriken, Häuserschluchten und dem Verkehrsgewühl der Großstädte«, sagte sie. »Ich hätte nicht geglaubt, daß die Meister der Insel soviel Schönheitsempfinden besitzen, um eine solche Welt auszuwählen.«

»Man lernt seine Gegner nie richtig kennen«, meinte Atlan.

Sie machte ein paar übermütige Sprünge und winkte Atlan zu. Ihr Haar flog, als sie den Kopf zurückwarf. Atlan spürte, wie seine Leidenschaft für diese Frau seine Gedanken umnebelte. Er rannte ihr nach. Sie schlug einen Haken und entkam seinen Händen. Atlan errötete, als er daran dachte, daß er sich kindisch benahm.

Mirona Thetin war ein paar Schritte von ihm entfernt stehengeblieben. Sie atmete schwer.

»Nun los, Admiral«, lachte sie herausfordernd. »Bringen Sie Ihre langen Beine in Schwung.«

Er ging langsam auf sie zu. Sie blieb stehen und beobachtete ihn mit zur Seite gelegtem Kopf. Als er sie umarmte, wehrte sie sich nicht, aber sie schaute ihn mit einem Blick an, der ihn veranlaßte, sie wieder freizugeben.

»Ich habe ein komisches Gefühl«, sagte sie. »Es ist, als würde uns jemand beobachten.«

»Unsinn«, sagte er rauh. »Niemand ist hier.«

»Ich weiß. Trotzdem schlage ich vor, daß wir einen Eingang in die unterirdischen Anlagen suchen. Unter der Oberfläche werde ich mich sicherer fühlen.« Sie ergriff seine Hand und zog ihn mit sich. Er folgte ihr widerstrebend. Er wurde nicht klug aus dieser Frau. Sie schien eigenartigen Stimmungen unterworfen zu sein. Man wußte nie, wie sie sich im nächsten Augenblick verhalten würde.

Im Wald stießen sie auf ein flaches Gebäude, das die Form eines gleichschenkligen Dreiecks hatte. Der Eingang war mit bizarren Metallfiguren umstellt. Atlan und die Tefroderin mußten sich bükken, um ins Innere des Gebäudes zu gelangen.

Durch das Kunststoffdach fiel genügend Licht, so daß der Arkonide die Einrichtung sehen konnte.

»Eine Bibliothek«, sagte er zu Mirona Thetin. »Überall sind Regale mit Mikrospulen und Filmkassetten.«

Um einen nierenförmigen Tisch waren mehrere unbequem aussehende Sessel gruppiert. In die Tischplatte waren Bilder eingelassen, die Motive einer Jagd auf ein saurierähnliches Tier zeigten.

Mirona Thetin öffnete ihre Gürteltasche und zog einen Plan heraus. Sie deutete auf einen blauen Punkt, der in der Mitte der Karte eingezeichnet war.

»Das ist die Bibliothek«, erklärte sie ihrem Begleiter. »Von hier aus können wir in die Station unter der Oberfläche eindringen. Durch mehrere Gänge und Hallen gelangen wir dann in den kleinen Raum, wo die Geheimpositronik aufgestellt ist.«

»Wir kommen in gefährliche Nähe des unterirdischen Museums«, sagte Atlan. »Wahrscheinlich haben sich die erwachten Tiere in mehreren Räumen verteilt.«

Sie lächelte spöttisch. »Wir haben unsere Waffen, Admiral. Außerdem traue ich Ihnen zu, jedes Problem zu meistern.«

Er zuckte mit den Schultern. Er half der Tefroderin, die Schaltanlage zu suchen, mit deren Hilfe sie den Zugang in die Tiefe öffnen konnten. Mirona Thetin schien über gute Informationen zu verfügen, denn sie fand das Schaltbrett hinter einigen Filmkassetten.

»Treten Sie zur Seite«, forderte sie Atlan auf.

Der Arkonide stellte sich neben sie und sah zu, wie sie an den Schaltknöpfen manipulierte. Plötzlich glitt ein Teil des Bodens zur Seite. Ein beleuchteter Schacht von zehn Metern Durchmesser wurde sichtbar. Zweifellos handelte es sich um einen Antigravschacht, überlegte Atlan. Ein kleiner Lift war zusätzlich eingebaut.

»Man könnte glauben, Sie wären schon einmal hier gewesen«, bemerkte Atlan.

»Wenn das ein Lob sein soll, dann ist es unverdient«, sagte sie. »Ich habe diesen alten Plan. Außerdem braucht man nur logisch zu denken.«

Sie traten nebeneinander an den Rand des Schachtes. Atlan warf einen Blick in die Tiefe. Brandgeruch stieg ihm in die Nase. Das Geräusch einer überbeanspruchten Maschine wurde hörbar.

»Ein Teil der Anlagen scheint noch zu funktionieren«, stellte Atlan fest. Er schaltete das Flugaggregat seines Schutzanzuges ein. »Verlassen wir uns besser nicht auf die Einrichtung der Lemurer.«

Mirona Thetin zeigte keine Furcht. Noch vor Atlan sprang sie in den Schacht und schwebte in die Tiefe. Der Arkonide folgte ihr. Sie kamen an mehreren Plattformen vorbei, die in Zwischenetagen mündeten. Die Tefroderin warf einen Blick auf ihren Plan. Als sie etwa tausend Meter tief ins Innere des Planeten eingedrungen waren, landete Mirona Thetin auf einer Plattform und winkte Atlan zu.

»Sehen Sie den Rauch?« fragte sie und deutete in den Schacht.

Atlan nickte und schaute sich um.

»Dort unten scheint es zu brennen«, sagte sie. »Noch können die Frischluftgebläse den Qualm beseitigen. Ich weiß jedoch nicht, ob die automatischen Feuerlöschanlagen noch funktionsfähig sind.«

Wieder wunderte sich Atlan über ihre Kenntnisse. Der Hohe Tamrat vom Sulvy-System war eine erstaunliche Frau. Es fiel Atlan schwer, seine Gedanken auf ihr eigentliches Ziel zu konzentrieren, solange die Tefroderin in seiner Nähe war. Er wurde magisch von ihr angezogen. Die Aura vollkommener Weiblichkeit, die diese Frau umgab, hatte ihr wahrscheinlich in der Vergangenheit oft geholfen, politische Gegner auszuschalten. Es war nur verständlich, daß Mirona Thetin in dem von ihr regierten System außerordentlich beliebt war.

»Woran denken Sie, Admiral?« unterbrach ihre Stimme seine Gedanken.

»An Sie«, erwiderte er.

Sie faltete den Plan zusammen und schob ihn in die Gürteltasche zurück.

»Ich habe mich soeben entschlossen, die Suche nach der Geheimpositronik aufzuschieben«, sagte sie.

Er starrte sie an. Die großen Scheinwerfer über der Plattform verliehen ihrem braunen Gesicht einen eigenartigen Reiz. Er sah, daß ihre Lippen bebten. Er machte einen Schritt auf sie zu.

»Warten Sie, Admiral!« stieß sie hervor. »Hier gibt es bestimmt einen behaglichen Wohnraum. In dieser technisch perfekten Umgebung könnte ich Sie nicht küssen.«

Er folgte ihr von der Plattform in einen beleuchteten Gang. Überall standen Transportwagen und Roboter. Ausgedehnte Rohrleitungssysteme führten unter der Decke entlang. Das Summen unsichtbarer Maschinen vermischte sich mit dem Rauschen des Blutes in Atlans Ohren.

Ich bin ihr völlig verfallen, dachte er. Aber er empfand keine Bestürzung bei diesem Gedanken, eher eine gewisse Befriedigung. Es war ein Gefühl, das ihn gleichzeitig beschwingte und demütigte. Er nahm die Umgebung kaum wahr, denn seine Augen blieben ausschließlich auf die Tefroderin gerichtet.

Sie blieb stehen und stieß eine Tür auf.

»Ein Maschinenraum!« sagte sie enttäuscht. »Wir suchen weiter.«

Sie bogen in einen kleineren Seitengang ein. Beim nächsten Versuch hatten sie mehr Glück. Sie betraten ein quadratisches Zimmer, dessen eine Wand aus einer simulierten Aussicht auf ein langgestrecktes Tal bestand. An einer anderen Wand stand ein gläserner Schrank mit eigenartig geformten Holzfiguren.

»Epoche des Kalgar-Evon«, murmelte sie, als sie eine der Figuren vorsichtig berührte. »Wer immer das gesammelt hat, war ein Mensch mit Verständnis für die Kunst.«

Atlan stand inmitten des Raumes und sah zu, wie sie die Figuren bewunderte.

»Wir können sogar Musik machen«, sagte sie erfreut und deutete auf zwei spulenförmige Behälter an den Wänden. »Ich glaube jedoch kaum, daß diese Art Musik Ihrem Geschmack entspricht, Admiral.«

Wie so oft, stand ihr Tun nicht mit ihren Worten im Zusammenhang, denn noch während sie sprach, schaltete sie die Geräte ein. Eine schwermütige Melodie, gespielt von unbekannten Instrumenten, klang durch den Raum. An der Decke begannen Farbkreise im Takt der Musik zu rotieren.

»Ich bin nicht wegen dieser Geheimpositronik gekommen«, sagte sie plötzlich und kam auf Atlan zu.

»Ich auch nicht«, sagte Atlan.

Die Musik trat in den Hintergrund, der Raum versank im Nichts.

Dann war nur noch sie da: Mirona Thetin, die Tefroderin.

26.

Das Glücksgefühl, das Atlan beim Erwachen empfand, wich der Bestürzung, als er feststellte, daß er sich nicht mehr bewegen konnte. Sein Körper war wie paralysiert. Er konnte sich nur noch unklar daran erinnern, warum er eingeschlafen war. Mirona hatte ihm etwas zum Trinken gebracht. Er erinnerte sich an ihr Lachen, als er das Glas mit einem Zug geleert hatte. Alles andere war wie ein Rausch gewesen.

»Wieder wach, Admiral?« klang ihre vertraute Stimme an sein Gehör.

Er wollte antworten, doch seine Zunge schien so angeschwollen zu sein, daß sie den gesamten Mund ausfüllte. Seine Lippen spürte er überhaupt nicht. Nicht nur das, sein gesamter Körper schien bis auf wenige Stellen vollkommen gefühllos zu sein. Seine Bestürzung vertiefte sich. Einen Augenblick dachte er daran, daß er nur einen Alptraum erlebte.

Da beugte sich ein Gesicht über ihn.

»Mirona!« wollte er rufen, aber es blieb beim Aufschrei seiner Gedanken. Sie lächelte auf ihn herab und steckte mit flinken Bewegungen ihr Haar zusammen.

»Ich liebe dich, Admiral«, sagte sie. Sie küßte ihn, aber er konnte ihre Lippen nicht spüren. Seine Augen brannten, sein Herz hämmerte gegen die Brust.

Er sah, wie sie die Gürteltasche ihres Schutzanzuges öffnete und den Plan herauszog. Bedächtig zerriß sie ihn in Fetzen, die sie auf Atlan herabregnen ließ.

»Mein armer Freund«, sagte sie bedauernd. »Wie schade, daß nun alles vorbei ist.«

Sie ist verrückt geworden, dachte er entsetzt. In ihrer Verrücktheit hat sie irgendeine Dummheit begangen. Er versuchte, ihre Blicke festzuhalten, aber selbst die Bewegungsfähigkeit seiner Augen hatte nachgelassen.

Er konnte hören, wie sie im Raum auf und ab ging und sich an irgendwelchen Dingen zu schaffen machte, die er nicht sehen konnte. Als sie wieder vor ihm stand, hatte sie ihren Schutzanzug geschlossen. Ihr Gesicht hatte jede Weichheit verloren. Plötzlich erkannte er eine Eigenschaft an ihr, die ihm bisher verborgen geblieben war. Sie war auf eine animalische Art gierig.

Gierig nach Macht, nach Selbstbestätigung, nach Reichtum, nach Liebe und Anerkennung. Diese Erkenntnis traf Atlan wie ein Schlag. Er begriff, daß er ihr alles gegeben hatte wonach sie hungerte, daß er wahrscheinlich nicht mehr war als ein neues Glied in einer endlosen Kette kopfloser Narren.

»Ich bin dir unendlich dankbar, Admiral«, sagte sie. Täuschte er sich, oder schwang Trauer in ihrer Stimme mit. »Ohne deine Hilfe wäre alles verloren gewesen.«

Er begriff ihre Worte nicht. Seine Blicke waren eine stumme Frage.

»Du mußt mich wirklich lieben, daß du noch immer nicht verstehst«, sagte sie erstaunt.

Ihr Gesicht kam dem seinen sehr nahe, und er roch ihr herbes Parfum.

»Ich bin Faktor Eins«, sagte sie. »Der Chef der MdI.«

27.

Weil er sofort begriff, welch ungeheure Katastrophe er eingeleitet hatte, drohte der Schock Atlan zu überwältigen. Sein Atem setzte aus, und er hatte das Gefühl, in eine bodenlose Tiefe hinabgestoßen zu werden. Sein in Jahrtausenden geschultes Gehirn erfaßte blitzschnell sämtliche Konsequenzen, die sich aus den letzten Ereignissen ergaben. Einen Augenblick wünschte er sehnlichst seinen Tod herbei.

In seinen Augen mußte sich spiegeln, was in ihm vorging; denn Mirona Thetin wich unwillkürlich vor seinem Blick zurück. Er fühlte sich so elend wie niemals zuvor in seinem Leben.

»Ich habe befürchtet, daß dich diese Information schockieren würde«, sagte sie leise. »Deshalb habe ich dich paralysiert, während du schliefst. Ich werde dir jetzt eine Injektion geben, die dich in die Lage versetzt, mit mir zu sprechen, ohne daß sie die Lähmung des übrigen Körpers aufhebt.«

Er spürte einen schwachen Einstich in der Nackengegend. Seine Kopfhaut begann zu prickeln. Er konnte hören, wie Mirona Thetin einen Stuhl heranzog und sich darauf niederließ.

»Es dauert ein paar Minuten«, sagte sie. »Ich will die Zeit nutzen, um dir einen Vorschlag zu machen. Du kannst dich retten, wenn du dich mit mir verbündest. Zusammen können wir das Solare Imperium zerschlagen und über zwei Galaxien herrschen. Aber ich schaffe es auch allein. Komme nicht auf den Gedanken, mich hintergehen zu wollen. Ich besitze Mittel, um deine Ehrlichkeit zu überprüfen. Deshalb ist es besser, wenn du mir deine wahren Entschlüsse mitteilst.«

Atlan konnte diese Frau nicht hassen, er würde sie niemals hassen können. Sie war eine Verbrecherin, die den Tod verdient hatte. Nicht nur das, sie würde gnadenlos die gesamte Menschheit vernichten, wenn sich ihr eine Gelegenheit bot. Sie war sie Anstifterin aller heimtückischen Verbrechen gegen die Völker zweier Milchstraßen.

»Ich hoffe, daß du dich für mich entscheidest«, sagte sie und schmiegte sich an ihn.

Kein Wunder, dachte er, daß er sich von dieser Frau angezogen gefühlt hatte. Sie trug genau wie er einen Zellaktivator – vermutlich wie Faktor II, im Körper. Wenn sie keines gewaltsamen Todes starb, blieb sie unsterblich. Deshalb hatte er sich von Anfang an gut mit ihr verstanden. Auch sie war eine Einsame der Zeit. Aber sie war die Anführerin der größten Verbrecherorganisation zweier Galaxien, während er als Lordadmiral der USO versuchte, am Ausbau des Solaren Imperiums mitzuarbeiten.

Seine innere Verzweiflung wuchs. Ohne es zu wollen, hatte er das Imperium verraten. Er schämte sich, daß diese Verzweiflung nicht nur aus seinen Fehlern resultierte, sondern auch darauf zurückzuführen war, daß Mirona Thetin ihre wahre Identität zu erkennen gegeben hatte. Er liebte sie noch immer, obwohl sie sein Gegner war.

Er spürte, wie seine Lippen zuckten. Seine Kehle schnürte sich zusammen.

»Mirona!« krächzte er mühsam.

Sie richtete sich auf und strich ihm mit beiden Händen über das Gesicht.

»Admiral«, sagte sie leise. »Hoffentlich bist du deinen Gefühlen treuer als dem Solaren Imperium.«

»Was hast du vor?« fragte er. Er versuchte den Kopf zu heben, aber wie Mirona vorausgesagt hatte, konnte er nur sprechen.

»Während du schliefst, habe ich mich ein bißchen umgesehen«, sagte sie. »Der Zeittransmitter ist zwar beschädigt, aber ich kann ihn reparieren. Er reicht nur fünfhundert Jahre in die Vergangenheit, aber das genügt für meine Zwecke.«

Ein entsetzlicher Verdacht stieg in ihm auf.

»Willst du in die Vergangenheit fliehen?« fragte er.

»Ja, aber es ist eine Flucht nach vorn. Du kannst nicht wissen, daß wir bereits ein Attentat auf das Solare Imperium mit Hilfe des Zeittransmitters versucht haben. Allerdings wurde unser Plan vereitelt, sonst stünden eure Schiffe nicht im Luum-System.«

»Mirona!« stieß er fassungslos hervor. »Willst du ein Zeitparadoxon auslösen?«

»Ich gehe zurück in die Vergangenheit. Genauer gesagt, in das Jahr neunzehnhunderteinundsiebzig. Ich werde auf dem Mond des dritten Planeten des Solsystems landen und dort einen arkonidischen Forschungskreuzer vernichten.«

Zum erstenmal in seinem Leben empfand Atlan panische Angst. Wenn Crests und Thoras Schiff vernichtet wurde, konnte Perry Rhodan die unersetzlichen Unterlagen nicht finden, auf denen das Solare Imperium aufgebaut war. Sobald der Arkonidenraumer explodierte, würden sich die terranischen Raumschiffe im Luum-System einfach auflösen. Ein Zeitparadoxon solchen Ausmaßes mußte unvorstellbare Konsequenzen nach sich ziehen. Das Wissen, daß Mirona Thetin bereits den Befehl für ein ähnliches Attentat gegeben hatte, ließ Atlan die Entschlossenheit dieser Frau erkennen.

Die Meisterin der Insel würde zwei Galaxien in ein Chaos stürzen, um ihre Macht zu erhalten.

»Tu es nicht, Mirona!« stieß Atlan hervor. »Ich sorge dafür, daß du dich auf irgendeinen Planeten zurückziehen kannst, wenn du dich ergibst. Niemand wird je erfahren, wohin der letzte MdI entkommen ist.«

Sie lächelte verächtlich.

»Was bietest du mir? Einen Planeten für zwei Galaxien! Ein armseliges Einsiedlerleben gegen die Macht über zwei Imperien! Denk einmal an das Leben, das wir führen könnten. Beide besitzen wir einen Zellaktivator. Wenn wir uns verbünden, kann uns niemand mehr schlagen. Wir können unsere Macht immer weiter ausdehnen. Millionen Sternenvölker werden uns gehorchen. In Jahrtausenden werden wir noch Seite an Seite leben, längst Legende, aber immer noch an der Macht.« Sie umklammerte seinen Arm. »Oder befürchtest du, daß du meiner überdrüssig werden könntest?«

»Ich könnte deiner nicht überdrüssig werden«, sagte Atlan. »Auch in Jahrtausenden nicht.«

Ihre Augen weiteten sich. »Hundert Jahre werden sein wie ein Tag, Admiral. Und jeder Tag wird schön sein.«

»Nein«, sagte er.

In ihrem Gesicht zeichnete sich Unverständnis und Bestürzung ab.

»Du lehnst ab? Du stirbst lieber auf dieser Welt, als mit mir zu leben und zu herrschen?«

»Ein Mann kann für eine Frau alles tun«, sagte der Arkonide, »aber er darf nie seinen Prinzipien untreu werden.«

»Prinzipien?« schrie sie ungläubig. »Was hast du von deinen Prinzipien? Kannst du mit ihnen leben? Ernähren sie dich? Geben sie dir Macht? Küssen und umarmen sie dich?«

Er schwieg. Sie wollte ihn für sich gewinnen, aber er war nicht sicher, ob sie ihn liebte. Wahrscheinlich wollte sie ihre Macht über ihn beweisen, wollte sich auch jetzt bestätigt sehen.

Ich habe versagt, dachte Atlan resignierend. Ich habe das Solare Imperium und meinen besten Freund, Perry Rhodan, dem Untergang preisgegeben. Aber den letzten Verrat begehe ich nicht.

»Warum sagst du nichts?« wollte sie wissen. »Überlegst du?«

»Geh!« stieß er barsch hervor. »Laß mich allein!«

Er konnte sehen, daß sie vor Erregung zitterte. Sie war schöner denn je. Aber der Gedanke an das, was sie zu tun beabsichtigte, löschte in Atlan alle Gefühle aus.

Plötzlich richtete sie sich auf. »Nun gut«, sagte sie. »Dann sollst du wissen, was ich getan habe. Du sollst erfahren, wie es dazu kam, daß ich Faktor Eins wurde. Tut es dir nicht weh, wenn du erfährst, daß ich gemordet habe, um dieses Ziel zu erreichen?«

»Ich messe dich nicht mit den üblichen Maßstäben«, murmelte er. »Du bist eine Wahnsinnige mit einer eigenen Logik.«

»Vor zwanzigtausend Jahren rissen dreizehn reinrassige lemurische Renegaten die Macht an sich«, sagte sie, ohne auf seinen Einwand zu hören. »Von Anfang an gelang es mir, meine wahre Identität zu verbergen. Schließlich erfuhren sechs Renegaten, wer ihr Anführer war.« Mirona Thetins Zähne blitzten. »Ich habe sie alle sechs ermordet. Seit dieser Zeit beherrschten meine sechs Untergebenen und ich ganz Andromeda. Ein unbekannter Wissenschaftler der Alt-Lemurer hatte Zellaktivatoren angefertigt, die sich beim Anlegen auf die Körperfrequenz des Trägers einstellten.«

Atlan fragte sich im stillen, ob das rätselhafte Fiktivlebewesen von Wanderer bei der Verteilung der Zellaktivatoren an die MdI eine Rolle gespielt hatte. Der Verdacht lag nahe, denn es war zweifelhaft, ob ein lemurischer Wissenschaftler diese komplizierten Geräte bauen konnte, deren Technik sogar den Siganesen verborgen blieb.

»Mit den Zellaktivatoren gab man mir gleichzeitig eine Waffe in die Hände, um die anderen MdI zu beherrschen«, fuhr Mirona Thetin fort. »Ich besitze ein Gerät, mit dessen Hilfe ich die Tätigkeit eines Aktivators verändern kann. Der betreffende Aktivatorträger wird in Minuten zum alten Mann und zerfällt schließlich zu Staub. Keiner meiner unfreiwilligen Verbündeten wollte sich einem solchen Risiko aussetzen.«

Atlan glaubte ihr jedes Wort. Offiziell hatte sie als Hoher Tamrat vom Sulvy-System gelebt. Sie hatte sogar als erbitterte Gegnerin der MdI gegolten. In Wirklichkeit jedoch war sie Faktor I, Chef der mächtigsten Organisation zweier Milchstraßen.

»Ich habe dich an Bord der IMPERATOR mit einem Detektor getestet«, stieß Atlan hervor. »Der Test verlief negativ. Warum hat mein Gerät auf deinen Zellaktivator nicht reagiert?«

»Ganz einfach«, antwortete Mirona. »Ich wußte, daß ihr derartige Detektoren besitzt, deshalb ließ ich mir ein Gerät einsetzen, das die Streuimpulse meines Aktivators absorbiert. Dieses Gerät ist so konstruiert, daß ihr es selbst bei genauester Untersuchung nicht gefunden oder geortet hättet.«

Atlan nickte deprimiert.

»Warum hast du uns vor den Amoksendern gewarnt?« fragte er dann leise. Er hoffte, ihren schwachen Punkt zu finden. Er redete sich ein, daß sie aus Liebe zu ihm so gehandelt hatte. Ihre nächsten Worte jedoch belehrten ihn eines anderen.

»Ich wußte, daß der Anschlag zum Scheitern verurteilt war«, sagte sie. »Indem ich euch half, konnte ich in eurer Nähe sein und von euren Plänen erfahren. Das war wichtiger als ein Teilsieg über die Erde. Jetzt hat es sich herausgestellt, daß ich richtig gehandelt habe. Nur weil ich dich kannte, konnte ich dich als Werkzeug benutzen.«

»Bist du dir der Gefahr bewußt, die ein Zeitparadoxon für jeden von uns heraufbeschwört?«

»Für mich gibt es keine Gefahr«, sagte sie. »Ich befürchte nur, daß du die Realitätsveränderungen nicht überleben wirst.«

»Könntest du mich töten?« fragte er.

»Aus Enttäuschung«, sagte sie. »Aus Enttäuschung darüber, daß du es vorziehst, Perry Rhodan die Treue zu halten, anstatt an meiner Seite ein wunderbares Leben zu führen.«

Atlan gab ihr keine Antwort. Er war ein lebendiger Toter, das wußte er. Was unzählige Raumschiffe, Bomben, Roboter und Sternenvölker in Jahrhunderten nicht geschafft hatten, war Atlan in wenigen Augenblicken gelungen: Er hatte das Solare Imperium zum Untergang verurteilt. Je länger er darüber nachdachte, desto mehr sehnte sich sein Verstand nach einer Flucht in den Wahnsinn. Er wollte vergessen. Vergessen, was er in seiner Verblendung getan hatte.

»Ich gehe jetzt zum Zeittransmitter und beginne mit der Reparatur«, sagte Mirona Thetin. »Willst du mich in die Vergangenheit begleiten?«

»Nein«, sagte er.

Sie beugte sich über ihn und küßte ihn.

»Leb wohl, Admiral!« sagte sie sanft.

Er konnte nicht sehen, wie sie hinausging, weil er den Kopf nicht wenden konnte. Aber er hörte ihre Schritte. Es waren die festen Schritte einer zu allem entschlossenen Frau.

Atlan wußte, daß er, sollte er das Zeitattentat überleben, keinen Menschen mehr mit der gleichen leidenschaftlichen Intensität lieben würde wie diese Frau.

Aber er hoffte, daß er es nicht überlebte.

Er wußte nicht, wieviel Zeit verstrichen war, als er empfand, daß jemand den Raum betreten hatte. Da er den Kopf nicht bewegen konnte, vermochte er auch den Eingang nicht zu sehen. Sein Instinkt sagte ihm jedoch, daß er nicht mehr allein war.

Mirona war nicht zurückgekommen, er hätte sie an ihren Schritten erkannt.

Atlan empfand keine Furcht. Nichts konnte so schlimm sein wie das Zeitattentat, das Mirona Thetin begehen wollte. Er wußte, daß sein paralysierter Zustand noch ein bis zwei Stunden anhalten würde. Er konnte sich gegen niemand wehren.

Plötzlich hörte er ein Geräusch, das sich wie ein Schnüffeln anhörte. Gleich darauf schleifte irgend etwas über den Boden. Wieder kam das Schnüffeln. Ein unwilliges Brummen folgte.

Ein Tier? dachte der Arkonide verwirrt.

Das unterirdische Museum fiel ihm ein. War es den erweckten Kreaturen gelungen, bis hierher vorzudringen?

Der Tod in den Fängen eines Ungeheuers erschien Atlan weniger schlimm als eine ungewisse Zukunft nach der Zerstörung des arkonischen Forschungsschiffs im Jahre 1971.

Eine Weile blieb es still. Dann kratzte irgend etwas auf dem Kunststoffboden. Es hörte sich an wie Krallen, die vergeblich auf dem glatten Material nach Halt suchten. Atlan verfolgte den Lärm mit beinahe wissenschaftlichem Interesse. Er versuchte aus den Geräuschen auf die Größe und Gestalt ihres Urhebers zu schließen.

Ein scharfer Geruch, wie nach Säure, ließ ihn vermuten, daß ein Tier oder ein tierähnliches Wesen eingedrungen war. Hatte Mirona Thetin absichtlich den Eingang offengelassen und einen Mörder geschickt?

Aus den Augenwinkeln nahm Atlan einen dunklen, massig wirkenden Körper wahr, der sich schwankend durch den Raum zu bewegen schien. Dann richtete sich vor dem Lager des Arkoniden eine mächtige Gestalt auf, deren Leib von einem zottigen Pelz bedeckt war. In einem im Verhältnis zum übrigen Körper viel zu kleinen Kopf leuchtete ein rundes Auge. Unterhalb des Kopfes teilte sich plötzlich der Pelz, und Atlan starrte auf einen seltsam geformten Rachen.

Ein Fischmaul mit Raubtierzähnen, dachte der Arkonide.

Das unheimliche Wesen stand am Fußende des Bettes. Atlan bezweifelte nicht, daß er eines der entsprungenen Tiere aus dem Museum vor sich hatte.

Ein kurzer, dicker Arm mit hakenförmigen Klauen packte die Decke und riß sie weg. Atlan konnte nichts zu seiner Verteidigung tun. Er mußte zusehen, wie das wütende Monstrum die Decke in Fetzen riß. Dann erhob er sich auf die Hinterbeine und kam mit wiegenden Schritten zur Kopfseite des Bettes.

Die Arme waren zum tödlichen Schlag erhoben.

Der scharfe Aasgeruch, den die Bestie verströmte, ließ Übelkeit in Atlan aufsteigen. Der widerliche Rachen zwischen Kopf und Brust öffnete und schloß sich in regelmäßigen Abständen. Es sah aus, als schnappte das Tier nach Luft.

Da zischte irgend etwas durch die Luft und bohrte sich in den Rücken von Atlans Gegner. Ein speerförmiger Gegenstand stak zitternd im Körper des aufbrüllenden Wesens. Das Ungeheuer ließ von Atlan ab und verschwand aus dem Blickwinkel des Arkoniden.

Kampfgeräusche wurden hörbar. Jemand schien sich am Boden zu wälzen. Dann folgte ein fast metallisch klingendes Seufzen. Danach wurde es still. Atlan fragte sich, was geschehen war. Noch während er überlegte, erblickte er eine neue Gestalt, die sich seinem Lager genähert hatte. Es war ein affenartiges Wesen mit einem spitz nach oben zulaufenden Kopf. Es trug einen Köcher, in dem mehrere Kurzspeere staken. Mit einer solchen Waffe war die

Bestie offenbar getötet worden. Die Augenwülste des Fremden zuckten. Er stieß einige kehlige Laute aus.

Atlan blinzelte seinem Retter zu. Er wagte nicht zu sprechen, da ihn der Fremde ohnehin nicht verstehen würde.

Der Unbekannte strich behutsam über Atlans Körper und schüttelte verwirrt den Kopf. Er zog einen Speer aus seinem Köcher. Atlan glaubte, sein Ende sei nun gekommen, doch gleich darauf erkannte er, daß das Wesen ihn nicht zu töten beabsichtigte. Er legte die Waffe neben Atlan aufs Bett.

Wieder folgten einige Grunzlaute. Atlan riskierte ein Lächeln. Als das Wesen seine Zähne sah, wandte es sich mit Anzeichen des Entsetzens von ihm ab und stürmte aus dem Raum.

Der Arkonide blieb bewegungsunfähig zurück.

Mirona Thetin stellte den Impulsstrahler auf Breitenwirkung und schoß, ohne zu zielen. Das Monstrum das ihr aus dem Transmitterraum entgegenkam, brach zusammen und bewegte sich nicht mehr. Die Frau kletterte auf ein Podest und schaute sich um. Innerhalb dieser Halle schien sich kein lebendes Wesen mehr aufzuhalten. Trotzdem war Vorsicht geboten, denn es gab unzählige Verstecke, in denen sich ein Angreifer verbergen konnte.

Mirona näherte sich der toten Bestie und stieß sie mit dem Fuß an. Das Tier, das aussah wie ein Drache, rührte sich nicht. Mirona Thetin schob den Impulsstrahler in den Gürtel und seufzte.

Faktor I dachte an den Arkoniden, den sie paralysiert zurückgelassen hatte. Sie wünschte, sie hätte ihm dieses Schicksal ersparen können. Zum erstenmal seit Jahrhunderten spürte sie Anteilnahme für einen anderen Menschen. Sie hatte gewußt, wie gefährlich es für sie war, sich in einen Mann zu verlieben, der ihr erbitterter Gegner war. Im stillen gratulierte sie sich zu ihrer Standhaftigkeit. Im entscheidenden Augenblick hatte ihre Vernunft über die Liebe gesiegt. Der Wille zur Macht hatte über ihre Gefühle dominiert. Die Meisterin der Insel wußte, daß Atlan in der gleichen Sekunde von Tamanium verschwinden würde, in der sie das arkonidische Schiff auf dem irdischen Mond vernichtete. Es war unmöglich, das Schicksal dieses Mannes bei einer Realitätsveränderung vorherzubestimmen. Auf jeden Fall würde es nicht einfach sein, ihn wiederzufinden. Die lemurischen Wissenschaftler, die die Zeittransmitter zu entwickeln mitgeholfen hatten, waren immer Gegner von willkürlich ausgelösten Zeitparadoxa gewesen. Vor einem Paradoxon, wie Mirona Thetin es auszulösen beabsichtigte, hatten die erfahrenen Frauen und Männer nachdrücklich gewarnt, weil die Folgen eines solchen Experiments unvorhersehbar waren.

Mirona Thetin wußte jedoch, daß ihr keine andere Wahl blieb, um ihre Machtposition zu retten. Der Sieg der MdI war nur sicherzustellen, wenn man Perry Rhodan einfach aus der Geschichte strich, als hätte es ihn und seine Schiffe niemals gegeben. Der Gedanke, welche gewaltigen kosmischen Ereignisse dadurch in andere Bahnen gelenkt werden konnten, schreckte die Zellaktivatorträgerin nicht. Sie war es gewohnt, alles zu riskieren, um ihre Macht zu festigen und auszubauen. Nun hatte man sie in die Enge getrieben. Ohne ihr weiblichen Waffen hätte sie nie die Chance bekommen, das Kriegsglück noch einmal zu wenden.

Mirona Thetin lächelte. Im Grunde genommen war auch der Arkonide Atlan nur ein Mann, der der Anziehungskraft einer schönen Frau erlegen war. Trotz seiner unvergleichlichen Erfahrung, trotz seiner Intelligenz, und obwohl er sich der Dinge bewußt gewesen war, die auf dem Spiel standen, hatte er nicht der Vernunft, sondern seinen Gefühlen nachgegeben.

Die Lemurerin hatte die Schaltanlage des Zeittransmitters erreicht. Sie entfernte die Sicherungen und überprüfte die einzelnen Module. Die Energiezufuhr funktionierte reibungslos, aber verschiedene Schaltelemente waren durch Erschütterungen beschädigt worden. Diese empfindlichen Teile mußte sie ausbauen und durch neue ersetzen. Ersatzteile waren genügend vorhanden. Lediglich die Servoautomatik war völlig unbrauchbar. Sie würde auf die Mentalsteuerung des Transmitters verzichten und mit der etwas zeitraubenden Manuellbedienung vorlieb nehmen müssen.

Mirona Thetin wußte, daß ihr noch ein paar Stunden Zeit blieben. Mehr, als sie zur Reparatur benötigte. Sie ging zum Ersatzteillager und holte die Elemente. Als sie zum Transmitter zurückkam, legte sie Impulsstrahler, Desintegrator und Lähmungsstrahler vor sich auf einen Sockel. Sie wollte bei einem Angriff durch ein Tier aus dem Museum verteidigungsbereit sein.

Obwohl sie wissenschaftlich geschult war, bereitete ihr der Ausbau der beschädigten Teile Schwierigkeiten. Sie mußte die Arbeit eines Spezialisten verrichten. Trotzdem ließ ihre Entschlossenheit nicht nach. Die Hauptsache war, daß der Energiefluß vom Transmitter im Augenblick der Funktion nicht gestört wurde. Was nach dem Zeitsprung geschah, war vollkommen gleichgültig. Wenn es ihr gelang, das Zeitverbrechen durchzuführen, hatte sie gewonnen.

Sie arbeitete geschickt, aber langsam. Sie überlegte jeden Handgriff, bevor sie ihn ausführte. Nur die Kombination aller Schaltelemente gewährleistete einen exakten Sprung. Mirona Thetin mußte am 10. Juni 1971 im Solsystem erscheinen. Was Hakolin nicht gelungen war, mußte sie in der Vergangenheit selbst erledigen.

Ab und zu unterbrach die Meisterin der Insel ihre Arbeit, richtete sich auf und ließ ihre Blicke durch die Halle gleiten. Alles blieb still. Außer dem drachenähnlichen Wesen schien sich kein Tier aus dem Museum in die Transmitterstation eingeschlichen zu haben.

Immer wieder kehrten Mironas Gedanken zu dem paralysierten Mann zurück, der vollkommen hilflos auf sein Ende wartete. Sie fragte sich, welche Gedanken den Arkoniden nun beschäftigten.

Mirona unterbrach ihre Arbeit und blickte nachdenklich ins Leere. Zum erstenmal in ihrem Leben wünschte sie, eine bedeutungslose Frau zu sein. Sie sehnte sich nach Dingen, für die sie bisher nur ein verächtliches Lächeln gekannt hatte.

Ihre Hände zitterten, als sie die Reparaturarbeiten wieder aufnahm. Kein Mensch konnte alles haben, überlegte sie. Wenn sie die Realitätsveränderung durchgeführt hatte, würde sie den Arkoniden bald vergessen. Es würde damit beginnen, daß sie den Klang seiner Stimme vergaß. Allmählich würde sein Bild in ihren Gedanken verblassen.

Dann würde nichts bleiben als die vage Erinnerung an eine Stunde verlorenen Glücks.

Das Prickeln begann in den Fingern und griff allmählich auf die Arme über. Atlan versuchte den Kopf zu heben. Zu seinem Erstaunen gelang es ihm. Er konnte sogar zur Seite blicken, so daß er das tote Monstrum neben dem Eingang liegen sah.

Die Lähmung begann nachzulassen. Trotzdem machte sich der Arkonide keine Hoffnungen. Bis er aufstehen konnte, war Mirona Thetin wahrscheinlich schon in der Vergangenheit.

Atlan sah, daß seine Kampfkombination mit dem Kombistrahler auf einem Sessel lag. Faktor I hatte es als überflüssig angesehen, die Ausrüstung ihres Begleiters zu vernichten. Sie rechnete nicht damit, daß Atlan ihr noch einmal gefährlich werden konnte. Atlan ließ seine Blicke wieder zu dem toten Tier weiterwandern. Im Körper des Ungeheuers staken jetzt drei Speere. Einer war abgebrochen. Atlan bewunderte die Tapferkeit des unbekannten Affenwesens. Er fragte sich, ob der Fremde noch einmal hierher zurückkommen würde.

Atlan bewegte ununterbrochen seinen Kopf, um die Durchblutung zu fördern. Das Prickeln, das an den Händen begonnen hatte, war nun auch an den Füßen spürbar. Trotzdem vermochte er weder Arme noch Beine zu bewegen. Ohne seinen Zellaktivator hätte es noch Stunden gedauert, bis der Rückgang der Lähmung eingesetzt hätte. Atlan hoffte, daß die Lemurerin diese Tatsache nicht einkalkuliert hatte.

Atlans Finger begannen zu zucken. Er zwang sich dazu, sie zu krümmen. Wenige Minuten später konnte er seine Hände zu Fäusten ballen und wieder öffnen. Intensiv konzentrierte er sich nun auf seine Füße. Je mehr er sich anstrengte, desto schneller würde die Lähmung nachlassen.

Er versuchte, sich auf den Händen hochzustützen, doch es war noch keine Kraft in seinen Armen. Die Anstrengung ließ ihn in Schweiß ausbrechen. Er atmete schwer. Der Gestank, den das tote Ungeheuer verbreitete, wurde immer unerträglicher. Innerhalb des Raumes herrschte stickige Luft. Atlan schloß daraus, daß ein Teil der Klimaanlagen ausgefallen war. Wahrscheinlich dehnten sich die Brände, die überall ausgebrochen waren, immer weiter aus.

Atlan konnte jetzt seine Arme bewegen. Er achtete nicht auf die Schmerzen, die ihm jede Bewegung bereitete. Plötzlich hatte er wieder Hoffnung, die Katastrophe abwenden zu können. Nötigenfalls mußte er Mirona Thetin töten, um sie an ihrem Vorhaben zu hindern. Atlans Kopf sank auf das Kissen zurück. Er preßte sein Gesicht in den weichen Stoff. Der Geruch ihres Parfums hatte sich noch nicht völlig verflüchtigt. Einen Augenblick lag Atlan still, dann setzte er seine Bemühungen fort. Er schätzte, daß etwa eine Stunde seit dem Eindringen des Tieres verstrichen war, als es ihm endlich gelang, beide Beine an den Körper zu ziehen.

Er wälzte sich auf den Bauch. Behutsam schob er sich, die Beine voran, aus dem Bett. Seine Füße berührten den Boden. Er hielt sich mit den Händen fest, um zunächst die Standfestigkeit seiner Beine zu überprüfen. Er merkte, daß sie sein volles Körpergewicht noch nicht tragen konnten. Es gelang ihm, sich herumzudrehen, so daß er eine zusammengekrümmte, sitzende Haltung einnahm.

In diesem Augenblick kehrte der Wilde mit dem Speerköcher zurück und trat zögernd durch den Eingang. Er schnatterte aufgeregt, als er Atlan sitzen sah. Dann deutete er auf das tote Tier.

Der Arkonide winkte seinem Retter zu, vermied es aber, ihn anzulächeln. Das Affenwesen stolzierte um das tote Monstrum herum und stieß Grunzlaute aus. Dabei ließ es Atlan keine Sekunde aus den Augen.

Atlan entschloß sich, die Initiative zu übernehmen.

»Vielleicht können wir Freunde werden«, sagte er.

Beim Klang seiner Stimme fuhr der Fremde zusammen. Er griff nach einem Speer, holte aus und warf. Atlan ließ sich zur Seite fallen. Mit einem Geräusch, das wie das Zerreißen einer Stahlfeder klang, bohrte sich die Spitze der primitiven Waffe zentimetertief in die Wand hinter dem Bett.

»*Bortargh*!« schrie der Wilde und hob drohend den Arm.

Atlan zog es vor, sich nicht zu bewegen. Der Unbekannte schien leicht reizbar zu sein, oder er verwechselte Atlan mit jemand anderem. Der Arkonide wußte, daß er im Kampf gegen das Affenwesen unterliegen würde. Er war noch zu schwach, um seine Waffe zu erreichen.

Langsam richtete er sich wieder auf.

»*Drantang owergat santen*«, sagte der Fremde aufgebracht. Er kam mit schnellen Schritten auf Atlan zu. Der Arkonide spannte sich. Er war entschlossen, sein Leben zu verteidigen, auch wenn seine Chancen gering waren. Das halbintelligente Wesen, das die MdI von irgendeiner unbekannten Welt hierher gebracht hatten, ergriff jedoch nur den Speer und zog ihn mit einem Ruck aus der Wand. Mit einem raschen Griff wurde Atlan an den Haaren gepackt und hochgerissen. Atlan holte aus und versetzte dem Barbaren einen Schlag dorthin, wo er die Magengrube vermutete.

Der Angreifer grunzte unwillig und schüttelte den geschwächten Arkoniden wie eine Puppe hin und her. Atlan spürte, wie seine Beine nachgaben. Der Eindringling zog ihn an den Haaren vom Bett weg. Atlan legte seine gesamte Kraft in einen Handkantenschlag. Er traf das Affenwesen seitlich.

Augenblicklich lockerte sich der Griff. Atlan konnte sich befreien. Der Wilde stand da und rieb seinen Hals. Er betrachtete Atlan mit einer Mischung aus Verwunderung und Respekt. Atlan entblößte seine Zähne und stieß ein drohendes Knurren aus. Mit einem Satz zog sich sein Widersacher bis zur Tür zurück.

Auf Händen und Knien kroch Atlan zu dem Sessel, wo sein Kampfanzug und die Waffe lagen. Der Raum begann vor seinen Augen zu kreisen. Es gelang ihm, den Kombistrahler aus dem Gürtel zu ziehen. Er lehnte sich gegen den Sessel und wartete ab, was der Fremde unternehmen würde.

Das Affenwesen zog einen Speer aus seinem Köcher und wog ihn abwartend in der Wurfhand. Atlan zielte und drückte ab. Die Spitze des Speeres löste sich auf. Mit einem schrillen Entsetzensschrei floh der Wilde aus dem Zimmer. Atlan atmete erleichtert auf. Er sank zu Boden und wartete, daß seine Kräfte zurückkehren würden.

Jede Minute war kostbar. Während er hier lag, konnte Mirona Thetin die entscheidenden Schaltungen am Zeittransmitter ausführen. Trotzdem hielt Atlan es für klüger, noch ein paar Minuten zu warten. Es war sinnlos, vollkommen geschwächt auf die Suche nach dem letzten MdI zu gehen. Was nützte es, wenn er draußen in einem Gang zusammenbrach?

Atlan fühlte die belebende Wirkung des Zellaktivators. Ohne dieses Gerät würde er jetzt noch unbeweglich daliegen. Er zog sich am Sessel hoch und griff nach dem flugfähigen Kampfanzug.

Eine rasche Überprüfung zeigte ihm, daß der Helmminikom zerstört worden war. Ob von Mirona oder dem toten Tier, wußte er nicht zu sagen. Die Möglichkeit, mit Hilfe des Helmkoms die Terraner zu warnen, war ihm somit genommen. Und bis er den Jet erreichen konnte, würde Mirona das Zeitparadoxon längst herbeigeführt haben. Das ihm noch verbleibende Armbandfunkgerät hingegen war zu schwach, um damit die Schiffe zu erreichen, da es sich nur um einen Normalsender handelte.

Es blieb ihm nichts anderes übrig, als Mirona zu suchen und zu hoffen, daß er nicht zu spät kam. Jedenfalls konnte er sich davon überzeugen, daß alle anderen Geräte des Anzugs noch funktionierten. Kurz entschlossen zog er ihn an.

Als er zum Bett zurückging, waren seine Schritte bereits fest. Er schob den Speer, den der fremde Wilde zurückgelassen hatte, ebenfalls in den Gürtel seiner Kombination. Dann begann er nach den Überresten des Planes zu suchen, den Mirona Thetin zerrissen hatte. Er trug die Papierfetzen zum Tisch hinüber und setzte sie zusammen. Ein paar fehlten, doch die hauptsächlichen Punkte dieses Gebiets der unterirdischen Anlagen waren vorhanden.

Atlan bedauerte, daß die Zeichnung nicht beschriftet war. Anstelle von Buchstaben waren die markanten Punkte mit kleinen Symbolzeichnungen gekennzeichnet. Der Arkonide vermutete, daß die kleinen Sonnen jene Stellen bezeichneten, an denen sich die Energiequellen befanden. Räder standen für größere Maschinenräume. Außerdem gab es Pfeile, Kreise, Wellenlinien, Dreiecke, Halbkugeln und fremdartig aussehende Figuren. Atlan runzelte die Stirn.

Wie wollte er in diesem Durcheinander von Symbolen die Zeitstation finden? Zunächst mußte er alle Zeichnungen durchstreichen, die mehrfach vorkamen. Es gab auf Tamanium nur einen Zeittransmitter, also würde er auf der Zeichnung nur einmal eingetragen sein.

Als er fertig war, gab es noch vier Einzelsymbole. Jedes von ihnen gab dem Arkoniden ein Rätsel auf. Eines der Symbole war eiförmig, ein zweites ähnelte einem Kreuz, während die beiden anderen wie verschnörkelte Buchstaben aussahen.

Keines dieser Bilder schien den Zeittransmitter zu symbolisieren. Atlan unterzog die vier Symbole einer genaueren Prüfung. Er entdeckte, daß an zwei Enden des Kreuzes winzige Querstriche waren.

Jetzt verstand er. Was er zunächst für ein Kreuz gehalten hatte, war nichts anderes als eine symbolisch dargestellte Uhr mit zwei verlängerten Zeigern.

Nun kannte er die Position des Zeittransmitters auf der Karte.

Das nutzte ihm vorläufig jedoch wenig, weil er nicht wußte, wo er sich im Augenblick befand. Es würde ihm nichts anderes übrigbleiben, als aufs Geratewohl mit seiner Suche nach Mirona Thetin zu beginnen. Wenn er einen der auf der Karte verzeichneten Punkte entdeckte, konnte er sich leichter orientieren. Mit einer Handbewegung schob er die Papierstücke zusammen und erhob sich.

Beinahe schmerzhaft wurde er sich der Tatsache bewußt, daß er die Frau, die er liebte, nur suchte, um sie zu töten.

28.

Mirona Thetin lehnte sich zurück und schloß die Augen. Sie hatte ihre Arbeit am Zeittransmitter beendet. Da sie ständig mit voller Konzentration gearbeitet hatte, fühlte sie sich jetzt abgespannt. Sie wußte, daß dieses Gefühl schnell vergehen würde. Der Zellaktivator, den sie innerhalb ihres Brustkorbs trug, war direkt mit dem Herzen verbunden. Er würde ihr helfen, ihre Müdigkeit rasch zu überwinden. Mit den Füßen räumte sie die ausgebauten Schaltelemente zur Seite. Nun brauchte sie nur noch die Funktionskontrolle einzuschalten um festzustellen, ob der Transmitter einwandfrei arbeitete.

Die Lemurerin begab sich zum Kontrollstand und schaltete die betreffenden Sektionen ein. Auf der großen Tafel glühten Lämpchen auf. Die Warnanlage blieb stumm. Mirona Thetin führte einen simulierten Zeitsprung durch. Der Energiezufluß verlief wunschgemäß. Die Frau atmete auf. Jetzt mußte sie nur noch eine Programmierungsschaltung vornehmen und den Transmitter betreten.

Unwillkürlich entstand vor ihren geistigen Augen wieder das Bild des gelähmten Arkoniden, der plötzlich aus dem Raum verschwinden würde. Diese Auflösung erschien Mirona Thetin so endgültig, daß sie in ihrer Entschlossenheit schwankend wurde.

Warum, so fragte sie sich, sollte sie den gelähmten Mann nicht einfach mit in die Vergangenheit nehmen?

Sie mußte sich nur einen Robottransporter besorgen und Atlan aufladen. Dann konnte sie ihn bequem in den Transmitter bringen. Sie lächelte bei dem Gedanken. Wenn Atlan merkte, daß er den Terranern nicht mehr helfen konnte, würde er sie bald vergessen und sich ihr zuwenden.

Warum hatte sie nicht früher an eine solche Möglichkeit gedacht? Sie würde den Lordadmiral der USO in die Vergangenheit entführen. Sie war sicher, daß er sie genug liebte, um eines Tages zu vergessen, was sie getan hatte.

Mirona dachte darüber nach. Sie begann zu zweifeln. Selbst wenn sie mit Atlan in die Vergangenheit reiste, würde dieser aller Wahrscheinlichkeit nach im selben Moment zu existieren aufhören, in dem sie den arkonidischen Forschungskreuzer vernichtete. Trotzdem, einen Versuch wäre es wert, denn vielleicht kam es auch ganz anders, und Atlan blieb ihr erhalten.

Ihr gefühlsmäßig gefaßter Entschluß stand somit fest. Sie ahnte nicht, daß sie es auch viel einfacher hätte haben können. Sie wußte zwar einiges aus Atlans Leben – aber nicht alles. So hatte sie keine Ahnung davon, daß der Arkonide Jahrtausende auf der Erde verbracht hatte und auf dem Grund eines Ozeans eine Station besaß. Sie wußte daher auch nicht, daß Atlan zu jenem Zeitpunkt, als der arkonidische Forschungskreuzer auf dem Mond landete, in seiner Station lag und schlief und erst einige Zeit nach der arkonidisch-terranischen Kontaktaufnahme geweckt wurde. Hätte sie dies alles gewußt, wäre ihr der Entschluß, ohne Rücksicht auf Atlan in die Vergangenheit zu reisen, ungleich leichter gefallen. Sie hätte, nachdem es ihr gelungen war, das Arkonschiff zu vernichten, nur auf der Erde zu landen brauchen, um Atlan in seiner Station aufzuwecken und mit ihm nach Andromeda zurückzukehren.

Mirona verließ den Transmitterraum. In einem der vielen Gänge suchte sie einen automatischen Transportwagen. Sie schaltete ihn auf manuelle Steuerung. Als sie aufblickte, sah sie am anderen Ende des Ganges eine hagere Gestalt auftauchen. Sie griff nach ihrer Waffe. Die aus dem Museum entsprungenen Tiere trieben sich überall herum. Der Wagen löste sich aus der Halterung an der Wand und rollte in die Mitte des Ganges. Mirona sah, wie der Fremde stehenblieb und mißtrauisch zu ihr herübersah. Dann verschwand er mit einem Satz in einem Raum. Der Lärm des Fahrzeugs hatte ihn offenbar erschreckt. Trotzdem behielt Mirona ihre Waffe in der Hand.

Sie durchquerte mehrere Hallen und Räume, bis sie einen Antigravschacht erreichte. Sie schwebte einige Etagen nach oben und landete den Wagen geschickt auf einer Plattform. Kurz darauf erreichte sie den Raum, in dem sie Atlan zurückgelassen hatte.

Sie steuerte das Fahrzeug durch den offenen Eingang und schaltete den Motor aus.

Das Bett, auf dem der Arkonide gelegen hatte, war leer.

Unmittelbar neben dem Eingang lag ein totes Tier. Sein riesiger

Körper war von drei Speeren durchbohrt. Mirona blieb stehen und schaute sich um. Atlans Schutzanzug und seine Waffe waren ebenfalls verschwunden. Das tote Monstrum war jedoch von primitiven Speeren getötet worden.

Sie dachte angestrengt nach. Die Zusammenhänge waren nur schwer zu erkennen. Ein, vielleicht auch zwei oder mehr Tiere waren in diesen Raum eingedrungen. Die Spuren eines Kampfes waren noch am Boden zu erkennen. Welche Rolle hatte der Arkonide bei dieser Auseinandersetzung gespielt? War er entführt worden, oder hatte er sich aus eigener Kraft entfernt? Mirona ging ein paar Schritte weiter. Dann sah sie die Überreste ihres Planes. Die neue Anordnung der Papierschnitzel ließ darauf schließen, daß Atlan die einzelnen Stücke zusammengesetzt hatte.

Sie lächelte. Der Plan war vollkommen wertlos. Sie hatte ihn selbst angefertigt, ohne sich an die tatsächlichen Räumlichkeiten zu halten.

Einen Atlan, der bewaffnet und bei Bewußtsein war, durfte sie auf keinen Fall unterschätzen. Sie mußte ihren Plan aufgeben und auf die Begleitung des Arkoniden in die Vergangenheit verzichten.

Sie entschloß sich, sofort zur Transmitterstation zurückzukehren und nicht länger mit dem Zeitsprung zu warten. Es war nicht ausgeschlossen, daß sie aus Zufall mit Atlan zusammentraf. Dann konnte es zu einem Kampf kommen. Jede weitere Verzögerung bedeutete jedoch eine Gefahr für die Absichten der Lemurerin.

Sie ließ den Transportwagen zurück und trat auf den Gang hinaus.

Der Gedanke, daß der Arkonide irgendwo in der Nähe war, bereitete ihr Unbehagen. Sie hielt die Waffe schußbereit in der Hand und schaute sich nach allen Richtungen um, bevor sie weiterging. Dabei hielt sie sich dicht an der Wand, um sofort irgendwo in Deckung gehen zu können, wenn sie angegriffen wurde.

Unter anderen Umständen hätte ihr diese Auseinandersetzung Freude bereitet. Sie liebte es, Risiken einzugehen, doch diesmal hing alles vom Gelingen ihrer Pläne ab. Außerdem wollte sie sich mit dem Mann, den sie trotz allem liebte, in keinen Kampf einlassen.

Unangefochten erreichte sie die Plattform vor dem Antigravschacht. Als sie sich in den Schacht schwang, tauchte auf der Plattform der nächsten Etage ein affenähnliches Tier auf, das einen Köcher mit mehreren Speeren trug. Es beobachtete sie. Die Waffen, die der Affe bei sich trug, waren die gleichen, die Mirona im Körper des toten Tieres entdeckt hatte. Hatte er die Bestie in Atlans Raum getötet?

Während sie nach unten schwebte, versuchte sie vergeblich, eine Antwort auf diese Frage zu finden. Es war nicht ausgeschlossen, daß der Lordadmiral sich in der Nähe des Affenwesens aufhielt. Deshalb war äußerste Vorsicht geboten.

»Mirona!«

Sie zuckte zusammen, als sie die Stimme erkannte, die ihren Namen rief. Ihr Kopf fuhr herum. Zehn Meter unter ihr, auf der nächsten Plattform, stand Atlan. Er hatte seine Waffe in der Hand.

Mirona schoß, ohne zu überlegen. Der Rückschlag der Waffe wirbelte ihren schwerelosen Körper gegen die Wand des Schachtes. Sie umklammerte sie fest und schoß erneut. Sie sah, wie der Schutzschirm des Arkoniden aufglühte, dann warf er sich hinter einen Metallsockel in Deckung.

Mirona wußte, daß sie an dieser Plattform vorbeimußte, wenn sie in die Transmitterstation gelangen wollte.

»Admiral!« rief sie. Ihre Stimme fand in den unzähligen Gängen und Hallen ein vielfältiges Echo.

»Wirf deine Waffen weg, Mirona!« rief er zurück. »Ich kann dich sehen. Du hast innerhalb des Schachtes keine Deckung.«

»Ich habe meinen Schutzschirm«, sagte sie ruhig. »Versuch es nur, mich zu töten.«

Sie ließ sich los und sank langsam tiefer. Plötzlich sprang der Arkonide auf und feuerte einen Schuß auf sie ab. Ihr Schutzschirm absorbierte die Energie, aber Mirona wurde gegen die Schachtwand gepreßt. Ihre Schwerelosigkeit war aufgehoben.

Mit leisem Bedauern dachte sie daran, daß sie bei ihrem Aufbruch nach Tamanium freiwillig darauf verzichtet hatte, jenen Schutzschirmprojektor mitzunehmen, den die MdI üblicherweise trugen. Damit wäre sie für Atlans Kombiwaffe unbezwingbar gewesen. Sie hatte jedoch darauf verzichten müssen, um nicht Gefahr zu laufen, vorzeitig enttarnt zu werden. Die Terraner wußten, welche Art von Schutzschirmen die MdI besaßen, und wenn sie einen derartigen Projektor bei ihr entdeckt hätten, wäre ihre Rolle durchschaut worden, noch ehe sie damit zum Ziel kommen konnte. Dieser Gefahr wollte sie sich nicht aussetzen.

Mirona schüttelte trotzig den Kopf und verbannte diese Gedanken.

»Halt!« rief sie. »Ich kapituliere.«

Er trat zum Rand der Plattform und starrte zu ihr hinauf.

»Laß deine Waffen fallen, Mirona«, sagte er. Seine Stimme klang unnachgiebig.

»Natürlich«, sagte sie.

Sie streckte ihm einen Arm entgegen. Mit dem anderen schaltete sie das Flugaggregat ihres Kampfanzuges auf volle Beschleunigung. Innerhalb des Antigravschachts erzielte die plötzliche Beschleunigung einen weitaus größeren Effekt als unter normalen Bedingungen. Mirona hatte ein Gefühl, als würde sie zerrissen. Vor ihren Augen verschwamm alles. Die Plattform schien ihr entgegenzuspringen.

Atlan hatte keine Zeit, auf das tollkühne Manöver zu reagieren. Mirona Thetin prallte gegen ihn und schleuderte ihn zu Boden. Geistesgegenwärtig rollte er sich zur Seite. An der Stelle, wo er zu Fall gekommen war, schlugen die Strahlen ihrer Waffen ein. Sie lachte gellend und sprang in den Schacht zurück. Sie hatte ihn überlistet. Der Triumph ließ ihr Herz schneller schlagen.

Sie wußte, daß er sie sofort verfolgen würde. Unter allen Umständen mußte sie ihn von der Zeitstation ablenken. Er würde ihr keine Zeit lassen, die nötigen Schaltungen auszuführen. Zunächst mußte sie ihn außer Gefecht setzen.

Sie landete auf der Plattform der nächsten Etage und rannte in den Hauptgang.

»Mirona!« hörte sie ihn rufen. »Zwinge mich nicht dazu, bis zum Tod gegen dich zu kämpfen.«

Am Klang seiner Stimme erkannte sie, daß er bereits im Schacht war und sie verfolgte. Er mußte vorsichtig sein. Er war jetzt in der gleichen Lage wie sie vor wenigen Augenblicken. Sie lächelte grimmig. Auf keinen Fall würde sie antworten und damit ihre Stellung verraten.

»Mirona!« rief er wieder. »Um Himmels willen, laß uns damit aufhören.«

Sie betrat einen großen Maschinenraum und rannte über eine unmittelbar neben dem Eingang liegende Treppe. Sie gelangte auf eine Art Verladebühne. Von hier oben aus waren die schweren

Maschinen installiert worden. Der Boden bestand aus Metallrosten. Sie kauerte sich hinter einen quadratmetergroßen Motor und beobachtete den Eingang.

Atlan würde erraten, welche Plattform sie benutzt hatte. Da er unmittelbar nach ihr in den Schacht gesprungen war, konnte er sich ausrechnen, daß sie nur bis zur nächsten Plattform gelangt war. Aber es gab Hunderte von Räumen, wo sie sich verstecken konnte.

Sie wartete, daß er wieder nach ihr rufen würde, doch es blieb alles still. Er hatte offenbar eingesehen, daß sie nicht auf seine Vorschläge eingehen würde. Die Lemurerin lehnte sich gegen den Motor und wartete. Es mußte ihr gelingen, Atlan ins Labyrinth der unterirdischen Gänge zu locken. Wenn er sich einmal verirrt hatte, konnte sie bedenkenlos die Zeitstation aufsuchen. Er würde Stunden brauchen, bis er sie gefunden hatte.

Sie hörte seine Schritte unten im Gang. Er ging am Eingang des Maschinenraums vorbei. Die Verlockung, schnell zum Antigravschacht zu gelangen, war für Mirona groß, aber sie widerstand ihr. Es dauerte ein paar Sekunden, bis ihr das Geräusch einer zugefallenen Tür anzeigte, daß ihr Verfolger noch immer in der Nähe war.

Sie richtete sich auf. Der Maschinenraum besaß mehrere Zugänge. Ein Teil davon führte tiefer in die unterirdischen Anlagen. Dorthin mußte sie Atlan locken. Sie rannte über die Bühne, bis sie ungefähr in der Mitte des Raumes eine weitere Treppe erreichte.

»Admiral!« schrie sie mit voller Stimmkraft. »Ich bin hier, Admiral!«

Er erschien am Eingang, durch den auch sie hereingekommen war, und spähte vorsichtig ins Innere. Sie winkte ihm zu und stürmte die Treppe hinab. Er schoß, und hinter ihr schmolz ein Stück aus der Treppe. Die obersten Stufen sackten ab und landeten krachend auf einer langgestreckten Maschine. Mirona huschte an einer riesigen Kontrollwand vorbei, so daß Atlan sie nicht sehen konnte. Ihre Augen suchten den nächsten Ausgang. Sie rannte darauf zu. Atlan war schneller als sie, aber dafür kannte sie sich hier unten besser aus.

Sie warf sich gegen die Tür, aber zu ihrem Entsetzen war sie verschlossen. Sie trat einen Schritt zurück, zielte und feuerte den Desintegrator ab. Das Schloß löste sich auf. Sie wagte nicht, einen Blick zurückzuwerfen. Noch einmal warf sie sich gegen die Tür. Diesmal hatte sie Glück. Durch den gewaltsam geöffneten Ausgang gelangte sie in eine Lagerhalle. Zwischen bis zur Decke reichenden Regalen rannte die Meisterin der Insel weiter. Am ersten Quergang bog sie ab und kauerte sich hinter eine Leichtmetallkiste.

Sie legte beide Waffen auf den Kistenrand, damit sie ruhiger zielen konnte. Sie sah, wie sich ein Türflügel bewegte und drückte ab. Gleichzeitig stieß sie eine Verwünschung aus, als sie sah, daß der Lordadmiral sie überlistet hatte. Er hatte seitlich neben der Tür gestanden und sie mit einem langen Gegenstand aufgedrückt. Er wußte jetzt, daß sie auf ihn wartete.

Ihr jetziger Plan war nicht günstig, weil Atlan diesen Raum auch von anderen Stellen erreichen und sie überraschen konnte. Sie wußte nicht, ob er an der zerschossenen Tür wartete oder bereits von der zweiten Möglichkeit Gebrauch machte. Sie richtete sich auf und kletterte katzenhaft am Regal empor. Auf der obersten Ablage robbte sie bis zum nächsten Hauptgang und ließ sich wieder in die Tiefe hinab.

Sie schaltete ihr Armbandfunkgerät ein und stellte es auf Notruf. Lächelnd legte sie es auf den Boden und rannte davon. Vielleicht ließ sich der Arkonide bluffen. Sie bezweifelte es jedoch. Als sie das andere Ende der Lagerhalle erreichte, suchte sie sofort eine Tür. Sie öffnete und überzeugte sich davon, daß der dahinterliegende Gang frei war. Jetzt war sie sicher, daß Atlan ihr nicht durch den gleichen Eingang gefolgt war. Durch mehrere Regale hindurch vermochte sie die Stelle zu sehen, wo sie das kleine Funkgerät abgelegt hatte.

Mirona Thetin untersuchte die Befestigung des nächststehenden Regals. Am Boden und an den Decken waren die Haltestangen mit Platten abgesichert. Die Platten wurden durch hydraulischen Druck festgepreßt. Mirona ließ ihre Blicke über ihre Umgebung wandern. Irgendwo mußte es eine Schaltung geben, mit der man den Druck aus den Regalstangen lassen konnte. Sobald Atlan den Raum betrat, brauchte sie nur den richtigen Hebel zu betätigen. Wenn nur ein Regal umfiel, würde seine Gewalt ausreichen, um alle anderen mit sich zu reißen. Der Arkonide würde trotz Schutzschirm zerschmettert werden, bevor er eine Möglichkeit finden konnte, sich zu retten.

Mirona entdeckte eine kleinere Schalttafel an der Wand neben dem Eingang. Es gab mehrere Hebel ohne Beschriftung. Sie wußte nicht, was geschehen würde, wenn sie alle Hebel betätigte. Es war aber die einzige Möglichkeit, um ihren Plan zu verwirklichen.

Sie war erstaunt darüber, wie gelassen sie über die Vernichtung dieses Mannes nachdenken konnte. Jetzt erwies sich die harte Schule als wertvoll, die sie durchgemacht hatte. Sobald sie kämpfte, vergaß sie sämtliche Gefühle. Sie wurde zu einer logisch denkenden Maschine, die bei der Ausschaltung des Gegners konsequent und erbarmungslos vorging. Sie kannte keinerlei Skrupel.

Bei ihrem Feind jedoch, davon war sie überzeugt, gab es einen Widerstreit der Gefühle. Alle Vorteile lagen auf ihrer Seite. Sie war die Katze, die noch ein bißchen mit der Maus spielte, bevor sie ihr endgültig das Lebenslicht ausblies.

Atlan fühlte die Nähe der Gefahr, und er wußte, daß dieses Gefühl nicht nachlassen würde, solange er gegen Mirona Thetin kämpfte. Er fragte sich, warum sie noch einmal zurückgekommen war. Hatte sie ihn töten wollen? Oder war es nur ihre Absicht gewesen, sich davon zu überzeugen, daß er noch paralysiert war?

Er lächelte bei dem Gedanken an ihr überraschtes Gesicht. Was mochte sie gedacht haben, als sie ihn nicht mehr vorgefunden hatte! Das mit Speeren durchbohrte Ungeheuer würde ihr ebenfalls Kopfzerbrechen bereitet haben.

Jetzt wußte sie, daß er die Lähmung überwunden und sich auf die Suche nach ihr gemacht hatte.

Nachdenklich blickte er auf die Tür, aus der die Lemurerin auf das Schloß geschossen hatte. Als er einen Türflügel mit dem Speer des unbekannten Wilden berührt hatte, war aus dem anschließenden Raum das Feuer eröffnet worden. Mirona lauerte irgendwo nebenan.

Zweifellos kannte sich seine Gegnerin hier gut aus. Atlan versuchte, sich in ihre Gedanken zu versetzen, um herauszufinden, was sie jetzt unternehmen würde. Ihr Ziel mußte es sein, möglichst schnell zum Zeittransmitter zurückzukehren, da die Möglichkeit bestand, daß Atlan früher oder später Hilfe von den im All stationierten Schiffen erhielt.

Der Arkonide konnte sich ausrechnen, daß Mirona für die Vorbereitung eines Zeitsprungs Ruhe brauchte. Sie mußte ihn also außerhalb der Zeitstation besiegen oder ihn von ihrem eigentlichen Ziel weglocken. Das Summen des Armbandfunkgeräts bewies Atlan, daß Faktor I bereits damit begonnen hatte. Sicher schätzte sie ihn nicht für so dumm ein, daß sie annahm, er würde auf ihren Trick hereinfallen. Die Sendung des Notrufs sollte ihn nur verwirren.

Atlan ging bis zur nächsten Tür weiter. Behutsam überzeugte er sich, daß sie sich ohne Schwierigkeiten öffnen ließ. Er legte sich auf den Boden und kroch durch die halbgeöffnete Tür in den Lagerraum. Er hob den Kopf und spähte über die unterste Regalablage. Mirona Thetin war nirgends zu sehen, aber er spürte ihre Nähe. Innerhalb dieses Raumes gab es unzählige Verstecke für sie. In gebückter Haltung schlich Atlan weiter. Er hielt sich zwischen der Wand und dem vorderen Regal, bis er das Ende der Lagerhalle erreichte. In einer Ecke führten mehrere Rohre nach oben. Es gelang Atlan, sich zwischen sie zu klemmen. Er kletterte langsam in die Höhe. Er mußte einen Platz finden, von dem aus er den gesamten Raum überblicken konnte.

Seine wachsamen Augen nahmen auf der anderen Seite der Halle eine schnelle Bewegung wahr. Bevor er schießen konnte, war Mirona bereits hinter einer Deckung verschwunden. Ein knirschendes Geräusch ließ Atlan in seinen Bewegungen innehalten. Er sah, wie die hinteren Regale zu schwanken begannen. Ein Teil des gelagerten Materials geriet ins Rutschen und fiel zu Boden. Zwei Regale kippten um und rissen die anderen mit sich. Atlan zog sich zwischen die Rohre zurück und hoffte, daß sie dem Aufprall standhalten würden. Schwere Maschinenteile krachten zu Boden und erzeugten explosionsartige Geräusche. Eine Flut kleinerer Gegenstände ergoß sich gegen die Hallenwand. Metallbrocken hämmerten gegen die Rohre, hinter denen sich Atlan verbarg. Die Haltestangen mehrerer Regale knickten ein. Sie verknoteten sich ineinander, so daß inmitten der Halle ein gerüstähnliches Gebilde entstand. Atlan atmete auf. Der Anschlag war mißlungen. Mirona Thetin hatte die Regale auf ihn stürzen wollen, aber nicht daran gedacht, daß sich die einzelnen Haltestangen zu einem Geflecht vereinigen würden, das noch vor der Wand zum Halten kam.

Auf der anderen Seite des Lagers blitzte es auf. Über Atlan schlugen die Energiestrahlen ein. Mirona konnte ihn nicht sehen, aber sie schien zu ahnen, wo er sich befand. Bevor Atlan sich von den Rohren befreien konnte, hatte seine Gegnerin sie einige Meter über ihm durchtrennt. Wie auf einer Wippe wurde der Arkonide davongetragen. Er hörte den Triumphschrei der Frau und wußte, daß er genau auf sie zukam. Er warf sich herum und stürzte in die Trümmer der Regale. Mironas enttäuschter Ruf erreichte seine Ohren. Er schaltete sein Flugaggregat ein und ließ sich unter die Decke treiben. Unter sich sah er Mirona aus der Halle fliehen. Er landete neben der Tür, durch die sie entkommen war und lauschte. Draußen auf dem Gang war nichts zu hören. Wieder wußte er nicht, ob sie auf ihn wartete.

»Admiral!« Die dröhnende Stimme ließ ihn zusammenzucken. »Ich spreche über ein Interkomgerät dieser Station. Alle Lautsprecher in unserer Umgebung sind eingeschaltet.«

Ihre Stimme kam aus allen Richtungen. Es war unmöglich, den Standort der Sprecherin zu bestimmen. Solange sie jedoch sprach, hatte er eine Chance, den Lagerraum zu verlassen. Er riß die Tür auf und sprang auf den Gang hinaus. Niemand war zu sehen. Er rannte bis zur nächsten Nische und verbarg sich darin.

»Warum gibst du nicht auf, Admiral?« fragten die Lautsprecher. »Komm mit mir in die Vergangenheit.«

Das Echo ihrer Stimme kam aus den Seitengängen, von der Decke, aus den Nischen und Räumen.

»Wo willst du mich suchen, kleiner Soldat?« fragte sie höhnisch. »Du kannst mich nicht besiegen.«

Er wartete, bis ihre Stimme verklungen war, und trat aus der Nische. Mit wenigen Schritten überquerte er den Gang und öffnete die Tür eines Raumes. Vor sich sah er ein Labor. Hier konnte die Meisterin der Insel nicht sein. Atlan kehrte auf den Gang zurück. Mirona hatte recht. Wo sollte er sie suchen? In diesem Labyrinth von Gängen und Räumen konnte sie ihm immer wieder entkommen. Er durfte sich nicht länger um sie kümmern, sondern mußte die Zeitstation suchen. Dorthin mußte sie auf jeden Fall zurück.

Aber wie sollte er die Transmitterstation finden? Er kannte noch nicht einmal die Etage, auf der sie lag. Es war auch sinnlos, wenn er in der Nähe des Antigravschachts auf Mirona Thetin wartete. Sicher gab es eine Vielzahl solcher Schächte. Außerdem existierten bestimmte Lifts und Treppen, die die Herrscherin vom Sulvy-System benutzten konnte.

»Mirona!« rief er. »Kannst du mich hören?«

»Natürlich höre ich dich«, sagte sie.

Sie war also noch in seiner Nähe. Er rannte zum nächsten Zimmer, in dem das Mobiliar fehlte.

»Ich ergebe mich«, sagte Atlan mit normaler Stimme, um festzustellen, ob sie ihn auch jetzt noch hören konnte.

»Mein kluger Admiral«, lachte sie. »Ich kann doch nur deshalb hören, weil überall Mikrophone angebracht sind. Dachtest du, du könntest mich finden, indem du eine Kapitulation vortäuschst?«

»Wenn du mich auch *sehen* könntest, würdest du erkennen, daß ich meine Waffe wegwerfe«, sagte er.

»Du bist jetzt im Hauptgang, nicht wahr?«

»Ja«, bestätigte er. »Wir wollen aufhören, einander zu bekämpfen, Mirona.«

»Ich schicke dir einen Robottransporter«, sagte sie. »Lege deine Waffe und deinen Schutzanzug auf die Ladefläche. Dann haben wir Waffenstillstand.«

Noch während sie sprach, öffnete sich in etwa hundert Metern Entfernung auf der anderen Seite des Ganges eine Tür. Ein Fahrzeug rollte heraus. Es glitt langsam durch den Gang.

Atlan sah ein, daß er Mirona auf diese Weise nicht überlisten konnte. Sie ließ sich auf kein Risiko ein.

»Der Wagen wird nicht anhalten«, ertönte ihre Stimme erneut. »Sobald er in deine Nähe kommt, mußt du deine Ausrüstung ablegen. Dann dreht das Fahrzeug um und kehrt zurück. Ich werde überprüfen, ob du alles abgegeben hast.«

Atlan rannte los. Er hatte sich die Tür gemerkt, aus der der Transporter gekommen war. Er passierte den Wagen, ohne sich um ihn zu kümmern. Als er die Tür erreichte, stellte er fest, daß der Raum dahinter in vollkommener Dunkelheit lag.

Aus den Lautsprechern drang übermütiges Gelächter.

»Willst du nicht hereinkommen, Admiral?«

Sie spielte mit ihm. Ein Blick in den Gang überzeugte ihn, daß das Fahrzeug bereits zurückkam. Er schwang sich auf die Ladefläche und ließ sich in die Dunkelheit hineintragen. Der Wagen rollte noch einige Meter und blieb dann stehen. Atlan verharrte bewegungslos.

Plötzlich spürte er, wie unbekannte Kräfte an ihm zu zerren begannen. Mirona Thetin hatte ihn hierher gelockt, um seinen Schutzschirm zu zerstören. Die Glocke fluoreszierender Energie warf ein geisterhaftes Licht auf die nähere Umgebung. Atlan glaubte Schatten zu sehen, aber es waren nur die Lichtreflexe auf den verschiedenen Maschinen.

Da begann die Meisterin der Insel das Feuer zu eröffnen. Die Energieglocke, die Atlan einhüllte, glühte auf. Mit äußerster Anstrengung gelang es ihm, vom Wagen zu kriechen und hinter der Ladefläche in Deckung zu gehen.

Plötzlich trat die Deckenbeleuchtung in Funktion. Atlan hob den Kopf und sah Mirona Thetin mit vorgehaltener Waffe auf sich zukommen.

Er kroch unter den Wagen und griff nach seinen Waffen. Noch immer hielt ihn das unbekannte Energiefeld gefangen. Ohne seinen Schutzschirm wäre er längst verglüht.

Mirona blieb abwartend stehen. Als Atlan schießen wollte, ruckte der Wagen an und preßte sich mit dem vollen Gewicht seiner Hinterachse gegen Atlans Körper. Atlan zog den Kopf zwischen die Schultern und gab einen Schuß gegen den Antriebsblock des Fahrzeugs ab. Der Transporter, der wenige Augenblicke später über den Arkoniden hinweggerollt wäre, kam zum Stehen.

Atlan begann auf Mirona zu feuern. Er zwang sie, sich zurückzuziehen. Er kam unter dem Wagen hervor und flüchtete auf den Gang hinaus. Noch bevor er den Eingang erreichte, brach das Fesselfeld zusammen.

Erschöpft sank Atlan neben der Tür zusammen. Er hielt die Waffen im Anschlag, weil er befürchtete, Mirona würde ihm folgen. Durch die offene Tür sah er, wie im Innern das Licht wieder erlosch.

Am anderen Ende des Ganges sah Atlan das Affenwesen auftauchen. Es näherte sich langsam und schien ihn zu beobachten. Der Anblick des Wilden erinnerte Atlan wieder daran, daß Mirona und er nicht allein in dieser unterirdischen Stadt waren. Der Speerträger schien Atlan zu verfolgen. Was beabsichtigte das primitive Wesen? Der Arkonide bedauerte, daß er sich nicht mit ihm in Verbindung setzen konnte. Der Fremde wußte bestimmt, wo der Zeittransmitter stand, wenn er auch nichts von der Bedeutung der einzelnen Maschinenanlagen ahnen konnte.

Atlan erhob sich. Er mußte diese Etage verlassen. Mirona Thetin war ihm überlegen, solange er sie nicht irgendwo in die Enge treiben konnte. Atlan beschloß, ein paar Etagen tiefer nach der Zeitstation zu suchen.

Der Wilde aus dem Museum sah interessiert zu, wie Atlan sich mit dem Rücken zur Wand langsam von der offenen Tür entfernte. Der

Arkonide hielt es für das beste, wenn er sich überhaupt nicht um den Barbaren kümmerte. Das Affenwesen war in der gleichen Lage wie er, allerdings konnte es nichts von der Gefahr des Zeittransmitters wissen.

»*Bralarg*!« grunzte der Fremde, als Atlan nur noch ein paar Meter von ihm entfernt war.

Dann nahm er den Köcher mit den Speeren ab und warf ihn vor sich auf den Boden. Atlan zog den Speer aus seinem Gürtel und legte ihn ebenfalls ab.

Die intelligente Kreatur begann freudig loszuschmettern und umtanzte Atlan mit grotesken Sprüngen.

»Verschwinde, mein Freund«, sagte Atlan. »Wenn du in meiner Nähe bleibst, wirst du nur Ärger haben.«

Er folgte dem Beispiel des Wilden, der seine Waffen wieder aufnahm und schob den Speer in den Gürtel seines Schutzanzuges. Als er weiterging, stellte er fest, daß das Wesen ihm folgte. Er hielt nur wenig von einer solchen Waffenbrüderschaft und zeigte seinem neuen Freund die Zähne.

Diesmal erzielte er jedoch nicht die erwartete Wirkung. Der Unbekannte knurrte begeistert und klatschte in die Hände. Atlan zuckte mit den Schultern. Vielleicht war es ein Vorteil, wenn der Wilde in seiner Nähe blieb. Er konnte aufpassen, daß kein Raubtier angriff.

Als Atlan mit seinem neuen Begleiter die Plattform des Antigravschachts erreichte, war der Schacht mit Qualm gefüllt. Nur die Gebläse auf der Plattform verhinderten, daß der Rauch in die Gänge dieser Etage getrieben wurde.

»*Benatrag olwar germ*!« stieß der Speerträger voller Abscheu hervor und deutete in den Schacht.

»Das sieht nicht schön aus, alter Freund«, stimmte Atlan zu. »Trotzdem bleibt mir keine Wahl.«

Er schaltete sein Flugaggregat ein und nickte dem Wilden zu. Er holte tief Luft und schwang sich in den Schacht.

Hustend und mit tränenden Augen landete er auf der Plattform der darunterliegenden Etage. Er hoffte, daß es in allen Schächten so aussah. Vielleicht war das Feuer bereits bis zur Transmitterstation vorgedrungen. Dann mußte Mirona ihren Plan aufgeben.

Atlan warf einen kurzen Blick in den Hauptgang, der in die unterirdischen Anlagen führte, dann sprang er wieder in den Schacht. Von Plattform zu Plattform fliegend, gelangte er fünf Etagen tiefer. Sein Körper wurde von Hustenanfällen geschüttelt. Er entschloß sich, die Etage, in der er soeben angekommen war, näher zu untersuchen.

Mirona Thetin wartete geduldig, bis der Transportlift anhielt. Sie stieg ein und ließ sich ein paar Etagen tiefer tragen. In den Antigravschächten quoll der Rauch aus den unteren Etagen nach oben. Sie zog es deshalb vor, den Lift zu benutzen. Außerdem bestand keine Gefahr, daß sie hier auf Atlan stieß.

Sie hatte den Arkoniden zwar nicht besiegen können, aber sie war überzeugt davon, daß sie ihn abgeschüttelt hatte. Er würde jetzt in den Etagen umherirren und nach dem Zeittransmitter suchen.

Die Lemurerin verließ den Lift und begab sich auf dem kürzesten Weg in die Transmitterstation. Wie sie erwartet hatte, war der Raum verlassen. Der Brandgeruch war stärker geworden. Die unteren Etagen standen in Flammen. Es war nur noch eine Frage der Zeit, bis das Feuer auch auf die mittleren und oberen Anlagen übergreifen würde.

Mirona trat an die Kontrollen des Transmitters und begann mit der Programmierung des vorgesehenen Zeitsprungs. Sie bedauerte, daß sie den Arkoniden nicht in die Vergangenheit entführen konnte. Es blieb ihr nichts anderes übrig, als ihn seinem Schicksal zu überlassen.

Ein Geräusch ließ sie herumfahren. Im Haupteingang der Transmitterstation stand das Affenwesen, das sie schon einmal gesehen hatte. Es starrte neugierig zu ihr herüber. Mirona Thetin zog eine Waffe. Mit einem Satz verschwand der Fremde im Gang. Er schien zu wissen, in welcher Gefahr er geschwebt hatte.

Die Kreatur schien nicht besonders angriffslustig zu sein. Trotzdem unterbrach Mirona ihre Arbeit und begab sich zum Haupteingang. Als sie hinausblickte, sah sie den großen Affen am Boden kauern.

Sie hob die Waffe und zielte. Das Wesen wimmerte und stieß unverständliche Laute aus. Mirona zögerte. Wenn sie den Fremden erschoß, lockte sie vielleicht Atlan an.

Plötzlich sprang der Wilde mit einem Satz auf sie zu. Sie konnte gerade noch ausweichen, drehte sich blitzschnell und schoß mit dem

Paralysator. Der Affe grunzte überrascht und ließ von ihr ab. Er taumelte davon und stieß schrille Schreie aus. Mirona strich ihr Haar aus dem Gesicht und blickte dem Angreifer wütend nach. Er hatte sie nicht töten wollen, sonst hätte er seine Speere benutzt.

Sie fragte sich, was im Gehirn dieses Primitiven vor sich ging. Sie zuckte mit den Schultern und kehrte in die Transmitterhalle zurück. Diesmal verschloß sie den Haupteingang.

In einigen Kilometern Entfernung erfolgte eine Explosion, die den Boden vibrieren ließ. Darauf hatte Mirona Thetin schon die ganze Zeit über gewartet. Tamanium begann zu sterben. Der ersten Explosion würden bald weitere folgen. Was tief unter der Oberfläche begann, würde sich bald ausbreiten und schließlich den gesamten Zentralplaneten der Meister der Insel in eine Sonne verwandeln.

Noch brauchte sie sich keine Sorgen zu machen. Sie hatte genügend Frist, um den Zeitsprung durchzuführen.

Trotzdem zitterten ihre Hände, als sie sich den Schaltungen wieder zuwandte.

29.

Oberst Alurin vermied es, in Perry Rhodans Gesicht zu blicken, das sich auf dem Bildschirm des Hyperkoms abzeichnete. Rhodan machte einen gereizten Eindruck, und der Kommandant der IMPERATOR brauchte kein Hellseher zu sein, um die Gründe für seine schlechte Stimmung zu erraten.

»Vor wenigen Augenblicken habe ich eine Sonderkommission der Maahks an Bord der CREST begrüßt«, sagte Rhodan. »Sicher können Sie sich denken, warum die Methans kamen. Sie fühlen sich von uns provoziert. Sie beschuldigen uns des Vertragsbruchs. Ich habe inzwischen herausgefunden, daß die IMPERATOR jenes unvernünftige Manöver durchführte. Ich will sofort mit Atlan sprechen.«

Alurin schluckte verlegen und sah sich hilfesuchend nach seinen Offizieren um. Diese wichen seinen Blicken jedoch aus.

»Der Lordadmiral will im Augenblick nicht gestört werden, Sir«, murmelte Alurin. »Er läßt jedoch ausrichten, daß er für alles eine Erklärung abgeben wird.«

Rhodan verzog unwillig das Gesicht. »Ich hatte Mühe, die Maahks davon zu überzeugen, daß wir nicht daran denken, auf Tamanium zu landen. Zum Glück fand während unserer Verhandlungen die erste schwere Atomexplosion im Innern des Planeten statt. Wir legten den Maahks die Meßergebnisse vor. Sie sahen ein, daß wir nicht daran interessiert sind, auf einer Welt zu landen, die bald explodieren wird.«

Alurin hatte Mühe, seine Bestürzung zu verbergen. Die Spezialisten der IMPERATOR hatten ihm noch nichts von dieser Explosion berichtet. Da die IMPERATOR sich auf einer der CREST III entgegengesetzten Umlaufbahn befand, war es möglich, daß man an Bord des USO-Schiffes den Energieausbruch nicht registriert hatte.

»Die Maahks haben sich sofort veranlaßt gefühlt, ihre Bedingungen noch zu verschärfen«, fuhr Rhodan fort. »Zwar können wir unseren Stützpunkt auf Gleam behalten, aber es dürfen dort nie mehr als hundert unserer Schiffe stationiert sein.«

»Wir haben immer noch unseren Geheimsatelliten Troja, Sir«, erinnerte Alurin den Großadministrator.

»Richtig«, stimmte Rhodan zu. »Troja bewegt sich mit geringer Geschwindigkeit unerkannt durch den Beta-Nebel. Das riesige Ausrüstungslager kann zu unserer besten Waffe im Bereich des Andromedanebels werden. Außerdem können wir jederzeit mit der Unterstützung der Paddler rechnen. Die Plattform KA-preiswert kann ein wertvoller Stützpunkt sein.« Rhodan lächelte humorlos. »Das wollten Sie mir wahrscheinlich noch sagen, Oberst. Es ist keine Entschuldigung für das Manöver der IMPERATOR. Ich hoffe, Sie sind über die Absichten des Lordadmirals informiert?«

»Zum Teil«, sagte Alurin. Seine Antwort erschien ihm diplomatisch und ließ ihn hoffen, daß Rhodan das Gespräch bald unterbrechen würde. Er durfte ihm noch nicht sagen, wo Atlan sich jetzt befand. Aber die Gefahr für den USO-Chef und seine Begleiterin war groß. Alurin hoffte, daß Atlan wußte, wann er umzukehren hatte. Der Gedanke, daß der Arkonide sich im Bereich der Explosion aufgehalten haben könnte, ließ den Kommandanten des Schlachtschiffs in Schweiß ausbrechen.

»Die IMPERATOR hat den Hohen Tamrat vom Sulvy-System an Bord genommen«, sagte Rhodan. »Wenigstens *darüber* sollten Sie doch informiert sein.«

»Ja, ja«, gab Alurin zu. »Es war eine gefährliche Situation. Mirona Thetin kam mit einem tefrodischen Schiff in den Luum-Sektor. Atlan befürchtete einen Angriff der Maahks und nahm die Frau an Bord.«

»Wahrscheinlich hat der Arkonide das Manöver nur befohlen, um der schönen Dame zu imponieren«, vermutete Rhodan. »Wenn er Zeit findet, das Geplauder mit seinem Gast für kurze Zeit zu unterbrechen, soll er sich sofort mit mir in Verbindung setzen. Wir werden unsere gesamte Flotte aus diesem Sektor zurückziehen, sobald Tamanium explodiert ist. Die Maahks bestehen darauf.«

Alurin wußte, daß Rhodan sich an die Verträge mit den Maahks halten würde. Die Maahks hatten sich als schwierige, aber ehrliche Verbündete erwiesen. Perry Rhodan würde ihnen niemals in den Rücken fallen.

Perry Rhodan hatte die Verbindung unterbrochen. Alurin ließ sich aufatmend in seinen Sitz zurücksinken. Er kam sich wie ein Verschwörer vor. Er warf einen Blick auf die Uhr. Wenn der Arkonide nicht bald zurückkehrte, mußte Rhodan erfahren, daß Atlan und Mirona Thetin auf Tamanium gelandet waren.

Nötigenfalls mußte Alurin selbst Rhodan diese Mitteilung machen. Atlans Leben war gefährdet, wenn der Zentralplanet der MdI explodierte.

Oberst Alurin konnte nicht wissen, daß die Gefahr, die von Tamanium ausging, viel größer war und nicht nur Atlan betraf. Er ahnte nicht, wie gering die Chancen der terranischen Schiffe und ihrer Besatzungen waren, dieses Unternehmen zu überstehen. Eine einzige Bombe, in der Vergangenheit geworfen, würde genügen, um Milliarden von Menschen einfach verschwinden zu lassen.

Der Arkonide hätte nie geglaubt, daß ihm eine Frau derartige Schwierigkeiten bereiten könnte. Das Gefühl seiner männlichen Überlegenheit hatte viel dazu beigetragen, daß er in ihre Falle gegangen war.

Atlan wußte, daß seine Aussichten sich von Minute zu Minute verringerten. Nicht nur, daß Mirona Thetin ihrem Ziel näherkam, auch das Ende des Zentralplaneten der MdI zeichnete sich ab. Vor kurzer Zeit hatte eine schwere Explosion stattgefunden. Atlan hatte die Erschütterungen gespürt, von denen auch dieses Gebiet der unterirdischen Anlagen nicht verschont geblieben war.

Der Arkonide verließ den Hauptgang nicht. Er war überzeugt davon, daß einer dieser größeren Gänge zum Transmitter führte. Wahrscheinlich war die Zeitstation so groß, daß sie in ihrer Gesamthöhe mehrere Etagen beanspruchte. Die Eingänge würden in der untersten dieser Etagen liegen, obwohl es nicht ausgeschlossen war, daß es auch weiter oben Zugänge gab, damit man bei größeren Reparaturarbeiten leichter an den oberen Teil des Transmitters heran konnte.

Das alles waren theoretische Überlegungen, die den Arkoniden nicht an sein Ziel brachten. Bei seiner Suche ging er von der Voraussetzung aus, daß der Transmitter sich in diesem Teil der unterirdischen Stadt befand.

Atlan rechnete damit, irgendwann auf eine Falle zu stoßen, die Mirona errichtet hatte, um ihn am Vorwärtskommen zu hindern. Er fragte sich, warum sie bisher kaum Nutzen aus ihrem Wissen gezogen hatte. Hatte sie wenig Zeit, oder befürchtete sie, er könnte einer Falle entkommen und dadurch einen Hinweis für seine Suche erhalten?

Atlan stieß eine große Seitentür auf und blickte in eine ausgedehnte Halle, in der sich unzählige Maschinen befanden. In ihrer Höhe reichten sie bis zur nächsten Etage. Atlan trat ein. In einem ähnlichen Raum mußte sich der Transmitter befinden. Der Arkonide glaubte nicht, daß die Erbauer dieser Anlagen zwei Hallen untereinander errichtet hatten. Aus Gründen der Sicherheit hatte man die größeren Räume wahrscheinlich versetzt gebaut.

Wenn seine Theorie zutraf, würde Atlan die nächste Halle auf der anderen Seite des Hauptgangs finden. Wenige Augenblicke später fand er seine Überlegungen bestätigt. Er konnte jetzt die kleineren Räumlichkeiten unbeachtet lassen. Das bedeutete einen Zeitgewinn für ihn. Er bezweifelte jedoch, daß dieser kleine Erfolg ihm viel nutzen würde.

Der Hauptgang machte eine Biegung. Atlan umklammerte den Strahler fester. Er preßte sich eng gegen die Wand und ging langsam weiter. Als er um die Kurve herumkam, sah er in ungefähr hundert Metern Entfernung ein Wesen über den Boden kriechen, das er in dieser Etage nicht vermutet hatte.

Es war der Wilde, der ihm das Leben gerettet hatte. Er schien verletzt zu sein, denn ab und zu hielt er an, und sein Kopf sank auf den Boden. Der Unbekannte war offenbar intelligenter, als Atlan zunächst geglaubt hatte. Er hatte entweder Treppen gefunden oder war mit der Funktion der Lifts und Antigravschächte vertraut.

Atlan schaute sich um. Wer immer den Affenmenschen verletzt hatte, konnte noch in der Nähe sein.

Der USO-Chef beobachtete, wie der Speerträger endgültig zusammenbrach. Atlan blieb jedoch mißtrauisch. Es war möglich, daß man versuchte, ihn in eine Falle zu locken. Er behielt die Türen im Auge und ging langsam auf den Wilden zu. Das Wesen bewegte sich nicht. Es schien noch nicht bemerkt zu haben, daß sich jemand näherte.

In diesem Augenblick hörte Atlan ein wütendes Schnauben. Eine gedrungene, etwa vier Meter große Kreatur kam aus einem der vielen Seitengänge. Aus dem von einem zottigen Pelz bedeckten Kopf ragten vier spitze Hörner. Das Wesen hatte kurze, aber stämmige Beine, die ihm ein plumpes Aussehen verliehen. Im Gegensatz zu seiner Körperform bewegte es sich jedoch auffallend schnell. Der Körper des Tieres war glatt und von grauer Farbe.

Atlan war stehengeblieben. Er fragte sich, ob dieses Monstrum den Affenmenschen verletzt hatte.

Der Wilde hob den Kopf, als der Neuankömmling mit den Vorderbeinen aufstampfte und triumphierend trompetete. Atlan sah, wie das humanoide Wesen sich vergeblich bemühte, einen Speer aus dem Köcher zu ziehen.

Das aus dem Museum entkommene Ungeheuer senkte den hörnerbewehrten Kopf und stürmte auf den wehrlos am Boden Liegenden zu.

Atlan zielte sorgfältig und schoß. Der Angreifer sank unmittelbar vor dem Affenwesen zu Boden. Der Arkonide ging vorsichtig weiter. Erst als er sicher war, daß die Bestie ihm nicht mehr gefährlich werden konnte, beugte er sich zu dem Speerträger hinab. In den Augen des Geretteten flackerte Erkennen.

»*Broarg*«, flüsterte er rauh. »*Laran margart.*«

Atlan untersuchte ihn, konnte aber zu seiner Überraschung keine Wunden entdecken. Es gab auch keine Anzeichen innerer Verletzungen.

Der Affenmensch war paralysiert worden!

Mit einem Satz war Atlan auf den Beinen. Mirona Thetin mußte in der Nähe sein. Sie war offenbar mit dem Wilden zusammengetroffen und hatte ihren Paralysator benutzt. Entweder hatte sie ihn nicht richtig getroffen, oder ihr Opfer war ungewöhnlich widerstandsfähig.

Der Gelähmte klammerte sich an Atlans Beinen fest. Er fürchtete offenbar, allein gelassen zu werden. Atlan klopfte ihm beruhigend auf die Schulter. Er hob den Hilflosen auf und schleppte ihn in einen kleinen Raum.

»Krantar auf dem letzten Hügel«, sagte der Barbar in gebrochenem Tefrodisch, als Atlan ihn behutsam gegen die Wand lehnte.

Der Arkonide blickte den Fremden überrascht an.

»Du sprichst Tefrodisch?« erkundigte er sich.

»Die Sprache der glatthäutigen Fänger«, kam die Antwort. »Krantar sprechen gut.«

Atlan dachte angestrengt nach. Er konnte von diesem Wesen wertvolle Informationen erhalten. Jetzt kam es jedoch vor allem darauf an, den Standort des Zeittransmitters zu erfahren.

»Wer hat auf dich geschossen?« fragte er.

»Krantar viele Hügel ohne Frau«, erwiderte der Affenmensch. »Er nehmen glatthäutige Fängerin.«

Unwillkürlich mußte Atlan bei dem Gedanken lächeln, daß dieses Wesen versucht hatte, Mirona Thetin als Frau zu gewinnen. Wahrscheinlich war Krantar nicht besonders zärtlich vorgegangen. Er konnte froh sein, daß er noch am Leben war.

»Sie deine Frau?« wollte Kranar wissen.

Atlan nickte. »Ich will sie finden«, sagte er. »Kannst du mir sagen, wo sie ist?«

»Nur kleinen Hügel von hier entfernt«, erklärte der Wilde. »Du vorsichtig. Fängerin wilde Frau.« Er schnatterte ein paar Worte in seiner eigenen Sprache, die Atlan nicht verstand.

»Ich suche jetzt meine Frau«, sagte der Arkonide. »Hier bist du vorläufig in Sicherheit. Ich komme zu dir zurück, sobald alles vorüber ist.«

»Du nicht kommen«, prophezeite Krantar. »Ich auf dem letzten Hügel.«

Er schloß die Augen und ließ sich zusammensinken. Atlans Versuche, ihn noch einmal zum Sprechen zu bewegen, blieben ohne Erfolg.

Der Arkonide verließ erschüttert den kleinen Raum und schloß die Tür sorgfältig hinter sich. Der Zeittransmitter mußte sich auf dieser Etage befinden. Nicht nur das, er mußte in unmittelbarer Nähe sein. Weit konnte sich Krantar in seinem Zustand nicht geschleppt haben.

Voll Entsetzen dachte Atlan an die Möglichkeit, daß er zu spät kommen könnte. Mirona Thetin konnte inzwischen durch den Zeittransmitter in die Vergangenheit gegangen sein. Dieser Gedanke ließ Atlan sein Tempo beschleunigen.

Er riß die Tür der nächstliegenden Halle auf. Ein Vorratslager. Jede Vorsicht vergessend, rannte der Arkonide weiter. Ein untrügliches Gefühl sagte ihm, daß ihm nur noch wenig Zeit blieb, um die Katastrophe abzuwenden.

Die nächste Tür, die in Frage kam, lag hundert Meter weiter auf der anderen Seite des Ganges. Atlan erreichte sie und stellte fest, daß sie verschlossen war. Er trat zurück und brannte mit dem Strahler ein quadratmetergroßes Loch in die Türfläche. Als die Metallplatte in den Gang herausfiel, konnte Atlan direkt in die Transmitterhalle blicken. Er fühlte die Furcht seinen Nacken heraufkriechen, als er Mirona Thetin nicht sehen konnte. Der Torbogen des Zeittransmitters lag verlassen vor ihm.

Atlan kletterte ins Innere der Zeitstation. Er rechnete mit einem überraschenden Angriff, doch nichts deutete darauf hin, daß die Lemurerin noch in der Halle weilte. Trotzdem ging Atlan in Dekkung.

»Admiral!« hörte er Mironas Stimme. Er sprang mit vorgehaltener Waffe auf. Von wo aus hatte sie gesprochen?

»Dies ist eine Bandaufnahme«, hörte er Mirona Thetin sagen. »Sie wird in dem Augenblick abgespielt, wenn du die Transmitterstation betrittst. Ich weiß nicht, ob du diese Worte jemals hören wirst, aber ich hoffe es. Zu diesem Zeitpunkt bin ich nicht mehr auf Tamanium. Du weißt, was in kurzer Zeit mit dieser Welt geschehen wird. Du weißt auch, daß du das Solare Imperium nicht mehr retten kannst, weil ich bereits unterwegs bin, um das Zeitparadoxon einzuleiten. Ich will dir jedoch eine Chance geben. Der Zeittransmitter ist für einen Sprung in die Vergangenheit justiert. Benutze ihn. Vielleicht sehen wir uns irgendwo wieder!«

Atlans Arm, der die Waffe hielt, sank langsam nach unten. Grenzenlose Enttäuschung überkam ihn. Er war zu spät gekommen. Mirona Thetin war bereits durch den Transmitter verschwunden.

Atlan ging auf den Torbogen zu. Er mußte versuchen, ihr zu folgen, gleichgültig, wohin ihn der Transmitter entführen würde.

Mirona Thetin beobachtete von ihrem Versteck aus, wie der Lordadmiral auf den Transmitter zuging. Leise legte sie das Mikrophon aus der Hand. Atlan war auf ihren Trick hereingefallen. Sobald er zwischen den Säulen, die den Transmitter begrenzten, ankam, würde er sich auflösen. Sie hatte den Transmitter so eingestellt, daß ihr Gegner für immer entstofflicht zwischen den Dimensionen bleiben würde. Wenn der Arkonide den Transmitter betrat, gab es keine Rückkehr mehr für ihn.

Mirona wünschte, Atlan hätte sich beeilt. Ihre Worte schienen ihn deprimiert zu haben.

Noch zwanzig Meter war der Mann, den sie trotz aller Unterschiede immer noch liebte, von seiner unwiderruflichen Auflösung entfernt. Sie hatte den Transmitter so justiert, daß sie den Arkoniden nicht zurückholen konnte. Sie wußte, daß sie ihrer selbst nicht sicher sein konnte.

Mironas Hand umschloß den Schalthebel, den sie nur wenige Zentimeter nach unten bewegen mußte, um den Transmitter einzuschalten.

Sie beobachtete, wie Atlan stehenblieb und sich unschlüssig umblickte.

Warum ging er nicht weiter? Hatte er ihre List durchschaut, oder zog er es vor, auf Tamanium zu bleiben?

Er schien über irgend etwas nachzudenken. Sie fühlte, wie ihre innere Anspannung sie zittern ließ. Sie vermied es, direkt zu Atlan hinüberzublicken, weil sie befürchtete, er könnte ihre Blicke fühlen. Mit einem Ruck ließ sie den Schalthebel los, da sie Angst hatte, in ihrer Erregung könnte sie die Schaltung zu früh vornehmen.

Atlan bewegte sich wieder, aber zu Mironas Überraschung drehte er sich um und ging auf die gewaltsam geschaffene Öffnung in der Tür des Transmitterraums zu. Mirona wölbte die Augenbrauen. Was hatte das zu bedeuten. Warum kehrte er plötzlich um?

Als der Arkonide die Tür erreichte, verließ Mirona Thetin ihr Versteck. Der Gedanke, Atlan hier zurückzulassen und einem ungewissen Schicksal zu überantworten, erschien ihr plötzlich unerträglich.

»Admiral!« rief sie.

Er drehte sich nicht um. Wahrscheinlich dachte er, das Tonband hätte sich wieder eingeschaltet.

Die Zellaktivatorträgerin hob ihren Impulsstrahler und schmorte unmittelbar über Atlans Kopf ein Loch in die Tür. Er fuhr herum und ließ sich fallen. Erstaunt sah sie, wie er hastig hinter einen Generator kroch. Merkte er nicht, daß sie ihn nicht töten wollte?

»Dein Trick ist mißlungen!« hörte sie ihn rufen. Sie sah, wie der Lauf seiner Waffe über dem Generator auftauchte. Die Mündung zeigte in Richtung des Transmitters. Augenblicklich erfaßte Mirona, was Atlan vorhatte. Mit einem Griff schaltete sie den Abwehrschirm des Transmitters ein. Der Strahler des Arkoniden blitzte auf, aber die Energie wurde vom Feld des Transmitters absorbiert.

»Warum müssen wir immerzu kämpfen?« schrie sie verzweifelt. »Warum reden wir nicht miteinander?«

In unmittelbarer Nähe, wahrscheinlich einige Etagen tiefer, erfolgte eine heftige Explosion. Faktor I verlor den Halt und mußte sich an den Kontrollschaltungen festklammern. Für einen Augenblick schloß sie die Augen.

»Was willst du mir sagen?« wollte Atlan wissen. Seine Stimme klang seltsam abgehackt, als bereitete ihm jedes Wort Schmerzen.

Er hatte recht! Was sollte sie ihm sagen? Sie konnte nur immer wieder ihr Angebot erneuern.

»Warum bist du umgekehrt und nicht in den Transmitter gegangen?« fragte sie.

»Ich wollte zu Krantar zurück«, erwiderte er. »Das ist das affenähnliche Wesen, das du paralysiert hast. Ich hatte ihm versprochen, daß ich mich um ihn kümmern werde.«

»Das tust du wegen eines Tieres?«

»Er ist kein Tier«, sagte Atlan. »Er verdient, daß wir uns um ihn kümmern. Er hat mir das Leben gerettet, als ich gelähmt dalag.«

Der Gedanke, daß sein Verantwortungsgefühl gegenüber diesem Barbaren ihren Plan zum Scheitern gebracht hatte, löste Zorn in ihr aus. Wie konnte Atlan einer der wichtigsten Männer des Solaren Imperiums sein, wenn er sich Sorgen um ein halbintelligentes Wesen machte?

»Ich lasse dich nicht zu ihm zurück«, sagte sie. »Ich töte dich, wenn du die Tür zu erreichen versuchst.«

»Solange ich hier bin, kannst du nicht in den Transmitter«, sagte er. »Sobald du den Abwehrschirm abschaltest, vernichte ich den Torbogen. Du mußt mich töten, wenn du deine Pläne verwirklichen willst.«

Sie gestand sich ein, daß er im Vorteil war. Er hatte den Transmitterraum früher gefunden, als sie geglaubt hatte. Sie begriff, daß der Kampf erst zu Ende war, wenn einer von ihnen den Tod gefunden hatte. Ihr Zorn ließ nach. Die Unabänderlichkeit des Schicksals ließ sie die Dinge in einem völlig anderen Licht sehen. Atlan und sie waren zu verschieden. Ihr Wille zur Macht war größer als ihre Zuneigung für diesen Mann. Sie würde ihre Liebe der Macht opfern, die sie zum Leben brauchte.

»Du hast noch Zeit, deinen Entschluß zu ändern, Mirona«, sagte Atlan. »Kein Mensch außer mir weiß, daß du Faktor Eins bist.

Wir können an Bord der IMPERATOR zurückkehren, und ich sorge dafür, daß du irgendwo untertauchen kannst.«

Er erhob sich hinter dem Generator und blickte zu ihr herüber. Über eine Entfernung von sechzig Meter hinweg sahen sie einander an.

»Mirona«, sagte er. »Laß uns umkehren.« Er trat hinter dem Generator hervor.

Kaltblütig hob sie ihren Impulsstrahler und schoß. Sein Schutzschirm glühte auf. Der Druck schleuderte ihn zu Boden. Halb betäubt versuchte er eine Deckung zu erreichen. Mirona Thetins Gesicht war verzerrt, als sie eine Serie von Schüssen abgab, von denen nur ein Teil ihr Ziel fand.

»Das ist meine Antwort, Admiral!« schrie sie.

Sein Schutzschirm flackerte und drohte zusammenzubrechen, doch dann war Atlan hinter den hochaufragenden Energiespeichern verschwunden. Mirona rannte um den Transmitter herum, der den genauen Mittelpunkt der Halle bildete. Ein Schuß ließ sie zurückweichen. Der Arkonide hatte seine Überraschung bereits wieder überwunden.

Die Meisterin der Insel zog sich hastig zurück. Die vier meterdikken Metallsäulen, die den eigentlichen Transmitter begrenzten, lagen nicht unter dem Abwehrschirm. Mirona benutzte eine der Säulen als Deckung. Sie wußte, daß sie angreifen mußte. Atlan brauchte nur Zeit zu gewinnen. Wenn die zu erwartenden Explosionen die Transmitterhalle in Trümmer legten, hatte der Arkonide gewonnen – auch wenn er mit seinem Leben bezahlen mußte.

Die Lemurerin überlegte fieberhaft. Sie kannte die ungefähre Position des Arkoniden. Er würde versuchen, den Kampf zu verzögern. Sie mußte ihn in die Enge treiben, damit er nicht immer wieder neue Deckungen beziehen konnte.

Mirona spähte um die Säule. Sie wagte nicht, auf die Energiespeicher zu schießen. Der Energiezufluß des Transmitters war zwar gesichert, aber eine Zerstörung der Speicheranlagen konnte verheerende Folgen für die gesamte Halle haben. Sie rannte zu einem Reparaturlift, ohne von Atlan unter Beschuß genommen zu werden. Der Lift lag außerhalb der Energieglocke, die den Transmitter schützte. Mirona sprang auf die Plattform und ließ sich unter die Decke der knapp sechzig Meter hohen Halle tragen. Hier führte ein

Gewirr von Laufstegen in alle Richtungen. Die letzte Überlebende der MdI versuchte Atlan zu erkennen, doch die zahlreichen Schutzverkleidungen der Energiespeicher boten ihrem Gegner genügend Deckungsmöglichkeiten. Sie mußte riskieren, von ihm unter Feuer genommen zu werden. Sie mußte ihn sogar herausfordern, auf sie zu schießen. Nur so konnte sie ihn herauslocken.

Sie fühlte, wie sie ihr Zellaktivator mit neuer Energie versorgte. Das Herz, mit dem er gekoppelt war, sollte niemals aufhören zu schlagen. Dafür wollte die Frau sorgen, die die mächtigste Organisation zweier Galaxien angeführt hatte.

Mirona verließ die Plattform und betrat einen Laufsteg, der über den Transmitter hinwegführte. Der Boden der Stege war durchsichtig, so daß sie die Vorgänge unten in der Halle beobachten konnte. Mit einer Hand hielt sie sich am Seitengeländer, mit der anderen umklammerte sie ihren Impulsstrahler. Einen Augenblick orientierte sie sich, dann überquerte sie den Transmitter. Der Laufsteg führte nur wenige Zentimeter über den glockenförmigen Abwehrschirm hinweg.

Die Meisterin der Insel beugte sich über das Seitengeländer und blickte hinab. Von oben sahen die Speicheranlagen wie ein Labyrinth zahlloser Maschinenteile aus. Mirona war überzeugt, daß Atlan sie sehen konnte. Sie wagte sich noch weiter auf die andere Seite, so daß sie sich jetzt fast unmittelbar über der mutmaßlichen Deckung des Arkoniden befand.

Ihre Augen verengten sich, als sie ihren Gegner plötzlich unter einem Isolationsschutz hervorspringen sah. Atlan gab drei Schüsse ab und warf sich wieder zu Boden. Er hatte nicht auf sie gezielt, sondern auf die Halterungen des Laufstegs. Der Steg begann zu schwanken. Hastig schaltete Mirona ihren Flugantrieb ein. Sie prallte gegen ein Leitungsrohr, das über ihr quer durch die Halle führte. Benommen versuchte sie sich festzuhalten, doch ihre Hände glitten an dem glatten Material ab. Sie verlor die Kontrolle über ihren Flug und geriet zwischen einige Rohre unmittelbar unter der Decke. Neben ihr blitzte es auf. Der Arkonide hatte erkannt, daß sich seine Widersacherin in denkbar ungünstiger Lage befand und nahm sie unter Beschuß.

Endlich gelang es ihr, die Beschleunigung zu vermindern. Sie ließ sich über ein meterdickes Rohr gleiten und sank darauf nieder. Atlan schoß noch immer, aber er lief Gefahr, von herabfallenden Rohrteilen getroffen zu werden. Mirona arbeitete sich in liegender Haltung weiter und erreichte schließlich die Hallenwand. Hier richtete sie sich auf und zwängte sich in eine halbrunde Vertiefung.

Sie konnte Atlan nicht sehen, aber sie war sicher, daß er sie aus den Augen verloren hatte. Die herabfallenden Rohrleitungstrümmer hatten sie auf eine Idee gebracht. Sie löste den Flansch des großen Rohres von der Kupplung in der Wandnische. Das Rohr sackte einen halben Meter ab, wurde aber dann vom nächsten Flanschteil gehalten. Mirona bemühte sich, eine Lage zu finden, in der sie gut zielen konnte. Wenn sie mit ihrem Impulsstrahler den nächsten Flansch abtrennte, mußte das zehn Meter lange und einen Meter durchmessende Rohrstück in die Tiefe stürzen. Es würde die Schutzverkleidungen der Energiespeicher zum Teil vernichten. Wenn sie Glück hatte, konnte sie Atlan auf diese Weise ausschalten. Zumindest zwang sie ihn, seine Deckung zu verlassen.

Eng zusammengekrümmt kauerte sie an ihrem Platz. Wenn sie ausrutschte, mußte sie wieder ihr Flugaggregat benutzen, um sich in Sicherheit zu bringen.

Sie zielte auf den Flansch und stellte ihre Waffe auf Dauerfeuer ein. Zweifellos begriff der Arkonide sofort, was sie beabsichtigte, aber sie glaubte nicht, daß er es wagte, seine Deckung zu verlassen.

Das Rohr kippte ab. Sein Gewicht genügte, um die wenigen Zentimeter, die es noch hielten, einfach abzureißen. Mirona beugte sich vor, um den Aufschlag zu beobachten.

Das Rohr traf vertikal auf, bohrte sich mit einem explosionsartigen Knall zwischen einige Halterungen und fiel dann, ein Gewirr von Blechabdeckungen mit sich reißend, quer über die Speicheranlagen. Es kam zu einer Anzahl von Kurzschlüssen. Qualmwolken stiegen auf. Der Geruch nach verbrannter Isolation breitete sich aus.

Mirona lauschte. Sie hörte das Knacken des überbeanspruchten Materials, das Knistern stromgeladener Kabelenden auf Metall. Kein Schmerzensschrei übertönte diese Geräusche. Nichts bewegte sich unten in der Halle.

Die Frau, die lange Zeit das Sulvy-System als Hoher Tamrat regiert hatte, schwang sich aus ihrem Versteck und schwebte mit eingeschaltetem Flugantrieb nach unten. Sie war bereit, blitzartig auszuweichen, wenn Atlan unverhofft auftauchen sollte.

Der Gedanke, daß der Lordadmiral tot sein könnte, ließ sie eine plötzliche Leere empfinden. Ihre Lippen preßten sich fest zusammen.

Als sie endlich zwischen den Trümmern landete, war ihre Kehle zugeschnürt und ihr Mund ausgetrocknet. Ihr Herz schlug heftig. Sie vergaß jede Vorsicht. Sie zwängte sich zwischen einigen zusammengebrochenen Einzelteilen der Speicheranlage hindurch.

Da sah sie ihn liegen.

Sein Körper ragte nur zur Hälfte unter einigen spulenförmigen Metallstücken hervor. Atlans Kopf hing schlaff nach hinten. Aus einer Stirnwunde kam Blut.

Er ist tot! durchzuckte es Mironas Gehirn.

Eine Minute, die ihr endlos vorkam, stand sie da und starrte auf den Arkoniden hinunter.

Sie hatte ihre Liebe verloren, aber ihre Macht behalten.

30.

Er erlangte sein Bewußtsein nicht plötzlich wieder, so daß er mit einem Schlag begriffen hätte, was geschehen war. Der Nebel, der seinen Verstand umhüllte, lockerte sich nur allmählich und ließ nur sporadische Sinneseindrücke zu.

Als erstes empfand er heftige Kopfschmerzen. Bereits sein zweiter Gedanke, der ihn für Sekunden in die Wirklichkeit zurückholte, galt Mirona Thetin. Dann kam die Erinnerung, eine erbarmungslose Flut aus Schmerzen und Lärm. Er erinnerte sich an das Rohr, das wie eine Bombe auf ihn herabgestürzt war und sich wie die Schneide eines Messers in die Speicheranlagen gebohrt hatte.

Atlans erster zusammenhängender Gedanke war: *Wo ist meine Waffe*?

Er fühlte den harten Boden unter sich, gleichzeitig einen Druck von den Hüften abwärts. Er wollte sich bewegen, aber sein Körper war von bleierner Schwere. Sein Schutzschirm war zusammengebrochen, der Projektor unbrauchbar geworden.

Er hörte Geräusche, das Rutschen von Stiefelsohlen auf Metall. Jemand näherte sich. Es konnte nur Mirona Thetin sein. Sein Herzschlag kam ihm unnatürlich laut vor. Als zöge jemand mit einem Ruck einen Vorhang zur Seite, wich der Nebel aus Atlans Bewußtsein, und er wurde sich mit niederschmetternder Deutlichkeit der Gefahr bewußt, die ihm drohte.

Jetzt war es still, aber er wußte, daß Mirona da war, es war, als berührte sie ihn. Er wartete auf die Lichtflut, in der alles vergehen würde, aber er fuhr fort zu denken und zu atmen. Sein Lebenswille kehrte zurück. Er überlegte, wo seine Waffe lag. Wahrscheinlich war er ein Stück davongeschleudert worden und hatte während des Aufpralls den Strahler verloren. Atlan besaß nur noch Krantars Speer.

Da berührte ihn eine Hand sanft im Gesicht. Er zuckte zusammen. Sofort fuhr die Hand zurück. An ihrer Stelle preßte sich der kalte und harte Lauf einer Waffe an seine Stirn.

»Du lebst?« stieß Mirona Thetin überrascht hervor.

Er schwieg und wartete darauf, daß sie abdrücken würde.

Dieser Zustand dauerte einige lange Sekunden. Dann öffnete Atlan die Augen. Er sah Mirona gebeugt über sich stehen – ein großer Schatten gegen das helle Deckenlicht der Transmitterhalle. Auch ihr Gesicht lag im Schatten, aber durch ihre aufgelösten Haare drang fächerförmig das Licht.

Sie bewegte sich, kniete neben ihm nieder, und er sah, daß ihr Gesicht blaß war. Ihre Blicke wanderten über ihn hinweg, prüfend und mit einer inneren Angst, die er nicht verstand.

»Ich bin nicht kräftig genug, um dich herauszuziehen«, sagte sie. »Und ich habe zu wenig Zeit, um die Trümmer von deinen Beinen zu räumen.«

Ein fernes Grollen unterstrich ihre Worte, der Boden begann zu vibrieren, und irgendwo rutschten ein paar Metallstücke in sich zusammen. Mirona hob den Kopf und lauschte mit zusammengekniffenen Augen.

»Warum erschießt du mich nicht?« fragte er.

»Ich wünschte, ich könnte es«, erwiderte sie. »Wärest du noch bei Kräften und könntest du deine Waffen benutzen, würde ich nicht zögern.«

Er versuchte, das linke Bein hervorzuziehen, aber ein stechender Schmerz, der bis zu seinen Hüften hochzuckte, ließ ihn innehalten. Das rechte Bein konnte er überhaupt nicht bewegen.

»Es wird Zeit, daß ich gehe«, sagte sie.

Sie kletterte über die Trümmer davon. Er zog seinen Oberkörper hoch, so daß er beobachten konnte, wie sie auf die Kontrollen des Transmitters zuging. Gleich darauf erlosch die flimmernde Glocke aus Energie, die das Zentrum der Station geschützt hatte. Atlan sah seinen Strahler zwei Meter von sich entfernt am Boden liegen. Es hätten ebensogut zehn Meter sein können, dachte er hoffnungslos. Auch sein Armbandfunkgerät war unbrauchbar, aber das spielte jetzt ohnedies keine Rolle mehr.

Er beachtete Mirona nicht länger, sondern zog Krantars Speer aus dem Gürtel. Es gelang ihm, sich etwas zur Seite zu drehen, so daß er sich auf den rechten Ellbogen stützen konnte. Sein verletzter Arm schmerzte heftig, als er den Speer langsam auf den Strahler zuschob. Nach einigen Versuchen schaffte er es, die Spitze des Speeres durch den Abzugsbügel der Waffe zu schieben. Der Strahler kam Atlan unerträglich schwer vor. Er begann vor Anstrengung zu schwitzen. Zoll um Zoll zog er die Waffe zu sich heran. Die Spitze des Speeres war glatt. Der Strahler schwankte und drohte herunterzufallen. Atlan besaß nicht die Kraft, den Speer so hoch zu heben, daß die Waffe auf ihn zugerutscht kam. Erst als er den Strahler bis auf einen Meter zu sich herangebracht hatte, schleuderte er ihn mit einem Ruck über die restliche Entfernung.

Atlan ließ den Speer fallen und drehte sich wieder auf den Rücken. Seine tastende Hand fand den Kombistrahler.

Jetzt kam es darauf an, daß er sich hoch genug aufrichtete, um über die Trümmer hinweg schießen zu können. Er konzentrierte sich auf den Ruck, mit dem er seinen Oberkörper hochschnellen mußte. Nur wenn er eine Metallstrebe zu fassen bekam, konnte er sich festhalten.

Seine Bauchmuskeln spannten sich. Er beugte sich weit zurück und warf sich dann nach vorn.

Die Strebe, die er erreichen wollte, schien unvorstellbar weit entfernt zu sein. Atlans Gedanken, unbelastet von dieser gewaltigen körperlichen Anstrengung, wirbelten durcheinander, und in dieser einen Sekunde, die er benötigte, um sein Ziel zu erreichen, dachte er an den Aufprall, mit dem er zurückfallen würde, wenn er danebengriff.

Seine vorgestreckte Hand umklammerte das Metall. Er spürte, wie sein Körper erschlaffte und unwillkürlich zurücksank. Es gab einen Ruck, als sein Arm sich straffte, dann hing er pendelnd unter der Strebe. Seine Beine waren nicht freigekommen, aber er konnte jetzt über die Trümmer hinweg das Feuer eröffnen.

Er hing da wie ein Bündel aus Schmerzen und Verzweiflung. Er biß sich auf die Unterlippe. Die Kraft seines rechten Armes würde bald erlahmen.

Mit der linken Hand hob er den Strahler. Sie war so unruhig, daß die Mündung der Waffe große Bogen beschrieb. Wahrscheinlich konnte er nicht einen gezielten Schuß abgeben. Er sah Mirona an den Kontrollen hantieren.

Er drückte ab. Er schwang zurück, und der Strahl fauchte über die Lemurerin hinweg.

Er schoß erneut. Diesmal traf er die Kontrollanlage, aber es wurde lediglich eine Halterung abgeschmort. Mirona schaltete den Abwehrschirm des Transmitters wieder ein und ging in Deckung. Atlan verzog sein Gesicht zu einem grimmigen Lächeln. Er hatte sie noch einmal aufhalten können.

Sie belegte die Stelle, wo sich der Arkonide befand, mit Dauerfeuer, so daß er nicht schießen konnte. Hilflos mußte er zusehen, wie seine Umgebung sich in Rauch und Flammen auflöste. Durch die Qualmwolken schlugen die Energieblitze ihrer Waffen. Geschmolzenes Metall tropfte zu Boden und zersprang zischend in kleine Schlacken.

Atlan rang nach Atem. Er gab noch einen ungezielten Schuß ab, dann mußte er die Metallstrebe loslassen. Er schlug so hart gegen den Boden, daß er sich fast das Genick brach. Der Schmerz bohrte sich wie eine Pfeilspitze in sein Gehirn. Er fühlte Blutgeschmack im Mund. Wahrscheinlich hatte er sich beim Sturz auf die Zunge gebissen. Er konnte keine Blitze mehr feststellen. Anscheinend hatte Mirona das Feuer eingestellt. Er fragte sich, ob sie durch die Wand aus Rauch auf ihn zukam oder zu den Kontrollen zurückgekehrt war.

Da sah er, wie die Qualmwolken sich teilten. Aber es war nicht Mirona, die sich ihm näherte, sondern Krantar. Das Affenwesen war noch halbseitig gelähmt, so daß es sich auf eigenartige Weise bewegte. Es schob das linke Bein vor und zog dann den übrigen Körper nach. Unter anderen Umständen hätte es lächerlich gewirkt. Jetzt wurde Atlan von einem Gefühl tiefer Dankbarkeit überwältigt.

Wortlos machte sich der Wilde daran, die Trümmerstücke auf Atlans Beinen zur Seite zu räumen.

»Warum hilfst du mir?« fragte Atlan.

Krantar wandte seinen spitzen Kopf und blickte Atlan an.

Bevor er antworten konnte, tauchte Mirona Thetin auf. Sie stand schräg über dem Arkoniden und seinem Helfer.

»Das habe ich mir fast gedacht«, sagte sie.

Sie legte an und schoß. Krantar wurde herumgewirbelt. Er stieß einen spitzen Schrei höchster Not aus und prallte gegen einen Generator. Seine Blicke waren verständnislos auf die Frau gerichtet. Dann sank er langsam zu Boden.

Atlan starrte die Lemurerin ungläubig an. Er hob den Strahler, aber da war sie schon wieder verschwunden. Der Arkonide wälzte sich herum und blickte zu dem Affenwesen hinüber. Krantar bewegte sich nicht.

»Krantar!« rief Atlan.

Der Barbar wollte sich aufrichten, aber es fehlte ihm die Kraft dazu. Ohne auf die Schmerzen zu achten, zog Atlan sich aus den Trümmern. Krantar hatte bereits soviel Platz geschaffen, daß der Arkonide auch das zweite Bein befreien konnte. Zu seiner Erleichterung hatte er keine Brüche davongetragen. Er kroch zu dem Affenmenschen hinüber.

Krantar war in der rechten Schulter getroffen worden. Die Verletzung war tödlich. Der Wilde würde bald sterben.

Als Atlan ihn erreichte, erfolgte eine heftige Explosion in unmittelbarer Nähe. Der Boden schien sich vor ihm hochzuwölben. Er wurde zurückgeschleudert. Verzweifelt hielt er sich irgendwo fest. Von oben regneten Kunststoffetzen auf ihn herab. Als er sich aufrichtete, sah er, daß der Generator umgekippt und auf Krantar gefallen war. Das hatte das Ende für den Affenmenschen bedeutet.

Während der Explosion hatte der Arkonide seinen Strahler verloren. Er lag irgendwo zwischen den Trümmern. Atlan hatte keine Zeit, nach ihm zu suchen.

Er richtete sich auf. Einen Augenblick stand er schwankend und benommen da, dann taumelte er durch die Rauchwolken aus der zerstörten Speicheranlage heraus. Mit brennenden Augen blickte er zu den Kontrollen des Transmitters hinüber. Trotz der heftigen Explosion, die in den unteren Etagen erfolgt war, standen der Transmitter und sämtliche Schaltanlagen noch. Atlan sah, wie Mirona Thetin sich an den Schalthebeln zu schaffen machte. Der Schutzschirm der Zeitstation war abgeschaltet. Das nutzte dem Arkoniden jetzt wenig, denn er besaß keine Energiewaffe mehr. Seine einzige Waffe war wieder Krantars Speer.

Mirona Thetin wandte sich vom Kontrollstand ab und ging auf den Torbogen des Transmitters zu.

Es ist soweit, dachte Atlan wie betäubt.

Da sah sie ihn. Sie blieb stehen und starrte ihn an. Er beobachtete, wie sie kaum merklich mit den Schultern zuckte und weiterging.

Die Welt um ihn herum schien in Rauch und Flammen zu versinken. Er machte ein paar schwankende Schritte, während der Gedanke an das, was nun kommen würde, ihm fast den Atem raubte.

Voll dumpfen Erstaunens erkannte er, daß er sie noch immer nicht haßte.

Sie war wie ein Wesen aus einem Traum, das sich jeder objektiven Beurteilung entzog.

Und doch würde diese Frau in wenigen Augenblicken einen Zeitsprung machen, um im Jahre 1971 ein Zeitparadoxon auszulösen, das das Solare Imperium vernichtete.

31.

Im Laufe der letzten zehn Minuten war Tamanium von zwölf heftigen Explosionen erschüttert worden. Ihre Stärke hatte ausgereicht, um auch die empfindlichen Meßgeräte der IMPERATOR ausschlagen zu lassen.

Oberst Alurin saß im Kommandosessel und überflog die eingehenden Meldungen. Er fühlte sich ratlos. Seine Nervosität wuchs von Minute zu Minute. Atlan und der Hohe Tamrat vom Sulvy-System hätten längst zurück sein müssen.

Viele terranische Einheiten formierten sich bereits für den Rückzug aus dem Luum-System. Alurin wußte, daß er die IMPERATOR aus diesem Manöver nicht ausklammern konnte. Die Maahks würden den Rückzug ihrer Verbündeten mißtrauisch beobachten.

Es blieb ihm keine andere Wahl. Er mußte Perry Rhodan über Atlans Landung auf Tamanium informieren. Er zog das Mikrophon zu sich heran, um dem Funker einen entsprechenden Befehl zu geben, als der Bildschirm des Hyperkoms sich erhellte.

»Funkruf von der CREST, Oberst!« rief der Funker. »Wollen Sie es persönlich abnehmen? Es ist der Großadministrator.«

Alurin betätigte die Empfangstaste. Rhodans Gesicht zeichnete sich auf dem Bildschirm ab. Der Terraner hielt ein quadratisches Stück Papier in den Händen. Er hob es hoch, damit Alurin es sehen konnte.

»Wissen Sie, was das ist, Oberst?« fragte Rhodan.

Am Klang der Stimme erkannte Alurin, daß Rhodan zornig war. Obwohl er gerade den Entschluß gefaßt hatte, Rhodan von Atlans Unternehmen zu unterrichten, bereitete ihm der Gedanke, Rhodan könnte bereits informiert sein, starkes Unbehagen.

»Die graphische Auswertung einer Ortungsaufnahme, Sir«, erwiderte er. »Ich kann leider keine Einzelheiten erkennen.«

»Warten Sie«, empfahl ihm Rhodan. Er trat einen Schritt näher an das Gerät innerhalb der CREST III heran. Jetzt war der Kommandant der IMPERATOR in der Lage, die Konturen eines Körpers auf dem Papier zu sehen. Es waren die Umrisse eines Moskito-Jägers.

»Diese Aufnahme wurde vor wenigen Augenblicken ausgewertet«, sagte Rhodan. »Wir haben lange gesucht, aber unsere Suche hatte Erfolg.«

Das Papier verschwand vom Bildschirm. Rhodans Gesicht füllte die Mattscheibe wieder aus. Alurin senkte den Kopf.

»Haben Sie mir irgend etwas zu sagen, Oberst?«

»Ich wollte gerade deswegen mit Ihnen sprechen«, sagte Alurin.

»Es handelt sich also um ein Beiboot der IMPERATOR«, stellte Rhodan fest. »Ihr unsinnig erscheinendes Manöver diente nur dazu, dem Jäger die Landung auf Tamanium zu ermöglichen. Ich kann mir auch vorstellen, wer die Besatzung des kleinen Schiffes bildet. Aber ich würde es gern von Ihnen hören.«

»Lordadmiral Atlan und der Hohe Tamrat vom Sulvy-System, Mirona Thetin, befinden sich an Bord«, sagte Alurin.

Er sah, wie Rhodan auf die Uhr blickte.

»In zwanzig Minuten werden sich alle Schiffe aus dem Luum-System zurückziehen. Der entsprechende Befehl ist bisher an die Hälfte aller Einheiten gegangen. Ich habe noch einmal mit Kalak sprechen können. Der Paddler hat mir versichert, daß er und sein Volk alles tun werden, um die Tefroder vor grausamen Strafaktionen der Maahks zu bewahren.« Rhodan nickte Alurin zu. »Es hält uns also nichts mehr in diesem Raumsektor. Die Atomexplosionen im Innern Tamaniums deuten auf ein baldiges Ende dieser Welt hin.«

»Ich bitte um die Genehmigung einer Landung auf der Zentralwelt der Meister der Insel«, sagte Alurin schnell. »Erlauben Sie mir, den Lordadmiral und seine Begleiterin zurückzuholen.«

Rhodan überlegte einen Augenblick. »Wir haben bereits versucht, den Moskito-Jäger über Funk zu erreichen. Er scheint jedoch von seiner Besatzung verlassen worden zu sein.«

Alurin wagte nicht daran zu denken, daß Atlan und seine Begleiterin vielleicht in einer der Explosionen ums Leben gekommen waren.

»Haben Sie sich schon einmal Gedanken darüber gemacht, warum Atlan gelandet ist?« wollte Rhodan wissen.

»Mirona Thetin hatte wichtige Daten über die Geheimpositronik, Sir«, berichtete Alurin. »Atlan wollte diese Information retten.«

»Wir haben eine neue Wahrscheinlichkeitsberechnung mit der

Bordpositronik der CREST durchgeführt«, informierte ihn der Terraner. »Das Ergebnis wird Sie interessieren.«

Alurin schluckte. »Gewiß, Sir«, bekräftigte er.

»Mirona Thetin ist nicht die Frau, die zu sein sie vorgibt«, unterrichtete Rhodan den USO-Kommandanten. »Sie ist mit hoher Wahrscheinlichkeit eine Meisterin der Insel, und das bedeutet: Faktor Eins.«

Alurin starrte auf den Bildschirm.

»Was?« entfuhr es ihm. »Das kann nicht sein, Sir. Wir haben . . .«

»Wir haben keine Zeit für theoretische Erörterungen, Oberst«, schnitt Rhodan ihm das Wort ab. »Wir müssen schnell handeln. Wir wissen nicht, was auf Tamanium geschehen ist. Sollte unser Verdacht zutreffen, dann ist nicht nur Atlan in höchster Gefahr.«

»Erteilen Sie mir Landegenehmigung«, bat Alurin erneut.

Rhodan schüttelte entschieden den Kopf. »Es wird nur ein Schiff auf Tamanium landen«, sagte er.

»Die CREST?« murmelte der Oberst.

»Ja«, bestätigte Perry Rhodan.

Die Verbindung wurde unterbrochen. Alurin hörte das Stimmengewirr der aufgeregten Offiziere. Er fühlte sich in seinen Entscheidungen gehindert. Er rief sich das Bild dieser Frau ins Gedächtnis zurück.

Sollte sich hinter ihrem schönen Gesicht tatsächlich ein verbrecherisches Gehirn verstecken? Irgend jemand reichte ihm einen Plastikstreifen.

»Eine neue Explosion, Oberst«, sagte eine aufgeregte Stimme.

Mechanisch nahm Alurin die Berechnungen entgegen. Er warf einen Blick auf die Zahlen, ohne ihren Sinn zu verstehen. Seine Gedanken eilten in die Vergangenheit zurück. Er versuchte sich an die Zeit zu erinnern, da er sich zum erstenmal verliebt hatte. Aber die einzige Erinnerung an diese Episode war verschwommen und ein bißchen lächerlich.

Er schüttelte unbewußt den Kopf. Er konnte das Mädchen, das er damals gekannt hatte, nicht mit Mirona Thetin vergleichen.

»Das Zentrum der Explosionen scheint dreitausend Kilometer vom Landeplatz des Moskito-Jägers entfernt zu sein«, sagte eine Stimme und riß ihn aus den Gedanken. »Früher oder später wird es jedoch zu einer Kettenreaktion kommen.«

Alurin schaute auf. Seine Blicke fielen auf den Panoramabildschirm. Was würden die Maahks dazu sagen, wenn Rhodan mit dem Flaggschiff landete? Wahrscheinlich hatte der Großadministrator die Wasserstoff- Methanatmer von seinem Vorhaben unterrichtet. Sie würden jede Bewegung der CREST III überwachen.

Alurin war überzeugt davon, daß sie sogar eine Abordnung an Bord des terranischen Schiffes geschickt hatten. Diese Maahks würden alle Maßnahmen Rhodans überwachen.

Der Oberst ergriff das Mikrophon und schaltete den Interkom ein. Es wurde Zeit, daß er den Befehl zum Rückzug gab.

Die CREST III hing wie eine riesige strahlende Glocke über ihnen. Über dem Wald standen Rauchwolken, die den Horizont zu verdunkeln begannen. Dicht über den Bäumen huschten Millionen von Insekten hin und her, als wüßten sie um ihr baldiges Ende.

Rhodan veränderte die Richtung, die sie eingeschlagen hatten.

»Dort hinüber!« rief er seinen Begleitern über Helmfunk zu. »Innerhalb des Waldes finden wir vielleicht einen Eingang in die unterirdischen Städte.«

Die sechzig Männer in ihren flugfähigen Kampfanzügen folgten ihm. Rhodan fühlte, wie seine innere Unruhe ihn vorantrieb. Dort, wo der Rauch aufstieg, befand sich wahrscheinlich ein Einstieg in die Unterwelt. Der Terraner dachte an Atlan. Daß ausgerechnet der Arkonide so verantwortungslos gehandelt hatte, blieb ihm unverständlich. Normalerweise war es Atlan, der es meisterhaft verstand, menschliche Regungen zu unterdrücken und sie durch logische Gedankengänge zu ersetzen.

Trotzdem war er Faktor I in die Falle gegangen.

Rhodan ballte die Hände zu Fäusten, während er dicht über den Baumwipfeln dahinflog. Bestimmt war Mirona Thetin nicht ohne Grund hierher gekommen. Sie war gekommen, um von Tamanium aus noch einmal zum entscheidenden Schlag gegen das Solare Imperium auszuholen. Und Atlan hatte ihr die Möglichkeit dazu gegeben.

»Wir landen!« rief Rhodan, als sie die Stelle erreichten, wo der Qualm zwischen den Bäumen aufstieg. »Wahrscheinlich stoßen wir auf ein Gebäude.«

Er ließ sich auf die Äste eines großen Baumes herabsinken und kletterte in die Tiefe. Er sah ein dreieckiges Bauwerk unter sich liegen, dessen durchsichtiges Dach geborsten war. Schwarze Qualmwolken drangen hervor.

Rhodan wartete, bis seine Begleiter ihn eingeholt hatten.

»Wir warten hier«, entschied er. »Es ist sinnlos, in dieses Gebäude einzudringen. Es kann jeden Augenblick in die Luft fliegen.«

Der Terraner fragte sich, ob Atlan mit seiner Begleiterin durch dieses Gebäude in der unterirdischen Station verschwunden war. Rhodans Abteilung war nicht die einzige Suchtruppe, die die CREST III verlassen hatte. Insgesamt sechshundert Männer waren in verschiedenen Richtungen losgeflogen. Ein paar Raumfahrer waren beim Moskito-Jäger zurückgeblieben. Versuche, Atlan über Funk zu erreichen, waren gescheitert.

Rhodan begann sich mit dem Gedanken vertraut zu machen, daß sein langjähriger Freund nicht mehr am Leben war. Er hoffte, daß die Frau, die ihn auf diese Welt gelockt hatte, ebenfalls den Tod gefunden hatte.

32.

Der Wille zur Macht ist die stärkste Kraft in diesem Universum, dachte Mirona Thetin, als sie auf den Torbogen des Zeittransmitters zuschritt.

Sie wußte, daß sie von diesem Willen ausgefüllt wurde. Wie hatte sie nur jemals daran denken können, diese Macht mit einem anderen Wesen zu teilen oder gar vollkommen aufzugeben?

Sie spürte den Druck des Fernschalters in ihren Händen. Im gleichen Augenblick, da sie zwischen die Säulen des Torbogens trat, würde sie den schwarzen Knopf drücken. Der Transmitter würde sie durch die Zeit schleudern bis ins Jahr 1971 terranischer Zeitrechnung. Der Fernschalter besaß noch einen zweiten, einen roten Knopf. Damit konnte sie den Abwehrschirm einschalten, wenn Gefahr drohte.

Ihren eigenen Schutzschirm hatte sie vor wenigen Augenblicken abgeschaltet. Dies war notwendig, denn nur mit desaktiviertem Schutzfeld konnte sie sich dem Entmaterialisierungsfeld des Transmitters anvertrauen.

Mirona Thetin blieb stehen. Sie blickte zu dem Arkoniden hinüber, der mit hängenden Schultern dastand und sie beobachtete. Er schien dieser Welt auf unbegreifliche Weise entrückt zu sein.

Ein halbverrückter Mann in einem zerrissenen Schutzanzug, das war alles, was die Liebe ihr zu bieten hatte, überlegte Mirona. Es war zu wenig, um die Macht aufzuwiegen, die auf sie wartete.

Die Lemurerin ging weiter.

»Mirona!« hörte sie ihn rufen. Als sie sich umwandte, um zu ihm zurückzublicken, sah sie, daß Atlan den Arm hob.

Atlan nahm ihr Bild in sich auf. Gegen den dunklen Hintergrund der Transmitteröffnung wirkte sie wie eine ausgestanzte Silhouette. Er fühlte einen Druck auf seinem Körper, als legten sich unsichtbare

Hände auf ihn. Rote Schleier tanzten vor seinen Augen. Er merkte, daß er sich bewegte, als habe ein Unsichtbarer die Kontrolle über seine Muskeln übernommen.

Er holte weit mit dem rechten Arm aus. Er fühlte, wie er sich anspannte, wie alle Kraft, die noch in ihm war, in den rechten Arm strömte. Diese Konzentration war fast unheimlich; denn er hatte sie niemals zuvor an sich beobachtet.

Irgendwann einmal in der Vergangenheit hatte er als Gladiator in einer römischen Arena gestanden. Das Bild in seiner Erinnerung belebte sich, und er erinnerte sich des riesenhaften Nubiers, der ihm als Gegner entgegengetreten war. Er vermeinte sogar den Staub zu riechen, einen Staub, der von Blut und Schweiß getränkt war und in den Augen brannte. Da war der Lärm der Zuschauer, das Auf- und Abschwellen ihres Gebrülls, und die Rufe der Wächter an den Ausgängen.

Atlan vermeinte, die riesigen Füße seines Gegners über den Boden schleifen zu hören, während das Netz in seiner Hand raschelte.

Und dann, mit einem plötzlichen Wechsel, verblaßte das Bild aus der fernen Vergangenheit. Anstelle des Nubiers war Mirona Thetin da.

Die Lemurerin schien die unverhoffte Gefahr instinktiv zu fühlen, sie schien die Kraft zu ahnen, die sich in Atlan gesammelt hatte. Ihr Mund öffnete sich, aber sie blieb stumm. Beinahe zögernd hob sie die Hand zu einer abwehrenden Geste.

Sie war wie gelähmt und unfähig, etwas zu unternehmen. Sie dachte nicht an das nächstliegende, nicht daran, ihren Schutzschirm oder den Transmitterschirm wieder zu aktivieren.

Der Arkonide warf.

Der Speer erzeugte einen hohen, summenden Ton, als er davonflog. Sein Schaft zitterte. Atlan taumelte nach vorn, mitgerissen von der Wucht seiner Armbewegung.

Krantars Waffe bohrte sich in die Brust der Lemurerin. Atlan sah, wie die Hände seiner Gegnerin hochzuckten und den Speerschaft umklammerten. Dann brach sie zusammen.

Mit einem Schlag wurde Atlan hellwach. Ungläubig starrte er zu der Stelle hinüber, wo Mirona Thetin lag. Er hatte nie daran geglaubt, daß er sie wirklich treffen könnte.

Er spürte kaum, wie er seine Beine bewegte. Es war, als erlebte er einen Alptraum, in dem er ziellos durch eine endlose Finsternis schwebte.

Er sank vor ihr nieder und sah, daß sie noch lebte. Blut drang aus ihrem Mund. Ihr Gesicht war blaß, es bildete einen eigenartigen Kontrast zu den dunklen Haaren.

Sie versuchte ihm zuzulächeln, aber der Schmerz machte eine Grimasse daraus.

Sie hob ihm einen kleinen Gegenstand entgegen, der in eine rote und in eine schwarze Hälfte unterteilt war.

»Ich hätte dich töten können«, murmelte sie mühsam.

Sie drückte auf den roten Knopf, und der Abwehrschirm legte sich um den Transmitter. Der Platz, von dem Atlan den Speer geworfen hatte, lag unmittelbar unter der Energieglocke. Der Arkonide wußte, daß ihn ein unmittelbarer Aufprall der Energie sofort getötet hätte. Mirona Thetin hatte die Gelegenheit, ihren Gegner zu vernichten, ungenutzt verstreichen lassen.

»Ich habe oft gelesen, daß der Tod Frieden bringt«, sagte sie. »Für mich bedeutet er nur das Ende von allem, was mir wichtig erschien.«

Atlan konnte nicht sprechen. Er berührte den Speer und sah, daß es unmöglich war, ihn herauszuziehen. Es hätte die Lemurerin nicht mehr gerettet.

Sie griff nach seiner Hand und umklammerte sie.

»Ich bringe dich hier heraus«, hörte er sich sagen.

In einem Umkreis von zwei Kilometern hob sich der Boden gen Himmel, und eine dunkle Masse aus Steinen, Erde, Stahl, Kunststoff und Pflanzen schien für den Bruchteil einer Sekunde schwerelos über dem Land zu hängen. Dann erst erfolgte das Donnern der Explosion, die den Planeten erbeben ließ.

Ein riesiger Krater bildete sich. In ihn hinein stürzte alles, was sich gerade noch erhoben hatte. Kilometerlange Risse und Spalten bildeten sich. Ein unersättlicher Schlund hatte sich aufgetan, der die gesamte Oberfläche zu verschlingen drohte.

Rauch stieg nach oben und verwandelte den Himmel in eine dunkelgraue Fläche. Tonnen von Staub und Asche sanken nur langsam zum Boden zurück und bildeten einen dichten Vorhang, der den Blick auf den Ort der Katastrophe verdeckte.

Perry Rhodan ließ sich wieder auf die Äste des großen Baumes zurücksinken. In einer Entfernung von dreißig Kilometern mußte eine große unterirdische Energieanlage explodiert sein. Wenn sich Atlan noch unter der Oberfläche aufhielt, würde er die Folgen dieser Explosion zu spüren bekommen. Rhodan konnte sich vorstellen, daß jetzt überall Decken nachgaben, Wände einstürzten und Abstützungen zusammenbrachen.

Rhodans Helmempfänger knackte. Die Stimme Cart Rudos, des Kommandanten der CREST III, wurde hörbar.

»Es wird immer gefährlicher, sich dort unten aufzuhalten, Sir«, warnte der Epsaler. »Diesmal konnten wir eine Eruption beobachten. Wahrscheinlich hat der Atombrand bereits begonnen.«

»Rufen Sie fünfhundert Männer ins Schiff zurück«, ordnete Rhodan an. »Die anderen sollen noch warten.«

»Ich kann Ihre Sorgen um den Lordadmiral verstehen«, entgegnete Rudo. »Trotzdem sollten Sie nicht Ihr Leben riskieren. Wahrscheinlich wurde dem Arkoniden der Rückweg an die Oberfläche abgeschnitten.«

»Noch besteht keine unmittelbare Gefahr, Oberst«, sagte Rhodan. »Nehmen Sie die fünfhundert Mann an Bord und schleusen Sie eine Korvette aus. Dann können Sie sich mit der CREST zurückziehen.«

»Die Maahks, die sich an Bord aufhalten, protestieren dagegen, daß Sie sich noch immer auf Tamanium aufhalten«, sagte Rudo. »Grek-1 möchte Sie sprechen.«

Im Empfänger knackte es. Rudo hatte sich ausgeschaltet, um für den Maahk freizugeben.

»Es ist vollkommen unlogisch, daß Sie Ihre Anwesenheit auf dem Zentralplaneten der Meister der Insel mit einer Rettungsaktion begründen«, sagte eine unpersönliche Stimme in Kraahmak. »Niemand, der sich dort unten aufgehalten hat, kann noch am Leben sein.«

Rhodan erwiderte erbittert: »Wenn Sie glauben, daß wir nach wissenschaftlichen Schätzen Jagd machen, können Sie sich ausschleusen lassen und uns kontrollieren.«

Eine Weile war es still. Der Maahk schien über das Angebot nachzudenken.

»Wir werden Sie untersuchen, wenn Sie an Bord Ihres Schiffes zurückkommen. Ebenso alle anderen Männer. Was wir finden, wird sofort beschlagnahmt oder vernichtet werden.«

Rhodan sah keinen Sinn darin, noch länger mit Grek-1 zu debattieren. Es war unmöglich, diese Wesen von ihrem einmal gefaßten Standpunkt abzubringen.

Cart Rudo meldete sich wieder.

»Die Burschen haben sich etwas beruhigt, Sir«, berichtete er. »Drei von ihnen sind zur Schleuse gegangen, um die zurückkommenden Männer zu untersuchen. Hoffentlich kommt es nicht zu Zwischenfällen.«

»Die Männer haben sich den Wünschen der Maahks zu fügen«, erinnerte Rhodan. »Ich möchte nicht, daß es zu weiteren Vertragsbrüchen kommt, nachdem Atlan bereits unsere Abmachungen mit den Maahks ignoriert hat.«

»Wir sollten etwas härter zu den Methans sein«, meinte Rudo verdrossen. »Und sie etwas dankbarer zu uns.«

»Solche Regungen dürfen Sie von den Methans nicht erwarten«, entgegnete Perry Rhodan. »Wir haben ein Geschäft mit ihnen gemacht. Es war von Anfang an festgelegt, was wir zu bezahlen haben. Und ich kann den Maahks ihre Härte angesichts ihrer bitteren geschichtlichen Erfahrungen nicht verdenken. Ich bin nicht glücklich damit, aber ich respektiere ihren Standpunkt.«

Wenige Minuten nach Rhodans Gespräch mit Rudo löste sich eine Korvette von der CREST III und bezog unmittelbar über dem Wald Position. Das Flaggschiff zog sich in den Weltraum zurück.

Kommandant des Beiboots war Major Don Redhorse. Er nahm sofort Funkkontakt zu Rhodan auf.

»Überfliegen Sie die nähere Umgebung«, ordnete Rhodan an. »Vielleicht entdecken Sie einen unbeschädigten Schacht, der in die Tiefe führt.«

»Da werden wir wenig Glück haben«, meinte der Cheyenne. »Von hier oben sieht man überall Rauchwolken aufsteigen. Ich vermute, daß sämtliche Schächte in Flammen stehen.«

Redhorse wollte offenbar noch etwas hinzufügen, zog es dann aber vor, zu schweigen. Rhodan konnte sich denken, daß der Major ihn darauf hinweisen wollte, wie aussichtslos es war, Atlan noch zu finden.

Es erschien Rhodan wie ein Hohn des Schicksals, daß kurz vor dem endgültigen Sieg gegen die MdI ausgerechnet der Arkonide ums Leben kommen sollte. Der Großadministrator fragte sich, was mit Mirona Thetin geschehen war. Sollte es ihr gelungen sein, durch einen Transmitter von Tamanium zu fliehen, oder hatte sie den Tod gefunden? War es ihr einziges Ziel gewesen, den Arkoniden mit ins Verderben zu ziehen?

Rhodan bedauerte, daß er nicht unmittelbar nach Bekanntwerden von Atlans Landung Mutanten eingesetzt hatte. Jetzt war es zu gefährlich, noch jemand in die unterirdische Stadt zu schicken. Es konnte jede Sekunde zu Explosionen kommen, die die Anlagen der MdI im kilometerweiten Umkreis in Trümmer legten.

Trotzdem wollte Rhodan einfach nicht daran glauben, daß sein arkonidischer Freund nicht mehr am Leben war. Er war sich über die Bedeutung im klaren, die Atlan für das Solare Imperium besaß. Ohne den Lordadmiral würde die USO langsam, aber sicher zerfallen. Es gab einfach keinen Ersatz für den Chef und Gründer dieser Organisation.

»Es ist überall das gleiche Bild«, ertönte Redhorses Stimme in Rhodans Empfänger. »Etwa zwanzig Kilometer von Ihrem Standort entfernt tobt ein ausgedehnter Waldbrand. Überall sind Einsturzstellen zu sehen. Auf der anderen Seite der Gebirgskette ist die Zerstörung noch weiter fortgeschritten. Wir müssen Tamanium bald verlassen!«

»Ich weiß, Major«, entgegnete Rhodan.

Er fühlte die Blicke seiner Begleiter auf sich ruhen. Die Männer würden bei ihm bleiben, gleichgültig, was geschah. Er durfte jedoch ihr Leben nicht aufs Spiel setzen, weil er sich einer Illusion hingab.

»Wir warten noch zehn Minuten«, entschied er. »Sollte Atlan bis dahin nicht aufgetaucht sein, gehen wir an Bord von Redhorses Korvette und verlassen Tamanium und das Luum-System.«

Niemand antwortete. Die Raumfahrer wußten, wie schwer Rhodan diese Entscheidung gefallen war.

»Nein«, sagte Mirona Thetin. »Du kannst dich noch retten. Warum willst du dein Leben aufs Spiel setzen? Laß mich hier liegen.«

»Ich will nicht, daß du hier verbrennst«, sagte Atlan. »Warum mußte es dazu kommen?«

»Ich wußte es«, erwiderte Mirona. »Ich wußte von Anfang an, daß es so enden würde. Aber ich wollte es nicht wahrhaben. Die ganze Zeit über lagen die Liebe und der Wille zur Macht in meinem Innern in Streit.«

»Und wer hat gesiegt?«

Sie deutete wortlos auf den Fernschalter des Transmitters. Ich hätte dich töten können, sagten ihre Blicke. Aber ich habe es nicht getan. Ich habe mich für unsere Liebe entschieden – im Gegensatz zu dir.

Er las dies alles aus ihrem Blick, ohne einen Vorwurf darin zu erkennen.

Jetzt, unmittelbar vor ihrem Tod, zeigte sich die innere Gelassenheit dieser Frau. Bisher hatte sie diesen Charakterzug durch ihr rätselhaftes Auftreten immer zu überspielen gewußt.

Ein wilder Gedanke durchzuckte Atlans Gehirn.

»Mirona!« rief er und schüttelte sie behutsam. »Hast du jemals eine Schablone deiner atomaren Zellstruktur anfertigen lassen? Existiert eine Strukturschablone von dir? Ich würde einen Multiduplikator finden, und wenn ich Jahrhunderte danach suchen müßte.«

Diesmal gelang es ihr, ihn anzulächeln.

»Wärst du mit einem Duplikat zufrieden?« wollte sie wissen. »Würde es dir genügen? Oder glaubst du nicht, daß du jedesmal, wenn du meine Doppelgängerin umarmst, an mich denken würdest?«

Er sprang auf. »Es gibt also eine Strukturaufzeichnung? Sage mir, wo ich sie finden kann.«

Sie schüttelte den Kopf.

»Ich wäre eifersüchtig auf meine eigene Doppelgängerin«, sagte sie.

»Es wäre nicht nur ein Duplikat«, sagte er beschwörend. »Du weißt genau, wie exakt ein Multiduplikator arbeitet. Es wäre Mirona Thetin, die das Gerät verlassen würde.«

Sie schien in ihrem Standpunkt schwankend zu werden.

»Schnell!« drängte er. »Sage mir, wo ich die Schablone finden kann.«

Ihr Gesichtsausdruck veränderte sich, und Atlan wußte, daß er verloren hatte. Sie hatte eine Entscheidung getroffen. Ohne, daß sie sprach, wußte der Arkonide, wie diese Entscheidung ausgefallen war.

»Man kann einen Körper duplizieren«, sagte sie. »In allen Einzelheiten. Aber es gibt Dinge, die sich nicht vervielfältigen lassen. Ein Zellaktivator zum Beispiel. Jedes Duplikat von mir hätte nur eine kurze Lebensdauer, da ihm die zellregenerierende Wirkung des Aktivators fehlen würde.«

»Es gibt also keine Schablone von dir?« fragte Atlan.

»Nein«, erwiderte sie.

Atlan fühlte, daß sie in diesem Punkt log. Es mußte eine Schablone existieren, mit der Mirona Experimente mit ihren kurzlebigen Duplikaten durchgeführt hatte.

Er blickte der Sterbenden in die Augen. Und sie wußte, daß er ihre Lüge durchschaut hatte. Das schuf ein unausgesprochenes Einverständnis zwischen ihnen.

»Ich bringe dich jetzt an die Oberfläche des Planeten«, sagte er.

»Es ist Wahnsinn«, lehnte sie ab. »Du wirst soviel Zeit verlieren, daß du dich selbst nicht mehr retten kannst.«

»Ich muß es wenigstens versuchen«, beharrte er. »Verstehst du das nicht?«

Als er sich zu ihr herabbeugte, brach eine Seitenwand der Transmitterhalle ein. Die Lautlosigkeit, mit der die Wand in sich zusammenfiel, ließ das Ereignis schlimmer erscheinen, als es in Wirklichkeit war. Es war kein Explosionsgeräusch erfolgt, nur das ständige Donnern, das immer lauter wurde, hatte den Einsturz begleitet.

»Die Decke!« stieß Mirona hervor und klammerte sich an ihn.

Es war keine Kraft in ihren Händen, und er mußte sie stützen. Ein Blick nach oben zeigte ihm, daß quer über die Decke ein breiter Riß verlief, der sich zusehends vergrößerte.

»Du mußt fliehen«, sagte sie. »Schnell, laß mich allein.«

Er hörte nicht darauf, was sie sagte. Er hob sie hoch. Sie war nicht so schwer, wie er geglaubt hatte. Er schwankte, als er sie auf den Haupteingang der Zeitstation zutrug. Der Schaft des Speeres zitterte vor Atlans Gesicht.

Ein knirschendes Geräusch ließ ihn zurückblicken. Eine der vier Begrenzungssäulen knickte zusammen und stürzte auf den Transmitter. Atlan beeilte sich. Als der Eingang noch vier Schritte entfernt war, erfolgte eine heftige Explosion in unmittelbarer Nähe. Die Tür kam Atlan entgegen. Er verlor Mirona Thetin und wurde wie ein welkes Blatt in die Halle zurückgeschleudert. Er prallte gegen irgend etwas und hielt sich daran fest. Krachend stürzte ein Teil der Decke herab. Etwas schlug in Atlans Rücken. Er preßte sich flach gegen den Boden und verschränkte die Arme über dem Kopf. Aus weiter Ferne kam der Lärm einer Serie von Detonationen. Der Boden kam nicht mehr zur Ruhe. Die gesamte unterirdische Stadt schien zu vibrieren.

Atlan wälzte sich auf die Seite. Er konnte sehen, daß die Decke zu zwei Dritteln herabgekommen war. Nur die Tatsache, daß er im toten Winkel lag, hatte ihm das Leben gerettet. Er hätte in eine der oberen Etagen blicken können, aber Rauchwolken versperrten ihm die Sicht. Er hob den Kopf und hielt nach Mirona Ausschau. Sie lag in der Nähe des Eingangs, halb unter Trümmern begraben.

Atlan kroch auf sie zu. Sie lebte noch, als er sie erreichte, aber ihr Atem ging stoßweise, und ihre Augenlider zitterten.

»Es ist alles in Ordnung«, sagte er rauh. »Wir können unsere Flucht jetzt fortsetzen.«

Er richtete sich auf und begann hastig die Trümmer von ihrem Körper zu räumen. Der Speer war abgebrochen. Atlan hoffte, daß die Lemurerin keine Schmerzen empfand. Ihr Gesicht war grau und leblos. Die Lippen bildeten zwei schmale Farbstriche.

Als er sie hochheben wollte, stöhnte sie.

»Nicht«, flüsterte sie. »Du tust mir weh.«

Er ließ sie zurücksinken und setzte sich neben sie. Er empfand keine Schmerzen. Sein einziges Gefühl war das Bewußtsein einer schrecklichen Leere.

»Ich warte«, sagte er dumpf.

Als sie nicht antwortete, beugte er sich über sie. Er sah, daß sie tot war. Ihre Augen waren starr nach oben gerichtet.

Er setzte sich neben ihr auf den Boden, umfaßte ihre noch warme Hand und wartete darauf, daß der Körper zerfallen und der in ihm ruhende Zellaktivator vergehen würde. Doch nichts dergleichen geschah. Die Tote zeigte keinerlei Zerfallserscheinungen. Atlan fragte sich, warum Mironas Körper anders reagierte, als es bei den anderen MdI der Fall gewesen war. Möglicherweise hing es mit der Vernichtungsschaltung zusammen, mit denen die Aktivatoren der anderen Meister versehen waren. Mironas Aktivator besaß eine derartige Schaltung nicht.

Atlan erhob sich. Einem inneren Zwang gehorchend, hob er die

Tote auf und trug sie auf den Gang hinaus. Überall lagen Trümmer, über die er hinwegklettern mußte. Wenig später kam er an eine Stelle, wo der Gang vollkommen verschüttet war. Der Zugang zum Antigravschacht war versperrt. Einen Augenblick blieb der Arkonide unschlüssig stehen.

Als er sich entschied, zur Transmitterstation zurückzugehen und durch die zerstörte Decke nach oben zu fliegen, wußte er, daß er kaum noch Chancen hatte, zusammen mit seiner Last die Oberfläche zu erreichen.

In die Transmitterhalle zurückgekehrt, erlebte er eine neue Enttäuschung. Sein Flugaggregat funktionierte nicht. Er legte das kleine Gerät ab und schnallte sich Mironas Aggregat um. Diesmal hatte er Glück. Er packte die tote Lemurerin unter den Armen und schwebte langsam nach oben. Sofort hüllten ihn Qualmwolken ein. Das Atmen fiel ihm schwer. Er begann zu husten.

Als er schon glaubte, daß er den Rückflug antreten müßte, ragte vor ihm ein breiter Trägerstab aus dem Rauch. Er landete darauf und kämpfte um sein Gleichgewicht. Er spürte das feste Metall des Trägers unter seinen Füßen. Indem er Fuß vor Fuß setzte und die Trümmerstücke ignorierte, die wie Geschosse an ihm vorbeifielen, gelangte er auf den ausgebrochenen Teil eines Ganges. Der Träger fiel schräg nach unten ab.

Der Arkonide ging in die Hocke und ließ sich vorwärts gleiten. Der aufgerissene Metallkörper einer großen Positronik versperrte ihm den Weg.

Auf der anderen Seite war der Gang frei. Atlan kam jetzt schneller voran. Als er in den Hauptgang einbog, stieß er auf Rauch und Flammen. Ein Löschroboter stakste auf Spinnenbeinen vorüber und richtete die längst leergesprühten Behälter auf das Feuer. Atlan zog sich wieder in den Seitengang zurück, um zu überlegen. Wenn es hier brannte, hatte er kaum Aussichten, durch den Antigravschacht nach oben zu gelangen. Trotzdem mußte er es versuchen. Er riß ein Stück Stoff aus seinem Hemd und band es vor das Gesicht. Dann suchte er sich einen Robottransporter. Er bettete die Leiche vorsichtig auf die Ladefläche und ließ sich neben den Kontrollen des Wagens nieder.

Noch einmal holte er tief Luft, dann rollte das Fahrzeug auf den Hauptgang hinaus. Das Prasseln der Flammen übertönte den fernen Donner. Der Kunststoffbelag des Bodens warf große Blasen, die mit schmatzenden Geräuschen platzten und in sich zusammensanken. So entstand ein schmieriger Brei, der den Transporter immer wieder ins Rutschen brachte.

Die Hitze hüllte Atlan ein. Die Luft, die er atmete, schmeckte nach Feuer und Rauch. Er preßte sein Gesicht gegen die Schalthebel des Wagens, aber auch sie hatten sich erhitzt. Das Tuch, das er sich umgebunden hatte, erwies sich jetzt als eine Belastung. Er riß es vom Gesicht. Der Gang schien endlos zu sein. Atlan begann zu fürchten, daß er die falsche Richtung eingeschlagen hatte.

Als er es nicht mehr aushielt, steuerte er den Transporter in einen Seitengang. Er mußte hundert Meter weit eindringen, bis er den Flammen entkommen war. Keuchend rang er nach Atem. Minutenlang lag er bewegungslos da. Endlich hatten sich seine Lungen erholt. Sein Gesicht brannte. Seine Haare waren versengt.

Er öffnete ein paar Türen in der Hoffnung, in irgendeinem Raum Wasser zu finden, aber er hatte kein Glück.

Ein knisterndes Geräusch zeigte ihm, daß die Flammen immer weiter in den Seitengang vordrangen. Er wurde daran erinnert, wie wenig Zeit ihm noch blieb. Er rollte mit dem Wagen auf den Hauptgang hinaus.

Als er endlich die Plattform erreichte, glaubte er nicht mehr daran, daß es ein Entkommen für ihn gab. Seine Bewegungen wurden allmählich planlos. Ohne die Kraft, die ihm sein Zellaktivator verlieh, hätte er bereits aufgeben müssen.

Auf der Plattform war es nicht so heiß wie im Gang, aber dafür war der Rauch dichter. Er trieb in Schwaden nach oben. Atlan hob Mirona Thetin von dem Fahrzeug herunter und trat an den Rand des Schachtes. Er schaltete das Flugaggregat der Lemurerin ein, das er jetzt trug.

Gleich darauf hob er sich vom Boden ab und tauchte in den ersten Qualmwolken unter. Der erste Atemzug löste einen Erstickungsanfall aus. Sein Körper wurde durchgeschüttelt, und er hätte fast Mirona losgelassen. Er prallte gegen die Seitenwand des Schachtes. Mit ihm zusammen wirbelten Millionen Ascheflocken nach oben. Sie legten sich auf sein Gesicht, drangen in Nase, Mund und Augen.

Irgendwo dort oben war der Ausgang aus dieser Hölle, war frische Luft und eine normale Temperatur.

Mit gleichmäßiger Geschwindigkeit schwebte er mit Mironas Leiche nach oben, und bald schien es ihm, als sei die Luft nicht mehr so heiß.

Im gleichen Augenblick merkte er, daß er sich nicht mehr im Schacht befand.

Er schwebte einige Meter über dem zerstörten Dach des Gebäudes, durch das er die unterirdische Stadt betreten hatte.

Die Unterwelt hat mich ausgespien, dachte er. Er war viel zu müde und abgestumpft, um irgendein Gefühl zu empfinden. Er ruderte heftig mit den Beinen.

Da wurde es rings um ihn hell. Hitze und Qualm blieben zurück, und er konnte den von Rauchwolken verhangenen Himmel sehen.

Zwischen einigen Bäumen unmittelbar unter ihm sah er einige winkende Gestalten. Sie hoben sich von ihren Plätzen ab und schwebten auf ihn zu.

Er sah Hände, die sich hilfsbereit nach ihm ausstreckten. Der tote Körper in seinen Armen schien plötzlich Zentner zu wiegen.

»Du Narr!« sagte eine altbekannte Stimme, in der sich Zorn und Erleichterung mischten.

Er fühlte, wie er von allen Seiten gepackt und gestützt wurde. Von irgendwoher kam der Donner einer gewaltigen Explosion.

Dann verlor Atlan das Bewußtsein.

»Vorsichtig«, mahnte Rhodan. »Tragt ihn vorsichtig. Er könnte verletzt sein.«

Er blieb dicht hinter den beiden Männern, die mit Atlan auf die offene Schleuse der Korvette zuschwebten.

»Die Frau ist tot, Sir«, meldete Captain Chard Bradon, der unmittelbar neben Rhodan auftauchte. »Sollen wir sie hier zurücklassen?«

Rhodan schüttelte den Kopf. Dazu hatte Atlan Mirona Thetin bestimmt nicht mit an die Oberfläche gebracht. Wahrscheinlich wollte der Arkonide, daß die Lemurerin ihr Grab im Weltraum fand.

»Wir bringen sie ebenfalls an Bord der Korvette«, ordnete Rhodan an.

Redhorse steuerte das Schiff mit höchster Beschleunigung in den Weltraum zurück.

Rhodan begab sich sofort in die kleine Krankenstation der Korvette, um nach Atlan zu sehen. Der Arkonide erwachte gerade aus der Bewußtlosigkeit. Zwei Medo-Roboter und ein junger Offizier bemühten sich um ihn.

Der Arkonide hob beide Arme und wollte sich erheben. Sanft, aber mit Nachdruck, wurde er auf das Lager zurückgeschoben. Rhodan sah, daß Atlan überall Brandblasen hatte.

Atlan starrte ihn an. Er schien einen Augenblick zu brauchen, bis er den Freund erkannte.

»Wo ist Mirona?« fragte er mit krächzender Stimme. »Habt ihr sie zurückgelassen?«

Rhodan vergaß die Vorwürfe, die er Atlan hatte machen wollen. Er verstand plötzlich, was diese Frau dem Arkoniden bedeutet haben mußte.

»Die Leiche der Lemurerin befindet sich an Bord dieses Schiffes«, sagte er.

»Du weißt, wer sie wirklich ist?«

Rhodan nickte langsam. Er fing einen warnenden Blick des Mannes auf, der Atlan behandelte.

»Er ist noch ziemlich erschöpft, Sir«, sagte der junge Offizier bedeutungsvoll.

Rhodan verließ die Krankenstation.

Atlan war gerettet. Mirona Thetin konnte dem Solaren Imperium nicht mehr gefährlich werden. Alles andere war im Augenblick unwichtig. Rhodan mußte sich jetzt darum kümmern, daß der Rückzug der Schiffe aus dem Luum-System schnell vonstatten ging.

EPILOG

Perry Rhodan blickte nachdenklich auf Grek-1, der sich soeben anschickte, mit seinen Begleitern die CREST III zu verlassen. In stundenlangen harten Verhandlungen war es dem Großadministrator nicht gelungen, die Maahks von ihrem Standpunkt abzubringen.

»Vielleicht . . .«, hatte Grek-1 geantwortet, als Rhodan ihn dringend gebeten hatte, das Volk der Maahks sollte keinen Vernichtungsfeldzug gegen die relativ hilflosen Tefroder führen.

»Vielleicht«, wiederholte Rhodan wie in Gedanken.

Grek-1 wandte sich um. In seinem Druckanzug wirkte er wie ein Wesen aus einer längst vergangenen Zeit.

»Was haben Sie erwartet?« fragte der Wasserstoff-Methanatmer. »Dies ist unsere Galaxis. Wir werden uns unsere Heimat von niemand mehr streitig machen lassen, wie das vor 50.000 Jahren Ihrer Zeitrechnung durch die Lemurer geschah.«

Rhodan schwieg. Er hatte oft genug darauf hingewiesen, daß Maahks und Tefroder unter normalen Umständen nebeneinander leben konnten, ohne Krieg zu führen. Die Tefroder brauchten Sauerstoffwelten zum Leben, während die Methans nur an Planeten interessiert waren, die eine Wasserstoff-Methanatmosphäre besaßen. Von diesem Gesichtspunkt aus betrachtet, schien es nur vernünftig zu sein, wenn beide Seiten Frieden schlossen.

Der lange Kampf gegen die MdI war nun zu Ende. Wenn Rhodan zurückdachte, dann wunderte er sich, daß die Menschheit ihn überstanden hatte. Seit langer Zeit konnte er sich jetzt wieder einmal mit dem Aufbau des Imperiums beschäftigen.

Über die Bahnhofstrecke der Maahks würde man in die Galaxis zurückfliegen. Gleam würde vorerst verwaist bleiben. Die Männer, die dort stationiert waren, hatten ein Anrecht darauf, in die Heimat zurückkehren zu dürfen. Später würden Freiwillige Dienst auf Gleam versehen und beobachten, was sich in Andromeda ereignete. Die Maahks hatten zugesagt, daß die Weltraumbahnhöfe den Terranern für den Transport zwischen Milchstraße und Gleam jederzeit offenstanden, sie behielten sich aber vor, die militärische Präsenz der Terraner im Vorfeld Andromedas zu kontrollieren und auf ein Mindestmaß einzuschränken.

Rhodan dachte an Mory und seine beiden Zwillingskinder, die er nur von dem Foto her kannte, das ihm Bully am 24. November des Vorjahres übergeben hatte.

Nach all den Jahren, die er dank des Zellaktivators gelebt hatte, war er immer noch entschlossen und voller Tatkraft. Das war der Beweis, daß der Mensch planen und handeln konnte, solange er lebte.

Im Unterbewußtsein hörte Rhodan den Lautsprecher des Interkoms knacken, aber es dauerte einige Zeit, bis er begriff, daß die Nachricht, die von der Zentrale aus übermittelt wurde, ihm galt.

»Lordadmiral Atlan erwartet Sie in der kleinen Schleuse im zwölften Deck, Sir«, sagte Cart Rudo.

Perry Rhodan erhob sich. Durch den gleichen Antigravschacht, den auch die Maahks benutzt hatten, verließ er den Raum. In Höhe des zwölften Decks verließ er den Schacht und begab sich zur Schleuse.

Er wunderte sich nicht, als er Atlan allein dort antraf. Der Arkonide trug einen Schutzanzug. Einen zweiten Anzug hielt er für Rhodan bereit. Vor der Schleusenkammer lag eine leblose, mit einem Tuch bedeckte Gestalt, die aus unbekannten Gründen immer noch keine Spur von Zerfall zeigte.

»Ich weiß nicht, ob ich sie hinausstoßen kann«, sagte Atlan. »Deshalb bat ich dich hierher.«

Rhodan zog sich den Anzug über und verschloß seinen Helm. Er nickte dem Arkoniden zu. Atlans Bewegungen erschienen ihm zeitlupenhaft. Seit seiner Rettung hatte der Arkonide nur wenig gesprochen.

Atlan bückte sich und zog das Tuch ein Stück herunter.

Mirona Thetins Gesicht war von eigenartiger Starre. Es war nicht das Gesicht eines Menschen, der im Tod Frieden gefunden hatte, überlegte Rhodan.

»Wir sollten es hinter uns bringen«, sagte Rhodan ruhig, als er spürte, daß Atlan die Tote immer noch anstarrte.

Sie traten nebeneinander in die Schleusenkammer. Atlan betätigte den Schalthebel, und die äußere Schleusenwand glitt zur Seite. Der Weltraum wurde sichtbar. Zwei helle Sterne lenkten Rhodans Aufmerksamkeit auf sich. Einer dieser Sterne war Tamanium. Er hatte sich in eine Atomhölle verwandelt und strahlte jetzt heller als seine Sonne.

»Tamanium«, sagte Atlan, der den gleichen Gedanken wie Rhodan zu haben schien. »Es wird nicht lange dauern, dann wird seine Leuchtkraft nachlassen. Der Planet wird nicht mehr zu sehen sein.«

»Der Zentralplanet der MdI«, antwortete Rhodan. »Ich habe nie geglaubt, daß wir ihn eines Tages finden würden.«

Atlan bückte sich und schob Mirona Thetin zum Schleusenrand.

»Sie wird eine endlose Reise antreten«, sagte er. »Ich hoffe, daß sie niemals in den Gravitationsbereich eines Sternes gerät.«

Er trat zur Seite und hielt sich an der Schleusenwand fest.

»Gib ihr einen Stoß!« sagte er.

Rhodan schob die Tote aus der Schleusenkammer. Die beiden Männer sahen Mirona Thetin langsam davontreiben.

»Du lebst seit über zehntausend Jahren«, sagte Rhodan zu dem Arkoniden. »Wenn noch einmal die gleiche Zeit verstrichen ist, wirst du dich nicht mehr an Mirona erinnern können.«

Sie verließen die Schleusenkammer und legten ihre Schutzanzüge ab.

»Ich werde sie niemals vergessen«, sagte Atlan. »Selbst in zehntausend Jahren nicht.«

Perry Rhodan-Buch Nr. 33

OLD MAN

erscheint im Mai 1989

Beiboot Typ „Raumlinse“

Allgemeines:

Die Raumlinsen werden vor allem im Naheinsatz zwischen Raumschiffen, zwischen Raumschiffen und Planeten sowie auf Stützpunkten eingesetzt. Sie dienen in erster Linie Beobachtungszwecken. In ihrer langgestreckten und elliptischen, flachgedrückten Form können nur zwei Menschen flach nebeneinander auf dem Bauch liegen. Die Raumlinsen werden auch Doppellinsen genannt. Zwei Mann liegen in der Bugspitze nebeneinander auf dem Bauch. Die Raumlinse kann nötigenfalls aufsetzen. Die Konturlager sind mechanisch derart verschiebbar, daß sie bequeme Schlafplätze bieten. Die Linsen besitzen nur ein starkes Impulstriebwerk, das einfach lichtschnell ist.
Abmessungen: Länge 6 Meter, Breite 2 Meter, Höhe 1,40 Meter

Technische Daten:

1. Ortungsanlage mit Struktur- und Massetaster
2. Kleine Bordpositronik
3. Aussichtskanzel
4. Kontroll- und Steuerelemente
5. Mannluke zum Ein- und Ausstieg (keine Schleuse mit Kammer)
6. Gepolstertes, pneumatisches Konturlager
7. Voratslager für Nahrungskonzentrate, Ausrüstung und Ersatzteile
8. Kontrollinstrumente für Fußbedienung
9. Seitendüsen und Steuerdüsen
10. Konverter- und Impulstriebwerk (einfach lichtschnell)

Zeichnung: Ingolf Thaler